DE SPEL-
BREKER

Van Stephen King is verschenen:

Carrie
Bezeten stad *
De Shining *
Dodelijk dilemma
Ogen van vuur
Cujo
Christine
4 Seizoenen
Dodenwake *
Satanskinderen
Duistere krachten
4 x Stephen King
It *
Silver Bullet
De ogen van de draak
Misery
De gloed
De duistere kant
Tweeduister
Schemerwereld
De NoodZaak *
De beproeving
De spelbreker *
Dolores Claiborne *
Nachtmerries
Droomlandschappen
Nachtmerries & Droomlandschappen *
Insomnia *
Rosie *
Midlife Confidential *(met Amy Tan e.a.)*
The Green Mile *
Desperation *
De Regelaars *(onder pseudoniem Richard Bachman)*
Macabere Liefde *(Stephen King e.a.)*
Het meisje dat hield van Tom Gordon *
De Talisman *(met Peter Straub)* *
Zwart huis *(met Peter Straub)*
De storm van de eeuw
Vel over been *
Harten in Atlantis *
Razernij
De marathon *
Werk in uitvoering
Vlucht naar de top *
Over leven en schrijven *
Achtbaan
Dromenvanger *

Alles is eventueel *
Het geheim van de Buick
De Colorado Kid *
Mobiel *
Lisey's verhaal *
De ontvoering *
Dichte mist
Duma *
De vervloeking
Na zonsondergang
Gevangen *
Aardedonker zonder sterren *
Eenmalige zonde *
22-11-1963 *
Mijl 81 *(alleen als e-book)*
Joyland *
Dr. Sleep *
Mr. Mercedes *
Revival *
De eerlijke vinder *
De bazaar van boze dromen *
Wisseling van de wacht *

DE DONKERE TOREN-SERIE
De wind door het sleutelgat *
1 De scherpschutter *
2 Het teken van drie *
3 Het verloren rijk *
4 Tovenaarsglas *
5 Wolven van de Calla *
6 Een lied van Susannah *
7 De Donkere Toren *

DE DONKERE TOREN-SERIE GRAPHIC NOVEL
1 De jonge jaren van de scherpschutter
2 De lange weg naar huis
3 Verraad
4 De val van Gilead
5 De slag bij Jericho Hill

DE BEPROEVING GRAPHIC NOVEL
1 Captain Trips
2 Amerikaanse nachtmerries
3 De overlevenden
4 Zware gevallen
5 Niemandsland
6 Bij het vallen van de nacht

* Ook als e-book verkrijgbaar

STEPHEN KING

DE SPEL-BREKER

Dankbaar werd gebruik gemaakt van de toestemming om onderstaand materiaal af te drukken:

Kenneth Patchen. 'But Even So'. © 1968 Kenneth Patchen. Herdrukt met toestemming van New Directions Publishing Corporation.
'Space Cowboy'. Tekst en muziek van Steven Miller en Ben Sidran. © 1969 Sailor Music. Alle rechten voorbehouden.
'The Talkin' Blues'. Tekst en Muziek van Woodie Guthrie. tro. © 1988 Ludlow Music Inc., New York, New York.
'Can I get a Witness' van Eddie Holland, Brian Holland, Lamont Dozier. Uitgebracht door Stone Agate Music. © 1963. Alle rechten voorbehouden.

De vertaling van het citaat uit *The Tell-Tale Heart* van Edgar Allan Poe is overgenomen uit *Alle Verhalen van Edgar Allan Poe,* vertaald door Paul Helander, uitg. Loeb.

© 1992 Stephen King
© 1992, 2020 Nederlandse vertaling
Uitgeverij Luitingh ~ Sijthoff B.V., Amsterdam
Alle rechten voorbehouden
Oorspronkelijke titel: *Gerald's Game*
Vertaling: Lucien Duzee
Omslagontwerp: Edd, Amsterdam
Omslagfotografie: Gerhard Jaeger

ISBN 978 90 210 2626 8

www.boekenwereld.com

Uitgeverij Luitingh-Sijthoff vindt het belangrijk om op milieuvriendelijke en verantwoorde wijze met natuurlijke bronnen om te gaan. Bij de productie van dit boek is daarom gebruikgemaakt van papier waarvan het zeker is dat de productie niet tot bosvernietiging heeft geleid.

(Sadie) vermande zich. Niemand zou de minachting in haar uitdrukking of de geringschattende haat kunnen beschrijven die zij in haar antwoord legde.
'Jullie, mannen! Jullie, vuile, vieze varkens! Jullie zijn allemaal hetzelfde, allemaal! Varkens! Zwijnen!'

W. Somerset Maugham
Regen

*Dit boek is opgedragen in liefde en bewondering
aan zes prachtige vrouwen:*

Margaret Spruce Morehouse
Catherine Spruce Graves
Stephanie Spruce Leonard
Anne Spruce Labree
Tabitha Spruce King
Marcella Spruce

1

Jessie hoorde de achterdeur licht en onregelmatig slaan in de oktoberbries die rond het huis waaide. De deurpost zette altijd uit in de herfst en je moest de deur echt een ruk geven om hem dicht te krijgen. Deze keer waren ze het vergeten. Ze dacht eraan Gerald te zeggen terug te gaan en de deur dicht te doen voor ze te zeer opgingen in hun spel, omdat ze anders gek zou worden van dat geklepper. Toen dacht ze eraan hoe belachelijk dat zou zijn, gezien de huidige situatie. Het zou de hele stemming verpesten.
Welke stemming?
Dat was een goede vraag. En toen Gerald de holle schacht van de sleutel in het tweede slot ronddraaide en ze de zachte klik boven haar linkeroor hoorde, realiseerde ze zich dat het voor haar in ieder geval niet de moeite waard was om die stemming erin te houden. Daarom had ze natuurlijk in de eerste plaats die open gebleven deur opgemerkt. Voor haar had de seksuele opwinding van de boeispelletjes niet lang geduurd.
Maar van Gerald kon niet hetzelfde worden gezegd. Hij droeg nu alleen nog maar een Jockey onderbroek en ze hoefde niet helemaal omhoog naar zijn gezicht te kijken om te weten dat zijn belangstelling onverminderd voortduurde.
Dit is dom, dacht ze, maar dom was ook niet het hele verhaal. Het was ook een beetje eng. Ze wilde dat niet graag toegeven, maar zo was het wel.
'Gerald, zullen we het maar gewoon vergeten?'
Hij aarzelde een ogenblik, keek ietwat fronsend, liep toen door de kamer naar de ladenkast die links van de badkamerdeur stond. Onder het lopen klaarde zijn gezicht op. Ze keek naar hem vanaf het bed, haar armen gespreid omhoog waardoor ze een beetje op Fay Wray leek die vastgeketend lag te wachten op de grote aap in *King Kong*. Haar polsen waren met twee paar handboeien vastgemaakt aan de mahonie bedstijlen. De kettingen gaven elke hand ongeveer vijftien centimeter bewegingsruimte. Niet veel.

Hij legde de sleutels boven op de ladenkast – twee zachte klikken, haar oren schenen buitengewoon goed te functioneren voor een woensdagmiddag – en keerde toen naar haar terug. Boven zijn hoofd op het hoge, witte plafond van de slaapkamer dansten flikkerende zonnerimpelingen van het meer.

'Wat zeg je ervan? Ik vind er niet erg veel meer aan.' *En om te beginnen leek het me al niet veel*, voegde ze er voorzichtigheidshalve niet aan toe.

Hij grijnsde. Hij had een zwaar gezicht met een roze huid onder een smalle kuif, zo zwart als een kraaievleugel, en die grijns van hem had haar altijd iets gedaan waar ze niet op zat te wachten. Ze kon er niet echt haar vinger op leggen wat dat iets was, maar...

O, zeker wel. Daardoor ziet hij er dom uit. Je kan feitelijk zijn IQ *tien punten zien zakken met elke centimeter dat die grijns breder wordt. Op zijn maximale breedte ziet die dodelijke bedrijfsjurist van een echtgenoot van je eruit als een conciërge van het plaatselijke krankzinnigengesticht op zijn vrije dag.*

Dat was cru, maar niet helemaal onjuist. Maar hoe vertelde je je echtgenoot sinds bijna twintig jaar dat hij elke keer als hij grijnsde eruitzag alsof hij leed aan een lichte vorm van achterlijkheid? Het antwoord was natuurlijk simpel: dat deed je niet. Zijn glimlach was een heel andere zaak. Hij had een heerlijke glimlach – en ze dacht dat het in de eerste plaats die warme, goedgehumeurde glimlach was, die haar had overgehaald om met hem uit te gaan. Hij deed haar denken aan de glimlach van haar vader als hij zijn gezin amusante dingen vertelde over zijn werkdag terwijl hij nipte van zijn gin-tonic voor het eten.

Maar dit was niet de glimlach. Dit was de *grijns* – waarvan hij een versie juist voor deze sessies scheen te bewaren. Ze had zo het idee dat hij voor Gerald, die achter die grijns zat, wolfachtig aanvoelde. Misschien piraatachtig. Maar vanuit haar gezichtspunt, zoals ze hier lag met haar armen boven haar hoofd en met alleen maar een bikinislipje aan, zag hij er alleen maar dom uit. Nee... *achterlijk*. Hij was immers niet de roekeloze avonturier uit de mannenbladen waarover hij de woeste ejaculaties van zijn eenzame, te dikke puberteit had uitgestort. Hij was een advocaat met een roze, te groot gezicht onder een haarlok die onverbiddelijk versmalde naar totale kaalheid. Gewoon een advocaat met een stijve die de voorkant van zijn onderbroek uit model porde. En daarbij nog maar bescheiden uit model.

Maar het formaat van zijn erectie was niet het belangrijkste. Het belangrijkste was de grijns. Die was niets veranderd en dat betekende dat Gerald haar niet ernstig had genomen. Ze werd *geacht* te protesteren, dat was immers het spel.

'Gerald? Ik meen het.'

De grijns werd breder. Er werden nog een paar van zijn kleine, ongevaarlijke advocatentandjes zichtbaar. Zijn IQ daalde nog eens twintig of dertig punten. En nog steeds hoorde hij haar niet.
Weet je dat wel zeker?
Jawel. Hij was dan wel niet helemaal een open boek voor haar – ze nam aan dat je om zo ver te komen heel wat meer dan zeventien jaar huwelijk nodig had – maar ze dacht wel dat zij gewoonlijk behoorlijk goed wist wat er in zijn hoofd omging. Ze dacht dat er iets behoorlijk mis zou zijn als dat niet zo was.
Als dat waar is, schatje, hoe komt het dan dat hij jou *niet hoort? Hoe komt het dan dat hij niet begrijpt dat dit niet zomaar een nieuwe scène in diezelfde oude seksklucht is?*
Nu was het haar beurt om ietwat fronsend te kijken. Ze hoorde altijd stemmen in haar hoofd – ze ging ervan uit dat iedereen dat had, maar dat de mensen er gewoonlijk niet over spraken, net zo min als ze over hun darmfuncties spraken – en de meeste waren oude bekenden, zo vertrouwd als slaapkamersloffen. Maar deze was nieuw... en er zat niets vertrouwds in. Dit was een sterke stem, een stem die jong en krachtig klonk. Ook klonk hij ongeduldig. Nu sprak hij weer, gaf antwoord op zijn eigen vraag.
Het is niet dat hij je niet kan *horen, schatje. Het is gewoon, dat hij het soms niet wil.*
'Gerald, echt... ik heb er geen zin in. Haal de sleutels terug en maak me los. Dan doen we wat anders. Ik ga boven, als je wilt. Of je gaat gewoon liggen met je handen onder je hoofd en ik maak je klaar, weet je wel, op die andere manier.'
Weet je wel zeker dat je dat wilt? vroeg de nieuwe stem. *Weet je heel zeker dat je* werkelijk *seks met die man wilt?*
Jessie sloot haar ogen, alsof ze zo die stem tot zwijgen kon brengen. Toen ze ze weer open deed, stond Gerald aan het voeteneinde van het bed, de voorkant van zijn onderbroek naar voren stekend als de voorsteven van een schip. Nou... misschien het speelgoedbootje van een kind. Zijn grijns had zich verder verbreed waardoor aan weerskanten de laatste paar tanden – die met de gouden vullingen – zichtbaar werden. Ze besefte dat ze niet zomaar een hekel aan die stomme grijns had, ze walgde ervan.
'Ik *laat* je wel opstaan... als je heel, heel braaf bent. Zul je heel, heel braaf zijn, Jessie?'
Afgezaagd, gaf de nieuwe geen-gelul stem als commentaar. *Très afgezaagd.*
Hij haakte zijn duimen in de band van zijn onderbroek als de een of andere belachelijke revolverheld. De slip ging behoorlijk snel naar bene-

den toen die eenmaal voorbij zijn niet-onaanzienlijke vetrollen was. En daar stond hij, in al zijn mannelijkheid. Niet het formidabele liefdesapparaat dat ze als tiener voor het eerst was tegengekomen op de pagina's van *Fanny Hill*, maar iets bescheidens, en roze en besneden. Vijftien centimeter volslagen onopvallende erectie. Twee of drie jaar geleden had ze op een van haar zeldzame uitstapjes naar Boston de film *The Belly of an Architect* gezien. *Juist*, dacht ze. *En nu kijk ik naar De Penis van een Advocaat*. Ze moest hard op de binnenkant van haar wangen bijten om niet te lachen. Lachen op dit moment zou ontactisch zijn. Er kwam een gedachte bij haar op en die doodde elke neiging die ze had gehad om te lachen. De gedachte was deze: hij wist niet dat ze het meende omdat voor hem Jessie Mahout Burlingame, echtgenote van Gerald, zuster van Maddy en Will, dochter van Tom en Sally, moeder van niemand, hier eigenlijk helemaal niet was. Ze was opgehouden hier te zijn toen ze de zachte staalachtige klik hoorde van de handboeien die op slot gingen. De avonturenbladen uit Geralds tienertijd waren vervangen door een stapel pornobladen in de onderste la van zijn bureau, bladen waarin vrouwen, die parels droegen en verder niks, neerknielden op berevachten, terwijl mannen met een seksuele uitrusting die die van Gerald rigoureus naar de wereld van de modelbouw verwees, hen van achteren namen. Achter in die bladen, tussen de hijg-maar-lekker-tegen-me-uit telefoonadvertenties met hun 900-nummers, stonden advertenties voor opblaasbare vrouwen die anatomisch juist zouden zijn – het bizarste idee dat Jessie ooit was tegengekomen. Ze dacht nu aan die met lucht gevulde poppen, hun roze huid, de gladde karikatuurlijven, lege gezichten, met een soort van openbarende verbazing. Het was geen schrik – niet helemaal – maar binnen in haar schoot een intens licht aan, en het landschap dat het onthulde, was beslist angstaanjagender dan dit domme spel of het feit dat ze het deze keer in het zomerhuis bij het meer speelden, lang nadat de zomer voor weer een jaar was vertrokken.
Maar niets van dit alles had ook maar enigszins haar gehoor aangetast. Nu hoorde ze een kettingzaag, die op een aanzienlijke afstand – misschien wel zeven kilometer verderop – in het bos grauwde. Dichterbij, op het grote Kashwakamak Lake zelf, klonk in de blauwe oktoberlucht de afgrijselijke kreet op van een fuut die te laat was voor zijn jaarlijkse trek naar het zuiden. Nog dichterbij, ergens hier op de noordelijke oever, blafte een hond. Het was een lelijk, ratelend geluid, maar Jessie vond het op een vreemde manier prettig. Het betekende dat er nog iemand was, al was het een doordeweekse dag in oktober. Verder was er alleen maar het geluid van de deur – los als een oude tand in rottend tandvlees – klappend tegen de uitgezette deurpost. Ze had het gevoel dat ze er gek van zou worden als ze er te lang naar moest luisteren.

Gerald, nu naakt op zijn bril na, knielde op het bed neer en begon naar haar toe te kruipen. Zijn ogen glansden nog steeds.
Ze had zo het idee dat het door die glans kwam waardoor ze het spel was blijven spelen, lang nadat haar eerste nieuwsgierigheid bevredigd was. In jaren had ze niet zoveel vuur in Geralds blik gezien als hij naar haar keek. Ze was niet onknap – het was haar gelukt niet aan te komen en ze had nog steeds een goed figuur – maar desondanks was Geralds belangstelling voor haar minder geworden. Ze had zo het idee dat het voor een deel door de drank kwam – hij dronk nu verrekte veel meer dan in het begin van hun huwelijk – maar ze wist dat het niet alleen de drank was. Hoe ging dat oude gezegde over 'altijd mooi is nooit mooi'? Dat werd niet verondersteld op te gaan voor mannen en vrouwen die van elkaar hielden, in ieder geval niet volgens de romantische dichters die ze bij Engelse literatuur had gelezen. Maar in de jaren na de universiteit had ze ontdekt dat er onontkoombare waarheden bestonden waarover John Keats en Percy Shelley nooit hadden geschreven. Maar natuurlijk waren die allebei tamelijk jong gestorven – in ieder geval veel jonger dan Gerald en zij nu waren.
Maar dat alles maakte hier, op dit moment, niets uit. Wat misschien wel uitmaakte, was dat zij langer met het spel was doorgegaan dan ze werkelijk had gewild, omdat ze die vurige glans in Geralds ogen prettig had gevonden. Ze kreeg het gevoel jong en mooi en begeerlijk te zijn. Maar...
... maar als je werkelijk dacht dat hij jou zag als hij die blik in zijn ogen kreeg, dan ben je verkeerd voorgelicht, schatje. Of misschien heb je jezelf verkeerd voorgelicht. En misschien moet je nu beslissen – echt, echt beslissen – of je van plan bent deze vernedering te blijven slikken. Want zo voel je je toch ongeveer? Vernederd?
Ze zuchtte. Ja. Zo ongeveer wel.
'Gerald, ik meen het *echt*.' Ze sprak nu harder en voor het eerst flikkerde die glans in zijn ogen een beetje. Goed. Hij scheen haar ten slotte toch te kunnen horen. Dus misschien was alles toch nog oké. Niet fantastisch, het was lang geleden dat alles wat je noemt 'fantastisch' was, maar oké. Toen keerde de glans terug en even later volgde de idiote grijns.
'Ik zal *jou* leren, trotse schoonheid van me,' zei hij. Hij *zei* het echt; hij zei *schoonheid* zoals de huisbaas in een slecht Victoriaans melodrama het zou kunnen zeggen.
Laat hem dan zijn gang gaan. Laat hem gewoon zijn gang gaan en dan is het voorbij.
Dit was een stem die ze veel beter kende en ze was van plan zijn raad op te volgen. Ze wist niet of Gloria Steinem het ermee eens zou zijn en het

kon haar niet schelen, het advies bezat het aantrekkelijke van het puur praktische. Laat hem zijn gang gaan en dan was het voorbij. Q.E.D.
Toen stak hij zijn hand uit – zijn zachte hand met korte vingers, waarvan de huid al even roze was als de huid die zijn penis omsloot – en greep haar borst, en binnen in haar knapte plotseling iets als een overbelaste pees. Ze stootte haar heupen en rug hard omhoog en wierp zijn hand af.
'Hou ermee op, Gerald. Maak die stomme handboeien los en laat me overeind. Afgelopen maart was er al niets meer aan, toen er nog sneeuw op de grond lag. Ik voel me niet sexy, ik voel me belachelijk.'
Ditmaal hoorde hij haar woord voor woord. Ze zag het aan de manier waarop de glans in zijn ogen ineens helemaal doofde, als kaarsvlammen in een sterke windvlaag. Ze dacht dat de twee woorden die ten slotte tot hem doordrongen *stom* en *belachelijk* waren. Als kind was hij dik geweest met dikke brilleglazen, een kind dat pas op zijn achttiende zijn eerste afspraakje had – het jaar nadat hij op een streng dieet was gegaan en was gaan trainen om het vet dat hem omgordde weg te werken voordat het hèm weg zou werken. Tegen de tijd dat hij tweedejaars student was, beschreef Gerald zijn leven als 'min of meer onder controle' (alsof leven – in ieder geval zijn leven – een bokkend wild paard was dat hij had moeten temmen), maar ze wist dat zijn middelbare-schooltijd één groot griezelverhaal was geweest waaraan hij een erfenis van diepe minachting voor zichzelf en argwaan jegens anderen had overgehouden.
Zijn succes als advocaat (en zijn huwelijk met haar; ze geloofde dat dat ook een rol speelde, misschien wel de belangrijkste) had zijn zelfvertrouwen en eigenwaarde hersteld, maar ze veronderstelde dat sommige nachtmerries nooit ophielden. Ergens diep in Geralds geest werd hij nog altijd getreiterd door de kwelgeesten van de klas, werd hij nog altijd door hen uitgelachen omdat hij zich bij gymnastiek, bij het opdrukken, niet eens kon meten met de meisjes. En dan had je woorden – *stom* en *belachelijk*, bijvoorbeeld – die dat alles terughaalden alsof de middelbare school nog gisteren was... althans dat vermoedde ze. Psychologen konden over bepaalde dingen ongelooflijk dom zijn – bijna opzettelijk dom, leek het haar vaak – maar als het om de afschuwelijke hardnekkigheid van sommige herinneringen ging, zaten ze, vond ze, midden in de roos. Sommige herinneringen parasiteerden op iemands geest als kwaadaardige bloedzuigers, en bepaalde woorden – *stom* en *belachelijk* bijvoorbeeld – konden ze ogenblikkelijk weer angstig en koortsig tot leven brengen.
Ze wachtte op een steek van schaamte, omdat ze hem zo onder de gordel had geraakt, en was blij – of misschien was het opluchting die ze voelde – toen de steek uitbleef. *Ik ben, geloof ik, gewoon moe van het*

doen alsof, dacht ze, en die gedachte leidde tot een volgende: misschien zou ze nu eens haar eigen seksuele verlanglijstje kunnen opstellen, en als dat zo was, kwam dit gedoe met handboeien er beslist niet op voor. Ze voelde zich eerder vernederd. Ze voelde zich door het hele idee vernederd. O, tijdens de eerste paar experimenten – die met de sjaals – had ze een zekere onbehaaglijke opwinding gevoeld, en een paar keer had ze een aantal orgasmen gehad, en dat was een zeldzaamheid voor haar. Toch waren er neveneffecten geweest waar ze niets van moest hebben, en dat gevoel op de een of andere manier te worden vernederd, was er maar een van. Ze had haar eigen nachtmerries gehad na elk van die eerste versies van Geralds spel. Daar was ze zwetend en hijgend uit wakker geworden, haar handen diep weggestoken in de vork van haar kruis en tot strakke kleine vuisten gebald. Ze herinnerde zich maar een van die dromen en die herinnering was vaag en vervormd: ze was croquet aan het spelen zonder kleren aan en heel plotseling doofde de zon. Toen had een hand haar aangeraakt en een afschuwelijk enge stem had uit de duisternis tegen haar gesproken: *Hou je van me, Hartje?* had die gevraagd en het afschuwelijkste aan die stem was dat die haar zo vertrouwd was.

Laat dat allemaal maar zitten, Jessie: dat zijn dingen waar je later over kunt nadenken. Op dit moment is het enige belangrijke dat hij je loslaat.

Ja. Omdat dit niet *hun* spel was, dit spel was helemaal van hem. Ze was het alleen maar blijven meespelen omdat Gerald dat van haar wilde. En dat was niet langer goed genoeg.

Weer liet de fuut op het meer zijn eenzame kreet horen. Geralds wezenloze grijns van verwachting had plaatsgemaakt voor een blik van pruilerig ongenoegen. *Jij hebt mijn speeltje kapotgemaakt, kreng*, zei die blik.

Jessie merkte dat ze terugdacht aan de laatste keer dat ze die uitdrukking goed had kunnen zien. In augustus was Gerald naar haar toe gekomen met een glanzende brochure, had aangewezen wat hij wilde hebben en zij had ja gezegd, natuurlijk kon hij een Porsche kopen als hij een Porsche wilde hebben, ze konden zich zeker een Porsche *permitteren*, maar volgens haar deed hij er misschien beter aan om lid te worden van de Forest Avenue Health Club, waarmee hij de afgelopen twee jaren had gedreigd. 'Nu heb je nog geen lijf voor een Porsche,' had ze gezegd, in het besef dat het niet erg diplomatiek was, maar met het gevoel dat dit niet werkelijk de tijd voor diplomatie was. Ook had hij haar geïrriteerd tot op het punt dat zijn gevoelens haar helemaal geen moer meer konden schelen. Dat was haar de laatste tijd steeds vaker gebeurd en het vervulde haar met wanhoop, maar ze wist niet wat ze eraan moest doen.

'Wat heeft dat te betekenen?' had hij stijfjes gevraagd. Ze nam niet de moeite om antwoord te geven. Ze had geleerd dat als Gerald zulke vragen stelde, ze bijna altijd retorisch waren. De belangrijke mededeling lag in de eenvoudige onderliggende tekst: *Je maakt me van streek, Jessie. Je speelt het spel niet mee.*
Maar tijdens die gelegenheid – misschien in een onbewuste aanloop naar deze – had ze er de voorkeur aan gegeven de onderliggende tekst te negeren en antwoord te geven op de vraag.
'Dat betekent dat je deze winter nog altijd zesenveertig wordt of je nou een Porsche hebt of niet, Gerald... en dat je dan nog altijd twaalf kilo te zwaar zult zijn.' Wreed, ja, maar ze had ook volkomen onnodig het beeld kunnen doorgeven dat haar voor ogen flitste toen ze naar de foto keek van de sportwagen op de voorkant van de glanzende brochure die Gerald haar had gegeven. In die korte flits had ze een mollig kereltje gezien met een roze gezicht en een plukje haar dat in een driehoek op z'n voorhoofd groeide, vastgeklemd in de binnenband die hij naar de oude zwemplaats had meegenomen.
Gerald had de brochure uit haar hand gegrist en was zonder nog een woord te zeggen weggebeend. Het onderwerp Porsche was sindsdien niet meer ter sprake gekomen... maar ze had het vaak gezien in zijn wrokkige blik van Dit Vinden Wij Niet Leuk.
Ze zag een nog heviger versie van die blik op dit moment.
'Je zei dat het *leuk* klonk. Dat waren exact je woorden. "Het klinkt leuk."'
Had ze dat gezegd? Ze nam aan van wel. Maar dat was een vergissing geweest. Een kleine miskleun, dat was alles, een kleine uitglijer over die oude bananeschil van het leven. Zeker. Maar hoe vertelde je dat aan je echtgenoot als die zijn onderlip naar voren had gestoken als een peuter die op het punt staat een driftaanval te krijgen.
Ze wist het niet, dus ze liet haar blik zakken... en zag iets wat ze helemaal niet leuk vond. Geralds versie van meneer Vrolijk was niets verslapt. Meneer Vrolijk had kennelijk niets gehoord over de verandering van plannen.
'Gerald, ik heb er gewoon...'
'... geen zin in? Nou, dat is een fantastisch bericht, vind je niet? Ik heb de hele dag vrijgenomen. En als we vannacht blijven, moet ik morgenochtend ook vrij nemen.' Hij dacht hier een ogenblik over na en herhaalde toen: 'Je zei dat het leuk klonk.'
Ze begon haar excuses uit te waaieren als een vermoeide oude pokerspeler zijn kaarten *(Ja, maar ik heb nu hoofdpijn. Ja, maar ik heb van die echte rotkrampen omdat mijn menstruatie eraan komt. Ja, maar ik ben een vrouw en daarom heb ik het recht om van gedachten te veranderen.*

Ja, maar nu we echt hier in de Grote Eenzaamheid zitten, maak je me bang, jij grote slechte mooie bruut van een man, die je daar bent), de leugens die ofwel zijn misvattingen ofwel zijn ego voedden (vaak waren die twee uitwisselbaar), maar voor ze een kaart kon pakken, welke kaart ook, sprak de nieuwe stem. Het was de eerste keer dat die hardop sprak en het fascineerde Jessie dat hij in de lucht net zo klonk als binnen in haar hoofd: sterk, droog, beslist, beheerst.
Hij klonk ook opmerkelijk bekend.
'Je hebt gelijk – ik neem aan dat ik dat gezegd *heb*, maar wat me werkelijk leuk leek was om er met jou tussenuit te gaan op de manier zoals we vroeger deden voor je je naam op de deur had net als al die andere bollebozen. Ik dacht dat we misschien de bedveren eens konden laten kraken, en daarna op de veranda gaan zitten, en genieten van de rust. Misschien wat scrabble spelen als de zon was ondergegaan. Is dat een strafbaar feit, Gerald? Wat denk je? Vertel op, want ik wil het echt weten.'
'Maar je zei...'
De laatste vijf minuten was ze bezig geweest hem te vertellen dat ze uit die godvergeten handboeien los wilde komen, en hij had haar nog steeds niet losgemaakt. Plotseling vloog het haar naar de keel en sloeg haar ongeduld om in woede. 'Mijn god, Gerald, voor mij was de lol er bijna op hetzelfde moment dat we ermee begonnen al af, en als jij niet zo'n bord voor je kop had, zou je dat hebben gemerkt.'
'Die mond van je. Die felle, sarcastische mond van je. Soms word ik zo moe van...'
'Gerald, als jij je zinnen eenmaal ergens op hebt gezet, ben je met lief en zacht nog niet half te bereiken. En wiens fout is dat?'
'Ik moet niets van je hebben als je zo bent, Jessie. Als je zo bent, moet ik helemaal niets van je hebben.'
Dit ging van kwaad tot erger tot beroerd, en het engste eraan was hoe snel het gebeurde. Plotseling voelde ze zich erg moe en een regel uit een oud liedje van Paul Simon kwam in haar op: *I don't want no more of this crazy love*. Precies, Paul. Je mag dan klein zijn, je bent niet dom.
'Dat weet ik. En het is prima, want op dit moment hebben we het over de handboeien hier, en niet over hoeveel je wel of niet van me moet hebben als ik je zeg dat ik op een bepaald punt van gedachten ben veranderd. Ik wil *uit* deze boeien. Versta je me?'
Nee, realiseerde ze zich met een begin van wanhoop. Dat deed hij echt niet. Gerald liep nog steeds een ronde achter.
'Jij bent gewoon zo godvergeten *inconsequent*, zo godvergeten *sarcastisch*. Ik hou van je, Jess, maar ik haat dat godvergeten toontje van je. Heb ik altijd gedaan.' Hij haalde de palm van zijn linkerhand langs de pruilende rozeknop van zijn mond en keek haar toen verdrietig aan –

arme, misbruikte Gerald, opgezadeld met een vrouw die hem mee had gesleept naar dit oerbos hier en dan haar seksuele verplichtingen niet nakwam. Arme, misbruikte Gerald, die geen enkel teken gaf waaruit bleek dat hij de sleutels van de handboeien van de ladenkast bij de badkamerdeur ging halen.

Haar onbehagen was veranderd in iets anders – toen ze even niet keek, als het ware. Het was een mengeling geworden van kwaadheid en angst die ze zich van maar een keer eerder kon herinneren. Toen ze twaalf was of zo had haar broer Will haar een vinger in haar billen geprikt op een verjaarspartij. Al haar vriendinnen hadden het gezien en ze hadden allemaal gelachen. *Ha-ha, 'eel krappik, señora, viend iek.* Maar zij had het niet grappig gevonden.

Will had het hardst van allemaal gelachen, zo hard dat hij echt voorovergebogen stond met zijn handen op zijn knieën geplant, terwijl zijn haar in zijn gezicht hing. Dit was een jaar of zo geweest na de opkomst van de Beatles, de Stones, de Searchers en de rest, en Will had een heleboel haar om te laten hangen. Het had kennelijk zijn zicht op Jessie geblokkeerd, want hij had geen idee hoe kwaad ze was... en hij was onder normale omstandigheden griezelig op haar wisselingen van stemming en humeur afgestemd. Zij was verreweg Wills favoriete zus. Hij was blijven lachen tot dat schuim van emotie haar zo vervulde dat ze begreep dat ze er iets mee moest doen of gewoon ontploffen. Dus had ze een kleine vuist gebald en haar zeer geliefde broer, toen hij eindelijk zijn hoofd ophief om naar haar te kijken, op zijn gezicht gestompt. De klap had hem omver geworpen als een bowling-kegel en hij had echt heel hard gehuild.

Later had ze geprobeerd zichzelf wijs te maken dat hij eerder van schrik dan van pijn had gehuild, maar ze had geweten, zelfs op haar twaalfde, dat dat niet zo was. Ze had hem pijn gedaan, flink pijn gedaan. Zijn onderlip was op één plaats gescheurd, zijn bovenlip op twee en ze had hem flink pijn gedaan. En waarom? Omdat hij iets stoms had gedaan? Maar zelf was hij pas negen – negen die dag – en op die leeftijd waren *alle* kinderen stom. Dat was bijna een nationale wet. Nee, het was niet zijn stompzinnigheid geweest. Het was haar angst geweest – angst dat als ze niet iets deed met dat lelijke groene schuim van woede en gêne, het (de zon zou doven) haar zou doen ontploffen. De waarheid, die ze die dag voor het eerst ontdekte, was deze: in haar binnenste was een bron, het water in die bron was vergiftigd, en toen hij haar in haar kont prikte, had William er een emmer in laten zakken, eentje die vol schuim en kolkende derrie naar boven was gekomen. Daarom had ze hem gehaat en ze veronderstelde dat het echt haar haat was waardoor ze had uitgehaald. Dat spul

uit de diepte had haar bang gemaakt. Nu, al die jaren later, ontdekte ze dat het haar nog steeds bang maakte... maar ook nog steeds razend. *Jij dooft de zon niet*, dacht ze, zonder het flauwste idee van wat dit betekende. *Krijg de ziekte als je dat doet.*
'Ik wil niet met je argumenteren over de kleine lettertjes, Gerald. Haal nu gewoon de sleutels van die klote dingen en *maak me los!*'
En toen zei hij iets dat haar zo van haar stuk bracht dat ze het eerst niet kon vatten. 'En als ik het niet doe?'
Het eerste dat opviel was de verandering van toon. Gewoonlijk sprak hij met een rondborstig, grof, openhartig soort van stem – *ik ben hier de baas en dat is voor iedereen maar het beste, nietwaar?* stelde die toon – maar dit was een zachte, spinnende stem die ze niet kende. De glans was teruggekeerd in zijn ogen – die warme kleine glinstering die haar eens, lang geleden, als een batterij schijnwerpers had doen oplichten. Ze kon het niet zo goed zien – zijn ogen achter zijn goudomrande bril waren samengeknepen tot pafferige spleetjes – maar de glans was er. Wel zeker.
En dan had je dat vreemde geval met meneer Vrolijk. Meneer Vrolijk was niets gekrompen. Scheen feitelijk meer op te zwellen dan ooit... hoewel dat waarschijnlijk gewoon haar verbeelding was.
Denk je dat, schatje? Ik *niet.*
Ze verwerkte al die informatie voor ze ten slotte terugkwam bij dat laatste dat hij had gezegd – die verbazingwekkende vraag, *En als ik het niet doe?* Ditmaal kwam ze tot voorbij de toon bij de betekenis van de woorden en toen ze die ten volle begreep, voelde ze haar woede en angst een graadje verergeren. Ergens van binnen ging die emmer weer omlaag in de put voor een volgende slijmerige lading – een lading rotzooi en water vol microben, bijna even giftig als moeraskoperkoppen.
De keukendeur sloeg tegen zijn post en de hond in het bos begon weer te blaffen, nu dichterbij dan eerst, zo te horen. Het was een splinterachtig, wanhopig geluid. Als je te lang naar zoiets luisterde, kreeg je ongetwijfeld migraine.
'Luister, Gerald,' hoorde ze haar sterke, nieuwe stem zeggen. Ze was zich bewust dat deze stem een beter tijdstip had kunnen kiezen om zijn stilzwijgen te verbreken – ze lag hier per slot van rekening op de verlaten noordelijke oever van Kashwakamak Lake, geboeid aan de bedstijlen, en met niets anders aan dan een miniem nylon slipje – maar ze merkte dat ze hem toch bewonderde. Bijna tegen haar wil merkte ze dat ze die stem bewonderde. 'Luister je nu? Ik weet dat je dat niet zoveel doet tegenwoordig als ik aan het woord ben, maar ditmaal is het echt belangrijk dat je me verstaat. Dus... luister je eindelijk?'
Hij zat geknield op het bed en keek naar haar alsof ze een tot voor kort

onontdekte keversoort was. Zijn wangen, waarin ingewikkelde netwerken van kleine purperen draadjes krioelden (ze zag ze als Geralds drankmerken), waren bijna dieppaars. Een soortgelijke vlek liep over zijn voorhoofd. De kleur ervan was zo donker en de vorm zo afgebakend dat het leek op een moedervlek. 'Zeker,' zei hij, en in zijn nieuwe spinnende stem kwam het woord naar buiten als *zee-kurrr*. 'Ik luister, Jessie, reken maar.'

'Goed. Loop dan naar de kast en pak die sleutels. Je maakt deze hier los...' Ze rammelde met haar rechterpols tegen het hoofdeinde '... en dan maak je deze los.' Ze rammelde met de linkerpols op soortgelijke wijze. 'Als je dat meteen doet, kunnen we een beetje normale, pijnloze seks hebben met allebei een orgasme voor we teruggaan naar ons gewone, pijnloze leventje in Portland.'

Zinloze, dacht ze. *Die liet je eruit. Normale, zinloze, pijnloze leventje in Portland.* Misschien was dat zo, of misschien was ze gewoon een beetje aan het overdramatiseren (ze ontdekte dat een aan bed vastgeketend mens daartoe de neiging kreeg), maar hoe dan ook, het was waarschijnlijk wel zo goed dat ze dat had weggelaten. Het deed vermoeden dat de nieuwe geëngelul stem tenslotte toch niet zo indiscreet was. Toen, als om deze gedachte tegen te spreken, hoorde ze dat die stem – die hoe dan ook *haar* stem was – luider begon te klinken in het onmiskenbare kloppen en golven van woede. 'Maar als je doorgaat met klooien en plagen, ga ik direct hier vandaan naar mijn zuster, zoek uit wie haar scheiding heeft geregeld en bel haar. Ik maak geen grapje. *Ik wil dit spelletje niet spelen!*

Nu gebeurde er werkelijk iets ongelooflijks, iets wat ze nooit in een miljoen jaren verwacht zou hebben: zijn grijns kwam weer aan de oppervlakte. Hij kwam boven als een onderzeeër die eindelijk bevriende wateren had bereikt na een lange en gevaarlijke reis. Maar dat was niet het echt ongelooflijke. Het echt ongelooflijke was dat de grijns Gerald er niet langer als een onschuldige mongool deed uitzien. Het deed hem er nu uitzien als een gevaarlijke gek.

Zijn hand kroop weer naar voren en liefkoosde haar linkerborst, kneep er toen pijnlijk in. Hij eindigde deze onplezierige operatie door hard in haar tepel te knijpen, iets wat hij nooit eerder had gedaan.

'*Au*, Gerald. Dat doet *pijn!*'

Hij schonk haar een ernstig, waarderend knikje dat heel vreemd contrasteerde met zijn afschuwelijke grijns. 'Dat is goed, Jessie. Alles, bedoel ik. Je zou actrice kunnen zijn. Of call-girl. Zo'n heel dure.' Hij aarzelde, voegde er dan aan toe: 'Dit is als compliment bedoeld.'

'Waar heb je het in godsnaam over?' Alleen was Jessie er vrij zeker van dat ze het wel wist. Ze was nu echt bang. Iets slechts was losgelaten in de slaapkamer. Het tolde rond en rond als een zwarte tol.

Maar ook was ze nog steeds kwaad – net zo kwaad als ze was geweest op de dag dat Will haar in haar kont had geprikt.
Gerald lachte echt. 'Waar ik het over *heb?* Een ogenblik geloofde ik je. *Daar* heb ik het over.' Hij liet een hand op haar rechterdij vallen. Toen hij weer sprak, klonk zijn stem kortaf en vreemd zakelijk. 'Goed – wil jij ze voor me spreiden of moet ik het doen? Is dat ook onderdeel van het spel?'
'Laat me *overeind!*'
'Ja... straks.' Zijn andere hand schoot naar voren. Ditmaal kneep hij in haar rechterborst en ditmaal was de kneep zo hard dat het zenuwen in kleine witte vonken langs haar hele zij naar haar heup afvuurde. 'Maar nu, uit elkaar die heerlijke benen, trotse schoonheid van me.'
Ze bekeek hem nog eens goed en zag iets verschrikkelijks: hij wist het. Hij wist dat zij geen grappen maakte over er niet mee door willen gaan. Hij wist het, maar hij had er de voorkeur aan gegeven niet te *weten* dat hij het wist. Was iemand daartoe in staat?
Reken maar, zei de geen-gelul stem. *Als je een top-advocaat van kwade zaken bent in de grootste juristenmaatschap ten noorden van Boston en ten zuiden van Montreal, neem ik aan dat je kunt weten wat je wilt weten en niet weten wat je niet wilt weten. Ik denk dat je zwaar in de problemen zit, schat. Het soort problemen waardoor huwelijken eindigen. Je kunt maar beter je tanden op elkaar zetten en je ogen dichtknijpen, want volgens mij staat jou een* kanjer *van een injectie te wachten.*
Die grijns. Die lelijke, demonische grijns.
Hij speelde de onnozele. En deed het zo goed, dat hij later een test met een leugendetector over het onderwerp zou weten te doorstaan. *Ik dacht dat het allemaal bij het spel hoorde*, zou hij zeggen, een en al gekwetste onschuld. *Dat dacht ik echt.* En als ze volhield, hem bleef aanvallen met haar woede, zou hij uiteindelijk terugvallen op de oudste verdediging van alle... en er zich dan in verstoppen als een hagedis in een rotsspleet: *Je vond het leuk. Dat weet je best. Waarom geef je het niet toe?*
Hij speelde tot in het onnozele. Het weten maar toch van plan zijn ermee door te gaan. Hij had haar met handboeien aan de bedspijlen geketend, had dat gedaan met haar eigen medewerking, en nu, o verrek, laten we het niet mooier maken dan het is, nu was hij van plan haar te verkrachten, echt *verkrachten*, terwijl de deur sloeg en de hond blafte en de kettingzaag jankte en de fuut daarbuiten op het meer jodelde. Hij was het echt van plan. Jazeker wel, jongens, jak, jak, jak, je bent nooit echt op de kut geweest als je geen kut hebt gehad die onder je heen en weer springt als een kip op een hete bakplaat. En als ze *echt* naar Maddy ging als deze oefening in vernedering voorbij was, zou hij blijven volhouden dat verkrachting wel het laatst was waar waar hij toen aan had gedacht.

19

Hij legde zijn roze handen tegen haar dijen en begon haar benen te spreiden. Ze verzette zich niet erg. Op het moment in ieder geval was ze voorlopig te geschokt en te verbouwereerd door wat er hier gebeurde om veel verzet te bieden.

En dat is precies de juiste houding, zei de wat vertrouwdere stem binnen in haar. *Blijf gewoon rustig liggen en laat hem zijn pijp uitkloppen. Wat is er eigenlijk zo vreselijk aan? Hij heeft het minstens duizend keer eerder gedaan en je bent niet een keer groen aangelopen. Voor het geval je het was vergeten, het is al heel wat jaren geleden dat jij een blozende maagd was.*

En wat zou er gebeuren als ze niet luisterde en geen gehoor gaf aan de raad van die stem? Wat was het alternatief?

Als bij wijze van antwoord verscheen er een vreselijk beeld in haar geest. Ze zag zichzelf getuigen in een echtscheidingszaak. Ze wist niet of er nog steeds zoiets als rechtbanken voor echtscheidingen bestonden in Maine, maar dat deed niets af aan de levendigheid van het beeld. Ze zag zichzelf gekleed in haar klassieke, roze Donna Karan-pak, met haar perzikkleurige zijden bloes eronder. Haar knieën en enkels kuis tegen elkaar. Haar kleine handtas, de witte, lag in haar schoot. Ze zag zichzelf aan een rechter, die eruitzag als wijlen Harry Reasoner, vertellen dat het, ja, waar was dat ze uit eigen vrije wil samen met Gerald naar het zomerhuis was gegaan, ja, ze had hem toegestaan haar vast te binden aan de bedstijlen met twee paar Kreig-handboeien, ook uit eigen vrije wil, en ja, om eerlijk te zijn *hadden* ze zulke spelletjes eerder gespeeld, hoewel nooit in het huis aan het meer.

Ja, meneer de rechter. Ja.

Ja, ja, ja.

Terwijl Gerald bleef doorgaan met haar benen te spreiden, hoorde Jessie zichzelf de rechter die eruitzag als Harry Reasoner vertellen over hoe ze met zijden sjaals waren begonnen en hoe ze erin had toegestemd met die spelletjes door te gaan – van sjaals opklimmend tot touwen tot handboeien – ook al had ze al gauw genoeg gekregen van het hele gedoe. Het in wezen walgelijk was gaan vinden. Zo walgelijk eigenlijk dat ze erin had toegestemd midden in de week in oktober met Gerald die honderd kilometer van Portland naar het Kashwakamak Lake te rijden; zo afgrijselijk dat ze hem weer eens had toegestaan haar vast te binden als een hond; zo afgeknapt door het hele gedoe dat ze niets anders aan had dan een nylon slipje dat zo doorzichtig was dat je er dwars doorheen de kleine advertenties van de *New York Times* had kunnen lezen. De rechter zou het allemaal geloven en heel echt met haar meevoelen. Natuurlijk zou hij dat. Wie niet? Ze kon zien hoe ze daar in de getuigenbank zat en zei: 'Dus daar lag ik dan, vastgeketend aan de bedstijlen met al-

leen maar een stukje ondergoed van Victoria's Secret aan en met een glimlach, maar op het laatste moment veranderde ik van gedachten, en Gerald wist het, en daarom is het verkrachting.'
Ja hoor, daar zou ze de oorlog mee winnen, inderdaad. Daar kon je vergif op innemen.
Ze zette deze ontstellende fantasie van zich af en merkte dat Gerald aan haar slipje rukte. Hij zat geknield tussen haar benen, zijn gezicht zo ernstig dat je in de verleiding had kunnen komen te geloven dat hij op het punt stond de Orde van Advocaten binnen te gaan in plaats van zijn onwillige vrouw. Vanaf het midden van zijn dikke onderlip liep een sliertje wit speeksel langs zijn kin.
Laat hem zijn gang gaan, Jessie. Laat hem zijn pijp uitkloppen. Het is dat spul in zijn ballen dat hem gek maakt, en dat weet je. Ze worden er allemaal gek van. Als hij er vanaf is, kun je weer met hem praten. Kun je hem hanteren. Dus maak er niet zo'n drukte over – blijf gewoon liggen en wacht tot hij het uit zijn lijf heeft.
Goede raad, en ze nam aan dat ze die opgevolgd zou hebben als die nieuwe aanwezigheid binnen in haar er niet was geweest. Die nieuwkomer zonder naam dacht klaarblijkelijk dat Jessies normale bron van goede raad – de stem die ze door de jaren heen was gaan zien als Moedertje Burlingame – een trut van de hoogste orde was. En misschien dat Jessie de dingen toch nog steeds op hun min of meer normale beloop zou hebben gelaten, als er niet twee dingen tegelijkertijd waren gebeurd. Het eerste was haar besef dat, hoewel haar polsen geboeid waren aan de bedstijlen, haar voeten en benen vrij waren. Op hetzelfde moment dat ze dit besefte, viel het sliertje kwijl van Geralds kin. Het bleef een moment hangen, werd langer en viel toen op haar middenrif net boven de navel. Iets aan dit gevoel was bekend en ze werd overspoeld door een vreselijk intense gewaarwording van *déja vu*. De kamer scheen om haar heen donkerder te worden, alsof de ruiten van de vensters en het daklicht waren vervangen door rookglas.
Het is zijn kwakje, dacht ze, hoewel ze heel goed wist dat het niet zo was. *Het is zijn godvergeten kwakje.*
Haar reactie was niet zozeer gericht op Gerald als wel op dat gehate gevoel dat kwam opwellen uit de diepten van haar geest. Ze reageerde beslist zonder er maar een moment bij na te denken, maar haalde gewoon uit met de instinctieve, paniekerige walging van een vrouw die beseft dat het ding dat fladderend gevangen zit in haar haar een vleermuis is.
Ze trok haar benen op, waarbij haar omhoog komende rechterknie op een haar na het puntje van zijn kin miste, en stootte toen haar blote voeten naar voren als zuigers. De zool en wreef van haar rechter dreven diep in de bolling van zijn buik. De hiel van haar linker knalde tegen de

stijve schacht van zijn penis en de testikels die eronder hingen als bleke, rijpe vruchten.
Hij schoot achteruit, zodat zijn achterste neerkwam op zijn ronde, haarloze kuiten. Hij hief zijn hoofd schuin omhoog naar het dakraam en het witte plafond met zijn weerspiegelende patronen van rimpelingen van het meer, en slaakte een hoge, ijle gil. Op precies hetzelfde moment riep de fuut op het meer weer, in een hels contrapunt. Voor Jessie klonk het alsof de ene man zijn medeleven betuigde met een andere.
Geralds ogen waren niet langer spleetjes, en ook glansden ze niet meer. Ze stonden wijdopen, ze waren even blauw als de smetteloze lucht van vandaag (de gedachte om die lucht boven het herfstachtig lege meer te zien was de beslissende factor geweest toen Gerald van kantoor belde en zei dat een van zijn zaken was verdaagd en of ze zin had om mee te gaan naar het zomerhuis voor in ieder geval de dag en misschien de nacht), en de uitdrukking erin was een blik van pijn waar ze nauwelijks naar kon kijken. Aan de zijkanten van zijn hals stonden pezen als koorden gespannen. Jessie dacht: *Die heb ik niet meer gezien sinds de regenachtige zomer toen hij min of meer het tuinieren eraan gaf en in plaats daarvan J.W. Dant tot zijn hobby maakte.*
Zijn gil begon weg te sterven. Het leek alsof iemand met een speciale Gerald-afstandsbediening het volume lager draaide. Zo was het natuurlijk niet, hij had een behoorlijk lange tijd gegild, misschien wel dertig seconden lang, en hij raakte gewoon buiten adem. *Ik moet hem flink pijn hebben gedaan*, dacht ze. De rode vlekken op zijn wangen en de vlek op zijn voorhoofd begonnen nu purper te worden.
Dat is ook zo, jammerde de stem van Moedertje vol wanhoop. *Dat is echt echt zo.*
Ja. Verrekt goede schop, vind je niet? mijmerde de nieuwe stem.
Je hebt je echtgenoot in zijn ballen geschopt! gilde Moedertje. *Wie geeft je in godsnaam het recht om zoiets te doen? Wie geeft je het recht er zelfs maar grappen over te maken?*
Daarop wist ze het antwoord, of dacht het te weten: ze had het gedaan omdat haar echtgenoot van plan was geweest haar te verkrachten en het later af te doen als een gemist signaal tussen twee in wezen harmonieuze huwelijkspartners die een onschuldig seksspelletje aan het spelen waren. *Het was de schuld van het spelletje*, zou hij schouderophalend hebben gezegd. *Van het spel, niet van mij. We hoeven het niet meer te spelen, Jess, als je het niet wilt.* In de wetenschap natuurlijk dat ze voor niets wat hij kon bieden meer haar polsen voor de handboeien zou ophouden. Nee, dit was een kwestie van lest best geweest. Gerald had het geweten en was van plan geweest er het allerbeste van te maken.
Dat zwarte ding dat zij in de kamer had gevoeld was onbestuurbaar ge-

worden, net zoals ze had gevreesd. Gerald scheen nog steeds te gillen, hoewel er nu helemaal geen enkel geluid (in ieder geval niet een geluid dat ze kon horen) uit zijn samengeknepen, pijnlijk vertrokken mond kwam. Zijn hoofd was nu zo volgestroomd met bloed dat het op sommige plekken werkelijk zwart leek. Ze kon zijn halsader – of misschien was het zijn halsslagader, als dat wat uitmaakte op dit moment – heftig zien kloppen onder de zorgvuldig geschoren huid van zijn keel. Welke het ook was, hij leek op het punt van barsten te staan en Jessie voelde een scherpe steek van schrik.

'Gerald?' Haar stem klonk dun en onzeker, de stem van een meisje dat iets waardevols heeft gebroken op het verjaarspartijtje van een vriendin. 'Gerald, ben je in orde?'

Natuurlijk was het een stomme vraag, ongelooflijk stom, maar deze was heel wat makkelijker te stellen dan die ze werkelijk in haar gedachten had: *Gerald, hoe erg ben je geraakt? Gerald, denk je dat je misschien dood gaat?*

Natuurlijk gaat hij niet dood, zei Moedertje. *Je hebt hem pijn gedaan, dat heb je zeker, en je zou je moeten schamen, maar hij gaat niet* dood. *Niemand gaat hier* dood.

Geralds samengeknepen pruilmondje bleef geluidloos trillen, maar hij gaf geen antwoord op haar vraag. Een van zijn handen was naar zijn buik gegaan, de ander omklemde zijn gekwetste teelballen. Nu gingen ze allebei langzaam omhoog en bleven net boven zijn linkertepel rusten. Ze nestelden zich daar als een stel plompe, roze vogels, te moe om verder te vliegen. Jessie zag de vorm van een naakte voet – *haar* naakte voet – op de ronde buik van haar echtgenoot opkomen. Het was een helder, beschuldigend rood tegen zijn roze huid.

Hij ademde uit, of probeerde dat, en stootte een zure damp uit die rook naar rotte uien. *Dat is de laatste adem,* dacht ze. *De onderste tien procent van onze longen is gereserveerd voor de laatste adem, leerden ze ons dat niet bij biologie op de middelbare school? Ja, ik denk het. Laatste adem, de mythische laatste zucht van drenkelingen en mensen die stikken. Wanneer je die eenmaal uitblaast, val je of flauw of...*

'Gerald!' riep ze met een scherpe, berispende stem. 'Gerald, *haal adem!*'

Zijn ogen puilden uit hun kassen als blauwe knikkers in een kluit plasticine en hij wist met moeite een heel klein beetje lucht binnen te krijgen. Hij gebruikte dat om een laatste woord tegen haar te zeggen, deze man die soms van woorden gemaakt scheen te zijn.

'... hart...'

Dat was alles.

'*Gerald!*' Nu klonk ze zowel geschokt als berispend, een oude vrijster

23

van een schooljuffrouw die de flirt van de tweede klas erop heeft betrapt dat ze haar rok optilt om de jongens de konijntjes op haar onderbroekje te laten zien. *'Gerald, hou op met dat gesodemieter en haal adem, godverdomme!'*
Dat deed Gerald niet. In plaats daarvan rolden zijn ogen omhoog in hun kassen en toonden een gelig wit. Zijn tong flapte uit zijn mond en maakte het geluid van een scheet. Een stroom troebele, oranjekleurige urine kwam in een boog uit zijn ingezakte penis, en haar knieën en dijen werden besproeid met koortsig warme druppels. Jessie liet een lange, doordringende kreet horen. Deze keer was ze zich er niet van bewust dat ze aan de handboeien rukte en die gebruikte om zover mogelijk van hem weg te komen, terwijl ze tegelijkertijd onhandig haar benen onder zich vouwde.
'Hou op, Gerald! Hou nou op voordat je van het bed v...'
Te laat. Zelfs al zou hij haar nog steeds horen, wat haar rationele geest betwijfelde, het was te laat. Zijn gebogen rug kromde de bovenste helft van zijn lichaam tot over de rand van het bed en de zwaartekracht nam het over. Gerald Burlingame, met wie Jessie ooit in bed ijsjes had gegeten, viel achterover met zijn knieën naar boven en zijn hoofd naar beneden, als een onhandig kind dat indruk probeert te maken op zijn vriendjes tijdens vrij zwemmen in het sportfondsenbad. Het geluid van zijn schedel toen die de hardhouten slaapkamervloer raakte deed haar opnieuw schreeuwen. Het klonk alsof een of ander enorm ei kapot werd getikt op de rand van een aardewerk schaal. Ze zou er alles voor over hebben gehad om dat niet te hebben gehoord.
Toen volgde er een stilte, die slechts werd verbroken door het verre geraas van de kettingzaag. Een grote grijze roos opende zich in de lucht voor Jessies opengesperde ogen. De bloembladen spreidden zich almaar verder uit, en toen ze zich om haar heen weer sloten als de stoffige vleugels van enorme kleurloze motten en alles voor een tijdje uitschakelden, was het enig duidelijke gevoel dat ze had, er een van dankbaarheid.

2

Ze scheen in een lange, koude gang te zijn, vol witte mist, een gang die hevig naar een kant afhelde zoals de gangen waar mensen altijd doorheen lopen in films als *A Nightmare on Elm Street* en tv-series als *The Twilight Zone*. Ze was naakt en de kou liet zich echt voelen, bezorgde haar pijn in haar spieren – vooral die in haar rug, hals en schouders.
Ik moet hier weg zien te komen, anders word ik ziek, dacht ze. *Ik begin al kramp te krijgen van de mist en het vocht.*
(Hoewel ze wist dat het niet door de mist en het vocht kwam.)
Ook is er iets met Gerald. Ik kan me niet precies herinneren wat, maar hij zou wel eens ziek kunnen zijn, denk ik.
(Hoewel ze wist dat ziek niet precies het juiste woord was.)
Maar, en dat was vreemd, een ander deel van haar wezen wilde helemaal niet weg uit die schuine, mistige gang. Dat deel suggereerde dat ze heel wat beter af zou zijn als ze hier bleef. Dat ze, als ze wegging, spijt zou krijgen. Dus ze bleef nog even.
Wat haar ten slotte weer in beweging bracht was een hond die blafte. Het was een uitzonderlijk lelijke blaf, in beginsel zwaar maar uiteenvallend in schrille stukken en brokken in zijn hoge registers. Elke keer dat het beest blafte, klonk het alsof hij een keel vol scherpe splinters uitkotste. Ze had die blaf eerder gehoord, hoewel het misschien beter was – een heel stuk beter, in feite – als het haar lukte zich niet te herinneren wanneer, of waar, of wat er toen gebeurde.
Maar het bracht haar tenminste in beweging – linkervoet, rechtervoet, hooivoet, strooivoet – en plotseling besefte ze dat ze beter door de mist kon kijken als ze haar ogen opendeed, dus dat deed ze. Wat ze zag was niet de een of andere spookachtige gang uit *The Twilight Zone*, maar de grote slaapkamer van hun zomerhuis aan de noordelijke kant van Kashwakamak Lake – het gebied dat Notch Bay heette. Ze nam aan dat ze het koud had gehad, omdat ze niets anders droeg dan een bikinibroekje; en haar hals en schouders deden pijn omdat ze met handboeien vastzat

aan de bedstijlen en haar achterste op het bed weg was gegleden toen ze
flauwviel. Geen schuine gang, geen natte mist. Alleen de hond was echt,
die blafte nog steeds zijn stomme kop van zijn lijf. Het klonk heel dicht
bij het huis. Als Gerald dat hoorde...
De gedachte aan Gerald deed haar krampachtig bewegen en die beweging zond een gevoel van ingewikkelde, vonkende spiralen door haar
verkrampte biceps en triceps. Die tintelingen verdwenen in het niets bij
haar ellebogen en Jessie realiseerde zich, met nevelige, net wakker wordende wanhoop, dat haar onderarmen voor het grootste deel gevoelloos
waren en haar handen net zo goed handschoenen hadden kunnen zijn
die waren volgepropt met stijf geworden aardappelpuree.
Dit gaat pijn doen, dacht ze en toen kwam alles weer terug... vooral het
beeld van Gerald met zijn koprol vanaf de zijkant van het bed. Haar
echtgenoot lag op de vloer, dood of bewusteloos, en zij lag hier op het
bed eraan te denken hoe vervelend het was dat haar onderarmen en handen sliepen. Hoe zelfzuchtig en egocentrisch je al niet kon worden.
Als hij dood is, is het zijn eigen verrekte schuld, zei de geen-gelul stem.
Hij probeerde er nog een paar andere treffende waarheden aan vast te
knopen, maar Jessie legde hem het zwijgen op. In haar staat van nogsteeds-niet-helemaal-bij-bewustzijn had zij beter toegang tot de dieperliggende archieven van haar geheugenbanken, en plotseling realiseerde
zij zich wier stem – lichtelijk nasaal, afgeknepen, altijd op de rand van
een sarcastische lach – het was. Het was de stem van haar kamergenote
op de universiteit, Ruth Neary. Nu Jessie het wist, merkte ze dat het
haar niets verbaasde. Ruth was altijd uiterst royaal geweest met haar
meningen, en haar opinie had vaak haar negentien jaar oude, grasgroene kamergenote uit Falmouth Foreside gechoqueerd... wat ongetwijfeld
de bedoeling was geweest – althans voor een deel. Ruths hart had altijd
op de juiste plaats gezeten en Jessie had er nooit aan getwijfeld dat Ruth
echt zestig procent geloofde van de dingen die ze zei en werkelijk veertig
procent had gedaan van de dingen die ze beweerde te hebben gedaan.
Als het om seks ging, lag het percentage waarschijnlijk nog hoger. Ruth
Neary, de eerste vrouw die Jessie ooit had gekend die absoluut weigerde
haar benen en oksels te scheren. Ruth, die ooit de kussensloop van een
vervelende afdelingsdecaan had gevuld met naar aardbeien ruikend
doucheschuim. Ruth, die uit algemeen principe naar elke studentenbijeenkomst ging en elk experimenteel studententoneelstuk bezocht. *Als
niets meer helpt, schatje, zal de een of andere knappe jongen zijn kleren
waarschijnlijk wel uittrekken*, had ze tegen een verbaasde, maar gefascineerde Jessie gezegd toen ze terugkwam van een studentenvoorstelling
met de naam 'De Zoon van Noachs Papegaai'. *Ik bedoel, het gebeurt
niet* altijd, *maar* gewoonlijk *wel – volgens mij is dat de bedoeling van*

die door studenten geschreven en geproduceerde stukken – zodat jongens en meiden hun kleren kunnen uittrekken, om 'en plein publique' te vrijen.

Ze had jaren niet aan Ruth gedacht en nu zat Ruth in haar hoofd en gaf haar kleine pareltjes van wijsheid, net zoals ze had gedaan in de dagen van weleer. Nou, waarom ook niet? Wie was er meer bevoegd om de geestelijk verwarden en emotioneel gestoorden raad te geven dan Ruth Neary, die na de Universiteit van New Hampshire drie huwelijken, twee zelfmoordpogingen en vier afkickprogramma's voor drugs en alcohol had afgewerkt. Beste brave Ruth, weer zo'n schitterend voorbeeld van hoe de vroegere Flower Power-generatie de overstap naar de middelbare leeftijd maakte.

'Jezus, net wat ik nodig had, Lieve Lita uit de hel,' zei ze, en het onduidelijke, slepende karakter van haar stem verontrustte haar meer dan het gebrek aan gevoel in haar handen en onderarmen.

Ze probeerde zichzelf weer op te trekken in die bijna-zithouding die ze had weten aan te nemen net voor Geralds kleine duikdemonstratie (was dat afschuwelijke geluid van een brekend ei een deel van haar droom geweest? ze bad dat het zo was), en gedachten aan Ruth werden weggeslikt door een plotselinge uitbarsting van paniek toen ze helemaal niet bewoog. Die tintelende spiralen van gevoel wervelden weer door haar spieren, maar verder gebeurde er niets. Haar armen bleven gewoon boven, iets achter haar hangen, even bewegingloos en gevoelloos als esdoornstammetjes voor de open haard. Het vage gevoel in haar hoofd verdween – paniek was een verrekte boel beter dan vlugzout, ontdekte ze – en haar hart schoot in een hogere versnelling, maar dat was alles. Een levendige voorstelling, geplukt uit een geschiedenistoets van lang geleden, flikkerde een ogenblik achter haar ogen: een kring lachende, wijzende mensen die om een jonge vrouw heen stonden, haar hoofd en handen in een schandblok. De vrouw stond voorovergebogen als een heks uit een sprookje en het haar hing in haar gezicht als het kleed van een boetelinge.

Ze heet Moedertje Burlingame en ze wordt gestraft omdat ze haar man pijn heeft gedaan, dacht ze. *Ze straffen Moedertje omdat ze degene die werkelijk schuldig is aan zijn pijn niet te pakken kunnen krijgen... degene die klinkt als mijn oude kamergenote op de universiteit.*

Maar was pijn doen wel het juiste woord? Was het niet waarschijnlijk dat ze deze slaapkamer nu deelde met een dode man? Was het niet waarschijnlijk dat, hond of geen hond, de Notch Bay kant van het meer helemaal verlaten was? Dat ze, als ze begon te schreeuwen, alleen antwoord zou krijgen van de fuut? Alleen dat en niets meer?

Het was vooral die gedachte, met zijn vreemde weerklank van Poe's

'The Raven', die haar tot het plotselinge besef bracht wat er precies aan de hand was, waar ze zichzelf in gebracht had, en plotseling werd ze overvallen door een levensechte, redeloze angst. Zo'n twintig seconden (als haar zou zijn gevraagd hoe lang die paniek duurde, zou ze tenminste hebben gedacht drie minuten en waarschijnlijk wel vijf) was ze volledig in zijn greep. Binnen in haar bleef een dunne strohalm van rationeel bewustzijn achter, maar die was hulpeloos – slechts een verbijsterde toeschouwer, die zag hoe de vrouw op bed zich kronkelde, haar haar rondzwiepte omdat ze haar hoofd ontkennend heen en weer wierp, en die haar schorre, angstige kreten hoorde.

Een diepe, glasscherpe pijn in haar nek, net boven de plek waar haar linkerschouder begon, maakte er een eind aan. Het was spierkramp, heel erg – iets wat atleten een 'zweepslag' noemden.

Kreunend liet Jessie haar hoofd terugvallen tegen de losse mahoniehouten latten die het hoofdeinde van het bed vormden. De spier die ze had verrekt, zat lelijk aangetrokken vast en was zo hard als steen. Het feit dat haar krachtsinspanning naalden en spelden van gevoel door haar onderarmen helemaal naar haar handpalmen had gejaagd, betekende weinig tegenover die verschrikkelijke pijn en ze merkte dat achteroverleunen tegen het hoofdeinde alleen maar nog meer druk op de verrekte spier uitoefende.

In een instinctieve beweging, zonder ook maar enige gedachte, zette Jessie haar hielen in de sprei, bracht haar billen omhoog en duwde met haar voeten. Haar ellebogen bogen zich en de druk op haar schouders en bovenarmen werd minder. Een ogenblik later begon de 'zweepslag' in haar schouderspier af te nemen. Ze liet haar adem ontsnappen in een lange, rauwe zucht van opluchting.

De wind buiten – ze merkte dat die heel wat meer dan een briesje was geworden – woei in vlagen en zuchtte door de dennen op de helling tussen het huis en het meer. In de keuken (die, wat Jessie betrof, in een ander universum bestond), sloeg de deur, die zij en Gerald hadden verzuimd dicht te trekken, tegen de uitgezette deurpost: een keer, twee keer, drie keer, vier. Dat waren de enige geluiden, alleen die en verder niets. De hond was opgehouden met blaffen, tenminste voorlopig, en de kettingzaag was opgehouden met razen. Zelfs de fuut scheen zijn koffiepauze te hebben.

Het beeld van een fuut die zijn koffiepauze houdt, misschien ronddobberend in de waterkoeler, terwijl hij een paar vrouwtjesfuten aan het versieren was, veroorzaakte een onduidelijk, krakend geluid in haar keel. Onder minder onplezierige omstandigheden zou dat geluid gegrinnik zijn genoemd. Het verdreef het laatste restje paniek en liet haar, weliswaar nog steeds bang, toch achter met tenminste beheersing over

haar gedachten en haar daden. Ook liet het haar achter met een onplezierige metaalachtige smaak op haar tong.
Dat is adrenaline, schatje, of welke klierafscheiding ook die jouw lichaam afscheidt als je je klauwen laat zien en tegen de muren opvliegt. Als iemand je ooit vraagt wat paniek is, dan kun je het nu vertellen: een emotionele blinde vlek die jou achterlaat met het gevoel alsof je op een mondvol koperen munten hebt gezogen.
Haar onderarmen zoemden en de tintelingen van gevoel hadden zich ten slotte ook tot in haar vingers verspreid. Jessie vouwde haar handen verscheidene keren open en dicht, daarbij ineenkrimpend van de pijn. Ze hoorde het zwakke gerinkel van de kettingen van de handboeien die tegen de bedspijlen tikten en nam een ogenblik om zich af te vragen of zij en Gerald gek waren geweest – nu leek het wel zo, hoewel ze er niet aan twijfelde dat iedere dag duizenden mensen over de hele wereld dit soort spelletjes speelden. Ze had gelezen dat er zelfs seksueel vrije geesten waren die zich in hun kasten ophingen en zich dan afrukten wanneer de bloedtoevoer naar hun hersenen langzaam terugliep tot nul. Zulke berichten sterkten haar alleen maar dat mannen niet gezegend, maar eerder vervloekt waren met hun penis.
Maar als het alleen maar een spelletje *was* geweest (alleen dat en niets meer) waarom had Gerald het dan nodig gevonden om echte handboeien te kopen? *Dat* was wel een interessante vraag, niet?
Misschien wel, maar ik geloof niet dat dàt nu de hamvraag is, wel, Jessie? vroeg Ruth Neary van binnen in haar hoofd. Het was werkelijk zeer verbazingwekkend op hoeveel verschillende sporen de menselijke geest op hetzelfde moment kon zitten. Op een ervan merkte ze dat ze zich afvroeg wat er was geworden van Ruth die ze tien jaar geleden voor het laatst had gezien. Het was zeker drie jaar geleden dat Jessie van haar had gehoord. De laatste communicatie was een kaart geweest waarop een jongeman stond in een barok rood fluwelen pak met een ruche rond de hals. De mond van de jongeman stond open en zijn lange tong stak suggestief naar buiten. OOIT TONGT MIJN PRINS had op de kaart gestaan. Een New Age-grap, had ze toen gevonden, bedacht Jessie nu. De Victorianen hadden Alexander Pope, de Lost Generation had H.L. Mencken, wij zaten opgezadeld met gore prentbriefkaarten en autostickerflauwekul zoals OM EERLIJK TE ZIJN, IS DE WEG VAN MIJ.
De kaart had een vaag Arizona poststempel gehad en de informatie dat Ruth zich bij een commune van lesbiennes had gevoegd. Jessie was niet verschrikkelijk verrast geweest over dat nieuws: had zelfs gemijmerd dat haar oude vriendin, die woest irritant en verrassend, melancholiek lief kon zijn (soms in dezelfde adem) misschien uiteindelijk het gat had gevonden dat in het grote spellenbord van het leven was geboord waarin haar eigen vreemd gevormde pion paste.

29

Ze had Ruths kaart in de bovenste la van haar bureau gelegd, die waarin ze allerlei correspondentie bewaarde die was blijven liggen en waarschijnlijk nooit beantwoord zou worden. En dat was de laatste keer geweest dat ze aan haar oude kamergenote had gedacht tot nu – Ruth Neary die heel erg graag zo'n knaller van een Harley-Davidson wilde hebben, maar die er nooit in was geslaagd welke gewone versnelling dan ook onder de knie te krijgen, zelfs niet die van Jessies makke oude Ford Pinto. Ruth, die zelfs na drie jaar nog vaak verdwaalde op de campus van de universiteit van New Hampsire. Ruth, die altijd huilde als ze vergat dat ze iets aan het koken was op het kookplaatje en het liet verkolen. Ze deed dat laatste zo vaak dat het werkelijk een wonder was dat ze nooit hun kamer – of het hele studentenhuis – in de fik had gestoken. Hoe vreemd dat de zelfverzekerde geen-gelul stem in haar hoofd die van Ruth moest blijken te zijn.

De hond begon weer te blaffen. Hij klonk niet dichterbij, maar hij klonk ook niet verder weg. Zijn baasje was niet op vogeljacht, dat was zeker. Geen enkele jager zou iets te maken willen hebben met zo'n hondse babbelkous. En als hond en baas buiten waren voor een eenvoudige middagwandeling, hoe kwam het dan dat het blaffen de afgelopen vijf minuten of zo van dezelfde plek was gekomen?

Omdat je al meteen gelijk had, fluisterde haar geest. *Er is geen baasje.* Die stem was niet die van Ruth of van Moedertje Burlingame, en het was beslist niet die welke ze als haar eigen beschouwde (wat *die* ook mocht wezen). Hij was heel jong en heel bang. En net als Ruths stem, klonk hij heel vertrouwd. *Het is gewoon een zwerver, daarbuiten in zijn eentje. Hij zal je niet helpen, Jessie. Hij zal* ons *niet helpen*.

Maar dat was misschien een te sombere taxatie. Ze *wist* immers niet dat die hond een zwerver was, wel? Niet zeker. En tot die tijd weigerde ze het te geloven. 'Als het je niet bevalt, dan zeg je het maar,' zei ze met een zachte, schorre stem.

Ondertussen had je die kwestie met Gerald. In haar paniek en de daarop volgende pijn was die min of meer uit haar gedachten geglipt.

'Gerald?' Haar stem klonk nog steeds onduidelijk, niet echt aanwezig. Ze schraapte haar keel en probeerde het weer. 'Gerald?'

Niets. Noppes. Helemaal geen antwoord.

Maar dat betekent niet dat hij dood is, dus hou je rustig, vrouw – stort je niet weer in zo'n aanval.

Ze *hield* zich rustig, dankjewel, en ze was helemaal niet van plan zich weer in zo'n aanval te storten. Maar toch voelde ze een diepe, aanzwellende wanhoop in haar ingewanden, een gevoel dat op een afschuwelijke heimwee leek. Dat Gerald niet antwoordde wilde niet zeggen dat hij dood was, dat was waar, maar het betekende *wel* dat hij op zijn allerminst bewusteloos was.

En waarschijnlijk *dood*, voegde Ruth Neary eraan toe. *Ik wil je show niet bederven, Jess – echt niet – maar je hoort hem niet ademhalen, of wel? Ik bedoel, gewoonlijk* hoor *je bewusteloze mensen ademhalen, ze nemen van die grote snurkende, rochelende happen lucht, nietwaar?*
'Hoe moet ik dat verdomme weten?' zei ze, maar dat was dom. Ze wist het omdat ze het grootste deel van haar middelbare-schooltijd een enthousiaste ziekenhuishulp was geweest, en binnen niet al te lange tijd had je een behoorlijk goed idee over hoe de dood klonk, hij klonk als helemaal niks. Ruth had alles geweten over de tijd die zij in het Portland City Hospital had gewerkt – die Jessie zelf soms De Ondersteek Jaren had genoemd – maar deze stem zou het ook hebben geweten als Ruth het niet wist, want deze stem was niet *Ruth*, deze stem was *zij*. Ze moest zichzelf eraan blijven herinneren, omdat deze stem zo griezelig zichzelf was.
Zoals de stemmen die je eerder hoorde, mompelde de jonge stem. *De stemmen die je na de donkere dag hoorde.*
Maar daar wilde ze niet aan denken. Wilde ze *nooit* aan denken. Had ze niet al genoeg problemen?
Maar de stem van Ruth had gelijk: bewusteloze mensen – vooral zij die bewusteloos waren geraakt door een goede harde tik op het hoofd – snurkten gewoonlijk *echt*. Wat inhield...
'Hij is waarschijnlijk dood,' zei ze met haar onduidelijke stem. 'Goed, jawel...'
Heel voorzichtig leunde ze naar links, heel voorzichtig rekening houdend met de spier in haar nek die aan die kant zo pijnlijk verkrampt was geraakt. Ze had nog niet helemaal het verste uiteinde bereikt van de ketting waarmee haar rechterpols vastzat, toen ze een roze, mollige arm zag en de helft van een hand – de laatste twee vingers om precies te zijn. Het was zijn rechterhand. Ze wist dit omdat er geen trouwring om zijn ringvinger zat. Ze zag de witte maanbogen van zijn nagels. Gerald was altijd erg ijdel geweest op zijn handen en nagels. Ze had zich tot nu nooit gerealiseerd *hoe* ijdel. Het was grappig hoe weinig je soms zag. Hoe weinig je nog zag zelfs nadat je dacht het allemaal wel gezien te hebben.
Ik denk het, maar ik zal je een ding vertellen, lieverd: nu kun je de gordijnen dichtdoen, want ik wil verder niets meer zien. Nee, helemaal niets meer. Maar weigeren te kijken was een luxe waaraan zij zich niet, althans voorlopig niet, kon overgeven.
Overdreven voorzichtig, waarbij ze haar nek en schouder ontzag, schoof Jessie zo ver als de ketting toeliet naar links. Het was niet veel – nog eens vijf, zes centimeter op z'n hoogst – maar het maakte voor haar de hoek groot genoeg om een deel van Geralds bovenarm te zien, een

deel van zijn rechterschouder en een heel klein stukje van zijn hoofd. Ze was er niet zeker van, maar ze meende ook kleine bloeddruppels te zien aan de randen van zijn dunnende haar. Ze nam aan dat het in ieder geval technisch mogelijk was dat dit laatste slechts verbeelding was. Ze hoopte het.
'Gerald?' fluisterde ze. 'Gerald, kun je me horen? Alsjeblieft, zeg dat het zo is.'
Geen antwoord. Geen beweging. Ze voelde die diepe wanhoop vol heimwee weer, die maar bleef opborrelen als uit een niet gestelpte wond.
'Gerald?' fluisterde ze weer.
Waarom fluister je? Hij is dood. De man die je ooit eens verraste met een weekendreisje naar Aruba – uitgerekend Aruba *– en die ooit eens jouw krokodilleleren schoenen aan zijn oren droeg op een oudjaarsavondfeest... die man is dood. Dus waarom fluister je, verdomme?*
'Gerald!' Ditmaal gilde ze zijn naam. '*Gerald, word wakker!*'
Het geluid van haar eigen gillende stem stuurde haar bijna een volgend paniekerig, spastisch intermezzo in, en het engste was niet Geralds voortdurende onvermogen tot bewegen of antwoorden, het was het besef dat de paniek er nog steeds was, nog *steeds*, rusteloos rond haar bewuste geest cirkelend, zo geduldig als een roofdier zou kunnen doen rond het flakkerende kampvuur van een vrouw die op de een of andere manier was weggezworven van haar vrienden en was verdwaald in de diepe, donkere uitgestrektheid van het bos.
Je bent niet verdwaald, zei Moedertje Burlingame, maar Jessie vertrouwde die stem niet. Het beheerste ervan klonk vals, het redelijke ervan niet meer dan vliesdun vernis. *Je weet precies waar je bent.*
Ja, dat was zo. Ze bevond zich aan het einde van een kronkelige landweg vol diepe sporen die zich drie kilometer zuidelijk van hier van Sunset Lane afsplitste. De weg was een gangpad geweest van neergevallen rode en gele bladeren waar zij en Gerald overheen hadden gereden en die bladeren waren de stomme getuigenis geweest van het feit dat dit spoor, dat leidde naar het Notch Bay gedeelte van Kashwakamak Lake, weinig of helemaal niet was gebruikt in de drie weken sinds de bladeren eerst waren begonnen te verkleuren en toen te vallen. Deze kant van het meer was bijna exclusief het domein van zomergasten, en voor zover Jessie wist was het spoor misschien wel niet meer gebruikt sinds Labor Day. Je had een totaal van acht kilometer te gaan, eerst over de landweg en dan over Sunset Lane voor je uitkwam op Route 117 waar een paar huizen stonden die het hele jaar door werden bewoond.
Ik ben hier in m'n eentje. Mijn echtgenoot ligt dood op de vloer, en ik lig geboeid aan het bed. Ik kan gillen tot ik blauw zie en het helpt me

niks, niemand zal het horen. Die gast met de kettingzaag is waarschijnlijk het dichtst bij en hij is al minstens zeven kilometer van me vandaan. Hij kan zelfs aan de overkant van het meer zitten. De hond zal me horen, maar de hond is bijna zeker een zwerver. Gerald is dood, en dat is een schande – ik had nooit de bedoeling hem te doden, als ik dat gedaan heb – maar in ieder geval ging het voor hem betrekkelijk snel. Voor mij wordt het niet snel. Als niemand in Portland zich zorgen over ons begint te maken, en er is geen enkele speciale reden waarom iemand dat wel zou doen, tenminste voorlopig niet...

Ze moest niet zo denken. Het bracht het paniekding dichterbij. Als ze haar gedachten niet uit deze tredmolen haalde, zou ze snel de domme, hongerige rode ogen van het paniekding zien. Nee, ze moest absoluut niet zo denken. Het probleem was dat, als je eenmaal begonnen was, het erg moeilijk werd weer te stoppen.

Maar misschien verdien je dat wel, zei de tirannieke, opgewonden stem van Moedertje Burlingame plotseling. *Misschien wel. Want je hebt hem echt gedood, Jessie. Daarin kun je jezelf niet voor de gek houden, want ik sta het je niet toe. Ik weet best dat zijn conditie niet zo goed was, en ik weet zeker dat het vroeg of laat toch gebeurd zou zijn – een hartaanval op kantoor, of op de inhaalbaan van de tolweg als hij op een avond op weg naar huis is, met een sigaret in zijn hand die hij probeert aan te steken en een grote tienwieler achter hem die toetert om hem te zeggen dat hij als de sodemieter naar de rechter rijstrook moet om wat ruimte te maken. Maar jij kon niet wachten op vroeg of laat, wel? O nee, jij niet, niet Tom Mahouts brave kleine meisje Jessie. Je kon niet gewoon blijven liggen en hem zijn pijp uit laten kloppen, wel? Cosmo Girl Jessie Burlingame zegt 'Geen man ketent me vast'. Jij moest hem in zijn buik en zijn ballen schoppen, nietwaar? En dat moest je zonodig doen terwijl zijn thermostaat al behoorlijk boven de rode streep stond. Laten we de dingen bij de naam noemen, schat: je hebt hem vermoord. Dus misschien verdien je het wel om hier geboeid op dit bed te liggen. Misschien...*

'O, wat een gelul,' zei ze. Het was een onuitspreekbare opluchting die andere stem – Ruths stem – uit haar mond te horen komen. Soms (nou... misschien dat *vaak* dichter bij de waarheid kwam) haatte ze de stem van Moedertje, haatte hem en was er bang voor. Hij was vaak dwaas en grillig, ze herkende dat, maar hij was ook zo *sterk*, het was zo moeilijk om nee tegen hem te zeggen.

Moedertje stond altijd te popelen om haar ervan te overtuigen dat ze de verkeerde jurk had gekocht, of dat ze het verkeerde cateringbedrijf had uitgekozen voor het feest aan het einde van de zomer dat Gerald elk jaar gaf voor de andere partners in de firma en hun gades (behalve dat het in het echt Jessie was die het gaf; Gerald was alleen maar de vent die wat rondhing, stelt-niks-voor zei en alle lof oogstte). Moedertje was degene die er altijd op stond dat ze twee kilo afviel. Die stem liet niet af, ook al werden haar ribben zichtbaar. *Laat die ribben maar zitten!* gilde die op een toon van intolerant afgrijzen. *Kijk liever naar je* tieten, *beste meid! En als je daar al niet van over je nek gaat, kijk dan naar je* dijen!

'Wat een *gelul*,' zei ze terwijl ze probeerde het nog sterker te laten klinken, maar nu hoorde ze een lichte huivering in haar stem, en dat was niet zo best. Helemaal niet zo best. 'Hij wist dat ik het meende... Hij *wist* het. Dus wie is er fout?'

Maar was dat echt waar? In zekere zin wel – ze had gezien dat hij besloot te verwerpen wat hij in haar gezicht zag en in haar stem hoorde omdat het het spel zou bederven. Maar op een andere manier – een heel wat fundamentelere manier – wist ze dat het helemaal niet waar was, omdat Gerald haar maar in heel weinig gevallen serieus had genomen in de laatste tien of twaalf jaar van hun samenzijn. Het leek wel alsof hij er bijna een soort van tweede carrière van had gemaakt om niet te horen wat zij zei, tenzij het over maaltijden ging of waar zij werden verondersteld te zijn op die en die dag of die en die avond (dus vergeet het niet, Gerald). De enige andere uitzonderingen op de algehele Regels van het Oor waren onvriendelijke opmerkingen over zijn gewicht of zijn drinken. Hij hoorde de dingen die zij had te zeggen over die onderwerpen, en vond ze niet prettig. Maar ze waren te verwerpen als deel van de een of andere mythische natuurlijke orde: vissen moeten zwemmen, vogels moeten vliegen, vrouwen moeten zeuren.

Dus wat had ze precies verwacht van die man? Dat hij zou zeggen, Ja, schat, ik maak je meteen los en, tussen haakjes, bedankt dat je mijn bewustzijn wat hebt opgevijzeld?

Ja. Ze vermoedde dat een naïef deel van haar wezen, een onaangeraakt en dauwogig klein-meisjesdeel van haar wezen, gewoon dat had verwacht.

De kettingzaag die alweer enige tijd snauwend en grauwend bezig was geweest, viel plotseling stil. Hond, fuut en zelfs de wind waren ook stil geworden, in ieder geval voor het moment, en de stilte leek even dik en tastbaar als tien jaar onaangeraakt stof in een leeg huis. Ze hoorde geen auto- of vrachtwagenmotor, zelfs niet in de verte. En nu behoorde de stem die sprak aan niemand anders toe dan aan haarzelf. *O, mijn god*, zei die. *O, mijn god, ik ben helemaal alleen hier. Ik ben helemaal alleen.*

3

Jessie kneep haar ogen stevig dicht. Zes jaar geleden was zij voor een periode van vijf maanden – een periode die ze abrupt had beëindigd – in therapie geweest, zonder het aan Gerald te vertellen omdat ze wist dat hij sarcastisch zou doen... en zich waarschijnlijk zorgen zou maken over hoeveel centen ze misschien wel uitgaf. Ze had haar probleem als stress gebracht en Nora Callighan, haar therapeute, had haar een eenvoudige ontspanningsoefening geleerd.

De meeste mensen associëren tellen tot tien met Donald Duck die probeert zijn kalmte te bewaren, had Nora gezegd, *maar wat die tien tellen werkelijk doen, is je een kans geven al je emotionele schijven bij te stellen... en iedereen die niet minstens één keer per dag een emotionele bijstelling nodig heeft, heeft waarschijnlijk problemen die heel wat ernstiger zijn dan die van jou of mij.*

Deze stem was ook duidelijk – duidelijk genoeg om een weemoedige glimlach op haar gezicht te brengen.

Ik mocht Nora. Ik mocht haar graag.

Had zij, Jessie, dat toen ook geweten? Ze was ietwat geschokt te bemerken dat zij het zich niet meer precies kon herinneren, zoals ze zich ook niet precies kon herinneren waarom ze ermee was opgehouden om Nora op dinsdagmiddagen te bezoeken. Ze nam aan dat een boel dingen – sociaal werk, het tehuis voor daklozen op Court Street, misschien de geldinzameling voor de nieuwe bibliotheek – gewoon allemaal ineens waren gekomen. Gezeik Heb Je Altijd – weer zo'n New Age-flauwekul die voor wijsheid moest doorgaan. Stoppen was waarschijnlijk toch het beste geweest. Als je niet ergens een lijn trok, bleef therapie maar doorgaan tot jij en je therapeut samen wegsukkelden naar die grote groepsencountersessie in het hiernamaals.

Doet er niet toe – schiet op, tel, te beginnen met je tenen. Doe het precies zoals zij het je heeft geleerd.

Ja – waarom niet?

Een is voor voet, tien kleine tenen, schattige varkentjes, allemaal op rij.
Behalve dat er acht komiek gekruld waren en haar grote tenen eruitzagen als de koppen van een paar bolhamers.
Twee is voor benen, lieftallig en lang.
Nou, niet *zo* lang – ze was tenslotte maar een meter zevenenzestig – maar Gerald had beweerd dat die het mooiste aan haar waren, tenminste volgens de oude sex-appeal-normen. Ze had die bewering, die van zijn kant volkomen oprecht leek, altijd leuk gevonden. Ergens had hij haar knieën over het hoofd gezien, die net zo lelijk waren als de knoesten van een appelboom, en haar mollige bovendijen.
Drie is mijn sekse, eenmaal goed, altijd goed.
Een beetje schattig – een beetje *te* schattig, zouden veel mensen misschien zeggen – maar niet erg verhelderend. Ze tilde haar hoofd een beetje op, alsof ze naar het ding in kwestie wilde kijken, maar haar ogen bleven gesloten. Ze had haar ogen trouwens niet nodig om het te zien, al heel lang leefde ze samen met dat betreffende toebehoren. Wat tussen haar heupen lag, was een driehoek geelbruin krullend haar die een pretentieloze spleet, met alle esthetische schoonheid van een slecht geheeld litteken, omgaf. Dit ding – dit orgaan dat echt weinig meer was dan een diepe vleesplooi gebed in kriskras lopende spierbanden – scheen haar een onwaarschijnlijke bron van mythen, maar het bezat zeker een mythische status in de collectieve mannelijke geest. Het was het magische dal waar zelfs de eenhoorns ten slotte werden getemd...
'Moedertje lief, wat een gelul,' zei ze. Ze glimlachte iets, maar opende haar ogen niet.
Alleen *was* het geen gelul, niet helemaal. Die spleet was voor iedere man het lustobject – tenminste, voor de heteroseksuelen – maar ook was het veelvuldig het voorwerp van hun onverklaarbare hoon, wantrouwen en haat. Die donkere woede hoorde je niet in al hun grappen, maar hij was in voldoende van die grappen aanwezig. En in sommige klonk het recht voor zijn raap, deed het pijn als een zweer: *Wat is een vrouw? Een levensinstandhoudingssysteem voor een kut.*
Hou op, Jessie, beval Moedertje Burlingame. Haar stem klonk angstig en vol walging. Hou nu op.
Dat, besloot Jessie, was een verdomd goed idee en ze richtte haar geest weer op Nora's tien tellen. Vier was voor haar heupen (te breed), en vijf haar buik (te dik). Zes was haar borsten, waarvan *zij* dacht dat die het mooiste aan haar waren – ze vermoedde dat Gerald een beetje afgeknapt was op de vage sporen van blauwe aderen onder de glad aflopende rondingen. De borsten van de meisjes op de uitklappagina van zijn bladen toonden zulke sporen van het leidingwerk dat er onder zat niet. De meisjes uit de tijdschriften hadden ook geen kleine haartjes die uit hun tepelhof groeiden.

Zeven was haar te brede schouders, acht was haar hals (die er vroeger mooi uitzag maar de laatste paar jaren beslist te mager was geworden), negen was haar terugwijkende kin, en tien...
Wacht even! Wacht hier godverdomme even! onderbrak de geen-gelul stem woedend. *Wat is dit voor stom spel?*
Jessie kneep haar ogen nog verder dicht, ontsteld door de diepte van woede in die stem en vreselijk geschrokken door het *eigen karakter* erin. In zijn woede leek hij helemaal niet op een stem die vanuit de centrale penwortel van haar geest kwam, maar op een echte indringer – een vreemde geest die bezit van haar wilde nemen, zoals Panzoezoe bezit nam van het meisje uit *De exorcist*.
Wil je daar geen antwoord op geven? vroeg Ruth Neary – alias Panzoezoe. *Goed, misschien is die vraag wat te ingewikkeld. Laat me het je heel makkelijk maken, Jess: wie veranderde Nora Callighans eenvoudige kleine ontspanningslitanie in een mantra van zelfhaat?*
Niemand, dacht ze zwakjes terug, en wist ogenblikkelijk dat de geen-gelul stem dat nooit zou accepteren, dus ze voegde eraan toe: *Moedertje, die was het.*
Nee, die was het niet, kaatste Ruths stem onmiddellijk terug. Ze klonk alsof ze walgde van deze halfgare poging de schuld af te schuiven. *Moedertje is een beetje dom en nu is ze een heleboel bang, maar in wezen is zij een lief mens, en haar bedoelingen zijn altijd goed geweest. De bedoelingen van wie het ook is die Nora's lijst heeft herschreven waren welbewust kwaadaardig, Jessie. Zie je dat niet? Zie je niet...*
'Ik zie helemaal *niets*, omdat ik mijn *ogen* dicht heb,' zei ze met een trillende kinderstem. Bijna deed ze ze open, maar iets zei haar dat dat de situatie eerder erger dan beter zou maken.
Wie was het, Jessie? Wie leerde jou dat je lelijk en waardeloos was? Wie koos Gerald Burlingame uit als jouw zielsverwant en sprookjesprins, waarschijnlijk jaren voor je hem werkelijk ontmoette op dat partijtje van de Republikeinse Partij? Wie besloot dat hij niet alleen dat was wat je nodig had, maar precies wat je verdiende?
Met een geweldige inspanning veegde Jessie deze stem – *alle* stemmen, hoopte ze vurig – uit haar geest. Ze begon weer aan de mantra, nu hardop.
'Een is mijn tenen, allemaal op een rijtje, twee is mijn benen, lieftallig en lang, drie is mijn sekse, eenmaal goed, altijd goed, vier is mijn heupen, rond en zacht, vijf is mijn maag, waar ik bewaar wat ik eet.' De rest van de teksten kon ze zich niet meer herinneren (wat waarschijnlijk een zegen was; ze had het sterke vermoeden dat Nora ze zelf had gebaard, waarschijnlijk met een oog op publikatie in een van die zachte, smachtende zelfhulptijdschriften die op de lage tafel in haar wachtka-

mer lagen) en dus ging zij zonder verder: 'Zes is mijn borsten, zeven is mijn schouders, acht is mijn hals...'
Ze pauzeerde om adem te halen en was opgelucht te bemerken dat haar hartslag was afgenomen van een galop naar een snelle draf.
'... negen is mijn kin, en tien is mijn ogen. Ogen, open je wijd!'
Ze voegde de daad bij het woord en de slaapkamer om haar heen kwam helder tot leven, ergens nieuw en – voorlopig althans – bijna net zo verrukkelijk als hij voor haar was geweest toen zij en Gerald hun eerste zomer in dit huis doorbrachten. Destijds in 1979, een jaar dat ooit de klank van science fiction had en nu onmogelijk antiek leek.
Jessie keek naar de grijze houten muren, het hoge witte plafond met zijn gereflecteerde glinsteringen van het meer en de twee grote ramen, aan weerszijden van het bed. Dat links van haar lag op het westen en keek uit op de veranda, het hellende land erachter en het hartverscheurend heldere blauw van het meer. Dat rechts van haar schonk een minder romantisch uitzicht – de oprit en haar grijze douairière van een Mercedes, die nu acht jaar oud was en de eerste kleine plekjes roest liet zien langs de spatborden.
Direct tegenover haar in de kamer zag ze de ingelijste gebatikte vlinder boven de ladenkast aan de muur hangen en ze herinnerde zich met een bijgelovig gebrek aan verrassing dat het een cadeautje van Ruth was voor haar dertigste verjaardag. De kleine handtekening geborduurd met rode draad kon ze van hier af niet zien, maar ze wist dat die daar was: *Neary, '81.* Nog zo'n science-fictionjaar.
Niet ver van de vlinder (en vloekend als de klere, hoewel ze nooit echt voldoende moed bij elkaar had geraapt om dit aan haar echtgenoot duidelijk te maken), hing Geralds Alfa Gamma Rho bierpul aan een verchroomde haak. Rho was niet zo'n heldere ster in het universum van het broederschap – de andere gilderatten noemden het Alfa Pak een Po – maar Gerald droeg de speld met een pervers soort van trots en hield de pul aan de muur en dronk er elk jaar het eerste bier van de zomer uit als ze hier in juni kwamen. Het was een soort van ceremonie die haar soms had doen afvragen, lang voor de feestelijkheden van vandaag, of ze geestelijk wel in orde was toen ze met Gerald trouwde.
Iemand had het moeten tegenhouden, dacht ze somber. *Iemand had dat echt moeten doen, want kijk nou eens wat ervan is gekomen.*
In de stoel aan de andere kant van de badkamerdeur zag ze het modieuze broekrokje en de mouwloze blouse die ze had gedragen op deze abnormaal warme herfstdag. Haar beha hing aan de knop van de badkamerdeur. En over de beddesprei en haar benen, de kleine, zachte haartjes op haar bovendijen in gouden draden veranderd, lag een heldere baan licht van de namiddagzon. Niet het vierkant van licht dat om één

uur bijna precies in het midden van de beddesprei lag en niet de rechthoek die er om twee uur lag, dit was een brede baan die snel tot een streep zou versmallen, en hoewel een stroomstoring de digitale klokradio op de ladenkast had gemold (hij bleef maar 12:00 am knipperen, even onophoudelijk als het neonlicht van een café), vertelde de reep licht haar dat het tegen vier uur liep. Vrij snel zou de streep van het bed afglijden en zou ze schaduwen gaan zien in de hoeken en onder de kleine leestafel bij de muur. En als de streep een draad werd, eerst voortglijdend over de vloer en dan opklimmend tegen de muur aan de overkant, onderwijl langzaam dovend, zouden die schaduwen uit hun holen komen kruipen, om zich als inktvlekken door de kamer te verspreiden, al groeiend het licht wegetend. De zon draaide naar het westen. Over nog een uur, anderhalf uur op zijn hoogst, zou hij zakken. Zo'n veertig minuten daarna zou het donker zijn.

Deze gedachte veroorzaakte geen paniek – in ieder geval nog niet – maar het legde een vlies van mistroostigheid over haar geest en een vochtige atmosfeer van angst om haar hart. Ze zag zichzelf hier liggen, met handboeien aan het bed geketend, Gerald dood, beneden op de vloer naast haar. Ze zag hen hier liggen in de duisternis, lang nadat de man met de kettingzaag was teruggegaan naar zijn vrouw en kinderen en goed verlichte huis, nadat de hond was weggezworven en alleen die verrekte fuut er nog was als gezelschap, daarbuiten op het meer – alleen hij, verder niets.

Meneer en mevrouw Gerald Burlingame, die een laatste lange nacht samen doorbrengen.

Terwijl Jessie naar de bierpul en de gebatikte vlinder keek, onwaarschijnlijke buren die alleen maar getolereerd konden worden in een huis dat zoals dit maar één seizoen per jaar werd gebruikt, vond ze het makkelijk om over het verleden na te denken en net zo makkelijk (hoewel heel wat minder plezierig) om af te dwalen naar mogelijke versies van de toekomst. Het echt moeilijke werk scheen te zijn om in het heden te blijven, maar ze dacht dat ze maar beter kon proberen daar haar best voor te doen. Deze onaangename situatie zou waarschijnlijk heel wat onaangenamer worden als ze het niet deed. Ze kon niet vertrouwen op de een of andere *deus ex machina* om haar uit de knoei te halen, en dat was niet leuk. Maar als het haar lukte het zelf te doen, zat er een premie aan vast: ze zou zich de gêne besparen van hier bijna poedelnaakt te liggen terwijl de een of andere hulp-sheriff haar losmaakte, haar vroeg wat er verdomme was gebeurd, en zichzelf een goede lange blik gunde op het blankwitte lichaam van de nieuwe weduwe.

Ook waren er nog twee andere dingen gaande. Ze zou er veel voor over hebben gehad die van zich af te zetten, al was het maar tijdelijk, maar ze kon het niet. Ze moest naar de wc en ze had dorst. Op dit moment was de behoefte om te lozen sterker dan de behoefte om te tanken, maar het was haar behoefte aan een slok water die haar zorgen baarde. Nu was het nog niet zo erg, maar dat zou veranderen als het haar niet lukte zich van de handboeien te ontdoen en naar een kraan te gaan. Het zou veranderen op een manier waaraan ze niet graag dacht.

Het zou grappig zijn als ik stierf van de dorst op tweehonderd meter van het op acht na grootste meer van Maine, dacht ze, en toen schudde ze haar hoofd. Dit was niet het op acht na grootste meer van Maine, waar had ze dan aan gedacht? Dat was Dark Score Lake, waar zij en haar ouders en haar broer en zuster al die jaren geleden altijd naar toe waren geweest. Toen vóór de stemmen. Toen vóór...

Ze maakte er een eind aan. Ruw. Het was lang geleden dat zij aan Dark Score Lake had gedacht en ze was niet van plan daar nu mee te beginnen, handboeien of geen handboeien. Het was beter om eraan te denken dat ze dorst had.

Wat valt er te denken, schatje? Het is psychosomatisch, dat is alles. Je hebt dorst omdat je weet dat je niet overeind kan komen om iets te drinken te pakken. Zo simpel is het.

Maar dat was niet zo. Ze had ruzie gehad met haar echtgenoot en de twee snelle schoppen die ze hem had gegeven waren een kettingreactie begonnen die uiteindelijk resulteerde in zijn dood. Zelf had ze last van de na-effecten van een enorme hormoonproduktie. De technische term ervoor was shock en een van de gewoonste symptomen van shock was dorst. Ze moest zichzelf misschien gelukkig prijzen dat haar mond niet droger was dan hij was, in ieder geval tot zover, en...

En misschien is dat iets waar ik iets aan kan doen.

Gerald was een typisch gewoontedier, en een van zijn gewoontes was dat hij altijd een glas water aan zijn kant van de plank boven het hoofdeinde van het bed had. Ze draaide haar hoofd naar rechtsboven en ja, daar stond het, een hoog glas water met een kluitje smeltende ijsklontjes. Het glas stond zonder twijfel op een viltje zodat het geen kring op de plank zou achterlaten – dat was Gerald, zo attent als het om kleine dingen ging. Op het glas, duidelijk zichtbaar, stonden druppels condens als zweet.

Terwijl Jessie ernaar keek, voelde ze haar eerste steek van werkelijke dorst. Het deed haar haar lippen likken. Ze schoof zo ver als de ketting van de linker handboei het haar toestond naar rechts. Dat was maar anderhalve decimeter, maar het bracht haar op Geralds kant van het bed. De beweging maakte ook een aantal donkere vlekken vrij op de linkerkant van de sprei. Afwezig staarde ze er een aantal ogenblikken naar voordat ze zich herinnerde dat Gerald, in het laatste stadium van zijn

doodsstrijd, zijn blaas had geleegd. Toen richtte ze snel weer haar ogen op het glas water dat daar op een rond kartonnetje stond, dat waarschijnlijk een merk yuppie-bier adverteerde, hoogstwaarschijnlijk Beck's of Heineken.
Ze stak haar hand uit, langzaam terwijl ze haar arm zo lang mogelijk maakte. Dat was niet genoeg. Haar vingertoppen stopten op acht centimeter van het glas. De steek van dorst – een lichte verstrakking in de keel, een lichte prikkeling op de tong – kwam en ging weer weg.
Als er niemand komt of als ik geen manier kan bedenken om me voor morgenochtend los te wurmen, ben ik niet eens meer in staat om naar dat glas op te kijken.
Dit idee had een kille redelijkheid die in en door zichzelf angstaanjagend was. Maar ze *zou* morgen niet nog steeds hier zijn, daar ging het om. Het idee was volslagen belachelijk. Krankzinnig, eigenlijk. Geschift. Niet de moeite waard om over na te denken. Het...
Stop, zei de geen-gelul stem. *Gewoon stop*. En dat deed ze.
Wat ze onder ogen moest zien, was dat het idee niet helemaal belachelijk *was*. Ze weigerde de mogelijkheid te accepteren of zelfs maar te overwegen dat ze hier kon *sterven* – dat *was* geschift natuurlijk – maar ze kon hier een paar ongemakkelijke uren doorbrengen als ze niet de spinnewebben van de oude denkmachine afstofte en die aan de gang kreeg.
Lang, ongemakkelijk... en misschien pijnlijk, zei Moedertje nerveus. *Maar de pijn zou een daad van boetedoening zijn, vind je niet? Tenslotte heb jij dit over jezelf afgeroepen. Ik hoop niet dat ik vermoeiend ben, maar als je hem gewoon zijn pijp had laten uitkloppen...*
'Je *bent* vermoeiend, Moedertje,' zei Jessie. Ze kon zich niet herinneren of ze ooit eerder hardop had gesproken tegen een van de inwendige stemmen. Ze vroeg zich af of ze gek aan het worden was. Ze besloot dat het haar op de een of andere manier geen reet kon schelen, tenminste voorlopig niet.
Jessie sloot haar ogen weer.

4

Ditmaal was het niet haar lichaam dat ze visualiseerde in de duisternis achter haar oogleden, maar deze hele kamer. Natuurlijk was zij nog steeds het belangrijkste voorwerp, gut, ja – Jessie Mahout Burlingame, nog net geen veertig, nog steeds redelijk verzorgd met haar een meter zeventig en zevenenvijftig kilo, blauwe ogen, bruinrood haar (ze maskeerde het grijs dat vijf jaar geleden begon te komen met een glansspoeling en was er behoorlijk zeker van dat Gerald het nooit had gemerkt). Jessie Mahout Burlingame, die zich in deze rotzooi gewerkt had zonder precies te weten hoe of waarom. Jessie Mahout Burlingame, nu waarschijnlijk de weduwe van Gerald, nog steeds moeder van niemand, en vastgemaakt aan dit godvergeten bed met twee stel politiehandboeien.

Ze liet het beeldende deel van haar geest inzoomen op dit laatste. Een groef van concentratie verscheen tussen haar gesloten ogen.

Vier boeien samen, elk paar gescheiden door vijftien centimeter in plastic gehulde stalen ketting, elk met M-17 – een serienummer, nam ze aan – in het staal van het huis geslagen. Ze herinnerde zich dat Gerald haar vertelde, destijds toen het spel nog nieuw was, dat elke boei een tandheugel had, waardoor de boei verstelbaar was. Het was ook mogelijk de kettingen korter te maken tot de handen van de gevangene pijnlijk met de polsen tegen elkaar zaten, maar Gerald had haar de maximale lengte van de ketting gegund.

En waarom, verdomme, ook niet? dacht ze nu. *Het was toch immers alleen maar een spel... niet, Gerald?* Maar nu viel haar eerdere vraag haar weer te binnen en ze vroeg zich weer af of het voor Gerald ooit wel gewoon een spelletje was geweest.

Wat is een vrouw? fluisterde een andere stem – een UFO-stem – zacht vanuit een poel van duisternis diep binnen in haar. *Een levensinstandhoudingssysteem voor een kut.*

Ga weg, dacht Jessie. *Ga weg. Dat is geen helpen.*

Maar de UFO-stem negeerde het bevel. *Waarom heeft een vrouw een*

mond en *een kut?* vroeg het in plaats daarvan. *Zodat ze kan pissen en kreunen op hetzelfde moment. Nog vragen, dametje?*
Nee. Gezien de verwarrende surrealistische kwaliteit van de antwoorden, had ze verder geen vragen. Ze draaide haar handen in de boeien rond. Het weinige vlees van haar polsen schuurde langs het staal en deed haar ineenkrimpen, maar de pijn was gering en haar handen draaiden gemakkelijk genoeg. Gerald mocht dan wel of niet hebben geloofd dat de enige bedoeling van een vrouw in het leven was dienst te doen als een levensinstandhoudingssysteem voor een kut, maar hij had de boeien niet zo vast dichtgeknepen dat ze pijn deden. Zelfs vóór vandaag zou ze dat hebben geweigerd, natuurlijk (of dat zei ze tegen zichzelf, en geen van de inwendige stemmen was vals genoeg om over dit onderwerp met haar in discussie te gaan). Toch zaten ze te strak om eruit te glijden.
Of was dat wel zo?
Jessie gaf er een experimentele ruk aan. De boeien schoven langs haar polsen omhoog, toen haar handen naar beneden kwamen, en de stalen banden knelden zich stevig vast op de verbindingen van bot en kraakbeen waar de polsen hun ingewikkelde en schitterende vereniging met haar handen maakten.
Ze rukte harder. Nu was de pijn veel intenser. Plotseling herinnerde ze zich de keer dat pappa het linkerportier van hun oude Country Squire stationwagen op Maddy's linkerhand had dichtgeslagen, niet wetend dat zij voor de verandering aan zijn kant wilde uitstappen in plaats van aan haar eigen kant. Wat had ze gegild! Er was een bot gebroken – Jessie kon zich de naam ervan niet herinneren – maar ze herinnerde zich *wel* hoe Maddy trots haar gipsverband toonde en zei: 'Ik heb ook mijn achterste gewrichtsband gescheurd.' Dat hadden Jess en Will grappig gevonden, omdat iedereen wist dat je achterste een andere naam was voor waar je op zat. Ze hadden eerder van verbazing dan van spot gelachen, maar Maddy was toch met haar gezicht zo donker als een donderwolk weggestormd om het mamma te vertellen.
Achterste gewrichtsband, dacht ze, terwijl ze opzettelijk meer druk aanbracht ondanks de erger wordende pijn. *Achterste gewrichtsband en spaakbeen-ellepijp en-nog-wat. Geeft niet. Als je uit deze boeien kunt komen, schatje, kun je het maar beter doen, denk ik, en laat de een of andere dokter zich er later maar druk over maken hoe hij Humpty Dumpty weer in elkaar zet.*
Langzaam, gestaag, voerde ze de druk op, dwong de handboeien naar omlaag en er overheen te gaan. Als ze alleen maar een *klein* stukje wilden gaan – een halve centimeter was misschien al genoeg, en met een hele was het bijna zeker gedaan – dan zouden ze voorbij de dikste botknobbels zijn en was er alleen nog maar zacht weefsel om mee af te

rekenen. Of dat hoopte ze. Natuurlijk zaten er botten in haar duimen, maar daar zou ze zich pas zorgen over maken als en wanneer de tijd daar was.
Ze trok harder, terwijl haar lippen weken en haar tanden zichtbaar werden in een grimas van pijn en inspanning. De spieren van haar bovenarm stonden nu op in flauwe halve bogen. Er verscheen zweet op haar voorhoofd, op haar wangen, en zelfs op de lichte verdieping van haar filtrum onder haar neus. Ze stak haar tong uit en likte dit laatste weg zonder het zich zelfs maar bewust te zijn.
Er was een heleboel pijn, maar het was niet de pijn die haar deed stoppen. Wel het simpele besef dat ze de maximale trekkracht die haar spieren konden opbrengen had bereikt en het had de boeien geen grein verder naar beneden gebracht. Haar korte hoop zich gewoon los te wringen, flikkerde en doofde.
Weet je zeker *dat je zo hard als je kon hebt getrokken? Of neem je jezelf in de maling omdat het zoveel pijn deed?*
'Nee,' zei ze, nog steeds zonder haar ogen te openen. 'Ik trok zo hard als ik kon. Echt waar.'
Maar die andere stem bleef, eigenlijk meer net zichtbaar dan hoorbaar: zoiets als een vraagteken in een stripverhaal.
Er zaten diepe, witte groeven in het vlees van haar polsen – onder de verdikkingen van de duimen, over de rug van de hand, en over de fijne adersporen eronder – waar het staal had gebeten, en haar polsen bleven pijnlijk kloppen ook al had ze alle druk van de boeien afgenomen door haar handen omhoog te brengen tot ze een van de latten van het hoofdeinde kon grijpen.
'O, jongen,' zei ze, haar stem beverig en onregelmatig. 'Daar zakt toch je broek van af?'
Had ze wel zo hard als ze kon getrokken? Had ze dat *echt?*
Geeft niet, dacht ze, terwijl ze opkeek naar de flikkeringen van weerkaatst licht op het plafond. *Geeft niet en ik zal je zeggen waarom – mocht ik in staat zijn harder te trekken, dan zal wat er met Maddy's linkerpols gebeurde toen het autoportier erop werd dichtgeslagen met allebei die van mij gebeuren: botten zullen breken, achterste gewrichtsbanden zullen springen als elastiek en spaakbeen-ellepijp en welke pijp ook zullen exploderen als kleiduiven op een schietbaan. Het enige dat zal veranderen is dat, in plaats van hier geketend en dorstig te liggen, ik hier geketend zal liggen, dorstig en met een paar gebroken polsen op de koop toe. Ze zullen ook opzwellen. Wat ik ervan denk is dit: Gerald stierf voor hij ooit de kans kreeg me te beklimmen, maar hij heeft me toch mooi wel genaaid.*
Goed, welke andere mogelijkheden waren daar?

Geen, zei Moedertje Burlingame op de waterige toon van een vrouw die slechts één traan van volledig instorten is verwijderd.
Jessie wachtte om te kijken of de andere stem – de stem van Ruth – met een mening zou komen. Dat deed ze niet. Voor zover ze wist, dobberde Ruth in de waterkoeler van het kantoor rond, samen met de andere futen. Hoe het ook zij, Ruths troonsafstand liet het aan Jessie over om zichzelf te redden.
Nou, goed, red jezelf, dacht ze. *Wat ben je van plan aan die handboeien te doen, nu je hebt vastgesteld dat gewoon eruit glippen onmogelijk is? Wat kun je doen?*
Elk stel heeft twee handboeien, sprak de jonge stem, die waar ze nog geen naam voor had gevonden, aarzelend. *Je hebt geprobeerd los te komen uit die waar je handen in zitten en dat werkte niet... maar wat dacht je van die andere? Die aan het hoofdeinde vastzitten? Heb je daaraan gedacht?*
Hoop schoot in haar op als een vuurpijl. Jessie drukte haar achterhoofd in haar kussen en kromde haar nek zodat ze naar het hoofdeinde en de bedstijlen kon kijken. Het feit dat ze ondersteboven naar die dingen lag te kijken, drong nauwelijks tot haar door. Het bed was kleiner dan een tweepersoons of een king-size, maar behoorlijk wat groter dan een twijfelaar. Het had de een of andere mooie naam – Hofnar, misschien, of Kamerheer – maar ze vond het, naarmate ze ouder werd, steeds moeilijker om van zulke dingen op de hoogte te blijven. Ze wist niet of je dat verstandig noemde of oprukkende seniliteit. Hoe het ook zij, het bed waarop ze zich nu bevond was precies goed geweest om te naaien maar een beetje te klein voor hun beiden om er samen gerieflijk de nacht in door te brengen.
Voor haar en Gerald was dat geen probleem geweest, omdat ze sinds vijf jaar in aparte kamers sliepen, zowel hier als in het huis in Portland. Het was haar beslissing geweest, niet die van hem. Ze had genoeg van zijn gesnurk gehad, dat elk jaar wat erger scheen te worden. Op die zeldzame momenten dat zij hier gasten hadden die bleven overnachten, hadden Gerald en zij in deze kamer – niet gerieflijk – bij elkaar geslapen, maar verder hadden ze het bed alleen gedeeld als zij seks hadden. En zijn gesnurk was niet de werkelijke reden geweest dat zij was verhuisd. Alleen de meest diplomatieke. De werkelijke reden had met haar neus te maken gehad. Jessie was eerst een lichte afkeer en later een werkelijke weerzin gaan krijgen tegen de geur van het nachtzweet van haar echtgenoot. Zelfs als hij douchte vlak voor hij naar bed kwam, begon de zure geur van Schotse whisky tegen twee uur in de ochtend uit zijn poriën te kruipen.
Tot dit jaar had seks een steeds plichtmatiger patroon gekregen; het

werd gevolgd door een poosje soezen (dit was in feite haar favoriete deel van het hele gedoe geworden), waarna hij ging douchen en haar alleen liet. Maar sinds maart waren er wat veranderingen gekomen. De sjaals en de handboeien – vooral de laatste – schenen Gerald uit te putten op een wijze die seks in de missionarishouding nooit had gedaan, en vaak viel hij naast haar diep in slaap, schouder aan schouder. Ze vond dit niet erg, meestal was het 's middags geweest, en Gerald rook daarna naar gewoon oud zweet in plaats van naar een slappe whisky met water. Hij snurkte ook niet zo erg, nu ze eraan dacht.

Maar al die sessies – al die middagen met die sjaals en die handboeien – waren in het huis in Portland geweest, dacht ze. *Heel juli en het grootste deel van augustus brachten we hier door, maar die keren dat we seks hadden – dat waren er niet zoveel, maar wel een paar – waren van de gewone huis-tuin-en-keukensoort: Tarzan boven en Jane onder. Tot vandaag speelden we het spel nooit hier. Waarom was dat, vraag ik me af?* Waarschijnlijk waren het de ramen geweest, die te hoog en te vreemd gevormd waren voor gordijnen. Ze waren er nooit aan toe gekomen het gewone glas te vervangen door reflecterende ruiten, hoewel Gerald erover was blijven praten dat te doen tot op... nou...

Tot op vandaag, voltooide Moedertje en Jessie zegende haar tact. *En je hebt gelijk – waarschijnlijk waren het de ramen, in ieder geval voor het grootste deel. Hij zou het niet leuk hebben gevonden als Fred Laglan of Jaimie Brooks spontaan de oprit op waren komen rijden voor een spelletje golf over negen holes en dan zagen hoe hij mevrouw Burlingame lag te krikken, die toevallig net met een paar Kreig-handboeien aan de bedstijlen vastzat. Zo'n verhaal zou waarschijnlijk de ronde gaan doen. Fred en Jaimie zijn prima gasten, neem ik aan...*

Een stelletje middelbare etterbakken, als je het mij vraagt, onderbrak Ruth scherp.

... maar het is menselijk en zo'n verhaal zou te mooi zijn geweest om niet verder te vertellen. En er is nog iets, Jessie...

Jessie liet het haar niet afmaken. Dit was niet een gedachte die ze door Moedertjes vriendelijke, maar hopeloos preutse stem verwoord wilde horen.

Het was mogelijk dat Gerald haar nooit had gevraagd het spel hier te spelen, omdat hij bang was geweest dat de een of andere krankzinnige grappenmaker op de veranda op zou duiken. Welke grappenmaker? *Nou,* dacht ze, *laten we gewoon stellen dat misschien een deel van Gerald echt geloofde dat een vrouw niets anders was dan een levensinstandhoudingssysteem voor een kut... maar dat een ander deel van hem, dat ik voorlopig 'Geralds betere ik' zou kunnen noemen, dat wist. Dat deel was misschien bang dat de dingen uit de hand zouden kunnen lopen. Is dat per slot van rekening niet precies wat er is gebeurd?*

Dit idee was moeilijk in twijfel te trekken. Als dit niet hèt voorbeeld van uit de hand lopen was, dan wist Jessie niet wat wel.

Ze beleefde een moment van melancholieke droefheid en moest de behoefte onderdrukken naar die plek te kijken waar Gerald lag. Ze wist niet of ze verdriet voelde om haar overleden echtgenoot of niet, maar ze wist *wel* dat als dat zo was, dit niet het moment was om ermee bezig te zijn. Toch was het prettig om iets goeds te herinneren van de man met wie ze zoveel jaren was samen geweest, zoals bijvoorbeeld de herinnering aan de manier waarop hij soms naast haar in slaap was gevallen nadat seks goed was geweest. Ze had de sjaals niet leuk gevonden en was een hekel gaan krijgen aan de boeien, maar ze had het prettig gevonden naar hem te kijken als hij wegdutte, had het leuk gevonden hoe de lijnen uit zijn grote roze gezicht wegtrokken.

En in zekere zin sliep hij nu weer naast haar... toch?

Dat idee verkilde zelfs het vlees van haar bovendijen waar het steeds smaller wordende vlekje zonlicht lag. Ze zette de gedachte van zich af – probeerde het althans – en hervatte haar studie van het hoofdeinde van het bed.

De bedstijlen stonden aan de zijkant iets naar binnen, waardoor haar armen wel gespreid waren maar niet in een ongemakkelijke positie, vooral niet met de ongeveer vijftien centimeter speelruimte die ze door de kettingen van de handboeien had. Tussen de twee stijlen liepen vier horizontale planken. Die waren ook van mahonie, en bewerkt met eenvoudige maar aangename golfpatronen. Gerald had een keer voorgesteld hun initialen in de middelste plank te laten uitsnijden – hij kende een man in Tashmore Glen die het graag zou komen doen, zei hij – maar ze had een domper op het idee gezet. Het leek haar zowel pretentieus als vreemd kinderlijk, net zoiets als verliefde tieners die harten in hun schoolbanken krassen.

De beddeplank was boven de bovenste plank aangebracht, net hoog genoeg om ervoor te zorgen dat niemand die plotseling rechtop ging zitten zijn of haar hoofd zou stoten. Daarop bevonden zich Geralds glas water, een paar paperbacks nog van de zomer en, aan haar kant, wat verspreid liggende make-up spullen. Die waren ook van de afgelopen zomer, en ze nam aan dat die nu uitgedroogd waren. Ook echt zonde – niets vrolijkte een geboeide vrouw werkelijk zo op als een beetje Country Morning Rose Blusher. Dat stond in alle damesbladen.

Langzaam deed Jessie haar handen omhoog, terwijl ze de armen in een lichte hoek hield zodat haar vuisten niet tegen de onderkant van de plank aan zouden komen. Ze hield haar hoofd naar achteren omdat ze wilde zien wat er aan het andere eind van de kettingen gebeurde. De andere boeien zaten vastgeklemd om de bedstijlen tussen de tweede en derde plank van het hoofdeinde. Terwijl ze haar gebalde handen omhoog deed, zodat ze eruitzag als een vrouw die een onzichtbare halter opdrukte, gleden de boeien langs de stijlen tot ze de plank erboven bereikten. Als ze die plank los kon trekken en die daarboven, dan zou ze de handboeien gewoon over de uiteinden van de bedstijlen kunnen halen. *Voila. Waarschijnlijk te mooi om waar te zijn, lief – te gemakkelijk om waar te zijn – maar je zou het kunnen proberen. In ieder geval is het een manier om de tijd door te komen.*

Ze sloeg haar handen om de gegraveerde horizontale plank die momenteel elke verdere opwaartse voortgang van de boeien die om de stijlen zaten verhinderde. Ze haalde diep adem, hield die in, en rukte. Eén harde ruk was voldoende om haar duidelijk te maken dat die weg ook geblokkeerd was. Het was alsof je probeerde een stalen steunbalk uit een muur van gewapend beton te trekken. Ze voelde zelfs geen millimeter speling.

Ik zou tien jaar aan die rotzak kunnen blijven rukken zonder er beweging in te krijgen, laat staan hem van de bedspijlen los te rukken, dacht ze en liet haar handen terugvallen in hun slappe, door kettingen ondersteunde positie boven het bed van daarvoor. Een wanhopig kreetje ontsnapte haar. Op haar kwam het over als het gekras van een dorstige kraai.

'Wat moet ik doen?' vroeg ze de flikkeringen op het plafond en gaf ten slotte toe aan wanhopige, bange tranen. 'Wat moet ik verdomme *doen?*'

Als in antwoord begon de hond weer te blaffen en ditmaal klonk het zo dichtbij dat ze gilde van schrik. Het klonk in feite alsof het van vlak onder het raam op het oosten, op de oprit, kwam.

5

De hond was niet op de oprijlaan, hij was nog dichterbij. De schaduw die zich over het asfalt bijna tot aan de voorbumper van de Mercedes uitstrekte, betekende dat hij op de achterveranda stond. Die lange, uitgestrekte schaduw leek toe te horen aan de een of andere misvormde en monstrueuze hond uit een freakshow, en ze haatte hem direct.
Doe niet zo verrekte onnozel, zei ze schamper tegen zichzelf. *De schaduw ziet er alleen maar zo uit omdat de zon ondergaat. Doe nu je mond open en maak wat geluid, meisje – het* hoeft *immers geen zwerver te zijn.*
Dat was waar, ergens kon nog een baasje rondlopen, maar ze had weinig vertrouwen in dat idee. Ze vermoedde dat de hond naar de veranda was gekomen vanwege de afvalbak van draadgaas voor de deur. Gerald had soms deze kleine nette constructie met zijn cederhouten spanen bovenop en zijn dubbele grendel op het deksel soms wel hun wasbeer-magneet genoemd. Ditmaal had hij een hond aangetrokken in plaats van een wasbeer, dat was alles – een zwerver, bijna zeker. Een slecht gevoede, op zichzelf teruggeworpen straathond.
Toch moest ze het proberen.
'*Hé!*' gilde ze. '*Hé! Is daar iemand? Ik heb hulp nodig. Is daar iemand?*'
Ogenblikkelijk hield de hond op met blaffen. Zijn spinachtige, vervormde schaduw sprong op, draaide, begon te bewegen... en stopte weer. Zij en Gerald hadden belegd stokbrood gegeten tijdens hun rit van Portland hierheen, grote vettige combinaties van salami en kaas, en het eerste dat ze had gedaan toen ze aankwamen, was de resten en het papier bij elkaar pakken en weggooien in de afvalbak. Waarschijnlijk was de hond in de eerste plaats aangetrokken door de rijke geur van vet en vlees, en ongetwijfeld was het de geur die hem ervan weerhield terug te schieten het bos in toen hij haar stem hoorde. Die geur was sterker dan de impulsen van zijn verwilderde hart.

'*Help!*' gilde Jessie, en een deel van haar geest probeerde haar te waarschuwen dat gillen waarschijnlijk verkeerd was, dat ze alleen maar haar keel rauw zou schrapen en nog dorstiger zou worden, maar die redelijke, vermanende stem had geen enkele kans. Ze had de stank van haar eigen angst opgevangen, die was even sterk en dwingend voor haar als de geur van de stokbroodresten voor de hond, en snel bracht die haar in een toestand die niet zomaar paniek was, maar een soort van tijdelijke krankzinnigheid.

'*HELP ME! LAAT IEMAND ME HELPEN! HELP! HELP! HELLLLLP!*'

Tenslotte brak haar stem en ze draaide haar hoofd zo ver als het kon naar rechts, haar haar tegen haar wangen en voorhoofd in zweterige slierten en klitten geplakt, haar ogen uitpuilend. De angst om geketend en naakt te worden gevonden met haar dode echtgenote naast haar op de vloer was niet langer zelfs maar een terloopse factor van haar denken. Deze nieuwe aanval van paniek was als een vreemde mentale zonsverduistering – het filterde het heldere licht van rede en hoop weg en permitteerde haar een blik op de allerafschuwelijkste mogelijkheden: verhongering, krankzinnigheid door dorst, stuiptrekkingen, de dood. Ze was geen Heather Locklear of Victoria Principal, en dit was geen voor de tv gemaakte thriller op het Amerikaanse kabelnet. Er waren geen camera's, geen lampen, geen regisseur die 'cut' riep. Dit *gebeurde* en als er geen hulp kwam bleef het misschien wel gebeuren tot ze als levensvorm had opgehouden te bestaan. Verre van zich zorgen te maken over de omstandigheden van haar gevangenschap, had ze een punt bereikt waar ze Maury Povitch en de hele film-crew van *A Current Affair* met tranen van dankbaarheid zou hebben verwelkomd.

Maar niemand gaf antwoord op haar uitzinnige kreten – geen opzichter hier om zijn huizen bij het meer te controleren, geen nieuwsgierige uit de buurt die met zijn hond wandelde (en misschien probeerde te ontdekken wie van zijn buren eventueel een beetje marihuana teelde onder de ruisende dennen), en zeker niet de crew van Banana Split. Alleen was er die lange, vreemd onplezierige schaduw die haar deed denken aan de een of andere vreemde spin-hond die balanceerde op vier dunne, trillende poten. Jessie haalde diep, huiverend adem en probeerde weer greep te krijgen op haar schichtige geest. Haar keel was warm en droog, haar neus ongemakkelijk nat en verstopt door tranen.

Wat nu?

Ze wist het niet. Teleurstelling klopte in haar hoofd, tijdelijk te hevig om zoiets als constructieve gedachten toe te laten. Het enige waar ze helemaal zeker van was, was dat de hond niets betekende. Die zou alleen maar een tijdje daar achter op de veranda blijven staan en dan weggaan als hij besefte dat wat hem had aangelokt buiten zijn bereik lag. Jessie liet een zachte, ongelukkige kreet horen en sloot haar ogen. Tranen rolden onder haar wimpers vandaan en liepen langzaam over haar wangen. In de late middagzon zagen ze eruit als druppels goud.

Wat nu? vroeg ze weer. Buiten waaide de wind met vlagen en deed de dennen fluisteren en de losse deur slaan. *Wat nu, Moedertje? Wat nu, Ruth? Wat nu, hele verzameling* UFO's *en aanhang?* Heeft iemand van jullie – iemand van ons – een idee? Ik heb dorst, ik moet piesen, mijn man is dood, en mijn enige gezelschap is een boshond wiens idee van hemel de resten zijn van een gigantische kaas-salami-stok van Amato in Gorham. Redelijk snel zal hij besluiten dat de geur het enige is dat hij van die hemel ooit te pakken zal krijgen en dan smeert hij hem. Dus... wat nu?

Geen antwoord. Alle inwendige stemmen waren stilgevallen. Dat was slecht – ze waren tenminste gezelschap – maar de paniek was ook verdwenen en liet alleen zijn zwaar metalen nasmaak achter, en dat was goed.

Ik ga een tijdje slapen, dacht ze, verbaasd te bemerken dat ze dat gewoon kon doen als ze het wilde. *Ik ga een tijdje slapen en als ik wakker word, dan heb ik misschien een idee. Op zijn allerminst ben ik dan een tijdje van die angst af.*

De kleine spanningslijnen in de hoeken van haar gesloten ogen en twee duidelijkere tussen haar wenkbrauwen begonnen te ontspannen. Ze voelde zichzelf wegdrijven. Ze liet zichzelf naar die vrijplaats van zelfbeschouwing gaan met gevoelens van opluchting en dankbaarheid. Toen de wind weer aanwakkerde, leek het ver weg en het rusteloze geluid van de deur was zelfs nog verder weg: *bang-bang, bang-bang, bang.*

Haar ademhaling, die dieper en langzamer was geworden toen ze weggleed in een doezeling, stopte plotseling. Haar ogen sprongen open. De enige emotie waarvan zij zich bewust was op dat eerste moment van uit de slaap weggerukte desoriëntatie, was een soort van verwonderde wrevel: ze had het bijna *gehaald*, verdomme, en toen die verrekte deur...

Wat was er met die verrekte deur? Wat was ermee?

De verrekte deur had zijn gewone dubbele klap niet afgemaakt, dat was ermee. En alsof het een produkt van die gedachte was, hoorde Jessie het duidelijke klikken van hondenagels op de vloer van de hal. De zwerver was door de onvergrendelde deur binnen gekomen. Hij was in het huis. Haar reactie was direct en ondubbelzinnig. '*Eruit jij!*' schreeuwde ze tegen hem, zich niet bewust dat haar overbelaste stem de klankkleur van een schorre misthoorn had gekregen. '*Sodemieter op, klootzak! Hoor je me?* SODEMIETER OP UIT MIJN HUIS*!*'

Ze stopte, haar adem snel, haar ogen wijdopen. Haar huid scheen doorweven met koperdraad waarop zwakstroom stond. De bovenste twee of drie huidlagen zoemden en kietelden. Ver weg was ze zich ervan bewust dat de haren in haar nek overeind stonden als de pennen van een stekelvarken. Het idee van slapen was volledig van tafel geveegd.

Ze hoorde het eerste alarmerende gekras van hondenagels op de vloer van de hal... toen niets. *Ik moet hem weggejaagd hebben. Waarschijnlijk is hij linea recta de deur weer uitgeschoten. Ik bedoel, hij moet bang zijn voor mensen en huizen, zo'n zwerfhond.*

Ik weet het niet, schat, zei de stem van Ruth. Het klonk onkarakteristiek weifelachtig. *Ik zie zijn schaduw niet op de oprijlaan.*

Natuurlijk zie je die niet. Waarschijnlijk is hij direct langs de andere kant van het huis het bos in geschoten. Of naar beneden, naar het meer. Doodsbang en de poten uit zijn lijf rennend. Klinkt dat niet logisch?

De stem van Ruth gaf geen antwoord. Net zomin als die van Moedertje, hoewel Jessie ze op dit punt allebei verwelkomd zou hebben.

'Ik *heb* hem weggejaagd,' zei ze. 'Dat weet ik zeker.'

Maar ze lag daar stil, luisterde zo ingespannen mogelijk, en hoorde niets anders dan het doffe bonzen van bloed in haar oren. Althans, nog niet.

6

Ze had hem niet weggejaagd.
Hij *was* bang voor mensen en huizen, daar had Jessie gelijk in gehad, maar ze had zijn wanhopige situatie onderschat. Zijn vroegere naam – Prins – was afschuwelijk ironisch nu. Hij was deze herfst op zijn lange, hongerige tocht rond Kashwakamak Lake een heleboel afvalbakken, net als die van de Burlingames, tegengekomen en had snel de geur van salami, kaas en olijfolie die hieruit kwam, van zich afgezet. De geur was kwellend, maar de vroegere Prins had van bittere ervaring geleerd dat de bron ervan buiten zijn bereik lag.
Maar er waren andere geuren. De hond ving er een vleug van op elke keer dat de wind de achterdeur even openmaakte. Die geuren waren zwakker dan die uit de bak kwamen, en de bron ervan was in het huis, maar ze waren te goed om te negeren. De hond wist dat hij waarschijnlijk zou worden weggejaagd door schreeuwende baasjes die met hun vreemde harde voeten uithaalden en schopten, maar de geuren waren sterker dan zijn angst. Iets zou opgewogen kunnen hebben tegen zijn verschrikkelijke honger, maar tot nu toe wist hij niets van geweren. Dat zou veranderen als hij in leven bleef tot aan het jachtseizoen, maar dat was pas over twee weken en voorlopig waren de schreeuwende baasjes met hun harde, pijnlijke voeten het ergste dat hij zich kon voorstellen.
Hij glipte door de deur toen de wind die openmaakte en draafde de hal binnen... maar niet te ver. Hij was klaar om een haastige aftocht te blazen zodra er gevaar dreigde.
Zijn oren vertelden hem dat de bewoner van dit huis een teefbaasje was, en ze was zich duidelijk bewust van de hond want ze had tegen hem geschreeuwd. Maar wat de zwerver hoorde in de luide stem van het teefbaasje was angst, geen kwaadheid. Na zijn aanvankelijke sprong achteruit van angst, bleef de hond staan. Hij wachtte tot een ander baasje zijn kreten zou voegen bij die van het teefbaasje of aan zou komen ren-

nen, en toen dat niet gebeurde, strekte de hond zijn nek naar voren uit en snoof de lichtelijk verschaalde lucht van het huis op.

Eerst wendde hij zich naar rechts, in de richting van de keuken. Uit die richting kwamen de geurwolkjes die door de openslaande deur verspreid op hem af waren gekomen. De geuren waren droog, maar aangenaam: pindakaas, Rye Krisp crackers, rozijnen, corn flakes (die laatste geur kwam uit een doos Special K in een van de keukenkastjes – een hongerige veldmuis had een gat in de bodem van de doos geknauwd).

De hond deed een stap in die richting, zwaaide toen zijn kop de andere kant op om er zeker van te zijn dat geen baasje op hem toegeslopen kwam – baasjes schreeuwden meestal, maar ze konden ook slim zijn. Er was niemand in de gang naar links, maar de hond ving een veel sterkere geur op en die kwam daar vandaan, een geur die zijn maag deed samentrekken van een verschrikkelijk verlangen.

De hond staarde de gang in, zijn ogen vonkend in een krankzinnige mengeling van angst en begeerte, zijn snuit naar achteren geplooid als een gerimpeld kleedje, terwijl hij zijn lange bovenlip optrok en terug liet vallen in een nerveuze, krampachtige grijns waardoor zijn tanden in kleine witte flikkeringen zichtbaar werden. Nerveus liet hij een straaltje urine los dat op de vloer spatte en de gang markeerde – en daarmee het hele huis – als het territorium van de hond. Dit geluid was te licht en te kort om zelfs door Jessies gespitste oren te worden opgevangen.

Wat hij rook, was bloed. De geur was zowel sterk als fout. Ten slotte deed de extreme honger van de hond de schaal doorslaan, hij moest gauw eten, anders ging hij dood. De vroegere Prins begon langzaam de gang door te lopen in de richting van de slaapkamer. Onder het lopen werd de geur sterker. Het was inderdaad bloed, maar het was fout bloed. Het was het bloed van een baasje. Desondanks was die geur zijn kleine, wanhopige brein binnengedrongen, en het was een veel te rijke en aanlokkelijke geur om te negeren. De hond bleef verder lopen en toen hij de slaapkamerdeur naderde, begon hij te grommen.

7

Jessie hoorde het geklik van de hondenagels en begreep dat hij inderdaad nog in huis was en deze kant op kwam. Ze begon te gillen. Ze wist dat dit waarschijnlijk het stomste was dat ze kon doen – het druiste in tegen alle goede raad die ze ooit had gehoord, een mogelijk gevaarlijk dier nooit laten blijken dat je bang was – maar ze kon er niets aan doen. Ze had een veel te goed idee van wat de zwerver naar de slaapkamer trok.
Ze trok haar benen op en gebruikte tegelijkertijd de handboeien om zichzelf tegen het hoofdeinde op te trekken. Intussen weken haar ogen geen moment van de deur naar de gang. Nu hoorde ze de hond grommen. Het geluid gaf haar het gevoel dat haar ingewanden loskwamen, heet werden en vloeibaar.
Hij bleef in de deuropening staan. Hier waren de schaduwen al gaan samenklonteren, en voor Jessie was de hond slechts een vage vorm dicht bij de vloer – geen grote hond, maar ook geen speelgoedpoedel of een Chihuahua. Twee oranjegele halve manen van gereflecteerd zonlicht markeerden zijn ogen.
'Ga weg!' gilde Jessie tegen hem 'Ga weg! Ga naar buiten! Je bent... je bent niet welkom hier!' Het was belachelijk om dat te zeggen... maar onder de omstandigheden, wat niet? *Voor je het weet, vraag ik hem de sleutels voor me van de kast te halen,* dacht ze.
Er kwam beweging in het achterlijf van de schimmige vorm in de deuropening: hij begon te kwispelen. In zo'n sentimenteel meisjesboek zou dit waarschijnlijk hebben betekend dat de zwerver de stem van de vrouw op het bed had verward met de stem van een geliefd, maar langverloren baasje. Jessie wist wel beter. Honden kwispelden niet alleen maar met hun staart als ze blij waren, zij – net als katten – bewogen ze ook heen en weer als ze geen besluit konden nemen, nog bezig waren de situatie te taxeren. De hond was nauwelijks geschrokken van de klank van haar stem, maar hij vertrouwde de halfduistere kamer ook niet helemaal. Nog niet tenminste.

De vroegere Prins moest nog leren wat geweren waren, maar hij had behoorlijk wat andere harde lessen gehad in de pakweg zes weken sinds de laatste dag van augustus. Toen had meneer Charles Sutlin, een advocaat uit Braintree, Massachusetts, hem in het bos eruit gegooid om te sterven in plaats van hem mee terug naar huis te nemen en zeventig dollar voor zowel staats- als gemeentebelasting te betalen. Zeventig dollar voor een fik die niets anders was dan een ordinair vuilnisbakkeras, was een flinke smak duiten vond Charles Sutlin. Een beetje *te* flink. Hij had juni dit jaar nog een motorzeiljacht voor zichzelf gekocht. Toegegeven, een aankoop die flink in de vijf cijfers liep, en je kon aanvoeren dat het een rare manier van denken was om de prijs van de boot met de prijs van hondenbelasting te vergelijken. Natuurlijk kon je dat, dat kon *iedereen*, maar daar ging het eigenlijk niet om. Waar het om ging, was dat het motorzeiljacht een *geplande* aankoop was geweest. Die bijzondere aanschaf had al twee jaar of langer op Sutlins verlanglijstje gestaan. De hond, aan de andere kant, was een impulsieve aankoop geweest bij een groentestal langs de kant van de weg in Harlow. Hij zou hem nooit hebben gekocht als zijn dochter niet bij hem was geweest en verliefd was geworden op het hondje. 'Die, pappa,' had ze gezegd, wijzend. 'Die met dat witte vlekje op zijn neus – die daar helemaal alleen staat als een kleine prins.' Dus had hij het hondje voor haar gekocht – laat niemand ooit zeggen dat hij niet wist hoe hij zijn meisje gelukkig moest maken – maar zeventig ballen (misschien zelfs wel honderd als Prins werd geclassificeerd als Klasse B, Middelgrote Hond) was echt geld als je het over een straathond had zonder ook maar een flintertje stamboom erbij. Te veel geld, had meneer Charles Sutlin besloten toen de tijd naderde om het huisje aan het meer weer voor een jaartje af te sluiten. Hem mee terug te nemen naar Braintree op de achterbank van de Saab zou ook gezeik zijn – overal zou haar op komen, misschien ging hij kotsen of schijten op de bekleding. Hij nam aan dat hij een Vari-hondehok voor hem zou kunnen kopen, maar die schoonheidjes begonnen bij $29,95 en liepen vandaar op. Een hond als Prins zou toch niet gelukkig zijn in een hok. Hij zou veel gelukkiger zijn als hij los rondliep met het hele noordelijke bos als zijn koninkrijk. Ja, had Sutlin tegen zichzelf gezegd die laatste dag in augustus toen hij op een verlaten strook van Sunset Lane stopte en de hond vervolgens van de achterbank naar buiten lokte. Ouwe Prins had het hart van een gelukkige zwerver – je hoefde hem alleen maar eens goed aan te kijken om dat te zien. Sutlin was geen domme man en een deel van zijn geest wist dat dit gelul eigenbelang was, maar tegelijkertijd vond een ander deel van zijn geest het *idee* prachtig, en toen hij weer in zijn auto stapte en wegreed, terwijl hij een nakijkende Prins aan de kant van de weg achterliet, floot hij de herkenningsmelodie van *Born*

Free, zo nu en dan uitbarstend in een deel van de tekst: 'Booorn freeee... to follow your heaaaaart!' Hij had goed geslapen die nacht, zonder ook maar een gedachte te besteden aan Prins (weldra de voormalige Prins), die dezelfde nacht opgerold onder een omgevallen boom doorbracht, huiverend, wakker en hongerig, terwijl hij angstig jammerde, elke keer dat er een uil riep of een beest in het bos bewoog.

Nu stond de hond die Charles Sutlin had gedumpt op de herkenningsmelodie van *Born Free* in de deuropening van het zomerhuis van de Burlingames (de bungalow van Sutlin was aan de andere kant van het meer en de twee families hadden elkaar nooit ontmoet, hoewel ze elkaar de afgelopen drie of vier zomers vluchtig hadden toegeknikt op de botenwerf van de stad). Zijn kop hing omlaag, zijn ogen waren groot en zijn nekharen stonden overeind. Hij was zich niet bewust van zijn eigen voortdurende gegrom, al zijn aandacht was gericht op de kamer. Hij begreep op de een of andere diepe, instinctieve manier dat de bloedgeur snel alle voorzichtigheid zou overweldigen. Voordat dat gebeurde, moest hij zich er zo goed als hij kon van vergewissen dat dit geen val was. Hij wilde niet gegrepen worden door baasjes met harde, pijnlijke voeten, of door baasjes die harde dingen van de grond pakten en ermee gooiden.

'Ga weg!' probeerde Jessie te schreeuwen, maar de stem die naar buiten kwam, klonk zwak en trillend. Met schreeuwen zou ze die hond niet weg krijgen. Op de een of andere manier wist die schoft dat zij niet van het bed kon komen om hem pijn te doen.

Dit is niet echt, dacht ze. *Hoe zou dat ook kunnen, als ik nog geen drie uur geleden op de voorbank van de Mercedes zat met mijn veiligheidsgordel om, terwijl ik luisterde naar de Rainmakers op de cassetterecorder en mezelf eraan herinnerde te kijken wat er in de bioscopen van Mountain Valley draaide, gewoon maar voor het geval we besloten er de nacht door te brengen? Hoe kan mijn man dood zijn als we meezongen met Bob Walkenhorst?* 'One more summer,' zongen we, 'one more chance, one more stab at romance.' *We kennen daar allebei de hele tekst van, omdat het een geweldig liedje is, en als dat het geval is, hoe is het mogelijk dat Gerald dood is. Hoe is het mogelijk dat de dingen zo zijn veranderd? Sorry, mensen, maar dit moet gewoon een droom zijn. Het is veel te absurd voor de werkelijkheid.*

De zwerver begon langzaam verder de kamer in te komen, poten stijf van voorzichtigheid, staart naar beneden, ogen groot en zwart, de lippen teruggetrokken zodat al zijn tanden zichtbaar waren. Van begrippen als absurditeit wist hij niets.

De vroegere Prins met wie de acht jaar oude Catherine Sutlin ooit vrolijk had gespeeld (in ieder geval totdat ze voor haar verjaardag een lappenpop kreeg die Marnie heette en ze tijdelijk iets van haar belangstelling verloor), was voor een deel Labrador en voor een deel Collie... een kruising. Hij was bij lange na geen vuilnisbakkeras. Toen Sutlin hem er eind augustus op Sunset Lane uitgooide, woog hij vijfendertig kilo en zijn vacht was glanzend en glad van gezondheid geweest, een niet onaantrekkelijke mengeling van bruin en zwart (met een duidelijke witte collie-bef op zijn borst en onder zijn kin). Nu woog hij amper twintig kilo en een hand die langs zijn flanken werd gehaald zou elke uitstekende rib hebben gevoeld, om maar te zwijgen van zijn snelle, koortsige hartslag. Zijn vacht was dof, gehavend en vol klissen. Een half geheeld roze litteken, herinnering aan een paniekerige terugtocht onder een hek met prikkeldraad, liep zigzaggend langs een van zijn flanken naar beneden en een paar pennen van een stekelvarken staken uit zijn snuit als kromme snorharen. Hij had ongeveer tien dagen geleden het stekelvarken dood onder een boomstam gevonden, maar had hem met rust gelaten na zijn eerste neus vol stekels. Hij was hongerig geweest, maar nog niet wanhopig.

Nu was hij allebei. Zijn laatste maaltijd was een paar restjes vol maden geweest uit een achtergelaten vuilniszak in een greppel naast Route 117, en dat was twee dagen geleden. De hond die snel had geleerd om Catherine Sutlin een rode rubberen bal terug te brengen als ze die over de vloer van de huiskamer rolde of de gang in gooide, stond nu heel letterlijk van honger dood te gaan op zijn poten.

Ja, maar hier – hierzo, op de vloer, *voor zijn ogen!* – lagen kilo's en kilo's vers vlees, en vet, botten gevuld met heerlijk merg. Het was als een geschenk van de god van de zwerfhonden.

Het vroegere lievelingetje van Catherine Sutlin bleef op het lichaam van Gerald Burlingame toelopen.

8

Dit gaat niet gebeuren, zei Jessie tegen zichzelf. *Dat kan gewoon niet, dus ontspan je.*
Ze bleef dit almaar tegen zichzelf zeggen totdat de bovenste helft van het lichaam van de zwerver aan haar blikveld werd onttrokken door de linkerkant van het bed. Zijn staart begon harder dan ooit te kwispelen en toen kwam er een geluid dat ze herkende – het geluid van een hond die op een warme zomerdag uit een plas drinkt. Behalve dat dit niet *helemaal* hetzelfde was. Dit geluid was op de een of andere manier ruwer, niet zozeer het geluid van drinken als van *likken*. Jessie staarde naar de snel heen en weer zwiepende staart en plotseling liet haar geest haar zien wat voor haar ogen verborgen bleef door de rand van het bed. Deze thuisloze zwerver met zijn vacht vol klissen en zijn vermoeide, behoedzame ogen likte het bloed uit het dunnende haar van haar echtgenoot.
'NEE!' Ze tilde haar billen van het bed en zwaaide haar benen naar links. 'GA BIJ HEM VANDAAN! GA NOU WEG!' Ze schopte en een van haar hielen veegde over de uitstekende ruggegraatknobbels van de hond.
Hij trok zich direct terug en bracht zijn snuit omhoog, zijn ogen zo groot dat er fijne witte ringen zichtbaar werden. Zijn tanden weken, en in het verdwijnende namiddaglicht leken de spinnewebdunne sliertjes speeksel, die tussen zijn boven- en ondersnijtanden hingen, op dunne draden gesponnen goud. Hij deed een uitval naar haar naakte voet. Met een gil rukte Jessie haar been terug, en terwijl ze de warme damp van de adem van de hond op haar huid voelde, redde ze haar tenen. Jessie vouwde haar benen weer onder zich zonder te beseffen dat ze het deed, zonder de kreten van woede te horen van haar overbelaste schouderspieren, en zonder haar gewrichten te voelen die onwillig in hun beenkommen draaiden.
De hond bleef haar nog een ogenblik grauwend aankijken, en zijn ogen stonden dreigend. *Laten we een afspraak maken, dame*, zeiden de ogen, *jij houdt je met jouw dingen bezig en ik met die van mij. Dat is de af-*

spraak. *Hoe klinkt dat? Ik hoop goed, want als je mij dwarszit, dan grijp ik je.* Bovendien, hij is dood – dat weet jij net zo goed als ik, en waarom zou ik geen gebruik van hem maken, als ik sterf van de honger? *Jij zou hetzelfde doen.* Ik betwijfel het of je dat nu inziet, maar ik geloof dat jij het weleens op mijn manier zal bekijken en misschien wel eerder dan je denkt.'

'GA WEG!' gilde ze. Ze zat nu op haar hielen, haar armen naar weerskanten uitgespreid, en ze leek meer dan ooit op Fay Wray op het offerblok in het oerwoud. Haar houding – hoofd omhoog, borsten vooruitgestoken, schouders zó ver naar achteren getrokken, dat de uiteinden wit van spanning zagen, diepe, driehoekige schaduwholten onderaan haar hals – was die van een uitzonderlijk wulpse pin-up in een seksblad. Maar de verplichte zwoel uitdagende pruillip ontbrak, de uitdrukking op haar gezicht was die van een vrouw die een paar stappen van de grens tussen het land van de normalen en dat van de gekken verwijderd is. 'GA WEG!'

De hond bleef een paar ogenblikken grauwend naar haar opkijken. Toen, nadat hij zich er kennelijk van had overtuigd dat de schoppen niet herhaald zouden worden, negeerde hij haar verder en liet zijn kop weer zakken. Nu was er geen drinken of likken. In plaats daarvan hoorde Jessie een luid smakkend geluid. Het deed haar denken aan de enthousiaste kussen die haar broer Will altijd op de wang van oma Joan plaatste als zij daar op bezoek gingen.

Het grommen duurde een paar seconden voort, maar het klonk nu vreemd gedempt alsof iemand een kussensloop over de kop van de zwerver had getrokken. Zoals ze nu zat, met haar haar bijna tegen de plank boven haar hoofd, kon Jessie een van Geralds mollige voeten zien, evenals zijn rechterarm en -hand. De voet schokte heen en weer alsof Gerald danste op een swingend stukje muziek – 'One More Summer' van de Rainmakers bijvoorbeeld.

Vanuit haar nieuwe positie kon zij de hond beter zien. Zijn lichaam was nu helemaal zichtbaar tot aan de plaats waar zijn nek begon. Ze zou ook zijn kop hebben kunnen zien, als hij die omhoog had gehad. Maar dat was niet zo. De kop van de zwerver was naar beneden en zijn achterpoten stonden stevig op de grond geplant. Plotseling klonk er een traag scheurend geluid – een *snotterig* geluid, alsof iemand met een zware verkoudheid probeerde zijn keel te schrapen. Ze kreunde.

'Hou op... o, alsjeblieft, kun je niet ophouden?'

De hond besteedde er geen aandacht aan. Eens had hij opgezeten en gebedeld voor restjes van de tafel, terwijl zijn ogen leken te lachen, zijn bek leek te grijnzen, maar die tijd, evenals zijn vroegere naam, was al lang vervlogen en moeilijk terug te vinden. Dit was nu, en dingen waren zoals ze waren. Overleven was geen kwestie van beleefdheid of excuus. Hij had twee dagen niet gegeten, hier was voedsel en hoewel hier ook een baasje was dat niet wilde dat hij het voedsel pakte (de tijd dat er baasjes waren geweest die lachten, hem over de kop aaiden, hem BRAVE HOND noemden en hem restjes gaven als hij zijn kleine repertoire aan kunstjes afwerkte, was volledig vervlogen), de voeten van dit baasje waren zacht en klein in plaats van hard en pijnlijk, en haar stem zei dat ze machteloos was.

Zijn gegrom veranderde in gedempt gehijg van inspanning en terwijl Jessie toekeek begon de rest van Geralds lijf mee te dansen met zijn voet. Eerst swingde hij alleen maar heen en weer en toen begon hij werkelijk te *glijden*, alsof hij helemaal was opgegaan in de muziek, dood of niet.

Zet hem op, Disco Gerald, dacht Jessie woest, *laat de* Chicken *of de* Shag *maar zitten, dans de* Dog!

De zwerver had hem niet in beweging kunnen krijgen als het kleed er nog had gelegen, maar Jessie had ervoor gezorgd dat de vloer de week na Labour Day in de was werd gezet. Bill Dunn, hun opzichter, had de mannen van Skip's Floors 'n More binnengelaten en zij hadden verdomd goed werk geleverd. Omdat ze graag wilden dat de mevrouw hun werk ten volle zou waarderen de eerstvolgende keer dat ze kwam, hadden ze het slaapkamerkleed opgerold in de gangkast gelaten, en toen de zwerver Disco Gerald eenmaal in beweging had over de glanzende vloer, bewoog hij bijna net zo gemakkelijk als John Travolta in *Saturday Night Fever*. Het enige echte probleem dat de hond had, was dat hij zelf grip op de vloer moest zien te houden. In dat opzicht werd hij geholpen door zijn lange, smerige nagels, die zich ingroeven en korte, ruwe krassen in de glanzende was achterlieten toen hij achteruit liep met zijn tanden tot aan het tandvlees in de kwabbige bovenarm van Gerald begraven.

Ik zie dit niet, weet je. Dit gebeurt allemaal niet echt. Nog niet zo lang geleden zaten we naar de Rainmakers te luisteren, en Gerald draaide het volume even lager om me te vertellen dat hij erover dacht aanstaande zaterdag naar Orono te gaan voor de football-wedstrijd, U van M tegen B.U. Ik herinner me dat hij aan zijn rechteroorlel krabde terwijl hij sprak. Dus hoe kan hij dood zijn terwijl een hond hem aan zijn arm door de slaapkamer sleept?

Geralds kuif zat wanordelijk – waarschijnlijk doordat de hond het bloed eruit had gelikt – maar zijn bril zat nog steeds stevig op zijn plaats. Ze kon zijn ogen zien, halfopen en glazig, die opstaarden vanuit hun gezwollen oogkassen naar de verdwijnende zonnerimpelingen op het plafond. Zijn gezicht was nog steeds een masker van lelijke rode en purperen vlekken, alsof zelfs de dood niet in staat was geweest zijn woede over haar plotselinge grillige (had hij het als grillig gezien? natuurlijk wel) verandering van gedachten te verzachten.

'Laat hem los,' zei ze tegen de hond, maar haar stem klonk nu tam en verdrietig en zonder kracht. De hond bewoog zijn oren nauwelijks bij het geluid en hij stopte helemaal niet. Hij bleef gewoon trekken aan het ding met de verwarde kuif en de vlekkerige gelaatskleur. Dit ding leek niet langer op Disco Gerald – helemaal niet. Nu was het alleen nog maar Dode Gerald die over de slaapkamervloer gleed met de tanden van een hond in zijn kwabbige biceps.

Een rafelige lap huid hing over de snuit van de hond. Jessie probeerde zichzelf te vertellen dat het eruitzag als behangpapier, maar behangpapier had geen – in ieder geval voor zover zij wist – moedervlekken en een vaccinatie-litteken. Nu kon ze Geralds roze, vlezige buik zien, slechts getekend door het klein kaliber kogelgat van zijn navel. Zijn penis zwaaide en bungelde in zijn nest donkerbruin schaamhaar. Zijn billen ruisten met afschuwelijk, wrijvingsloos gemak over de hardhouten planken.

Abrupt werd de verstikkende atmosfeer van verschrikking doorboord door een schicht van woede die zo fel was dat hij leek op een bliksemschicht binnen in haar hoofd. Ze aanvaardde niet alleen deze nieuwe emotie, ze verwelkomde hem. Misschien dat woede haar niet zou helpen uit deze nachtmerrie-achtige situatie weg te komen, maar ze voelde dat hij als tegengif tegen haar groeiende gevoel van geschokte onwerkelijkheid kon dienen.

'Jij, schoft,' zei ze met een zachte, trillende stem. 'Jij, laffe, stiekeme *schoft!*'

Hoewel ze niets kon pakken van Geralds kant van de boekenplank, merkte Jessie dat ze, door haar linkerpols zo te draaien in de handboei dat haar hand over haar schouder wees, met vingers over het korte stukje plank aan haar eigen kant kon gaan. Ze kon haar hoofd niet voldoende draaien om de dingen te zien die ze aanraakte – die waren net voorbij die wazige plek die mensen hun ooghoek noemen – maar het maakte niet echt uit. Ze had een vrij goed idee van wat daar stond. Ze trippelde met haar vingers heen en weer, liet hun toppen licht over tubes met make-up gaan, waarbij ze er een paar iets verder naar achteren op de plank duwde en er een paar andere af gooide. Sommige van die laatste kwamen op de sprei terecht, andere stuiterden van het bed op haar linkerdij en belandden op de vloer. Geen ervan kwam ook maar in de buurt van het soort ding dat ze zocht. Haar vingers sloten zich om een pot Nivea gezichtscrème en een ogenblik stond ze zichzelf toe te denken dat het misschien zou werken, maar het was maar een monsterpotje, te klein en te licht om de hond pijn te doen, zelfs al zou hij van glas zijn gemaakt en niet van plastic. Ze liet hem terugvallen op de plank en hervatte haar blinde tast.

Toen ze zo ver waren als ze konden komen, voelden haar onderzoekende vingers de rand van een glazen object dat verreweg het grootste ding was dat ze had aangeraakt. Een ogenblik kon ze het niet plaatsen, en toen wist ze het. De pul die aan de muur hing was maar één souvenir van Geralds Alfa Pak een Po-dagen, ze voelde nu een andere. Het was een asbak en de enige reden dat ze hem niet direct had kunnen plaatsen was omdat hij thuishoorde op Geralds deel van de plank, naast zijn glas ijswater. Iemand – mogelijk mevrouw Dahl, de schoonmaakster, mogelijk Gerald zelf – had hem verplaatst naar haar kant van het bed, misschien tijdens het afstoffen van de plank, misschien om ruimte te maken voor iets anders. De reden maakte trouwens niet uit. Daar stond hij en op dit moment was dat voldoende.

Jessie sloot haar vingers om de ronde rand en voelde twee uitsparingen – plaatsen om sigaretten neer te leggen. Ze greep de asbak, haalde haar hand zo ver mogelijk naar achteren, en bracht hem toen weer naar voren. Ze had geluk. Ze rukte haar pols naar beneden op het moment dat de ketting van de handboei strak schoot, als een big league-pitcher die een effectbal loslaat. Dit alles was een zuiver impulsieve handeling. Het projectiel dat ze zocht en vond had ze geworpen voor ze de tijd had gehad na te denken, waardoor het schot gegarandeerd mis zou zijn geweest. Want hoe onwaarschijnlijk was het niet dat een vrouw die net een voldoende had gekregen voor boogschieten na twee jaar lichamelijke opvoeding op de universiteit een hond zou kunnen raken met een asbak, zeker als die hond viereneenhalve meter van haar vandaan was en de hand waarmee ze gooide toevallig met een handboei vastzat aan een bedstijl.

Toch *raakte* ze hem. De asbak draaide in zijn vlucht een keer rond zodat even het Alfa Gamma Rho motto te zien was. Ze kon het niet lezen van waar ze lag en hoefde dat ook niet, de Latijnse woorden voor dienstbetoon, groei en moed stonden rond een toorts gegraveerd. De asbak begon weer te draaien maar trof de gespannen, knokige schouders van de hond voor hij zijn draai helemaal af kon maken.

De zwerver kefte van verrassing en pijn en Jessie beleefde een ogenblik van woeste, primitieve triomf. Haar mond verbreedde zich naar een uitdrukking die aanvoelde als een grijns en eruitzag als een gil. Ze huilde uitzinnig, kromde haar rug en rechtte onderwijl haar benen. Weer was ze zich niet bewust van de pijn in haar schouders toen kraakbeen rekte en gewrichten, die al heel lang de soepelheid van eenentwintig waren vergeten, bijna tot op het punt van ontwrichting werden belast. Ze zou het allemaal later voelen – elke beweging, elke ruk en draai die ze had gemaakt – maar voorlopig werd ze gedragen op de woeste verrukking van het succes van haar worp en ze had het gevoel dat als ze niet op de een of andere manier uitdrukking gaf aan haar triomfantelijke extase, ze ontploffen zou. Ze liet haar voeten roffelen op de sprei en wiegde haar lichaam heen en weer, terwijl haar zweterige haar haar wangen en slapen geselde en de pezen in haar hals uitstonden als dikke koorden.

'*HA*' schreeuwde ze. '*DAT... WAS... RAAAAAK! HA!*'

De hond sprong achteruit toen de asbak hem raakte, en sprong nog een keer toen die wegstuiterde en op de vloer kapot viel. Hij drukte zijn oren in zijn nek door de verandering in de stem van het teefbaasje – wat hij nu hoorde was geen angst maar triomf. Gauw zou ze van het bed komen en schoppen gaan uitdelen met haar vreemde voeten, die niet zacht, maar ten slotte toch hard zouden zijn. De hond wist dat hij, als hij bleef, weer pijn zou hebben zoals hij eerder pijn had gehad. Hij moest er vandoor.

Hij draaide zijn kop om om er zeker van te zijn dat zijn terugweg nog steeds open lag, en terwijl hij dat deed werd hij opnieuw getroffen door de verrukkelijke geur van vers bloed en vlees. De maag van de hond kromp samen, zuur en dwingend van de honger en hij jankte ongemakkelijk. Hij zat klem, perfect in evenwicht, tussen twee tegengestelde instructies en hij spoot een vers angstig straaltje urine. De geur van zijn eigen water – een geur die sprak van misselijkheid en zwakte in plaats van kracht en zelfvertrouwen – verhoogde zijn frustratie en verwarring en hij begon weer te blaffen.

Jessie week terug door dat splinterige, onplezierige geluid – ze zou haar handen tegen haar oren gedrukt hebben als ze dat kon – en de hond voelde opnieuw een verandering in de kamer. Iets in de geur van het teefbaasje was veranderd. Haar alfa-geur ebde weg terwijl hij nog nieuw en vers was en de hond begon te voelen dat de klap die hij op zijn schouders had gekregen, misschien niet betekende dat er ook nog andere klappen kwamen. Trouwens, de eerste klap was eerder verrassend dan pijnlijk geweest. De hond deed een aarzelende stap naar de uitgestrekte arm die hij had laten vallen... naar de verleidelijke zware lucht van bloed en vlees. Terwijl hij bewoog keek hij voorzichtig naar het teefbaasje. Zijn eerste indruk van het teefbaasje als òf ongevaarlijk, òf hulpeloos of allebei was misschien verkeerd geweest. Hij moest erg voorzichtig zijn.

Jessie lag op het bed, zich nu vaag bewust van het kloppen in haar eigen schouders, zich sterker bewust dat haar keel nu echt pijn deed, en zich het sterkst bewust dat de hond, asbak of geen asbak, er nog steeds was. In de eerste hete opwelling van haar triomf was het voor haar een uitge-

maakte zaak geweest dat hij zou vluchten, maar op de een of andere manier had hij standgehouden. Erger nog, hij kwam nu weer naderbij. Voorzichtig en behoedzaam, weliswaar, maar toch naderbij. Ze voelde een opgezwollen groene blaas gif ergens in haar binnenste kloppen – bitter spul, kwaadaardig als dollekervel. Ze was bang dat als de blaas openbarstte, ze zou stikken in haar eigen gefrustreerde woede.
'Ga weg, klootzak,' zei ze tegen de hond met een schorre stem die aan de randen begon af te brokkelen. 'Ga weg of ik maak je dood. Ik weet niet hoe, maar bij god ik zweer het.'
De hond bleef weer staan en keek haar aan met een intens ongemakkelijke blik.
'Juist. Je kunt maar beter naar me luisteren,' zei Jessie. 'Dat kun je echt maar beter doen, want ik meen het. Ik meen elk woord.' Toen ging haar stem weer omhoog tot een schreeuw, hoewel hij op sommige plaatsen doodbloedde in gefluister toen haar hij het door overbelasting begon te begeven.
'*Ik maak je dood, dat doe ik. Ik zweer je dat ik het doe, DUS GA WEG!*'
De hond die ooit de Prins van Catherine Sutlin was geweest, keek van het teefbaasje naar het vlees, van het vlees naar het teefbaasje, en nog eens van het teefbaasje naar het vlees. Hij kwam tot het soort beslissing dat Catherines vader een compromis zou hebben genoemd. Hij boog zich naar voren, terwijl tegelijkertijd zijn ogen omhoog draaiden om Jessie scherp in de gaten te houden, en greep de gescheurde lap pees, vet en kraakbeen die eens Gerald Burlingames rechterbiceps was geweest. Grommend gaf hij er een ruk aan. Geralds arm kwam omhoog, zijn slappe vingers leken door het raam op het oosten naar de Mercedes op de oprit te wijzen.
'*Hou op!*' schreeuwde Jessie. Haar gewonde stem schoot nu vaker in dat bovenste register, waar geschreeuw alleen nog maar een snikkend falsetto gefluister is. '*Heb je nog niet genoeg gedaan? Laat hem nou met rust!*'
De zwerver besteedde geen aandacht aan haar. Hij schudde zijn kop snel heen en weer, zoals hij zo vaak had gedaan toen hij en Catherine aan het touwtrekken waren met een van zijn rubberen speeltjes. Dit was echter geen spel. Slierten speeksel vlogen van de kaken van de zwerver terwijl hij bezig was het vlees van het bot te schudden. Geralds zorgvuldig gemanicuurde hand sloeg woest door de lucht. Hij zag eruit als een dirigent die zijn muzikanten aanspoorde hun tempo op te voeren.
Jessie hoorde weer dat trage keelschrapende geluid en besefte plotseling dat ze moest overgeven.
Nee, Jessie! Het was Ruths stem en die klonk hevig gealarmeerd. *Nee, dat kun je niet doen! Door de geur zal hij op je af komen... je* aanvallen.

Jessies gezicht verkrampte tot een gespannen grimas toen ze met moeite haar keel bedwong. Het scheurende geluid klonk weer en ze ving even een glimp op van de hond – zijn voorpoten weer stijf en schrap gezet en hij scheen aan het einde te staan van een dikke, donkere reep elastiek, met de kleur van een weckflesring – voor ze haar ogen sloot. Ze probeerde haar handen voor haar gezicht te brengen, waarbij ze in haar ellende een ogenblik vergat dat ze geboeid was. Haar handen stopten op meer dan een halve meter van elkaar en de kettingen van de handboeien rinkelden. Jessie kreunde. Het was een geluid dat verder ging dan vertwijfeling, het was wanhoop. Het klonk als opgeven.

Ze hoorde dat natte, snotterig scheurende geluid weer. Het eindigde met nog zo'n grote, blije smakzoen. Jessie opende haar ogen niet.

De zwerver begon achteruit naar de gangdeur te lopen, terwijl hij zijn ogen onveranderlijk strak op het teefbaasje op het bed gericht hield. In zijn kaken had hij een grote, glinsterende homp Gerald Burlingame. Als het baasje op het bed het zou proberen terug te pakken, zou ze het nu moeten doen. De hond kon niet denken – tenminste niet zoals menselijke wezens dat woord opvatten – maar zijn ingewikkelde netwerk van instincten voorzag in een zeer effectief alternatief voor denken, en hij wist dat wat hij had gedaan – en wat hij van plan was te doen – een soort van verdoemenis inhield. Maar hij had lange tijd honger geleden. Hij was achtergelaten in het bos door een man die terug naar huis was gegaan onder het fluiten van de herkenningsmelodie van *Born Free*, en nu stierf hij van de honger. Als het teefbaasje probeerde zijn eten nu af te pakken, zou hij vechten.

Hij wierp haar een laatste blik toe, zag dat ze geen aanstalten maakte van het bed te komen en draaide zich om. Hij droeg het vlees naar de ingang en installeerde zich daar met het vlees stevig tussen zijn poten geklemd. De wind stak even op, waaide de deur eerst open en sloeg hem dan weer dicht. De zwerver blikte kort in die richting en stelde vast op zijn hondachtige, niet helemaal denkende manier, dat hij de deur open kon duwen met zijn snuit om snel te vluchten als het nodig mocht zijn. Nu deze laatste kwestie was afgehandeld, begon hij te eten.

9

De aandrang om te braken ging langzaam voorbij, maar hij ging voorbij. Jessie lag op haar rug met haar ogen stijf dichtgeknepen, terwijl ze nu echt het pijnlijke bonzen in haar schouders begon te voelen. Het kwam in langzame, peristaltische golven, en zij had het wanhopige idee dat dit nog maar het begin was.

Ik wil slapen, dacht ze. Het was die kinderstem weer. Nu klonk hij geschrokken en bang. Hij had geen belangstelling voor logica, geen geduld voor mogelijk en niet mogelijk. *Ik sliep bijna toen de stoute hond kwam, en dat wil ik nu – slapen.*

Ze was het er hartgrondig mee eens. Het probleem was dat ze zich niet echt slaperig meer voelde. Ze had net een hond een homp uit haar echtgenoot zien scheuren en ze had helemaal geen slaap meer.

Wat ze wel had, was *dorst*.

Jessie opende haar ogen en het eerste wat ze zag was Gerald die op zijn eigen weerspiegeling op de fantastisch gewreven slaapkamervloer lag als een of ander grotesk menselijk atol. Zijn ogen stonden nog steeds open, staarden nog steeds woedend omhoog naar het plafond, maar zijn bril hing nu scheef terwijl een van de poten in zijn oor stak in plaats van eroverheen. Zijn hoofd was zó ver opzij gebogen, dat zijn vlezige linkerwang bijna tegen zijn linkerschouder lag. Tussen zijn rechterschouder en rechterelleboog was er alleen maar een donkerrode glimlach met gerafelde witte randen.

'Allejezus,' mompelde Jessie. Ze keek snel een andere kant op, uit het raam op het westen. Gouden licht – het was nu bijna het licht van zonsondergang – verblindde haar en ze sloot haar ogen weer, keek naar de eb en vloed van rood en zwart, terwijl haar hart membranen van bloed door haar gesloten oogleden pompte. Na een paar ogenblikken merkte ze dat dezelfde flitsende patronen zich telkens weer herhaalden. Het was bijna als het kijken naar protozoa onder een microscoop, protozoa op een glaasje dat gekleurd was met een rode vlek. Ze vond dit herhalende patroon zowel interessant als kalmerend. Ze veronderstelde dat je, gezien de omstandigheden, geen genie hoefde te zijn om de aantrekkingskracht te begrijpen die zulke eenvoudige herhalende vormen bezaten. Als alle normale routines van iemands leven uit elkaar vielen – en met zo'n schokkende abruptheid – dan moest je iets vinden waar je je aan vast kon houden, iets wat zowel zinnig als voorspelbaar was. Als de georganiseerde bloedkolk in de dunne vellen huid tussen jouw oogbollen en het laatste zonlicht van een oktoberdag alles was wat je kon vinden, dan pakte je dat en zei je dankjewel. Want als je niet *iets* kon vinden om je aan vast te houden, iets wat in ieder geval nog enige betekenis had, dan hadden de oneigen elementen van de nieuwe wereldorde de neiging je volslagen gek te maken.

Elementen zoals de geluiden die nu van de ingang kwamen, bijvoorbeeld. De geluiden die een vuile, hongerige zwerver maakte, terwijl hij een deel van de man opat die jou mee had uitgenomen om je eerste Bergman-film te zien, de man die jou had meegenomen naar het pretpark op Old Orchard Beach, die jou aan boord lokte van dat grote vikingschip dat als een slinger heen en weer zwaaide in de lucht, dan lachte tot de tranen in zijn ogen sprongen toen je zei dat je nog eens wilde. De man die eens met je had gevreeën in de badkuip tot je letterlijk gilde van genot. De man die nu door de strot van die hond gleed in hompen en brokken.

Dat soort oneigen elementen.

'Vreemde tijden, meissie,' zei ze. 'Inderdaad vreemde tijden.' Haar spreekstem was een onduidelijk, pijnlijk gekraak geworden. Ze nam aan dat ze er goed aan deed als ze gewoon zweeg en het liet rusten, maar als het stil was in de slaapkamer kon ze de paniek horen, die er nog steeds was, die nog steeds rondsloop op de grote, zachte zoolkussens van zijn voeten, zoekend naar een opening, wachtend tot zij haar verdediging liet zakken. Bovendien *was* er geen echte stilte. De man van de kettingzaag had voor vandaag ingepakt, maar de fuut liet nog steeds zo nu en dan zijn roep horen, de wind wakkerde aan naarmate de zonsondergang naderbij kwam, en de deur sloeg harder – en vaker – dan ooit. Plus, natuurlijk, het geluid van de hond die van haar echtgenoot zat te eten. Terwijl Gerald bij Amato had staan wachten om hun stokbroden in ontvangst te nemen en te betalen, was Jessie naar Michaud's supermarkt ernaast gegaan. De vis van Michaud was altijd goed – bijna zo vers dat hij nog spartelde, zoals haar grootmoeder zou hebben gezegd. Ze had een heerlijke tongfilet gekocht met de gedachte dat ze hem zou stoven als ze besloten de nacht te blijven. Tong was goed omdat Gerald – die op een dieet zou leven van alleen maar rosbief en gebraden kip als hij op zichzelf was aangewezen (met zo nu en dan een portie gefrituurde paddestoelen vanwege de vitaminen) – zowaar beweerde van tong te houden. Ze had het gekocht zonder het geringste voorgevoel dat hij zou worden opgegeten voor hij zelf kon eten.

'Het is een jungle daarzo, meisje,' zei Jessie met haar onduidelijke, krakende stem en ze besefte dat ze nu niet alleen in de stem van Ruth *dacht*, maar dat ze echt *klonk* als Ruth, die destijds zou hebben geleefd op een dieet van alleen maar Dewar's whisky en Marlboro's als *zij* op zichzelf aangewezen was geweest.

Toen klonk die harde geen-gelul stem, alsof Jessie over een wonderlamp had gewreven. *Weet je nog dat liedje van Nick Lowe dat je hoorde op* WBLM *toen je de afgelopen winter op een dag naar huis kwam van je pottenbakkerscursus? Dat waarom je moest lachen.*

Ze wist het nog. Ze wilde het niet, maar ze wist het nog. Het was een liedje van Nick Lowe geweest dat 'She Used to be a Winner (Now She's just the Doggy's Dinner)' heette, een cynisch amusante pop-overpeinzing over eenzaamheid, gezet op een ongerijmd zonnige beat. Vorige winter verrekte lollig, ja, daar had Ruth gelijk in, maar nu niet zo amusant.

'Hou op, Ruth,' kraakte ze. 'Als je in mijn hoofd wilt rondspoken, heb dan in ieder geval het fatsoen me niet langer te plagen.'

Je te plagen? Jezus, schatje, ik plaag *je niet. Ik probeer je wakker te krijgen.*

'Ik *ben* wakker,' zei ze klaaglijk. Op het meer riep de fuut weer alsof hij haar ruggesteun wilde geven. 'Deels dankzij jou.'

Nee, dat ben je niet. Je bent al een hele tijd niet wakker – niet echt wakker. Als er iets ergs gebeurt, Jess, weet je wat jij dan doet? Je zegt tegen jezelf: 'O, dit is niets om je zorgen over te maken, dit is gewoon een boze droom, die krijg ik van tijd tot tijd, dat is niets ernstigs en zodra ik me weer op mijn rug draai, is alles weer in orde.' En dat doe je, arme sukkel. Dat is precies wat je doet.

Jessie opende haar mond om antwoord te geven – dergelijke aantijgingen konden niet onbeantwoord blijven, droge mond en zere keel of niet – maar Moedertje Burlingame was op de barricaden geklommen voor Jessie zelf meer kon doen dan een begin maken met het organiseren van haar gedachten.

Hoe kun je zulke vreselijke dingen zeggen? Je bent verschrikkelijk! Ga weg!

Ruths geen-gelul stem liet zijn cynische blaffende lach weer horen, en Jessie bedacht hoe verontrustend – hoe *verschrikkelijk* verontrustend – het was om een deel van je geest te horen lachen met de zogenaamde stem van een oude kennis die lang geleden god-mag-weten-waar naar toe was verdwenen.

Ga weg? Dat zou je wel leuk vinden, hè? Schatteboutje, papa's kleine meisje. Elke keer als de waarheid te dichtbij komt, elke keer dat je begint te vermoeden dat de droom misschien niet zomaar een droom is, ga je er vandoor.
Dat is belachelijk.
Zo? Wat gebeurde er dan met Nora Callighan?
Gedurende een ogenblik bracht dat de stem van Moedertje – en die van haarzelf, die gewoonlijk zowel hardop als in haar geest sprak als 'ik' – met een schok tot zwijgen, maar in die stilte vormde zich een vreemd, vertrouwd beeld: een kring lachende, wijzende mensen – voornamelijk vrouwen – die rond een jong meisje stonden met haar hoofd en handen in een schandblok. Ze was moeilijk te zien omdat het erg donker was – het had nog klaarlichte dag moeten zijn, maar om de een of andere reden was het toch erg donker – maar het gezicht van het meisje zou zelfs als het helder daglicht was geweest, verborgen zijn gebleven. Haar haar hing ervoor als het kleed van een boeteling, hoewel het moeilijk was te geloven dat ze iets *al te* vreselijks kon hebben gedaan. Ze was duidelijk niet ouder dan een jaar of twaalf. Waar ze ook voor werd gestraft, het kon niet zijn voor het kwetsen van haar echtgenoot. Deze dochter van Eva in kwestie was te jong om zelfs maar haar maandstonden al te hebben, laat staan een echtgenoot.
Nee, dat is niet waar, sprak plotseling een stem uit de diepere regionen van haar geest. Die stem was zowel muzikaal als toch afschrikwekkend sterk, als de roep van een walvis. *Ze begon toen ze net tieneneenhalf was. Misschien was dat het probleem. Misschien rook hij bloed, net zoals de hond bij de ingang. Misschien maakte dat hem uitzinnig.*
Hou je bek! riep Jessie. Ze voelde zichzelf plotseling uitzinnig raken. *Hou je bek, daar praten we niet over!*
En over geuren gesproken, wat is die andere? vroeg Ruth. Nu was de mentale stem grof en gretig... de stem van een goudzoeker die eindelijk de goudader had gevonden die hij al lang had vermoed maar nooit had kunnen vinden. *Die geur van mineralen, zoals zout en oude munten...*
Daar praten *we niet over, zei ik!*
Ze lag op de sprei, haar spieren gespannen onder haar koude huid, terwijl ze zowel haar penibele toestand als haar echtgenoot vergat – tenminste voorlopig – in het aangezicht van deze nieuwe bedreiging. Ze kon Ruth, of het een of andere afgesloten gedeelte van haar wezen waarvoor Ruth sprak, voelen overleggen of ze er al of niet verder over door zou gaan. Toen zij besloot het niet te doen (tenminste niet meteen), slaakte zowel Jessie als Moedertje Burlingame een zucht van verlichting.
Goed... laten we het in plaats daarvan over Nora hebben, zei Ruth.

Nora, je therapeute? Nora, je raadsvrouwe? Degene die je begon te bezoeken omstreeks de tijd dat je ophield met schilderen, omdat sommige van die schilderijen jou bang maakten? Wat toevallig of niet ook de tijd was dat Geralds seksuele interesse in jou scheen te verdampen en jij aan de kragen van zijn hemden begon te snuffelen naar parfum? Je herinnert je Nora toch wel, hè?
Nora Callighan was een nieuwsgierig kreng, snauwde Moedertje.
'Nee,' mompelde Jessie. 'Haar bedoelingen waren goed, daar twijfel ik geen moment aan, ze wilde alleen maar altijd een stap te ver gaan. Een vraag te veel stellen.'
Je zei dat je haar erg graag mocht. Hoorde ik je dat niet zeggen?
'Ik wil ophouden met denken,' zei Jessie. Haar stem klonk zwevend en onzeker. 'Vooral wil ik geen stemmen meer horen, en ook niet meer antwoorden. Dat is maf.'
Nou, je kunt maar beter toch luisteren, zei Ruth grimmig, *omdat je hiervan niet kunt weglopen op de manier zoals je van Nora wegliep... en, wat dat betreft, de manier waarop je van* mij *wegliep.*
Ik ben nooit *van jou weggelopen, Ruth!* Geschokte ontkenning en niet erg overtuigend. Natuurlijk was dat precies wat ze had gedaan. Had gewoon haar koffers gepakt en was weggegaan uit de goedkope, maar vrolijke studentenflat die zij en Ruth deelden. Ze had het niet gedaan omdat Ruth haar te veel verkeerde vragen was gaan stellen... vragen over Jessies jeugd, vragen over Dark Score Lake, vragen over wat er misschien was gebeurd in de zomer net nadat Jessie was begonnen te menstrueren. Nee, alleen een slechte vriendin zou om die redenen zijn weggegaan. Jessie was niet vertrokken omdat Ruth was *begonnen* vragen te stellen, ze was vertrokken omdat Ruth niet wilde *ophouden* die te stellen toen Jessie haar vroeg dat te doen. Dat, in Jessies opinie, maakte van *Ruth* een slechte vriendin. Ruth had de lijn gezien die Jessie in het zand had getrokken... en was er toch moedwillig overheen gestapt. Net zoals Nora Callighan had gedaan, jaren later.
Bovendien, het idee van weglopen was onder deze omstandigheden tamelijk belachelijk, nietwaar? Ze zat immers geboeid aan het bed.
Beledig mijn intelligentie niet, lekkertje, zei Ruth. *Je geest zit niet geboeid aan het bed, en dat weten we allebei. Je kunt nog steeds weglopen als je dat wilt, maar ik raad je aan – ik raad je ten sterkste aan – dat niet te doen, omdat ik de enige kans ben die je hebt. Als je daar maar blijft doen alsof dit een boze droom is die je kreeg van slapen op je linkerzij, sterf je in handboeien. Wil je dat? Is dat jouw prijs voor het feit dat je je hele leven in handboeien hebt geleefd, sinds...*
'Daar wil ik niet over denken!' gilde Jessie tegen de lege kamer.
Een ogenblik zweeg Ruth, maar voor Jessie meer kon doen dan begin-

nen te hopen dat ze was vertrokken, was Ruth er weer... en in de aanval, ze greep haar als een terriër een oude lap.
Kom op, Jess... jij zou waarschijnlijk nog liever geloven dat je gek bent, dan rond te wroeten in dat oude graf. Maar dàt ben je echt niet, weet je. Ik ben jij, de Moedertje is jij... we zijn allemaal jij, in feite. Ik heb een behoorlijk goed idee van wat er die dag is gebeurd bij Dark Score toen de rest van de familie weg was, en waar ik werkelijk nieuwsgierig naar ben heeft niet noodzakelijkerwijs *veel met de gebeurtenissen te maken. Waar ik werkelijk nieuwsgierig naar ben is dit: is er een deel van jou – een deel waar ik niet van weet – dat morgen deze tijd per se bij Gerald in de ingewanden van die hond wil zijn? Ik vraag dat alleen omdat me dat geen loyaliteit lijkt, maar gekte.*

Weer druppelden er tranen langs haar wangen, maar ze wist niet of ze huilde om de mogelijkheid – eindelijk onder woorden gebracht – dat ze werkelijk hier *zou* sterven of omdat ze voor het eerst in minstens vier jaar zo dicht bij gedachten aan die andere zomerplek was gekomen, die plek aan Dark Score Lake, en aan wat er gebeurde daar op die dag dat de zon doofde.

Eens had ze dat geheim bijna verklapt in een vrouwenpraatgroep... Het was in het begin van de jaren zeventig geweest. En natuurlijk was het idee om er naar toe te gaan van haar kamergenote gekomen, maar Jessie was gewillig meegegaan, tenminste om mee te beginnen. Het had haar onschuldig genoeg geleken, gewoon weer eens wat anders in die verbazingwekkende macramé-kermis die de universiteit destijds was. Voor Jessie waren die eerste twee universiteitsjaren – vooral met iemand als Ruth Neary om haar langs de draaimolens, roetsjbanen en andere attracties te loodsen – voor het grootste deel heel prachtig geweest, een tijd waarin bang zijn onmogelijk was en succes onvermijdelijk leek. Dat was de tijd dat geen kamer in het studentenhuis compleet was zonder een poster van Peter Max en als je de Beatles beu was – niet dat iemand dat was – kon je wat Hot Tuna opzetten of MC-5. Het was allemaal een beetje te mooi geweest om waar te zijn, zoals dingen die je ziet door een koorts die niet echt hoog genoeg is om levensgevaarlijk te zijn. In feite waren die eerste twee jaren een kick geweest.

Die kick was geëindigd met die eerste bijeenkomst van de vrouwenpraatgroep. Daar had Jessie een afgrijselijk grauwe wereld ontdekt die een vooruitblik scheen te zijn op haar toekomstige leven als volwassene in de jaren tachtig en tegelijkertijd scheen te fluisteren van duistere geheimen uit de kindertijd die levend lagen begraven in de jaren zestig... maar daar niet rustig lagen. Er waren twintig vrouwen in de woonkamer geweest van de bungalow die bij de Neuworth Interkerkelijke Kapel hoorde. Sommigen gezeten op de oude sofa, anderen verborgen in de

enorme, bultige oorfauteuils van de pastorie, de meesten in kleermakerszit in een ruwe cirkel op de grond – twintig vrouwen in de leeftijd van achttien tot veertig en nog wat. Aan het begin van de sessie hadden ze elkaars handen vastgehouden en een moment van stilte betracht. Toen dat voorbij was, werd Jessie overvallen door gruwelijke verhalen van verkrachting, incest en van lichamelijke martelingen. Al werd ze honderd, ze zou nooit het kalme, mooie blonde meisje vergeten dat haar sweater omhoog had getrokken om de oude brandplekken van sigaretten aan de onderkant van haar borsten te laten zien.
Dat was het einde van de kermis voor Jessie Mahout. Het einde? Nee, dat was niet waar, laat staan eerlijk. Het was alsof haar even een kijkje was vergund *achter* de kermis, om de grauwe en lege velden van de herfst te zien die de echte waarheid waren: niets dan lege sigarettenpakjes en gebruikte condooms en een paar goedkope gebroken prijzen, verstrikt in het lange gras en wachtend tot ze ofwel weggeblazen zouden worden ofwel bedekt door de winterse sneeuw. Ze zag die stille, stomme, steriele wereld die lag te wachten achter het dunne opgelapte zeildoek, dat alles was wat hem scheidde van de schreeuwerige glitter van het amusementsterrein, de praatjes van de kermisgasten en de lichte betovering van de attracties en het joeg haar angst aan. Het idee dat alleen dit voor haar in het verschiet lag – alleen dit en niets meer – was vreselijk. Het idee dat het ook *achter* haar lag, maar voor een deel verborgen door het opgelapte en kakelbonte zeildoek van haar eigen aangepaste geheugen, was onverdraaglijk.
Nadat ze hun de onderkanten van haar borsten had laten zien, had het mooie blonde meisje haar sweatshirt weer naar beneden getrokken en uitgelegd dat ze niets tegen haar ouders kon zeggen over wat de vrienden van haar broer haar hadden aangedaan in dat weekend dat haar ouders naar Montreal waren, omdat het kon betekenen dat uit zou komen wat haar *broer* het afgelopen jaar zo nu en dan met haar had gedaan, en haar ouders zouden *dat* nooit geloofd hebben.
De stem van het blonde meisje was net zo kalm als haar gezicht, haar toon volstrekt redelijk. Toen ze uitgesproken was, volgde er een moment van daverende stilte – een moment waarin Jessie in haar binnenste iets los voelde scheuren en honderd spookachtige, inwendige stemmen had horen gillen in een mengeling van hoop en afschuw – en toen had Ruth gesproken.
'Waarom *zouden* ze je niet geloven?' had ze gevraagd. 'Jezus, Liv – ze hebben je met *brandende sigaretten* bewerkt! Ik bedoel, je had die brandplekken als *bewijs!* Waarom *zouden* ze je niet geloven? Hielden ze niet van je?'
Ja, dacht Jessie. *Ja, ze hielden van haar, maar...*

'Ja,' zei het blonde meisje. 'Ze hielden van me. Dat doen ze nog steeds. Maar ze *adoreerden* mijn broer Barry.'
Jessie herinnerde zich dat ze zittend naast Ruth, terwijl de muis van een niet heel vaste hand tegen haar voorhoofd drukte, fluisterde: 'Bovendien zou dat haar dood zijn geweest.'
Ruth draaide zich naar haar om, begon: 'Wat...?' en het blonde meisje, nog steeds zonder te huilen, nog steeds griezelig kalm, zei: 'Bovendien, als mijn moeder zoiets had ontdekt, dan zou het haar dood zijn geweest.'
En toen had Jessie geweten dat ze zou ontploffen als ze daar niet weg kwam. Dus ze was overeind gekomen, zo snel uit haar stoel springend dat ze het lelijke, omvangrijke ding bijna had omgegooid. Ze was de kamer uitgerend, wetend dat ze allemaal naar haar keken, en het deed haar niets. Het maakte niet uit wat ze dachten. Wat wel uitmaakte was dat de zon was gedoofd, *de zon zelf*, en als ze het vertelde, zou haar verhaal alleen niet worden geloofd als God goed was. Als God in een slecht humeur was, *zou* Jessie worden geloofd... en zelfs als het haar moeder niet doodde, zou het de familie uit elkaar doen spatten als een staaf dynamiet een rotte pompoen.
Dus ze was de kamer uitgerend en door de keuken en zou door de achterdeur naar buiten zijn gesprongen als die niet op slot had gezeten. Ruth rende achter haar aan, riep stop, Jessie, stop. Dat had ze gedaan, maar alleen omdat die verrekte gesloten deur haar ertoe dwong. Ze had haar gezicht tegen het koude donkere glas gedrukt, werkelijk overwegend – ja, voor een ogenblik had ze dat gedaan – om haar hoofd er dwars doorheen te stoten en haar keel af te snijden, alles om dat vreselijke, grauwe visioen van de toekomst vóór haar en van het verleden achter haar uit te wissen, maar uiteindelijk had ze zich gewoon omgedraaid en was naar de vloer gegleden, terwijl ze haar blote benen onder de zoom van haar korte rok omarmde en haar voorhoofd tegen haar opstekende knieën drukte en haar ogen sloot. Ruth ging naast haar zitten en legde een arm om haar heen, terwijl ze haar heen en weer wiegde, zachtjes tegen haar zong, haar haar streelde, haar aanmoedigde het op te geven, het los te laten, het uit te kotsen, het te laten gaan.
Nu, liggend in het huis op de oever van Kashwakamak Lake, vroeg ze zich af wat er was gebeurd met het niet huilende, griezelig kalme blonde meisje dat hun had verteld over haar broer Barry en de vrienden van Barry – jongemannen die duidelijk het gevoel hadden gehad dat een vrouw alleen maar een levensinstandhoudingssysteem voor een kut was en dat het brandmerken een volstrekt rechtvaardige straf was voor een jonge vrouw die het prima vond om met haar broer te neuken, maar niet met de boezemvrienden van haar broer. Meer terzake, Jessie vroeg zich

af wat ze tegen Ruth had gezegd toen zij met hun ruggen tegen de gesloten keukendeur zaten en met hun armen om elkaar heen. Het enige dat ze zich zeker kon herinneren was iets als: 'Hij heeft me nooit gebrand, hij heeft me nooit gebrand, hij heeft me helemaal nooit pijn gedaan.' Maar er moest meer zijn geweest dan alleen dat, want de vragen die Ruth maar was blijven stellen, wezen allemaal duidelijk alleen maar in één richting: naar Dark Score Lake en de dag dat de zon was gedoofd. Uiteindelijk was ze liever bij Ruth weggegaan dan het te vertellen... net zoals ze liever bij Nora was weggegaan dan het te vertellen. Ze was zo hard als haar benen haar konden dragen weggerend – Jessie Mahout Burlingame, ook bekend als De Roodblonde Stoot, het laatste mirakel van een twijfelachtige leeftijd, overlevende van de dag dat de zon was gedoofd, nu geboeid aan het bed en niet meer in staat weg te rennen.
'Help me,' zei ze tegen de lege slaapkamer. Nu ze zich het blonde meisje had herinnerd met haar griezelig kalme gezicht en stem en het stippelpatroon van oude, ronde littekens op haar verder gave borsten, kon Jessie haar niet meer uit haar gedachten zetten, evenmin als de wetenschap dat het geen kalmte was geweest, helemaal niet, maar een soort fundamentele onthechting van het verschrikkelijke dat er met haar was gebeurd. Ergens werd het gezicht van het blonde meisje *haar* gezicht en toen Jessie sprak deed ze dat met de trillende, vernederde stem van de atheïst die was beroofd van alles behalve een laatste, kansarm gebed. 'Alsjeblieft, help me.'
Niet God gaf antwoord, maar dat deel in haar dat kennelijk alleen kon spreken als het zich vermomde als Ruth Neary. De stem klonk nu vriendelijk... maar niet erg hoopvol. *Ik zal het proberen, maar jij moet me helpen. Ik weet dat je bereid bent pijnlijke dingen te doen, maar misschien moet je ook pijnlijke dingen denken. Ben je daar klaar voor?*
'Dit gaat niet om *denken*,' zei Jessie bevend en dacht: *Dus zo klinkt Moedertje Burlingame hardop.* 'Het gaat om... nou... vluchten.'
En misschien moet je haar de mond snoeren, zei Ruth. *Zij is een werkzaam deel van jou, Jessie – van* ons *– en niet echt een slecht iemand, maar zij heeft al veel te lang de leiding over alles gehad en in een situatie als deze is haar manier van met de wereld omgaan niet veel waard. Heb je hier iets tegen in te brengen?*
Jessie had hier niets, en nergens iets tegen in te brengen. Ze was te moe. Het licht dat door het raam op het westen naar binnen viel, werd nog steeds warmer en roder naarmate de zonsondergang naderbij kwam. De wind waaide in vlagen en joeg bladeren ritselend over de veranda aan de kant van het meer. De veranda was nu leeg, alle meubels waren opgeslagen in de woonkamer. De dennen zuchtten, de achterdeur sloeg, de hond pauzeerde even, hervatte toen zijn walgelijke smakken en scheuren en kauwen.

'Ik heb zo'n dorst,' zei ze klaaglijk.
Okee – dan moeten we daar beginnen.
Ze draaide haar hoofd naar de andere kant tot ze de laatste warmte van de zon op de linkerkant van haar hals voelde en op het vochtige haar dat tegen haar wang kleefde, en toen deed ze haar ogen weer open. Ze merkte dat ze recht naar Geralds glas water staarde en haar keel stuurde direct een droge, gebiedende kreet uit.
Laten we deze fase van operaties beginnen met de hond te vergeten, zei Ruth. *De hond doet gewoon wat hij moet doen om te overleven en jij moet hetzelfde doen.*
'Ik weet niet of ik het *kan* vergeten,' zei Jessie.
Ik denk het wel, schatje – echt waar. Als jij wat er gebeurde op de dag dat de zon doofde onder het kleed kan vegen, dan kun je alles *onder het kleed vegen, lijkt me.*
Een ogenblik kon ze er helemaal bij, en ze begreep dat ze het helemaal te pakken *kon* krijgen, als ze het werkelijk wilde. Het geheim van die dag was nooit werkelijk in haar onderbewustzijn weggezonken, zoals met die geheimen gebeurde in soap-series op de televisie en in film-melodrama's, het lag op z'n hoogst begraven in een ondiep graf. Er was wat selectief geheugenverlies geweest, maar van een volledig vrijwillige soort. Als zij zich wilde herinneren wat er was gebeurd op de dag dat de zon doofde, zou ze dat waarschijnlijk wel kunnen, dacht ze.
Alsof dit idee een uitnodiging was geweest, zag haar geestesoog plotseling een beeld van hartverscheurende helderheid: een glasruitje dat in een barbecuetang werd gehouden. Een hand met een ovenhandschoen draaide het heen en weer in de rook van een klein vuur van groene takken.
Jessie verstijfde op het bed en dwong het beeld te verdwijnen.
Laten we één ding duidelijk stellen, dacht ze. Ze meende dat het de Ruth-stem was waar ze tegen sprak, maar was er niet helemaal zeker van. Ze was nu nergens meer helemaal zeker van. *Ik* wil *het me niet herinneren. Heb je dat? De gebeurtenissen van die dag hebben niets te maken met de gebeurtenissen van deze. Dat zijn appels en peren. Het is gemakkelijk genoeg om de verbanden te zien – twee meren, twee zomerhuizen, twee gevallen van*
(geheimen stilte pijn onrecht)
seksueel gerommel – maar herinneringen aan wat er is gebeurd in 1963 kunnen nu weinig méér voor me doen dan bijdragen aan mijn algehele ellende. Dus laten we dat hele onderwerp schrappen, goed? Laten we Dark Score Lake vergeten.
'Wat vind je ervan, Ruth?' vroeg ze met een zachte stem en haar blik verplaatste zich naar de gebatikte vlinder aan de andere kant van de ka-

mer. Een ogenblik was er een ander beeld – een klein meisje, iemands lieve kleine Hartje, dat de zoete geur van aftershave rook en opkeek naar de lucht door een stuk beroet glas – en toen was het genadiglijk weer verdwenen.

Ze bleef nog een paar ogenblikken naar de vlinder kijken, om zich ervan te vergewissen dat die oude herinneringen weg zouden *blijven*, en toen keek ze weer naar Geralds glas water. Ongelooflijk, nog steeds dreven er een paar flinters ijs in, hoewel de donker wordende kamer nog steeds de warmte van de namiddagzon vasthield, en dat nog wel een tijdje zou blijven doen.

Jessie liet haar blik langs het glas zakken, liet hem die kille condensdruppels omarmen die er op stonden. Ze kon het viltje waar het op stond niet zien – de plank onttrok hem aan haar blik – maar ze hoefde hem niet te zien om zich de donkere, groter wordende vochtring voor te stellen die zich vormde terwijl die koele condensdruppels langs het glas naar beneden bleven glijden en aan de voet een plasje deden ontstaan.

Jessies tong gleed naar buiten en veegde langs haar bovenlip zonder er veel vocht aan toe te voegen.

Ik wil wat drinken! De angstige, dwingende stem van een kind – van iemands lieve kleine Hartje – gilde. *Ik wil het en ik wil het... NU!*

Maar ze kon niet bij het glas komen. Dat was een duidelijk geval van zo dichtbij en toch zo ver weg.

Ruth: *Geef niet zo gemakkelijk op – als je die godvergeten hond met een asbak kon raken, schatje, kun je misschien ook het glas te pakken krijgen. Misschien kun je het.*

Jessie bracht haar rechterhand weer omhoog, hem uitstrekkend zo ver als haar kloppende schouder haar toestond, en kwam nog steeds minstens een centimeter of zeven te kort. Ze slikte, grimaste bij het schuurpapieren gevoel van beklemming in haar keel.

'Zie je?' zei ze. 'Ben je nu tevreden?'

Ruth gaf geen antwoord, maar Moedertje wel. Ze sprak zacht, bijna verontschuldigend binnen in Jessies hoofd. *Ze zei* pak *het, niet* steek *je hand ernaar uit. Misschien... misschien zijn het niet dezelfde dingen.*

Moedertje lachte op een verraste wie-ben-ik-om-mijn-bijdrage-te-leveren manier en Jessie kreeg een moment om nogmaals te bedenken hoe weergaloos vreemd het was om een deel van jezelf zo te voelen lachen, alsof het werkelijk een totaal andere entiteit was. *Als ik nog een paar stemmen had*, dacht Jessie, *konden we een hier godvergeten bridgetoernooi houden.*

Ze keek nog een ogenblik naar het glas en liet zich toen terugploffen op de kussens, zodat ze de onderkant van de plank kon bestuderen. Hij zat niet vast aan de muur, zag ze, hij lag op vier stalen haken die eruitzagen als een omgekeerde hoofdletter L. En *daar* zat de plank ook niet aan vast – dat wist ze zeker. Ze herinnerde zich een keer dat Gerald aan de telefoon was en afwezig had geprobeerd op de plank te leunen. Haar kant was omhoog gekomen, de lucht in als het uiteinde van een wip en als Gerald niet onmiddellijk zijn hand had teruggetrokken zou hij de plank hebben doen opspringen als een fiche in het vlooienspel.

De gedachte aan de telefoon leidde haar een ogenblik af, maar *slechts* een ogenblik. Hij stond op een lage tafel voor het raam op het oosten, dat met zijn pittoreske uitzicht op de oprit en de Mercedes, en hij had net zo goed op een andere planeet kunnen staan voor wat hij waard was in haar huidige situatie. Haar ogen keerden terug naar de onderkant van de plank en bestudeerden eerst de plank zelf en onderzochten toen weer de L-vormige steunen.

Toen Gerald op zijn kant leunde, was *haar* kant omhoog gekomen. Als zij voldoende druk kon uitoefenen op haar kant om *zijn* kant op te wippen, zou het glas water...

'Misschien naar beneden glijden,' zei ze met schorre, mijmerende stem. 'Misschien glijdt hij dan mijn kant op.' Natuurlijk zou het ook vrolijk langs haar heen kunnen glijden om op de grond aan scherven te vallen, en misschien botste het wel tegen het een of andere niet geziene obstakel en viel het om voor het haar ooit bereikte, maar het was de moeite van het proberen waard, nietwaar?

Zeker, neem aan van wel, dacht ze. *Ik bedoel, ik was van plan in mijn Lear-jet naar New York te vliegen – bij Four Seasons te gaan eten, de hele nacht door te dansen in Birdland – maar met Gerald dood lijkt het me een beetje smakeloos. En met alle goede boeken tijdelijk buiten bereik – en ook alle slechte, wat dat aangaat – denk ik dat ik net zo goed een gooi kan doen naar de troostprijs.*

Goed. Hoe ging ze dat aanpakken?

'Heel voorzichtig,' zei ze. '*Zo* doe ik dat.'

Ze gebruikte de handboeien om zichzelf weer overeind te trekken en bestudeerde het glas nog wat beter. Dat ze niet in staat was de bovenkant van de plank te zien trof haar nu als een nadeel. Ze had een vrij goed idee van wat er aan haar kant lag, maar was minder zeker over Geralds kant en het niemandsland ertussenin. Dat was natuurlijk niet zo vreemd, want wie anders dan iemand met een eidetisch geheugen kon een volledige opsomming geven van de items op een plank in de slaapkamer? Wie had ooit gedacht dat zulke dingen iets uitmaakten?

Nou, ze maken nu wat uit. Ik leef in een wereld waar alle verhoudingen anders zijn geworden.

Jazeker. In deze wereld kon een zwerfhond angstaanjagender zijn dan Freddy Krueger, de moordenaar van *Elm Street*. De telefoon stond in de Twilight Zone. De gezochte oase was in de woestijn, het doel van duizend grauwe soldaten van het Vreemdelingenlegioen in honderd woestijnromannetjes, een glas water waar een paar laatste flintertjes ijs in dreven. In deze nieuwe wereldorde was de plank een scheepvaartroute geworden, van even vitaal belang als het Panamakanaal, en een oude western-paperback of detective op de verkeerde plek zou een dodelijke wegversperring worden.

Vind je niet dat je een beetje overdrijft? vroeg ze zichzelf ongemakkelijk af, maar in werkelijkheid deed ze dat niet. Dit zou onder de beste omstandigheden al een operatie met heel weinig kans van slagen zijn, maar als er rotzooi op de baan lag, vergeet het maar. Een enkele dunne Hercule Poirot – of zo'n Star Trek-roman die Gerald las en dan liet vallen als een gebruikt servet – was niet te zien boven de rand van de plank uit, maar het zou meer dan genoeg zijn om het glas water te stoppen of te doen kantelen. Nee, ze overdreef niet. De verhoudingen van deze wereld waren werkelijk anders, en genoeg om haar te doen denken aan die science-fictionfilm waarin de held begon te krimpen en steeds kleiner werd tot hij in het poppenhuis van zijn dochter woonde waar hij in angst leefde voor de kat des huizes. Ze leerde de nieuwe regels snel... ze leerde ze en paste ze toe.

Verlies de moed niet, Jessie, fluisterde Ruths stem.

'Maak je geen zorgen,' zei ze. 'Ik ga het proberen – echt waar. Maar soms is het goed om te weten waar je mee te maken hebt. Volgens mij maakt dat soms een heel verschil.'

Ze draaide haar rechterpols zo ver mogelijk naar buiten van haar lichaam af, bracht toen haar arm omhoog. In deze positie zag ze eruit als een vrouwenfiguur in een regel Egyptische hiëroglyfen. Ze liet haar vingers weer over de plank trippelen en tastte naar hindernissen op het stuk waar ze hoopte dat het glas zou stoppen.

Ze raakte een stuk tamelijk dik papier aan en betastte het een ogenblik, terwijl ze probeerde te bedenken wat het zou kunnen zijn. Haar eerste gok was dat het een vel uit een kladblok was dat gewoonlijk in de rommel op de telefoontafel lag, maar daar was het niet dun genoeg voor. Haar blik viel op een tijdschrift – *Time* of *Newsweek*, Gerald had ze allebei meegenomen – dat omgekeerd naast de telefoon lag. Ze herinnerde zich dat hij snel door een van de tijdschriften had gebladerd terwijl hij zijn sokken uittrok en zijn hemd losknoopte. Het stuk papier op de plank was waarschijnlijk een van die vervelende tussengevoegde antwoordkaarten waar de kioskuitvoeringen van de tijdschriften altijd vol mee zaten. Vaak legde Gerald zulke kaarten opzij om ze later als boekenlegger te gebruiken. Misschien was het iets anders, maar Jessie besloot dat het voor haar plannen in ieder geval niets uitmaakte. Het was niet omvangrijk genoeg om het glas tegen te houden of te doen kantelen. Verder lag daar niets, in ieder geval niet binnen het bereik van haar gestrekte, wriemelende vingers.

'Goed,' zei Jessie. Haar hart was hard gaan bonzen. De een of andere sadistische tv-piraat in haar geest probeerde een beeld uit te zenden van het glas dat van de plank tuimelde en zij zette het beeld ogenblikkelijk uit. 'Kalm aan. Het moet kalm aan. Kalm aan, dan breekt het lijntje niet. Hoop ik.'

Terwijl ze haar rechterhand hield waar hij was, hoewel het niet makkelijk was en verrekte pijn deed hem in die richting te draaien, bracht Jessie haar linkerhand omhoog (*Mijn asbak-werphand*, dacht ze met een grimmig sprankje humor) en greep de plank een eind voorbij de laatste drager aan haar kant van het bed.

Daar gaan we, dacht ze en begon neerwaartse druk uit te oefenen met haar linkerhand. Er gebeurde niets.

Ik trek misschien te dicht bij die laatste steun om voldoende hefboomwerking te krijgen. Het probleem is die godvergeten handboeiketting. Ik heb niet voldoende speling om zo ver op de plank te komen als ik moet zijn.

Waarschijnlijk wel, maar het inzicht veranderde niets aan het feit dat de plank geen krimp gaf met haar linkerhand op de plek waar hij nu was. Ze moest met haar vingers een beetje verder kruipen – dat wil zeggen, als ze kon – en hopen dat het voldoende was. Het was mechanica uit een stripboek, eenvoudig maar dodelijk. De ironie was dat ze *onder* de plank kon komen en hem *omhoog* kon duwen wanneer ze maar wilde. Maar daar was een probleempje mee – het zou het glas de verkeerde kant op kieperen, Geralds kant af en op de vloer. Als je het goed bekeek, zag je dat de situatie echt zijn leuke kant had: het was net een bijdrage aan *America's Funniest Home Videos* ingestuurd vanuit de hel.

Plotseling ging de wind liggen en de geluiden uit de hal leken erg luid. '*Smaakt hij, klootzak?*' schreeuwde Jessie. Pijn scheurde aan haar keel, maar ze hield niet op – kon het niet. '*Ik hoop het, want het eerste wat ik ga doen als ik uit deze handboeien kom, is je door je kop knallen!*'

Grootspraak, dacht ze. *Een heleboel grootspraak voor een vrouw die zich niet eens meer kan herinneren of Geralds oude jachtgeweer – dat van zijn vader was geweest – hier is of op de zolder van het huis in Portland.*

Niettemin volgde er een bevredigend moment van stilte in de schaduwwereld achter de slaapkamerdeur. Het leek bijna alsof de hond deze bedreiging heel ernstig, heel aandachtig in overweging nam.

Toen begon het smakken en kauwen weer.

Jessies rechterpols trilde waarschuwend, dreigde te verkrampen, waar-

schuwde haar dat ze maar beter meteen kon doorgaan met haar bezigheden... dat wil zeggen, als ze bezigheden had.
Ze leunde naar links en strekte haar hand zo ver uit als de ketting maar toestond. Toen begon ze weer druk uit te oefenen. Eerst gebeurde er niets. Ze trok harder, ogen bijna dichtgeknepen, de mondhoeken naar beneden getrokken. Het was het gezicht van een kind dat een lepel wonderolie te wachten staat. En toen, net voordat ze de maximale neerwaartse druk bereikte die haar pijnlijke armspieren wisten op te brengen, voelde ze een lichte beweging in de plank, een verandering in de gewone zwaartekracht die zo klein was dat hij eerder intuïtief werd waargenomen dan werkelijk gevoeld.
Een wensgedachte, Jess – dat is alles wat je hebt gevoeld. Alleen dat en verder niets.
Nee. Misschien was het de indruk van zintuigen die van schrik de stratosfeer in waren geschoten, maar het was geen wensgedachte.
Ze liet de plank los en bleef een paar ogenblikken gewoon zo liggen, terwijl ze diep en langzaam ademhaalde en haar spieren liet bijkomen. Ze wilde niet dat die op het kritische moment samentrokken of verkrampten, zonder dat had ze al genoeg problemen, dank u. Toen ze dacht weer helemaal klaar te zijn, vouwde ze haar linkervuist losjes rond de bedstijl en haalde hem op en neer tot het zweet van haar handpalm was opgedroogd en het mahoniehout piepte. Toen strekte ze haar arm en greep de plank weer vast. Het werd tijd.
Moet toch voorzichtig zijn. De plank bewoog, geen twijfel mogelijk, en hij zal nog meer bewegen, maar het zal me al mijn krachten kosten om dat glas in beweging te krijgen... dat wil zeggen, als het me werkelijk lukt. En als een mens aan het einde van zijn krachten komt, wordt beheersing willekeurig.
Dat was waar, maar daar ging het niet om. Waar het om ging, was dit: ze had geen gevoel voor het kantelpunt van de plank. Geen enkel.
Jessie herinnerde zich het wippen met haar zus Maddy op het speelterrein van de Lagere School van Falmouth. Een keer waren ze 's zomers eerder van het meer teruggekomen, en het leek nu alsof ze toen die hele maand augustus op en neer was gegaan op die verveloze wipplanken met Maddy als haar maatje. Het lukte hun toen perfect in evenwicht te blijven als zij dat wilden. Maddy, die iets zwaarder was, hoefde alleen maar een bibslengte meer naar het midden te schuiven. Lange hete middagen van oefenen, terwijl ze elkaar touwspringliedjes toezongen onder het op en neer gaan, hadden hen in staat gesteld het kantelpunt van elke wip met een bijna wetenschappelijke precisie te vinden. Die zes kromgetrokken groene planken op het hete asfalt hadden hun bijna levende wezens toegeschenen. Ze voelde nu niets van die gretige levendigheid on-

der haar vingers. Ze moest gewoon proberen haar best te doen en maar hopen dat dat goed genoeg was.

En wat de bijbel ook mocht beweren, laat je linkerhand niet vergeten wat je rechterhand moet doen. Je linker mag dan je asbak-werphand zijn, maar je rechter kan maar beter je glas-vanghand worden, Jessie. Er is maar een paar centimeter plank waar je een kans krijgt het te pakken. Als het dat stuk voorbij glijdt, maakt het niets uit of hij erop blijft staan of niet – het zal net zover buiten bereik zijn als het nu is.

Jessie dacht niet dat ze *kon* vergeten wat haar rechterhand deed – hij deed te veel pijn. Maar of hij al of niet in staat zou zijn te doen wat het voor haar moest doen, was een geheel andere kwestie. Ze voerde de druk op de linkerzijde van de plank zo gestaag en zo gelijkmatig mogelijk op. Een prikkende zweetdruppel liep in een ooghoek en ze knipperde hem weg. Ergens sloeg de achterdeur weer, maar die had zich gevoegd bij de telefoon in dat andere universum. Hier waren alleen het glas, de plank, en Jessie. Een deel van haar verwachtte dat de plank plotseling omhoog zou komen als een brutaal duveltje in een doos zodat alles eraf zou schieten, en ze probeerde zich te wapenen tegen deze mogelijke teleurstelling.

Maak je pas zorgen als dat gebeurt, schatje. Verlies intussen je concentratie niet. Ik geloof dat er iets gebeurt.

Iets gebeurde. Ze voelde die lichte beweging weer – het gevoel dat de plank ergens aan Geralds kant begon los te komen. Ditmaal nam Jessie haar druk niet weg, maar voerde hem op, terwijl de spieren in haar linker bovenarm bolden in harde kleine bogen die trilden van inspanning. Ze uitte een serie kleine explosieve grommen. Dat gevoel dat de plank los kwam werd steeds sterker.

En plotseling was het vlakke oppervlak van het water in Geralds glas een schuin vlak en ze hoorde de laatste schilfers ijs zwak tinkelen toen de rechterkant van de plank echt omhoog kwam. Maar het glas zelf bewoog niet en een verschrikkelijke gedachte kwam in haar op: als er nu eens wat van het water dat langs de buitenkant van het glas naar beneden druppelde naar de onderkant van het viltje waarop het stond was doorgesijpeld? Als het nu eens een sluitring had gevormd waardoor het aan de plank werd geplakt?

'Nee, dat is niet mogelijk.' De woorden kwamen in één enkele, gefluisterde uitbarsting als het opgedreunde gebed van een moe kind. Ze trok het linkereinde van de plank harder naar beneden, waarbij ze al haar kracht gebruikte. Het allerlaatste paard was nu voorgespannen en de stal was leeg. 'Alsjeblieft, *laat* het niet gebeuren. *Alsjeblieft.*'

Geralds deel van de plank bleef omhoog komen, terwijl het uiteinde woest zwaaide. Een tube Max Factor blush viel van Jessies uiteinde af en belandde op de vloer vlak bij de plek waar Geralds hoofd had gelegen voordat de hond was gekomen en hem van het bed had weggesleept. En nu kwam er een nieuwe mogelijkheid – eigenlijk meer een waarschijnlijkheid – bij haar op. Als ze de hoek van de plank nog erg veel groter maakte, zou hij gewoon met glas en al van de rij L-steunen afglijden, als een slee van een besneeuwde heuvel. Als ze de plank bleef zien als een wip, kwam ze in de problemen. Het *was* geen wip. Er was geen centraal wippunt waaraan hij vastzat.

'*Glijden, schoft!*' gilde ze tegen het glas met een hoge stem vol ademruis. Ze was Gerald vergeten, was vergeten dat ze dorst had, was alles vergeten behalve het glas, dat nu zo scheef stond dat het water bijna over de rand gutste en ze begreep niet waarom het niet gewoon omviel. Maar het gebeurde niet, het bleef daar gewoon staan waar het al die tijd had gestaan, alsof het aan de plek zat vastgelijmd. '*Glijden!*'

Plotseling deed het dat.

De beweging ging zo lijnrecht in tegen al haar verwachtingen, dat ze bijna niet in staat was te begrijpen wat er gebeurde. Later zou ze beseffen dat het avontuur van het glijdende glas iets zei over haar eigen geestesgesteldheid wat helemaal niet zo geweldig was: op de een of andere manier was ze voorbereid geweest op een fiasco. Dat het wèl lukte, had haar geschokt en verbijsterd.

De korte, soepele reis van het glas langs de plank naar haar rechterhand overrompelde Jessie zo dat ze bijna harder trok met haar linker, een beweging die bijna zeker de gevaarlijk schuine plank uit zijn evenwicht zou hebben gebracht en hem krakend op de vloer hebben doen belanden. Toen raakten haar vingers het glas werkelijk aan en ze gilde weer. Het was het woordeloze, opgetogen gegil van een vrouw die zojuist de loterij heeft gewonnen.

De plank wankelde, begon te glijden, stopte toen alsof hij een rudimentaire geest van zichzelf had en overwoog of hij dit wel of niet echt wilde doen.

Niet veel tijd, schatje, waarschuwde Ruth. *Pak dat godvergeten ding nu het kan, terwijl je hem goed kunt grijpen.*

Jessie probeerde het, maar de binnenkanten van haar vingers gleden alleen maar langs de gladde natte buitenkant van het glas. Er was niets om vast te grijpen, leek het, en ze kon lang niet voldoende grip met haar vingers op dat smerige klereding krijgen. Water plaste op haar hand en nu kreeg ze het gevoel dat zelfs als de plank het hield, het glas weldra om zou vallen.

Verbeelding, schatje – gewoon het oude idee dat een verdrietig klein Hartje als jij nooit ook maar iets *goed kan doen.*

Dat was niet ver naast de roos – het was in ieder geval onplezierig dichtbij – maar het was niet *raak*, deze keer niet. Het glas *stond* op het punt van omvallen, echt waar, en ze had geen flauw idee wat ze kon doen om dat te voorkomen. Waarom moest zij van die korte, stompe, lelijke vingers hebben? *Waarom?* Als ze ze alleen maar een beetje verder om het glas heen kon krijgen...

Een nachtmerrieachtig beeld van de een of andere oude tv-reclame kwam in haar op: een lachende vrouw met een jaren-vijftigkapsel en een paar rubberen handschoenen aan haar handen. *Zo soepel dat je er een dubbeltje mee op kunt pakken!* De vrouw gilde door haar glimlach heen. *Jammer dat jij geen paar hebt, Hartje of Moedertje of wie je verdomme ook bent! Misschien dat je dan dat kloteglas kon pakken voordat alles op die godvergeten plank met de snellift naar beneden dondert!* Plotseling realiseerde Jessie zich dat die glimlachende, gillende vrouw met de rubberen Playtex-handschoenen haar moeder was, en een droge snik ontsnapte haar. Het was als het een of andere vreselijke omen dat niet alleen de dood suggereerde, maar het garandeerde.

Geef het niet op, Jessie! brulde Ruth. *Nog niet! Je bent er bijna! Ik zweer het je!*

Ze zette haar laatste beetje kracht op de linkerkant van de plank, terwijl ze onsamenhangend bad dat hij niet zou gaan glijden – nog niet, *O alsjeblieft God of wie U ook bent, laat hem alsjeblieft niet gaan glijden, nu niet, nog niet.*

De plank gleed *wel*... maar slechts een beetje. Toen stopte hij weer. Misschien was hij even vastgelopen op een splinter, misschien was hij blijven steken op een scheluwte in het hout. Het glas gleed een beetje verder in haar hand, en nu – het werd almaar gekker – scheen *het* ook te praten, dat godvergeten *glas*. Het klonk als een van die zeurende taxichauffeurs in de grote stad met hun eeuwige aversie tegen de wereld in het algemeen: *Jezus, dame, wat moet ik nog meer voor je doen? Een handvat laten groeien en mezelf voor jou in zo'n klotekan veranderen?*

Een koel straaltje water viel op Jessies uitgestrekte rechterhand. Nu zou het glas vallen, nu was het onvermijdelijk. In haar geest kon ze al de kou voelen, wanneer het ijswater in haar nek kletste.

'Nee!'

Ze draaide haar rechterschouder een beetje verder, opende haar rechterhand een beetje meer, liet het glas een klein beetje dieper in de uitgestrekte holte van haar hand glijden. De boei beet gemeen in de rug van die hand, en joeg steken van pijn helemaal tot aan haar elleboog, maar Jessie negeerde die. De spieren van haar linkerarm waren nu heftig aan het trillen en de trilling zette zich voort in de scheve, wankele plank. Er viel nog een tube make-up op de vloer. De laatste paar schilfers ijs tinkelden zwak. Boven de plank zag ze de schaduw van het glas op de

muur. In het lange licht van de zonsondergang zag hij eruit als een graansilo die was scheefgeblazen door een sterke prairiewind.
Meer... gewoon nog een beetje meer...
Er IS geen meer!
Beter van wel. Er moet meer zijn.
Ze rekte haar rechterhand uit tot zijn absoluut pees-krakende limiet en voelde het glas een heel klein beetje verder over de plank glijden. Toen sloot ze haar vingers weer, biddend dat het eindelijk genoeg zou zijn, omdat er nu echt niet meer was – ze had haar hulpbronnen tot hun absolute limiet uitgeput. Bijna was het niet zo, ze kon nog steeds voelen dat het natte glas probeerde weg te glibberen. Ze was het nu gaan zien als een levend ding, een bewust wezen met een gemeen trekje zo breed als de inhaalbaan van een tolweg. Het was zijn bedoeling met haar te blijven flirten en dan weg te glibberen, totdat haar geest brak en ze daar in de schaduwen van de schemering bleef liggen, geboeid en malende.
Laat het niet ontsnappen, Jessie, heb niet het hart HEB NIET HET HART DAT KLOTEGLAS TE LATEN ONTSNAPPEN...
En hoewel er niet meer was, geen grammetje druk meer, geen millimeter lengte meer, lukte dat beetje meer haar toch, terwijl ze haar rechterpols een laatste beetje naar de plank toe draaide. En ditmaal, toen ze haar vingers om het glas heen vouwde, bleef het staan.
Misschien heb ik het, geloof ik. Niet zeker, maar misschien. Misschien.
Of misschien was het gewoon dat ze ten slotte aan die wensgedachte was toegekomen. Het maakte haar niet uit. Misschien dit en misschien dat en geen van die misschienen maakte meer uit en dat was eerlijk gezegd een opluchting. Een ding was zeker – ze kon de plank niet langer vasthouden. Ze had hem misschien acht of tien centimeter omhoog gekregen, twaalf op zijn hoogst, maar het voelde aan alsof ze zich had gebukt en het hele huis had opgetild. *Dat* was zeker.
Ze dacht: *Alles is maar hoe je het bekijkt. Ook de stemmen die de wereld aan jou beschrijven, denk ik. Die zijn belangrijk. De stemmen binnenin.*
Met een onsamenhangend gebed dat het glas in haar hand zou blijven als de plank niet langer daar was om het te steunen, liet ze haar linkerhand los. De plank sloeg terug op zijn steunen, slechts een beetje scheef en slechts een paar centimeter naar links verschoven. Het glas *bleef* in haar hand en nu kon ze het viltje zien. Het kleefde aan de bodem van het glas als een vliegende schotel.
Alsjeblieft God zorg dat ik het niet laat vallen. Zorg dat ik het niet laat va...
Een kramp verstijfde haar linkerarm en deed haar tegen het hoofdeinde terugvallen. Haar gezicht verstijfde ook, trok strak totdat de lippen een wit litteken werden en de ogen gemartelde spleten.

Wacht, het gaat voorbij... het gaat voorbij...
Ja, natuurlijk ging het voorbij. Ze had in haar leven vaak genoeg spierkramp gehad om dat te weten, maar ondertussen, o, *god*, wat deed het pijn. Als ze in staat zou zijn geweest om de biceps van haar linkerarm met haar rechterhand te betasten, wist ze, zou de huid daar aanvoelen alsof hij over een aantal gladde stenen was gespannen en vervolgens dichtgenaaid met mooi onzichtbaar draad. Het voelde niet aan als een zweepslag, het voelde als een echte *rigor mortis*, godverdomme.
Nee, gewoon een zweepslag, Jessie. Zoals je eerder had. Je moet gewoon wachten, dat is alles. Gewoon wachten en laat in Here Lieve Jezusnaam dat glas water niet vallen.
Ze wachtte en na een eeuwigheid of twee, begonnen de spieren in haar arm zich te ontspannen en begon de pijn af te nemen. Jessie slaakte een lange, scherpe zucht van opluchting, maakte zich toen op om haar beloning te drinken. *Drinken, ja,* dacht Moedertje, *maar ik denk dat je jezelf een beetje meer verschuldigd bent dan alleen maar een heerlijke koele dronk, schat. Geniet van je beloning... maar geniet ervan met waardigheid. Geen varkensachtig geslobber.*
Moedertje, jij verandert ook nooit, dacht ze, maar toen ze het glas ophief, deed ze dat met de statige kalmte van een gast op een galadiner, de zoutige droogte van de bovenkant van haar mond en het bittere kloppen van dorst in haar keel negerend. Want je kon Moedertje afzeiken zoveel je wilde – soms bedelde ze er feitelijk om – maar om je met een beetje waardigheid te gedragen onder deze omstandigheden (*vooral* onder deze omstandigheden) was niet zo'n slecht idee. Ze had gewerkt voor het water, waarom niet de tijd nemen eer aan jezelf te bewijzen door ervan te genieten? Die eerste koude slok die over haar lippen gleed en vervolgens over de warme mat van haar tong rolde, zou smaken als overwinning... en na alle pech die ze net achter de rug had, zou dat inderdaad een smaak zijn om van te genieten.
Jessie bracht het glas naar haar mond, terwijl ze zich concentreerde op de vochtige heerlijkheid die eraan kwam, de plenzende stortbui. Haar smaakpapillen verkrampten van verwachting, haar tenen krulden en ze kon haar hart furieus voelen kloppen onder haar kaak. Ze besefte dat haar tepels hard waren geworden, zoals soms gebeurde als ze opgewonden was. *Geheimen van de vrouwelijke seksualiteit waar je nooit van gedroomd hebt, Gerald,* dacht ze. *Boei me aan de bedstijlen en er gebeurt niets. Maar, toon me een glas water, en ik raak zo opgewonden als een krankzinnige nymfomane.*
De gedachte deed haar glimlachen en toen het glas plotseling tot stilstand kwam, nog altijd drie decimeter van haar gezicht vandaan, terwijl water op haar naakte dij gutste en hem deed rimpelen van kippevel,

bleef de glimlach eerst hangen. Die eerste paar seconden voelde ze niets anders dan een soort van stomme verbazing en
(?huh?)
Onbegrip. Wat was er mis? Wat *kon* er mis zijn?
Dat weet je best, zei een van de UFO-stemmen. Hij sprak met een kalme zekerheid die Jessie vreselijk vond. Ja, ze nam aan dat ze het ergens in haar binnenste *wel* wist, maar ze wilde die wetenschap niet in de schijnwerpers van haar bewuste geest laten stappen. Sommige waarheden zijn gewoon te grof om erkend te worden. Te oneerlijk.
Ongelukkig genoeg waren sommige waarheden ook vanzelfsprekend. Terwijl Jessie naar het glas staarde, begonnen haar bloeddoorlopen, opgezette ogen zich te vullen met van afschuw vervuld begrip. De *ketting* was de reden dat ze haar dronk niet kreeg. De ketting van die klote handboei was te kort. Het feit was zo voor de hand liggend geweest dat ze het volledig had gemist.
Plotseling merkte Jessie dat ze terugdacht aan de avond dat George Bush tot president was gekozen. Zij en Gerald waren uitgenodigd voor een chique overwinningsfeest in het dakrestaurant van het Sonesta Hotel. Senator William Cohen was de eregast en de gekozen president, Eenzame George zelve, zou even voor middernacht een 'televisie-telefoontje' plegen over een gesloten tv-circuit. Gerald had voor de gelegenheid een mistkleurige limousine gehuurd en was hun oprit om zeven uur komen oprijden, precies op tijd. Maar om tien minuten over dat uur zat ze nog steeds op het bed in haar mooiste zwarte jurk in haar juwelenkistje te rommelen, en ze vloekte terwijl ze naar een speciaal paar gouden oorringen zocht. Gerald had ongeduldig zijn hoofd de kamer ingestoken om te zien wat haar ophield, luisterde met die 'Waarom zijn jullie meisjes altijd zo verdraaide dwaas?' uitdrukking op zijn gezicht die zij absoluut *haatte*, zei toen dat hij het niet zeker wist, maar dat hij dacht dat zij die dingen die ze zocht al droeg. En dat was zo. Ze had zich er klein en dom door gevoeld, en het was een perfecte rechtvaardiging voor zijn neerbuigende gezichtsuitdrukking. Maar ook had het haar het gevoel gegeven dat ze hem aan wilde vliegen om zijn mooie gouden kronen eruit te meppen met een van die sexy maar uitgesproken ongemakkelijke schoenen met hoge hakken die ze aan had. Maar wat ze toen voelde, was mild vergeleken bij wat ze nu voelde en als iemand het verdiende zijn tanden uitgemept te krijgen, was zij het.
Ze stak haar hoofd zo ver mogelijk naar voren, tuitte haar lippen als de heldin in de een of andere afgezaagde, oude zwart-wit liefdesfilm. Ze kwam zo dicht bij het glas dat ze de kleine wolkjes luchtbellen kon zien die gevangen zaten in de laatste paar schilfers ijs, zo dichtbij in feite dat ze de mineralen in het bronwater kon ruiken (of zich verbeeldde dat ze

dat kon), maar niet helemaal zo dichtbij dat ze ervan kon drinken. Toen ze het punt bereikte waar ze simpelweg niet verder kon komen met haar hoofd, waren haar gerimpelde kus-me lippen nog steeds een goede tien centimeter van het glas vandaan. Het was bijna voldoende, maar net niet helemaal, zoals Gerald (en haar vader ook, nu ze erover nadacht) altijd zei, alleen dan tijdens het hoefijzerwerpen.

'Ik geloof het niet,' hoorde ze zichzelf zeggen met haar nieuwe whisky-en-Marlboro's stem. 'Ik geloof het gewoon niet.'

Woede ontstak plotseling in haar en die gilde tegen haar met de stem van Ruth Neary het glas door de kamer te gooien. Als ze er dan niet van kon drinken, verklaarde de stem van Ruth botweg, moest ze het straffen. Als ze haar dorst niet kon lessen met wat erin zat, kon ze tenminste haar geest bevredigen met het geluid als het aan duizend stukken sloeg tegen de muur.

Haar greep op het glas verstrakte en de stalen ketting verslapte tot een slappe boog toen ze haar hand achteruit haalde om juist dat te doen. Oneerlijk! Het was gewoon zo oneerlijk!

De stem die haar tegenhield was de zachte, aarzelende stem van Moedertje Burlingame.

Misschien is er een manier, Jessie. Geef het nog niet op – misschien is er nog steeds een manier.

Ruth gaf hierop geen verbaal antwoord, maar haar snerend ongeloof viel niet te ontkennen, het was zo zwaar als ijzer en zo scherp als een straal citroensap. Ruth wilde nog steeds dat zij het glas gooide. Nora Callighan zou ongetwijfeld hebben gezegd dat Ruth zwaar belast was met het idee van vergelding.

Besteed geen enkele aandacht aan haar, zei Moedertje. Haar stem had zijn eerdere aarzelende karakter verloren, hij klonk nu bijna opgetogen. *Zet het terug op de plank, Jessie.*

En wat dan? vroeg Ruth. *Wat dan, O Grote Witte Goeroe, O Godin van Tupperware en Beschermheilige van de Kerk van het Winkelen per Post?*

Moedertje vertelde het haar en de stem van Ruth viel stil, terwijl Jessie en alle andere stemmen binnen in haar luisterden.

10

Ze zette het glas voorzichtig terug op de plank en zorgde ervoor dat het niet over de rand bleef steken. Haar tong voelde nu aan als een stuk schuurpapier no. 5 en haar keel scheen werkelijk *besmet* met dorst. Het deed haar denken aan hoe ze zich had gevoeld in de herfst van haar tiende jaar, toen een gecombineerd geval van griep en bronchitis haar voor anderhalve maand van school had thuisgehouden. Gedurende die slijtageslag waren er lange nachten geweest waarin ze wakker was geworden uit verwarde, irritante nachtmerries die ze zich niet kon herinneren,
(behalve, Jessie, dat je droomde van het beroete glas; je droomde erover hoe de zon doofde, je droomde over de vlakke, huilende geur van mineralen in bronwater, je droomde over zijn handen)
en doorweekt van het zweet was ze geweest, en te zwak om zelfs maar de kan water van het nachtkastje te pakken. Ze herinnerde zich hoe ze daar lag, klam en kleverig en ruikend naar koorts van buiten, uitgedroogd en vol fantomen van binnen, hoe ze daar lag en dacht dat haar echte ziekte niet bronchitis was, maar dorst. Nu, al die jaren later, voelde ze zich precies zo.
Haar geest probeerde terug te keren tot het verschrikkelijke moment dat ze zich had gerealiseerd dat ze niet in staat zou zijn de laatste flinter afstand tussen het glas en haar mond te overbruggen. Ze bleef de kleine groepjes luchtbellen in het smeltende ijs zien, bleef de zwakke aroma van mineralen ruiken die gevangen zaten in de waterhoudende grondlaag ver onder het meer. Deze beelden hoonden haar als een onbereikbare jeuk tussen de schouderbladen.
Toch deed ze zichzelf wachten. Het deel van haar dat Moedertje Burlingame was, zei dat ze wat tijd moest nemen ondanks de honende beelden en haar kloppende keel. Ze moest wachten tot haar hart langzamer sloeg, tot haar spieren ophielden met trillen, tot haar emoties een beetje tot rust waren gekomen.
Buiten vervaagde de laatste kleur uit de lucht, de wereld veranderde in

een ernstig en melancholisch grijs. Op het meer tilde de fuut zijn doordringende kreet de avondschemering in.

'Hou je snavel, meneer fuut,' zei Jessie en grinnikte. Het klonk als een verroeste scharnier.

Goed, schat, zei Moedertje. *Ik denk dat het tijd is om het te proberen. Voor het donker wordt. Maar je kunt beter eerst je handen weer droog maken.*

Deze keer vouwde ze beide handen om de bedstijlen heen en haalde ze op en neer tot ze begonnen te piepen. Ze hield haar rechterhand omhoog en bewoog die voor haar ogen heen en weer. *Ze lachten toen ik achter de piano ging zitten*, dacht ze. Toen, voorzichtig, stak ze haar hand uit tot net voorbij de plaats waar het glas op de rand van de plank stond. Ze begon haar vingers weer over het hout te laten trippelen. De handboei rinkelde een keer tegen de zijkant van het glas en ze verstijfde, wachtend tot het zou omvallen. Toen dat niet gebeurde, hervatte ze haar voorzichtige verkenningstocht.

Bijna had ze besloten dat wat ze op de plank zocht, was verschoven – of er helemaal afgegleden – toen ze ten slotte de hoek van de antwoordkaart raakte. Ze pakte hem voorzichtig beet tussen de wijs- en middelvinger van haar rechterhand en bracht hem voorzichtig omhoog van de plank en het glas vandaan. Jessie verstevigde haar greep op de kaart met haar duim en keek er nieuwsgierig naar.

Hij was helder paars, met herriemakers die dronken langs de bovenkant dansten. Confetti en serpetines dwarrelden naar beneden tussen de woorden. *Newsweek* vierde GROOT GROOT VOORDEEL, meldde de kaart en ze wilden dat zij ook meedeed. Schrijvers van *Newsweek* zouden haar op de hoogte houden van de wereldgebeurtenissen, haar meenemen achter de schermen met wereldleiders en haar diepte-artikelen bieden over kunst, politiek en sport. Hoewel het er niet met zoveel woorden stond, suggereerde de kaart heel erg dat *Newsweek* Jessie kon helpen iets zinnigs van de hele kosmos te maken. En het mooiste was, die heerlijk gekken van de abonnementenafdeling van *Newsweek* deden zo'n verbazingwekkend aanbod dat het je urine deed koken en je hoofd exploderen: als ze DEZE KAART gebruikte om zich voor drie jaar op *Newsweek* te abonneren, kreeg ze elk exemplaar VOOR MINDER DAN DE HELFT VAN DE PRIJS IN DE LOSSE VERKOOP! En was geld een probleem? Absoluut niet! De rekening kreeg je later toegestuurd.

Ik vraag me af of ze Directe Bedhulp hebben voor geboeide dames, dacht Jessie. *Misschien met George Will of Jane Bryant Quinn of een van die andere pretentieuze oude drollen om de pagina's voor mij om te slaan – handboeien maken dat zo vreselijk moeilijk, weet je.*

Toch, onder het sarcasme, voelde ze een soort van vreemde, zenuwach-

tige verwondering, en ze scheen niet op te kunnen houden met haar studie van de purperen kaart met zijn laten-we-een-feestje-bouwen motief, zijn uitsparingen voor haar naam en adres en zijn kleine vierkantjes gemerkt DiCl, MC, Visa en AMEX. *Mijn hele leven vervloek ik deze kaarten al – vooral als ik me voorover moet buigen om zo'n kloteding op te rapen of mezelf zien als wéér zo'n ordinaire milieuvervuiler – zonder ooit maar zelfs te vermoeden dat mijn geestelijke gezondheid, misschien zelfs mijn leven er op zekere dag wel eens van af zou kunnen hangen.*
Haar leven? Was dat echt mogelijk? Moest ze uiteindelijk echt zo'n vreselijk idee in haar berekeningen toelaten? Met tegenzin begon Jessie te geloven dat dat het geval was. Ze zou hier een hele tijd kunnen liggen voordat iemand haar ontdekte, en ja, ze nam aan dat het zonder meer mogelijk was dat het verschil tussen leven en dood kon worden teruggebracht tot een enkel slokje water. Het idee was surrealistisch, maar scheen niet langer ronduit belachelijk.
Net als daarnet, schatje – kalm aan, dan breekt het lijntje niet. Zo win je de race.
Ja... maar wie zou er ooit hebben geloofd dat de eindstreep in zo'n vreemd landschap zou blijken te liggen?
Maar ze ging langzaam en voorzichtig te werk en was opgelucht te merken dat het manipuleren van de antwoordkaart met een hand niet zo moeilijk was als ze had gevreesd. Dat kwam deels doordat hij ongeveer vijftien bij tien centimeter was – bijna het formaat van twee speelkaarten tegen elkaar aan – maar vooral omdat ze niet probeerde er iets ingewikkelds mee uit te halen.
Ze hield de kaart in de lengte tussen haar wijs- en middelvinger, gebruikte toen haar duim om de laatste centimeter van de lange kant helemaal om te buigen. Het rollen gebeurde niet gelijkmatig, maar ze dacht wel dat het voldoende zou zijn. Bovendien zou er niemand langs komen om haar werk te beoordelen. Het handvaardigheidsuurtje op donderdagavonden in de Eerste Methodisten Kerk van Falmouth lag nu al lang achter haar.
Ze kneep de purperen kaart weer stevig tussen haar twee vingers en rolde een volgende centimeter op. Het duurde bijna drie minuten en zeven keer rollen om het eind van de kaart te bereiken. Toen ze ten slotte zo ver was, had ze iets dat er uitzag als een superjoint die onhandig in vrolijk purperen papier was gerold.
Of, als je je verbeelding een handje helpt, een rietje.
Jessie stak het in haar mond en probeerde de scheve vouwen met haar tanden bij elkaar te houden. Toen ze het zo stevig had als ze dacht dat mogelijk was, begon ze weer naar het glas te tasten.
Voorzichtig aan, Jessie. Verpest het nu niet allemaal met ongeduld.

Bedankt voor de goeie raad. Ook voor het idee. Het was fantastisch – dat meen ik echt. Maar nu zou ik graag willen dat je lang genoeg je mond hield zodat ik een poging kan wagen. Goed?
Toen haar vingertoppen het gladde oppervlak van het glas aanraakten, gleden die er omheen met de tederheid en voorzichtigheid van een jonge geliefde die haar hand voor het eerst in de gulp van haar vriendje laat glijden.
Op zijn nieuwe plaats was het betrekkelijk makkelijk om het glas te pakken. Ze bewoog het opzij en tilde het op zo ver als haar ketting het toestond. Ze zag dat de laatste schilfers ijs waren gesmolten; *tempus* was vrolijk verder aan het *fugitte* geweest ondanks haar gevoel dat hij plompverloren stil was blijven staan rond de tijd dat de hond zich voor het eerst had laten zien. Maar ze wilde niet over de hond nadenken. Eigenlijk deed ze haar best te geloven dat er nooit een hond was geweest.
Jij bent goed in het ontkennen van wat er is gebeurd, is het niet, schatteboutje?
Hé, Ruth – ik probeer mezelf net zo goed in de hand te krijgen als het glas, voor het geval je het nog niet gemerkt hebt. Als een paar geheugenspelletjes me daarbij helpen, zie ik niet in wat er zo verkeerd aan is. Hou dus even je mond, ja? Gun het wat rust en laat mij mijn eigen dingen doen.
Maar Ruth had kennelijk niet de bedoeling het rust te gunnen. *Mond houden!* zei ze verwonderd. *Jongen, dat is een sprong in het verleden – dat is nog beter dan een ouwtje van de Beach Boys op de radio. Hou je mond was* altijd *al een goeie van je, Jessie – weet je nog die avond in het studentenhuis toen we terugkwamen van onze eerste en laatste bewustmakingssessie in Neuworth?*
Ik wil *het niet meer weten, Ruth.*
Vast niet, dus ik zal het voor ons allebei weer weten, wat zeg je daarvan? Je bleef maar zeggen dat het het meisje met de littekens op haar borsten was dat jou van streek had gemaakt, alleen maar dat en niets anders, en toen ik je probeerde te vertellen wat je in de keuken had gezegd – over hoe jij en je vader alleen waren geweest in jullie huis aan Dark Score Lake toen de zon doofde in 1963, en hoe hij iets met jou had gedaan – zei je me dat ik mijn mond moest houden. Toen ik dat niet deed, probeerde je me te slaan. Toen ik het nog steeds *niet deed, greep je je jas en rende naar buiten, om de nacht ergens anders door te brengen – waarschijnlijk in dat kleine gore huisje van Susie Timmel bij de rivier, dat we altijd Susies Potten Hotel noemden. Aan het eind van de week vond je een paar meisjes die een flat hadden in het centrum en die een ander kamergenootje nodig hadden. Boem, zo snel ging het... maar ja, je kwam* altijd *snel in beweging als jij een besluit had genomen, Jess.*

Dat moet ik je nageven. En zoals ik al zei, was hou-je-mond altijd al een goeie van je.
Hou...
Zie je wel! Wat zei ik je?
Laat me met rust!
Die ken ik ook heel goed. Weet je wat me het meest pijn heeft gedaan, Jessie? Het ging niet om vertrouwen – zelfs toen wist ik al dat het niet iets persoonlijks was, dat je vond dat je niemand kon vertrouwen met het verhaal van wat er die dag gebeurde, ook jezelf niet. Wat pijn deed was te weten dat je het er bijna allemaal uit had gegooid daar in die keuken van de Neuworth Pastorie. We zaten met onze ruggen tegen de deur en onze armen om elkaar heen en jij begon te praten. Je zei: 'Ik kon het nooit vertellen, het zou mijn mamma's dood zijn geweest, en zelfs als dat niet zo was geweest, dan zou ze toch bij hem weg zijn gegaan en ik hield van hem. We hielden allemaal van hem, we hadden hem allemaal nodig, ze zouden mij de schuld hebben gegeven en hij had niets gedaan, niet echt.' Ik vroeg jou wie er niets had gedaan en het kwam er zo snel uit dat het leek alsof je al negen jaar wachtte tot iemand met die vraag op de proppen zou komen. 'Mijn vader,' zei je. 'We waren bij Dark Score Lake op de dag dat de zon doofde.' Je zou me de rest hebben verteld – ik weet dat je het gedaan zou hebben – maar dat was toen die stomme trut binnenkwam en vroeg: 'Is zij in orde?' Alsof jij er zo geweldig uitzag, weet je wat ik bedoel? Jezus, soms kan ik niet geloven hoe stom mensen kunnen zijn. Ze zouden een wet moeten maken dat je een vergunning moet hebben, of in ieder geval een studiepas voordat je mag praten. Tot je door je Praattoets heen bent, zou je monddood moeten zijn. Het zou een heleboel problemen oplossen. Maar zo liggen de zaken niet, en zodra Hart Halls antwoord op Florence Nightingale binnenkwam, werd je zo gesloten als een oester. Ik kon je met geen mogelijkheid weer aan de praat krijgen, hoewel God weet dat ik het probeerde.
Je had me gewoon met rust moeten laten! antwoordde Jessie. Het glas water begon te beven in haar hand en het geïmproviseerde rietje trilde tussen haar tanden. *Je had je er niet langer mee moeten bemoeien! Het was jouw zorg niet!*
Soms kunnen vrienden er niets aan doen dat het hun zorg is, Jessie, zei de stem binnenin en hij klonk zo vol tederheid dat Jessie stilviel. *Ik heb het nagezocht, weet je. Ik kwam erachter waar jij het over gehad moest hebben en ik zocht het op. Ik kon me helemaal niks herinneren van een zonsverduistering toen in het begin van de jaren zestig, maar natuurlijk zat ik toen in Florida en was ik heel wat meer geïnteresseerd in snorkelen en de badmeester van Delray – ik had het ongelooflijk van hem te*

pakken – dan in astronomische gebeurtenissen. Ik denk dat ik me ervan wilde overtuigen dat het hele gedoe niet de een of andere krankzinnige fantasie was of zoiets – misschien veroorzaakt door dat meisje met de vreselijke brandwonden op haar tieten. Het was geen fantasie. In Maine was een totale zonsverduistering en jullie zomerhuis aan Dark Score Lake lag precies in het spoor van die totale eclips. Juli 1963. Gewoon een meisje en haar vader die naar de eclips kijken. Je wilde me niet vertellen wat je lieve ouwe pa met je uithaalde, maar ik wist twee dingen, Jessie: dat hij je vader was, wat niet mooi was, en dat jij tien, bijna elf was, op de rand van kindertijd naar puberteit... en dat was lelijk.
Ruth, hou alsjeblieft op. Je had geen slechtere tijd kunnen kiezen om al die ouwe dingen op te rakelen...
Maar Ruth liet zich niet tegenhouden. De Ruth die ooit Jessies kamergenoot was geweest, had altijd klaargestaan haar zegje te zeggen – woord voor woord – en de Ruth die nu Jessies hoofdgenoot was, was duidelijk geen snars veranderd.
Voor ik goed wist wat er gebeurde, woonde je ergens buiten de campus bij drie corps-tutjes – prinsesjes in wijde overgooiers en matrozenblouses, die natuurlijk allemaal onderbroekjes hadden met de dag van de week erin geborduurd. Ik denk dat je toen zo ongeveer bewust het besluit nam om in training te gaan voor het Olympische Team Afstoffen en Vloerboenen. Je ontkende wat er die avond in de pastorie van Neuworth gebeurde, je ontkende je tranen, en de pijn en de woede, je ontkende mij. O, we zagen elkaar zo nu en dan nog wel – af en toe een pizza en een drankje samen bij Pat's – maar onze vriendschap was eigenlijk voorbij, toch? Toen het neerkwam op een keuze tussen mij en wat er gebeurde in juli 1963, koos jij voor de zonsverduistering.
Het glas water trilde heviger.
'Waarom nu, Ruth?' vroeg ze, zich niet bewust dat ze de woorden eigenlijk oreerde in de donker wordende slaapkamer. *Waarom nu, dat wil ik weten – aangenomen dat je in deze incarnatie eigenlijk een deel van* mij *bent, waarom nu? Waarom precies op het moment dat ik me het helemaal niet kan permitteren van streek te raken en afgeleid te worden?*
Het meest voor de hand liggende antwoord op die vraag was ook de minst aanlokkelijke: omdat er een vijand binnenin zat, een beklagenswaardig, boosaardig sekreet dat het lekker vond hoe ze er voorstond – geboeid, gepijnigd, dorstig, bang en ellendig – gewoon prima. Die niet de minste verbetering wilde zien in de situatie. Die zich tot welke smerige truc dan ook zou verlagen om ervoor te zorgen dat dat niet gebeurde. *De totale zonsverduistering duurde die dag net iets langer dan een minuut, Jessie... behalve in je geest. Daar duurt hij nog steeds voort, is het niet?*

Ze sloot haar ogen en concentreerde al haar gedachten en wilskracht om het glas in haar hand in bedwang te krijgen. Nu sprak ze in haar geest tegen de stem van Ruth zonder zich het zelf bewust te zijn, alsof ze werkelijk tegen een andere persoon sprak, in plaats van tegen een deel van haar geest dat plotseling had besloten dat dit het juiste moment was om een beetje aan zichzelf te gaan werken, zoals Nora Callighan het gesteld zou hebben.
Laat me met rust, Ruth. Als je nog steeds over deze dingen wilt praten als ik eenmaal heb geprobeerd wat water binnen te krijgen, goed. Maar wil je tot dan alsjeblieft...
'... je klote smoel *houden*,' zei ze zacht fluisterend.
Ja, antwoordde Ruth ogenblikkelijk. Ik weet *dat er iets of iemand binnen in je zit die de boel probeert te saboteren, en ik weet dat die soms mijn stem gebruikt – het is een enorme imitator, geen twijfel over mogelijk – maar* ik ben het niet. *Toen hield ik van je en ik hou nog steeds van je. Daarom probeerde ik zo lang mogelijk met je in contact te blijven... Omdat ik van je hield. En omdat ik denk dat wij, arrogante krengen, bij elkaar moeten blijven.*
Jessie glimlachte even, of probeerde het, rond het geïmproviseerde rietje.
Zet hem op nu, Jessie, zet hem op.
Jessie wachtte een ogenblik, maar er kwam niets meer. Ruth was verdwenen, in ieder geval voorlopig. Ze opende haar ogen weer, boog toen langzaam haar hoofd naar voren, terwijl de opgerolde kaart uit haar mond stak als de sigarettepijp van Franklin D. Roosevelt.
Alsjeblieft, God, ik smeek je... laat het lukken.
Haar geïmproviseerde rietje gleed in het water. Jessie sloot haar ogen en zoog. Een ogenblik kwam er niets en een onduidelzinnige wanhoop groeide in haar geest. Toen vulde water haar mond, koel en heerlijk en *eindelijk*, haar tot een soort van extase brengend. Ze zou vol dankbaarheid gesnikt hebben als haar mond niet zo ingespannen rond het eind van een opgerolde antwoordkaart was samengetrokken. Zoals het er nu voorstond, kon ze alleen maar een mistig toeterend geluid door haar neus maken.
Ze slikte het water door, voelde hoe het haar keel bekleedde als met vloeibaar satijn, en begon toen weer te zuigen. Ze deed het even vurig en even gedachteloos als een hongerig kalf dat bezig is aan de speen van zijn moeder. Haar rietje was allesbehalve volmaakt en gaf slechts teugjes en slurpjes en slokjes in plaats van een gestage stroom en het meeste van wat ze zoog in het rietje lekte naar buiten door de onvolmaakte verbindingen en scheve vouwen. Op zekere hoogte wist ze het, kon ze het water horen neerdruppelen op de sprei als regendruppels, maar haar

dankbare geest geloofde toch hartstochtelijk dat haar rietje een van de grootste uitvindingen was die ooit waren ontsproten aan een vrouwelijke geest, en dit moment, deze dronk uit het waterglas van haar dode echtgenoot, was het hoogtepunt van haar leven.
Drink het niet allemaal op, Jess – bewaar iets voor later.
Ze wist niet wie van haar denkbeeldige gezelschap nu had gesproken, en het maakte niet uit. Het was een heel goede raad, maar dat was het ook als je een jongen van achttien, half gek van een half jaar alleen maar strelen, vertelde dat het niets uitmaakte of het meisje uiteindelijk wel wilde – als hij geen kapotje had, moest hij wachten. Soms, ontdekte ze, was het onmogelijk de raad van je geest op te volgen, hoe goed die ook was. Soms verzette het lichaam zich gewoon en veegde alle goede raad van tafel. Ze ontdekte ook nog iets anders – toegeven aan die eenvoudige lichamelijke behoeften kon een onbeschrijflijke opluchting geven.

Jessie bleef zuigen door de opgerolde kaart, terwijl ze het glas scheef hield om het oppervlak van het water bij het uiteinde van het doorweekte, wanstaltige, paarse ding te houden, en ergens in haar brein was ze zich ervan bewust dat de kaart erger lekte dan ooit en dat ze gek was niet te stoppen om te wachten tot hij weer droog was, maar toch ging ze door.

Wat haar uiteindelijk deed stoppen was het besef dat ze alleen maar lucht opzoog en dat al secondenlang deed. Er zat nog water in Geralds glas, maar de punt van haar geïmproviseerde rietje kon er niet langer bij. De sprei onder de opgerolde antwoordkaart was donker van het vocht.

Maar ik zou wat er nog over is, kunnen pakken. Ik zou het kunnen. Als ik mijn hand wat verder in die onnatuurlijke, achterwaartse richting kon draaien om dat ellendige glas überhaupt te pakken te krijgen, dan kan ik ook mijn hoofd wat verder naar voren uitstrekken om dat laatste beetje water te pakken te krijgen, denk ik. Denk ik? Ik weet het zeker.

Ze *wist* het zeker, en later zou ze het idee testen, maar voorlopig hadden de witte-boordenjongens op de bovenste verdieping – die met al dat goede inzicht en uitzicht – het weer eens gewonnen van de dagloners en de vakbondsvertegenwoordigers die de machinerie draaiende hielden; de muiterij was voorbij. Haar dorst was nog lang niet helemaal gelest, maar haar keel klopte niet langer en ze voelde zich een stuk beter... zowel geestelijk als lichamelijk. Scherper van geest en ietwat optimistischer.

Ze merkte dat ze blij was dat ze het laatste kleine beetje in het glas had gelaten. Twee slokjes water door een lekkend rietje zouden waarschijnlijk niet het verschil betekenen tussen geboeid op bed blijven liggen en een manier vinden om zich in haar eentje uit deze troep naar bui-

ten te wurmen – laat staan tussen leven en dood – maar haar pogingen om die laatste paar slokjes te pakken te krijgen, zouden misschien haar geest bezighouden als en wanneer die zich weer met zijn eigen ziekelijke plannen wilde gaan bezighouden. Hoe dan ook, de nacht kwam eraan, haar echtgenoot lag dood op de vloer naast haar en het leek erop dat zij hier ging bivakkeren.
Geen prettig beeld, vooral niet als je die hongerige zwerver meerekende die hier ook bivakkeerde, maar Jessie merkte dat ze desondanks slaperig begon te worden. Ze probeerde redenen te verzinnen om zich te verzetten tegen haar groeiende slaap maar kon geen enkele goede vinden. Zelfs de gedachte aan wakker worden met haar armen gevoelloos tot aan haar ellebogen scheen niet zo bijzonder erg te zijn. Ze zou ze gewoon heen en weer bewegen tot het bloed weer snel stroomde. Het zou niet prettig zijn, maar ze twijfelde er niet aan dat ze het zou kunnen.
Misschien krijg je ook wel een idee als je slaapt, schat, zei Moedertje Burlingame. *Dat gebeurt altijd in boeken.*
'Misschien krijg *jij* een idee,' zei Jessie. 'Jij hebt immers tot zover de beste gehad.'
Ze liet zichzelf terugzakken, waarbij ze haar schouderbladen gebruikte om het kussen zo hoog mogelijk tegen het hoofdeind op te proppen. Haar schouders deden pijn, haar armen (vooral de linker) klopten en haar buikspieren trilden nog steeds van de inspanning die het had gekost haar bovenlijf ver genoeg naar voren te brengen om door het rietje te kunnen drinken... maar desondanks voelde ze zich vreemd tevreden. Tevreden met zichzelf.
Tevreden? Hoe kun je je tevreden voelen? Je echtgenoot is, hoe dan ook, dood, en jij, Jessie, speelde daar een rol in. En stel je voor dat je wordt gevonden? Stel je voor dat je wordt gered? Heb je erover nagedacht hoe deze situatie eruit zal zien voor wie je ook vindt? Hoe denk je dat het eruit zal zien voor hulpagent Teagarden wat dat betreft? Hoe lang denk je dat hij ervoor nodig zal hebben om te besluiten de staatspolitie te bellen? Dertig seconden? Misschien veertig? Hoewel ze wat langzamer denken hier op het platteland, nietwaar – misschien kost het hem wel twee hele minuten.
Er viel helemaal niets tegen in te brengen. Het was waar.
Hoe kun je je dan tevreden voelen, Jessie? Hoe kun je je in 's hemelsnaam *tevreden voelen als dat soort dingen je boven het hoofd hangen?*
Ze wist het niet, maar het was wèl zo. Haar gevoel van rust was even diep als een verenbed op de avond dat een maartse storm gevuld met natte sneeuw uit het noordwesten buldert, en even warm als het donzen dekbed op dat bed. Ze vermoedde dat het meeste van dat gevoel afkomstig was van oorzaken die puur fysiek waren: als je maar voldoende

dorst had, was het schijnbaar mogelijk stoned te worden van een half glas water.

Maar er zat ook een mentale kant aan. Tien jaar geleden had ze tegen haar zin haar baan als invallerares opgegeven, omdat ze ten slotte toe had gegeven aan de druk van Geralds voortdurende (of misschien was 'meedogenloze' het woord waar ze eigenlijk naar zocht) logica. Toen maakte hij bijna honderdduizend dollar per jaar; daar stak haar vijf tot zeven mille behoorlijk schamel tegen af. Het werd eigenlijk pas echt vervelend in de tijd van de belastingen, als de fiscus het meeste pakte en vervolgens hun boeken gingen nasnuffelen, zich afvragend waar de rest was gebleven.

Toen ze klaagde over hun wantrouwige gedrag, had Gerald haar aangekeken met een mengeling van liefde en ergernis. Het was niet helemaal zijn 'Waarom zijn jullie meisjes altijd zo dwaas?' blik – die begon pas een jaar of vijf, zes later regelmatig te verschijnen – maar hij kwam in de buurt. *Zij zien wat ik verdien,* zei hij tegen haar, *ze zien twee grote, Duitse auto's in de garage, ze kijken naar foto's van het huis aan het meer en dan kijken ze naar jouw belastingformulier en zien dat je werkt voor wat zij een fooi vinden. Ze kunnen het niet geloven – ze zien het als nep, een dekmantel voor iets anders – en dus gaan zij rondsnuffelen op zoek naar wat dat iets anders ook mag zijn. Ze kennen je niet zoals ik, dat is alles.*

Het was haar niet gelukt Gerald uit te leggen wat dat invalcontract voor haar betekende... of misschien wilde hij gewoon niet luisteren. Hoe dan ook, het kwam op hetzelfde neer: lesgeven, zelfs op part-time basis, gaf haar op een belangrijke manier iets extra's en Gerald snapte het niet. Het was hem ook niet gelukt te snappen dat het invallen voor haar een brug vormde naar het leven dat ze had geleid voor ze Gerald had ontmoet op dat feestje van de Republikeinse Partij, toen ze nog een fulltime lerares Engels was op Waterville High, een zelfstandige vrouw die werkte voor de kost, die geliefd was en werd gerespecteerd door haar collega's en die aan niemand verantwoording verschuldigd was. Het was haar niet gelukt uit te leggen (of hij had niet willen luisteren) hoe stoppen met lesgeven – zelfs op die uiteindelijke deeltijd-, stukwerkbasis – haar rouwig maakte en haar op de een of andere manier verloren en nutteloos deed voelen.

Dat stuurloze gevoel – waarschijnlijk evenzeer veroorzaakt door haar onvermogen zwanger te raken als door haar besluit haar contracten ongetekend terug te sturen – was na een jaar of zo van de oppervlakte van haar geest verdwenen, maar het had nooit helemaal de diepere regionen van haar hart verlaten. Soms had ze zichzelf een cliché gevoeld – jonge lerares trouwt met succesvolle advocaat wiens naam op de deur verschijnt op de jonge (dat wil zeggen: professioneel gesproken) leeftijd van dertig. Die jonge (nou, *relatief* jonge) vrouw stapt uiteindelijk de hal van dat raadselachtige paleis binnen, beter bekend als middelbare leeftijd, kijkt om zich heen en bemerkt dat ze plotseling helemaal alleen is – geen baan, geen kinderen, en een man die bijna volledig geconcentreerd is (je kunt niet gefixeerd zeggen, hoewel dat misschien juister was, want dat is onaardig) op het beklimmen van die legendarische ladder van succes.

Die vrouw, die plotseling, net voorbij de volgende bocht in de weg, wordt geconfronteerd met veertig, is precies de soort vrouw die het meest waarschijnlijk in de problemen komt met drugs, drank of een andere man. Gewoonlijk een jongere man. Niets van dit alles gebeurde met *deze* jonge (nou... *voormalig* jonge) vrouw, maar Jessie ontdekte een angstaanjagende hoeveelheid tijd tot haar beschikking te hebben – tijd om te tuinieren, tijd om te winkelen, tijd om cursussen te volgen (schilderen, beeldhouwen, dichten.... en als ze het had gewild, had ze een relatie kunnen hebben met de man die poëzielessen gaf, en bijna had ze het gewild). Er was ook tijd geweest om wat aan zichzelf te werken, waardoor ze Nora had ontmoet. Toch had ze zich door al die dingen nooit zo gevoeld als ze zich nu voelde, alsof haar vermoeidheid en haar pijnen onderscheidingen voor heldenmoed waren en haar slaperigheid een pas gewonnen prijs... de geboeide-vrouw versie van Miller Time, zou je kunnen zeggen.

Hé, Jess – de manier waarop je dat water te pakken kreeg, was *lang niet gek.*

Het was weer zo'n UFO, maar deze keer maakte het Jessie niet uit. Zolang Ruth maar een tijdje wegbleef. Ruth was interessant, maar ze was ook uitputtend.

Een heleboel mensen zouden het glas niet eens te pakken hebben gekregen, ging haar UFO-fan verder, *en om die antwoordkaart als rietje te gebruiken... dat was een meesterzet. Dus ga je gang en voel je goed. Dat mag. Een tuk mag ook.*

Maar de hond, zei Moedertje weifelend.

Die hond zal je geen ene moer doen... en je weet waarom.

Ja. De reden dat de hond haar niets zou doen, lag vlakbij op de slaapkamervloer. Gerald was nu niets anders dan een schaduw onder de schaduwen, waar Jessie dankbaar voor was. Buiten joeg de wind weer. Zijn sissende geluid door de dennen was rustgevend, slaapverwekkend. Jessie sloot haar ogen.

Maar wees voorzichtig met wat je droomt! riep Moedertje haar na in een plotselinge paniek, maar haar stem klonk ver weg en niet verschrikkelijk dwingend. Toch probeerde hij weer. *Wees voorzichtig met wat je droomt, Jessie! Ik meen het echt.*

Ja, natuurlijk deed ze dat. Moedertje meende het altijd echt, wat inhield dat ze ook vaak vermoeiend was.
Wat ik ook droom, dacht Jessie, *het zal niet zijn dat ik dorst heb. Ik heb niet veel duidelijke overwinningen behaald de afgelopen tien jaar – voornamelijk het ene smerige guerillatreffen na het andere – maar dat ik die slok water te pakken heb gekregen, was een duidelijke overwinning. Niet?*
Ja, beaamde de UFO-stem. Het was vagelijk een mannenstem en ze merkte dat ze zich op een slaperige manier afvroeg of het misschien de stem was van haar broer, Will... Will zoals hij was geweest als kind, toen in de jaren zestig. *Reken maar van wel. Het was fantastisch.*
Vijf minuten later was Jessie diep in slaap, armen omhoog en gespreid in een slappe v-vorm, de polsen losjes aan de bedstijlen geketend door de handboeien, hoofd opzij gerold op haar rechterschouder (de minst pijnlijke), terwijl lange, langzame snurkgeluiden uit haar mond dreven. En op een goed moment – lang nadat de duisternis was gevallen en een witte schil maan in het oosten was opgekomen – verscheen de hond weer in de deuropening.
Net als Jessie was hij rustiger nu zijn meest directe behoefte was bevredigd en het protest in zijn maag tot op zekere hoogte was gestild. Hij staarde haar lang tijd peinzend aan met zijn goede oor gespitst en zijn snuit omhoog, terwijl hij probeerde te besluiten of ze werkelijk sliep of slechts deed alsof. Hij besloot (voornamelijk op grond van reuk – het zweet dat nu opdroogde, het totaal ontbreken van de knetterende ozonstank van adrenaline) dat ze sliep. Deze keer zouden er geen schoppen of schreeuwen komen – niet als hij zo voorzichtig was om haar niet wakker te maken.
De hond trippelde zacht naar de hoop vlees op het midden van de vloer. Hoewel zijn honger nu minder was, geurde het vlees feitelijk beter. Dat kwam omdat zijn eerste maaltijd een hoop had geholpen om het doorbreken van het oude, ingeboren taboe tegen dit soort vlees te doorbreken, hoewel de hond dit niet wist en het hem niet had kunnen schelen als het wel zo was.
Hij liet zijn kop zakken, terwijl hij eerst het nu aantrekkelijke aroma van een dode advocaat opsnoof met alle fijnzinnigheid van een gourmet, en toen zijn tanden zacht in Geralds onderlip zette. Hij trok, terwijl hij langzaam druk aanbracht en het vlees steeds verder uitrekte. Gerald begon eruit te zien alsof hij heel erg pruilde. De lip scheurde ten slotte los en toonde zijn ondertanden in een grote, dode grijns. De hond slikte deze kleine delicatesse in een enkele slok weg, likte toen zijn bek af. Zijn staart begon weer te kwispelen, ditmaal bewegend in langzame, tevreden zwaaien. Twee kleine lichtpuntjes dansten op het plafond

hoog boven hem: het maanlicht dat weerkaatste van de vullingen in twee van Geralds onderkiezen. Die vullingen waren nog maar een week ervoor gedaan en ze waren nog net zo nieuw en glanzend als pas gemunte kwartjes.
Weer likte de hond zijn snuit af en keek onderwijl verheerlijkt naar Gerald. Toen stak hij zijn nek naar voren, bijna net zoals Jessie had gedaan om uiteindelijk haar rietje in het glas te laten vallen. De hond snoof aan Geralds gezicht, maar het snoof niet *zomaar*; hij liet zijn neus op een soort van geurvakantie gaan, eerst een proefje van het zwakke aroma van bruine vloerwas die diep in het linkeroor van het baasje was gedrongen, dan de vermengde geuren van zweet en Prell langs de haarlijn, dan de scherpe, verrukkelijk bittere geur van geronnen bloed op Geralds kruin. Hij bleef vooral lang verwijlen bij Geralds neus, terwijl hij een diepgaand onderzoek verrichtte in die nu getijdeloze kanalen met zijn geschramde, vuile maar o zo gevoelige snuit. Weer was daar dat gevoel van lekkerbekkernij, een gevoel dat de hond koos uit vele schatten. Ten slotte begroef hij zijn scherpe tanden diep in Geralds linkerwang, sloot ze samen en begon te trekken.
Op het bed waren Jessies ogen achter haar oogleden snel heen en weer gaan bewegen en nu kreunde ze – een hoog, trillend geluid, vol afschuw en herkenning.
De hond keek meteen op, terwijl zijn lichaam instinctief ineendook van schuld en angst. Het duurde niet lang. Hij was deze berg vlees inmiddels gaan zien niet als iets verbodens, alleen maar te benaderen in de greep van honger en naderende hongerdood, maar als zijn privé-voorraadkast waarvoor hij zou vechten – en misschien sterven – als hij werd uitgedaagd. Bovendien was het slechts het teefbaasje dat dat geluid maakte en de hond was er nu heel zeker van dat het teefbaasje machteloos was. Hij liet snel zijn kop zakken, greep Gerald Burlingames wang weer beet en trok, terwijl hij onderwijl zijn kop heftig heen en weer schudde. Een lange reep wang van de dode man kwam los met een geluid als van plakband dat snel van zijn rol wordt gescheurd. Gerald had nu de woeste, roofdierengrijns van een man die net een straight-flush binnenhaalt in een pokerspel met hoge inzetten.
Weer kreunde Jessie. Het geluid werd gevolgd door een reeks keelachtige, onverstaanbare slaapgeluiden. De hond blikte nog een keer naar haar op. Hij wist zeker dat ze niet van het bed kon komen om hem lastig te vallen, maar hij voelde zich toch niet lekker onder die geluiden. Het oude taboe was vervaagd, maar niet verdwenen. Bovendien was zijn honger gestild en wat hij nu deed was niet eten, maar snoepen. Hij draaide zich om en draafde weer de kamer uit. Het grootste deel van Geralds linkerwang hing uit zijn bek als de hoofdhuid van een baby.

11

Het is 14 augustus 1965 – iets meer dan twee jaar na de dag dat de zon doofde. Het is Wills verjaardag. De hele dag al is hij ernstig bezig om mensen te vertellen dat hij nu net zoveel jaren telt als er innings zijn in een honkbalwedstrijd. Het lukt Jessie niet om te begrijpen waarom dit zoveel schijnt uit te maken voor haar broer, maar het doet het duidelijk wel, en ze besluit dat als Will zijn leven wil vergelijken met een honkbalwedstrijd, dat dat dan prima is.
Een hele tijd is *alles* wat er gebeurt op de verjaarspartij van haar broertje prima. Weliswaar ligt Marvin Gaye op de platenspeler, maar het is niet het slechte nummer, het gevaarlijke nummer. 'I wouldn't be doggone,' zingt Marvin pseudo-dreigend, 'I'd be long gone... bay-bee.' Eigenlijk wel een leuk nummer, en de waarheid is dat de dag heel wat beter is geweest dan prima, in ieder geval tot zover. Het is, in de woorden van Jessies oudtante Katherine, 'beter dan best' geweest. Zelfs haar paps vindt het, hoewel hij er niet zo happig op was terug te komen naar Falmouth voor Wills verjaardag toen het idee voor het eerst werd geopperd. Jessie had hem horen zeggen *Ik denk dat het toch niet zo'n gek idee was* tegen haar mam, en dat geeft *haar* een goed gevoel, omdat zij het was – Jessie Mahout, dochter van Tom en Sally, zuster van Will en Maddy, vrouw van niemand – die het idee doordrukte. Zij is de reden dat zij hier zitten in plaats van landinwaarts, in Sunset Trails.
Sunset Trails is het familiekamp (hoewel het na drie generaties lukrake familie-uitbreiding echt groot genoeg is om nederzetting te heten) aan de noordzijde van Dark Score Lake. Dit jaar hebben ze hun gebruikelijke afzondering van weken onderbroken omdat Will – een keer maar, had hij tegen zijn moeder en vader gezegd, terwijl hij sprak op de toon van een edele, lijdende Grande die weet dat hij de Grijze Rijder niet veel langer kan ontlopen – zijn verjaarspartij wil vieren zowel met zijn rest-van-het-jaar vrienden als met zijn familie.
Eerst spreekt Tom Mahout zijn veto uit over het idee. Hij is een effec-

tenmakelaar die zijn tijd verdeelt tussen Portland en Boston, en jarenlang heeft hij zijn gezin verteld niet al die propaganda te geloven over hoe mannen die in stropdassen en overhemden met witte boorden naar hun werk gaan, hun dagen lummelend doorbrengen – of rondhangend bij de waterkoeler of lunchuitnodigingen dicterend aan knappe blondines van de stenokamer. 'Geen arme aardappelboer in Aroostook County werkt harder dan ik,' zegt hij hun vaak. 'Het is niet makkelijk om de markt bij te houden en het heeft ook niet veel glamour, wat voor andere verhalen jullie ook gehoord mogen hebben.' De waarheid is dat niemand van hen *iets* anders heeft gehoord, iedereen (hoogstwaarschijnlijk ook zijn vrouw, hoewel Sally het nooit zou zeggen) vindt dat zijn werk saaier klinkt dan apestront, en alleen Maddy heeft ergens een vaag idee van wat hij doet.

Tom beweert dat hij die tijd aan het meer *nodig* heeft om bij te komen van de vermoeienissen van zijn baan en dat zijn zoon later *zat* verjaardagen met zijn vrienden zal hebben. Bovendien wordt Will negen, niet negentig. 'Plus,' voegt Tom eraan toe, 'verjaarspartijtjes met je vrienden zijn niet echt leuk tot je oud genoeg bent om wat vaatjes aan te slaan.'

Dus Wills verzoek om zijn verjaardag te vieren in het ouderlijk huis aan de kust zou waarschijnlijk afgewezen zijn zonder Jessies plotselinge, verrassende steun aan het plan (en voor Will is het *heel* verrassend; Jessie is drie jaar ouder en heel vaak weet hij niet of zij wel weet dat ze een broer *heeft*). Na haar eerste, zacht verwoorde suggestie dat het misschien leuk zou zijn om naar huis te gaan – alleen maar voor twee, drie dagen natuurlijk – en een tuinfeest te geven met croquet en badminton en een barbecue en Japanse lampions die met de schemering zouden gaan branden, begint Tom warm te lopen voor het idee. Hij is de soort man die zichzelf ziet als een 'wilskrachtige klootzak' en door anderen vaak wordt gezien als een 'koppige ouwe bok'; hoe je het ook bekeek, hij was altijd een moeilijk mens om te veranderen als hij zich eenmaal schrap had gezet... en een mening had gevormd.

Zijn jongste dochter vormt de uitzondering op de algehele regel. Jessie heeft vaak een weg gevonden naar haar vaders geest via de een of andere achterdeur of geheime doorgang die aan de rest van het gezin onbekend is. Sally gelooft – met enige rechtvaardiging – dat hun middelste kind altijd Toms lievelingetje is geweest en Tom heeft zichzelf voor de gek gehouden door te geloven dat geen van de anderen het weet. Maddy en Will zien het in eenvoudiger bewoordingen: zij geloven dat Jessie haar vader lijmt en dat hij op zijn beurt haar rot verwend. 'Als pappa *Jessie* betrapte op roken,' zei Will tegen zijn oudere zuster het jaar ervoor toen Maddy huisarrest kreeg voor diezelfde overtreding, 'zou hij waarschijnlijk een aansteker voor haar kopen.' Maddy lachte, beaamde het en knuffelde haar broer. Noch zij, noch hun moeder hebben ook maar het geringste idee van het soort geheim dat er tussen Tom Mahout en zijn jongste dochter ligt als een hoop rottend vlees.

Zelf gelooft Jessie dat ze alleen maar meegaat met het verzoek van haar kleine broertje – dat zij het voor hem opneemt. Ze heeft geen idee, in ieder geval niet in de bovenlaag van haar geest, hoezeer zij Sunset Trails is gaan haten en hoe graag ook ze daar weg komt. Ze is ook het meer gaan haten, dat ze ooit hartstochtelijk liefhad – vooral zijn vage, vlakke geur van mineralen. In 1965 kan ze er nauwelijks meer tegen erin te gaan zwemmen, zelfs niet op de warmste dagen. Ze weet dat haar moeder denkt dat het door haar figuur komt – Jessie begon vroeg uit te botten, net als Sally zelf, en op de leeftijd van twaalf had ze bijna een volledig vrouwelijk figuur – maar het is niet haar figuur. Daar is ze aan gewend, en ze weet dat ze een heel eind verwijderd is van een gelijkenis met een *Playboy* pin-up in een van haar twee oude, verschoten Jantzen-badpakken. Nee, het zijn niet haar borsten, niet haar heupen, niet haar kont. Het is die *geur*.

Welke redenen en motieven er ook onderliggend mogen meespelen, het verzoek van Will Mahout wordt uiteindelijk gesanctioneerd door de hoofdbons van de familie. Gisteren maakten ze de trip terug naar de kust, waarbij ze vroeg genoeg vertrokken voor Sally (gretig geassisteerd door beide dochters) om voorbereidingen voor het feest te treffen. En nu is het 14 augustus, en 14 augustus is beslist de apotheose van de zomer in Maine, een dag van vaalblauwe spijkerstofluchten en dikke witte wolken, en dit allemaal opgefrist door een zoutige bries.

Landinwaarts – en het Lake District is daarbij inbegrepen, waar Sunset Trails heeft gestaan op de oever van Dark Score Lake sinds Tom Mahouts grootvader de oorspronkelijke hut bouwde in 1923 – liggen de bossen en meren en vijvers en poelen te blakeren in temperaturen van rond de vijfendertig graden en een vochtigheid van net onder het verzadigingspunt, maar hier aan de zeekust is het slechts vijfentwintig graden. De zeebries is een extra bonus, die de vochtigheid te verwaarlozen maakt en de steekmuggen en zandmuggen wegvaagt. Het grasveld is vol kinderen, voornamelijk Wills vrienden maar ook meisjes die bevriend zijn met Maddy en Jessie en voor het eerst, *mirabile dictu* schijnen ze allemaal met elkaar op te kunnen schieten. Er is geen enkele ruzie geweest en rond vijf uur, als Tom de eerste martini van de dag naar zijn lippen brengt, blikt hij naar Jessie die in de buurt staat met haar croquethamer tegen haar schouder als het geweer van een schildwacht (en die duidelijk binnen gehoorsafstand is voor wat klinkt als een ongedwongen man-en-vrouw babbel, maar misschien in werkelijkheid een sluw open-doel

compliment is, bedoeld aan zijn dochter), dan terug naar zijn vrouw.
'Ik geloof dat het toch niet zo'n gek idee was,' zegt hij.
Beter dan niet zo gek, denkt Jessie. *Absoluut fantastisch en volslagen reusachtig, als je de waarheid wilt weten.* Zelfs dat meent ze niet echt, denkt ze niet echt, maar het zou gevaarlijk zijn de rest hardop te zeggen, het zou de goden verzoeken zijn. Wat ze werkelijk denkt, is dat de dag smetteloos is – een prachtige en perfecte heerlijkheid van een dag. Zelfs het nummer dat uit Maddy's draagbare platenspeler brult (die Jessies grote zus opgewekt voor deze gelegenheid naar de patio heeft gedragen, hoewel het gewoonlijk de Grote Onaantastbare Icoon is) is goed. Jessie zal nooit Marvin Gaye echt *leuk* vinden – net zomin als ze ooit die vage geur van mineralen leuk zal vinden die opstijgt uit het meer op de warme namiddagen van de zomer – maar *dit* nummer is goed. 'Ik mag doodvallen als jij geen knap ding bent...bay-bee': stom maar niet gevaarlijk.

Het is 14 augustus 1965, een dag die in het hoofd zat, nog steeds *zit* van een dromende vrouw die is geboeid aan een bed in een huis aan de oever van een meer zestig kilometer ten zuiden van Dark Score (maar met dezelfde geur van mineralen, die lelijke, suggestieve geur op warme, stille zomerdagen), en hoewel het twaalfjarige meisje dat ze was niet ziet dat Will achter haar op haar af geslopen komt terwijl ze zich voorover buigt om de croquetbal te richten, terwijl ze haar achterste verandert in een doelwit dat gewoon te uitdagend is voor een jongetje, dat maar een jaar heeft geleefd voor elke inning in een honkbalwedstrijd, om te negeren, weet een deel van haar geest dat hij daar is en dat dit de naad is, waarmee de droom aan de nachtmerrie zit vastgenaaid.

Ze richt haar bal, terwijl ze zich concentreert op de wicket anderhalve meter verderop. Een moeilijke bal, maar geen *onmogelijke*, en als ze de bal er doorheen krijgt, kan ze Caroline misschien toch nog inhalen. Dat zou leuk zijn, omdat Caroline bijna *altijd* met croquet wint. Dan, net als ze haar hamer naar achteren haalt, verandert de muziek die van de platenspeler komt.

'*Oww, listen everybody*,' zingt Marvin Gaye, terwijl hij voor Jessie ditmaal heel wat anders klinkt dan pseudo-dreigend, '*Especially you girls...*'
Koud kippevel trekt over Jessies gebruinde armen.
'*... is it right to be left alone when the one you love is never home? ...I love too hard, my friends sometimes say...*'
Haar vingers worden gevoelloos en ze verliest elk gevoel voor de hamer in haar handen. Haar polsen tintelen, alsof ze vastzitten in
(schandblok Goody zit in het schandblok kom Goody zien in het schandblok kom Goody uitlachen in het schandblok)

onzichtbare klampen en haar hart is plotseling vol wanhoop. Het is het andere nummer, het verkeerde nummer, het *slechte* nummer.

'... *but I believe... I believe... that a woman should be loved that way...*'

Ze kijkt op naar de kleine groep meisjes die staat te wachten tot ze haar bal speelt en ziet dat Caroline is verdwenen. In haar plaats staat daar Nora Callighan. Haar haar is in vlechten, er zit een vlekje witte zinkzalf op het puntje van haar neus, ze draagt Carolines gele gympen en Carolines medaillon – die met het kleine fotootje van Paul McCartney erin – maar dat zijn Nora's groene ogen en die kijken naar haar met een intens volwassen medelijden. Plotseling herinnert Jessie zich dat Will – ongetwijfeld opgestookt door zijn vriendjes die net zo opgepept zijn door de cola en Duitse chocolade als Will zelf – haar van achteren besluipt met de bedoeling een vinger in haar kont te steken. Ze zal overdreven woest reageren als hij dat doet, rondtollen en hem op zijn mond slaan, misschien niet het partijtje volledig verpestend maar zeker een deuk makend in zijn heerlijke perfectie. Ze probeert de hamer los te laten, wil rechtop komen en ronddraaien voor zoiets kan gebeuren. Ze wil het verleden veranderen, maar het verleden is zwaar – proberen dat te doen, is als proberen het huis aan een hoek op te tillen zodat je eronder kunt zoeken naar dingen die kwijt zijn geraakt, of vergeten, of verborgen.

Achter haar heeft iemand het volume van Maddy's kleine platenspeler opgedraaid en dat vreselijke nummer brult nog harder dan ervoor, triomfantelijk en aanlokkelijk en sadistisch: '*IT HURTS ME SO INSIDE... TO BE TREATED SO UNKIND... SOMEBODY, SOMEWHERE... TELL HER IT AIN'T FAIR...*'

Weer probeert ze van de hamer af te komen – hem weg te gooien – maar ze kan het niet, het is alsof iemand haar er met handboeien aan heeft vastgemaakt.

Nora! roept ze. *Nora, je moet me helpen! Hou hem tegen!*

(Het was op dit punt van de droom dat Jessie voor de eerste keer kreunde, waarmee ze even de hond deed terugdeinzen van Geralds lichaam.)

Nora schudt haar hoofd langzaam en ernstig. *Ik kan je niet helpen, Jessie. Je staat er alleen voor – wij allemaal. Gewoonlijk zeg ik dat niet tegen mijn patiënten, maar ik denk dat het in jouw geval het beste is eerlijk te zijn.*

Je begrijpt het niet! Ik kan dit niet nog eens doormaken! IK KAN HET NIET!

O, doe niet zo dwaas, zegt Nora, plotseling ongeduldig. Ze begint zich af te wenden alsof ze niet langer Jessies ontredderde, verwilderde gezicht kan verdragen. *Je gaat er niet aan dood, het is geen vergif.*

Jessie kijkt wild om (hoewel het haar onmogelijk blijft rechtop te komen, om een einde te maken aan het aanbieden van dat verleidelijke doelwit aan haar dreigende broer) en ziet dat haar vriendin Tammy Hough is verdwenen. Daar in Tammy's witte korte broek en gele trui staat Ruth Neary. Ze houdt Tammy's roodgestreepte croquethamer in een hand en een Marlboro in de andere. Haar mond is in de hoeken opgetrokken tot haar gewone sardonische grijns, maar haar ogen staan ernstig en vol smart.

Ruth, help me! schreeuwt Jessie. *Je* moet *me helpen!*

Ruth doet een flinke haal aan haar sigaret, draait hem dan uit in het gras met een van Tommy Hough's sandalen met kurkzolen. *Jeemieneetje, kindje – hij steekt zijn vinger in je kont, geen veedrijversstok. Dat weet je net zo goed als ik, je hebt dit allemaal al doorgemaakt. Dus wat is er zo erg aan?*

Het is niet *alleen maar zijn vinger in mijn kont. Dat* is *het niet en dat weet je!*

Wat baten vinger en bil, als de uil niet ziet en wil, zegt Ruth.

Wat? Wat heeft dat te b...?

Het betekent hoe moet ik iets over IETS *weten?* roept Ruth terug. Er klinkt woede aan de oppervlakte van haar stem, diepe smart eronder. *Je wou het me niet vertellen... je wou het* niemand *vertellen. Je vluchtte weg. Je vluchtte als een haas die de schaduw van een uil op het gras ziet.*

Ik KON HET NIET VERTELLEN! gilt Jessie. Nu ziet ze een schaduw op het gras naast haar, alsof de woorden van Ruth die hebben opgewekt. Maar het is niet de schaduw van een uil, het is de schaduw van haar broer. Ze hoort het onderdrukte gegiechel van zijn vriendjes, weet dat hij zijn hand uitsteekt om het te doen en nog steeds kan ze zelfs niet rechtop komen, laat staan weglopen. Ze is onmachtig om te veranderen wat er staat te gebeuren en ze begrijpt dat dit de werkelijke essentie is van zowel nachtmerrie als tragedie. Niet angst maar onmacht.

Ik KON HET NIET! gilt ze weer tegen Ruth. *Ik kon het niet! Nooit! Het zou de dood van mijn moeder zijn geweest... of het gezin hebben kapot gemaakt... of allebei! Hij zei het! Pappa zei het!*

Ik haat het degene te zijn die jou deze bijzondere nieuwsflits brengt, schatteboutje, maar je lieve ouwe paps is aanstaande december al twaalf jaar dood. En ook, kunnen we niet minstens iets van dit melodrama laten varen? Het is niet zo dat hij je bij je tepels aan de waslijn heeft opgehangen en dan je kut in de fik heeft gestoken, weet je.

Maar ze wil dit niet horen, zelfs geen enkele herwaardering – zelfs niet in een droom – van haar begraven verleden in overweging nemen. Als eenmaal de domino's beginnen te vallen, wie weet waar het allemaal eindigt? Dus ze blokkeert haar oren voor wat Ruth zegt en blijft haar oude kamergenote van de universiteit fixeren met die intens smekende blik

die Ruth zo vaak (wier harde-noot fineer immers nooit dikker was dan een dun laagje ijs) aan het lachen maakte en deed zwichten om te doen wat Jessie haar wilde laten doen.
Ruth, je moet me helpen! Je moet!
Maar deze keer werkt de smekende blik niet. *Ik denk het niet, schatje. De corps-tutten zijn allemaal weg, het moment van mond-houden is voorbij, wegvluchten komt niet ter sprake en wakker worden is geen mogelijkheid. Dit is de trein met onbekende bestemming, Jessie. Jij bent de poes, ik ben de uil. Daar gaan we – allemaal aan boord! Maak uw riemen vast en doe het stevig! Dit is een eersteklasreis!*
Nee!
Maar nu, tot Jessies schrik, begint de dag donker te worden. Het lijkt alsof de zon achter een wolk verdwijnt, maar ze weet dat het niet zo is. De zon dooft. Gauw zullen de sterren schijnen in een zomerse namiddaghemel en de oude uil zal tegen de duif krassen. De tijd van de zonsverduistering is aangebroken.
Nee! gilt ze weer. *Dat was twee jaar geleden!*
Daar heb je het mis, schatje, zegt Ruth Neary. *Voor jou heeft het nooit opgehouden. Voor jou is die zon nooit meer te voorschijn gekomen.*
Ze doet haar mond open om het te ontkennen, om Ruth te vertellen dat zij zich net zo schuldig maakt aan een woeste overdramatisering als Nora die haar maar naar deuren toe bleef duwen die ze niet open wilde maken, die haar bleef verzekeren dat het heden beter kan worden door het verleden te bestuderen – alsof iemand de smaak van het eten van vandaag kon verbeteren door het dik te besmeren met de resten vol maden van gisteren. Ze wil het Ruth vertellen, zoals ze het Nora vertelde op de dag dat ze voorgoed uit Nora's praktijkruimte wegliep, dat er een groot verschil bestaat tussen het leven met iets en erdoor gevangen worden gehouden. *Begrijpen jullie twee domkoppen dan niet dat de Cultus van het Zelf gewoon weer een cultus is?* wil ze zeggen, maar voor ze meer kan doen dan haar mond openen, komt de invasie: een hand tussen haar iets gespreide benen, de duim die grof in de gleuf tussen haar billen glijdt, de vingers gedrukt tegen het textiel van haar korte broek net boven haar vagina, en deze keer is het niet de onschuldige kleine hand van haar broer, de hand tussen haar benen is veel groter dan die van Will en helemaal niet onschuldig. Het slechte nummer is op de radio, de sterren zijn zichtbaar om drie uur 's middags en dit
(je gaat er niet dood aan het is geen vergif)
is hoe grote mensen elkaar een vinger in de reet prikken.
Ze wervelt om in de verwachting haar vader te zien. Hij deed zoiets als dit met haar tijdens de zonsverduistering, iets dat, neemt ze aan, de Cultus-van-Zelvers, de In-Het-Verleden-Levers zoals Ruth en Nora, kin-

dermishandeling zouden noemen. Wat het ook was, hij is het – zoveel weet ze zeker – en ze is bang dat ze een verschrikkelijke straf zal toepassen voor wat hij deed, ongeacht hoe ernstig of onbelangrijk het iets was. Ze zal de croquethamer omhoog brengen en in zijn gezicht rammen, zijn neus breken en zijn tanden er uitmeppen en als hij neervalt op het gras zullen de honden komen en hem opeten.

Alleen is het niet Tom Mahout die daar staat, het is Gerald. Hij is naakt. De Penis van een Advocaat steekt naar voren vanonder een zachtroze, komvormige buik. Hij heeft een paar Kreig politiehandboeien in elke hand. Hij houdt ze naar haar uit in de rare middagduisternis. Onnatuurlijk sterrelicht glinstert op opengesperde heugels die met M-17 zijn gemerkt, omdat zijn bron hem niet kon voorzien van F-23's.

Kom op, Jess, zegt hij grinnikend. *Het is niet alsof je niet weet waar het om gaat. Bovendien hield je ervan. De eerste keer kwam je zo hard klaar, dat je bijna explodeerde. Ik vind het niet erg om je te vertellen dat dat de beste wip was die ik ooit in mijn leven had gehad, zo goed dat ik er soms over droom. En weet je* waarom *het zo goed was? Omdat je geen enkele verantwoordelijkheid hoefde te nemen. Bijna alle vrouwen vinden het prettiger als de man het helemaal overneemt – het is een bewezen zaak van vrouwelijke psychologie. Kwam je klaar toen je vader je aanrandde, Jessie? Ik wed van wel. Ik wed dat je zo hard klaar kwam dat je bijna explodeerde. De Cultus-van-Zelvers zal deze dingen misschien willen betwisten, maar* wij *kennen de waarheid, is het niet? Sommige vrouwen kunnen zeggen dat ze het willen, maar sommige hebben een man nodig om hun te* vertellen *dat ze het willen. Jij bent een van de laatsten. Maar dat is in orde, Jessie. Daar zijn de handboeien voor. Alleen waren het nooit helemaal echt handboeien. Het zijn liefdesarmbanden. Dus doe ze om, liefste. Doe ze om.*

Ze deinst achteruit, terwijl ze haar hoofd schudt en niet weet of ze wil lachen of huilen. Het onderwerp zelf is nieuw, maar de retoriek is al te bekend. *De advocatentruc werkt niet op mij, Gerald – ik ben er te lang voor met een getrouwd geweest. Wat we allebei weten is dat de kwestie met de handboeien nooit met mij had te maken. Het had met jou te maken... om je ouwe door de drank verslapte piemel op te wekken, om het grof te stellen. Dus kun je even je kloteversie van vrouwelijke psychologie voor je houden, goed?*

Gerald glimlacht op een veelbetekenende, verontrustende manier. *Goeie poging, schat. Het is niet overtuigend, maar het was toch een verrekt goeie poging. De beste verdediging is een goede aanval, nietwaar? Ik denk dat ik je dat geleerd heb. Maar, geeft niet. Op dit moment moet je een keuze maken. Of je doet die armbanden om of je haalt uit met die hamer en vermoordt me weer.*

Ze kijkt om zich heen en beseft met dagende paniek en wanhoop dat iedereen op Wills partijtje staat te kijken naar haar confrontatie met deze naakte (dat wil zeggen op zijn bril na), te zware, seksueel opgewonden man... en het zijn niet alleen maar haar familie en haar vriendjes uit haar jeugd. Mevrouw Henderson, die haar eerstejaars mentor op de universiteit zal zijn, staat bij de punchkom! Bobby Hagen, die haar mee zal nemen naar het eindexamenbal – en haar erna zal neuken op de achterbank van zijn vaders Oldsmobile 88 – staat op de patio naast het blonde meisje van de Neuworth Pastorie, die met de ouders die van haar hielden maar haar broer idealiseerden.

Barry, denkt Jessie. *Zij is Olivia en haar broer is Barry.*

Het blonde meisje luistert naar Bobby Hagen maar kijkt naar Jessie, haar gezicht kalm maar op de een of andere manier gekweld. Ze draagt een sweatshirt met erop Mr. Natural van R. Crumb die door een straat van de stad rent. De woorden in de ballon die uit de mond van Mr. Natural komt, zeggen: 'Ontucht verlucht, maar incest blijft best.' Achter Olivia snijdt Kendall Wilson, die Jessie voor haar eerste schoolbaan zal huren, een stuk chocoladeverjaardagstaart af voor mevrouw Page de pianolerares uit haar jeugd. Mevrouw Page ziet er opmerkelijk levendig uit voor een vrouw die twee jaar geleden aan een beroerte stierf terwijl ze appels aan het plukken was in Corrit's Gaard in Alfred.

Jessie denkt: *Dit is niet als dromen, dit is als verdrinken. Iedereen die ik ooit heb gekend schijnt hier, onder die vreemde door sterren verlichte namiddaghemel, te staan kijken hoe mijn naakte echtgenoot me probeert in handboeien te krijgen terwijl Marvin Gaye 'Can I get a Witness' zingt. Mocht er enige troost in zitten, dan is het deze: de dingen kunnen onmogelijk nog erger worden.*

Dan gebeurt het wel. Mevrouw Wertz, haar eersteklas-juf, begint te lachen. De oude Mr. Cobb, hun tuinman tot hij in 1964 met pensioen ging, lacht met haar mee. Maddy valt bij, en Ruth en Olivia met de gelittekende borsten. Kendall Wilson en Bobby Hagen staan bijna dubbelgebogen en ze slaan elkaar op de rug als mannen die bij de plaatselijke kapper de goorste mop met de langste baard hebben gehoord. Misschien die welke als clou heeft *Een levensinstandhoudingssysteem voor een kut.*

Jessie kijkt neer op zichzelf en ziet dat zij ook naakt is. Geschreven over haar borsten in een kleur lippenstift die Peppermint Yum-Yum heet staan drie verrekte woorden: PAPPA'S KLEINE MEISJE.

Ik moet wakker worden, denkt ze. *Ik ga dood van schaamte als ik het niet doe.*

Maar ze doet het niet, in ieder geval niet meteen. Ze kijkt op en ziet dat Geralds veelbetekenende, verontrustende glimlach is veranderd in een gapende wond. Plotseling steekt de bloeddoorweekte snuit van de zwerfhond tussen zijn tanden naar buiten. De hond grijnst ook en het hoofd dat naar buiten schuift tussen *zijn* hoektanden als het begin van de een of andere obscene geboorte is van haar vader. Zijn ogen, altijd een helder blauw, zijn nu grijs en gekweld boven zijn grijns. Het zijn Olivia's ogen, beseft ze, en dan beseft ze nog iets anders ook: de vlakke geur van mineralen van meerwater, zo zacht en toch zo verschrikkelijk, hangt overal.

'*I love too hard, my friends sometimes say,*' zingt haar vader vanuit de binnenkant van de bek van de hond die in de mond van de echtgenoot zit. '*But I believe, I believe, that a woman should be loved that way...*'
Ze werpt de hamer van zich af en rent gillend weg. Als ze het verschrikkelijke wezen met zijn bizar gekoppelde hoofden passeert, klapt Gerald een van de handboeien rond haar pols.

Hebbes! gilt hij triomfantelijk. *Hebbes, trotse schoonheid van me!*
Eerst denkt ze dat de zonsverduistering nog niet totaal moet zijn geweest ondanks alles, want de dag begint nog donkerder te worden. Dan daagt het haar dat ze waarschijnlijk aan het flauwvallen is. Die gedachte gaat vergezeld van een gevoel van diepe opluchting en dankbaarheid.
Doe niet zo dwaas, Jessie – je kunt niet flauwvallen in een droom.
Maar zij denkt dat ze het misschien gewoon maar doet, en uiteindelijk maakt het niet uit of het flauwvallen is of slechts wegvluchten naar een dieper gat van slaap als de overlevende van de een of andere ramp. Wat uitmaakt is dat ze uiteindelijk aan de droom ontsnapt die haar op een veel fundamentelere wijze heeft aangevallen dan de daad van haar vader die dag op de veranda. Uiteindelijk ontsnapt ze en dankbaarheid lijkt een prachtig normaal antwoord op deze omstandigheden.
Bijna heeft ze het gehaald in die vertroostende grot van duisternis als een geluid binnendringt: een splinterig, lelijk geluid als een luide hoestaanval. Ze probeert het geluid te ontvluchten en merkt dat ze het niet kan. Het heeft haar aan de haak en aan de haak begint het haar naar boven te trekken naar het eindeloze maar tere zilverkleurige licht dat slaap van bewustzijn scheidt.

12

De vroegere Prins, die eens de trots en vreugde was geweest van de jonge Catherine Sutlin, zat na zijn laatste strooptocht naar de slaapkamer ongeveer tien minuten lang in de gang naar de keuken. Hij zat met zijn kop omhoog, zijn ogen wijd open en zonder te knipperen. Hij had de afgelopen twee maanden op veel te weinig voedsel geleefd, vanavond had hij zich goed gevoed – geschranst, eigenlijk – en hij zou zich loom en slaperig moeten voelen. Hij was allebei een tijdje geweest, maar nu was alle slaperigheid verdwenen. Wat ervoor in de plaats was gekomen, was een gevoel van nervositeit dat gestaag erger werd. Iets had bij de hond een aantal van de haardunne struikeldraden aangeraakt die waren geplaatst in die mystieke zone waar zijn zintuigen en intuïtie in elkaar overliepen. In de andere kamer bleef het teefbaasje kreunen en zo af en toe praatgeluiden maken, maar haar geluiden waren niet de bron van de kriebelingen van de zwerfhond, die hadden er niet voor gezorgd dat hij rechtop was gaan zitten toen hij op de rand verkeerde van vreedzaam wegdrijven in de slaap, en evenmin de reden waarom zijn goede oor nu waakzaam naar voren stak en zijn snuit ver genoeg naar achteren was gerimpeld om de punten van zijn tanden te laten zien.
Het was iets anders... iets wat niet goed was... iets wat mogelijk gevaarlijk was.
Terwijl Jessies droom op zijn hoogtepunt was en toen naar beneden de duisternis in begon te spiralen, krabbelde de hond plotseling overeind. Hij was niet langer in staat het voortdurende geknetter in zijn zenuwen te verdragen. Hij draaide zich om, duwde met zijn snuit de losse achterdeur open en sprong naar buiten de winderige duisternis in. Terwijl hij dat deed bereikte hem een vreemde en ondefinieerbare geur. Er zat gevaar in die geur... bijna zeker gevaar.
De hond rende op het bos af, zo snel als zijn opgezwollen, te zwaar beladen buik hem toestond. Toen hij de veiligheid van het onderhout had bereikt, draaide hij zich om en kroop een klein stukje terug naar het

huis. Hij had de aftocht geblazen, zeker waar, maar er zouden nog heel wat meer alarmbellen in hem moeten gaan rinkelen voor hij in overweging zou nemen de heerlijke voorraad eten die hij had gevonden, volledig achter te laten.

Veilig verborgen, terwijl zijn smalle, vermoeide, intelligente kop kriskras eroverheen ideogrammen van maanschaduw kreeg, begon de zwerver te blaffen en het was dit geluid dat uiteindelijk Jessie terughaalde naar bewustzijn.

13

Tijdens hun zomers aan het meer in het begin van de jaren zestig, vóór William in staat was veel meer te doen dan in het ondiepe water te peddelen met een stel helderoranje watervleugels op zijn rug, gingen Maddy en Jessie, altijd goede vriendinnen ondanks het verschil in leeftijd, vaak zwemmen bij de Niedermeyers. De Niedermeyers hadden een vlot uitgerust met een duikplank, en daar was het waar Jessie de vorm begon te ontwikkelen die haar een plaats bezorgde eerst in het zwemteam van haar middelbare school en dan in 1971 in het team van de staat. Wat ze zich op een na het beste herinnerde van het duiken van de plank op het Niedermeyers' vlot (op de eerste plaats, – voor toen en voor altijd – stond de duik door de warme zomerlucht naar de blauwe glinstering van het wachtende water) was hoe het voelde uit de diepte omhoog te komen door tegenstrijdige lagen warm en koud.
Het terugkomen uit haar gekwelde slaap was net zo.
Eerst kwam daar een zwarte, bulderende verwarring alsof je binnen in een donderwolk zat. Ze stootte en slingerde zich er een weg doorheen, zonder dat ze ook maar het geringste idee had wie ze was of *wanneer* ze was, laat staan waar ze was. Toen een warmere, rustigere laag. Ze had gevangen gezeten in de afschuwelijkste nachtmerrie in heel de geschreven geschiedenis (in ieder geval in *haar* geschreven geschiedenis), maar het was *alleen* maar een nachtmerrie geweest, en nu was die voorbij. Maar terwijl ze de oppervlakte naderde, kwam ze in een volgende kille laag, het idee dat de werkelijkheid die haar stond te wachten bijna net zo slecht was als haar nachtmerrie. Misschien erger.
Wat is het? vroeg ze zichzelf af. *Wat zou er mogelijk erger kunnen zijn dat wat ik net heb doorgemaakt?*
Ze weigerde erover na te denken. Het antwoord lag binnen bereik, maar als het haar inviel, zou ze misschien besluiten om te draaien en weer terug te zwemmen naar de diepten. Dat doen zou verdrinken betekenen, en terwijl verdrinken misschien niet de ergste manier was om eruit te

stappen – niet zo slecht als met je Harley tegen een rotswand aan rijden of met je parachute neerkomen in een wirwar van hoogspanningsdraden bijvoorbeeld – was het idee om haar lichaam open te stellen voor die vlakke geur van mineralen, die haar tegelijkertijd deed denken aan koper en oesters, onverdraaglijk. Jessie bleef grimmig naar boven klauwen, terwijl ze tegen zichzelf zei dat ze zich pas zorgen zou maken over de werkelijkheid als en wanneer ze de oppervlakte bereikte.

De laatste laag waar ze doorheen kwam, was even warm en beangstigend als vers gestort bloed, haar armen zouden waarschijnlijk doder zijn dan stompen. Ze hoopte alleen maar dat ze in staat zou zijn voldoende beweging erin te verordonneren om het bloed weer in beweging te krijgen.

Jessie hijgde, schokte en opende haar ogen. Ze had niet het minste idee hoe lang ze had geslapen, en de klokradio op de ladenkast, vastgelopen in zijn eigen hel van bezeten herhaling (twaalf-twaalf-twaalf, flitste op in de duisternis, alsof de tijd voor eeuwig stil was blijven staan op middernacht), hielp niets. Het enige wat ze zeker wist, was dat het volledig donker was en dat de maan nu door het daklicht scheen in plaats van door het raam op het oosten.

Haar armen schokten met een zenuwachtige dans van spelden en naalden. Gewoonlijk hield ze helemaal niet van dat gevoel, maar nu wel, het was duizend keer beter dan de spierkrampen die ze had verwacht als prijs voor het weer tot leven wekken van haar dode ledematen. Een paar ogenblikken later merkte ze een zich uitbreidende vochtigheid op onder haar benen en achterste en ze besefte dat haar eerdere behoefte om te urineren, was verdwenen. Haar lichaam had dat probleem opgelost terwijl ze sliep.

Ze balde haar vuisten en trok zich behoedzaam een eindje op, ineenkrimpend van de pijn in haar polsen en van het intens, snikkende geklop dat door de beweging in haar handruggen werd veroorzaakt. *De meeste pijn is een resultaat van proberen uit de handboeien te glippen*, dacht ze. *Je kunt alleen maar jezelf de schuld ervan geven, lekkertje.*

De hond was weer gaan blaffen. Elke schrille kreet was als een splinter die in haar trommelvlies werd gedreven en ze besefte dat dat geluid haar omhoog, uit haar slaap had getrokken net toen ze op het punt had gestaan onder de nachtmerrie te duiken. De plaats van de geluiden vertelde haar dat de hond weer buiten was. Ze was blij dat hij het huis had verlaten, maar ook een beetje verwonderd. Misschien had hij zich niet op zijn gemak gevoeld onder een dak na zo lang buiten te hebben doorgebracht. Dat idee was min of meer logisch... in ieder geval net zo logisch als wat ook in deze situatie.

'Herneem jezelf, Jess,' adviseerde ze zichzelf met een ernstige, slaapmistige stem, en misschien – gewoon misschien – deed ze dat. De paniek en de onredelijke schaamte die ze in haar droom had gevoeld, verdwenen. De droom zelf scheen uit te drogen, en de vreemde, droge kwaliteit aan te nemen van een overbelichte foto. Snel, besefte ze, zou hij helemaal verdwenen zijn. Dromen bij het wakker worden waren als de lege cocons van vlinders of de opengebarsten doppen van peulen, dode schillen waar leven kort had rondgetold in woeste maar tere stormstelsels. Ooit was er een tijd geweest dat dit geheugenverlies – als dat het was – op haar als triest was overgekomen. Niet nu. Nooit in haar leven had ze het vergeten zo snel en zo totaal met genade vergeleken.

En het maakt niet uit, dacht ze. Het was immers gewoon een droom. Ik bedoel, al die hoofden die uit hoofden staken. Natuurlijk worden dromen verondersteld symbolisch te zijn – ja, ik weet het – en ik neem aan dat er enige symboliek in deze heeft gezeten... misschien zelfs enige waarheid. Als het zo is, denk ik dat ik nu begrijp waarom ik Will sloeg toen hij die dag zijn vinger in mijn kont stak. Nora Callighan zou ongetwijfeld opgetogen zijn – ze zou het een doorbraak noemen. Waarschijnlijk is dat het. Maar het helpt me niks om uit deze klote gevangenis-armbanden te komen, en dat heeft nog steeds absolute prioriteit. Is iemand het daar niet mee eens?

Noch Ruth noch Moedertje gaf antwoord, de UFO-stemmen bleven eveneens stil. In feite kwam het enige antwoord van haar maag, die het verrekte jammer vond dat dit alles was gebeurd maar zich nog steeds verplicht voelde om met een lang, zacht gerommel te protesteren tegen het schrappen van het avondeten. Wel grappig... maar morgen waarschijnlijk minder. Dan zou haar dorst ook terug komen stormen en ze had geen enkele illusie over hoe lang die twee laatste slokjes water die op een afstand zouden kunnen houden.

Ik moet mijn concentratie bundelen – ik moet het gewoon. Het eten is het probleem niet en het water evenmin. Op dit moment doen die dingen er net zomin toe als waarom ik Will een stomp op zijn mond heb gegeven op zijn negende verjaarspartijtje. Het probleem is hoe...

Haar gedachten braken af met de droge knal van een knoest die in een heet vuur explodeert. Haar ogen die doelloos door de verduisterde kamer hadden gedwaald, bleven hangen op de hoek aan de overkant waar de door de wind voortgedreven schaduwen van dennen woest dansten in het paarlemoeren licht dat door het daklicht naar binnen viel.

Er stond daar een man.

Een verschrikking groter dan welke ook die ze ooit had gekend kroop over haar. Haar blaas die in feite slechts het ergste van zijn ongemak had geloosd, leegde zichzelf nu in een pijnloze stroom warmte. Jessie had er niet het geringste idee van of van iets anders. Haar verschrikking had haar geest tijdelijk schoongeblazen van muur tot muur, van vloer tot aan plafond. Geen geluid ontsnapte aan haar, zelfs niet de minste piep, ze was net zomin in staat tot geluid als tot gedachten. De spieren van haar nek, schouders en armen veranderden in iets wat voelde als warm water en ze gleed langs het hoofdeinde naar beneden tot ze aan de handboeien hing in een soort van appelflauwte. Ze kreeg geen black-out – kwam er zelfs niet in de buurt – maar die geestelijke leegheid en het totale, lichamelijke onvermogen dat ermee gepaard ging, waren erger dan een black-out. Toen de gedachte probeerde terug te komen, werd hij eerst tegengehouden door een donkere, onduidelijke muur van angst.

Een man. Een man in de hoek.

Ze zag zijn donkere ogen naar haar staren met gefixeerde, idiote aandacht. Ze zag de wasachtige witheid van zijn smalle wangen en hoge voorhoofd, hoewel de werkelijke trekken van de indringer onduidelijk waren door het diorama van schaduwen dat er overheen vloog. Ze zag ingezakte schouders en neerhangende, aapachtige armen die eindigden in lange handen, ze vermoedde voeten ergens in de zwarte driehoekige schaduw die werd geworpen door de ladenkast, maar dat was alles.

Ze had geen idee hoe lang ze in die verschrikkelijke half-zwijm lag, verlamd maar aanwezig, als een tor die was gestoken door een valdeurspin. Het leek op een heel lange tijd. De seconden druppelden voorbij en ze merkte dat ze niet in staat was zelfs maar haar ogen te sluiten, laat staan ze weg te halen van haar vreemde gast. Haar eerste schrik voor hem begon een beetje af te nemen, maar wat er voor in de plaats kwam was ergens erger: verschrikking en een onberedeneerde, atavistische weerzin. Jessie dacht later dat de oorsprong van die gevoelens – de machtigste negatieve gevoelens die ze ooit had ervaren in haar leven, inclusief die welke haar nog maar korte tijd geleden hadden overspoeld toen ze had toegekeken hoe de zwerfhond zich gereedmaakte om op Gerald te dineren – was de volkomen onbeweeglijkheid van het wezen. Het was hier binnengeslopen terwijl ze sliep en het stond nu alleen maar in de hoek, gecamoufleerd door de onophoudelijke eb en vloed van schaduwen over zijn gezicht en lichaam, terwijl het naar haar staarde met zijn vreemde, gretige, zwarte ogen, zo groot en verzonken dat ze haar deden denken aan de oogkassen van een doodshoofd.

Haar bezoeker stond daar maar in de hoek, alleen maar dat en niets meer.

Ze lag in de handboeien met haar armen boven haar uitgestrekt, terwijl ze zich voelde als een vrouw op de bodem van een diepe put. Tijd ging voorbij, slechts gekenmerkt door het idiote geknipper van de klok die verkondigde dat het twaalf, twaalf, twaalf uur was, en ten slotte sloop

een coherente gedachte terug in haar geest, een die zowel gevaarlijk als enorm geruststellend was.
Er is hier niemand anders dan jij, Jessie. De man die je in de hoek ziet, is een combinatie van schaduwen en verbeelding – niet meer dan dat.
Ze worstelde zich weer in zittende positie, terwijl ze trok met haar armen, grimaste tegen de pijn in haar overbelaste schouders, duwde met haar voeten en probeerde haar naakte hielen in de beddesprei te planten, en ademde met scherpe stootjes van inspanning... en terwijl ze deze dingen deed, verlieten haar ogen nooit de afschuwelijke uitgerekte vorm in de hoek.
Hij is te lang en te mager om een echte man te zijn, Jess – dat zie je toch? Het is alleen maar wind, schaduwen, een beetje maanlicht... en een paar restjes van je nachtmerrie, stel ik me voor. Goed?
Dat was het bijna. Ze begon te ontspannen. Dan, buiten, uitte de hond een volgende serie hysterische blaffen. En draaide de figuur in de hoek – de figuur die alleen maar wind, schaduwen en een beetje maanlicht was – en draaide die niet bestaande figuur zijn hoofd niet iets in die richting om?
Nee, beslist niet. Dat was beslist gewoon weer zo'n truc van de wind en de duisternis en de schaduwen.
Dat kon heel goed mogelijk zijn. Eigenlijk was ze er bijna zeker van dat dat deel – het deel van het hoofd omdraaien – een illusie was geweest. Maar de rest? De figuur zelf? Ze kon zichzelf er niet helemaal van overtuigen dat het *allemaal* verbeelding was. Beslist kon een figuur die *zo erg* op een man leek niet alleen maar een illusie zijn... of wel?
Moedertje Burlingame sprak plotseling, en hoewel haar stem angstig klonk, zat er geen hysterie in, in ieder geval nog niet. Vreemd genoeg was het het haar Ruth-deel dat de grootste verschrikking had doorstaan bij het idee dat ze misschien niet alleen in de kamer was en het was het Ruth-deel dat nog steeds dicht in de buurt van gebazel zat.
Als dat ding niet echt is, zei Moedertje, *waarom is de hond dan om te beginnen weggegaan? Ik denk niet dat hij dat gedaan zou hebben zonder een heel goede reden, wel?*
Ja, ze begreep dat Moedertje toch heel erg bang was, en snakte naar een verklaring van het vertrek van de hond die niets te maken had met de gestalte die Jessie of zag of dacht te zien staan in de hoek. Moedertje smeekte haar te zeggen dat haar oorspronkelijke idee, dat de hond gewoon vertrokken was omdat hij zich niet langer op zijn gemak voelde in het huis, veel waarschijnlijker was. Of misschien, dacht ze, was hij weggegaan om de oudste reden van alle: hij had een andere zwerver geroken, en deze was een loopse teef. Ze veronderstelde dat het zelfs mogelijk was dat de hond was opgeschrokken door het een of andere geluid –

zeg, een tak die tegen een raam op de bovenverdieping sloeg. Die beviel haar het meest, omdat het een soort van groffe rechtvaardigheid veronderstelde, dat de hond ook door de een of andere denkbeeldige binnendringer was opgeschrokken, en zijn blaffen waren bedoeld om de niet-bestaande nieuwkomer weg te schrikken van zijn paria's avondeten.

Ja, zeg een van die dingen, smeekte Moedertje haar plotseling, *en zelfs als jij er zelf geen een gelooft, laat* mij *ze dan geloven.*

Maar ze dacht niet dat ze dat kon doen en de reden ervan stond in de hoek naast de ladenkast. Daar *was* iemand. Het was geen hallucinatie, het was geen combinatie van door de wind voortgedreven schaduwen en haar eigen verbeelding, het was geen overblijfsel van haar droom, een tijdelijk spookbeeld opgevangen in het waarneembare niemandsland tussen slapen en waken. Het was een

(monster, het is een monster, een boemonster dat gekomen is om me op te eten)

man, geen monster, maar een *man* die daar onbeweeglijk naar haar stond te kijken, terwijl de wind voortjoeg en het huis deed kraken, en de schaduwen over zijn vreemde, half waargenomen gezicht dansten.

Deze keer kwam de gedachte – *monster, boemonster* – vanuit de lagere regionen van haar geest naar het helderder verlichte niveau van haar bewustzijn. Ze ontkende het weer, maar ze voelde haar verschrikking toch terugkeren. Het wezen aan de overkant van de kamer was dan misschien een man, maar zelfs als het zo was, raakte ze er steeds meer van overtuigd dat er iets heel erg verkeerds was met zijn gezicht. Als ze dat nou eens beter kon zien!

Dat zou je niet willen, adviseerde een fluisterende, onheilspellende UFO-stem haar.

Maar ik moet er tegen praten – moet contact leggen, dacht Jessie, en gaf zichzelf direct antwoord met een nerveuze, kijvende stem die voelde als een mengeling van die van Ruth en Moedertje samen. *Denk er niet over als een het, Jessie – denk erover als een hij. Denk als een man, iemand die misschien is verdwaald in het bos, iemand die net zo bang is als jij.*

Goede raad, misschien, maar Jessie bemerkte dat ze over de figuur in de hoek niet *kon* denken als een hij, evenmin als ze in staat was over de zwerver te denken als een hij. Ook dacht ze niet dat het wezen in de schaduwen verdwaald was of bang. Wat ze uit de hoek voelde komen waren lange, langzame golven van kwaadaardigheid.

Dat is dom! Praat ertegen, Jessie. Praat tegen hem!

Ze probeerde haar keel te schrapen en ontdekte dat er niets te schrapen viel – hij was net zo droog als een woestijn en even glad als een zeepsteen. Nu voelde ze haar hart in haar borst bonzen, en de slag was heel licht, heel snel en heel onregelmatig.

119

De wind joeg. De schaduwen bliezen witte en zwarte patronen over de muren en het plafond en gaven haar het gevoel een vrouw te zijn die gevangen zat in een caleidoscoop voor kleurenblinden. Een ogenblik dacht ze een neus te zien – dun en lang en wit – onder die zwarte, onbeweeglijke ogen.

'Wie...'

Eerst kon ze alleen die ene kleine fluistering uitbrengen die aan de andere kant van het bed nog niet gehoord kon worden, laat staan aan de overkant van de kamer. Ze stopte, likte langs haar lippen en probeerde het weer. Ze was zich bewust dat haar handen zaten vastgeklonken in pijnlijke strakke ballen en ze dwong haar vingers te ontspannen.

'Wie bent u?' Nog steeds een fluistering, maar iets beter dan ervoor.

De gedaante gaf geen antwoord, stond daar gewoon met zijn smalle witte handen die afhingen tot zijn knieën en Jessie dacht: *Zijn knieën? Knieën? Niet mogelijk, Jess – als iemands armen langs zijn lichaam hangen, reiken ze tot aan de bovendijen.*

Ruth antwoordde, haar stem zo verstikt en angstig dat Jessie hem bijna niet herkende. *De handen van een* normaal *persoon stoppen bij de bovendijen, bedoel je dat niet? Maar denk jij dat een normaal iemand midden in de nacht iemands huis binnensluipt, dan gewoon in de hoek gaat staan kijken, als hij de vrouw des huizes geketend aan het bed aantreft? Gewoon daar staan en verder niets?*

Toen *bewoog* hij één been... of misschien was het weer de verwarrende beweging van de schaduwen, ditmaal opgepikt door het lagere kwadrant van haar beeld. De combinatie van schaduwen en maanlicht en wind verleende een vreselijke ambiguïteit aan deze hele episode, en weer merkte Jessie dat ze de werkelijkheid van de bezoeker in twijfel trok. De mogelijkheid dat ze nog steeds sliep kwam bij haar op, dat haar droom van Wills verjaarspartij eenvoudigweg naar de een of andere vreemde nieuwe richting was afgezwaaid... maar ze geloofde het niet echt. Ze was echt wakker.

Of het been nu werkelijk wel of niet bewoog (of zelfs dat er maar een been *was*), Jessies blik werd voor een ogenblik naar beneden getrokken. Ze dacht het een of andere zwarte ding op de vloer te zien staan tussen de voeten van het wezen. Het was onmogelijk te zeggen wat het kon zijn omdat de schaduw van de ladenkast het tot het donkerste gedeelte van de kamer maakte, maar haar geest ging plotseling terug naar die namiddag toen ze had geprobeerd Gerald ervan te overtuigen dat ze echt meende wat ze zei. De enige geluiden waren de wind geweest, het slaan van de deur, de blaffende hond, de fuut, en...

Het ding dat op de vloer stond tussen de voeten van de bezoeker was een kettingzaag.

Jessie wist het onmiddellijk zeker. Haar bezoeker had hem eerder gebruikt, maar niet om brandhout te zagen. Hij had *mensen* omgezaagd en de hond was gevlucht omdat hij de nadering van deze krankzinnige had geroken, die over het meerpad naar boven was gekomen terwijl hij zijn bloedbespatte Stihl-zaag slingerend in een gehandschoende hand droeg.
Hou er mee op! gilde Moedertje kwaad. *Hou ogenblikkelijk op met die dwaasheid en herneem jezelf!*
Maar ze ontdekte dat ze er niet mee *kon* ophouden, omdat dit geen droom was en ook omdat ze er steeds zekerder van was geworden dat de gedaante die in de hoek stond, even stil als het monster van Frankenstein vóór de bliksemflitsen, echt was. Maar zelfs als hij dat was, was hij niet de hele middag bezig geweest mensen tot karbonades te zagen met een kettingzaag. Natuurlijk niet – dat was niets anders dan een door een film geïnspireerde variatie op de eenvoudige, gruwelijke zomerkampverhalen die zo grappig leken als je met z'n allen rond het kampvuur zat en marshmallows roosterde met de rest van de meisjes, en zo vreselijk later als je huiverend in je slaapzak lag en geloofde dat elke brekende tak de nadering betekende van de Lakeview Man, die legendarische kierewiete overlevende van de Koreaanse Oorlog.
Het ding dat in de hoek stond was niet de Lakeview Man, en evenmin was het een kettingzaag-moordenaar. Er *stond* iets op de vloer (in ieder geval was ze er behoorlijk zeker van dat het zo was) en Jessie veronderstelde dat het een kettingzaag *kon* zijn, maar dat het ook een koffer kon zijn... een rugzak... of een monsterkoffer van een handelsreiziger...
Of mijn verbeelding.
Ja. Ook al keek ze er recht op aan, wat het ook was, ze wist dat ze de mogelijkheid van verbeelding niet kon uitsluiten. Toch, op de een of andere perverse manier, versterkte dit het idee dat het wezen *zelf* echt was, en het werd steeds moeilijker om het gevoel van kwaadaardigheid dat uit de wirwar van zwarte schaduwen en poederig maanlicht naderbij kwam sluipen als een constante lage grauw, van zich af te zetten.
Het haat me, dacht ze. *Wat het ook is, het haat me. Dat moet. Waarom zou het anders daar gewoon blijven staan en me niet helpen?*
Ze keek weer op naar dat half geziene gezicht, naar de ogen die schenen te glinsteren met zo'n koortsige begeerte in hun ronde, zwarte kassen, en ze begon te schreien.
'Alsjeblieft, is daar iemand?' Haar stem klonk deemoedig, verstikt door tranen. 'Als dat zo is, wil je me dan alsjeblieft helpen? Zie je deze handboeien? De sleutels liggen direct naast je boven op de kast...'
Niets. Geen beweging. Geen antwoord. Het stond daar alleen maar – dat wil zeggen, als daar überhaupt iets stond – en keek naar haar vanachter zijn woeste masker van schaduwen vandaan.

'Als je niet wilt dat ik iemand zeg dat ik je heb gezien, zal ik het niet doen,' probeerde ze weer. Haar stem trilde, verstikte, dook en gleed weg. 'Dat zal ik echt niet doen. En ik zou zo... dankbaar zijn.'
Het keek naar haar.
Alleen maar dat en niets meer.
Jessie voelde de tranen langzaam over haar wangen naar beneden rollen. 'Je maakt me bang, weet je,' zei ze. 'Waarom zeg je niets? Kun je niet praten? *Als je daar echt bent, kun je alsjeblieft tegen me praten?*'
Een dunne, verschrikkelijke hysterie kreeg haar toen in zijn greep en vloog weg met een of ander waardevol, onvervangbaar deel van haar stevig in zijn magere klauwen geklemd. Ze weende en smeekte terwijl de angstaanjagende gedaante onbeweeglijk in de hoek van de slaapkamer bleef staan. Al die tijd bleef ze bij bewustzijn, maar soms verwijlde ze naar die vreemd lege plek die is gereserveerd voor diegenen voor wie de verschrikking zo groot was geworden dat het vervoering naderde. Ze hoorde zichzelf de gedaante met een schorre, huilerige stem vragen haar *alsjeblieft* uit de handboeien los te maken, om alsjeblieft, o alsjeblieft, o *alsjeblieft* haar uit de handboeien los te maken, en dan viel ze weer terug in die vreemde lege plek. Ze wist dat haar mond nog steeds bewoog omdat ze het kon voelen. Ze kon ook de geluiden horen die eruit kwamen, maar terwijl ze in de lege plek was, waren die geluiden geen woorden maar slechts losse kakelende stromen van geluid. Ze kon ook de wind horen waaien en de hond blaffen, bewust maar zonder te weten, horen zonder te begrijpen, alles verliezend in haar verschrikking van die half geziene gestalte, die vreesaanjagende bezoeker, de ongenode gast. Ze kon niet ophouden met denken over zijn smalle, misvormde hoofd, zijn witte wangen, zijn afhangende schouders... maar steeds meer waren het de handen van het wezen waar haar ogen naar toe werden getrokken. Die afhangende handen met de lange vingers die veel lager langs de benen eindigden dan normale handen enig recht toe hadden. Een of ander onbekend stuk tijd ging voorbij op die lege manier (*twaalf-twaalf-twaalf* meldde de klok op de kast, geen hulp van die kant) en toen kwam ze weer een beetje terug, begon weer gedachten te denken in plaats van slechts een eindeloze stroom incoherente beelden te ervaren, begon te horen dat haar lippen weer woorden voortbrachten in plaats van kakelende geluiden. Maar ze was verdergegaan terwijl ze in die lege plek was, haar woorden hadden nu niets te maken met de handboeien of de sleutels op de ladenkast. Wat ze in plaats daarvan hoorde was het dunne, schreeuwerige gefluister van een vrouw die was teruggebracht tot smeken om een antwoord... welk antwoord ook.
'Wie ben je?' snikte ze. 'Een mens? Een duivel. *Wie ben je in godsnaam?*'

De wind joeg.
De deur sloeg.
Voor haar scheen het gezicht van de gedaante te veranderen... scheen op te krullen tot een grijns. Er was iets verschrikkelijk bekends aan die grijns, en Jessie voelde de kern van haar geestelijke gezondheid, die deze aanval tot nu toe met een opmerkelijke kracht had verdragen, ten slotte beginnen te wankelen.

'Pappa?' fluisterde ze. 'Pappa, ben jij het?'

Doe niet zo onnozel, jammerde Moedertje, maar Jessie kon nu voelen dat zelfs die steunende stem in de richting van hysterie dwarrelde. *Doe niet zo onbenullig, Jessie! Je vader is al dood sinds 1980!*

In plaats van te helpen, maakte het de dingen erger. *Veel* erger. Tom Mahout was ter aarde besteld in het familiegraf in Falmouth en dat was minder dan honderdvijftig kilometer hier vandaan. Jessies brandende, doodsbange geest stond erop haar een ineengedoken gedaante te laten zien, zijn kleren en doorgerotte schoenen aangekoekt met blauwgroene schimmel, sluipend over maan doordrenkte velden en zich haastend over uitgestrekte gebieden smerig bos tussen woningbouwprojecten in de voorsteden; ze zag de zwaartekracht bezig aan de vergane spieren van zijn armen terwijl hij voortliep, ze langzaam uitrekkend tot de handen naast de knieën zwaaiden. Het was haar vader. Het was de man die haar in verrukking had gebracht met ritjes op zijn schouder toen ze drie was, die haar had getroost op de leeftijd van zes toen een capriolen makende circusclown haar zo bang had gemaakt dat ze moest huilen, die haar voor het slapen gaan had voorgelezen tot ze acht was – oud genoeg, zei hij, om ze zelf te lezen. Haar vader die eigenhandig filters in elkaar had geflanst op de middag van de zonsverduistering en haar op schoot had genomen toen het moment van de totale eclips naderde, haar vader die had gezegd: *Maak je nergens zorgen om... maak je geen zorgen, en kijk niet om*. Maar ze had gedacht dat *hij* zich misschien zorgen maakte, omdat zijn stem helemaal dik en trillend had geklonken, nauwelijks zijn gewone stem.

In de hoek scheen de grijns van het ding breder te worden en plotseling was de kamer gevuld met die geur, die vlakke geur die half metalig was en half organisch, een geur die haar deed denken aan oesters in room, en hoe je handen geurden nadat je een handvol munten had vastgehouden, en de manier waarop de lucht rook net voor een onweersbui.

'Pappa, ben jij het?' vroeg ze het schaduwachtige ding in de hoek en ergens vandaan kwam de verre kreet van de fuut. Jessie voelde de tranen langzaam langs haar wangen naar beneden druppelen. En nu gebeurde er iets buitengewoon vreemds, iets wat ze nooit in geen duizend jaar verwacht zou hebben. Terwijl ze er steeds zekerder van werd dat het haar vader *was*, dat het Tom Mahout was die in de hoek stond, twaalf jaar dood of niet, begon haar verschrikking haar te verlaten. Ze had haar benen opgetrokken, maar liet ze nu terugglijden en openvallen. Terwijl ze dat deed, keerde een fragment van haar droom terug – PAPPA'S KLEINE MEID gedrukt over haar borsten in Peppermint Yum-Yum lippenstift.

'Goed, ga je gang,' zei ze tegen de gestalte. Haar stem klonk een beetje schor, maar was verder vast. 'Daarom kwam je terug, is het niet? Dus ga je gang. Hoe zou ik je trouwens kunnen tegenhouden? *Beloof me alleen dat je me daarna losmaakt. Dat je me losmaakt en me laat gaan.*'

Op geen enkele manier gaf de gedaante antwoord. Hij stond daar alleen maar binnen zijn onwerkelijke strootjes maanlicht en schaduw naar haar te grijnzen. Terwijl de seconden voorbij gingen (*twaalf-twaalf-twaalf*, zei de klok op de ladenkast, alsof hij scheen te suggereren dat het hele begrip van het verstrijken van tijd een illusie was, dat de tijd in feite was bevroren), begon Jessie te denken dat ze het vanaf het begin juist had gehad, dat er echt helemaal niemand hier bij haar was. Ze was zich gaan voelen als een windvaan in de greep van die grillige, tegenstrijdige windvlagen die soms bliezen net voor een ernstige onweersbui of tornado.

Jouw vader kan niet terugkeren van de doden, zei Moedertje Burlingame met een stem die probeerde ferm te klinken maar ellendig faalde. Toch bedankte Jessie haar voor haar inspanning. Wat er ook gebeurde, Moedertje bleef ermee te maken hebben en bleef het proberen. *Dit is geen griezelfilm of een aflevering van* Twilight Zone, *Jess, dit is het echte leven.*

Maar een ander deel van haar – een deel dat misschien het tehuis was van die paar stemmen binnenin die de *echte* UFO's waren, niet alleen maar de aftappingen die haar onderbewuste in haar bewuste geest had geplaatst op enigerlei moment – bleef volhouden dat daar een donkerder waarheid lag, iets wat achter de hakken van de logica hing als een irrationele (en misschien bovennatuurlijke) schaduw. Die stem bleef volhouden dat dingen *veranderden* in het donker. Dingen veranderden *vooral* in het donker, zei het, als een persoon alleen was. Als dat gebeurde vielen de sloten van de kooi die de verbeelding opgesloten hield, en alles – alle *dingen* – konden ontketend raken.

Het kan *je pappa zijn*, fluisterde dit in wezen vreemde deel van haar en met een rilling van angst herkende Jessie hem als een mengeling van de stem van krankzinnigheid en rede te zamen. *Het* is *mogelijk, twijfel er nooit aan. Overdag zijn mensen bijna altijd veilig voor spoken en geesten en de levende doden, en gewoonlijk zijn ze er veilig voor 's nachts als ze met anderen zijn, maar als iemand alleen is in het donker, is alles mogelijk. Mannen en vrouwen alleen in het donker, zijn als open deu-*

ren, Jessie, en als ze om hulp roepen of schreeuwen, wie weet welke afschrikwekkende dingen kunnen antwoorden? Wie weet wat sommige mannen en vrouwen hebben gezien in het uur van hun eenzame dood? Is het zo moeilijk te geloven dat sommigen van hen gestorven zijn van angst, ongeacht wat de woorden zeggen die op de overlijdensakte staan?

'Ik geloof het niet,' zei ze met een verstikte, trillende stem. Ze sprak harder, strevend naar een fermheid die ze niet voelde. 'Jij bent mijn vader niet! Ik denk niet dat je *iemand* bent! Ik denk dat je alleen maar bestaat uit maanlicht!'

Als in een antwoord boog de gedaante zich naar voren in een soort van spottende buiging en een ogenblik gleed zijn gezicht – het gezicht dat te echt leek om te betwijfelen – uit de schaduwen. Jessie uitte een verroeste gil toen de bleke stralen die door het daklicht binnenvielen zijn trekken schilderden met smakeloos kermisverguldsel. Het was haar vader niet. Vergeleken met het boze en de krankzinnigheid die ze zag in het gezicht van haar bezoeker, zou ze haar vader verwelkomd hebben, zelfs na twaalf jaar in een koude kist. Rood omrande, afschuwelijk vonkende ogen keken naar haar vanuit diepe oogkassen gebed in rimpels. De lippen vertrokken naar boven in een droge grijns, toonden verkleurde kiezen en puntige snijtanden die bijna net zo lang leken als de hoektanden van de hond.

Een van zijn witte handen tilde het object op dat ze half had gezien en half had gevoeld bij zijn voeten in de duisternis. Eerst dacht ze dat het Geralds diplomatenkoffer had gepakt uit het kamertje dat hij hier gebruikte als werkkamer, maar toen het wezen het doosvormige ding in het licht tilde, zag ze dat het heel wat groter was dan Geralds diplomatenkoffer en veel ouder. Het zag eruit als het soort van ouderwetse monsterkoffer die handelsreizigers ooit bij zich hadden.

'Alsjeblieft,' fluisterde ze met een krachteloos, piepend stemmetje. 'Wie je ook bent, doe me alsjeblieft geen pijn. Je hoeft me niet los te maken, als je dat niet wilt, dat is goed, maar doe me alsjeblieft geen pijn.'

Zijn grijns groeide en ze zag kleine twinkelingen achter in zijn mond – haar bezoeker had duidelijk gouden kiezen of gouden vullingen daar, net als Gerald. Hij scheen geluidloos te lachen, alsof haar verschrikking hem bevredigde. Toen maakten zijn lange vingers de sloten van de koffer los

(ik droom echt, *denk ik, het* voelt *nu als een droom, o, god zij dank)*
en hield hem voor haar open. De koffer zat vol botten en sieraden. Ze zag vingerbotjes en ringen en tanden en armbanden en ellepijpen en hangers; ze zag een diamant die groot genoeg was om een rinoceros te

laten stikken, en die melkachtige trapeziums van maanlicht deed glinsteren vanbinnen uit de starre, tere krommingen van de ribbenkast van een kind. Ze zag die dingen en wilde dat zij een droom waren, ja, *wilde* dat, maar als het zo was, was het geen droom zoals ze ooit eerder had gehad. Het was de *situatie* – geboeid aan het bed terwijl een half zichtbare maniak zwijgend pronkte met zijn schatten – die droomachtig was. Het gevoel echter...
Het gevoel was werkelijkheid. Daar viel niet omheen te komen. *Het gevoel was werkelijkheid.*
Het ding dat in de hoek stond hield de open koffer naar haar toe zodat ze hem kon inspecteren, terwijl een hand de bodem steunde. Hij begroef zijn andere hand in de warreling van botten en sieraden en roerde ermee, waarbij hij een duister geklik en geritsel veroorzaakte dat klonk als castagnetten met aangekoekt vuil. Hij staarde naar haar terwijl hij dit deed, terwijl de ergens ongevormde trekken van zijn vreemde gelaat geamuseerd naar boven plooiden, zijn mond gaapte in die stomme grijns, en zijn afhangende schouders op en neer gingen in stille lachstuipen.
Nee! gilde Jessie, maar geen geluid kwam naar buiten.
(Plotseling voelde ze iemand – meest waarschijnlijk Moedertje, en jongen, wat had ze ooit de moed van *die* dame onderschat – rennen voor de schakelaars die de stroomonderbrekers in haar hoofd regelden. Moedertje had gezien dat kringeltjes rook naar buiten begonnen te komen door de kieren in de gesloten deuren van die panelen en had begrepen wat die betekenden en deed een laatste, wanhopige poging de machinerie stil te zetten voor de motors oververhit raakten en de lagers vastliepen.
De grijnzende figuur aan de andere kant van de kamer greep dieper in de koffer en hield een handvol botten en goud voor Jessie op in het maanlicht.
Er volgde een ondraaglijke witte flits in haar hoofd en toen gingen de lichten uit. Ze viel niet mooi flauw als de heldin in een zwierig toneelstuk, maar ze werd wreed naar achteren gerukt als een veroordeelde moordenaar die zat vastgegespt in de stoel en die net zijn eerste stroomstoot had gekregen. Hoe dan ook, het was een eind van de verschrikking en voorlopig was dat voldoende. Jessie Burlingame ging de duisternis binnen zonder een morrend protest.

14

Enige tijd later kwam ze met moeite weer bij kennis. Ze was zich maar van twee dingen bewust: de maan was verder gedraaid naar het raam op het westen, en ze was verschrikkelijk bang... voor iets wat ze eerst niet wist. Toen wist ze het: pappa was hier geweest, was hier misschien nog steeds. Het wezen had niet op hem geleken, dat was waar, maar dat was alleen maar omdat pappa zijn zonsverduisteringsgezicht op had gehad.
Jessie worstelde zich overeind, waarbij ze zo hard duwde met haar voeten dat ze de beddesprei onder haar naar beneden schoof. Maar ze was niet in staat veel te doen met haar armen; de kriebelende spelden en naalden waren weggeslopen toen ze bewusteloos was en ze hadden niet veel meer gevoel dan een stel stoelpoten. Ze staarde met wijd open ogen, zilver van de maan, naar de hoek naast de ladenkast. De wind was gaan liggen en de schaduwen waren, in ieder geval voorlopig, rustig. Er was niets in de hoek. Haar donkere bezoeker was weg.
Misschien niet, Jess - misschien is hij alleen maar ergens anders gaan zitten. Misschien verbergt hij zich onder het bed, wat vind je daarvan? Als dat zo is, zou hij elk moment een hand naar boven kunnen uitsteken en hem op je heup leggen.
De wind roerde – slechts een bries, geen vlaag – en de achterdeur sloeg zachtjes. Dat waren de enige geluiden. De hond was stil gevallen en dit, meer dan iets anders, overtuigde haar ervan dat de vreemdeling weg was. Ze had het huis voor zich alleen.
Jessies blik viel op de grote donkere bobbel op de vloer.
Herstel, dacht ze. *Daar heb je Gerald. Kan hem niet vergeten.*
Ze liet haar hoofd weer zakken en sloot haar ogen, zich bewust van een gestaag zacht kloppen in haar keel, terwijl ze die puls niet voldoende wilde wekken om hem te veranderen in wat die werkelijk was: dorst. Ze wist niet of ze van zwarte bewusteloosheid naar gewone slaap zou kunnen gaan of niet, maar ze wist dat ze dat wilde. En meer dan wat ook –

behalve misschien dat iemand hierheen kwam rijden om haar te redden – wilde ze slapen.
Er was hier niemand, Jessie – je weet dat, hè? Het was absurditeit aller absurditeiten, de stem van Ruth. De stoer pratende Ruth, wier uitgesproken motto, gejat van een lied van Nancy Sinatra, was 'Een dezer dagen wordt je door die laarzen onder de voet gelopen'. Ruth, die door de gestalte in het maanlicht was gereduceerd tot een lillende drilpudding.
Ga je gang, schatje, zei Ruth. *Steek maar net zoveel de draak met me als je wilt – misschien verdien ik het zelfs – maar neem jezelf niet in de maling. Er was hier niemand. Jouw verbeelding heeft een kleine diaprojectie gegeven. Dat is alles. Dat was alles wat er was.*
Je hebt het mis, Ruth, antwoordde Moedertje rustig. *Er was hier echt iemand en Jessie en ik weten allebei wie het was. Het zag er niet bepaald uit als pappa, maar dat was alleen maar omdat hij zijn zonsverduisteringgezicht op had. Maar het gezicht was niet het belangrijkste deel, of hoe lang hij leek – misschien had hij laarzen aan met speciale, hoge hakken, of misschien droeg hij schoenen met liften erin. Voor mijn part stond hij op stelten.*
Stelten! gilde Ruth verbouwereerd. *O, lieve god, nu heb ik àààlles gehoord. Helemaal daargelaten dat de man stierf voordat de smoking die hij voor Reagans inauguratie nodig had van de stomerij terugkwam. Tom Mahout was zo onhandig dat hij al een verzekering kon gebruiken voor het afdalen van een trap. Stelten? O schat, je* moet *me in de maling nemen!*
Dat van die stelten doet er niet toe, zei Moedertje met een soort van serene koppigheid. *Hij was het. Ik zou die geur overal herkend hebben – die zware, bloedwarme geur. Niet de geur van oesters of munten. Zelfs niet de geur van bloed. De geur van...*
De gedachte brak af en dreef weg.
Jessie sliep.

15

Ze bleef op de middag van 20 juli 1963 om twee redenen uiteindelijk alleen met haar vader achter op Sunset Trails. De een was een dekmantel voor de ander. De dekmantel was haar bewering dat ze nog steeds een beetje bang was voor mevrouw Gilette, ook al was het minstens vijf jaar (en waarschijnlijk eerder zes) geleden sinds het incident van het koekje en de hand die sloeg. De echte reden was eenvoudig en ongecompliceerd: ze wilde samen met haar pappa zijn op zo'n speciale, eens-in-je-leven gebeurtenis.
Haar moeder had zoiets wel vermoed, en zo als een schaakstuk te worden rondgeschoven door haar echtgenoot en haar tien jaar oude dochter had ze niet leuk gevonden, maar toen was de zaak praktisch een *fait accompli*. Jessie was eerst naar haar pappa gegaan. Het duurde nog vier maanden voor ze elf werd, maar daarom was ze nog geen dwaas. Wat Sally Mahout vermoedde was waar: Jessie had een bewuste, nauwgezet uitgedachte campagne gevoerd die haar zou toestaan de dag van de zonsverduistering met haar vader door te brengen. Veel later zou Jessie denken dat dit nog een andere reden was om haar mond te houden over wat er op die dag gebeurde. Misschien had je van die mensen – haar moeder, bijvoorbeeld – die zouden zeggen dat ze geen recht op klagen had, dat ze feitelijk had gekregen wat ze verdiende.
Op de dag voor de zonsverduistering trof Jessie haar vader op de veranda buiten zijn werkkamer aan, lezend in een paperback-editie van *Profiles in Courage*, terwijl zijn vrouw, zoon en oudste dochter lachten en zwommen in het meer beneden. Hij glimlachte tegen haar toen ze in de stoel naast hem ging zitten, en Jessie glimlachte terug. Ze had haar mond voor dit onderhoud bijgewerkt met lippenstift – Peppermint Yum-Yum in feite, een verjaarscadeautje van Maddy. Jessie had hem niet leuk gevonden toen ze hem voor het eerst uitprobeerde – ze vond het een kleuterkleur en dat het naar Pepsodent smaakte – maar pappa had gezegd dat hij het leuk vond en er het waardevolste van haar paar cosmeti-

sche bezittingen van gemaakt, iets wat je koesterde en alleen maar gebruikte op speciale gelegenheden zoals deze.

Hij luisterde aandachtig en bereidwillig terwijl ze sprak, maar hij deed geen bijzondere poging de glimp van geamuseerde scepsis in zijn ogen te verbergen. *Wil je me* echt *vertellen dat je nog steeds bang bent voor Adrienne Gilette?* vroeg hij toen ze klaar was met het samenvatten van het vaak vertelde verhaal over hoe mevrouw Gilette haar op haar hand had geslagen toen zij die uitstak voor het laatste koekje op de schaal. *Dat moet toen geweest zijn in... Ik weet het niet, maar ik werkte nog voor Dunninger, dus het moet voor 1959 zijn geweest. En jij wordt er al die jaren daarna nog steeds door achtervolgd? Dat is heel Freudiaans, schat.*

Nou-ou... weet je... gewoon een beetje. Ze sperde haar ogen open, terwijl ze probeerde het idee over te brengen dat ze een beetje *zei* maar heel erg *bedoelde.* In werkelijkheid wist ze niet of ze nog steeds bang was voor die Jakkie Bah Adem of niet, maar ze wist *wel* dat ze mevrouw Gilette een vervelende oude blauwharige teut vond, en ze was niet van plan de enige volledige zonsverduistering die ze waarschijnlijk ooit in haar hele leven zou zien in haar gezelschap door te brengen als ze het zo kon regelen dat ze die kon zien met haar pappa, van wie ze meer hield dan in woorden was uit te drukken.

Ze taxeerde zijn scepsis en concludeerde opgelucht dat die vriendelijk was bedoeld, misschien zelfs samenzweerderig. Ze glimlachte en voegde eraan toe: *Maar ik wil ook bij jou zijn.*

Hij bracht haar hand naar zijn mond en kuste haar vingers als een Franse monsieur. Hij had zich die dag niet geschoren – dat deed hij vaak niet als hij op vakantie was – en het ruwe schrapen van zijn baard stuurde een plezierige huivering van kippevel over haar armen en rug.

Comme tu est douce, zei hij. *Ma jolie mademoiselle. Je t'aime.*

Ze giechelde, hoewel ze zijn onhandige Frans niet verstond, maar ze was er plotseling zeker van dat alles zou verlopen zoals zij had gehoopt.

Het zou leuk zijn, zei ze gelukkig. *Gewoon wij met z'n tweetjes. Ik kan vroeg avondeten maken en dan kunnen we het hier op de veranda eten.*

Hij grinnikte. *Eclips Burgers* à deux?

Ze lachte, terwijl ze knikte en opgetogen in haar handen klapte.

Toen had hij iets gezegd dat haar zelfs toen een beetje vreemd voorkwam, omdat hij niet een man was die veel om kleren en mode gaf. *Je zou je mooie nieuwe zonnejurk kunnen aantrekken.*

Als je dat wilt, zeker, zei ze, hoewel ze in gedachten al een notitie had gemaakt haar moeder te vragen om te proberen de zonnejurk te ruilen. Hij *was* zeker mooi – dat wil zeggen, als je geen last had van rode en gele strepen, die zo helder waren dat ze op je af gegierd kwamen – maar hij was ook te klein en te strak. Haar moeder had hem bij Sears besteld, min of meer met de natte vinger, en ze had een maat groter ingevuld dan die Jessie een jaar eerder had gepast. Maar in een aantal opzichten was ze wat meer gegroeid. Maar, als pappa hem leuk vond... en als hij aan haar kant kwam staan voor die zonsverduistering en zo en haar hielp doordouwen...

Hij *kwam* aan haar kant en douwde als Hercules zelve. Hij begon die avond, door na het eten (en twee of drie van die losmakende glazen *vin rouge*) zijn vrouw voor te stellen dat Jessie verexcuseerd moest worden voor het 'zonsverduisteringstripje' van morgen naar de top van Mount Washington. De meeste van hun zomerburen gingen; meteen na Memorial Day waren ze begonnen met informele bijeenkomsten over hoe ze het komende zonnegebeuren zouden gadeslaan (voor Jessie waren die bijeenkomsten niets anders dan doodgewone zomerse cocktailparties) en ze hadden zichzelf zelfs een naam gegeven – De Zonaanbidders van Dark Score. De Zonaanbidders hadden voor de gelegenheid een van de minibussen van de school van het district gehuurd en waren van plan naar de top van de hoogste berg van New Hampshire te reizen met lunchdozen, polaroid zonnebrillen, speciaal gemaakte reflectiedozen, camera's met speciale filters... en champagne natuurlijk. Een hele, heleboel champagne. Voor Jessies moeder en oudere zuster was dit allemaal het summum van frivole, wereldse pret geweest. Voor Jessie was het het summum van verveling geweest... en dat was voor je Jakkie Bah aan de vergelijking toevoegde.

Op de avond van de negentiende was ze na het avondeten naar de veranda gegaan, onder het voorwendsel twintig of dertig pagina's van *Out of the Silent Planet* van Mr. C.S. Lewis te lezen voor de zon onderging. Haar werkelijke bedoeling was heel wat minder intellectueel, ze wilde luisteren als haar vader zijn – *hun* – verkooppraatje afstak en hem stilletjes aanmoedigen. Zij en Maddy wisten al jaren dat de combinatie woonkamer-eetkamer van het zomerhuis vreemde akoestische eigenschappen had, waarschijnlijk veroorzaakt door zijn hoge, erg schuine plafond. Jessie had het idee dat zelfs Will wist hoe het geluid van daar naar hier, tot op de veranda, droeg. Alleen hun ouders schenen zich er niet van bewust dat de kamer net zo goed afluisterapparatuur had kunnen bevatten, en dat de meeste belangrijke beslissingen die zij in die kamer namen, terwijl ze van hun cognac of koffie na het eten nipten, al lang bekend waren (in ieder geval aan hun dochters) voor de marsorders door het hoofdkwartier werden uitgevaardigd.

Jessie merkte dat ze de roman van Lewis ondersteboven hield en haastte zich om die situatie recht te zetten, voordat Maddy toevallig langskwam en haar een grote, stille proestlach toewierp. Ze voelde zich een beetje schuldig over wat ze deed – het leek heel wat meer op spioneren dan op meeluisteren als je het goed bekeek – maar niet schuldig genoeg om ermee op te houden. En eigenlijk zag ze zichzelf nog steeds aan de juiste kant van de smalle morele streep staan. Hoe dan ook, ze had zich niet in de kast verborgen, ze zat hier buiten in het volle gezicht, badend in het heldere licht van de naar het westen draaiende zon. Ze zat hier buiten met haar boek, en vroeg zich af of er op Mars ook zonsverduisteringen waren en of daar Marsianen waren om ernaar te kijken. Als haar ouders dachten dat niemand kon horen wat zij zeiden alleen maar omdat ze daarbinnen aan de tafel zaten, was het dan *haar* fout? Moest zij nu naar binnen gaan om het hun te *vertellen?*

'Ik *denk* het niet, lieve,' fluisterde Jessie in haar meest verwaande Elisabeth Taylor *Kat op een heet zinken dak* stem en sloeg toen haar handen over een grote, maffe grijns. En ze gokte dat ze ook veilig was voor de tussenkomst van haar grote zus, in ieder geval voorlopig. Ze hoorde Maddy en Will beneden haar in de speelkelder goedmoedig aan het kibbelen over een potje Vlooienspel of Parcheesi of zoiets.

Ik geloof echt dat het geen kwaad *kan als ze morgen hier bij me blijft, denk je wel?* vroeg haar vader in zijn meest innemende, goed gehumeurde stem.

Nee, natuurlijk niet, antwoordde Jessies moeder, *maar het zal haar ook geen kwaad doen om deze zomer met de rest van ons ergens naar toe te gaan. Ze is een* echte *vadersdochter geworden.*

Ze is vorige week met jou en Will naar het poppentheater in Bethel geweest. En vertelde je me eigenlijk niet dat zij bij Will bleef – en zelfs een ijsje voor hem kocht van haar eigen zakgeld – terwijl jij naar die veilingschuur ging?

Dat was geen opoffering van onze Jessie, antwoordde Sally. Ze klonk bijna bars.

Wat bedoel je?

Ik bedoel dat zij naar het poppentheater ging omdat ze dat wilde en ze paste op Will omdat ze dat wilde. Barsheid had plaatsgemaakt voor een bekendere toon: ergernis. *Hoe kun je nou begrijpen wat ik bedoel?* vroeg de toon. *Hoe zou je dat als man nou* eigenlijk *kunnen?*

Dit was een toon die Jessie de afgelopen paar jaar steeds vaker in de stem van haar moeder had gehoord. Ze wist dat dat voor een deel kwam omdat zij zelf meer hoorde en zag naarmate ze opgroeide, maar ze was er behoorlijk zeker van dat het ook kwam omdat haar moeder die toon vaker *gebruikte* dan ze vroeger had gedaan. Jessie kon niet begrijpen waarom het soort logica van haar vader haar moeder altijd zo kwaad maakte.

Ineens is het feit dat ze iets deed omdat ze het wilde, reden voor be-

zorgdheid? vroeg Tom nu. *Misschien zelfs een punt in haar nadeel? Wat doen we als ze sociaal bewustzijn ontwikkelt naast familiebesef? Stoppen we haar in een tehuis voor onhandelbare meisjes?*
Doe niet zo neerbuigend, Tom. Je weet heel goed wat ik bedoel.
Nee. Ditmaal kan ik je echt niet volgen, m'n liefje. Dit schijnt onze zomervakantie te zijn, weet je nog? En ik heb altijd zo'n beetje het idee gehad dat als mensen op vakantie zijn, ze die dingen doen die ze willen doen en bij die mensen zijn bij wie ze willen zijn. Ik dacht eigenlijk dat dat het hele idee was.
Jessie glimlachte, terwijl ze wist dat het op het schreeuwen na gebeurd was. Als de zonsverduistering morgenmiddag begon, zou ze hier met haar pappa zijn in plaats van op de top van de Mount Washington met Jakkie Bah en de rest van de Zonaanbidders van Dark Score. Haar vader was als een schaakgrootmeester van wereldklasse die een getalenteerde amateur goed partij had laten geven en hem nu afmaakte.
Jij zou ook mee kunnen gaan, Tom – Jessie zou meegaan als jij het deed.
Dat was een linke. Jessie hield haar adem in.
Kan niet, schat – ik verwacht een telefoontje van David Adams over de aandelen van Brookings Pharmaceuticals. Heel belangrijk... ook heel link. In dit stadium is handel in Brookings net zoiets als handel in buskruit. Maar laat ik het eerlijk zeggen: zelfs als ik kon, weet ik niet zeker of ik het zou doen. Ik ben niet zo gek op die Gilette-tante, maar ik kan haar hebben. Die lul Sleefort aan de andere kant...
Toe nou, Tom.
Maak je geen zorgen – Maddy en Will zijn beneden en Jessie is ver weg op de veranda voor... zie je haar?
Op dat moment wist Jessie plotseling zeker dat haar vader *precies* wist hoe het met de akoestiek van de woon-eetkamer stond, hij wist dat zijn dochter elk woord van deze discussie hoorde. *Wilde* dat ze elk woord hoorde. Een warme kleine huivering gleed langs haar rug naar boven en langs haar benen naar beneden.
Ik had het kunnen weten. Altijd komt het weer neer op Dick Sleefort!
Haar moeder scheen op een boze manier geamuseerd te zijn, een combinatie die Jessies hoofd deed tollen. Het kwam haar voor dat alleen volwassenen op zo'n maffe manier hun emoties konden combineren – als gevoelens eten waren, zouden volwassen gevoelens zoiets zijn als biefstuk met chocolade, aardappelpuree met stukjes ananas, Corn Flakes bestrooid met chilipeper in plaats van suiker. Jessie dacht, en niet voor de eerste keer, dat volwassen zijn meer leek op een straf dan op een beloning.
Dit is echt irritant, Tom – die man probeerde me zes jaar geleden te ver-

sieren. *Hij was dronken. Toen, in die tijd, was hij altijd dronken, maar hij is zich aan het beteren. Polly Bergeron vertelde me dat hij naar de* A.A. *gaat en...*
Geweldig, zei haar vader droogjes. *Sturen we hem een kaartje met beterschap erop of een medaille van verdienste, Sally?*
Doe niet zo belachelijk. Je hebt die man bijna een gebroken neus bezorgd...
Ja, zeker. Als je de keuken binnenkomt om een nieuw drankje in te schenken en daar de dronkelap van een paar huizen verderop aantreft met een hand op het achterste van zijn vrouw en de andere in de voorkant van...
Laat maar zitten, zei ze stijfjes, maar Jessie meende dat om de een of andere reden haar moeder bijna *tevreden* klonk. Het werd steeds vreemder. *Het punt is, het wordt tijd dat je ontdekt dat Dick Sleeford niet zo'n duivel uit de hel is en het wordt tijd dat Jessie ontdekt dat Adrienne Gilette gewoon een eenzame oude vrouw is die voor de grap haar een keer een klap op haar hand gaf tijdens een tuinfeestje. Ga nu alsjeblieft niet uit je bol, Tom. Ik beweer niet dat het een goede grap was. Ik zeg alleen maar dat Adrienne dat niet wist. Er was geen boze opzet.*
Jessie keek naar beneden en zag dat haar paperback bijna dubbelgevouwen in haar rechterhand zat. Hoe was het mogelijk dat haar moeder, een vrouw die *cum laude* was geslaagd (wat dat ook betekende) op Vassar, zo stom was? Voor Jessie leek het antwoord duidelijk genoeg: dat kon ook niet. Of ze wist beter of ze weigerde de waarheid te zien, en je kwam op dezelfde conclusie uit ongeacht welk antwoord je als beste koos. Eenmaal gedwongen te kiezen tussen het geloven van de lelijke oude vrouw die in de zomer verderop in de straat woonde en haar eigen dochter, had Sally Mahout voor Jakkie Bah gekozen. Mooie boel, eh?
Als ik een vadersdochter ben, dan is het daarom. Daarom en door al die andere dingen die ze zegt. Daarom. Maar ik zou het haar nooit kunnen zeggen en ze zal het zelf nooit inzien. Nooit in geen honderdduizend jaar.
Jessie dwong zichzelf haar greep op de paperback te ontspannen. Mevrouw Gilette had het *wel* zo bedoeld, er *was* wel boze opzet geweest, maar desondanks was het vermoeden van haar vader dat ze niet langer bang was voor die ouwe tang waarschijnlijk eerder goed dan fout. Ook zou ze haar zin krijgen over bij haar vader blijven, dus niets van haar moeders gee-ee-el-uu-el deed er echt toe, wel? Ze zou hier zijn met haar vader, ze zou niet te maken hoeven hebben met ouwe Jakkie Bah en al het leuks zou gebeuren omdat...
'Omdat hij het voor me opneemt,' mompelde ze.
Ja, daar ging het om. Haar vader nam het *voor* haar op en haar moeder nam het haar *kwalijk*.

Jessie zag de avondster zacht glinsteren in de donker wordende hemel en besefte plotseling dat ze bijna drie kwartier op de veranda naar hen zat te luisteren, terwijl ze om het onderwerp zonsverduistering heen draaiden – en om het onderwerp *Jessie*. Ze ontdekte die avond een klein maar interessant feit: de tijd gaat het snelst als je gesprekken afluistert die over jou gaan.

Bijna zonder erbij na te denken, bracht ze haar hand omhoog en vouwde die tot een koker, waarmee ze de ster ving, terwijl ze tegelijkertijd de oude formule opstuurde: Ik wou, ik wou... *Haar* wens, al behoorlijk onderweg om vervuld te worden, was dat haar werd toegestaan hier morgen bij haar pappa te blijven. Ondanks alles bij hem te blijven. Gewoon twee mensen die wisten hoe ze voor elkaar op moesten komen, die op de veranda zaten en Eclips Burgers *à deux* aten... eerder als een oud getrouwd stel dan als vader en dochter.

Wat Dick Sleefort betreft, hij heeft me later zijn excuses aangeboden, Tom. Ik weet niet of ik dat ooit heb verteld of niet...

Dat heb je gedaan, maar ik kan me niet herinneren dat hij ooit zijn excuses aan mij *heeft aangeboden.*

Hij was waarschijnlijk bang dat je hem een knal voor z'n kop zou geven, of dat in ieder geval zou proberen, antwoordde Sally, terwijl haar stem weer die toon had die Jessie zo vreemd vond – het scheen een ongemakkelijke mengeling te zijn van blijheid, geamuseerdheid en boosheid. Jessie vroeg zich even af of het wel mogelijk was zo te klinken en toch volledig bij zinnen te zijn en toen zette ze die gedachte snel en volledig van zich af. *Ook wil ik nog een ding zeggen over Adrienne Gilette voor we het onderwerp helemaal laten rusten...*

Ga je gang.

Ze vertelde me – dit was in 1959, twee hele zomers daarna – dat ze dat jaar in de overgang was. Ze noemde nooit specifiek Jessie en dat geval met dat koekje, maar ik denk dat ze probeerde zich te verontschuldigen.

O. Het was haar vaders koelste en meest pleitende 'O'. *En heeft een van jullie dames eraan gedacht die informatie door te geven aan Jessie... en haar uit te leggen wat dat inhield?*

Stilte van haar moeder. Jessie die nog steeds maar het vaagste besef had van wat 'in de overgang zijn' betekende, keek naar beneden en zag dat ze het boek weer zo stevig had vastgegrepen dat het dubbelboog en weer dwong ze zichzelf haar handen te ontspannen.

Of verontschuldigingen aan te bieden? Zijn toon was vriendelijk... liefdevol... dodelijk.

Hou op met dat kruisverhoor! barstte Sally los na weer een lange, nadenkende stilte. *Dit is je huis, niet Deel Twee van Superior Court, voor het geval je het niet gemerkt hebt!*

Jij bent erover begonnen, niet ik, zei hij. *Ik vroeg gewoon...*
O, ik word zo moe van de manier waarop je alles verdraait, zei Sally. Jessie wist van de toon van haar stem dat ze of huilde of op het punt stond van. Voor zover ze zich kon herinneren, was dit de eerste keer dat het geluid van haar moeders tranen geen sympathie in haar eigen hart opwekte, geen aandrang toe te snellen en te troosten (waarschijnlijk zelf daarbij in tranen uitbarstend). In plaats daarvan voelde ze een vreemde, gevoelloze tevredenheid.
Sally, je bent van streek. Waarom gaan we niet gewoon...
Dat haalt je de godvergeten koekoek. Ruzie met mijn man brengt dat met zich mee. Raar, hè? Vind je dat niet het raarste wat je ooit hebt gehoord? En weet je waar we ruzie over hebben? Ik zal je een hint geven, Tom – het is niet Adrienne Gilette en het is niet Dick Sleefort en het is niet de zonsverduistering morgen. We hebben ruzie over Jessie, *over onze dochter, wat moet je nou?*
Ze lachte door haar tranen heen. Er klonk een droog sissend geluid toen ze een lucifer aanstreek en een sigaret opstak.
Zeggen ze niet dat het altijd het piepende wiel is dat al het vet krijgt? En dan hebben we het over onze Jessie, toch? Het piepende wiel. Nooit echt tevreden met de regelingen tot ze de kans krijgt wat laatste verbeteringen aan te brengen. Nooit helemaal tevreden met de plannen van iemand anders. Nooit in staat dingen gewoon te laten gebeuren.
Jessie was ontsteld iets in de stem van haar moeder te horen dat heel dicht bij haat kwam.
Sally...
Laat maar zitten, Tom. Ze wil hier bij jou blijven? Mooi. Ze zou toch geen prettig gezelschap zijn. Ze zou alleen maar ruzie maken met haar zuster en janken omdat ze op Will zal moeten letten. Met andere woorden, ze zou alleen maar piepen.
Sally, Jessie jankt bijna nooit en ze is heel goed met...
O, jij maakt haar niet mee, huilde Sally Mahout en de wrok in haar stem deed Jessie ineenkrimpen in haar stoel. *Ik zweer bij God, soms gedraag je je alsof ze je vriendin was in plaats van je dochter!*
Deze keer kwam de lange stilte van haar vader, en toen hij sprak, klonk zijn stem zacht en koud. *Dat is smerig, achterbaks en oneerlijk,* antwoordde hij ten slotte.
Jessie zat op de veranda, terwijl ze naar de avondster keek en wanhoop voelde overgaan in ontzetting. Ze voelde een plotselinge aandrang om haar hand dicht te vouwen en de ster weer te vangen – ditmaal om alles weg te wensen, te beginnen met haar verzoek aan haar vader dat hij het zo zou regelen dat ze morgen met hem op Sunset Trails zou kunnen blijven.

Dan het geluid van haar moeders stoel die naar achteren werd geschoven. *Neem me niet kwalijk*, zei Sally en hoewel ze nog steeds kwaad klonk, meende Jessie dat ze nu ook een beetje bang klonk. *Hou haar morgen als je dat wilt! Mooi! Goed! Je mag haar hebben!*
Dan het geluid van haar hakken die snel wegtikten en een ogenblik later de *klik* van haar vaders Zippo toen hij zelf een sigaret opstak.
Op de veranda voelde Jessie warme tranen in haar ogen springen – tranen van schaamte, pijn en opluchting dat de ruzie was gestopt voordat het erger had kunnen worden... want had niet zij zowel als Maddy gemerkt dat de ruzies tussen hun ouders pas de laatste tijd zowel luider als verhitter waren geworden? Dat de verkoeling erna steeds langer duurde voordat er weer warmte was? Was het niet zo, dat zij...
Nee, onderbrak ze zichzelf voor de gedachte afgemaakt kon worden. *Nee, dat is niet zo. Dat is absoluut niet mogelijk, dus hou je mond.*
Misschien dat verandering van omgeving verandering van gedachte zou veroorzaken. Jessie kwam overeind, draafde de trap van de veranda af en liep toen langs het pad naar de oever van het meer. Daar ging ze zitten en gooide steentjes in het water tot haar vader een half uur later naar buiten kwam om haar te zoeken.
'Eclips Burgers voor twee op de veranda morgen,' zei hij en kuste haar in haar nek. Hij had zich geschoren en zijn kin was glad, maar die kleine, verrukkelijke rilling gleed desondanks langs haar rug. 'Het is allemaal geregeld.'
'Was ze boos?'
'Nee,' zei haar vader opgewekt. 'Zei dat het wat haar betrof om het even was, aangezien je van de week al je taken hebt gedaan en...'
Ze was haar eerdere gevoel dat hij heel wat meer over de akoestiek wist van de woon-eetkamer dan hij ooit liet blijken, vergeten, en de edelmoedigheid van zijn leugen raakte haar zo diep dat ze bijna in tranen uitbarstte. Ze draaide zich naar hem om, sloeg haar armen om zijn nek en bedekte zijn wangen en lippen met vurige kusjes. Zijn eerste reactie was verrassing. Zijn handen schoten naar achteren en even sloten ze om de kleine welvingen van haar borsten. Dat rillerige gevoel gleed weer door haar heen, maar deze keer was het veel sterker – bijna zo sterk dat het pijnlijk werd, als een schok – en daarmee, als het een of andere raar *déjà vu*, kwam het terugkerende gevoel van die vreemde tegenstrijdigheden van de volwassenheid: een wereld waarin je bramengehakt kon bestellen of eieren gebakken in citroensap wanneer je maar wilde... en waar sommige mensen het ook echt *deden*.
Toen gleden zijn handen helemaal om haar heen en werden ze veilig tegen haar schouderbladen gedrukt, terwijl hij haar warm tegen zich aantrok en als ze waren blijven staan waar ze geen moment langer

hadden moeten doen dan ze zouden hebben gedaan, dan merkte ze het nauwelijks op.
Ik hou van je, pappa.
Ik hou ook van jou, Hartje. Een heleboel veel.

16

De dag van de zonsverduistering begon warm en benauwd, maar relatief helder – de weersvoorspellingen die waarschuwden dat laaghangende bewolking het gebeuren aan het oog kon onttrekken, schenen ongegrond te zijn, in ieder geval in westelijk Maine.
Sally, Maddy en Will vertrokken om de bus van de Zonaanbidders van Dark Score van een uur of tien te halen (Sally gaf Jessie een stugge, stille, vluchtige zoen op de wang voor ze vertrok, en Jessie reageerde eender), terwijl Tom Mahout achterbleef met het meisje dat zijn vrouw de avond ervoor 'het piepende wiel' had genoemd.
Jessie kleedde zich om van haar korte broek en Camp Ossipee T-shirt in haar nieuwe zonnejurk, die zo mooi was (tenminste als je niet gevoelig was voor schreeuwend felrode en -gele strepen), maar te strak. Ze deed een vleugje My Sin parfum van Maddy op, een beetje Yodora deodorant van haar moeder en wat nieuwe Peppermint Yum-Yum lippenstift. En hoewel ze nooit iemand was geweest die voor de spiegel bleef hangen om zichzelf op te tutten (dat was de term van haar moeder, zoals in 'Maddy hou eens op met dat getut en kom hier!') nam ze de tijd haar haar die dag op te steken omdat haar vader haar eens had gecomplimenteerd met die speciale dracht.
Toen ze de laatste speld op zijn plaats had gestoken, stak ze haar hand uit naar het lichtknopje van de badkamer, en stopte toen. Het meisje dat terugkeek uit de spiegel leek helemaal niet op een meisje, maar op een tiener. Het was niet de manier waarop de zonnejurk de kleine zwellingen accentueerde die pas over een paar jaar echte borsten zouden zijn, en het was niet de lippenstift, en het was niet haar haar dat werd opgehouden in een onhandige haarwrong die vreemd genoeg bleef zitten; het waren al die dingen samen, een som groter dan zijn delen, omdat... wat? Ze wist het niet. Misschien dat de manier waarop ze haar haar had opgekamd de vorm van haar jukbeenderen accentueerde. Of de naakte ronding van haar hals, zoveel sexier dan de muggebeten op

haar borst en haar jongensachtige, heuploze figuur. Of misschien was het gewoon de blik in haar ogen – enige schittering die of verborgen was gebleven tot vandaag of er helemaal nooit was geweest.
Wat het ook was, het deed haar een ogenblik langer dralen, terwijl ze naar haar spiegelbeeld keek en plotseling haar moeder hoorde zeggen: *Ik zweer, bij God, soms gedraag je je alsof ze je vriendin was in plaats van je dochter!*
Ze beet op haar roze onderlip, haar voorhoofd iets gefronst, en ze dacht terug aan de avond ervoor – de huivering die door haar heen was gegaan toen hij haar aanraakte, het gevoel van zijn handen op haar borsten. Ze voelde hoe die huivering weer wilde komen en ze weigerde hem toe te laten. Het had geen zin te huiveren om stom gedoe dat je toch niet kon begrijpen. Of er zelfs maar aan te denken.
Goeie raad, dacht ze, en draaide het badkamerlicht uit.
Ze merkte dat ze steeds opgewondener raakte naarmate het twaalf uur was geweest en de middag voortschreed naar het moment van de zonsverduistering. Ze stemde de draagbare radio af op WNCH, het rock-and-rollstation van North Conway. Haar moeder verafschuwde NCH en na een half uur Del Shannon en Dee Dee Sharp en Gary 'U.S.' Bonds liet ze wie er op had afgestemd (gewoonlijk Jessie of Maddie, maar soms Will) overschakelen naar het klassieke radiostation dat uitzond van de top van Mount Washington. Maar haar vader scheen de muziek van tegenwoordig leuk te vinden, en knipte met zijn vingers en neuriede mee. Een keer, tijdens de versie van The Dupree's van 'You Belong to Me', nam hij Jessie even in zijn armen en danste met haar over de veranda. Jessie had de barbecue aan rond half vier, met nog een heel uur vóór de zonsverduistering, en ging haar vader vragen of hij twee hamburgers wilde of maar een.
Ze trof hem aan de zuidkant van het huis, onder de veranda waarop zij stond. Hij droeg slechts een korte katoenen broek (YALE PHYS ED stond er op een van de pijpen gedrukt) en een gewatteerde ovenwant. Hij had een bandana om zijn voorhoofd geknoopt om het zweet uit zijn ogen te houden. Hij stond gebukt over een klein, rokerig grasvuur. De combinatie van de korte gymbroek en de bandana schonk hem een vreemd, maar plezierig jeugdig uiterlijk. Voor het eerst in haar leven zag Jessie de man op wie haar moeder verliefd was geworden tijdens haar laatste zomer op de universiteit.
Een aantal vierkantjes glas – ruitjes die voorzichtig uit de verkruimelende stopverf van een oud schuurraam waren gesneden – lagen op een stapeltje naast hem. Hij hield er een in de rook die opsteeg van het vuur, waarbij hij de barbecuetang gebruikte om het glas om en om te draaien als een soort van vreemde kampeerlekkernij. Jessie barstte in lachen

uit – het was vooral de ovenwant die haar grappig voorkwam – en hij draaide zich om, ook grinnikend. De gedachte dat de hoek het voor hem mogelijk maakte onder haar jurk te kijken, schoot door haar gedachten, maar slechts vluchtig. Hij was hoe dan ook haar *vader*, niet de een of andere leuke jongen, zoals Duane Corson van de jachthaven.
Wat ben je aan het doen? giechelde ze. *Ik dacht dat we hamburgers voor de lunch hadden, geen broodjes glas.*
Eclips-kijkers, geen broodjes, Hartje, zei hij. *Als je twee of drie van deze op elkaar legt kun je als de zonsverduistering totaal is er de hele tijd naar kijken zonder je ogen te beschadigen. Je moet echt voorzichtig zijn, heb ik gelezen. Je kunt je netvlies verbranden zonder dat je het merkt.*
Gat! zei Jessie, wat huiverend. Het idee jezelf te branden zonder het te merken, trof haar als ongelooflijk gemeen. *Hoe lang blijft hij totaal, pappa?*
Niet lang. Een minuut of zo.
Nou, maak nog wat meer van die glazen watzullemezenoemen – ik wil mijn *ogen niet branden. Eén Eclips Burger of twee?*
Een is goed. Als het een grote is.
Oké.
Ze draaide zich om om weg te gaan.
Hartje?
Ze keek naar hem om, een kleine, stevige man met kleine zweetdruppels op zijn voorhoofd, een man met even weinig lichaamsbeharing als de man die ze later zou trouwen, maar zonder zowel Geralds dikke brilleglazen als zijn pens, en een ogenblik scheen het feit dat deze man haar vader was, het minst belangrijke aan hem. Weer werd ze getroffen door hoe knap hij was en hoe jong hij eruitzag. Terwijl ze keek, rolde een zweetdruppel langzaam langs zijn buik, spoorde net rechts van zijn navel en maakte een kleine donkere vlek op de elastieken band van zijn Yale-gymbroek. Ze keek weer naar zijn gezicht en was zich plotseling hevig bewust van zijn ogen, die op haar waren gericht. Zelfs vernauwd tegen de rook zoals nu, waren die ogen absoluut schitterend, het schitterend grijs van de dageraad op winters water. Jessie merkte dat ze moest slikken voor ze antwoord kon geven; ze had een droge keel. Mogelijk was het de scherpe rook van zijn grasvuur. Of mogelijk niet.
Ja, pappa?
Een lange tijd zei hij niets, bleef alleen maar naar haar kijken terwijl het zweet langzaam langs zijn wangen en voorhoofd, borst en buik naar beneden liep, en plotseling was Jessie bang. Toen lachte hij weer en was alles goed.
Je ziet er vandaag heel knap uit. Hartje. Eigenlijk, als je het niet te truttig vindt, zie je er prachtig uit.

Dank je – het klinkt helemaal niet truttig.
En dat was ook niet zo. Eigenlijk pleziërde zijn opmerking haar zo (vooral na de boze, kritiserende opmerkingen van haar moeder die avond ervoor, of misschien juist daardoor) dat in haar keel een brok ontstond en ze het gevoel had een ogenblik te moeten huilen. In plaats daarvan glimlachte ze en maakte een revérence in zijn richting en haastte zich toen terug naar de barbecue terwijl haar hart een gestage drumslag in haar borst sloeg. Een van de dingen die haar moeder had gezegd, het vreselijkste probeerde in haar geest op te komen
(je gedraagt je alsof zij je)
en Jessie sloeg het meedogenloos neer zoals ze een kwaadaardige wesp zou hebben verpletterd. Toch voelde ze zich gegrepen door een van die krankzinnige volwassen mengelingen van emoties – ijs en jus, gebraden kip gevuld met zuurballen – en scheen er niet geheel aan te kunnen ontsnappen. Evenmin was ze er zeker van of ze het zelfs wel *wilde*. In haar geest bleef ze die ene zweetdruppel zien die loom langs zijn buik naar beneden liep, en toen werd geabsorbeerd door het zachte katoen van zijn korte broek, waar hij die kleine donkere plek achterliet. Dat beeld scheen de voornaamste reden van de emotionele beroering te zijn. Ze bleef het maar zien en zien en zien. Het was krankzinnig.
Nou, en? Het was een krankzinnige dag, dat was alles. Zelfs de zon zou iets krankzinnigs gaan doen. Waarom zou ze het daar niet op houden? *Ja,* stemde de stem in die zich op een dag als Ruth Neary zou vermommen. *Waarom niet?*
De Eclips Burgers, versierd met gesauteerde champignons en zachte rode uien, waren ronduit fantastisch. *Die van je moeder, laatst, vallen er beslist bij in de verduistering,* zei haar vader tegen haar en Jessie giechelde opgewonden. Ze aten op de veranda voor Tom Mahouts werkkamer, terwijl ze metalen borden op hun schoten balanceerden. Een ronde verandatafel, bezaaid met kruiden, papieren borden en zonsverduisteringsspullen, stond tussen hen in. De observatie-uitrusting bevatte ook polaroid zonnebrillen, twee zelfgemaakte kartonnen reflectiedozen van het soort dat de rest van het gezin had meegenomen naar Mount Washington, beroete glaasjes en een stapel pannelappen uit de la naast het keukenfornuis. De ruitjes berookt glas waren niet warm meer, zei Tom tegen zijn dochter, maar hij was niet zo verschrikkelijk handig met de glassnijder en hij was bang dat er nog steeds hoekjes en scherpe punten aan de randen van sommige ruitjes konden zitten.
Het laatste wat ik kan gebruiken, zei hij tegen haar, is dat je moeder thuiskomt en een briefje vindt waarop staat dat ik je naar de eerste hulp-afdeling van het Oxford Hills Ziekenhuis heb gebracht zodat ze kunnen proberen een paar van je vingers weer aan te naaien.

Mam vond het niet zo'n goed idee, hè? zei Jessie.
Haar vader gaf haar een korte knuffel. *Nee,* zei hij, *maar ik wel. Ik vond het voor ons beiden een hartstikke goed idee.* En hij schonk haar een lach die zo opgewekt was, dat ze wel moest terug lachen.
Het waren de reflectiedozen die zij het eerst gebruikten toen de tijd van de eclips – 4.29 uur nm, EST (oostelijke standaard tijd) – naderde. De zon die in het centrum van Jessies reflectiedoos lag was niet groter dan een flessedop, maar hij was zo fel, dat ze een zonnebril van de tafel greep en hem opzette. Volgens haar Timex was de verduistering al begonnen – hij stond op half vijf aan.
Ik denk dat mijn horloge voorloopt, zei ze zenuwachtig. *Dat, of een zootje sterrenkundigen van de hele wereld staat voor schut.*
Kijk nog maar eens, zei Tom glimlachend.
Toen ze weer in de reflectiedoos keek, zag ze dat de heldere cirkel niet langer een *perfecte* cirkel was, aan de rechterkant zat nu een sikkelvormige deuk van duisternis. Er trok een koude rilling langs haar nek. Tom die naar haar was blijven kijken, in plaats van naar het beeld in zijn eigen reflectiedoos, zag het.
Hartje? Alles in orde?
Ja, maar... het is een beetje eng, vind je niet?
Ja, zei hij. Ze keek even naar hem en was diep opgelucht te zien dat hij het meende. Hij zag er bijna net zo bang uit als zij zich voelde, en dit versterkte alleen maar zijn innemende jongensachtigheid. Het idee dat ze misschien bang waren voor verschillende dingen kwam geen moment bij haar op. *Wil je op mijn schoot zitten, Jess?*
Mag dat?
Reken maar.
Ze schoof bij hem op schoot, terwijl ze haar eigen reflectiedoos in haar handen bleef houden. Ze schoof wat heen en weer om gemakkelijk tegen hem aan te gaan zitten, genietend van de geur van lichtelijk bezwete, zon verwarmde huid en een vleugje van de een of andere aftershave – Redwood, dacht ze dat het heette. De zonnejurk schoof omhoog over haar dijen (hij kon nauwelijks anders, zo kort was hij) en ze merkte het nauwelijks toen hij zijn hand op een van haar benen legde. Dit was immers haar vader – *pappa* – niet Duane Corson van de jachthaven, of Ritchie Ashlock, de jongen waar zij en haar vriendinnen op school zich om bekreunen en om giechelden.
De minuten gingen langzaam voorbij. Zo nu en dan ging ze verzitten in een poging het zich gemakkelijk te maken – zijn schoot scheen vanmiddag vreemd vol hoeken – en ergens moest zij drie of vier minuten ingedommeld zijn. Misschien was het wel langer, omdat de windvlaag die over de veranda streek en haar wakker maakte, verrassend koud was te-

gen haar bezwete armen, en ergens was de middag anders geworden. Kleuren die, voordat ze tegen zijn schouder leunde en haar ogen sloot, helder hadden geleken, waren nu bleke pastellen en ergens was het licht zelf zwakker geworden. Het was alsof, dacht ze, de dag door kaasdoek was gedreven. Ze keek in de reflectiedoos en was verbaasd – bijna verbijsterd in feite – te zien dat er nu nog maar een halve zon was. Ze keek op haar horloge en zag dat het negen over vijf was.
Het gebeurt, pappa. De zon dooft!
Ja, beaamde hij. Zijn stem klonk ietwat vreemd – nadrukkelijk en peinzend aan de oppervlakte, en op de een of andere manier vaag daaronder. *Precies volgens schema.*
Ietwat vaag merkte ze dat zijn hand hoger was gegleden – heel wat hoger eigenlijk – op haar been terwijl zij had liggen dommelen.
Kan ik al door het roetglas kijken, pap?
Nog niet, zei hij en zijn hand kroop nog wat hoger over haar dij. Hij was warm en zweterig, maar niet onplezierig. Ze legde haar eigen hand er overheen, draaide zich naar hem om en grinnikte.
Het is opwindend, hè?
Ja, zei hij op diezelfde vreemde, onduidelijke toon. *Ja, dat is zo, Hartje. Heel wat opwindender dan ik eigenlijk had gedacht.*
Meer tijd ging voorbij. In de reflectiedoos knabbelde de maan steeds meer zon af terwijl het vijf voor half zes werd, toen half zes. Bijna heel haar aandacht was nu gericht op het steeds kleiner wordende beeld in de reflectiedoos, maar een of ander vaag deel van haar werd zich weer eens bewust hoe vreemd hard zijn schoot vanmiddag was. Iets drukte tegen haar achterste. Het was niet pijnlijk, maar het was er voortdurend. Voor Jessie voelde het als de greep van het een of ander stuk gereedschap – een schroevedraaier, of misschien de kleine hamer van haar moeder.
Weer ging Jessie verzitten om een makkelijke plek op zijn schoot te vinden, en Tom zoog, snel sissend, lucht over zijn onderlip.
Pappa? Ben ik te zwaar? Heb ik je pijn gedaan?
Nee. Je zit goed.
Ze blikte op haar horloge. Vijf over half zes nu, vier minuten voor de totale verduistering, misschien iets meer als haar horloge voorliep.
Kan ik nu door het glas kijken?
Nog niet, Hartje. Maar heel gauw.
Ze hoorde Debbie Reynolds iets uit de donkere middeleeuwen zingen, dankzij WNCH: '*The old hooty-owl... hooty-hoos to the dove... Tammy... Tammy... Tammy's in love.*' Ten slotte verdronk het in een kleverige draaikolk van violen en het werd gevolgd door de disc jockey die hun vertelde dat het donker werd in Ski Town, U.S.A. (zo noemden de

deejays van WNCH North Conway bijna steevast), maar de lucht was te bewolkt boven de New Hampshire kant van de oever om werkelijk de eclips te zien. De deejay vertelde hun dat er een heleboel teleurgestelde mensen met zonnebrillen op de meent aan de overkant van de straat stonden.
Wij zijn geen teleurgestelde mensen, hè, pappa?
Helemaal niet, beaamde hij en verschoof weer onder haar. *Ik denk dat wij zo'n beetje de gelukkigste mensen van het universum zijn.*
Weer tuurde Jessie in de reflectiedoos, waarbij ze alles vergat behalve het kleine beeld waar ze nu naar kon kijken zonder haar ogen tot kleine spleetjes te knijpen achter de zwaar getinte Polaroid-zonnebril. De donkere boog rechts die het begin van de eclips had aangegeven was nu een blakerende sikkel van zonlicht geworden aan de linkerkant. Het was zo helder dat het bijna over het oppervlak van de reflectiedoos leek te drijven.
Kijk uit over het meer, Jessie!
Ze deed het en achter de zonnebril werden haar ogen groot. In haar verrukte bestudering van het krimpende beeld in de reflectiedoos, had ze gemist wat er rondom haar gebeurde. Pastellen waren nu vervaagd naar oude, waterige kleuren. Een voorbarige schemering, zowel betoverend als schrikaanjagend voor het tienjarig meisje gleed over Dark Score Lake. Ergens in het bos riep een oude bosuil zacht en Jessie voelde een plotselinge harde huivering door haar lichaam trekken. Op de radio eindigde een reclame van Aamco Transmission en begon Marvin Gaye te zingen: *'Oww, listen everybody, especially you girls, is it right to be left alone when the one you love is never home?'*
De uil riep nog eens in het bos noordelijk van hen. Het was een eng geluid, besefte Jessie plotseling – een *heel* eng geluid. Toen ze deze keer huiverde, liet Tom een arm om haar heen glijden. Jessie leunde dankbaar naar achteren tegen zijn borst.
Het is griezelig, pap.
Het zal niet zo lang duren, liefje, en waarschijnlijk zie je het nooit meer. Probeer niet bang te zijn en er van te genieten.
Ze keek in haar reflectiedoos. Er was niets te zien.
'I love too hard, my friends sometimes say...'
Pap? Pappa? Hij is weg. Mag ik...
Ja. Nu mag het. Maar als ik zeg dat je ermee op moet houden, hou je ermee op. Geen commentaar, begrepen?
Ze begreep het echt. Ze vond het idee van verbrand netvlies – verbrandingen waarvan je kennelijk pas wat merkte, als het te laat was om er nog iets aan te doen – heel wat enger dan de krassende uil in het bos. Maar ze zou *absoluut* minstens een keer kijken, nu het feitelijk hier was, feitelijk *gebeurde. Absoluut.*

'*But I believe,*' zong Marvin met de hartstocht van de bekeerling, '*Yes, I believe... that a woman should be loved that way...*'
Tom Mahout gaf haar een van de ovenwanten, dan een stapeltje van drie roetglaasjes. Hij ademde snel en Jessie had plotseling medelijden met hem. De verduistering had hem waarschijnlijk ook de rillingen bezorgd, maar natuurlijk was hij een volwassene en mocht hij er niet aan toegeven. In veel opzichten waren volwassenen trieste wezens. Ze dacht erover zich om te draaien om hem te troosten, besloot dan dat hij zich dan waarschijnlijk nog rotter zou voelen. Hij zou zich stom voelen. Jessie kon het zich voorstellen. Je stom voelen was het ergste wat er was. In plaats daarvan hield ze de roetglaasjes voor zich omhoog, tilde toen langzaam haar hoofd van de reflectiedoos en keek er doorheen.
'*Now you chicks should all agree,*' zong Marvin, '*this ain't the way it's s'posed to be, so lemme* hear *ye! Lemme hearya say* YEAH YEAH!'
Wat Jessie zag toen ze door de zelfgemaakte kijker keek...

17

Op dit punt realiseerde de Jessie die in het zomerhuis aan de noordelijke oever van Kashwakamak Lake met handboeien aan het bed vastzat, de Jessie die niet tien was maar negenendertig en bijna twaalf uur weduwe, zich plotseling twee dingen: dat ze sliep en dat ze niet zozeer *droomde* over de dag van de zonsverduistering als wel deze *herbeleefde*. Ze was een tijdje blijven denken dat het een droom *was*, alleen maar een droom, zoals haar droom over Wills verjaarspartijtje, waarvan de meeste gasten ofwel dood waren of mensen die ze feitelijk in jaren niet meer zou ontmoeten. Deze nieuwe film in haar geest had de surreële maar zinnige kwaliteit van de eerdere, maar dat was een onbetrouwbare maatstaf omdat de hele *dag* surreëel en droomachtig was geweest. Eerst de eclips, en dan haar vader...
Genoeg, besloot Jessie. *Genoeg. Ik stap eruit.*
Ze deed een krampachtige poging om uit de droom te komen of uit de herinnering of uit wat het ook was. Haar geestelijke inspanning vertaalde zich in een trekken van haar hele lichaam en de handboeien rinkelden gedempt terwijl ze woest van de ene naar de andere kant draaide. Bijna lukte het haar, een ogenblik was ze er bijna uit. En het *had* haar kunnen lukken, zou haar *zijn* gelukt, als ze zich niet op het laatste moment had bedacht. Wat haar tegenhield was een onuitgesproken maar overweldigende verschrikking van een gedaante – de een of andere wachtende gedaante, vergeleken waarmee wat er die dag op de veranda gebeurde wel eens onbeduidend kon lijken... dat wil zeggen, als ze hem onder ogen moest komen.
Maar misschien hoef ik dat niet. Nog niet.
En misschien was het niet alleen de neiging om zich te verschuilen in slaap – er kon ook nog iets anders zijn geweest. Dat deel van haar wezen dat de bedoeling had dit voor eens en voor altijd boven water te halen, koste wat kost.
Ze zonk terug op het kussen, ogen gesloten, de armen opgehouden en

als in een offer gespreid, haar gezicht bleek en vertrokken van inspanning.
'Vooral jullie meisjes,' fluisterde ze in de duisternis. 'Vooral jullie allemaal, meisjes.'
Ze zonk terug op het kussen en de dag van de zonsverduistering eiste haar weer op.

18

Wat Jessie zag door haar zonnebril en het eigengemaakte filter, was zo vreemd en zo verschrikkelijk dat haar geest het in eerste instantie weigerde te bevatten. Er scheen een enorme ronde schoonheidsvlek daar in de namiddaglucht te hangen, zoiets als die onder Anne Francis' mondhoek.
'If I talk in my sleep... 'cause I haven't seen my baby all week...'
Het was op dit moment dat ze voor het eerst haar vaders hand op de welving van haar rechterborst voelde. Een ogenblik drukte hij zacht, dwaalde verder naar de linker, keerde toen weer terug naar de rechter alsof hij ze vergeleek. Hij ademde nu erg snel, de ademhaling in haar oor was als een stoommachine, en weer was ze zich bewust van dat harde ding dat tegen haar achterste drukte.
'Can I get a witness?' schreeuwde Marvin Gaye, de veilingmeester van de soul. *'Witness, witness?'*
Pappa? Alles goed?
Ze voelde weer een lichte tinteling in haar borsten – genot en pijn, gebraden kalkoen met suikerglazuur en chocolade jus – maar deze keer voelde ze ook ontsteltenis en een soort van alarmerende verwarring.
Ja, zei hij, maar zijn stem klonk bijna als die van een vreemde. *Ja. Prima, maar kijk niet om.* Hij ging verzitten. De hand die op haar borsten had gelegen ging ergens anders naar toe; die op haar dij bewoog verder naar boven terwijl hij de zoom van de zonnejurk voor zich uit schoof.
Pappa, wat doe je?
Haar vraag was niet echt angstig, hij was voornamelijk nieuwsgierig. Toch zat er een ondertoon van angst in, iets als een eindje dunne rode draad. Boven haar gloeide een oven van vreemd licht rond de donkere cirkel die in de indigo lucht hing.
Hou je van me, Hartje?
Ja, zeker...
Maak je dan nergens zorgen om. Ik zou je nooit pijn doen. Ik wil lief te-

gen je zijn. *Let nu gewoon maar op de zonsverduistering en laat mij lief tegen je doen.*
Ik weet niet of ik het wel wil, pappa. Het gevoel van verwarring groeide dieper, de rode draad werd dikker. *Ik ben bang dat ik mijn ogen verbrand. Mijn watzullemezenoemen verbrand.*
'But I believe,' zong Marvin, '*a woman's a man's best friend... and I'm gonna stick by her... to the very end.*'
Maak je geen zorgen. Hij hijgde nou. *Je hebt nog zeker twintig seconden. Dat in ieder geval. Dus maak je geen zorgen. En kijk niet om.*
Ze hoorde het springen van elastiek, maar het was van hem, niet van haar, haar onderbroek zat waar die hoorde, hoewel ze besefte dat als ze naar beneden keek ze hem zou zien... zo ver had hij haar jurk omhoog geschoven.
Hou je van me? vroeg hij weer en hoewel ze gegrepen was door een verschrikkelijk voorgevoel dat het juiste antwoord op die vraag het verkeerde was geworden, was zij tien jaar oud en was het nog steeds het enige antwoord dat ze kon geven. Ze zei dat ze het deed.
'*Witness, witness,*' smeekte Marvin die nu langzaam werd weggedraaid. Haar vader ging verzitten, terwijl hij het harde ding steviger tegen haar achterste drukte. Plotseling besefte Jessie wat het was – niet de steel van een schroevedraaier of van de kleine hamer uit de gereedschapskist in de voorraadkamer, dat was zeker – en het onraad dat ze voelde ging even vergezeld van wraakgierig plezier dat meer te maken had met haar moeder dan met haar vader.
Dat krijg je ervan als je het niet voor me opneemt, dacht ze terwijl ze naar de donkere cirkel in de lucht keek door lagen beroet glas. En toen: *Dat krijgen we er allebei van, denk ik.* Haar beeld vertroebelde plotseling en het genot was verdwenen. Alleen het groeiende gevoel van onraad was gebleven. *O, jemig*, dacht ze. *Het zijn mijn netvliezen... het moeten mijn netvliezen zijn die beginnen te verbranden.*
De hand op haar dij bewoog zich nu tussen haar benen, gleed omhoog tot hij werd tegengehouden door haar kruis, en pakte haar daar stevig vast. Dat hoort hij niet te doen, dacht ze. Het was de verkeerde plaats voor zijn hand. Tenzij...
Hij prikt zijn vinger in je kont... sprak een inwendige stem plotseling. In latere jaren vervulde die stem, waarover ze uiteindelijk was gaan denken als die van Moedertje, haar veelvuldig van ergernis. Soms was het een waarschuwende stem, vaak een beschuldigende, en bijna altijd een ontkennende stem. Onplezierige dingen, vernederende dingen, pijnlijke dingen... die zouden allemaal uiteindelijk verdwijnen als je ze maar enthousiast genoeg negeerde, dat was de mening van Moedertje. Het was een stem die neigde tot koppig volhouden dat zelfs de meest voor de

hand liggende foute dingen eigenlijk goed waren, delen van een heilzaam plan dat te groot en te ingewikkeld was voor doodgewone stervelingen om te kunnen begrijpen. Er zouden tijden zijn (voornamelijk tijdens haar elfde en twaalfde jaar, toen ze die stem juffrouw Petrie noemde, naar haar lerares in de tweede klas) dat ze echt haar handen naar haar oren zou brengen om te proberen die kwakende stem van redelijkheid uit te bannen – zinloos natuurlijk omdat de oorsprong ervan aan die kant van haar oren lag waar ze niet bij kon – maar in dat moment van dagende wanhoop, terwijl de eclips de hemelen boven westelijk Maine verduisterde en gereflecteerde sterren brandden in de diepten van Dark Score Lake, dat moment toen ze besefte (ongeveer) wat de hand tussen haar benen aan het doen was, hoorde ze alleen maar vriendelijkheid en praktische zin, en ze greep wat de stem zei aan met paniekerige opluchting.

Het is gewoon een vinger in je kont, Jessie, dat is alles.
Weet je het zeker? riep ze terug.
Ja, antwoordde de stem ferm – naarmate de jaren voorbij gingen, zou Jessie ontdekken dat deze stem, of hij nu gelijk had of niet, bijna *altijd* zeker was. *Hij bedoelt het als grap, dat is alles. Hij weet niet dat hij je bang maakt, dus hou je mond en verpest zo'n heerlijke middag niet. Zo erg is dit niet.*

Geloof er maar niks van, schatje! antwoordde de andere stem – de stoere stem. *Soms gedraagt hij zich alsof jij zijn godvergeten* vriendin *bent, in plaats van zijn dochter, en dat doet hij* op dit moment. *Hij prikt je niet in je kont, Jess. Hij is je aan het* neuken!

Ze wist bijna zeker dat dat een leugen was, bijna zeker dat dat vreemde en verboden woord van het schoolplein verwees naar een daad die niet volbracht kon worden met alleen maar een hand, maar twijfels bleven. Met plotselinge wanhoop herinnerde ze zich dat Karen Aucoin haar vertelde nooit een jongen zijn tong in je mond te laten steken, omdat het een baby kon maken in je keel. Karen zei dat het op die manier soms gebeurde, maar dat een vrouw die moest overgeven om haar baby naar buiten te laten komen, bijna altijd stierf en gewoonlijk stierf de baby ook. *Ik laat me nooit door een jongen tongzoenen*, zei Karen. *Misschien dat ik iemand me wel boven laat voelen, als ik echt van hem hield, maar ik wil nooit een baby in mijn keel. Hoe moet je* ETEN?

Toen had Jessie dit idee van zwangerschap zo krankzinnig gevonden dat het bijna aantrekkelijk was – en wie anders dan Karen Aucoin die zich zorgen maakte over of het licht al of niet aanbleef als je de deur van de koelkast sloot, kon met zoiets voor de dag komen? Welnu, echter, het idee glinsterde met zijn eigen maffe logica. Veronderstel – *veronderstel gewoon* – dat het waar was? Als je een baby kon krijgen van de tong van een jongen, als dat *kon* gebeuren, dan...

En daar had je dat harde ding dat in haar achterste drukte. Dat ding was niet de steel van een schroevedraaier of van de kleine hamer van haar moeder.

Jessie probeerde haar benen samen te knijpen, een beweging die voor haar ambivalent was, maar duidelijk niet voor hem. Hij hijgde – een pijnlijk, angstaanjagend geluid – en drukte zijn vingers harder tegen de gevoelige heuvel net onder het kruis van haar onderbroek. Het deed een beetje pijn. Ze verstijfde tegen hem en kreunde.

Veel later bedacht ze zich dat haar vader dat geluid heel waarschijnlijk verkeerd interpreteerde, als passie zag en waarschijnlijk was het wel goed ook dat hij dat deed. Wat zijn interpretatie ook was, het gaf de climax aan van dit vreemde intermezzo. Plotseling kromde hij onder haar, waarbij hij haar in een beweging omhoog drukte. De beweging was zowel schrikaanjagend als vreemd plezierig... dat hij zo sterk was dat zij zo bewoog. Een ogenblik begreep ze bijna de aard van de chemicaliën die hier aan het werk waren, gevaarlijk en toch fascinerend, en dat de beheersing ervan binnen haar greep lag – dat wil zeggen, als ze die *wilde* beheersen.

Doe ik niet, dacht ze. *Ik wil er helemaal niets mee doen. Wat het ook is, het is lelijk en verschrikkelijk en eng.*

Toen drukte het harde ding tegen haar bil, het ding dat niet de steel van een schroevedraaier was of van haar moeders hamer, trok samen en wat vocht verspreidde zich daar en maakte een warme plek door haar broekje heen.

Het is zweet, zei de stem die op een dag aan Moedertje zou toebehoren prompt. *Dat is het. Hij voelde dat je bang voor hem was, bang om op zijn schoot te zijn en dat maakte hem zenuwachtig. Je zou spijt moeten hebben.*

Zweet, me reet! antwoordde een andere stem, die op een dag aan Ruth zou behoren. Hij sprak rustig, sterk, aarzelend. *Je weet wat het is, Jessie... het is het spul waar je Maddy en die andere meisjes over hoorde praten op de avond dat Maddy haar slaappartijtje had, nadat ze dachten dat je eindelijk sliep. Cindy Lessard noemde het een kwakje. Ze zei dat het wit was en dat het uit een jongen spoot als tandpasta. Dat is het spul dat baby's maakt, niet tongzoenen.*

Een ogenblik balanceerde ze daar op zijn stijve golfbeweging, verward en bang en ietwat opgewonden, terwijl ze luisterde hoe hij de ene schorre ademhaling na de andere haalde uit de vochtige lucht. Toen ontspanden zijn heupen en dijen langzaam en liet hij haar weer zakken.

Niet langer kijken, Hartje, zei hij en hoewel hij nog steeds hijgde, was zijn stem bijna weer normaal. Die enge opwinding was eruit verdwenen en er bestond geen ambivalentie over wat ze nu voelde, gewoon pure op-

luchting. Wat er ook was gebeurd – als er echt wat was gebeurd – dan was het nu voorbij.
Pappa...
Nee, geen commentaar. Je tijd is om.
Hij nam het stapeltje beroet glas zachtjes uit haar hand. Op hetzelfde moment kuste hij haar hals, nog zachter zelfs. Jessie staarde naar de vreemde duisternis die het meer omhulde toen hij dat deed. Ze was zich er vaag van bewust dat de uil nog steeds riep en dat de krekels zich zo voor de mal hadden laten houden dat ze hun avondlied twee of drie uur te vroeg hadden ingezet. Er zweefde een nabeeld voor haar ogen als een ronde zwarte tatoeage omgeven door een onregelmatige stralenkrans van groen vuur en ze dacht: *Als ik er te lang naar gekeken had, als ik mijn netvliezen had verbrand, zou ik er waarschijnlijk voor de rest van mijn leven naar moeten kijken, zoals wat je ziet nadat iemand een flitslicht in je ogen heeft geflitst.*
Als je eens naar binnen ging om een spijkerbroek aan te trekken, Hartje? Die zonnejurk is, denk ik, toch niet zo'n goed idee.
Hij sprak met een eentonige, emotieloze stem die scheen te suggereren dat het dragen van de zonnejurk helemaal haar idee was geweest *(Ook al was het niet zo, dan had je beter moeten weten,* zei de juffrouw Petrie-stem ogenblikkelijk), en plotseling kwam er een nieuw idee bij haar op: wat als hij besloot dat hij mam moest vertellen wat er was gebeurd? De mogelijkheid was zo schokkend dat Jessie in tranen uitbarstte.
Het spijt me, pappa, huilde ze, terwijl ze haar armen om hem heen sloeg en haar gezicht in de holte van zijn hals drukte, en het vage en vluchtige aroma rook van zijn aftershave of reukwater of wat het ook was. *Als ik iets verkeerds heb gedaan, dan spijt het me heel, heel heel erg.*
God, nee, zei hij, maar hij sprak nog steeds op die matte, afwezige toon, alsof hij probeerde te besluiten of hij Sally zou vertellen wat Jessie had gedaan of dat hij het misschien gewoon onder het kleed zou kunnen vegen. *Je hebt niets verkeerds gedaan, Hartje.*
Hou je nog steeds van me? hield ze aan. Het kwam in haar op dat ze stom was het te vragen, stom een antwoord te riskeren dat wel eens vernietigend zou kunnen zijn, maar ze *moest* het vragen, *moest* het.
Natuurlijk, antwoordde hij onmiddellijk. Er kwam iets meer leven in zijn stem toen hij dat zei, genoeg om haar te doen begrijpen dat hij de waarheid vertelde (en, o, wat een opluchting was dat), maar nog steeds vermoedde ze dat er dingen waren veranderd, en allemaal door iets wat ze nauwelijks begreep. Ze wist dat de
(vinger in je kont was het een vinger in je kont gewoon een soort vinger in je kont)
iets met seks te maken had, maar ze had gewoon geen idee hoe veel of

hoe ernstig het misschien was geweest. Waarschijnlijk was het niet wat de meisjes op het slaappartijtje 'helemaal tot het einde' hadden genoemd (behalve voor de vreemd goed geïnformeerde Cindy Lessard; zij had het 'diepzeeduiken met de lange witte paal' genoemd, een term die Jessie zowel afschuwelijk als lachwekkend had gevonden), maar het feit dat hij zijn ding niet in haar ding had gestopt, hoefde niet te betekenen dat zij veilig was voor wat sommige meisjes, zelfs op haar school, 'met kip zitten' noemden. Ze moest weer denken aan wat Karen Aucoin haar had verteld het afgelopen jaar toen zij van school naar huis liepen, en Jessie probeerde het uit haar hoofd te zetten. Het was bijna zeker niet waar en hij had zijn tong niet in haar mond gestoken als het wel zo was.

In gedachte hoorde ze de stem van haar moeder, hard en kwaad: *Zeggen ze niet dat het piepende wiel altijd het vet krijgt?*

Ze voelde de warme vochtige plek tegen haar billen. Het spreidde zich nog steeds uit. Ja, dacht ze, ik denk dat het waar is. Ik denk dat het piepende wiel *inderdaad* haar vet krijgt.

Pappa...

Hij stak zijn hand op, een gebaar dat hij vaak aan tafel maakte als haar moeder of Maddy (gewoonlijk haar moeder) het ineens op haar heupen kreeg. Jessie kon zich niet herinneren dat pappa ooit dat gebaar naar haar had gemaakt, en het versterkte weer haar gevoel dat iets verschrikkelijk scheef was gegaan hier, en dat er fundamentele, onherroepelijke veranderingen zouden plaatsvinden ten gevolge van de een of andere verschrikkelijke vergissing (waarschijnlijk dat ze erin had toegestemd de zonnejurk te dragen) die ze had gemaakt. Dit idee veroorzaakte een gevoel van spijt zo diep dat het voelde alsof onzichtbare vingers meedogenloos in haar aan het werk waren, haar darmen ziftend en ziedend.

In haar ooghoek zag ze dat haar vaders gymbroekje scheef zat. Iets stak naar buiten, iets roze, en het was om de duivel geen steel van een schroevedraaier.

Voor ze haar blik kon afwenden, zag Tom Mahout waar ze naar keek en snel bracht hij zijn broek in orde, zodat het roze ding verdween. Zijn gezicht vertrok in een tijdelijke pruil van walging en inwendig kromp Jessie weer ineen. Hij had haar betrapt op kijken en had haar toevallige blik verkeerdelijk opgevat voor ongepaste nieuwsgierigheid.

Wat er net is gebeurd, begon hij, schraapte toen zijn keel. *We moeten praten over wat er net is gebeurd, Hartje, maar niet op dit moment. Schiet naar binnen en trek iets anders aan, neem eventueel een douche als je toch bezig bent. Schiet op zodat je niet het eind van de zonsverduistering mist.*

Ze had alle belangstelling voor de zonsverduistering verloren, hoewel ze

hem dat in geen honderdduizend jaar zou vertellen. Maar ze knikte, draaide zich toen weer om. *Pappa, is er iets mis met me?*
Hij keek verrast, onzeker, op zijn hoede – een combinatie die het gevoel versterkte dat boosaardige handen binnen in haar haar darmen aan het kneden waren... en plotseling begreep ze dat hij zich net zo slecht voelde als zij. Misschien erger. En in een moment van helderheid, onaangeraakt door welke stem ook behalve die van haarzelf, dacht ze: *Dat hoort ook zo! Hemeltje, jij bent ermee* begonnen!
Nee, hoor, zei hij... maar iets in zijn toon overtuigde haar niet helemaal. *Niets aan de hand, Jess. Ga nu naar binnen en knap jezelf op.*
Goed.
Ze probeerde te glimlachen – probeerde het heel erg – en, zowaar, het lukte haar ook nog een beetje. Haar vader keek een ogenblik gealarmeerd, en toen beantwoordde hij haar glimlach. Dat luchtte haar iets op, en de handen die binnen in haar bezig waren, deden het even wat kalmer aan. Maar tegen de tijd dat ze de slaapkamer boven, die ze deelde met Maddy, had bereikt, begonnen de gevoelens terug te keren. Verreweg het ergste was de angst dat hij het gevoel zou hebben dat hij haar moeder moest vertellen over wat er was gebeurd. En wat zou haar moeder denken?
Echt onze Jessie, vind je niet? Het piepende wiel.
De slaapkamer was verdeeld in die meisjes-op-kamp stijl door een drooglijn die in het midden was gespannen. Zij en Maddy hadden wat oude lakens aan deze lijn gehangen die hun moeder hun had gegeven en er toen kleurige, vrolijke tekeningen op gemaakt met Wills kleurkrijten. Het kleuren van de lakens en het verdelen van de kamer was destijds grote pret geweest, maar nu scheen het haar stom en kinderachtig toe, en de manier waarop haar opgeblazen schaduw op het middelste laken danste, was eigenlijk eng. Het zag eruit als de schaduw van een monster. Zelfs de tere geur van dennehars, die ze gewoonlijk lekker vond, leek haar nu zwaar en walgelijk, als een luchtverfrisser waarmee je overdadig in het rond spuit om een onplezierige stank te verdoezelen.
Echt onze Jessie, nooit echt tevreden met de regelingen tot ze de kans krijgt wat laatste verbeteringen aan te brengen. Nooit helemaal tevreden met de plannen van iemand anders. Nooit in staat de dingen gewoon te laten gebeuren.
Ze haastte zich de badkamer in, in een poging de stem eruit te lopen, wat haar, zoals ze al vermoedde, niet lukte. Ze deed het licht aan en trok de zonnejurk in een snelle beweging over haar hoofd. Ze gooide hem in de wasmand, blij er vanaf te zijn. Ze bekeek zichzelf in de spiegel, met grote ogen, en zag het gezicht van een klein meisje omlijst door het kapsel van een groot meisje... een kapsel, dat nu in strengen, slier-

ten en lokken loskwam van zijn spelden. Het lichaam was ook dat van een klein meisje – platte borst en smalle heupen – maar zou dat niet lang meer blijven. Het was al aan het veranderen en het had haar vader iets gedaan wat het niet had mogen doen.
Ik wil nooit tieten en ronde heupen, dacht ze mat. Als daardoor dit soort dingen gebeuren, wie wel?
De gedachte maakte haar weer bewust van de natte plek op de achterkant van haar onderbroek. Ze stapte eruit – katoenen onderbroek van Sears, eens groen en nu zo vaal geworden dat hij eerder grijs was – en hield hem nieuwsgierig omhoog, haar handen aan de binnenkant van het elastiek. Er zat inderdaad iets op de achterkant en het was geen zweet. Ook leek het op geen enkele soort tandpasta die ze ooit had gezien. Waar het op leek was parelgrijs afwasmiddel. Jessie liet haar hoofd zakken en snoof voorzichtig. Wat ze rook was een vage, laffe geur die ze associeerde met het meer na een tijdje warm, stil weer en zoals hun putwater altijd rook. Een keer bracht ze haar vader een glas water dat voor haar bijzonder sterk rook en vroeg of *hij* het kon ruiken.
Hij had zijn hoofd geschud. *Nee,* had hij opgewekt gezegd. *Maar dat wil niet zeggen dat het niet zo is. Het betekent gewoon dat ik allejezus te veel rook. Ik gok dat het de geur is van de waterhoudende aardlaag, Hartje. Sporen van mineralen, dat is alles. Het stinkt een beetje en het betekent dat je moeder een fortuin aan wasverzachter moet uitgeven, maar je krijgt er niets van. Woord van eer...*
Sporen van mineralen, dacht ze nu en snoof die flauwe geur weer op. Ze was niet in staat te bedenken waarom het haar fascineerde, maar dat deed het. *De geur van de waterhoudende aardlaag, dat is alles. De geur van...*
Toen sprak de assertievere stem. De middag van de eclips klonk hij een beetje als de stem van haar moeder (hij noemde haar schatje, bijvoorbeeld, wat Sally soms deed als het haar ergerde dat Jessie zich drukte voor een of ander klusje of een of ander corvee vergat), maar Jessie had het idee dat het in werkelijkheid de stem van haar eigen volwassen zelf was. Als zijn strijdlustige geschetter wat verontrustend klonk, kwam dat alleen maar omdat het strikt genomen nog te vroeg was voor die stem. Maar hij was daar gewoon. Hij was hier en deed zo goed mogelijk zijn best haar weer bij elkaar te rapen. Ze vond zijn onbeschaamde luidheid vreemd vertroostend.
Het is het spul waar Cindy Lessard het over had, dat is het... Het is zijn kwakje, schat. Ik neem aan dat je dankbaar hoort te zijn dat het op je ondergoed terechtkwam in plaats van ergens anders, maar vertel jezelf nou geen sprookjes dat het het meer is dat je ruikt of sporen van mineralen van beneden uit de aardlaag, of zoiets. Karen Aucoin is een trut,

in de hele geschiedenis van de wereld *is er nog nooit een vrouw geweest die een baby in haar keel kreeg, en dat weet je best. Maar Cindy Lessard is geen trut. Ik denk dat ze dit spul heeft gezien, en nou heb jij het ook gezien. Mannenspul. Sperma.*
Plotseling vol walging – niet zozeer door wat het was als wel door wie het had voortgebracht – wierp Jessie haar onderbroekje in de mand boven op de zonnejurk. Toen had ze een visioen van haar moeder die de mand leeghaalde en de was deed in het vochtige washok in de kelder, terwijl ze juist deze onderbroek uit juist deze mand viste en juist dit goedje vond. En wat zou ze denken? Nou, dat het lastige piepende wiel van de familie haar vet had gekregen, natuurlijk... wat anders?
Haar walging veranderde in schuldig afgrijzen en snel viste Jessie de onderbroek er weer uit. Op slag scheen de laffe geur haar neus te vullen, zwaar, flauw en misselijk makend. *Oesters en koper*, dacht ze en meer was niet nodig. Ze viel op haar knieën voor het toilet, het onderbroekje opgepropt in een dichtgeknepen hand en gaf over. Ze spoelde snel door, voor de geur van gedeeltelijk verteerde hamburger vrij kon komen, draaide toen de koude kraan van de wasbak open en spoelde haar mond uit. Haar angst dat ze nog een uur of zo voor het toilet geknield zou zitten kotsen, begon af te nemen. Haar maag scheen tot rust te komen. Als ze maar niet weer zo'n zweem van die flauwe koper-romige geur kreeg...
Terwijl ze haar adem inhield, stak ze het slipje onder de koude kraan, spoelde het, wrong het uit en wierp het weer in de mand. Toen haalde ze diep adem, terwijl ze op hetzelfde moment met de ruggen van haar vochtige handen het haar van haar slapen veegde. Als haar moeder haar vroeg wat een vochtig slipje in de vuile was deed...
Je denkt nu al als een crimineel, jammerde de stem die op een dag aan Moedertje zou toebehoren. *Zie je wat ervan komt als je een stoute meid bent, Jessie? Echt? Ik hoop echt dat jij...*
Hou je mond, kleine gluiperd, grauwde de andere stem terug. *Later kun je zeuren wat je wilt, maar op dit moment proberen we wat orde op zaken te stellen, als je het niet erg vind. Goed?*
Geen antwoord. Dat was goed. Jessie veegde nog een keer nerveus langs haar haar, hoewel maar weinig ervan terug was gevallen tegen haar slapen. Als haar moeder vroeg wat het vochtige slipje in de mand met vuile was deed, zou Jessie gewoon zeggen dat het zo heet was geweest, dat ze een duik had genomen zonder haar korte broek uit te trekken. Alle drie hadden ze dat vaker gedaan deze zomer.
Dan kun je maar beter niet vergeten je korte broek en hemd ook onder de kraan te houden. Is het niet, schatje?
Juist, beaamde ze. *Daar zeg je wat.*

Ze glipte in de badjas die aan de binnenkant van de badkamerdeur hing en keerde terug naar de slaapkamer om de korte broek en het T-shirt te pakken die ze had gedragen toen haar moeder, broer en oudere zuster die ochtend vertrokken... duizend jaar geleden, leek het nu wel. Ze zag ze eerst niet en ging op haar knieën om onder het bed te kijken.

De andere vrouw ligt ook op haar knieën, merkte een stem op, *en die ruikt dezelfde geur. Die geur als van koper en room.*

Jessie hoorde het maar luisterde niet. Haar geest was op haar korte broek en T-shirt – op haar dekmantel – gericht. Zoals ze had vermoed, lagen ze onder het bed. Ze stak haar hand ernaar uit.

Het komt uit de put, merkte de stem verder op. *De geur van de put.*

Ja, ja, dacht Jessie, terwijl ze de kleren greep en terugliep naar de badkamer. De geur van de put, heel goed, je had schrijver moeten worden.

Ze liet hem in de put vallen, zei de stem en dat drong ten slotte tot haar door. Jessie bleef plompverloren staan in de deuropening van de badkamer, terwijl haar ogen groot werden. Ze was plotseling bang op de een of andere nieuwe en dodelijke manier. Nu ze er werkelijk naar luisterde, besefte ze dat deze stem anders was dan alle andere, deze was als een stem die je 's avonds laat op de radio kon oppikken, als de omstandigheden precies goed waren – een stem die van heel ver weg kon komen.

Niet zo *ver, Jessie, ze zit ook in de baan van de zonsverduistering.*

Een ogenblik scheen de gang boven van het huis aan Dark Score Lake te zijn verdwenen. Wat ervoor in de plaats kwam, was een wirwar van braamstruiken, schaduwloos onder de door de eclips verduisterde hemel, en een duidelijk geur van zeezout. Jessie zag een magere vrouw in een duster met haar peper-en-zouthaar naar achteren gestoken in een knot. Ze zat geknield bij een versplinterd vierkant stuk hout. Er lag een hoopje wit textiel naast haar. Jessie was heel zeker dat het de onderjurk van de magere vrouw was. Wie ben je? vroeg Jessie aan de vrouw, maar ze was al verdwenen... dat wil zeggen, als ze daar om te beginnen al was geweest.

Jessie keek echt even over haar schouder om te zien of die spookachtige, magere vrouw misschien achter haar was komen staan. Maar de bovengang lag verlaten. Ze was alleen.

Ze keek naar haar armen en zag dat ze overdekt waren met kippevel.

Je begint je verstand te verliezen, jammerde de stem die op een dag Moedertje Burlingame zou zijn. *O, Jessie, je bent stout geweest, je bent heel stout geweest en nu moet je boeten door je verstand te verliezen.*

'Nietwaar,' zei ze. Ze keek naar haar bleke, vertrokken gezicht in de badkamerspiegel. 'Nietwaar!'

Ze wachtte een ogenblik in een soort van ontzette verwachting om te zien of een van de stemmen – of het beeld van de vrouw die geknield bij

het versplinterde hout zat met haar onderjurk in een hoopje op de grond naast haar – terug zou komen, maar ze hoorde en zag niets. Die stiekeme *ander* die Jessie had verteld dat de een of andere zij de een of andere hij in de een of andere put had geduwd, was schijnbaar verdwenen.
Spanning, schatje, verkondigde de stem die op een dag Ruth zou zijn en Jessie kreeg duidelijk het idee dat, terwijl de stem het niet echt geloofde, hij had besloten dat Jessie maar beter weer in beweging kon komen, en wel meteen. *Je dacht aan een vrouw met een onderjurk naast zich omdat jij deze middag ondergoed in je gedachten hebt, dat is alles. Ik zou het allemaal maar vergeten, als ik jou was.*
Dat was een fantastisch advies. Snel maakte Jessie haar korte broek en hemd nat onder de kraan, wrong ze uit en stapte toen onder de douche. Ze poedelde, spoelde, droogde, haastte zich terug naar de slaapkamer. Gewoonlijk zou ze niet de moeite hebben genomen de badjas weer aan te trekken voor de snelle spurt door de gang, maar deze keer deed ze het wel, waarbij ze hem alleen maar dichthield in plaats van de tijd te nemen hem dicht te binden.
Ze wachtte weer even in de slaapkamer, terwijl ze op haar lip beet en bad dat de vreemde andere stem niet terug zou komen, bad dat ze niet weer zo'n krankzinnige hallucinatie of illusie zou hebben of wat het ook was. Er kwam niets. Ze liet de badjas op haar bed vallen, haastte zich naar haar ladenkast en haalde er schoon ondergoed en een korte broek uit.
Ze ruikt dezelfde geur, dacht ze. *Wie die vrouw ook is, ze ruikt dezelfde geur die uit de put komt waarin ze de man liet vallen en het gebeurt nu, tijdens de zonsverduistering. Ik weet zeker...*
Ze draaide zich om met een schone bloes in haar hand en verstijfde toen. Haar vader stond in de deuropening naar haar te kijken.

19

Jessie werd wakker in het zachte, melkachtige licht van de dageraad met nog steeds die onthutsende en onheilspellende herinnering aan die vrouw in haar geest – die vrouw met haar grijzende haar in die boerse knot, die vrouw die neergeknield zat in de wirwar van braamstruiken met haar onderjurk op een hoopje naast zich, de vrouw die naar beneden had gekeken door het gebroken plankier en die de vreselijke weeïge geur had geroken. Jessie had jaren niet aan die vrouw gedacht en nu, vers uit haar droom van 1963 die geen droom was geweest maar een herinnering, scheen het haar toe dat haar op die dag een soort van bovennatuurlijke blik was vergund, een blik die misschien was veroorzaakt door stress en toen verloren was gegaan om dezelfde reden.
Maar het maakte niet uit – niet dat, niet wat er was gebeurd met haar vader op de veranda, niet wat later was gebeurd, toen ze zich had omgedraaid en hem in de deur van de slaapkamer had zien staan. Dat was allemaal lang geleden gebeurd, en wat er nu gebeurde...
Ik zit in de problemen. Ik geloof dat ik zwaar in de problemen zit.
Ze leunde naar achteren tegen de kussens en keek naar haar hangende armen. Ze voelde zich net zo verdoofd en hulpeloos als een vergiftigd insekt in het web van een spin, en ze wilde niets anders dan weer slapen – dit keer zonder dromen, als het mogelijk was – met haar dode armen en droge keel in een ander universum.
Zoveel geluk had ze niet.
Ergens vlakbij klonk een traag, slaapverwekkend zoemend geluid. Haar eerste gedachte was *wekker*. Haar tweede, na twee of drie minuten van doezelen met haar ogen open, was *rookmelder*. Dat idee veroorzaakte een kortstondige, ongegronde uitbarsting van hoop die haar iets dichter bij het echte wakker worden bracht. Ze besefte dat wat ze hoorde eigenlijk helemaal niet zo klonk als een rookmelder. Het klonk als een... nou... als...
Het zijn vliegen, schatje. Oké? De geen-gelul stem klonk nu vermoeid

en lusteloos. *Je hebt wel eens van de zomerkoninkjes gehoord, hè? Nou, dit zijn de herfstvliegen, en hun versie van de wereldkampioenschappen wordt momenteel op Gerald Burlingame afgewerkt, die beroemde advocaat en handboeifetisjist.*
'Jezus, ik moet overeind zien te komen,' zei ze met een krakende, schorre stem die ze nauwelijks herkende als die van haarzelf.
Wat heeft dat verdomme te betekenen? dacht ze en het was het antwoord – Geen ene flikker, dankjewel – waardoor ze ten slotte weer helemaal wakker was. Ze *wilde* niet wakker zijn, maar ze had het idee dat ze beter het feit kon accepteren dat het zo was en er zoveel mogelijk mee doen, zolang ze dat kon.
En je kunt waarschijnlijk beter beginnen met je handen en armen wakker te maken. Dat wil zeggen, als die wakker willen *worden.*
Ze keek naar haar rechterarm, draaide toen haar hoofd op de roestige armatuur van haar nek (die maar gedeeltelijk sliep) en keek naar haar linker. Jessie realiseerde zich met een plotselinge schok dat ze ernaar keek op een volledig nieuwe manier – ernaar keek zoals ze naar meubilair in de etalage van een showroom had kunnen kijken. Ze schenen helemaal niks met Jessie Burlingame te maken te hebben, en ze veronderstelde dat dat zo vreemd nog niet was, niet echt. Ze waren immers volslagen zonder gevoel. Gevoel begon pas iets onder haar oksels.
Ze probeerde zich op te trekken en ontdekte tot haar ontzetting dat de muiterij in haar armen verder was gegaan dan ze had verwacht. Niet alleen weigerden ze *haar* in beweging te brengen, ze weigerden *zichzelf* in beweging te brengen. Het bevel van haar hersenen werd volledig genegeerd. Ze keek er nog eens naar en nu zagen ze er niet langer uit als meubilair. Ze zagen er nu uit als bleke stukken vlees die aan vleeshaken hingen en ze slaakte een schorre kreet van angst en woede.
Maar, geeft niet. De armen deden niets, in ieder geval voorlopig niet, en woede of angst of allebei zou daar geen zier aan veranderen. Hoe zat het met de vingers? Als ze die om de bedstijl zou kunnen krommen, misschien dat dan...
...of misschien niet. Haar vingers schenen net zo nutteloos als haar armen te zijn. Na ongeveer een volle minuut van proberen, werd Jessie alleen maar beloond met een enkel gevoelloos trekken van haar rechterduim.
'Lieve God,' zei ze met haar raspende stof-in-de-kieren stem. Er klonk nu geen woede in door, alleen maar angst.
Mensen kwamen door ongelukken om het leven, natuurlijk – ze nam aan dat ze in haar leven honderden, misschien wel duizenden 'dodelijke ongevallen' op het tv-nieuws had gezien. Lijkzakken die werden weggedragen uit autowrakken, of opgetakeld uit de rimboe in Medi-Vac

draagriemen, voeten die uitstaken vanonder haastig uitgespreide dekens terwijl gebouwen op de achtergrond brandden, getuigen met witte gezichten en struikelende stemmen die naar plassen kleverig zwart spul in stegen of op barvloeren wezen. Ze had de in het wit gehulde gestalte gezien die John Belushi was geweest, toen hij weg werd gezeuld uit het Chateau Marmond Hotel in Los Angeles, ze had gezien hoe Karl Wallende, de luchtacrobaat zijn evenwicht verloor en zwaar neerkwam op de kabel die hij had geprobeerd over te steken (hij was gespannen geweest tussen twee vakantiehotels, meende ze zich te herinneren), hoe hij die even vastgreep en vervolgens naar zijn dood viel. Steeds maar weer hadden de nieuwsprogramma's het laten zien alsof ze erdoor geobsedeerd waren. Ze wist dat mensen door ongelukken om het leven kwamen, *natuurlijk* wist ze dat, maar tot nu had ze op de een of andere manier nooit beseft dat er mensen *in* die mensen zaten, mensen net als zij, mensen die geen flauw idee hadden dat ze nooit meer een cheeseburger zouden eten, een volgende ronde van Final Jeopardy zouden zien (en zorg er alstublieft wel voor dat uw antwoord in de vorm van een vraag is) of hun beste vrienden zouden bellen om te zeggen een pokertje op donderdagavond of winkelen op zaterdagmiddag een *fantastisch* idee leek. Geen bier meer, geen kus meer, en jouw fantasie over vrijen in een hangmat tijdens een onweer nooit in vervulling zien gaan, omdat jij het veel te druk zou hebben met doodgaan. Elke ochtend dat je uit je bed rolde, zou je laatste kunnen zijn.

Het is deze ochtend heel wat meer dan een kwestie van zou-kunnen-zijn, dacht Jessie. *Ik denk dat het nu een kwestie van hoogst waarschijnlijk is. Het huis – ons mooie rustige huis aan het meer – zou vrijdag of zaterdagavond best eens op het nieuws kunnen komen. Het zal Doug Rowe zijn in die witte regenjas van hem die ik zo haat, pratend in zijn microfoon en dan noemt hij het 'het huis waar de vooraanstaande Portland advocaat Gerald Burlingame en zijn vrouw Jessie stierven'. Daarna gaat hij terug naar de studio en doet Bill Green de sport. En dat is niet morbide, Jessie. Het is niet Moedertje die jammert of Ruth die schettert. Het is...*

Maar Jessie wist het. Het was de waarheid. Het was gewoon een stom ongelukje, zoiets waarover je je hoofd schudde als je het in de krant zag staan tijdens het ontbijt. Dan zei je: 'Moet je dit nou eens horen, schat,' en las het artikel voor aan je man, terwijl hij zijn grapefruit at. Gewoon een stom ongelukje, alleen gebeurde het haar. Dat haar geest voortdurend volhield dat het een fout was, was te begrijpen maar was niet relevant. Er bestond geen klachtencommissie waar ze kon uitleggen dat de handboeien het idee van Gerald waren geweest en dat het daarom niet meer dan eerlijk was dat ze er vanaf kwam. Als de fout moest worden hersteld, zou zij degene zijn die het moest doen.

Jessie schraapte haar keel, sloot haar ogen en sprak tegen het plafond. 'God? Luister even, wilt U? Ik heb hier wat hulp nodig, echt waar. Ik zit in de puree en ik ben doodsbang. Help me alsjeblieft, help me hier uit te komen, goed? Ik... eh... bid in de naam van Jezus Christus.' Ze deed haar uiterste best om dit gebed te versterken en kon slechts iets bedenken wat Nora Callighan haar had geleerd, een gebed dat nu op de lippen scheen van elke zelfhulp-uitventer en stompzinnige goeroe in de wereld. 'God, verleen me de rust de dingen te accepteren die ik niet kan veranderen, de moed om die dingen te veranderen die ik wel kan veranderen, en de wijsheid om het verschil te kennen. Amen.'
Er veranderde niets. Ze voelde geen kalmte, geen moed, zeer zeker geen wijsheid. Ze was nog steeds alleen maar een vrouw met dode armen en een dode echtgenoot, aan de stijlen van dit bed vastgeketend als een kettinghond aan een oogbout, achtergelaten om onopgemerkt en onbeweend te sterven op een stoffig erf achter het huis terwijl zijn zuiplap van een baas dertig dagen in de staatsgevangenis uitzit wegens rijden zonder rijbewijs en onder invloed.
'O, alsjeblieft, laat het geen pijn doen,' zei ze met zachte, bevende stem. 'Als ik dood ga, God, laat het dan alstublieft geen pijn doen. Ik ben zo kleinzerig wat pijn aangaat.'
Denken aan doodgaan op dit punt is waarschijnlijk echt een slecht idee, schatje. Ruths stem pauzeerde, voegde er toen aan toe: *Bij nader inzien, streep het waarschijnlijk maar door.*
Oké, geen tegenspraak – denken over doodgaan was een slecht idee. Dus wat bleef er over?
Leven. Ruth en Moedertje zeiden het op hetzelfde moment.
Goed, leven dus. Wat haar meteen weer terugbracht bij haar armen.
Ze slapen, omdat ik er de hele nacht aan heb gehangen. Ik hang er nog steeds *aan. Het gewicht eraf halen is stap een.*
Ze probeerde zich weer met haar voeten naar achteren omhoog te duwen en ze voelde een plotseling druk van helse paniek toen die het in eerste instantie ook verdomden in beweging te komen. Ze had zich op dat moment niet meer in de hand, en toen ze weer tot haar positieven kwam, was ze haar benen snel op en neer aan het malen, waardoor ze de sprei, de lakens en de matras eronder naar de voet van het bed trapte. Ze snakte naar adem als een wielrenner die de laatste steile heuvel neemt in een marathon-etappe. Haar achterste dat ook sliep, gilde en krijste van het vers tintelende bloed.
Angst had haar volledig wakker gemaakt, maar er was de maffe aerobics voor nodig waarvan haar paniek vergezeld ging om haar hart helemaal in de overdrive te krijgen. Ten slotte begon ze tintelingen van gevoel – botdiep en even onheilspellend als ver onweer – in haar armen te voelen.

Als niets anders werkt, schatje, houd je gedachten op die laatste twee of drie slokjes water. Blijf jezelf eraan herinneren dat je dat glas nooit weer te pakken krijgt, laat staan dat je ervan drinkt, tenzij je handen en armen goed functioneren.

Jessie bleef duwen met haar voeten terwijl de ochtend steeds lichter werd. Zweet plakte haar haar tegen haar slapen en stroomde langs haar wangen. Vaag was ze zich ervan bewust dat ze haar vochttekort verergerde met ieder moment dat ze deze inspannende activiteit voortzette, maar ze zag geen andere mogelijkheid.

Omdat er geen is, schatje – niet een.

Schatje dit en schatje dat, dacht ze afwezig. *Wil je er alsjeblieft een sok in stoppen, wauwelend sekreet?*

Ten slotte begon haar achterste omhoog in de richting van het hoofdeind van het bed te schuiven. Elke keer dat het bewoog, spande Jessie haar buikspieren en drukte zich heel even op. De hoek die werd gevormd door haar boven- en onderlijf begon langzaam de negentig graden te naderen. Haar ellebogen begonnen te buigen en naarmate het gewicht dat aan haar armen en schouders trok begon af te nemen, namen de tintelingen die door haar vlees joegen toe. Ze hield niet op toen ze uiteindelijk rechtop zat, maar bleef met haar benen trappen, omdat ze haar hartslag hoog wilde houden.

Een druppel prikkend zweet liep haar linkeroog binnen. Ze schudde het weg met een ongeduldige ruk van haar hoofd en bleef trappen. De tintelingen werden nog steeds erger, schoten omhoog en omlaag vanuit haar ellebogen en ongeveer vijf minuten nadat ze haar huidige ingezakte houding had bereikt (ze zag eruit als een sullige tiener die in een bioscoopstoel gedrapeerd hing), sloeg de eerste kramp toe. Hij voelde als een klap met de stompe kant van een slagersmes.

Jessie wierp haar hoofd achterover, waarbij een fijne nevel van transpiratie van haar hoofd en haar vloog, en schreeuwde. Toen ze ademhaalde om de kreet te herhalen, sloeg de tweede kramp toe. Deze was veel erger. Hij voelde alsof iemand een touwstrop die met glas was bekleed om haar linkerschouder had laten zakken en hem toen strak trok.

Ze huilde, terwijl haar handen dichtsloegen tot vuisten met zo'n onverwachte razernij dat twee van haar vingernagels tot op het leven afbraken en begonnen te bloeden. Haar ogen, verzonken in bruine holtes opgezet vlees, waren stijf dichtgeknepen, maar desondanks ontsnapten tranen die langs haar wangen naar beneden druppelden, en zich vermengden met de stroompjes zweet van haar haarlijn.

Blijf trappen, schatje – niet stoppen nu.

'*Noem me geen* schatje!' gilde Jessie.

De zwerfhond was net voor het eerste licht teruggekropen naar de ve-

randa achter, en bij het geluid van haar stem schoot zijn kop omhoog. Er lag een bijna komische uitdrukking van verrassing op zijn snuit.
'Noem me niet zo, vuil sekreet. Jij rancuneus sekr...'
Weer een kramp, deze zo venijnig én direct als een vernietigend hartinfarct. Hij stootte helemaal tot aan haar oksel door de spieren van haar linkerarm en haar woorden losten op in een lange, trillende kreet van pijn. Toch bleef ze trappen.
Op de een of andere manier bleef ze trappen.

20

Toen de ergste krampen over waren – ze *hoopte* tenminste dat de ergste over waren – nam ze een adempauze. Ze leunde tegen de mahonie dwarslatten die het hoofdeind van het bed vormden, haar ogen gesloten, terwijl haar ademhaling geleidelijk trager werd – eerst tot een lange, gestrekte galop, vervolgens tot draf en uiteindelijk tot stap. Dorst of niet, ze voelde zich verrassend goed. Ze nam aan dat een deel van de reden in die oude grap lag, die grap die als clou had 'Het is zo lekker als ik stop'. Maar ze was een atletisch meisje geweest en tot vijf jaar geleden (nou, goed, misschien kwam het dichter bij de tien) een atletische vrouw, en een stoot endorfine wist ze nog altijd te herkennen als ze er een kreeg. Absurd, gezien de omstandigheden, maar ook heel prettig.
Misschien niet zo absurd, Jess. Misschien wel nuttig. Die endorfine maakt de geest helder, wat een reden is waarom mensen beter werken als ze wat lichaamsoefening hebben gedaan.
En haar geest *was* helder. Haar ergste paniek was overgewaaid als smog door harde wind, en ze voelde zich meer dan rationeel; ze voelde zich weer helemaal bij haar verstand. Ze zou nooit hebben gedacht dat het mogelijk was, en ze vond dit bewijs van het onvermoeibare aanpassingsvermogen van de geest en de bijna insektachtige vastbeslotenheid te overleven een beetje spookachtig. *Wat een gedoe en ik heb nog niet eens mijn ochtendkoffie gehad*, dacht ze.
Het beeld van koffie – zwart, en in haar lievelingskop met die ring van blauwe bloemen in het midden – deed haar de lippen aflikken. Ook deed het haar denken aan het programma *Today*. Als haar inwendige klok juist was, zou *Today* ongeveer nu met de uitzending beginnen. Mannen en vrouwen in heel Amerika – voor het merendeel niet geboeid – zaten aan keukentafels, terwijl ze vruchtensap dronken en koffie, broodjes aten en roereieren (of misschien zo'n merk corn flakes waarvan ze beweren dat het tegelijkertijd je hart rust geeft en je ingewanden oppept). Ze keken naar Bryant Gumbel en Katie Couric, babbelend met Joe Ca-

ragiola. Iets later zouden ze kijken naar Willard Scott die een paar honderdjarigen een prettige dag wenst. Er zouden gasten zijn – een gast die zou spreken over iets wat laagste rentevoet heet en iets anders wat de nationale bank werd genoemd; een gast die de kijkers zou laten zien hoe ze hun chowchows kunnen afleren hun sloffen op te vreten en iemand die zijn laatste film kwam promoten – en geen van hen zou zich realiseren dat verderop in westelijk Main een ongeluk in de maak was, dat een van hun min of meer trouwe kijkers vanmorgen niet kon afstemmen omdat ze met handboeien aan een bed geketend zat op minder dan zes meter van haar naakte, door een hond aangevreten, met vliegen overdekte echtgenoot.

Ze draaide haar hoofd naar rechts en keek omhoog naar het glas dat Gerald achteloos aan zijn kant van de plank had gezet kort voor de festiviteiten waren begonnen. Vijf jaar geleden, overpeinsde ze, zou dat glas daar waarschijnlijk niet hebben gestaan, maar naarmate Geralds nachtelijke consumptie van whisky toenam, gebeurde dat ook met zijn dagelijkse inname van andere vloeistoffen – voornamelijk water, maar ook dronk hij vaten dieetsodawater en ijsthee. Voor Gerald scheen de kreet 'drankprobleem' geen eufemisme te zijn geweest, maar de letterlijke waarheid.

Nou, dacht ze somber, *als hij een drankprobleem had, dan is hij er nu toch wel van genezen, hè?*

Het glas stond natuurlijk precies waar ze het had achtergelaten. Als haar bezoeker van de afgelopen nacht geen droom was geweest (*doe niet zo onnozel, natuurlijk was het een droom*, zei Moedertje nerveus), moet hij geen dorst hebben gehad.

Ik zal dat glas te pakken krijgen, dacht Jessie grimmig. *Ik zal ook uiterst voorzichtig zijn, voor het geval er nog meer spierkramp komt. Nog vragen?*

Die kwamen er niet en het bleek deze keer een makkie om het glas te pakken, omdat ze er veel makkelijker bij kon, en het evenwichtsnummer niet nodig was. Ze ontdekte een extra bonus toen ze haar provisorische rietje pakte. Bij het opdrogen was de antwoordkaart opgerold langs de vouwen die ze had gemaakt. Deze vreemde geometrische constructie zag eruit als origami vrije stijl en werkte veel efficiënter dan het de afgelopen nacht had gedaan. Het laatste water pakken was zelfs makkelijker dan het glas pakken, en terwijl Jessie luisterde naar het geborrel van de bodem van het glas, toen ze met haar vreemde rietje probeerde de laatste paar druppels op te zuigen, bedacht ze dat ze heel wat minder water op de sprei zou hebben gemorst als ze had geweten dat ze het rietje kon 'herstellen'. Maar, het was nu te laat, en gedane zaken namen geen waterkeer.

De paar slokjes wekten alleen maar meer dorst, maar daar zou ze mee moeten leven. Ze zette het glas terug op de plank, lachte toen om zichzelf. Gewoonte was een taaie rakker. Zelfs onder dit soort bizarre omstandigheden, bleef het een taaie rakker. Ze had het risico genomen weer helemaal in een kramptoestand te raken door het lege glas terug te zetten op de plank, in plaats van het op de vloer kapot te smijten. En waarom? Omdat Reinheid Blijheid was, daarom. Dat was een van de dingen die Sally Mahout haar schatje had geleerd, haar kleine, piepende wiel dat nooit voldoende vet kreeg en dat nooit in staat was dingen gewoon te laten gebeuren – haar schatje dat bereid was geweest tot het alleruiterste te gaan, inclusief het verleiden van haar eigen vader, om er zeker van te zijn dat dingen zo bleven lopen als ze wilde dat ze liepen.
Voor het oog van haar herinnering zag Jessie de Sally Mahout die ze destijds zo vaak had gezien: wangen rood van ergernis, lippen stijf op elkaar geknepen, handen tot vuisten gebald op haar heupen geplant.
'En jij zou het geloofd hebben ook,' zei Jessie zacht. 'Is het niet, sekreet dat je d'r bent?'
Niet eerlijk, antwoorde een deel van haar geest onrustig. *Niet eerlijk, Jessie!*
Behalve dat het *wel* eerlijk was en dat wist ze. Sally was allesbehalve een ideale moeder geweest, vooral niet in die jaren dat haar huwelijk met Tom voortsukkelde als een oude wagen met zand in de versnellingsbak. Haar gedrag tijdens die jaren was vaak paranoïde geweest, en soms irrationeel. Om de een of andere reden was Will bijna altijd gespaard gebleven van haar tirades en verdachtmakingen, maar vaak had ze haar beide dochters heel erg bang gemaakt.
Die donkere kant was nu weg. De brieven die Jessie kreeg uit Arizona waren de banale, vervelende schrijfsels van een oude dame die leefde voor de bingo op donderdagavond en die haar jaren van kinderen opvoeden zag als een vredige, gelukkige tijd. Klaarblijkelijk herinnerde ze zich niet dat ze zo hard ze kon had geschreeuwd dat ze de volgende keer dat Maddy vergat haar gebruikte tampons in wc-papier te wikkelen voordat ze die bij het afval gooide, haar zou vermoorden, of de zondagochtend toen ze – en waarom had Jessie nooit kunnen begrijpen – Jessies slaapkamer was binnengestormd, een paar schoenen met hoge hakken naar haar hoofd had geslingerd en weer weg was gestoven.
Soms, als ze haar moeders briefjes en briefkaarten kreeg – *Alles goed hier, lief, van Maddy gehoord, ze schrijft zo trouw, mijn eetlust is wat beter nu het wat koeler is geworden* - voelde Jessie een aandrang om de telefoon te grijpen, haar moeder te bellen en te gillen: *Ben je* alles *vergeten, mam? Ben je de dag vergeten dat je die schoenen naar me toegooide en mijn lievelingsvaas brak en ik huilde omdat ik dacht dat je het*

moest weten, dat hij ten slotte ingestort was en het jou had verteld, ook al was het toen al drie jaar na de dag van de eclips? Ben je vergeten hoe vaak je ons bang maakte met je gegil en je tranen?
Dat is oneerlijk, Jessie. Oneerlijk en niet loyaal.
Misschien was het oneerlijk, maar daarom nog niet onwaar.
Als zij had geweten wat er die dag was gebeurd...
Het beeld van de vrouw in het blok kwam weer bij Jessie terug, het kwam en ging, bijna te snel om herkend te worden, zoals subliminale reclame: de vastgezette handen, het haar dat het gezicht bedekte als een boetekleed, de kleine oploop wijzende, minachtende mensen. Voornamelijk vrouwen.
Haar moeder zou er misschien niet meteen mee voor de dag zijn gekomen en het gezegd hebben, maar ja - ze *zou* hebben geloofd dat het Jessies schuld was, en zou echt hebben kunnen geloven dat het een bewuste verleiding was geweest. Zo'n grote stap was het toch niet, hè, van piepend wiel tot Lolita? En de wetenschap dat er iets seksueels was gebeurd tussen haar echtgenoot en haar dochter zou er hoogst waarschijnlijk voor hebben gezorgd dat ze ophield met denken over weggaan en het werkelijk deed.
Hebben geloofd? *Reken* maar dat ze het zou hebben geloofd.
Ditmaal nam de stem van het fatsoen niet eens de moeite zelfs maar een symbolisch protest te uiten en een plotseling inzicht kwam over Jessie: haar vader had ogenblikkelijk begrepen wat haar bijna dertig jaar had gekost. Hij had de werkelijke feiten gekend net als hij had geweten van de vreemde akoestiek van de woon-eetkamer in het huis aan het meer.
Haar vader had haar die dag in meer dan een opzicht misbruikt.
Jessie verwachtte een golf van negatieve emoties bij dit treurige besef. Ze was immers volledig bij de neus genomen door de man wiens belangrijkste taak was geweest haar lief te hebben en te beschermen. Die golf bleef uit. Misschien kwam dit voor een deel doordat ze nog steeds op endorfine tripte, maar ze had het idee dat het meer te maken had met opluchting: ongeacht hoe verrot het ook was geweest, ze had het uiteindelijk van zich af kunnen zetten. Haar voornaamste emoties waren verwondering dat ze zich zo lang aan het geheim had vastgeklampt, en een soort van onbehaaglijke verbijstering. Hoeveel van haar keuzen die ze had gemaakt sinds die dag waren direct of indirect beïnvloed geweest door wat er gebeurde die laatste minuut dat ze op de schoot van haar vader had gezeten, terwijl ze keek naar een immense vlek door twee of drie stukjes beroet glas? En was haar huidige situatie een gevolg van wat er was gebeurd tijdens de zonsverduistering?
O, dit wordt te gek, dacht ze. *Misschien als hij me verkracht had, dat het anders was geweest. Maar wat er die dag op de veranda gebeurde,*

was alleen maar een ongelukje, en wat dat aangaat geen ernstig – als je wil weten wat een ernstig *ongeluk is, Jess, kijk dan eens naar de situatie waarin je nu zit. Ik zou net zo goed de oude mevrouw Gilette de schuld kunnen geven omdat ze mij een tik op mijn hand gaf op dat tuinfeestje, die zomer dat ik vier was. Of een gedachte die ik had toen ik door het geboortekanaal kwam. Of zondes uit het een of andere vroegere leven waar nog steeds boete voor gedaan moet worden. Bovendien, wat hij met me op de veranda deed, was nog niks vergeleken bij wat hij me aandeed in de slaapkamer.*

En dat deel hoefde niet te worden gedroomd; het was er gewoon, volstrekt duidelijk en volstrekt toegankelijk.

21

Toen ze opkeek en haar vader zag staan in de deuropening van de slaapkamer, was haar eerste, instinctieve gebaar geweest haar armen over haar borsten te kruisen. Toen zag ze de trieste en schuldige blik op zijn gezicht en liet ze weer zakken, hoewel ze de temperatuur in haar wangen voelde stijgen en wist dat haar eigen gezicht dat onaantrekkelijke, vlekkerige rood kreeg dat haar versie was van een jongemeisjesblos. Ze had niets om te laten zien daar (nou, *bijna* niets), maar ze voelde zich naakter dan naakt, en zo in verlegenheid gebracht dat ze bijna kon zweren dat ze haar huid voelde vonken. Ze dacht: *Stel je voor dat de anderen vroeg terugkomen? Stel je voor dat* zij *nu binnen kwam lopen en me zo zag, zonder hemd?*
Verlegenheid werd schaamte, schaamte werd schrik en toch terwijl ze zich in haar bloes werkte en hem begon dicht te knopen, voelde ze daarnaast nog een andere emotie. Dat gevoel was woede en die was niet zoveel anders dan die borende woede die ze jaren later zou voelen toen ze besefte dat Gerald wist dat ze meende wat ze zei, maar deed alsof dit niet zo was. Ze was kwaad omdat ze niet *verdiende* zich beschaamd en bang te voelen. *Hij* was immers de volwassene, *hij* was degene die dat raar ruikende goedje op de achterkant van haar slipje had achtergelaten, *hij* was degene die beschaamd zou moeten zijn, en zo werkte het niet. Zo werkte het *helemaal* niet.
Tegen de tijd dat haar bloes was dichtgeknoopt en weggestopt in haar korte broek, was de woede verdwenen, of – precies hetzelfde – terugverbannen naar zijn grot. En wat ze in haar geest bleef zien, was dat haar moeder eerder terugkwam. Het zou niets uitmaken dat ze weer volledig gekleed was. Het feit dat er iets slechts was gebeurd stond op hun gezichten gedrukt, overduidelijk, levensgroot en twee maal zo lelijk. Ze zag het aan zijn gezicht en voelde het op dat van haar.
'Alles in orde, Jessie?' vroeg hij kalm. 'Voel je je niet duizelig of zo?'
'Nee.' Ze probeerde te glimlachen, maar deze keer lukte het haar niet

helemaal. Ze voelde een traan over haar wang naar beneden glijden en veegde die snel weg, schuldig, met de muis van haar hand.
'Het spijt me.' Zijn stem trilde en met afschuw zag ze tranen in *zijn* ogen – o, dit werd gewoon steeds erger. 'Het spijt me zo.' Hij draaide zich abrupt om, dook in de badkamer, greep een handdoek van het rek en veegde zijn gezicht ermee af. Terwijl hij dat deed, dacht Jessie snel en hard na.
'Pappa?'
Hij keek haar over de handdoek heen aan. De tranen in zijn ogen waren verdwenen. Als ze niet beter had geweten, zou ze hebben gezworen dat ze er helemaal nooit waren geweest.
De vraag bleef bijna in haar keel steken, maar hij moest gesteld worden. *Moest.*
'Moeten we... moeten we mam hierover vertellen?'
Hij haalde lang, zuchtend, trillend adem. Ze wachtte, haar hart in haar keel, en toen hij zei: 'Ik denk het wel, vind je niet?' zonk hij helemaal naar haar voeten.
Iets wankel liep ze door de kamer naar hem toe – ze scheen helemaal geen gevoel in haar benen te hebben – en sloeg haar armen om hem heen. 'Alsjeblieft, pappa. Niet doen. Alsjeblieft vertel het niet. *Alsjeblieft* niet. Alsjeblieft...' Haar stem viel weg, werd gesnik en zij drukte haar gezicht tegen zijn naakte borst.
Na een ogenblik legde hij zijn armen om haar heen, ditmaal op zijn oude, vaderlijke manier.
'Ik haat het,' zei hij, 'omdat de dingen de laatste tijd behoorlijk gespannen zijn tussen ons tweeën, lief. Het zou me in feite verbazen als je dat niet wist. Zoiets als dit zou het nog een stuk erger kunnen maken. Ze is... nou, de laatste tijd niet erg aanhalig, en dat was vandaag het grootste probleem. Een man heeft... bepaalde behoeften. Op een dag zul je dat begr...'
'Maar als ze erachter komt, zal ze zeggen dat het *mijn* schuld was.'
'O, nee – dat denk ik niet,' zei Tom, maar zijn toon was verbaasd, nadenkend... en, voor Jessie even vreselijk als een doodvonnis. 'Neeeee... ik weet zeker – nou, *behoorlijk* zeker – dat ze...'
Ze keek naar hem op, haar ogen vol tranen en rood. '*Alsjeblieft* vertel het haar niet, pappa! Alsjeblieft doe het niet! Alsjeblieft doe het niet!'
Hij kuste haar voorhoofd. 'Maar Jessie... Ik *moet* wel. *Wij* moeten wel.'
'Waarom? *Waarom*, pappa?'
'Omdat...'

22

Jessie ging even verliggen. De kettingen rinkelden, de boeien zelf ratelden tegen de bedstijlen. Het licht kwam nu door het raam op het oosten naar binnen gestroomd.
'Omdat jij het niet geheim zou kunnen houden,' zei hij dof. 'Omdat het, als het moet uitkomen, Jessie, beter voor ons allebei is dat het nu uitkomt, in plaats van over een week, over een maand, over een jaar. Zelfs over *tien* jaar.'
Wat had hij haar goed gemanipuleerd – eerst de verontschuldiging, dan de tranen, en uiteindelijk de slimste truc: van *zijn* probleem *haar* probleem maken. *Vosje, vosje, wat je verder ook allemaal met me doet, gooi me niet in dat braambos!* Tot ze hem ten slotte had gezworen dat ze het geheim altijd zou bewaren, dat ze het met geen geld of lieve woorden uit haar zouden krijgen.
Ze kon zich zelfs herinneren dat ze hem zoiets door een regen van hete, angstige tranen heen had beloofd. Uiteindelijk was hij opgehouden met zijn hoofd te schudden en had hij alleen maar door de kamer gekeken, zijn ogen vernauwd, zijn lippen stijf op elkaar geklemd – dit zag ze in de spiegel, zoals hij vast wel moet hebben geweten.
'Je zou het nooit iemand mogen vertellen,' zei hij ten slotte, en Jessie herinnerde zich de bezwijmende opluchting die ze bij die woorden had gevoeld. Wat hij zei was minder belangrijk dan de toon waarop hij het zei. Jessie had die toon al vaak eerder gehoord en ze wist dat het haar moeder razend maakte dat zij, Jessie, hem vaker op die manier kon doen praten dan Sally zelf. *Ik wijzig mijn mening*, zei die toon. *Ik doe het tegen beter weten in, maar ik wijzig mijn mening. Ik voeg me naar jou.*
'Nee,' had ze beaamd. Haar stem trilde en steeds weer moest ze tranen wegslikken. 'Ik vertel het niet, pappa... nooit.'
'Niet alleen je moeder niet,' zei hij, 'maar *niemand. Nooit.* Dat is een grote verantwoordelijkheid voor een klein meisje, Hartje. Je zou in de

verleiding kunnen komen. Bijvoorbeeld als je na school je huiswerk doet met Caroline Cline of Tammy Hough en ze je een geheim van henzelf zouden vertellen, dan zou je wel eens...'
'Hun? *Nooit-Nooit-Nooit!*'
En hij moest de waarheid in haar gezicht hebben gezien: de gedachte dat Caroline of Tammy erachter kwam dat haar vader haar had aangeraakt, vervulde Jessie met afschuw. Tot zover tevreden had hij doorgedrukt naar wat, nam ze nu aan, zijn grootste angst moest zijn geweest. 'Of je zus.' Hij hield haar van zich af en keek haar een langgerekt moment ernstig aan. 'Er zou een tijd kunnen komen, weet je, dat je het haar zou willen vertellen...'
'Pappa, nee, ik zou nooit...'
Hij schudde haar even zacht heen en weer. 'Stil even, Hartje, laat me uitspreken. Jullie tweeën zijn dik met elkaar, dat weet ik, en ik weet dat meisjes soms de behoefte voelen dingen met elkaar te delen die ze gewoonlijk niet zouden vertellen. Als je dat gevoel met Maddy had, zou je dan toch je mond kunnen houden?'
'*Ja!*' In haar wanhopige behoefte hem te overtuigen, was ze weer gaan huilen. Natuurlijk was het best mogelijk dat ze het Maddy zou vertellen – als er al iemand ter wereld was met wie ze *misschien* op een dag zo'n wanhopig geheim zou willen delen, zou het haar grote zus zijn... maar er was één ding. Maddy en Sally deelden dezelfde soort saamhorigheid die Jessie en Tom hadden, en als Jessie haar zuster vertelde wat er op de veranda was gebeurd, was de kans groot dat hun moeder het zou weten nog voor de dag ten einde was. In die wetenschap, meende Jessie, zou ze heel makkelijk de verleiding kunnen weerstaan het aan Maddy te vertellen.
'Weet je het echt zeker?' had hij twijfelend gevraagd.
'Ja! Echt!'
Hij was weer zijn hoofd gaan schudden, op een spijtige manier die haar weer helemaal bang maakte. 'Ik denk gewoon, Hartje, dat het misschien maar beter is er direct mee voor de dag te komen. De bittere pil te slikken. Ik bedoel, ze kan ons niet *vermoorden...*'
Maar Jessie had haar woede gehoord toen pappa had gevraagd haar te verexcuseren voor het uitstapje naar Mount Washington... en het was niet alleen woede. Ze wilde er niet graag aan denken, maar op dit punt kon ze zich de luxe van het ontkennen niet permitteren. In de stem van haar moeder had ook iets van jaloezie en bijna van haat geklonken. Terwijl Jessie met haar vader in de slaapkamerdeur stond en probeerde hem over te halen zijn mond te houden, had ze een visioen gekregen, kortstondig maar van een verlammende helderheid: zij tweeën verstoten als Hans en Grietje, zonder thuis, heen en weer trekkend door Amerika...

... en met elkaar slapen natuurlijk. 's Nachts samen slapen.
Ze was toen volledig ingestort, hysterisch huilend, terwijl ze hem smeekte het niet te vertellen. Ze beloofde hem dat ze voor altijd en eeuwig een braaf meisje zou zijn, als hij het maar niet zou vertellen. Hij had haar laten huilen tot wat naar zijn gevoel het juiste moment moest zijn geweest, en toen had hij ernstig gezegd: 'Weet je, Hartje, jij bent vreselijk sterk voor een klein meisje.'
Ze had naar hem opgekeken, haar wangen nat en haar ogen vol nieuwe hoop.
Hij knikte langzaam, begon toen haar tranen te drogen met de handdoek die hij voor zijn eigen gezicht had gebruikt. 'Ik heb je nooit iets kunnen weigeren, als je het echt wilde, en nu kan ik het ook niet. We gaan het op jouw manier proberen.'
Ze wierp zich in zijn armen en begon zijn gezicht met kussen te overdekken. Ergens heel diep in haar geest was ze bang geweest dat ze hiermee weer
(hem op zou geilen)
moeilijkheden zou veroorzaken, maar haar dankbaarheid had die voorzichtigheid volledig overweldigd en er waren geen moeilijkheden gekomen.
'Dank je! Dank je, pappa! Dank je!'
Hij had haar bij de schouders gepakt en haar weer op armlengte gehouden, een glimlach nu in plaats van ernst. Maar er was nog altijd die triestheid in zijn gezicht geweest, en nu, bijna dertig jaar later, dacht Jessie niet dat die uitdrukking ook show was geweest. Dat trieste was echt geweest en ergens maakte dat het vreselijke wat hij had gedaan, erger in plaats van minder.
'Dat is dan afgesproken,' zei hij. 'Ik zeg niks, jij zegt niks. Goed?'
'Goed!'
'Niet tegen iemand anders, zelfs niet tegen elkaar. Voor altijd en eeuwig, amen. Als we deze kamer uitlopen, Jessie, is het nooit gebeurd. Oké?'
Ze had onmiddellijk ingestemd, maar tegelijkertijd was de herinnering aan die geur bij haar teruggekomen, en ze had geweten dat er in ieder geval één vraag was die ze hem moest stellen voor het niet meer kon.
'En er is iets wat ik nog eens moet zeggen. Ik moet zeggen dat het me spijt, Jessie. Wat ik deed was verachtelijk en beschamend.'
Hij had zijn blik afgewend toen hij dat zei, herinnerde ze zich. Al die tijd dat hij haar opzettelijk in hysterische buien van schuld, angst en naderend onheil had gedreven, al die tijd dat hij zich ervan had vergewist dat ze nooit iets zou zeggen, door te dreigen alles te vertellen, had hij haar recht aangekeken. Toen hij die laatste verontschuldiging aanbood

echter, had hij zijn blik afgewend naar de krijttekeningen op de lakens die de kamer in tweeën deelden. Deze herinnering vervulde haar met iets wat ze tegelijkertijd als smart en als woede ervaarde. Met zijn leugens had hij haar aan kunnen kijken, de waarheid had hem ten slotte zijn blik doen afwenden.

Ze herinnerde zich dat ze haar mond opendeed om hem te vertellen dat hij dat niet hoefde te zeggen, hem weer sloot – deels omdat ze bang was dat alles wat ze zei ervoor kon zorgen dat hij weer van mening veranderde, maar voornamelijk omdat ze zich, ook al was ze maar tien, had gerealiseerd dat ze recht op een verontschuldiging had.

'Sally is koel geweest – het is de waarheid, maar als excuus is het knap lullig. Ik begrijp niet wat over me kwam.' Hij had een beetje gelachen, nog steeds zonder haar aan te kijken. 'Misschien was het de zonsverduistering. Als dat zo is, dan gebeurt het god zij dank nooit meer.' Vervolgens, alsof hij tegen zichzelf sprak: 'Jezus, als we onze mond houden en ze komt er later toch achter...'

Jessie had haar hoofd tegen zijn borst gelegd en zei: 'Dat gebeurt niet. Ik vertel het nooit, pappa.' Ze pauzeerde, voegde er toen aan toe: 'Wat *kan* ik haar immers vertellen?'

'Dat is waar.' Hij glimlachte. 'Want er is niets gebeurd.'

'En ik ben niet... ik bedoel, ik kan toch niet...'

Ze had opgekeken, terwijl ze hoopte dat hij haar misschien vertelde wat ze moest weten zonder dat ze het vroeg, maar hij keek alleen maar terug, de wenkbrauwen opgetrokken in een zwijgend vraagteken. De glimlach had plaatsgemaakt voor een behoedzame, wachtende uitdrukking.

'Ik kan toch niet zwanger zijn, hè?' flapte ze eruit.

Hij kromp ineen en toen verstrakte zijn gezicht alsof hij zijn best deed de een of andere sterke emotie te onderdrukken. Ontzetting of smart had ze toen gedacht; pas al die jaren later kwam het bij haar op dat wat hij misschien echt had proberen te beheersen, een woeste, opgeluchte lachbui was. Op het laatst kreeg hij zichzelf weer in bedwang en kuste het puntje van haar neus.

'Nee, liefje, natuurlijk niet. Dat wat vrouwen zwanger maakt, is niet gebeurd. Zoiets is er *niet* gebeurd. Ik stoeide wat met je, dat is alles...'

'En je prikte me in mijn kont.' Ze herinnerde zich nu heel duidelijk dat ze dat zei. 'En je prikte me in mijn kont, dat deed je.'

Hij had geglimlacht. 'Ja. Zoiets. Je bent net zo verrukkelijk als altijd, Hartje. Nou, wat denk je? Is het hoofdstuk daarmee afgesloten?'

Ze had geknikt.

'Zoiets als dit zal nooit weer gebeuren... Dat weet je toch, hè?'

Ze knikte weer, maar haar eigen glimlach had geaarzeld. Door wat hij

zei, had ze opgelucht moeten zijn en dat was ook een beetje zo, maar iets in de ernst van zijn woorden en de spijt op zijn gezicht had haar bijna weer in paniek gebracht. Ze herinnerde zich dat ze zijn handen pakte en ze zo hard kneep als ze kon. 'Maar je houdt toch van me, hè, pappa? Je houdt toch nog steeds van me, hè?'
Hij had geknikt en haar verteld dat hij meer dan ooit van haar hield.
'Omhels me dan! Omhels me dan stevig!'
En dat deed hij, maar nu kon Jessie zich iets anders herinneren: zijn onderlichaam had dat van haar niet aangeraakt.
Toen niet en nooit meer, dacht Jessie. *In ieder geval niet dat ik me kan herinneren. Zelfs niet toen ik mijn doctoraal haalde. De enige keer dat ik hem nog eens om mij heb zien huilen, gaf hij me zo'n grappige ouwevrijstersomhelzing, met je reet naar achteren zodat er geen enkele kans is dat jouw kruis dat van degene die je omhelst raakt. Arme, arme man. Ik vraag me af of ook maar iemand van al die mensen met wie hij door de jaren heen zaken heeft gedaan, hem ooit zó kapot heeft gezien als ik op de dag van de zonsverduistering. Al die pijn, en waarom? Een seksueel ongelukje net zo ernstig als een verstuikte teen. Jezus, wat een leven. Wat een kloteleven.*
Ze begon langzaam haar armen weer op en neer te pompen, bijna zonder het zich bewust te zijn. Haar enige wens was dat het bloed in haar handen, polsen en onderarmen bleef stromen. Ze nam aan dat het een uur of acht was. Ze zat al achttien uur aan dit bed vastgeketend. Ongelooflijk, maar waar.
Ruth Neary's stem sprak zó plotseling, dat hij haar deed schrikken. Hij klonk vol walgende verbazing.
Je maakt nog steeds excuses voor hem, hè? Je laat hem nog steeds vrijuit gaan en geeft jezelf de schuld, na al die jaren. Zelfs nu nog. Verbazingwekkend.
'Hou op,' zei ze schor. 'Dat heeft allemaal geen ene rotmoer te maken met de rotzooi waar ik nu in zit...'
Jij bent me ook een fraaie, Jessie!
'... en zelfs als het wel zo was,' vervolgde ze, terwijl ze haar stem iets verhief, '*zelfs als het wel zo was*, heeft het ook geen ene rotmoer te maken met hoe ik *uit* de rotzooi kom waar ik in zit. *Dus laat het even rusten!*'
Je was geen Lolita, Jessie, ongeacht wat hij je misschien ook deed geloven. Je was geen Lolita, op geen stukken na.
Jessie weigerde antwoord te geven. Ruth deed het nog beter, zij weigerde haar mond te houden.
Als je nog steeds denkt dat je lieve ouwe paps de perfecte edele ridder was, die jou bijna voortdurend tegen de vuurspuwende mammadraak beschermde, moet je nog maar eens goed nadenken.

'Hou je mond.' Jessie begon haar armen sneller op en neer te pompen. De kettingen rinkelden, de boeien ratelden. 'Hou je mond, je bent afschuwelijk.'

Hij plande het, Jessie. Snap je dat niet? Het was niet de zomaar in-de-opwelling-van-het-moment gebeurtenis, een gefrustreerde vader die van de gelegenheid gebruik maakt, hij heeft het gepland.

'Je liegt,' grauwde Jessie. Zweet rolde in grote, heldere druppels van haar slapen.

O ja? Nou, vraag jezelf dit dan eens af – wiens idee was het dat je die zonnejurk droeg? Die jurk die zowel te klein als te strak was? Wie wist dat je zou luisteren – en met bewondering – terwijl hij je moeder onder handen nam? Wie had er de avond daarvoor zijn handen op je tieten en wie droeg er de-dag-van een gymbroek en verder niets?

Plotseling verbeeldde ze zich dat Bryant Gumbel bij haar in de kamer stond; chic met zijn driedelige pak en zijn gouden armband, hier bij het bed, een vent met een minicam naast hem, die langzaam langs haar bijna naakte lichaam omhoog zwenkte voor hij op haar bezwete, vlekkerige gezicht stilhield. Bryan Gumbel die een live-uitzending deed met de Ongelooflijke Geboeide Vrouw, een microfoon uitgestoken om haar te vragen: *Wanneer besefte je voor het eerst dat je vader wel eens op je zou kunnen geilen, Jessie?*

Jessie hield op met het pompen van haar armen en deed haar ogen dicht. Er lag een gesloten, koppige uitdrukking op haar gezicht. *Niet meer*, dacht ze. *Ik denk dat ik kan leven met de stemmen van Ruth en Moedertje als het moet... zelfs met de verzameling* UFO*'s die zo af en toe met hun goedkope babbels binnen komen vallen... maar ik trek de streep bij een live-interview met Bryant Gumbel terwijl ik alleen maar een ondergepist slipje aan heb. Zelfs in mijn verbeelding trek ik daar de streep.*

Vertel me één ding, Jessie, zei een andere stem. Geen UFO ditmaal, het was de stem van Nora Callighan. *Eén ding en dan beschouwen we het onderwerp als gesloten, voor het moment in ieder geval en waarschijnlijk voor altijd. Goed?*

Jessie was stil, wachtte af, op haar hoede.

Toen je uiteindelijk je kalmte verloor gistermiddag – toen je eindelijk eens een schop gaf – wie schopte je toen? Gerald?

'Natuurlijk Ger...' begon ze en brak vervolgens af, toen een enkel, heel duidelijk beeld haar geest vulde. Het was de witte sliert speeksel die aan Geralds kin had gehangen. Ze zag hem langer worden, zag hem op haar middenrif, net boven de navel, vallen. Alleen maar wat speeksel, dat was alles, niets ergs na al die jaren en al die gepassioneerde kussen met hun monden open en hun tongen met elkaar in gevecht. Zij en Gerald hadden heel wat lichaamsvocht uitgewisseld en de enige prijs die ze er ooit voor hadden betaald was een paar gedeelde verkoudheden.

Niets ergs, dat wil zeggen: tot vandaag toen hij weigerde haar los te laten toen ze het wilde, het nodig had dat hij haar los liet. Niets ergs tot ze die laffe, treurige geur van mineralen had geroken, de geur die ze associeerde met het bronwater van Dark Score, en met het meer zelf op warme zomerdagen... dagen zoals 20 juli 1963 bijvoorbeeld.

Ze had *spuug* gezien, ze had *sperma* gedacht.

Nee, dat is niet waar, dacht ze, maar ditmaal hoefde ze Ruth niet op te roepen om advocaat van de duivel te spelen. Ze wist dat het *wel* waar was. *Het is godverdomme zijn kwakje* – dat was precies haar gedachte geweest en daarna was ze helemaal opgehouden met denken, voor een tijdje in ieder geval. In plaats van te denken was ze met een reflex gekomen, de ene voet in zijn buik en de andere in zijn ballen. Geen spuug maar sperma, niet de een of andere nieuwe weerzin tegen Geralds spelletje, maar die oude stinkende afschuw die plotseling als een zeemonster aan de oppervlakte kwam.

Jessie wierp een blik op het in elkaar gedoken, verminkte lichaam van haar echtgenoot. Een ogenblik prikten er tranen in haar ogen, en toen ging het gevoel voorbij. Ze had het idee dat de Afdeling Overleven had besloten dat tranen een luxe waren die ze zich niet kon permitteren, in ieder geval voorlopig niet. Toch speet het haar – speet het haar dat Gerald dood was, ja, natuurlijk, maar nog meer dat ze hier in deze situatie zat.

Jessie verplaatste haar ogen naar het niets, even boven Gerald, en ze produceerde een schamel, gepijnigd glimlachje.

'Ik neem aan dat dat alles is wat ik nu te zeggen heb, Bryant. Doe de groeten aan Willard en Katie, en o, ja – zou je voordat je vertrekt deze handboeien even los willen maken? Ik zou je erg dankbaar zijn.'

Bryant gaf geen antwoord. Het verbaasde Jessie niets.

23

Als je deze ervaring overleeft, Jess, stel ik voor dat je eens ophoudt het verleden bij te werken en begint beslissingen te nemen over wat je met je toekomst gaat doen... te beginnen met de volgende tien minuten of zo. Ik denk niet dat sterven van de dorst op dit bed erg plezierig zou zijn, hè?

Nee, niet erg plezierig... en ze dacht dat dorst lang niet het ergste zou zijn. Bijna vanaf het eerste moment dat ze wakker werd, had ze het woord kruisiging in haar achterhoofd. Het ging op en neer als een naar verdronken ding dat te vol water zit om helemaal aan de oppervlakte te komen. Ze had een artikel gelezen over deze charmante oude gewoonte van folteren en executie voor het college geschiedenis op de universiteit, en had tot haar verbazing ontdekt dat de oude spijkers-door-handen-en-voeten truc nog maar het begin was. Net zoals abonnementen op tijdschriften en zakrekenmachines, was kruisiging het cadeautje dat je bleef verrassen.

De echte ontberingen begonnen met kramp en spiertrekkingen. Met tegenzin herkende Jessie dat de pijnen die ze tot dusver had geleden, zelfs dat verlammende gevoel dat een eind had gemaakt aan haar eerste paniekaanval, slechts kneepjes waren, vergeleken met wat haar te wachten stond. Ze zouden haar armen, middenrif en onderlijf teisteren, en gestaag erger wordend, vaker voorkomen en op grotere schaal naarmate de dag vorderde. Op een gegeven moment zouden haar handen en voeten gevoelloos worden, hoe hard ze ook haar best deed het bloed stromende te houden, maar gevoelloosheid zou geen opluchting brengen. Tegen die tijd zou ze bijna zeker al ondraaglijke borst- en buikkrampen hebben. Er zaten geen spijkers in haar handen en voeten en ze lag, ze hing niet aan een kruis aan de kant van de weg, als een van de verslagen gladiatoren in *Spartacus*, maar die verschillen zouden haar doodsstrijd misschien alleen maar verlengen.

Dus wat ga je nu doen, nu je nog redelijk vrij van pijn bent en nog kan denken?

'Wat ik maar kan,' kraakte ze, 'als je je mond dus eens hield, zodat ik er een ogenblik over na kan denken?'
Prima - ga je gang maar.
Ze zou beginnen met de meest voor de hand liggende oplossing en daar vandaan verder werken... als ze moest. En wat *was* de meest voor de hand liggende oplossing? De sleutels, natuurlijk. Die lagen nog steeds op de ladenkast, waar hij ze had achtergelaten. Twee sleutels, maar allebei precies gelijk. Gerald, die bijna ontwapenend clichématig kon zijn, had ze vaak de Originele en de Reserve genoemd (Jessie had duidelijk die hoofdletters in de stem van haar echtgenoot gehoord).
Stel nou eens, gewoon om de hersencellen bezig te houden, dat ze het bed op de een of andere manier door de kamer naar de ladenkast kon schuiven. Zou ze dan echt een van die sleutels te pakken kunnen krijgen en gebruiken? Met tegenzin realiseerde Jessie zich dat dat twee vragen waren, niet één. Ze nam aan dat ze misschien wel een van de sleutels met haar tanden zou kunnen pakken, maar wat dan? Ze zou hem toch niet in het slot kunnen krijgen, gezien haar ervaring met het waterglas kon ze aannemen dat ze er niet bij zou kunnen, hoe ze ook haar best deed.
Goed, schrap de sleutels. Daal af naar de volgende sport van de ladder van mogelijkheden. Wat zou dat kunnen zijn?
Ze dacht er ongeveer vijf minuten lang zonder succes over na, draaide in haar geest om en om als de vlakken van een Rubik-kubus, en onderwijl haar armen op en neer pompend. Op een gegeven moment tijdens haar overpeinzingen dwaalden haar ogen naar de telefoon die op het lage tafeltje bij het raam op het oosten stond. Ze had hem eerder afgeschreven als iets uit een ander universum, maar misschien was ze te haastig geweest. De tafel was tenslotte dichterbij dan de ladenkast en de telefoon was heel wat groter dan een sleutel van een handboei.
Als ze het bed naar de telefoontafel kon bewegen, zou ze dan niet met haar voet de hoorn van de haak kunnen lichten? En als dat lukte, dan kon ze misschien haar grote teen gebruiken om die toets onderaan voor de centrale in te drukken, tussen de toetsen gemerkt met * en # erop. Het leek een of ander krankzinnig variéténummer, maar...
Druk op de toets, wacht, begin dan uit alle macht te krijsen.
Ja, en een half uur later zou dan ofwel die grote blauwe ambulance uit Norway komen of die grote oranje wagen met Castle County Rescue erop, om haar in veiligheid te brengen. Echt een krankzinnig idee, maar dat was een rietje van de antwoordkaart uit het tijdschrift ook. Het zou kunnen werken, krankzinnig of niet – dat was het punt. Het had zeker meer potentieel dan op de een of andere manier het bed helemaal door de kamer duwen en dan proberen een manier te vinden om een van de sleutels in een van de sloten van de handboeien te krijgen. Er zat echter

een groot probleem aan het idee, hoe dan ook zou ze een manier moeten zien te vinden om het bed naar rechts te krijgen en dat was een zware dobber. Ze gokte dat het met zijn mahoniehouten planken aan hoofd- en voeteneinde wel honderdvijftig kilo moest wegen, en die schatting zou best eens aan de lage kant kunnen zijn.

Maar je kunt het op z'n minst proberen, schat, en misschien staat je dan wel een grote verrassing te wachten – de vloer is na Labour Day in de was gezet, weet je nog. Als een zwerfhond waarvan je de ribben kunt tellen je echtgenoot kan verslepen, misschien kun jij dan dit bed verplaatsen. Je hebt niets te verliezen als je het probeert, wel?

Daar zat heel wat in.

Jessie werkte haar benen naar de linkerkant van het bed, terwijl ze tegelijkertijd haar rug en schouders naar rechts werkte. Toen ze op die manier zo ver was gekomen als ze kon, draaide ze zich op haar linkerheup. Haar voeten gingen over de rand... en plotseling bewogen haar benen en lijf niet naar links, maar *schoten* ze naar links als een lawine op het punt van vallen. Er schoot een verschrikkelijke kramp zigzaggend door haar linkerzij omhoog toen haar lichaam werd uitgerekt op een manier waar het niet op was berekend, zelfs onder de beste omstandigheden niet. Het voelde aan alsof iemand haar een snelle, harde haal met een hete pook had gegeven.

De korte ketting tussen de handboeien van de rechterhand kwamen met een ruk strak te staan, en een ogenblik werden de berichten van haar linkerkant uitgevlakt door de nieuwe pijnscheuten uit haar rechterarm en -schouder. Het voelde aan alsof iemand probeerde die arm er volledig af te draaien. *Nu weet ik hoe een kalkoenbout zich voelt*, dacht ze.

Haar linkerhiel kwam met een bons op de vloer, haar rechter hing er tien centimeter boven. Haar lichaam was onnatuurlijk naar links gedraaid en haar rechterarm hing zwaar achter haar in een soort van bevroren 'wave'. De strakke ketting stond harteloos blikkerend in de ochtendzon uit zijn rubberen manchet.

Jessie wist plotseling zeker dat ze in deze houding zou sterven, met haar linkerzij en rechterarm gillend van de pijn. Ze zou hier blijven liggen en langzaam gevoelloos worden, terwijl haar kwijnende hart zijn strijd verloor om bloed naar alle delen van haar uitgerekte, gedraaide lichaam te pompen. Ze raakte weer in paniek en ze huilde om hulp, vergetend dat er niemand in de buurt was behalve een gehavende zwerfhond met een buik vol advocaat. Ze klauwde koortsachtig met haar rechterhand naar de bedstijl, maar ze was net een beetje te ver gegleden, het donker gevlekte mahonie was een centimeter buiten het bereik van de toppen van haar uitgestrekte vingers.

'Help! Alsjeblieft! Help! Help!'

Geen antwoord. De enige geluiden in deze stille zonnige slaapkamer waren haar geluiden: schorre, gillende stem, raspende ademhaling, bonzend hart. Niemand hier behalve zij, en tenzij ze weer op het bed kon komen, zou ze sterven als een vrouw die aan een vleeshaak hing. Ook hield het niet op erger te worden, haar achterste gleed nog steeds naar de rand van het bed, terwijl haar rechterarm gestaag naar achteren werd getrokken in een hoek die almaar extremer werd.
Zonder erover na te denken of het te plannen (tenzij het lichaam, aangespoord door pijn, soms voor zichzelf denkt), zette Jessie haar naakte linkerhiel stevig op de vloer en duwde uit alle macht naar achteren. Het was de enige manier waarop haar pijnlijk gedraaide lichaam zich nog af kon zetten en de manoeuvre werkte. Haar onderlijf kromde zich, de ketting tussen de handboeien waarmee haar rechterhand vastzat werd slap en zij greep de bedstijl met de paniekerige ijver van een verdrinkende vrouw die een reddingsboei grijpt. Ze gebruikte hem om zichzelf naar achteren te trekken, zonder acht te slaan op het gillen van haar rug en biceps. Toen haar voeten weer boven waren, schoof ze koortsachtig trappelend van de rand vandaan alsof ze in een zwembad vol babyhaaien was gedoken en dat net op tijd had gemerkt om haar tenen te redden. Ten slotte hervond ze haar eerdere ingezakte, zittende houding tegen de dwarsplanken, armen uitgestrekt, haar lendenen rustend op het zweetdoorweekte kussen in zijn volledig verkreukte katoenen sloop. Ze liet haar hoofd tegen de mahonie latten rusten en haalde snel adem, haar naakte borsten glanzend van het zweet dat ze eigenlijk niet kwijt mocht raken. Ze sloot haar ogen en lachte zwakjes.
Zeg, dat was behoorlijk opwindend, niet, Jessie? Ik denk dat je hart niet zo snel en luid meer heeft gebonsd sinds 1985, toen je nog maar een kerstkus of wat af was van een wip met Tommy Delguidace. Niets te verliezen door het te proberen, dacht je dat niet? Nou, nu weet je beter.
Ja. En ze wist nog iets.
O? En wat is dat, schatje?
'Ik weet dat die klote telefoon buiten bereik is,' zei ze.
Ja inderdaad. Terwijl ze zojuist met haar linkerhiel afzette, had ze al haar vijfenvijftig kilo erachter gezet – en ze had geduwd met het enthousiasme van totale, alles-verlammende paniek. Het bed had geen sikkepit bewogen, en nu ze in de gelegenheid was erover na te denken, was ze blij dat het niet was gebeurd. Als het naar rechts was geschoven zou ze er nog steeds buiten hangen. En zelfs als ze het helemaal naar de telefoontafel had kunnen duwen, nou...
'Ik ben er godverdomme aan de verkeerde kant af gegaan,' zei ze half lachend en half snikkend. 'Jezus, laat iemand me doodschieten.'
Ziet er niet goed uit, zei een van de UFO-stemmen – een stem waar ze be-

slist buiten had gekund – tegen haar. *Ziet er zo'n beetje naar uit dat de Jessie Burlingame Show net van het programma is geschrapt.*
'Probeer eens iets anders,' zei ze hees. 'Deze vind ik niet leuk.'
Er is niets anders. Je had al niet zoveel mogelijkheden, en je hebt ze allemaal onderzocht.
Ze sloot haar ogen weer en voor de tweede keer sinds deze nachtmerrie begon, zag ze de speelplaats achter de oude lagere school van Falmouth op Central Avenue. Alleen was het deze keer niet het beeld van twee kleine meisjes op een wip dat haar geest vervulde. In plaats daarvan zag ze een klein jongetje – haar broer Will – die een salto achterover maakte aan een stang.
Ze opende haar ogen, liet zich zakken en boog haar hoofd om wat nauwkeuriger naar het hoofdeinde te kijken. De salto achterover aan een stang betekende dat je aan een stok hing, en dan je benen over je schouders boog. Je eindigde met een snelle kleine draai waardoor je weer op je voeten neer kon komen. Will was zo vaardig geweest in deze fraaie en economische beweging dat het Jessie had geleken alsof hij salto's binnen zijn eigen handen maakte.
Stel je voor dat het me lukt? Gewoon een salto over de bovenkant van dat klote hoofdeinde. Daar overheen zwaaien en...
'En op mijn voeten neerkomen,' fluisterde ze.
Een paar ogenblikken leek dit gevaarlijk, maar te doen. Natuurlijk zou ze het bed van de muur moeten duwen – je kon geen salto achterwaarts maken als je geen plek had om neer te komen – maar ze had het idee dat het haar zou lukken. Als de plank boven het bed eenmaal weg was (en het zou makkelijk zijn hem van zijn steunen te gooien, omdat hij niet vast lag), zou ze achterwaarts een rol maken en haar naakte voeten tegen de muur boven de bovenkant van het hoofdeinde planten. Het was haar niet gelukt het bed zijwaarts te bewegen, maar met de muur om zich tegen af te zetten...
'Zelfde gewicht, tien maal duwkracht,' mompelde ze. 'Moderne natuurkunde op zijn best.'
Ze tastte met haar linkerhand naar de plank, met de bedoeling hem omhoog van de L-steunen af te wippen, toen ze die godvergeten handboeien van Gerald met hun waanzinnig korte kettingen weer eens goed bekeek. Als hij ze iets hoger om de beddestijl had vastgeklikt – zeg, tussen de eerste en tweede dwarslat – dan zou ze het risico hebben kunnen nemen. De manoeuvre zou waarschijnlijk hebben geresulteerd in een paar gebroken polsen, maar ze had het punt bereikt dat een paar gebroken polsen een heel acceptabele prijs leken om los te komen... immers, ze zouden genezen, nietwaar? In plaats van tussen de eerste en tweede dwarslat, echter, waren de boeien tussen de tweede en de derde vastgemaakt,

en dat was een beetje te ver naar beneden. Elke poging om een salto achterover te maken over het hoofdeinde zou niet alleen eindigen met gebroken polsen, maar ook met een paar schouders die niet zomaar ontwricht waren, maar letterlijk uit de kom gescheurd zouden zijn door haar neerkomende gewicht.
En dit godvergeten bed maar eens te verschuiven, waarheen dan ook met twee gebroken polsen en schouders uit de kom. Klinkt dat leuk?
'Nee,' zei ze hees. 'Niet zo erg.'
Laten we eerlijk zijn, Jess – je zit hier vast. Je kunt me de stem van de wanhoop noemen als je dat prettig vindt, of als het je helpt bij je verstand te blijven – God weet dat ik daar helemaal voor ben – maar wat ik echt ben, is de stem van de waarheid, en de waarheid van deze situatie is, dat je hier vastzit.
Jessie deed haar hoofd met een ruk opzij, wilde deze zogenaamde stem van de waarheid niet horen en bemerkte dat ze deze stem al net zomin buiten kon sluiten als haar dat met de andere was gelukt.
Dat zijn echte handboeien die je om hebt, niet van die schattige kleine boeidingetjes met voering aan de binnenkant van de polsbanden en een verborgen ontsnapknop waar je op kunt drukken als iemand in zijn enthousiasme wat te ver gaat. Je zit echt-waar vast, en je bent toevallig geen fakir uit de Mysterieuze Oriënt, in staat van je lichaam een krakeling te maken, of een ontsnappingskunstenaar à la Harry Houdini of David Copperfield. Ik vertel je het gewoon zoals ik het zie, goed? En zoals ik het zie, ben je de klos.
Plotseling herinnerde ze zich wat er was gebeurd nadat haar vader haar slaapkamer had verlaten, de dag van de zonsverduistering – hoe ze zich op haar bed had geworpen en had gehuild tot het had geleken alsof haar hart zou breken of smelten of het gewoon voorgoed op zou geven. En nu, terwijl haar mond begon te trillen, leek ze opvallend veel op toen: vermoeid, verward, bang en verloren. Dat laatste nog het meest van al. Jessie begon te huilen, maar na de eerste paar tranen wilden haar ogen geen nieuwe meer produceren; er waren klaarblijkelijk strengere rantsoeneringsmaatregelen afgekondigd. Toch huilde ze, zonder tranen, haar snikken zo droog als het schuurpapier in haar keel.

24

In New York City hadden de medewerkers van het Today-programma het voor vandaag weer gehad. Op het NBC filiaal dat zuidelijk en westelijk Maine bediende, werden ze eerst afgelost door een plaatselijke praatshow (een grote moederlijke vrouw in een bloemetjesschort die liet zien hoe makkelijk je een pot au feu kon maken), vervolgens door een spelshow waar beroemdheden moppen tapten en deelnemers luide, orgastische kreten slaakten als zij auto's, en boten en vuurrode Dirt Devilstofzuigers wonnen. In Huize Burlingame aan het schilderachtige Kashwakamak Lake, lag de nieuwe weduwe in haar gevangenschap ongemakkelijk te dommelen en begon toen weer te dromen. Het was een nachtmerrie, een die nog levendiger en ergens overtuigender werd gemaakt door het oppervlakkige van haar slaap.
In die nachtmerrie lag Jessie weer in het donker, en een man – of een manachtig ding – stond weer tegenover haar in de hoek van de kamer. De man was niet haar vader, de man was niet haar echtgenoot, de man was een vreemdeling, *de* vreemdeling, die vreemdeling die ons in al onze ziekste, meest paranoïde voorstellingen en diepste angsten bezoekt. Het was het gezicht van een wezen waarmee Nora Callighan met haar goede raad en lieve, praktische aard nooit rekening had gehouden. Dit duistere wezen kon niet weggegoocheld worden met een wetenschappelijk isme. Het was de universele onbekende.
Maar je kent *me wel*, zei de vreemdeling met het lange witte gezicht. Hij boog zich voorover en greep het hengsel van zijn tas. Jessie merkte, totaal niet verrast, dat het hengsel een kaakbeen was en dat de tas zelf van menselijke huid was gemaakt. De vreemdeling raapte hem op, klikte de sluithaken open en opende het deksel. Weer zag ze de botten en sieraden, weer stak hij zijn hand in de warboel en begon die in langzame cirkels te bewegen, waardoor dat afschuwelijke geklik en geklak, getik en getak werd veroorzaakt.
Nee, zei ze. *Ik weet niet wie je bent. Nee, nee, nee!*

Ik ben de Dood natuurlijk, en vannacht kom ik terug. Alleen denk ik dat ik vannacht iets meer doe dan alleen maar in de hoek blijven staan. Ik denk dat ik vannacht op je af spring, op... deze...manier!
Hij sprong naar voren, terwijl hij de tas liet vallen (botten en hangers en ringen en halskettingen stroomden op de vloer naar waar Gerald lag uitgestrekt met zijn verminkte arm wijzend naar de gangdeur) en liet zijn handen naar voren schieten. Ze zag dat zijn vingers eindigden in donkere, smerige nagels, zó lang dat ze echt klauwen waren, en toen schudde ze zichzelf hijgend en schokkend wakker. De kettingen van de handboeien zwaaiden en rinkelden terwijl ze haar handen afwerend heen en weer bewoog. Ze fluisterde het woord 'Nee' steeds maar weer, in een monotoon gebrabbel.
Het was een droom. Hou op, Jessie, het was maar een droom!
Langzaam liet ze haar handen zakken, tot ze weer slap in de boeien hingen. Natuurlijk was dat zo – gewoon een variatie op de boze droom die ze gisternacht had gehad. Toch was hij realistischer geweest – Jezus, ja. Veel erger, als je er echt over nadacht, dan die van dat partijtje crocket of zelfs die waarin ze zich dat vluchtige en ongelukkige intermezzo met haar vader tijdens de eclips had herinnerd. Ergens was het vreemd dat ze vanmorgen zoveel tijd had besteed aan nadenken over die dromen, en zo weinig aan nadenken over die veel engere. Ze had eigenlijk helemaal niet meer aan het wezen met die vreemd lange armen en zijn gruwelijke tas met souvenirs gedacht, tot daarnet, toen ze wegdommelde en van hem droomde.
Een flard van een liedje kwam in haar op, iets nog uit de psychedelische tijd: *'Some people call me the space cowboy... yeah... some call me the gangster of love...'*
Jessie huiverde. De space cowboy. Op de een of andere manier klopte dat precies. Een buitenstaander, iemand die niets te maken had met wat ook, de universele onbekende, een...
'Een vreemdeling,' fluisterde Jessie, en plotseling herinnerde ze zich hoe zijn wangen zich hadden geplooid toen het begon te grijnzen. En toen eenmaal *dat* detail op zijn plaats was gevallen, begonnen er rondom andere op hun plaatsen te vallen. De gouden tand die ver achter in zijn grijnzende mond glinsterde. De getuite, hondachtige lippen. Het lijkbleke voorhoofd en de messcherpe neus. En die tas, natuurlijk, zo een die je zag slaan tegen de benen van een vertegenwoordiger als hij rende om zijn trein te halen...
Hou op, Jessie... Hou op jezelf schrik aan te jagen. Heb je al niet genoeg problemen, zonder je zorgen te maken over een boeman?
Dat was zeer zeker waar, maar ze bemerkte, nu ze was begonnen na te denken over de droom, dat ze niet leek te kunnen stoppen. Erger was het feit dat het minder een droom werd, hoe meer ze erover nadacht.

Als ik nou wakker was? dacht ze plotseling en toen het idee eenmaal was verwoord, was ze geschokt te ontdekken dat een deel van haar dat gewoon al die tijd had gedacht. Het had alleen gewacht tot de rest van haar wezen was bijgekomen.
Nee, o nee, het was gewoon een droom, dat is alles...
Maar als het nou niet zo was? Als het nou niet zo was?
Je hebt de Dood, was de vreemdeling met het witte gezicht met haar eens, *de Dood gezien. Ik kom vanavond terug, Jessie. En morgennacht heb ik jouw ringen in mijn tas met de rest van mijn mooie dingen... mijn souvenirs.*
Jessie besefte dat ze heftig rilde, alsof ze kou had gevat. Haar wijd open ogen keken hulpeloos in de lege hoek waar de
(space cowboy gangster of love)
had gestaan, de hoek die nu helder verlicht werd door de ochtendzon, maar die vanavond donker zou zijn van samengeklonterde schaduwen. Er was kippevel op haar huid verschenen. De onvermijdelijke waarheid kwam weer boven: ze zou hier waarschijnlijk sterven.
Uiteindelijk zal iemand je wel vinden, Jessie, maar het kan lange tijd duren. De eerste veronderstelling zal zijn dat jullie tweeën met de een of andere maffe, romantische trip bezig waren. Waarom niet? Toonden jij en Gerald naar buiten toe niet het beeld van een tweede decennium huwelijksgeluk? Alleen jullie tweeën wisten dat Gerald hem eigenlijk alleen met enige zekerheid overeind kon krijgen als jij met handboeien aan het bed vastzat. Je gaat je min of meer afvragen of er misschien iemand met hem spelletjes heeft gespeeld op de dag van de eclips, nietwaar?
'Hou op met praten,' mompelde ze. 'Jullie allemaal, hou op met praten.'
Maar vroeg of laat zullen er mensen nerveus worden en je gaan zoeken. Het zullen waarschijnlijk Geralds collega's zijn die de boel echt in werking stellen, denk je niet? Ik bedoel, er zijn wat vrouwen in Portland die jij vriendinnen noemt, maar je hebt ze nooit werkelijk in je leven toegelaten, wel? Eigenlijk zijn het allemaal kennissen, dames om thee mee te drinken en catalogi mee uit te wisselen. Geen van hen zal zich veel zorgen maken als je een week of tien dagen uit het gezicht verdwijnt. Maar Gerald zal afspraken hebben en als hij vrijdagmiddag nog niet is komen opdagen, dan zal een aantal van zijn mannenbroeders telefoontjes gaan plegen en vragen gaan stellen, denk ik. Ja, zó zal het waarschijnlijk beginnen, maar het zal de opzichter wel zijn die de lichamen echt ontdekt, denk je ook niet? Ik wed dat hij zijn gezicht afwendt als hij die extra deken van de kastplank over je heen gooit, Jessie. Hij zal niet willen zien hoe je vingers uit de handboeien steken, stijf als potloden en wit als

kaarsen. Hij zal niet willen kijken naar je verstarde mond of het schuim op je lippen dat dan al lang tot schilfers is verdroogd. Boven alles zal hij niet willen kijken naar de uitdrukking van verschrikking in je ogen, daarom wendt hij zijn eigen ogen af, als hij je toedekt.
Jessie bewoog haar hoofd van de ene naar de andere kant in een langzaam, hopeloos gebaar van ontkenning.
Bill zal de politie bellen en die komt dan met de technische dienst en de lijkschouwer. Allemaal zullen ze om het bed heen staan, sigaren rokend (en Doug Rowe, ongetwijfeld in zijn vreselijke witte regenjas, staat dan natuurlijk buiten met zijn filmploeg) en als de lijkschouwer de deken wegtrekt, zullen ze ineenkrimpen. Ja – ik denk dat zelfs de meest geharde van hen een beetje ineen zal krimpen, en enkelen zullen zelfs de kamer verlaten. Hun makkers zullen hen er later mee plagen. En degenen die blijven zullen knikken en elkaar vertellen dat die daar op het bed op een vreselijke manier is gestorven. 'Je hoeft alleen maar naar haar te kijken om dat te zien,' zullen ze zeggen. Maar ze zullen de helft niet weten. Ze zullen niet weten dat de werkelijke reden waarom je ogen staren en je mond in een schreeuw is verstard, ligt in wat je aan het eind zag. Dat wat je uit het donker zag komen. Je vader was misschien je eerste minnaar, Jessie, maar jouw laatste wordt de vreemdeling met het lange, witte gezicht en de reistas van menselijke huid.
'O, alsjeblieft, kun je niet *ophouden?*' kreunde Jessie. 'Geen stemmen meer, alsjeblieft, geen *stemmen* meer.'
Maar deze stem wilde niet ophouden, deed zelfs of ze niet bestond. Hij bleef gewoon doorgaan, en fluisterde direct in haar geest, fluisterde vanuit de een of andere plek diep in haar hersenstam. Ernaar luisteren was alsof iemand een met modder besmeurd stuk zijde lichtjes over haar gezicht heen en weer bewoog.
Ze zullen je naar Augusta brengen en de patholoog-anatoom zal je opensnijden om je ingewanden te inventariseren. Dat is de regel in gevallen van onverwacht of ander twijfelachtig overlijden, en dat van jou zal beide worden. Hij zal een kijkje nemen naar wat er nog over is van je laatste maaltijd – die salami en kaas stok van Amato's in Gorham – en een klein stukje hersenen wegnemen om onder een microscoop te bekijken, en aan het eind zal hij het dood door ongeluk noemen. 'De dame en de heer waren bezig met een onschuldig spelletje,' zal hij zeggen, 'alleen was de heer zo onbeleefd om op het kritieke moment een hartaanval te krijgen, en de vrouw werd overgeleverd aan... nou, het is beter daar niet op in te gaan. Beter om er zelfs niet meer over na te denken dan strikt noodzakelijk is. Volstaat te zeggen dat de dame een vreselijke dood is gestorven – u hoeft alleen maar naar haar te kijken om dat te zien.' Zo zal het allemaal gaan, Jess. Misschien zal iemand op-

merken dat je trouwring weg is, maar ze zullen er niet lang naar zoeken, als ze dat al doen. Evenmin zal de patholoog-anatoom merken dat een van je botten – een onbelangrijk botje, laten we zeggen het derde teenkootje van je rechtervoet – is verdwenen. Maar wij *zullen het weten, nietwaar, Jessie? In feite weten we het al. We weten dat* het *ze wegnam. De universele onbekende, de space cowboy. We weten...*

Jessie stootte haar hoofd zo hard naar achteren tegen het hoofdeinde, dat er voor haar ogen een school grote witte vissen uiteenspatte. Het deed pijn – het deed heel veel pijn – maar de stem in haar hoofd viel weg als een radio bij een stroomstoring en dat maakte het het waard.

'Daar,' zei ze. 'En als je weer begint, doe ik *dat* weer. En ik maak ook geen grapje. Ik ben moe van het luisteren naar...'

Nu was het haar eigen stem die ongekunsteld hardop in de lege kamer sprak, en die nu wegviel als een radio bij een stroomstoring. Toen de vlekken voor haar ogen begonnen te verdwijnen, zag ze de ochtendzon glinsteren op iets wat ongeveer veertig centimeter van Geralds uitgestrekte hand lag. Het was een klein, wit voorwerp met een smalle gouddraad die door het midden omhoog krulde, waardoor het eruitzag als het yin-yang symbool. Eerst dacht Jessie dat het een ring was, maar daar was het echt te klein voor. Geen ring maar een paarlen oorbel. Hij was op de vloer gevallen toen haar bezoeker in de inhoud van zijn tas had geroerd om er tegenover haar mee te pronken.

'Nee,' fluisterde ze. 'Nee, niet mogelijk.'

Maar het *lag* daar, glinsterend in de ochtendzon en in alle opzichten net zo echt als de dode man die er bijna naar leek te wijzen: een paarlen oorbel, in tweeën gedeeld door een tere glinstering van goud.

Het is er een van mij. Hij is uit mijn juwelenkistje gevallen, hij ligt daar al sinds de zomer en ik zie hem nu pas.

Behalve dat ze maar één set paarlen oorbellen had, zonder goud en die waren trouwens daarginds, in Portland.

Behalve dat de mannen van Skip's binnen waren geweest om in de week na Labour Day de vloer in de was te zetten, en als er al een oorbel op de vloer *had* gelegen, zou een van hen hem hebben opgeraapt en hem of op de ladenkast hebben gelegd, of hem in zijn eigen zak hebben gestopt.

Behalve dat er ook nog iets anders was.

Nee dat is er niet. Dat is er niet en durf niet te zeggen dat het wel zo is.

Het was net iets verder dan die enkele oorbel.

Zelfs als er iets was, dan zou ik er nog niet naar kijken.

Behalve dat ze er niet *niet* naar kon kijken. Haar ogen bewogen zich op eigen houtje voorbij de oorbel en fixeerden zich op de vloer vlak voor de deur naar de gang. Er was daar een vlekje gedroogd bloed, maar het was niet het bloed dat haar aandacht had getrokken. Het bloed was van

Gerald. Dat bloed was in orde. Het was de voetafdruk ernaast die haar verontrustte.
Als daar een afdruk was, dan was die er al eerder!
Hoezeer Jessie ook wenste dat ze dat kon geloven, de afdruk was daar *niet* eerder geweest. Gisteren had er geen enkele slijtplek op de vloer gezeten, laat staan een voetafdruk. Ook was waar ze naar keek niet afkomstig van haar of van Gerald. Het was een schoenvormige kring opgedroogde modder, waarschijnlijk van het overgroeide pad dat zo'n kilometer langs de oever van het meer slingerde voor het weer het bos in draaide, richting zuiden, naar Motton.
Het scheen dat er gisternacht toch iemand bij haar in de slaapkamer was geweest.
Terwijl die gedachte zich meedogenloos in Jessies overspannen geest vastzette, begon ze te gillen. Buiten, op de achterveranda, tilde de zwerver zijn geschaafde, gekrabde snuit een ogenblik van zijn poten. Hij spitste zijn goede oor. Toen verloor hij zijn belangstelling en liet zijn kop weer zakken. Het was immers niet alsof het geluid werd gemaakt door iets gevaarlijks, het was alleen maar het teefbaasje. Bovendien was de geur van het donkere ding dat 's nachts was gekomen nu op haar. Het was er een waar de zwerver heel vertrouwd mee was. Het was de geur van de dood.
De vroegere Prins sloot zijn ogen en ging weer slapen.

25

Ten slotte begon ze zichzelf weer enigszins in bedwang te krijgen. Ze deed dit, absurd genoeg, door Nora Callighans kleine mantra op te zeggen.
'Een is voor voeten,' zei ze, terwijl haar stem onvast kraakte in de lege slaapkamer, 'tien kleine teentjes, schattige kleine biggetjes, allemaal op rij. Twee is voor benen, sierlijk en sterk, drie is mijn sekse waar alles verkeerd aan is.'
Gestaag ging ze verder, zei de coupletten die ze kende, sloeg die ze niet kende over, terwijl ze haar ogen gesloten hield. Ze werkte het hele ding zes keer af. Ze was zich ervan bewust dat haar hartslag langzamer werd en haar ergste paniek weer eens wegtrok, maar ze had geen bewust besef van de radicale verandering die ze had aangebracht in ten minste een van Nora's rammelende coupletjes.
Na de zesde herhaling opende ze haar ogen en keek door de kamer als een vrouw die net was ontwaakt uit een korte, verkwikkende slaap. Maar ze vermeed de hoek bij de ladenkast. Ze wilde niet meer naar de oorbel kijken en zeer zeker niet naar de voetafdruk.
Jessie? De stem klonk heel zacht, heel aarzelend. Jessie dacht dat het de stem van Moedertje was, nu verlost van zowel zijn schrille vuur als zijn koortsachtige ontkenning. *Jessie, mag ik iets zeggen?*
'Nee,' antwoordde ze meteen met haar schorre stof-in-de-scheuren stem. 'Loop heen. Ik wil niets meer van jullie, stelletje sekreten, horen.'
Alsjeblieft, Jessie. Alsjeblieft luister naar me.
Ze sloot haar ogen en merkte dat ze werkelijk dat deel van haar persoonlijkheid kon zien dat ze Moedertje Burlingame was gaan noemen. Moedertje zat nog steeds in het schandblok, maar nu hief ze haar hoofd op – iets wat niet makkelijk kon zijn met de wrede houten plank die in haar nek drukte. Haar haar viel even weg van haar gezicht en Jessie was verbaasd niet Moedertje te zien, maar een jong meisje.
Ja, maar nog steeds ben ik het, dacht Jessie en lachte bijna. Als dit geen

geval van stripverhalenpsychologie was, wat dan wel. Ze had net liggen nadenken over Nora, en een van Nora's stokpaardjes was dat mensen moesten zorgen voor 'het kind binnenin'. Nora beweerde dat de meest voorkomende reden voor ongelukkig zijn, het onvermogen was om het kind binnenin te voeden en te koesteren.

Jessie had bij dit alles ernstig geknikt, zonder het idee los te laten dat het voor haar voornamelijk sentimenteel Aquarius/New Age-geouwehoer was. Ze had Nora tenslotte gemogen en hoewel ze vond dat Nora toch een beetje te veel had vastgehouden aan dat 'love-and-peace' gedoe van eind jaren zestig, begin jaren zeventig, zag ze nu duidelijk Nora's 'kind binnenin' en daar scheen niets mis mee te zijn. Jessie veronderstelde dat het concept zelfs een symbolische geldigheid zou kunnen hebben, en gezien de omstandigheden was dat schandblok een verrekt toepasselijk beeld, nietwaar? De persoon die erin vastzat, was Moedertje-in-wording, de Ruth-in-wording, de Jessie-in-wording. Zij was het kleine meisje dat haar vader Hartje had genoemd.

'Praat dan maar,' zei Jessie. Haar ogen waren nog steeds gesloten en er was een combinatie van stress, honger en dorst ontstaan, die het beeld van het meisje in het schandblok bijna uitzonderlijk echt maakte. Nu kon ze de tekst zien WEGENS SEKSUELE UITLOKKING, die op een vel perkament boven het hoofd van het meisje was gespijkerd. De woorden waren natuurlijk geschreven in snoep-roze Peppermint Yum-Yum lippenstift.

En haar verbeelding was ook nog niet klaar. Naast Hartje stond een tweede schandblok, met een ander meisje erin. Dit meisje was misschien zeventien, en dik. Haar gezicht zat onder de pukkels. Achter de gevangenen verscheen een meent en na een ogenblik kon Jessie er een paar koeien zien grazen. Iemand luidde een bel – het klonk als voorbij de volgende heuvel – in monotone regelmaat alsof de klokkeluider van plan was de hele dag door te gaan... of in ieder geval tot sint-juttemis.

Je begint te malen, Jess, dacht ze zwakjes en ze veronderstelde dat dat waar was, maar onbelangrijk. Over niet al te lang zou ze dit zelfs onder haar zegeningen rekenen. Ze zette de gedachte van zich af en richtte haar aandacht weer op het meisje in het blok. Terwijl ze dat deed, merkte ze dat haar ergernis was vervangen door tederheid en woede.

Deze versie van Jessie Mahout was ouder dan degene die was misbruikt tijdens de zonsverduistering, maar niet *veel* ouder – twaalf misschien, veertien aan de buitenkant. Op haar leeftijd hoorde ze niet in een schandblok op de meent te staan, voor *wat voor* misdaad dan ook, maar seksuele uitlokking? Seksuele *uitlokking*, in 's hemelsnaam? Wat was dat voor rotstreek? Hoe konden mensen zo wreed zijn? Zo opzettelijk blind?

Wat wil je me vertellen, Hartje?
Alleen dat hij echt is, zei het meisje in het blok. Haar gezicht was bleek van pijn, maar haar ogen stonden ernstig en bezorgd en helder. *Hij is echt, dat weet je, en hij komt vannacht terug. Ik denk dat hij deze keer meer zal doen dan alleen maar kijken. Je moet uit die handboeien zien te komen voor de zon ondergaat, Jessie. Je moet uit dit huis zijn voor het terugkomt.*
Weer wilde ze huilen, maar ze had geen tranen; ze had alleen maar die droge, schuurpapieren pijn.
Ik kan het niet, jammerde ze. *Ik heb alles geprobeerd. Ik* kan *er in m'n eentje niet uitkomen!*
Je vergeet één ding, zei het meisje in het schandblok tegen haar. *Ik weet niet of het belangrijk is of niet, maar misschien wel.*
Wat?
Het meisje draaide haar handen rond in de gaten waarin ze vastzaten en toonde haar schone roze handpalmen. *Hij zei dat er twee soorten waren, weet je nog? M-17 en F-23. Dat herinnerde je je bijna gisteren, denk ik. Hij wilde F-23's hebben, maar daar maken ze niet zoveel van en ze zijn moeilijk te krijgen, dus hij moest het doen met twee stel M-17's. Dat herinner je je* wel, *hè? Hij heeft het je allemaal verteld op de dag dat hij die handboeien mee naar huis bracht.*
Ze deed haar ogen open en keek naar de boei die haar rechterpols omsloot. Ja, inderdaad, hij had het haar allemaal verteld; had, feitelijk, gesnaterd als een coke-verslaafde trippend op twee lijntjes, te beginnen met een telefoontje aan het eind van de ochtend vanuit het kantoor. Hij wilde weten of het huis leeg was – hij kon zich nooit herinneren op welke dagen de huishoudster vrij had – en toen ze hem verzekerde dat het zo was, had hij haar gevraagd iets gemakkelijks aan te trekken. 'Iets wat het helemaal heeft,' was de manier waarop hij het had gesteld. Ze herinnerde zich dat ze geïntrigeerd was. Zelfs over de telefoon had Gerald geklonken alsof hij op het punt stond te exploderen, en ze had vermoed dat hij vieze gedachten had. Dat was prima wat haar betrof; ze liepen tegen de veertig en als Gerald een beetje wilde experimenteren, wilde ze hem best van dienst zijn.
Hij was in een recordtijd naar huis gekomen (hij moest alle vijf kilometer van de Ringweg 295 rokend achter zich hebben gelaten, dacht ze) en wat Jessie zich het best kon herinneren van die dag was hoe hij druk in de weer was in de slaapkamer, met rood aangelopen wangen en schitterende ogen. Seks was niet het eerste wat in haar gedachten opkwam wanneer ze aan Gerald dacht (bij een woordassociatietest zou *veiligheid* haar waarschijnlijk als eerste te binnen zijn geschoten) maar die dag waren die twee dingen nagenoeg uitwisselbaar. Ongetwijfeld was seks het

enige geweest wat hij in gedachten had. Jessie geloofde dat de gewoonlijk beleefde advocatensnikkel de gulp uit zijn gabardine broek zou hebben gescheurd als hij hem ook maar iets langzamer had uitgetrokken.

Toen hij zich eenmaal van broek en onderbroek had ontdaan, had hij wat gas teruggenomen om plechtig een Adidas-schoenendoos open te maken die hij mee naar boven had genomen. Hij haalde de twee sets handboeien te voorschijn die erin hadden gezeten en hield die omhoog voor inspectie. In zijn keel had een ader getrild, een flikkerende lichte beweging bijna zo snel als de vleugel van een kolibrie. Dat herinnerde ze zich ook. Ook toen moest zijn hart onder spanning hebben gestaan.

Je zou me een grote dienst hebben bewezen, Gerald, als je daar en dan uit elkaar was geknald.

Ze wilde met afschuw vervuld zijn door deze onvriendelijke gedachte over de man met wie ze zoveel van haar leven had gedeeld, en bemerkte dat ze niet meer wist op te brengen dan een bijna klinische zelfverachting. En toen haar gedachten terugkeerden naar hoe hij eruit had gezien die dag – die rode wangen en schitterende ogen – kromden haar handen zich stil tot harde kleine vuisten.

'Waarom kon je me niet met rust laten,' vroeg ze hem nu. 'Waarom moest je zo'n lul zijn? Zo'n *dwingeland?*'

Laat zitten. Denk niet aan Gerald; denk aan de boeien. Twee paar Kreig Veiligheids Handboeien, maat M-17. De M-aanduiding voor Man, de 17 voor het aantal tandjes op de tandheugel.

Er bloeide een gevoel van levendige warmte in haar buik en borst op. *Niet voelen*, zei ze tegen zichzelf, *en als je het dan zo nodig moet voelen, doe dan alsof het indigestie is.*

Maar dat was onmogelijk. Het was hoop wat ze voelde en dat liet zich niet ontkennen. Het beste wat ze kon doen was het afwegen tegen de realiteit, zichzelf blijven herinneren aan de eerste mislukte poging de boeien los te wurmen. Toch, ondanks haar pogingen zich de pijn te herinneren en het mislukken, bemerkte ze dat ze eraan dacht hoe weinig – hoe verrekte *weinig* – het had gescheeld, of ze was vrij geweest. Nog een halve centimeter zou misschien genoeg zijn geweest, had ze toen gedacht, en met een centimeter zou het zeker zijn gelukt. De bottige uitsteeksels onder haar duimen waren een probleem, ja, maar ging ze werkelijk op dit bed hier sterven omdat ze niet in staat was een gaatje te overbruggen dat niet breder was dan haar bovenlip? Zeker niet.

Jessie deed een hevige poging deze gedachten opzij te zetten en met haar geest terug te gaan naar de dag dat Gerald de boeien naar huis had gebracht. Naar hoe hij ze had opgehouden met het sprakeloze ontzag van een juwelier die het mooiste diamanten halssnoer toont dat ooit door zijn handen was gegaan. Ze was er zelf ook behoorlijk van onder de indruk geweest, wat dat aangaat. Ze herinnerde zich hoe ze hadden geglansd en hoe het licht van het raam glinsteringen had doen opschieten van het blauwige staal van de boeien, de getande hollingen van de tandheugel waardoor je de handboeien kon aanpassen aan polsen van verschillende omvang.

Ze had willen weten waar hij ze vandaan had – het was gewoon een kwestie van nieuwsgierigheid, geen aanklacht – maar het enige wat hij haar wilde vertellen was dat een van de slimbo's op de rechtbank hem eraan had geholpen. Hij gaf haar een vaag knipoogje toen hij dat zei, alsof er tientallen van die goocheme jongens door de verschillende gangen en vertrekken van het Cumberland County Gerechtsgebouw rondstiefelden en hij ze allemaal kende. Feitelijk had hij zich die middag gedragen alsof hij een stel Scud-raketten had binnengehaald in plaats van twee stel handboeien.

Ze had op het bed gelegen, gekleed in een wit kanten chemise en een bijpassende zijden maillot, een ensemble dat het zeer beslist helemaal had, naar hem kijkend met een mengeling van geamuseerdheid, nieuwsgierigheid en opwinding... maar geamuseerdheid was die dag op de eerste plaats gekomen, nietwaar? Ja. Gerald, die altijd zo hard probeerde de rust zelve te zijn, door de kamer te zien benen als een bronstige hengst, had haar inderdaad als heel erg amusant getroffen. Zijn haar was gefriseerd in de woeste kurketrekkers die Jessies kleine broertje vroeger altijd 'larie' noemde, en hij droeg nog steeds zijn zwarte, nylon carrièresokken. Ze herinnerde zich dat ze op de binnenkanten van haar wangen had gebeten – en heel hard ook – om haar lach niet te tonen.

De Rust Zelve had die middag sneller gesproken dan een veilingmeester op een liquidatieverkoop. Toen, heel plotseling, was hij gestopt midden in het spel. Er had zich een uitdrukking van komische verrassing over zijn gezicht verspreid.

'Gerald, wat is er?' had ze gevraagd.

'Ik realiseerde me ineens dat ik niet weet of je dit zelfs maar in *overweging* wilt nemen,' had hij geantwoord. 'Ik ben maar voort blijven kakelen, ik sta zo ongeveer op het punt van je-weet-wel-wat, zoals je duidelijk kunt zien, en ik heb je nog niet eens gevraagd of...'

Ze had geglimlacht toen, voor een deel omdat ze de sjaals heel vervelend was gaan vinden en niet had geweten hoe ze hem dat moest vertellen, maar vooral omdat het goed was te zien dat seks hem weer opwond. Goed, het was misschien een beetje raar opgewonden te raken van het idee dat je je vrouw in boeien moest slaan alvorens te gaan diepzeeduiken met die lange witte paal. Maar wat dan nog? Het ging alleen hun tweeën wat aan, nietwaar, en het was allemaal voor de lol – echt niet meer dan een komische opera voor boven de achttien. Gilbert en Sullivan doen bondage. Ik ben gewoon een geboeide da-me, achter een van de paleislijke ra-me. Bovendien waren er raardere afwijkingen. Frieda Soames van de overkant van de straat had eens aan Jessie bekend (na twee drankjes voor het eten en een halve fles wijn tijdens) dat haar ex-echtgenoot het lekker had gevonden om gepoederd en van een luier voorzien te worden.

Het bijten op de binnenkant van haar wangen had de tweede keer niet gewerkt, en ze was in lachen uitgebarsten. Gerald had naar haar gekeken met zijn hoofd iets schuin naar rechts en een flauwe glimlach die de linkerhoek van zijn mond optrok. Het was een uitdrukking die ze goed was gaan kennen de laatste zeventien jaar – het betekende dat hij zich opmaakte of om boos te worden of om samen met haar te lachen. Het was gewoonlijk onmogelijk te zeggen welke kant het zou opgaan.

'Mag ik meedoen?' had hij gevraagd.

Ze had niet direct antwoord gegeven. Ze was in plaats daarvan opgehouden met lachen en fixeerde hem met, hoopte ze, een uitdrukking die de gemeenste nazi-hoer-godin die ooit de cover van een mannenblad mocht sieren, waardig was. Toen ze het gevoel had dat ze de juiste graad van ijzige hooghartigheid had bereikt, bracht ze haar armen omhoog en zei vier spontane woorden die hem met sprongen naar het bed hadden gebracht, overduidelijk duizelig van opwinding.

'Kom hier, vuile schoft.'

Binnen de kortste keren had hij de handboeien om haar polsen gefrummeld en ze aan de bedstijlen vastgemaakt. Er zaten geen planken op het hoofdeinde in hun slaapkamer in het Portland huis. Als hij daar zijn hartaanval *had* gekregen, had ze de boeien gewoon over de bovenkant van de stijlen kunnen trekken. Terwijl hij hijgend met de boeien rommelde, en al doende heerlijk met een knie langs daar onder bij haar schuurde, praatte hij. En een van de dingen die hij haar had verteld was over M en F en hoe de tandheugels werkten. Hij had F's gewild, omdat boeien voor vrouwen heugels hadden met drieëntwintig tandjes in plaats van zeventien, het aantal dat de meeste boeien voor mannen hadden. Meer tandjes betekende dat de boeien voor vrouwen verder konden sluiten. Maar er was moeilijk aan te komen, en toen Geralds rechtbankvriend hem had verteld dat hij voor een heel schappelijke prijs twee stel mannenhandboeien voor hem kon krijgen, had Gerald direct toegehapt.

'Sommige vrouwen kunnen zich gewoon uit de mannelijke boeien lostrekken,' zei hij tegen haar. 'Maar jij hebt tamelijk zware botten. Bovendien wilde ik niet wachten. Goed... laten we eens kijken...'

Hij had de boei om haar rechterpols gesloten, waarbij hij de tandheugel eerst snel had dichtgeknepen, maar vervolgens toen hij bij het eind kwam, langzamer, en vroeg of het pijn deed naarmate de tandjes langsklikten. Het was prima helemaal tot aan het laatste tandje, maar toen hij haar had gevraagd of ze wilde proberen eruit te komen, lukte het haar niet. Haar pols was inderdaad voor het grootste deel door de boei gegaan, en Gerald had haar later verteld dat zelfs dat niet mocht gebeuren, maar toen hij rond de rug van haar hand en aan de basis van haar duim vast bleef zitten, was de komische uitdrukking van vrees verdwenen.

'Ik denk dat ze prima zullen werken,' had hij gezegd. Ze herinnerde zich dat heel goed, en ze herinnerde zich wat hij daar zei zelfs nog beter: 'We gaan hier een heleboel lol mee hebben.'

Met de herinnering aan die dag nog steeds levendig in haar geest, begon Jessie weer eens te trekken, waarbij ze probeerde haar handen op de een of andere manier zó klein te maken, dat zij ze uit de boeien kon rukken. Deze keer sloeg de pijn sneller toe. Hij begon niet in haar handen maar in de overbelaste spieren van haar schouders en armen. Jessie kneep haar ogen dicht, trok harder en probeerde de pijn buiten te sluiten.

Nu voegden haar handen zich bij het verontwaardigde koor, en toen ze nogmaals de uiterste grens van haar spierkracht bereikte en de boeien in dat weinige vlees van haar handruggen begonnen te bijten, begonnen ze te schreeuwen. *Achterste gewrichtsband*, dacht ze, hoofd schuin, lippen teruggetrokken in een brede, speekselloze grijns van pijn. *Achterste gewrichtsband, achterste gewrichtsband, vuile klote achterste gewrichtsband!*

Niets. Geen speling. En ze begon te vermoeden – *sterk* te vermoeden – dat het om meer dan gewrichtsbanden ging. Er zaten daar ook *botten*, een stelletje kotsmisselijke kleine botjes aan de buitenkant van haar handen onder het eerste duimgewricht, een stelletje kotsmisselijke botjes dat haar waarschijnlijk zou vermoorden.

Met een laatste gil van pijn en teleurstelling, liet Jessie haar handen weer hangen. Haar schouders en bovenarmen trilden van uitputting. Dat was dan hoe makkelijk je uit die boeien kwam omdat het M-17's waren, in plaats van F-23's. De teleurstelling was bijna erger dan de fysieke pijn. Het stak als giftige netels.

'*Kut en lul!*' gilde ze tegen de lege kamer. '*Kut en lul, kut-en-lul, kuttenlul!*'

Ergens langs het meer – vandaag verder weg, aan het geluid te horen – begon de kettingzaag weer en dat maakte haar nog kwader. De gast van gisteren, terug voor meer. Gewoon de een of andere swingende piemel in een roodzwart geruit flanellen overhemd van L.L. Beans die daar Paul lik-me-reet Bunyan speelde, bulderend met zijn McCullough en dromend van in bed kruipen met zijn kleine lekkertje aan het eind van de dag... of misschien was het rugby waar hij van droomde, of gewoon van een paar ijskoude drankjes aan de bar van de jachthaven. Jessie zag de droplul in het geruite flanellen hemd even duidelijk voor zich als ze het jonge meisje in het schandblok had gezien, en als gedachten hadden kunnen doden, dan zou op datzelfde moment zijn hoofd door zijn reet naar buiten zijn geschoten en zijn geëxplodeerd.

'*Het is niet eerlijk!*' schreeuwde ze. '*Het is gewoon niet eer...*'

Een soort van droge kramp greep haar bij de keel en ze viel stil, grimassend en bang. Ze had de harde botsplinters gevoeld die haar de vrijheid ontzegden – o, god, niet soms? – maar tegelijkertijd was ze dichtbij geweest. Dit was de echte bron van haar bitterheid – niet de pijn en zeker niet de ongeziene houthakker met zijn blerende kettingzaag. Het was het besef hoe weinig het had gescheeld, maar net te veel. Ze kon doorgaan met haar tanden op elkaar zetten en de pijn ondergaan, maar ze geloofde niet langer dat ze daar ook maar iets aan zou hebben. Die laatste halve centimeter zou spottend buiten haar bereik blijven. Het enige wat ze zou bereiken als ze doorging met trekken was oedeem en opgezwollen polsen, wat haar situatie alleen maar slechter zou maken in plaats van beter.

'En zeg me niet dat ik de klos ben, heb niet het *lef*,' zei ze met een fluisterende, kijvende stem. 'Ik wil het niet horen.'

Op de een of andere manier moet je eruit zien te komen, fluisterde de stem van het jonge meisje terug. *Omdat hij – het – werkelijk weer zal komen. Vanavond. Als de zon is ondergegaan.*

'Ik geloof het niet,' kraste ze. 'Ik geloof niet dat die man echt was. De voetafdruk en de oorring kunnen me niks schelen. Ik geloof het gewoon niet.'

Ja, dat doe je wel.

Nee, dat doe ik niet.

Ja, dat doe je wel.

Jessie liet haar hoofd slap opzij vallen, zodat haar haar bijna tot op het matras hing, terwijl haar mond miserabel vertrok.

Ja, ze deed het wel.

26

Ze begon weer weg te dommelen ondanks haar steeds ergere dorst en kloppende armen. Ze wist dat het gevaarlijk was te slapen – dat haar kracht verder zou wegebben wanneer ze weg was – maar wat maakte het nou eigenlijk uit? Ze had al haar mogelijkheden verkend en ze was nog steeds Amerika's Geboeide Lieveling. Bovendien verlangde ze naar die heerlijke vergetelheid – ze hunkerde ernaar zoals een junkie naar zijn dope hunkert. Dan, net voor ze wegdoezelde, lichtte een gedachte, die zowel eenvoudig als schokkend direct was, haar verwarde, doezelige geest op als een fakkel.

De gezichtscrème. De pot gezichtscrème op de plank boven het bed.

Heb niet te veel verwachtingen, Jessie – dat zou een ernstige vergissing zijn. Als hij al niet meteen op de vloer is gevallen toen je de plank omhoog duwde, dan is hij wel naar een plek gegleden waar je hem van zijn lang zallie leven niet meer te pakken krijgt.

Het punt was, dat ze niets anders kon dan *wel* verwachtingen hebben, want als de gezichtscrème daar nog stond en nog steeds op een plek waar ze hem kon pakken, dan zou ze misschien net voldoende smering geven om één hand te bevrijden. Misschien allebei, hoewel ze niet dacht dat dat nodig was. Als ze uit een van de boeien kon komen, zou ze van het bed kunnen, en als ze van het bed kon, dacht ze, dan was ze er.

Het was alleen maar zo'n proefpotje dat ze over de post sturen, Jessie. Het moet op de vloer zijn gegleden.

Maar dat was niet zo. Toen Jessie haar hoofd zo ver mogelijk naar links had gedraaid zonder haar nek uit zijn wervels te lichten, kon ze in de verste uithoek van haar blikveld een donkerblauwe vlek zien.

Het staat er niet echt, fluisterde dat boosaardige, doemdenkerige deel van haar wezen. *Je denkt dat het daar staat, volkomen te begrijpen, maar het staat er echt niet. Het is gewoon een hallucinatie, Jessie, gewoon dat je ziet wat het grootste deel van je geest wil dat je ziet, je beveelt te zien. Maar ik niet. Ik ben een realiste.*

Ze keek weer, ze draaide, ondanks de pijn, nog een klein beetje verder naar links. In plaats van te verdwijnen werd de blauwe vlek een ogenblik duidelijker. Het was inderdaad het proefpotje. Er stond een leeslamp aan Jessies kant van het bed en die was niet op de vloer gegleden toen ze de plank schuin hield omdat hij met zijn voet aan het hout vastzat. Een paperback-editie van *The Valley of Horses* die sinds midden juli op de plank had gelegen was tegen de voet van de lamp gegleden en de pot Nivea was tegen het boek gegleden. Jessie besefte dat het mogelijk was dat haar leven gered zou worden door een leeslamp en een zootje verzonnen holbewoners met namen als Ayla en Oda en Uba en Thonolan. Het was meer dan verbazingwekkend, het was surrealistisch. *Zelfs al staat het er, het zal je toch nooit lukken het te pakken te krijgen*, zei de doemdenker tegen haar, maar Jessie hoorde het amper. Feit was, ze dacht dat ze de pot *wel* te pakken kon krijgen. Ze was er bijna zeker van.

Ze draaide haar linkerhand om in zijn gevangenis en stak hem langzaam en oneindig voorzichtig uit naar de plank. Ze mocht nu echt de fout niet maken de pot Nivea op de plank buiten bereik te schuiven, of hem naar achteren tegen de muur te stoten. Voor zover ze wist was er nu misschien ruimte tussen de plank en de muur, ruimte waar een klein proefpotje makkelijk doorheen kon vallen. En als dat gebeurde, was ze er heel zeker van dat haar geest zou breken. Ja. Ze zou de pot de vloer daar beneden horen raken, daar horen neerkomen tussen de muizekeutels en stofpluizen, en dan zou haar geest gewoon... nou, breken. Ze moest dus voorzichtig zijn. En als ze dat was, zou alles misschien toch nog in orde komen. Omdat...

Omdat er misschien wel een God bestaat, dacht ze, *en die wil niet dat ik hier op dit bed doodga als een dier in een klem. Als je erover nadenkt, klopt het. Toen die hond aan Gerald begon te knagen, pakte ik de pot van de plank en zag ik dat hij te klein en te licht was om enige schade toe te brengen, zelfs als het me lukte de hond ermee te raken. Onder die omstandigheden – opstandig, verward en uit mijn bol van angst – zou het niet meer dan natuurlijk zijn geweest hem te laten vallen voordat ik op de plank verder zocht naar iets zwaarders. In plaats daarvan, zette ik hem terug op de plank. Waarom zou ik of iemand anders zoiets onlogisch doen? God, daarom. Dat is het enige antwoord dat ik kan bedenken, het enige dat klopt. God redde hem voor mij omdat Hij wist dat ik hem nodig had.*

Ze liet haar geboeide hand voorzichtig over het hout gaan, terwijl ze probeerde van haar uitgespreide vingers een schotelantenne te maken. Er mochten geen fouten worden gemaakt. Ze begreep dat dit, vragen over God of noodlot of voorzienigheid daargelaten, bijna zeker zowel haar beste als haar laatste kans ging worden. En toen haar vingers het gladde, ronde oppervlak van de pot raakten, kwam er opeens een flard van een gesproken blues in haar op, een klein deuntje uit het achterland, waarschijnlijk gecomponeerd door Woody Guthrie. Ze had het voor het eerst horen zingen door Tom Rush, destijds in haar universiteitsjaren.

> *If you want to go to heaven*
> *Let me tell you how to do it,*
> *You gotto grease your feet*
> *With a little mutton suet.*
> *You just slide out of the devil's hand*
> *And ooze on over to the promised land;*
> *Take it easy,*
> *Go greasy.*

Ze liet haar vingers om de pot glijden. Ze negeerde het scherpe trekken van haar schouder, terwijl ze met trage, liefkozende voorzichtigheid te werk ging en de pot voorzichtig naar zich toe haalde. Nu wist ze hoe een brandkastkraker zich voelde als hij met nitroglycerine werkte. *Take it easy*, dacht ze *go greasy*. Waren er ooit in de hele geschiedenis van de wereld waarachtiger woorden gesproken?

'Dat *denk* ik niet, mijn lief,' zei ze op haar aanstellerigste Elizabeth Taylors *Kat op een heet zinken dak* toon. Ze hoorde het zichzelf niet doen, besefte zelfs niet dat ze had gesproken.

Ze kon nu al die gezegende balsem van opluchting over zich heen voelen komen. Hij voelde net zo heerlijk aan als die eerste slok fris, helder water zou zijn als ze die over het roestige prikkeldraad in haar keel zou schenken. Ze zou uit Satans hand glippen en langzaam naar het beloofde land glijden. Absoluut geen twijfel mogelijk. Dat wil zeggen, zolang ze maar *voorzichtig* gleed. Ze was gewogen, ze was gelouterd in het vuur, nu zou ze de beloning in de wacht slepen. Ze was een dwaas geweest het ooit te betwijfelen.

Ik denk dat je beter kan ophouden zo te denken, zei Moedertje op bezorgde toon. *Daar word je onvoorzichtig van, en ik heb het idee dat maar heel weinig onvoorzichtige mensen ooit uit Satans hand weg weten te komen.*

Waarschijnlijk waar, maar ze was absoluut niet van *plan* onvoorzichtig te zijn. De afgelopen eenentwintig uur waren een hel geweest en niemand wist beter dan zij hoeveel hiervan afhing. Niemand *kon* het weten, nooit.

'Ik zal voorzichtig zijn,' zong Jessie. 'Ik zal elke stap uitdenken, dat beloof ik. En dan zal... zal ik...'

Zal ze wat?

Welnu, ze zou het gladjes doen, natuurlijk. Niet alleen maar totdat ze uit de handboeien was, maar van nu af aan altijd. Jessie hoorde zichzelf plotseling weer tot God praten en deze keer deed ze het met een gemakkelijke welbespraaktheid.

Ik wil U een belofte doen, zei ze tegen God. *Ik beloof dat ik direct alles gladjes aanpak. Ik zal beginnen met een grote voorjaarsschoonmaak in mijn hoofd en alle kapotte spullen en de speelgoedjes waar ik al lang te oud voor ben, weg te gooien – met andere woorden, al het spul dat alleen maar ruimte kost en brandgevaarlijk is. Misschien bel ik Nora Callighan op en vraag ik haar of ze me wil helpen. Ik denk dat ik Carol Symonds misschien ook wel bel... tegenwoordig Carol Rittenhouse natuurlijk. Als er iemand uit onze oude groep nog weet waar Ruth Neary is, dan is het Carol wel. Luister naar me, Heer – ik weet niet of iemand ooit het Beloofde Land bereikt, maar ik beloof dat ik gladjes blijf gaan en het blijf proberen. Goed?*

En ze zag (bijna alsof het een instemmend antwoord op haar gebed was) precies hoe het moest. De dop van het potje krijgen, dat zou het moeilijkste zijn, het zou geduld vergen en uiterste behoedzaamheid, maar ze zou geholpen worden door het ongewoon kleine formaat. Zet de bodem van het potje in de palm van je linkerhand, pak het deksel met je vingers, gebruik je duim voor het eigenlijke losdraaien. Het zou helpen als het deksel los zat, maar ze wist vrij zeker dat ze het er toch wel af zou kunnen krijgen. *Reken maar dat ik het eraf krijg, schatje*, dacht Jessie grimmig.

Het gevaarlijkste moment zou waarschijnlijk komen als het deksel werkelijk begon te draaien. Als het ineens gebeurde, wanneer ze er niet op bedacht was, dan kon de pot gewoon uit haar hand schieten. Jessie uitte een krassend lachje. 'Geen schijn van kans,' zei ze tegen de lege kamer. 'Geen schijntje klotekans, schattebout.'

Jessie hield de pot op en keek er strak naar. Het was moeilijk te zien door het doorschijnende blauwe plastic, maar het ding leek ten minste halfvol te zijn, misschien iets meer. Als het deksel er eenmaal af was, zou ze gewoon het potje omdraaien en de kleverige vloeistof in haar handpalm laten lopen. Als ze alles wat ze te pakken kon krijgen eruit had, zou ze haar hand rechtop houden en de crème langs haar pols naar beneden laten lopen. Het meeste zou tussen haar huid en handboei gaan zitten. Ze zou het uitsmeren door haar hand heen en weer te draaien. Ze wist in ieder geval al waar de cruciale plek zat: het gedeelte vlak onder de duim. En als ze zo vettig was als maar kon, zou ze een laatste ruk geven, hard en ineens. Ze zou alle pijn uitbannen en blijven trekken tot haar hand door de boei gleed en eindelijk vrij was, eindelijk vrij, Goede God Almachtig, eindelijk vrij. Ze kon het. Ze wist dat ze het kon.

'Maar voorzichtig,' mompelde ze, terwijl ze de bodem van de pot in haar hand liet rusten en de toppen van haar vingers en haar duim op gelijke afstanden rond het deksel plaatste. En...
'Het is *los!*' riep ze met een schorre, trillende stem. 'O, hemeltje lief, mijn hartedief, het is het *echt!*'
Ze kon het nauwelijks geloven – en de doemdenkster, ergens diep in haar binnenste weigerde het – maar het was waar. Ze kon voelen hoe het deksel een beetje op zijn schroefdraad wiebelde als ze haar vingertoppen voorzichtig op en neer drukte.
Voorzichtig, Jess – o, zo voorzichtig. Precies zoals je het voor je zag.
Ja. In haar geest zag ze nu iets anders – ze zag zichzelf aan haar bureau in Portland zitten, terwijl ze haar mooiste zwarte jurk droeg, de modieuze korte die ze de afgelopen lente voor zichzelf had gekocht als een cadeautje voor het volhouden van haar dieet en het kwijtraken van tien pond. Haar haar, net gewassen en geurend naar de een of andere heerlijke kruidenshampoo in plaats van oud verschaald zweet, werd samengehouden met een simpele gouden clip. Het blad van het bureau werd overspoeld door de vriendelijke middagzon die door de boogramen naar binnen viel. Ze zag hoe ze schreef aan The Nivea Corporation of America, of aan wie het ook was die Nivea gezichtscrème maakte. *Mijne Heren*, zou ze schrijven, *ik moest u gewoon laten weten wat een levensredder uw produkt in feite is...*
Toen ze met haar duim op het deksel van de pot drukte, begon het soepel te draaien, zonder één enkele schok. Allemaal volgens plan. *Als een droom*, dacht ze. *Dank U, God. Dank U. Dank U zeer, dank U zo z...*
In haar ooghoek ving ze een plotselinge beweging op en haar eerste gedachte was niet dat iemand haar had gevonden en zij was gered, maar dat de spacecowboy was teruggekomen om haar voor zichzelf te nemen voor ze kon ontkomen. Jessie uitte een schrille, geschokte kreet. Haar blik schoot omhoog van zijn gespannnen concentratiepunt op de pot. Haar vingers grepen hem beet met een onwillekeurige schok van angst en verrassing.
Het was de hond. De hond was teruggekeerd voor een late ochtendhap en stond in de deuropening de slaapkamer op te nemen voordat hij binnenkwam. Hetzelfde moment dat Jessie zich dit realiseerde, realiseerde ze zich ook dat ze de kleine blauwe pot veel te hard had vastgegrepen. Hij schoot uit haar vingers als een ontvelde druif.
'Nee!'
Ze graaide ernaar en kreeg hem bijna weer te pakken. Toen viel hij uit haar hand, raakte haar heup en stuiterde van het bed. Er klonk een zacht en stom klakkend geluid toen het potje de houten vloer raakte. Dit was precies het geluid waarvan ze, nog geen drie minuten geleden,

had geloofd dat het haar krankzinnig zou maken. Dat gebeurde niet, en nu ontdekte ze een nieuwere, intensere verschrikking: ondanks alles wat er met haar was gebeurd, was ze nog lang niet krankzinnig. Wat voor verschrikkingen er ook voor haar in het verschiet lagen, het kwam haar voor dat ze die, nu haar laatste deur naar de bevrijding was dichtgevallen, bij haar volle verstand onder ogen moest zien.

'Waarom moest je net nu binnenkomen, vuile schoft?' vroeg ze de voormalige Prins en iets in haar raspende, dreigende stem deed hem stoppen en naar haar opkijken met een behoedzaamheid die al haar gegil en bedreigingen niet hadden kunnen opwekken. 'Waarom nu, godverdomme? Waarom *nu?*'

De zwerver besloot dat het teefbaasje waarschijnlijk nog altijd ongevaarlijk was ondanks de gevaarlijke klank die nu in haar stem doorklonk, maar hij bleef een waakzaam oog op haar houden, terwijl hij verder trippelde naar zijn vleesvoorraad. Het was beter voorzichtig te zijn. Hij had het zwaar moeten verduren, voordat hij die simpele les had geleerd, en het was een les die hij niet makkelijk of snel zou vergeten: het was altijd beter voorzichtig te zijn.

Hij schonk haar een laatste blik met zijn heldere en wanhopige ogen voor hij zijn kop liet zakken, een van Geralds vetrollen greep en er een flink stuk afscheurde. Dit te moeten zien was erg, maar voor Jessie was het niet het ergst. Het ergst was de wolk vliegen die opsteeg van het voedsel- en paargebied toen de zwerver zijn tanden sloot en rukte. Hun slaapverwekkende gezoem voltooide het sloopwerk van een vitaal, overlevingsgericht deel van haar wezen, een deel dat te maken had met hoop en moed.

De hond stapte even gracieus achteruit als een danser in een filmmusical, zijn goede oor gespitst, het vlees als een lap in zijn kaken. Toen draaide hij zich om en draafde snel de kamer uit. De vliegen begonnen met nieuwe vestigingsoperaties nog voor hij uit het gezicht was. Jessie leunde haar hoofd tegen de mahonie dwarslatten en sloot haar ogen. Ze begon weer te bidden, maar deze keer bad ze niet om vrijheid. Deze keer bad ze dat God haar snel en genadig zou nemen, voordat de zon onderging en die vreemdeling met het witte gezicht terugkwam.

27

De vier uren daarna waren de ergste uit Jessie Burlingames leven. De spierkrampen kwamen steeds vaker en heviger, maar het was niet de intramusculaire pijn die haar uren tussen elf en drie zo verschrikkelijk maakte, het was die gruwelijke, koppige weigering van haar geest om de helderheid los te laten en de duisternis binnen te stappen. Ze had op de middelbare school Poe's 'Het Hart als Verrader' gelezen, maar pas nu had ze de ware verschrikking begrepen van zijn openingszin: *'t Is waar! – nerveus – ontzettend nerveus was ik toen en ben ik nog; maar waarom houden jullie vol dat ik krankzinnig ben?*
Krankzinnigheid zou opluchting betekenen, maar krankzinnigheid zou niet komen. Net zomin als slaap. De dood kon ze beide verslaan, en de duisternis zou het zeker doen. Ze kon alleen maar op het bed liggen, en bestaan in een flauwe grijsbruine realiteit die zo nu en dan werd doorschoten door helse pijnen als haar spieren kramp kregen. De krampen betekenden wat, net als haar verschrikkelijke, vermoeiende geestelijke gezondheid, maar niets anders scheen ertoe te doen – zeker de wereld buiten deze kamer had opgehouden enige echte betekenis voor haar te hebben. Ze begon in feite sterk te geloven dat er geen wereld buiten deze kamer *was*, dat alle mensen die haar eens bevolkt hadden, waren teruggegaan naar het een of andere existentiële Centrale Castingbureau en het hele decor weer was ingepakt zoals de decorstukken na een maatschappijkritisch toneelstuk op de universiteit.
Tijd was als een koude zee waar haar bewustzijn doorheen ploeterde als een schommelende, ongracieuze ijsbreker. Stemmen kwamen en gingen als fantomen. De meeste spraken in haar hoofd, maar een tijdje sprak Nora Callighan tegen haar vanuit de badkamer en op een ander moment had Jessie een gesprek met haar moeder die zich verborgen scheen te houden op de gang. Haar moeder was gekomen om haar te vertellen dat Jessie nooit in zo'n rotzooi als deze terecht zou zijn gekomen als ze haar kleren niet zo had laten slingeren. 'Als ik een dubbeltje kreeg voor elke

onderbroek die ik ooit uit de hoek heb gevist en binnenstebuiten heb gekeerd,' zei haar moeder, 'zou ik de gasfabriek van Cleveland kunnen kopen.' Het was een favoriet gezegde van haar moeder geweest en Jessie realiseerde zich nu dat niemand van hen haar ooit had gevraagd waarom ze de gasfabriek van Cleveland zou *willen* kopen.

Ze ging slapjes door met oefeningen, trapte met haar voeten en pompte haar armen op en neer zo ver de handboeien – en haar eigen verslappende kracht – het haar toestonden. Ze deed dit niet langer om haar lichaam in conditie te houden voor het geval uiteindelijk de goede mogelijkheid tot ontsnappen zich aan haar voordeed, omdat ze uiteindelijk in haar hart en haar hoofd was gaan begrijpen dat er geen mogelijkheden meer waren. De pot gezichtscrème was de laatste geweest. Ze deed de oefeningen nu alleen nog omdat beweging de krampen iets scheen te verlichten.

Ondanks haar oefening voelde ze de kou haar voeten en handen binnenkruipen, zich vastzetten op haar huid als een dun laagje ijs en zich dan naar binnen werken. Dit was totaal iets anders dan het slaapgevoel dat haar deze ochtend had wakker gemaakt, het leek meer op de bevriezing die ze als tiener een keer had opgelopen tijdens een lange middag langlaufen – kwaadaardige grijze plekken op de rug van een hand en op het vlees van haar kuit waar haar legging gaten had gehad, dode plekken die zelfs niet ontvankelijk leken voor de bakhitte van de open haard. Ze nam aan dat deze gevoelloosheid het ten slotte zou winnen van de krampen en dat, uiteindelijk, haar dood misschien ondanks alles heel genadig zou blijken te zijn – zoals gaan slapen in een hoop sneeuw – maar het ging allemaal veel te langzaam.

Tijd ging voorbij. Maar het was geen tijd, het was gewoon een meedogenloze, onveranderende stroom van informatie die van haar slapeloze zintuigen naar haar angstaanjagend heldere geest vloeide. Verder had je alleen de slaapkamer, het landschap buiten (met de laatste paar toneelattributen die op het punt stonden te worden ingepakt door een inspeciënt die de leiding had over deze kleine kutproduktie), het gezoem van vliegen die van Gerald een naseizoensbroedmachine maakten, en het langzaam verglijden van schaduwen langs de vloer terwijl de zon zich een weg baande langs een geschilderde herfstlucht. Om de zoveel tijd stak een kramp in haar oksels als een ijshaak of sloeg die een dikke, stalen nagel in haar rechterzij. Terwijl de middag zich eindeloos voortsleepte, begonnen de eerste krampen in haar buik, waar nu alle hongersteken hadden opgehouden, en in de overspannen pezen van haar middenrif toe te slaan. Deze laatste waren het ergst, spanden de spierbundel in haar borst en knelden haar longen af. Elke keer dat er een toesloeg, lag ze omhoog te staren naar de weerkaatsingen van waterrimpelingen op het plafond met getormenteerde, uitpuilende ogen, terwijl haar armen en benen trilden van inspanning door de poging te blijven ademhalen tot de kramp verdween. Het leek alsof ze tot aan haar nek begraven zat in koud, nat cement.

De honger ging voorbij, maar de dorst niet, en terwijl die eindeloze dag om haar heen draaide, begon ze te beseffen dat alleen de dorst al (alleen die en niets anders) misschien kon bewerkstelligen wat de toenemende pijnniveaus en zelfs het feit van haar naderende dood niet voor elkaar hadden gekregen: daar kon ze krankzinnig van worden. Het was niet alleen haar keel en mond nu, elk deel van haar lichaam schreeuwde om water. Zelfs haar oogbollen waren dorstig en de aanblik van de rimpelingen die links van het daklicht op het plafond dansten, deed haar zachtjes kreunen.

Deze zeer echte levensgevaren die haar nu belaagden, zouden de verschrikking die ze had gevoeld voor de space cowboy minder moeten doen worden of helemaal moeten laten verdwijnen, maar naarmate de middag voortschreed, merkte ze dat de vreemdeling met het witte gezicht eerder meer op haar geest drukte dan minder. Voortdurend zag ze zijn gestalte, net buiten de kleine lichtcirkel die haar verminderde bewustzijn omsloot, en hoewel ze weinig meer kon zien dan alleen zijn gestalte (mager tot op de grens van uitmergeling), merkte ze dat ze, terwijl de zon zijn pijnlijke uren naar het westen voortsleepte, met steeds groter wordende helderheid de ingevallen, ziekelijke grijns kon zien die zijn mond krulde. In haar oor hoorde ze het stoffige geruis van botten en juwelen terwijl hij met zijn hand in de ouderwetse tas roerde.

Hij zou voor haar komen. Als het donker was, zou hij komen. De dode cowboy, de buitenstaander, de zeis van liefde.

Jij zag het, Jessie. Het was de Dood, en *jij* zag het, zoals mensen die op verlaten plekken sterven vaak doen. Natuurlijk *doen ze dat, het staat op hun verwrongen gezichten gestempeld en je kunt het lezen in hun uitpuilende ogen. Het was de Oude Cowboy Dood en vanavond als de zon ondergaat komt hij voor jou terug.*

Even na drie uur begon de wind, die de hele dag rustig was geweest, op te steken. De achterdeur begon weer onophoudelijk tegen de stijl te klappen. Niet lang daarna hield de kettingzaag op en ze kon het zwakke geluid horen van golfjes die door wind opgedreven tegen de rotsen langs de oever sloegen. De fuut verhief zijn stem niet, misschien had hij besloten dat het tijd was geworden naar het zuiden te vliegen, of in ieder geval te verhuizen naar een deel van het meer waar hij de schreeuwende dame niet meer kon horen.

Alleen ik nog. Tot die ander hier komt, tenminste.

Ze deed niet langer enige poging te geloven dat haar donkere bezoeker slechts verbeelding was, de dingen waren daarvoor veel te ver gegaan.

Een nieuwe kramp zette zijn lange, bittere tanden in haar linkeroksel, en ze trok haar gebarsten lippen naar achteren in een grimas. Het was alsof je met de tanden van een barbecuevork in je hart werd geprikt. Toen verstrakten de spieren net onder haar borsten en de bundel zenuwen in haar zonnevlecht scheen in brand te worden gestoken als een stapel aanmaakhoutjes. Deze pijn was nieuw, en hij was enorm – veel erger dan wat ook tot dusver. Ze kromde achterover als een wilgetak, terwijl haar lichaam van de ene naar de andere kant draaide, haar knieën open en dicht klapten. Haar haar vloog omhoog in slierten en plakken. Ze probeerde te gillen en kon het niet. Even wist ze het zeker, dit was het, dit was het einde van de rit. Een laatste verkramping, net zo krachtig als zes staven dynamiet in een granietrichel, en daar ga je, Jessie, de kassier is aan je rechterkant.
Maar deze ging ook voorbij.
Langzaam ontspande ze zich. Ze hijgde, haar hoofd naar het plafond gedraaid. Voor even kwelden die dansende weerspiegelingen daarboven haar niet, haar hele concentratie was gericht op die vurige bundel zenuwen tussen en net onder haar borsten, terwijl ze wachtte om te zien of de pijn werkelijk weg zou gaan of dat zij in plaats daarvan weer op zou gloeien. Ze ging weg... maar morrend, met de belofte snel terug te keren. Jessie sloot haar ogen, bad om slaap. Zelfs die korte onderbreking in het langzame en vermoeiende doodgaan, zou op dit moment welkom zijn.
Slaap kwam niet, maar Hartje, het meisje van het schandblok, wel. Ze was nu zo vrij als een vogeltje, ongeacht haar seksuele uitlokking, en ze liep blootsvoets over de meent van de stad of van welk puriteins dorp ook waar ze woonde, en ze was glorieus alleen – het was voor haar niet nodig haar ogen betamelijk neergeslagen te houden opdat de een of andere passerende jongen haar blik niet zou vangen met een knipoog of een grijns. Het gras was diep fluweelgroen, en ver weg, boven op de volgende heuvel (*Dit moet de grootste meent van de wereld zijn*, dacht Jessie), graasde een kudde schapen. De klok die Jessie eerder had gehoord zond zijn vlakke, monotone geluid over de donker wordende dag.
Hartje droeg een blauw flanellen nachthemd met voorop een groot geel uitroepteken – nauwelijks een puriteins kledingstuk, hoewel het zeker preuts genoeg was, want het bedekte haar van hals tot voeten. Jessie kende het kledingstuk goed en was verheugd het weer te zien. Tussen haar tiende en twaalfde levensjaar, toen ze haar eindelijk zo ver hadden gekregen het in de lappenmand te dumpen, moest ze het malle ding naar een stuk of twintig slaappartijtjes hebben gedragen.
Hartjes haar, dat haar gezicht volledig aan het oog had onttrokken toen het halsblok haar hoofd naar beneden hield, was nu naar achteren ge-

bonden met een fluwelen strik van het donkerste middernachtelijke blauw. Het meisje zag er schattig en uiterst gelukkig uit, wat Jessie in het geheel niet verraste. Ze was vrij. Hierover voelde Jessie geen jaloezie, maar ze had wel een sterke wens – bijna een behoefte – om haar te vertellen dat ze meer moest doen dan alleen maar genieten van haar vrijheid, ze moest haar koesteren, bewaken en gebruiken.

Ik ben toch in slaap gevallen. Dat moet, omdat dit een droom moet *zijn.* Een volgende kramp – deze niet helemaal zo verschrikkelijk als die haar zonnevlecht in vuur en vlam had gezet – deed de spieren in haar rechterdij verstrakken en haar rechtervoet stom waggelen in de lucht. Ze opende haar ogen en zag de slaapkamer, waar het licht weer eens lang en uitgerekt was geworden. Het was niet helemaal wat de Fransen *l'heure blue* noemen, maar dat moment kwam er nu snel aan. Ze hoorde de slaande deur, rook haar zweet en urine en zure uitademing. Alles was precies zoals het was geweest. De tijd was verder gegaan, maar hij was niet verder *gesprongen* zoals hij zo vaak leek te hebben gedaan als je wakker wordt van een onbedoelde doezeling. Haar armen waren een beetje kouder, dacht ze, maar niet meer of minder gevoelloos dan ze waren geweest. Ze had niet geslapen en ze had niet gedroomd... maar ze had *iets* gedaan.

Ik kan het ook weer doen, dacht ze en sloot haar ogen. En op het moment dat ze het deed, was ze weer terug op die ongelooflijk reusachtige meent. Het meisje met het grote gele uitroepteken, dat opsprong tussen haar kleine borsten, keek haar ernstig en lieftallig aan.

Je hebt een ding nog niet geprobeerd, Jessie.

Dat is niet waar, zei ze tegen Hartje. *Ik heb* alles *geprobeerd, geloof me. En weet je wat? Ik denk dat ik, als ik die verrekte pot met gezichtscrème niet had laten vallen toen de hond me liet schrikken, misschien in staat zou zijn geweest me los te wurmen uit de linkerboei. Het was pech dat de hond binnenkwam toen ik daarmee bezig was. Of slecht karma. Slecht wat dan ook, in ieder geval.*

Het meisje dreef dichterbij, terwijl het gras fluisterde onder haar blote voeten.

Niet de linkerboei, Jessie. Het is de rechter *waar je net uit kunt glippen. Het is een minieme gok, dat moet ik je toegeven, maar het is mogelijk. De vraag waar het om gaat is nu,* wil *je wel werkelijk leven, denk je?*

Natuurlijk wil *ik leven!*

Nog dichterbij. Die ogen – een rookkleur die probeerde blauw te zijn maar er niet helemaal in slaagde – scheen nu recht door haar huid te kijken, in haar hart.

Echt? Ik vraag het me af.

Ben je wel goed bij je hoofd? Denk jij dat ik hier, geboeid aan dit bed, wil blijven, als...

Jessies ogen – die nog steeds probeerden blauw te zijn na al die jaren en die er nog steeds niet helemaal in slaagden – gingen langzaam weer open. Ze staarden door de kamer met een uitdrukking van verschrikte ernst. Ze zagen haar echtgenoot, die nu in een onmogelijk gedraaide positie woest naar het plafond lag te staren.
'Ik wil niet nog geboeid aan dit bed zitten als het donker wordt en de boeman terugkomt,' zei ze tegen de lege kamer.
Sluit je ogen, Jessie.
Dat deed ze. Hartje stond daar in haar oude, flanellen nachthemd en keek haar kalm aan, en Jessie kon nu ook het andere meisje zien – het dikke meisje met de pukkelige huid. Het dikke meisje had niet zoveel geluk gehad als Hartje, zij had niet kunnen ontsnappen, tenzij je de dood zelf in zekere zin als ontsnapping zag – een gedachte die Jessie heel makkelijk zou hebben geaccepteerd. Het dikke meisje was gestikt of ze had de een of andere aanval gekregen. Haar gezicht had de purperzwarte kleur van donderwolken in de zomer. Een oog puilde uit de kas, het andere was gebarsten als een kapotgeknepen druif. Haar tong, bloederig door het herhaalde bijten dat ze erop had gedaan in haar laatste doodstrijd, stak uit haar lippen naar buiten.
Met een huivering keerde Jessie zich weer tot Hartje.
Zo wil ik niet eindigen. Wat er misschien ook mis met me is, zo wil ik niet eindigen. Hoe ben jij *eruit gekomen?*
Heb me losgewurmd, antwoordde Hartje prompt. *Heb me losgewurmd uit de greep van de duivel en ben verder gegleden naar het beloofde land.*
Jessie voelde de woede door haar uitputting heen trillen.
Heb je dan geen woord verstaan van wat ik heb gezegd? Ik heb die godverdommese pot Nivea laten vallen! De hond kwam binnen, liet me schrikken en ik liet hem vallen! *Hoe kan ik...*
Ook ik herinnerde me de zonsverduistering. Hartje sprak abrupt, met de air van iemand die zijn geduld begint te verliezen door een of andere ingewikkelde maar betekenisloze sociale afspraak: jij maakt een revérence, ik buig, en we geven elkaar allemaal een hand. *Zo ben ik er echt uit gekomen. Ik herinnerde me de zonsverduistering en wat er gebeurde op de veranda toen de verduistering aan de gang was. En jij zal het je ook moeten herinneren. Ik denk dat het je enige kans is om los te komen. Je kan niet langer wegrennen, Jessie. Je moet je omdraaien en de waarheid onder ogen zien.*
Weer dat? Steeds maar weer dat en niets anders? Jessie voelde een diepe golf van uitputting en teleurstelling. Even was de hoop bijna teruggekeerd, maar hier had ze niets aan. Helemaal niets.
Je begrijpt het niet, zei ze tegen Hartje. *We hebben deze weg eerder be-*

wandeld – helemaal tot het eind. Ja, ik neem aan dat wat mijn vader met me deed misschien iets te maken heeft met wat er nu met mij gebeurt, ik veronderstel dat dat ten minste mogelijk is, maar waarom weer door al die pijn als er nog zoveel andere pijnen zijn om doorheen te gaan voordat God uiteindelijk moe wordt me te kwellen en besluit het doek te laten vallen?
Er kwam geen antwoord. Het meisje in de blauwe nachtpon, het meisje dat zij eens was, was verdwenen. Nu was er alleen maar duisternis achter Jessies gesloten oogleden, als de duisternis van een filmscherm wanneer de voorstelling is afgelopen. Dus ze deed haar ogen weer open en blikte lange tijd door de kamer waar ze zou gaan sterven. Ze keek van de badkamerdeur naar de ingelijste batikken vlinder, en van de ladenkast naar het lichaam van haar echtgenoot onder zijn ongezonde sjaal van lome herfstvliegen.
'Hou ermee op, Jess. Ga terug naar de eclips.'
Haar ogen werden wijder. Dat *klonk* alsof het echt was – een echte stem die niet uit de badkamer kwam of uit de gang of van binnen in haar eigen hoofd, maar die uit de lucht zelf scheen voort te komen.
'Hartje?' Haar stem was nu nog maar een kraak. Ze probeerde iets meer rechtop te komen, maar een volgende woeste kramp bedreigde haar middenrif en ogenblikkelijk leunde ze weer naar achteren tegen het hoofdeinde en wachtte tot die voorbij ging. 'Hartje, ben jij dat? Ja, schat?'
Even dacht ze dat ze iets hoorde, dat de stem iets anders zei, maar als dat zo was, lukte het haar niet de woorden te ontcijferen. En toen was hij helemaal weg.
Ga terug naar de eclips, Jessie.
'Daar krijg ik geen antwoorden,' mompelde ze. 'Alleen maar pijn en stompzinnigheid en...' En wat? Wat nog meer?
De oude Adam. De zin ontstond natuurlijk in haar hoofd, gelicht uit de een of andere preek die ze gehoord moest hebben toen ze als een verveeld kind tussen haar vader en moeder in zat, en met haar voeten schopte om te kijken naar hoe het licht, dat door de gekleurde kerkramen naar binnen viel, bewoog en glinsterde op haar witte, echtleren schoenen. Gewoon de een of andere kreet die in haar onbewuste was blijven hangen als aan een kleverige vliegenvanger, en zo bij haar was gebleven. *De oude Adam* – en misschien was dat alles, zo simpel als dat. Een vader die half bewust ervoor had gezorgd alleen te blijven met zijn aantrekkelijke, levendige jonge dochter, terwijl hij al die tijd dacht *Er schuilt geen enkel kwaad in, geen greintje kwaad.* Toen was de zonsverduistering begonnen, en zij had op zijn schoot gezeten in de zonnejurk die zowel te strak als te kort was – de zonnejurk die hij zelf aan haar had

gevraagd te dragen – en wat was gebeurd was gebeurd. Gewoon een kort, geil intermezzo dat hun allebei had beschaamd en in verlegenheid gebracht. Hij had zijn kwakje gekwakt – en of je het nou kort of lang bekeek (als dit een grap bevatte, interesseerde het haar geen moer), hij had het in feite over de hele achterkant van haar ondergoed gespoten – zeker geen goedgekeurd gedrag voor pappa's en zeker ook geen situatie die ze ooit uitgewerkt had zien worden in *The Brady Bunch*, maar...
Maar laten we er niet omheen draaien, dacht Jessie. *Ik kwam ervan af met nauwelijks een schram vergeleken bij wat er had kunnen gebeuren... wat elke dag gebeurt.* Het gebeurt niet alleen in plaatsen als Peyton Place en ook niet alleen op Tobacco Road. *Mijn vader was niet de eerste universitair opgeleide, hogere middenklasseman die ooit een stijve voor zijn dochter kreeg en ik was niet de eerste dochter die ooit een natte plek op de achterkant van haar ondergoed vond. Dat wil niet zeggen dat het in orde is, of zelfs maar verexcuseerbaar; dat wil alleen maar zeggen dat het voorbij is en dat het heel wat erger had kunnen zijn.*
Ja. En dat nu meteen allemaal vergeten, leek een veel beter idee dan het nog eens allemaal door te maken, wat Hartje er ook over te zeggen had. Het beste was het te laten verdwijnen in de totale duisternis die met elke zonsverduistering gepaard ging. Ze had nog steeds een boel dood te gaan in deze stinkende, van vliegen vergeven slaapkamer.
Ze sloot haar ogen en meteen scheen de geur van haar vaders reukwater haar neus binnen te drijven. Dat en de geur van zijn lichte, nerveuze zweet. Het gevoel van het harde ding tegen haar achterste. Zijn korte gehijg als zij zich heen en weer beweegt op zijn schoot in een poging gemakkelijker te zitten. Het gevoel van zijn hand die zich licht nestelt op haar borst. Afvragen of het goed met hem ging. En hij was zo *snel* gaan hijgen. Marvin Gaye op de radio: '*I love too hard, my friends sometimes say, but I believe... I believe... that a woman should be loved that way...*'
Hou je van me, Hartje?
Ja, zeker...
Maak je dan nergens zorgen om. Ik zou je nooit pijn doen. Nu ging zijn andere hand langs haar blote been naar boven, terwijl hij de zonnejurk voor zich uit duwde, samenpropte in haar schoot. *Ik wil...*
'Ik wil lief tegen je zijn,' mompelde Jessie, terwijl ze iets verschoof tegen het hoofdeinde. Haar gezicht was vaalgeel en vertrokken. 'Dat zei hij. Goeie god, dat *zei* hij echt.'
'*Everybody knows... especially you girls... that a love can be sad, well my love is twice as bad...*'
Ik weet niet of ik het wel wil, pappa... Ik ben bang dat ik mijn ogen verbrand.

Je hebt nog zeker twintig seconden. Dat in ieder geval. Dus maak je geen zorgen. En kijk niet om.
En toen was er het springen van elastiek geweest – niet dat van haar, maar van hem – toen hij de oude Adam vrij maakte.
Als om te ontkennen dat ze bijna uitdroogde, gleed er een traan uit Jessies linkeroog en die rolde langzaam langs haar wang naar beneden. 'Ik doe het,' zei ze met een schorre, verstikte stem. 'Ik begin me te herinneren. Ik hoop dat je gelukkig bent.'
Ja, zei Hartje en hoewel Jessie die vreemde, lieftallige blik niet meer kon zien, voelde ze hem wel op haar. *Maar je bent te ver gegaan. Ga een stukje terug. Gewoon een stukje.*
Een enorm gevoel van opluchting spoelde door Jessie heen toen ze besefte dat het ding dat Hartje wilde dat zij zich herinnerde, niet was gebeurd tijdens of na haar vaders seksuele avances, maar *ervoor...* hoewel niet lang ervoor.
Waarom moest ik dan door al die andere vreselijke oude troep?
Ze nam aan dat het antwoord daarop nogal voor de hand lag. Het maakte niets uit of je nou één of twintig sardines wilde hebben, daarvoor moest je toch nog altijd het hele blik openmaken en ze allemaal zien, en moest je die vreselijke visolielucht opsnuiven. En bovendien, zo'n oude geschiedenis van vroeger, daar ging ze niet dood aan. Van die handboeien die haar aan het bed hielden misschien wel, maar niet van die oude herinneringen, hoe pijnlijk die misschien ook waren. Het werd tijd dat ze eens ophield met dat gezeur en gejammer, en eens aan de slag ging. Tijd om eens te gaan zoeken wat Hartje zei dat ze verondersteld werd te zoeken.
Ga terug naar net voor hij je op die andere manier begon te betasten – de verkeerde manier. Ga terug naar de reden waarom jullie daar in de eerste plaats met z'n tweeën waren. Ga terug naar de zonsverduistering.
Jessie kneep haar ogen steviger dicht en ging terug.

28

Hartje? Alles in orde?
Ja, maar... het is een beetje eng, vind je niet?
Ze hoeft nu niet in de reflectiedoos te kijken om te weten dat er iets gebeurt. De dag wordt donkerder zoals gebeurt als een wolk voor de zon trekt. Maar dit is geen wolk. Het donker is niet gerafeld en wat er aan wolken is, ligt heel ver naar het oosten.
Ja, zegt hij en ze kijkt even naar hem. Ze is enorm opgelucht te zien dat hij het meent. *Wil je op mijn schoot zitten, Jess?*
Mag dat?
Reken maar.
Dus dat doet ze, blij om zo dicht bij hem te zijn, om zijn warmte, zijn heerlijke geur – de geur van pappa – terwijl de dag almaar donkerder wordt. En nog het meest blij is ze, dat het een beetje eng *is*, enger dan ze zich had voorgesteld. Wat voor haar het meest enge is, is de manier waarop de schaduwen op de veranda verdwijnen. Ze heeft nooit eerder schaduwen zo snel als nu zien verdwijnen, en weet bijna zeker dat ze dat nooit meer zal doen. En ik vind het prima, denkt ze, en kruipt nog dichterbij, blij dat ze (in ieder geval zolang dit spookachtige intermezzo duurt) haar vaders Hartje is, in plaats van de gewone oude Jessie – te lang, te slungelig... te pieperig.
Kan ik al door het roetglas kijken, pap?
Nog niet. Zijn hand, zwaar en warm op haar been. Ze legt haar eigen hand er overheen, draait zich dan naar hem om en grijnst.
Het is opwindend, hè?
'Ja. Ja dat is zo, Hartje. Heel wat opwindender dan ik eigenlijk had gedacht.
Ze gaat weer verzitten, probeert een manier te vinden om geen hinder te hebben van dat harde stuk van hem waar ze nu met haar achterste op rust. Hij zuigt snel een mondvol lucht naar binnen over zijn onderlip.
Pappa? Ben ik te zwaar? Heb ik je pijn gedaan?

Nee. Je zit goed.
Kan ik nu door het glas kijken?
Nog niet, Hartje. Maar heel gauw.
De wereld heeft niet langer het uiterlijk dat ze krijgt wanneer de zon in een wolk duikt, nu lijkt het wel alsof halverwege de middag de schemering is ingetreden. Ze hoort de oude uil in het bos en het geluid doet haar huiveren. Op WNCH sterft Debbie Reynolds weg en de deejay die er direct bovenop komt, zal snel plaatsmaken voor Marvin Gay.
Kijk uit over het meer! zegt pappa tegen haar en als ze het doet ziet ze een vreemde schemering over een glansloze wereld kruipen, een wereld waaraan alle sterke kleuren zijn onttrokken, zodat er alleen nog maar gedimde pasteltinten zijn. Ze huivert en zegt hem dat het eng is. Hij zegt tegen haar te proberen niet zo bang te zijn en ervan te genieten, een bewering die ze jaren later nauwkeurig – misschien te nauwkeurig – zal onderzoeken op een dubbele betekenis. En nu...
Pap? Pappa? Hij is weg. Mag ik...
Ja. Nu mag het. Maar als ik zeg dat je ermee op moet houden, hou je ermee op. Geen commentaar, begrepen?
Hij geeft haar drie ruitjes beroet glas op elkaar, maar eerst geeft hij haar een pannelap. Hij geeft die aan haar omdat hij de kijkglazen maakte van glasruitjes die uit een oud schuurraam waren gesneden, en hij vertrouwt niet zo erg op zijn vaardigheden met de glassnijder. En als ze in deze ervaring, die zowel droom als herinnering is, neerkijkt op de pannelap, springt haar geest plotseling zelfs verder terug, even behendig als een acrobaat die een salto maakt, en ze hoort hem zeggen *Het laatste wat ik kan gebruiken...*

29

'... is dat je moeder thuiskomt en een briefje vindt waarop staat...'
Jessies ogen schoten open terwijl ze die woorden tegen de lege kamer zei, en het eerste ding dat ze zagen, was het lege glas, Geralds waterglas, dat nog steeds op de plank stond. Het glas stond daar vlak bij de boei die haar pols aan de bedstijl vastgebonden hield. Niet de linkerpols, maar de rechter.
... een briefje waarop staat dat ik je naar de eerste hulp heb gebracht zodat ze kunnen proberen een paar van je vingers weer aan te naaien.
Nu begreep Jessie de bedoeling van die oude, pijnlijke herinnering, begreep wat Hartje haar al die tijd had proberen te vertellen. Het antwoord had niets te maken met oude Adam, of met de zwakke geur van mineralen van de natte plek op haar oude katoenen onderbroek. Het had alles te maken met een stuk of zes glasruitjes die voorzichtig uit de verkruimelende stopverf van een oud schuurraam waren gesneden. Ze was de pot Niveacrème kwijtgeraakt, maar er was nog steeds een ander smeermiddel, nietwaar? Eén andere manier om voort te glijden naar het Beloofde Land. Bloed bijvoorbeeld. Tot het stolde, was bloed bijna net zo glibberig als olie.
Het doet pijn als de ziekte, Jessie.
Ja, natuurlijk zou het pijn doen als de ziekte. Maar ze meende ergens gehoord of gelezen te hebben dat er minder zenuwen in de polsen zaten dan in veel andere vitale controleposten van het lichaam. Daarom was het doorsnijden van je polsen, vooral in een bad heet water, al sinds de eerste toga-parties in het keizerlijke Rome dè methode van zelfmoord. Bovendien was ze al half verdoofd.
'Ik was om te beginnen al half verdoofd door me door hem in deze dingen te laten opsluiten,' kraste ze.
Als je te diep snijdt, bloedt je dood, net als die oude Romeinen.
Ja, natuurlijk was dat zo. Maar als ze helemaal niet sneed, zou ze hier liggen tot ze stierf door attaques of uitdroging... of tot haar vriend met de zak botten vanavond verscheen.

'Oké,' zei ze. Haar hart pompte snel en voor het eerst in uren was ze klaarwakker. De tijd schoot weer in beweging met een ruk en een schok, als een vrachttrein die van een rangeerspoor optrekt naar het hoofdspoor. 'Goed, dat geeft de doorslag.'
Luister, zei een stem dwingend, en verbaasd realiseerde Jessie zich dat dit de stem was van Ruth *en* Moedertje. Die waren samengegaan, in ieder geval voorlopig. *Luister goed, Jess.*
'Ik luister,' zei ze tegen de lege kamer. Ze keek ook. En waar ze naar keek, was het glas. Eén uit een set van twaalf die ze, drie of vier jaar geleden, in de uitverkoop bij Sales had gekocht. Zes of acht waren er nu al gebroken. Gauw zou er een bijkomen. Ze slikte en trok een grimas. Het leek alsof ze probeerde een met flanel beklede steen weg te slikken die in haar keel zat. 'Ik luister heel goed, geloof me.'
Oké. Want als je hier eenmaal mee begint, zul je het niet meer kunnen stoppen. Alles zal snel moeten gebeuren, omdat je lichaam al is uitgedroogd. Maar denk hieraan: zelfs als de dingen helemaal fout gaan...
'...die gaan helemaal goed,' maakte ze af. En dat was toch zo? De situatie had een simpelheid gekregen die, op zijn eigen, afgrijselijke manier, wel een beetje elegant was. Ze *wilde* niet doodbloeden, natuurlijk – wie wel? – maar het zou beter zijn dan de groeiende krampen en dorst. Beter dan hij. *Het*. De hallucinatie. Wat het ook was.
Ze likte langs haar droge lippen met haar droge tong en greep haar eigen, vliedende gedachten beet. Probeerde ze op orde te krijgen, zoals ze eerder had gedaan voor ze de proefpot gezichtscrème, die nu nutteloos op de vloer naast het bed lag, probeerde te pakken te krijgen. Het denken werd moeilijker, merkte ze. Ze bleef flarden horen van
(take it easy)
die gesproken blues, bleef haar vaders reukwater ruiken, bleef dat harde ding tegen haar achterste voelen. En dan had je nog Gerald. Gerald scheen tegen haar te praten vanaf de plek waar hij lag. *Het komt terug, Jessie. En je zal niets kunnen doen om het tegen te houden. Het zal je een lesje leren, trotse schoonheid van me.*
Ze liet haar ogen in zijn richting schieten, keek toen snel weer naar het waterglas. Gerald scheen woest naar haar te grijnzen met het deel van zijn gezicht dat de hond intact had gelaten. Ze deed weer een poging om haar verstand aan het werk te krijgen en na enige inspanning begonnen de gedachten te rollen.
Ze deed er tien minuten over om alle stappen een voor een door te nemen. Er was, om eerlijk te zijn, niet veel door te nemen – haar plan was waanzinnig riskant, maar niet ingewikkeld. Mentaal repeteerde ze elke stap toch een aantal keren, terwijl ze zocht naar de kleinste foutjes die haar haar laatste kans op leven konden kosten. Ze kon die niet vinden.

Uiteindelijk was er maar een duidelijke handicap – het zou erg snel moeten gebeuren, voordat het bloed kon gaan stollen – en er waren maar twee uitkomsten mogelijk: een snelle ontsnapping, of bewusteloosheid en dood.

Ze nam het nog een keer helemaal door – ze raffelde het noodzakelijke nare karwei niet af, maar bestudeerde het zoals ze een sjaal die ze had gebreid, zou hebben nagekeken op lussen en gevallen steken – terwijl de zon bleef voortgaan op zijn weg naar het westen. Op de achterveranda kwam de hond overeind en liet het glinsterende stuk kraakbeen waarop hij had zitten knauwen achter. Hij kuierde naar het bos toe. Hij had weer een vleugje opgevangen van die zwarte geur en met zijn buik vol, was zelfs een vleugje te veel.

30

Twaalf-twaalf-twaalf knipperde de klok. En hoe laat het ook mocht zijn, het was tijd.
Nog één ding voor je begint. Je hebt jezelf tot het uiterste opgepept, en dat is goed, maar hou je doel voor ogen. Als je gelijk begint met het verrekte glas op de vloer te laten vallen, kun je het werkelijk schudden.
'Blijf buiten, hond,' schreeuwde ze schril, niet wetend dat de hond zich een paar minuten ervoor had teruggetrokken naar het stukje bos aan het eind van de oprit. Ze aarzelde nog een moment, overwoog nog een gebed, en besloot toen dat ze genoeg gebeden had. Nu zou ze het moeten hebben van haar stemmen... en van zichzelf.
Ze stak haar rechterhand naar het glas uit, zonder haar eerdere, aarzelende voorzichtigheid. Een deel van haar wezen – waarschijnlijk het deel dat Ruth Neary zo aardig had gevonden en had bewonderd – begreep dat deze laatste klus niets te maken had met aandacht en voorzichtigheid, maar meer met de botte bijl.
Nu moet ik de samuraivrouw zijn, dacht ze en glimlachte.
Ze sloot haar vingers over het glas dat ze aanvankelijk met zoveel moeite had weten te pakken, keek er een ogenblik nieuwsgierig naar – keek ernaar zoals een tuinierster zou kunnen kijken als ze de een of andere onverwachte soort tussen haar bonen of erwten aantrof – en greep het. Ze kneep haar ogen bijna helemaal dicht om ze te beschermen tegen rondvliegende splinters, sloeg toen het glas hard neer op de plank, zoals iemand de schaal van een hardgekookt ei breekt. Het geluid dat het glas maakte, klonk absurd bekend, absurd *gewoon*, een geluid dat niet anders was dan dat van al die honderden glazen toen ze tijdens het afwassen door haar vingers glipten, of toen ze door haar elleboog of zwervende hand op de grond werden gestoten in al die jaren sinds haar vijfde toen ze haar plastic Dandy Duck-kop was ontgroeid. Hetzelfde oude *kur-smesj*. Het bezat geen speciale resonantie om aan te geven dat ze net was begonnen met het unieke werk haar leven te riskeren om het te redden.

Wel voelde ze een enkel, toevallig stuk glas laag op haar voorhoofd neerkomen, net boven de wenkbrauw, maar dat was het enige dat haar gezicht raakte. Een ander stuk – een groot stuk, aan het geluid te horen – tolde van de plank en viel op de vloer aan scherven. Jessies lippen waren samengeknepen tot een strakke witte lijn, in afwachting van wat zeker de grootste bron van pijn zou worden, in het begin tenminste, haar vingers. Die hadden het glas stevig vastgehouden toen het versplinterde. Maar er was geen pijn, slechts even een gevoel van druk en iets van warmte. Vergeleken met de krampen die de afgelopen paar uur aan haar hadden gescheurd, was het niets.

Het glas moet gelukkig gebroken zijn, en waarom niet? Werd het niet eens tijd dat ik een beetje geluk kreeg?

Toen bracht ze haar hand omhoog en zag dat het glas helemaal niet gelukkig was gebroken. Donkerrode parels van bloed welden op uit de toppen van haar duim en drie van de vier vingers, slechts haar pink was eraan ontsnapt. Splinters glas staken uit haar duim en middel- en ringvinger als de pennen van een stekelvarken. De opkruipende gevoelloosheid in haar armen en benen – en misschien de scherpe randen van de stukken glas waardoor ze was gesneden – hadden ervoor gezorgd dat ze het openrijten niet erg voelde, maar de wonden waren er wel. Terwijl ze keek, begonnen dikke druppels bloed neer te druppen op de roze, doorgestikte bovenkant van het matras, het bevlekkend met een veel donkerder kleur.

Die smalle glaspijltjes die uit haar middelste twee vingers staken als spelden uit een speldenkussen, gaven haar het gevoel dat ze moest overgeven, hoewel ze helemaal niets meer in haar maag had.

Mooie samuraivrouw ben je, hoonde een van de UFO-stemmen.

Maar het zijn mijn vingers! riep ze terug. *Zie je dat niet? Dat zijn mijn vingers!*

Ze voelde paniek opkomen, bedwong het en bracht haar aandacht terug naar het stuk waterglas dat ze nog steeds in haar hand had. Het was een rond bovenstuk, waarschijnlijk een kwart van het hele glas en aan een kant was het in twee gladde bogen gebroken. Die kwamen samen tot een bijna perfecte punt, die gruwelijk glinsterde in de namiddagzon. Een gelukkige breuk, die... misschien. Als ze de moed niet verloor. Voor haar leek deze ronde punt van glas op een fantastisch sprookjeswapen – een klein kromzwaard, zoiets als een oorlogszuchtige kabouter zou dragen om strijd te leveren onder een paddestoel.

Je geest is aan het zwerven, schat, zei Hartje. *Kun je je dat permitteren?*

Het antwoord was natuurlijk nee.

Jessie legde het kwart deel van het drinkglas terug op de plank, plaatste het nauwgezet zodat ze in staat zou zijn erbij te komen zonder ernstig te

verkrampen. Het lag op zijn gladde, geronde buik, terwijl de als kromzwaard gevormde punt uitstak. Een kleine vonk weerspiegeld zonlicht glinsterde heet op die punt. Die zou, wat ze voor hierna in gedachten had, heel goed kunnen voldoen, als ze er maar voor oppaste niet te hard te drukken. Deed ze dat wel, dan zou ze waarschijnlijk het glas van de plank duwen of de toevallige mespunt breken.
'Wees gewoon voorzichtig,' zei ze. 'Je hoeft niet te drukken als je voorzichtig bent, Jessie. Doe net...'
Maar de rest van die gedachte
(of je rosbief snijdt)
scheen niet erg produktief, dus ze hield hem tegen voordat meer dan alleen die inleidende opmerking door kon komen. Ze tilde haar rechterarm op, strekte die uit tot de ketting van de handboei bijna strak stond en haar pols boven de glimmende hoek van glas zweefde. Ze wilde heel graag de rest van de glasscherven van de plank vegen – ze had het gevoel alsof die daarboven als een mijnenveld op haar lagen te wachten – maar ze durfde niet. Niet na haar ervaring met de pot Niveacrème. Als ze per ongeluk het mesvormige stuk glas van de plank sloeg, of het brak, zou ze tussen de restjes naar een acceptabel substituut moeten gaan zoeken. Zulke voorzorgsmaatregelen schenen haar bijna onwerkelijk toe, maar ze probeerde zich geen enkel moment wijs te maken dat ze niet nodig waren. Als ze hier uit wilde komen, zou ze heel wat erger moeten bloeden dan ze nu al deed.
Doe het gewoon zoals je het zag, Jessie, dat is alles... geen angsthazerij.
'Geen angsthazerij,' stemde Jessie in met haar schorre stof-in-de-scheuren stem. Ze spreidde haar hand en schudde toen haar pols, in de hoop dat het glas in haar vingers los zou komen. Het lukte haar bijna, alleen de scherf in haar duim, die diep in het zachte vlees onder de nagel zat, weigerde los te komen. Ze besloot het daar te laten zitten en verder te gaan met wat ze van plan was.
Wat jij van plan bent, is absoluut krankzinnig, zei een zenuwachtige stem tegen haar. Geen UFO deze keer, dit was een stem die Jessie goed kende. Het was de stem van haar moeder. *Niet dat ik verbaasd ben, begrijp me goed. Het is een typische overreactie van Jessie Mahout en die heb ik wel duizend keer gezien. Denk na, Jessie – waarom jezelf opensnijden en misschien doodbloeden? Iemand zal je komen redden, iets anders is gewoon ondenkbaar. Sterven in je zomerhuis? Sterven in handboeien? Volstrekt belachelijk, geloof me nou maar. Dus stijg uit boven je gewone jengelende aard, Jessie – gewoon voor een keer. Snij jezelf niet open met dat glas. Doe dat niet!*
En of dat haar moeder was. De nabootsing was zo goed dat het griezelig was. Ze wilde je laten geloven dat je liefde en gezond verstand hoorde,

vermomd als boosheid, en hoewel de vrouw niet geheel incompetent was geweest om liefde te geven, was de echte Sally Mahout, dacht Jessie, diegene die op een dag haar kamer binnenmarcheerde en een paar schoenen met hoge hakken naar haar toe had geworpen zonder een woord van uitleg – toen niet en later niet.
Bovendien, alles wat die stem had gezegd was een leugen. Een *bange* leugen.
'Nee,' zei ze. 'Ik *geloof* je niet. Er komt niemand... behalve misschien die gast van gisteravond. Geen angsthazerij.'
Hiermee liet Jessie haar rechterpols naar het glinsterende lemmet van glas zakken.

31

Het was belangrijk dat ze zag wat ze aan het doen was, omdat ze in het begin bijna niets voelde. Ze zou haar pols aan bloederige repen hebben kunnen snijden en weinig gevoeld hebben, behalve dan die vage gewaarwording van druk en warmte. Ze was enorm opgelucht toen ze merkte dat zien geen probleem zou zijn. Ze had het glas op een goede plek van de plank kapotgeslagen *(Eindelijk wat geluk!* juichte een deel van haar geest sarcastisch) en haar uitzicht was bijna geheel onbelemmerd.
Terwijl ze haar hand naar achteren gekanteld hield, liet Jessie de binnenkant van haar pols – dat gedeelte waar lijnen zitten die handlezers de gelukslijnen noemen – op de gebroken kromming van glas neerkomen. Ze keek gefascineerd toe terwijl de uitstekende punt eerst een deukje in haar huid maakte en toen naar binnen schoot. Ze bleef duwen en haar pols bleef glas eten. Het deukje vulde zich met bloed en was weg.
Jessies eerste reactie was teleurstelling. De glazen punt had niet die spuiter gemaakt waarop ze had gehoopt (en die ze half had gevreesd). Toen sneed de scherpe rand door de blauwe bundels aderen die vlak onder haar huid lagen en het bloed begon sneller naar buiten te vloeien. Het kwam niet onregelmatig spuitend zoals ze had verwacht, maar in een snelle, gestage stroom, als water uit een kraan die bijna helemaal opengedraaid is. Toen ging de spaakbeenader in het midden van haar pols open en de stroom werd een riviertje. Het bloed liep over de plank en droop op haar onderarm. Het was te laat om terug te krabbelen nu, ze was ervoor in. Om het even wat, ze was ervoor in.
Trek dan tenminste je hand terug, gilde de moederstem. *Maak het niet erger dan het is – je hebt genoeg gedaan! probeer het nu!*
Een verleidelijk idee, maar Jessie dacht dat wat ze tot dusver had gedaan bij lange na niet genoeg was. Ze kende het woord 'pellen' niet, een technische term die onder doctoren vrij algemeen werd gebruikt in verband met slachtoffers van brandwonden, maar nu ze aan deze gruwelijke operatie was begonnen, begreep ze dat ze niet kon vertrouwen op

bloed alleen om haar hand vrij te trekken. Bloed was misschien niet genoeg.
Langzaam en voorzichtig draaide ze haar pols, en sneed de strakke huid aan de onderkant van haar hand open. Nu voelde ze een vreemde tinteling in haar handpalm alsof ze een kleine, maar vitale, zenuwstreng had doorgesneden, die om te beginnen al half dood was geweest. De ringvinger en pink van haar rechterhand zakten naar voren alsof ze doodgeschoten waren. De andere twee vingers en de duim begonnen woest heen en weer te schokken. Hoe genadiglijk gevoelloos haar vlees ook was, zag Jessie toch iets van een onuitspreekbare verschrikking in deze tekenen van schade die ze zichzelf aan het toebrengen was. Die twee ineengezakte vingers, net twee lijkjes, waren op de een of andere manier erger dan al het bloed dat ze tot dusver had doen vloeien.
Toen werden de verschrikking en het groeiende gevoel van warmte en druk in haar gewonde hand overweldigd door een nieuwe kramp die als een stormfront haar zij binnendrong. Genadeloos begroef hij zich in haar, en probeerde haar uit haar gedraaide positie los te scheuren, en Jessie vocht ertegen met een doodsbange razernij. Ze *mocht* nu niet bewegen. Als ze het deed, zou ze zou bijna zeker haar geïmproviseerde snij-instrument op de vloer stoten.
'Nee, dat doe je niet,' mompelde ze door haar opeengeklemde tanden. 'Nee, schoft – sodemieter hier op.'
Ze hield zichzelf star in positie, en probeerde ervoor te zorgen niet harder op het fragiele glasmes te drukken dan ze al deed, omdat ze niet wilde dat het afbrak en zij zou moeten proberen het karwei af te maken met een wat minder geschikt stuk gereedschap. Maar de kramp verspreidde zich van haar zij naar haar rechterarm, en hij probeerde kennelijk om te...
'Nee,' kreunde ze. 'Ga weg, hoor je? Sodemieter gewoon *op!*'
Ze wachtte, wetend dat ze het zich niet kon permitteren te wachten en ook wetend dat ze niets anders kon. Ze wachtte en luisterde naar het geluid van haar bloed dat op de vloer spatte via de onderkant van het hoofdeinde van het bed. Ze keek hoe meer bloed in kleine stroompjes van de plank liep. In sommige van die stroompjes glinsterden kleine stukjes glas. Ze kreeg het gevoel het slachtoffer te zijn in een bloederige horrorfilm.
Je kan niet nog langer wachten, Jessie! praatte Ruth op haar in. *Je hebt helemaal geen tijd meer.*
Wat ik echt helemaal niet meer heb, is geluk, en daar had ik, om te beginnen, al niet zo godvergeten veel van, zei ze tegen Ruth.
Op dat moment voelde ze dat de kramp iets minder werd, of het lukte haar zichzelf wijs te maken dat het zo was. Jessie draaide haar hand in

de boei rond, en schreeuwde het uit van de pijn toen de kramp weer toesloeg en zijn vlammende klauwen in haar middenrif plantte in een poging dit weer in brand te steken. Maar ze bleef doorgaan en nu was het de beurt aan de bovenkant van de pols om te worden doorgesneden. De zachte onderkant was naar boven gekeerd en Jessie keek gefascineerd toen de diepe jaap over de gelukslijnen zijn zwartrode mond opende en naar haar leek te lachen. Ze dreef het glas zo diep als ze durfde in de bovenkant van haar hand. En terwijl ze nog steeds tegen de kramp net onder haar borst in haar middenrif vocht, rukte ze haar hand terug, waarbij een fijne nevel bloed neerdaalde op haar voorhoofd, haar wangen en haar neusbrug. Het gebroken stuk glas, waarmee ze deze rudimentaire chirurgie had uitgevoerd, ging tollend tegen de vloer, en daar viel het kromzwaardmes aan scherven. Jessie besteedde er geen enkele aandacht aan, zijn taak zat erop. Intussen stond haar nog een ding te doen, een ding te zien: of de boei zijn jaloerse greep op haar zou houden, of dat vlees en bloed misschien ten slotte zouden samenwerken om hem te doen loslaten.

De kramp in haar zij gaf een laatste diepe stoot en begon toen te ontspannen. Jessie merkte het verdwijnen ervan net zomin als ze het verlies van haar primitieve, glazen scalpel had gemerkt. Ze kon de kracht van haar concentratie voelen – haar geest scheen ermee te branden als een toorts bestreken met dennehars – en die hele concentratie was gefixeerd op haar rechterhand. Ze hield hem omhoog, bestudeerde hem in het gouden zonlicht van de late namiddag. De vingers zaten dik onder het geronnen bloed. Haar onderarm leek bekwast met dikke vegen helderrode latexverf. De handboei was weinig meer dan een ronde vorm die opstak uit de algehele stroom en Jessie wist dat het niet beter kon worden dan dit. Ze boog haar arm en trok toen naar beneden zoals ze al twee keer eerder had gedaan. De handboei gleed... gleed nog wat... en zette zich weer vast. Weer werd hij tegengehouden door het verstokte uitsteeksel van bot onder de duim.

'*Nee!*' schreeuwde ze en rukte harder. '*Ik weiger op deze manier dood te gaan! Hoor je me? IK WEIGER OP DEZE MANIER DOOD TE GAAN!*'

De handboei beet zich vast en een ogenblik was Jessie er ziekmakend zeker van dat hij geen millimeter meer zou bewegen, en dat de volgende keer dat hij bewoog, pas zou zijn als de een of andere sigaar kauwende smeris hem losmaakte en hem van haar dode lichaam haalde. Ze kon hem niet bewegen, geen macht ter wereld kon hem bewegen, en evenmin *zouden* de prinsen van de hemel of de potentaten van de hel hem kunnen bewegen.

Toen voelde ze een bliksemschicht door de bovenkant van haar pols flitsen en de handboei schoot iets naar boven. Hij stopte, begon toen weer te bewegen. Die hete, elektrische tinteling begon zich te verbreiden, veranderde snel in een hels branden dat zich eerst als een armband om haar hele hand verspreidde en er toen in beet als een bataljon hongerige rode mieren.

De boei bewoog omdat de huid waar hij op rustte bewoog, en hij gleed zoals een zwaar object op een tapijt glijdt als iemand aan het kleed trekt. De gerafelde snee die ze om haar pols had getrokken, werd wijder en trok natte peesslierten over de kloof zodat een rode armband ontstond. De huid op de bovenkant van haar pols begon te rimpelen en zich op te hopen voor de boei, en nu moest ze er weer aan denken hoe de sprei eruit had gezien toen zij die naar het voeteneinde van het bed had geduwd met haar trappende benen.

Ik ben mijn hand aan het pellen, dacht ze. *O, lieve Here Jezus, ik pel hem als een sinaasappel.*

'Laat los!' gilde ze tegen de handboei, plotseling redeloos woedend. Op dat moment werd het voor haar een levend ding, zo'n hatend wezen met veel tanden, als een lamprei of een hondsdolle wezel. *'O, laat je me dan nooit los!'*

De boei was veel verder gegleden dan bij haar eerdere pogingen om eruit te komen, maar hij bleef koppig vasthouden en weigerde haar die laatste halve (of misschien was het nu nog maar een kwart) centimeter te geven. De onduidelijke, met bloed besmeurde, stalen cirkel sloot nu om een hand die voor een deel van de huid was ontdaan, en die een glanzend netwerk van pezen in de kleur van verse pruimen liet zien. De rug van haar hand zag eruit als een drumstick waar het knapperige vel van af was gehaald. De voortdurende neerwaartse druk die ze uitoefende, had de wond aan de binnenkant van haar pols nog wijder open getrokken, waardoor een ravijn vol aangekoekt bloed werd gecreëerd. Jessie vroeg zich af of ze haar hand er misschien niet af trok in deze laatste poging om zichzelf te bevrijden. En nu stopte de handboei, die nog steeds iets had bewogen – in ieder geval, dat dacht ze – weer. En deze keer stopte hij volledig.

Natuurlijk doet hij dat, Jessie! gilde Hartje. *Kijk eens goed! Het zit allemaal opgepropt! Als je het weer glad kon trekken...*

Jessie stootte haar arm naar voren, zodat de ketting van de handboei terugschoot naar haar pols. Toen, voor haar arm zelfs maar de tijd kreeg om te verkrampen, trok ze weer naar beneden, met elk beetje kracht dat ze nog over had. Een rode mist van pijn spoelde door haar hand heen toen de boei over het rauwe vlees tussen haar pols en het midden van haar hand scheurde. Alle huid die was losgetrokken, lag losjes op een hoop op de diagonaal tussen de onderkant van haar pink en de onderkant van haar duim. Even hield deze losse hoeveelheid huid de boei te-

gen en toen rolde het onder het staal door met een zacht, zuigend geluid. Nu bleef alleen nog dat laatste botuitsteeksel over, maar dat was voldoende om haar voortgang te stoppen. Jessie trok harder. Er gebeurde niets.
Dat is het, dacht ze. *Iedereen het water uit.*
Toen, net toen ze haar pijnlijke arm wilde ontspannen, gleed de boei over het kleine uitsteeksel heen dat hem zo lang had tegengehouden, vloog over haar vingertoppen en klakte tegen de bedstijl. Het gebeurde allemaal zo snel dat het Jessie eerst niet lukte te begrijpen dat het *was* gebeurd. Haar hand zag er niet langer uit als het soort uitrusting dat normaal aan menselijke wezens wordt uitgereikt, maar het *was* haar hand en hij was los.
Los.
Jessie keek van de lege met bloed besmeurde boei naar haar gehavende hand, en haar gezicht vulde zich langzaam met begrip. *Ziet eruit als een vogel die een straalturbine is binnengevlogen en er aan de andere kant weer is uitgespuugd, maar die boei zit er niet meer omheen. Echt niet meer.*
'Kan het niet geloven,' kraste ze. 'Kan. Godverdomme. Niet geloven.'
Geeft niet, Jessie. Je moet opschieten.
Ze begon als iemand die uit een korte slaap wakker wordt geschud. Opschieten? Ja, inderdaad. Ze wist niet hoeveel bloed ze had verloren – een halve liter leek haar een redelijke gok, gezien het doorweekte matras en de stroompjes die over het hoofdeinde liepen en naar beneden druppelden – maar ze wist dat ze, als ze nog meer verloor voor ze haar pols had verbonden en een soort van tourniquet voor haar arm had aangelegd, flauw zou vallen, en de reis van bewusteloosheid naar dood zou een korte zijn – gewoon een snelle pontovertocht over een smalle rivier. *Gebeurt niet*, dacht ze. Het was de spijkerharde stem weer, maar deze keer was hij van niemand anders dan van haarzelf en dat stemde Jessie gelukkig. *Ik heb al deze vuile narigheid niet doorgemaakt om bewusteloos op de vloer dood te gaan. Ik heb de kleine lettertjes niet gelezen, maar ik weet behoorlijk zeker dat dat niet in mijn contract staat.*
Goed, maar je benen...
Die geheugensteun had ze niet echt nodig. Ze had al langer dan vierentwintig uur niet meer op haar stelten gestaan en, ondanks haar inspanningen ze wakker te houden, zou het een grote vergissing kunnen zijn er in eerste instantie al te veel op te vertrouwen. Ze konden kramp krijgen, ze konden proberen onder haar dubbel te slaan, ze konden allebei doen. Maar een gewaarschuwd mens telt voor twee... dat zeggen ze althans. Natuurlijk had ze in haar leven een heleboel van dat soort goede raad gekregen (een raad die meestal werd toegeschreven aan die geheimzinni-

ge, alomtegenwoordige groep die ze 'zij' noemden), en ze had nooit iets gezien op *Firing Line* of gelezen in de *Reader's Digest* dat haar had voorbereid op wat ze net had gedaan. Toch zou ze zo voorzichtig mogelijk zijn. Maar Jessie had zo het idee dat ze er, wat dat betreft, misschien niet zoveel voordeel van zou hebben.

Ze rolde naar links, terwijl haar rechterarm achter haar aan sleepte als de staart van een vlieger of de roestige uitlaatpijp van een oude auto. Het enige deel dat helemaal levend aanvoelde, was de rug van haar hand, waar de naakte pezen brandden en raasden. De pijn was hevig, en het gevoel dat haar rechterarm een scheiding wilde van de rest van haar lichaam, was heviger, maar al die dingen verdwenen nagenoeg in het niet bij die uitbarsting van hoop en triomf. Ze voelde bijna een hemelse vreugde nu ze over het bed kon rollen zonder te worden tegengehouden door de boei rond haar pols. Een volgende kramp trof haar, dreunde in haar onderbuik als een strak gepitchte bal, maar ze negeerde hem. Had ze dat gevoel vreugde genoemd? O, dat woord was veel te zwak. Het was extase. Gewoon, platweg ext...

Jessie! De rand van het bed! Jessie, stop!

Het zag er niet uit als de rand van het bed, het zag eruit als de rand van de wereld op een van die ouderwetse kaarten van voor de tijd van Columbus. *Daarachter wachten monsters en serpenten*, dacht ze. *Om maar te zwijgen van een gebroken linkerpols. Stop, Jess!*

Maar haar lichaam negeerde het bevel, het bleef rollen, met kramp en al, en Jessie had net voldoende tijd haar linkerhand in de linkerboei te draaien voor ze op haar buik op de rand van het bed plofte en er toen helemaal afviel. Haar tenen kwamen met een dreunende knal tegen de vloer, maar haar gil was er niet een van pijn alleen. Immers, haar voeten waren weer op de vloer. *Ze waren echt op de vloer.*

Ze beëindigde haar onhandige vlucht van het bed met haar linkerarm stijf uitgestrekt in de richting van de stijl waar hij nog steeds aan vastzat en met haar rechterarm tijdelijk gevangen tussen haar borst en de zijkant van het bed. Ze voelde warm bloed op haar huid gepompt worden en langs haar borsten lopen.

Jessie draaide haar gezicht naar opzij, moest toen wachten in deze nieuwe pijnlijke positie toen een kramp van verlammende, glasscherpe hevigheid haar rug te pakken nam vanaf de onderkant van haar nek tot aan haar bilspleet. Het laken waar ze met haar borsten en gehavende hand tegenaan drukte, begon doorweekt te raken van het bloed.

Ik moet overeind komen, dacht ze. *Ik moet meteen overeind komen, of ik bloed hier ter plekke dood.*

De kramp in haar rug verdween en ten slotte merkte ze dat ze in staat was haar voeten stevig onder zich neer te planten. Haar benen voelden lang niet zo zwak en wankel aan als ze had gevreesd. Feitelijk leken ze absoluut gretig om de hun toegewezen taak weer op te nemen. De kluister die om de linker bedstijl zat, gleed omhoog tot hij de op een na hoogste plank bereikte, en Jessie zag zich plotseling in een positie waarvan ze het sterke vermoeden had gehad dat het nooit meer zou gebeuren: ze stond op haar eigen twee benen naast het bed dat haar gevangenis was geweest... en bijna haar doodskist.

Een gevoel van enorme dankbaarheid dreigde over haar heen te spoelen en ze duwde die even hard terug als ze met de paniek had gedaan. Later was er misschien tijd voor dankbaarheid, maar wat ze nu niet moest vergeten was dat ze nog steeds niet los was van het godvergeten bed en dat haar tijd om vrij te *komen* ernstig beperkt was. Het was waar dat ze nog niet het geringste beetje zwakte of lichtheid in haar hoofd had gevoeld, maar ze had het idee dat dat niets betekende. Als ze instortte, zou dat waarschijnlijk helemaal ineens gebeuren, dan zou haar licht worden uitgeschoten.

Toch, was rechtop staan – alleen dat en niets anders – ooit zo fantastisch geweest? Zo onuitspreekbaar zalig?

'Nooit,' kraakte Jessie.

Terwijl Jessie haar rechterarm voor haar borst hield en de wond aan de binnenkant van haar pols stevig tegen de bovenste ronding van haar linkerborst drukte, draaide ze zich half om en plantte haar achterste tegen de muur. Ze stond nu naast de linkerkant van het bed in een houding die bijna leek op die van een soldaat in rust tijdens een parade. Ze haalde lang en diep adem, toen vroeg ze haar rechterarm en haar arme gevilde rechterhand weer aan het werk te gaan.

De arm kwam krakend omhoog, als de arm van een oud en slecht onderhouden stuk mechanisch speelgoed en ze legde haar hand op de beddeplank. Haar ringvinger en pink weigerden nog steeds aan haar bevel te gehoorzamen, maar ze kon de plank goed genoeg pakken met haar duim en wijs- en middelvinger om hem van zijn steunen te wippen. Hij belandde op de matras waar zij zoveel uren had gelegen, de matras waar nog steeds haar omtrek lag, een verzonken, zweterige indruk in de roze bekleding, de bovenhelft voor een deel getekend in bloed. Terwijl ze naar de vorm keek die zij was geweest, voelde Jessie zich misselijk en kwaad en bang. Ernaar kijken gaf haar het gevoel krankzinnig te zijn.

Ze verplaatste haar ogen van het matras en de plank die er nu op lag naar haar trillende rechterhand. Ze bracht hem naar haar mond en gebruikte haar tanden om de scherf glas te pakken die uitstak onder de duimnagel. Het glas glipte, gleed toen tussen een hoek- en snijtand in haar bovenkaak en gaf een diepe snee in het zachte roze tandvlees. Jessie voelde een snelle, indringende prik en bloed spoog in haar mond, de smaak zoetzout, de samenstelling net zo dik als de hoestdrank die ze als kind moest slikken als ze griep had. Ze besteedde geen aandacht aan deze nieuwe snee – de afgelopen paar minuten had ze zich verzoend met veel ergere dingen – maar probeerde het weer en trok nu de splinter gemakkelijk los uit haar duim. Toen hij eruit was, spoog ze hem op het bed, samen met een mondvol warm bloed.

'Oké,' mompelde ze en begon zwaar hijgend haar lichaam tussen de muur en het hoofdeinde te wurmen.

Het bed kwam gemakkelijker los van de muur dan ze had kunnen hopen, maar een ding had ze zich nog niet afgevraagd en dat was of het wel *zou* bewegen als ze voldoende duwkracht kon uitoefenen. Ze had die nu en ze begon het gehate bed over de in de was gezette vloer te duwen. Het voeteneinde trok naar rechts, omdat ze alleen maar aan de linkerkant kon duwen. Maar Jessie had er rekening mee gehouden en vond het prima. Had het feitelijk tot onderdeel van haar rudimentaire plan gemaakt. *Als je geluk verandert*, dacht ze, *verandert het helemaal. Je hebt dan misschien je tandvlees boven aan flarden gesneden, Jess, maar je hebt in geen enkel stukje glas getrapt. Dus blijf dit bed bewegen, lieveling, en blijf je zegeningen te...*

Haar voet bonsde tegen iets aan. Ze keek naar beneden en zag dat ze tegen Geralds mollige rechterschouder had geschopt. Bloed drupte op zijn borst en gezicht. Een druppel viel in een starend blauw oog en bedekte het als een contactlens. Ze voelde geen medelijden voor hem, ze voelde geen haat voor hem, ze voelde geen liefde voor hem. Ze voelde een soort van afgrijzen en walging voor zichzelf, dat alle gevoelens waar ze zich mee had beziggehouden door de jaren heen – die zogenaamde beschaafde gevoelens die het vlees van alle soap opera's, talkshows en opbelprogramma's op de radio vormden – zo ondiep bleken te zijn, vergeleken bij het overlevingsinstinct dat (in ieder geval bij haar) net zo aanwezig en zo gruwelijk volhardend bleek te zijn als de bak van een bulldozer. Maar dat was wel het geval, en zij had het idee dat als Arsenio of Oprah ooit in zo'n situatie terecht zou komen, zij de meeste dingen die zij had gedaan, ook gedaan zouden hebben.

'Uit de weg, Gerald,' zei ze en gaf hem een schop (terwijl ze de enorme bevrediging die in haar opwelde ontkende). Gerald weigerde te bewegen. Het leek alsof de chemische veranderingen die deel uitmaakten van zijn ontbindingsproces hem aan de vloer hadden vastgezet. De vliegen vlogen op in een zoemende, verstoorde wolk boven zijn opgezwollen middenrif. Dat was alles.

'Krijg dan maar de klere,' zei Jessie. Ze begon weer tegen het bed aan te duwen. Het lukte haar met haar rechtervoet over Gerald heen te stappen, maar haar linker kwam vierkant op zijn buik terecht. De druk veroorzaakte een afschuwelijk zoemend geluid in zijn keel en perste een korte smerige gasadem uit zijn openstaande mond. 'Neem je niet kwalijk, Gerald,' mompelde ze en ging toen verder zonder nog naar hem te kijken. Nu keek ze naar de ladenkast, de ladenkast met de sleutels die erop lagen.

Meteen toen ze Gerald had achtergelaten, daalde de deken van verstoorde vliegen weer neer en ze hervatten hun dagelijkse werkzaamheden. Er was immers zoveel te doen en dat in zo weinig tijd.

32

Haar grootste angst was geweest dat het voeteneind van het bed zou vastlopen tegen de badkamerdeur of in de hoek aan de overkant van de kamer, waardoor ze hem heen en weer zou moeten manoeuvreren, als een vrouw die probeert een te grote wagen in een te kleine parkeerruimte te persen. Maar het bleek dat de afwijking naar rechts die het bed beschreef tijdens de langzame voortgang door het vertrek, bijna ideaal was. Ze hoefde maar een keer halverwege een correctie uit te voeren, door haar eind van het bed iets meer naar links te trekken zodat ze er zeker van kon zijn dat het andere eind de ladenkast niet zou raken. Terwijl ze dat deed – trekken, haar hoofd naar beneden, haar kont naar achteren en haar beide armen stevig om de bedstijl geslagen – kreeg ze haar eerste aanval van lichthoofdigheid... pas toen ze met haar hele gewicht tegen de stijl hing, en eruitzag als een vrouw die zo dronken en moe is dat ze alleen maar overeind kan blijven als ze wang-tegen-wang danst met haar vriendje, dacht ze dat *zwaarhoofdigheid* waarschijnlijk een betere term zou zijn om het te beschrijven. Het overheersende gevoel was er een van verlies – niet alleen van gedachte en wil maar ook van zintuiglijke waarneming. Eén verward moment was ze ervan overtuigd dat de tijd een zweep had laten knallen en haar naar een plek had geschoten die niet Dark Score was of Kashwakamak, maar een totaal andere plek, een plek eerder bij de oceaan dan bij welk meer ook. De geur was niet langer oesters en munten, maar zeezout. Het was weer de dag van de zonsverduistering, dat was het enige wat hetzelfde was. Ze was de wirwar van braamstruiken in gerend om weg te komen van de een of andere andere man, de een of andere andere pappa die heel wat meer wilde dan alleen zijn kwakje lozen op haar slipje. En nu lag hij op de bodem van de put.
Déja vu spoelde over haar heen als vreemd water.
O, Jezus, wat is dit? dacht ze, maar er kwam geen antwoord, alleen weer dat raadselachtige beeld, dat beeld waar ze niet meer aan had ge-

dacht sinds ze was teruggekeerd naar de door lakens verdeelde slaapkamer om zich om te kleden op de dag van de zonsverduistering: een magere vrouw in een duster, met haar peper en zout haar in een knot, een hoopje wit textiel naast haar.

Woow, dacht Jessie, terwijl ze de bedstijl vastgreep met haar gemangelde rechterhand en wanhopig probeerde haar knieën ervan te weerhouden dubbel te slaan. *Wacht, Jessie – gewoon wachten. Laat die vrouw zitten, laat die geur van zeezout en bramen zitten, laat de duisternis zitten. Hou je taai en de duisternis gaat voorbij.*

Ze deed het en het gebeurde. Het beeld van de magere vrouw, die neergeknield zat naast haar onderjurk en neerkeek in het versplinterde gat van het oude luik, verdween eerst, en toen begon de duisternis te vervagen. De slaapkamer werd weer helder en nam langzamerhand zijn eerdere herfsttinten van vijf uur aan. Ze zag stofdeeltjes dansen in het licht dat schuin naar binnen viel door de ramen aan de kant van het meer, zag haar eigen schaduwbenen zich uitstrekken over de vloer; ze braken bij de knieën zodat de rest van haar schaduw tegen de muur op kon klimmen. De duisternis trok zich terug, maar hij liet een hoog zoemend geluid achter in haar oren. Toen ze neerkeek op haar voeten zag ze dat die ook onder het bloed zaten. Ze liep erin, liet er sporen in achter.

Je tijd begint op te raken, Jessie.

Ze wist het.

Jessie liet haar borst weer tegen het hoofdeinde aan zakken. Deze keer was het moeilijker om het bed in beweging te krijgen, maar uiteindelijk lukte het haar. Twee minuten later stond ze naast de ladenkast waar ze zo lang en hopeloos naar had liggen staren vanaf de andere kant van de kamer. Een kleine droge glimlach deed de hoeken van haar mond trillen. *Ik ben als een vrouw die haar hele leven van het zwarte zand van Kona droomt en het niet kan geloven als ze er eindelijk op staat*, dacht ze. *Het lijkt net weer een andere droom, misschien alleen maar een beetje realistischer, omdat in deze je neus jeukt.*

Haar neus jeukte niet, maar ze keek neer op de verfrommelde slang van Geralds das. De knoop zat er nog steeds in. Dat laatste was een soort van detail dat zelfs de meest realistische dromen zelden verschaffen. Naast de rode das lagen twee kleine sleutels met ronde schachten, duidelijk identiek. De sleutels van de handboeien.

Jessie bracht haar rechterhand omhoog en bekeek die kritisch. De ringvinger en pink hingen nog steeds slap. Ze vroeg zich even af hoeveel zenuwschade ze had aangericht in haar hand, zette toen de gedachte van zich af. Later maakte het misschien uit – zoals sommige van die andere dingen, die ze van zich had afgezet voor de tijd van deze afmattende hindernisrace over het veld misschien later wat uitmaakten – maar voorlopig was de schade aan de zenuwen van haar rechterhand net zo belangrijk voor haar als de prijzen in de termijnhandel van zwijnbuiken in Omaha. Het belangrijke was dat de duim en de eerste twee vingers aan die hand nog steeds boodschappen aannamen. Ze trilden iets alsof ze hun schok uitdrukten over het plotselinge verlies van de buren die ze hun leven lang hadden gehad, maar ze gaven nog antwoord.

Jessie boog haar hoofd en sprak ze toe.

'Je moet hiermee ophouden. Later kun je trillen wat je wilt, maar nu moet je me helpen. Je *moet*.' Ja. Omdat de gedachte de sleutels te laten vallen of ze van de ladenkast te stoten na zo ver gekomen te zijn... ondenkbaar was. Ze keek haar vingers streng aan. Ze hielden niet helemaal op met trillen, maar terwijl ze keek verminderde het schokken tot een nauwelijks zichtbaar tokkelen.

'Goed,' zei ze zacht. 'Ik weet niet of dat goed genoeg is, maar we zullen het snel weten.'

In ieder geval waren de sleutels gelijk, wat haar twee kansen gaf. Ze vond helemaal niets vreemds aan het feit dat Gerald ze allebei had meegebracht. Als hij iets was, dan was hij wel methodisch. Eventualiteiten in de gaten houden, zei hij vaak, was het verschil tussen goed en fantastisch. De enige eventualiteiten waar hij deze keer geen rekening mee had gehouden, waren de hartaanval en de schoppen die die hadden ingeleid. Met dat gevolg natuurlijk dat hij niet goed of fantastisch meer was, alleen maar dood.

'Hondevoer,' mompelde Jessie, terwijl ze er weer helemaal geen idee van had dat ze hardop sprak. 'Vroeger was Gerald een winnaar, nu is hij alleen nog maar hondevoer. Nietwaar, Ruth? Nietwaar, Hartje?'

Ze pikte een van de kleine stalen sleutels tussen duim en wijsvinger van haar vonkende rechterhand (toen ze het metaal aanraakte, kwam dat doordringende gevoel terug dat dit alles een droom was), pakte hem op, keek ernaar, keek toen naar de boei die haar linkerpols omsloot. Het slot was een kleine cirkel, gedrukt in de zijkant. Voor Jessie leek het op een deurbel die een rijk iemand zou kunnen hebben bij de leveranciersingang van zijn herenhuis. Om het slot te openen stak je gewoon de holle loop van de sleutel in het rondje tot je hem op zijn plaats hoorde klikken, dan draaide je hem om.

Ze liet de sleutel naar het slot zakken, maar voor ze de schacht van de sleutel erin kon laten glijden, rolde een volgende golf van die vreemde zwaarhoofdigheid door haar geest. Ze zwaaide op haar voeten en merkte dat ze weer dacht aan Karl Wallenda. Haar hand begon te trillen.

'Hou ermee op,' schreeuwde ze woest en ramde de sleutel wanhopig in het slot. 'Hou erm...'

De sleutel miste de cirkel, raakte in plaats daarvan het harde staal ernaast en draaide in haar door bloed gladde vingers weg. Ze hield hem nog een ogenblik vast en toen schoot hij uit haar greep – werd gladjes zou iemand kunnen zeggen – en viel op de grond. Nu had ze alleen nog maar die ene sleutel en als ze die kwijtraakte...

Dat doe je niet, zei Hartje. *Ik zweer je dat je dat niet doet. Pak hem voor je de moed verliest.*

Ze spande haar rechterhand een keer, bracht toen de vingers naar haar gezicht. Ze bekeek ze van dichtbij. De trilling nam weer af, niet voldoende om haar gerust te stellen, maar ze kon niet wachten. Ze was bang dat ze anders bewusteloos zou raken.

Ze strekte haar zwak trillende hand uit en bijna gebeurde het haar dat ze de resterende sleutel over de rand van de ladenkast duwde in haar eerste poging om hem te pakken. Het was de gevoelloosheid – die godvergeten gevoelloosheid die gewoon niet uit haar vingers wilde verdwijnen. Ze haalde diep adem, hield die in, maakte een vuist ondanks de pijn en de nieuwe stroom bloed die het veroorzaakte, liet toen de lucht uit haar longen ontsnappen in een lange, fluitende zucht. Ze voelde zich een beetje beter. Deze keer drukte ze haar wijsvinger tegen de kleine kop van de sleutel en sleepte hem naar de rand van de ladenkast in plaats van te proberen hem direct op te pakken. Ze stopte pas toen hij over de rand heen stak.

Als je hem laat vallen, kreunde Moedertje. *O, als je deze ook laat vallen!*

'Hou je bek, Moedertje,' zei Jessie en duwde haar duim onder tegen de sleutel aan, als een pincet. Dan, terwijl ze probeerde niet te denken aan alles wat er met haar zou gebeuren als dit fout ging, tilde ze de sleutel op en bracht hem bij de handboei. Er gingen een paar slechte momenten voorbij toen het haar niet lukte de trillende schacht van de sleutel met het slot te verbinden en nog een slechtere toen het slot zichzelf even verdubbelde... toen vertweedubbelde. Jessie kneep haar ogen dicht, haalde weer diep adem, deed ze toen openschieten. Nu zag ze weer alleen nog maar één slot en ze stak de sleutel erin voor haar ogen nog meer trucs konden uithalen.

'Goed,' zuchtte ze. 'Laat eens zien.'

Ze bracht druk aan met de klok mee. Er gebeurde niets. Paniek probeerde omhoog te springen in haar keel en toen herinnerde ze zich de roestige oude bestelwagen waarin Bill Dunn reed als hij zijn ronde als opzichter deed en de grappige sticker op de achterbumper: LINKER, LOSSER, RECHTER, HECHTER stond erop. Erboven was een tekening van een grote schroef.

'Linker losser,' mompelde Jessie en probeerde de sleutel tegen de klok in te draaien. Een ogenblik begreep ze niet dat de boei was opengesprongen, ze dacht dat de luide klik die ze hoorde het geluid was van de sleutel die in het slot afbrak en ze schreeuwde, waarmee ze een douche van bloed uit haar gesneden mond naar het bovenblad van de ladenkast zond. Een paar druppels spatten op Geralds das, rood op rood. Toen zag ze de tandheugel openstaan en besefte dat het haar was gelukt – het was haar echt gelukt.

Jessie Burlingame trok haar linkerhand, een beetje opgezet rond de pols maar verder onbeschadigd, los van de open boei die terugviel tegen het hoofdeinde zoals zijn makker had gedaan. Dan, met een uitdrukking van diep, verwonderd ontzag bracht ze beide handen langzaam omhoog naar haar gezicht. Ze keek van de linker naar de rechter en weer terug naar de linker. Ze was zich niet bewust van het feit dat de rechter onder het bloed zat; ze was ook niet geïnteresseerd in het bloed, nog niet in ieder geval. Voorlopig wilde ze zich er alleen maar van vergewissen dat ze absoluut vrij was.

Ongeveer dertig seconden lang keek ze heen en weer tussen haar handen, haar ogen bewegend als die van een vrouw die een pingpongwedstrijd volgt. Toen haalde ze diep adem, hield haar hoofd schuin en uitte weer een hoge, doordringende kreet. Ze voelde een nieuwe golf van duisternis door haar heen denderen, groot en glad en kwaadaardig, maar ze negeerde die en bleef gillen. Het leek haar dat ze geen keus had, ze moest of gillen of sterven. De broze gebroken glasrand van krankzinnigheid in die gil was onmiskenbaar, maar het bleef een kreet van pure triomf en overwinning. Tweehonderd meter verderop, in het bos aan het eind van de oprit, tilde de vroegere Prins zijn kop van zijn poten en keek ongemakkelijk naar het huis.

Ze scheen haar ogen niet van haar handen te kunnen wegnemen, scheen niet te kunnen ophouden met gillen. Ze had in de verste verte nooit zoiets gevoeld als wat ze nu voelde en een vaag deel van haar wezen dacht: *Als seks maar half zo goed was als dit, zouden de mensen het op alle straathoeken doen – en ze zouden zich er niet tegen kunnen verzetten.*

Toen raakte ze buiten adem en wankelde achteruit. Ze greep naar het hoofdeinde, maar net te laat – ze verloor haar evenwicht en viel op de vloer van de slaapkamer. Toen Jessie neerging, besefte ze dat een deel van haar wezen had verwacht dat de kettingen van haar handboeien haar zouden tegenhouden. Heel grappig, als je erover nadacht.

Ze kwam neer op de open wond aan de binnenkant van haar pols. Pijn flikkerde op in haar rechterarm als de lichtjes in een kerstboom, en toen ze deze keer gilde was het *alleen* van de pijn. Ze onderdrukte het snel, toen ze voelde dat ze weer buiten bewustzijn dreigde te raken. Ze deed haar ogen open en keek in het verwoeste gezicht van haar echtgenoot.

Gerald keek terug met een uitdrukking van eindeloze, verglaasde verbazing – *Het was niet de bedoeling dat dit met me gebeurde. Ik ben een advocaat met zijn naam op de deur.* Toen verdween de vlieg die zijn voorpoten aan het wassen was op zijn bovenlip in een van zijn neusgaten en Jessie draaide haar hoofd zo snel om dat ze het tegen de vloer knalde, en ze zag sterretjes. Toen ze haar ogen deze keer opende, keek ze op naar het hoofdeinde met zijn opzichtige druppels en sporen bloed. Had ze een paar seconden geleden nog helemaal rechtop gestaan? Ze was er behoorlijk zeker van dat het zo was, maar het was nauwelijks te geloven – hier vandaan leek het klote bed bijna net zo hoog als het Chrysler Building.

Schiet op, Jess! Het was Hartje, weer eens gillend met die dwingende, nare stem van haar. Voor iemand met zo'n lief gezicht kon Hartje zeker een sekreet zijn als ze dat wilde.

'Geen sekreet,' zei ze, terwijl ze haar ogen dicht liet vallen. Een kleine, dromerige glimlach beroerde de hoeken van haar mond. 'Een piepend wiel.'

Schiet op, verdomme!

Kan niet. Heb eerst wat rust nodig.

Als je niet meteen in beweging komt, kun je eeuwig rusten. Haal die vette reet van je van de vloer!

Dat werkte. 'Niks geen vet aan, juffrouw Slimmerik,' mompelde ze humeurig, en ze probeerde overeind te krabbelen. Het duurde slechts twee pogingen (de tweede onderbroken door weer een van die verlammende krampen in haar middenrif) om haar ervan te overtuigen dat overeindkomen, in ieder geval voorlopig, niet zo'n goed idee was. En het zou feitelijk meer problemen creëren dan oplossen, aangezien ze in de badkamer moest komen en het voeteneinde van het bed nu tegen de deur stond als een wegversperring.

Jessie ging onder het bed door, en bewoog zich met een glijdende zwemslag die bijna gracieus was, terwijl ze af en toe wat toevallige stofpluisjes wegblies. Ze dreven weg als kleine, grijze tumbleweeds. Om de een of andere reden deden de stofpluisjes haar weer denken aan de vrouw uit haar visioen – de vrouw neerknielend in de braambosjes met haar onderjurk in een witte hoop naast haar. Ze gleed de duisternis van de badkamer binnen en een nieuwe geur stortte zich op haar neusgaten: de donkere, mossige geur van water. Water dat droop uit de badkranen, water dat droop uit de douchekop, water dat droop uit de kranen van de wasbak. Ze kon zelfs die typische geur van een natte handdoek in de mand achter de deur ruiken. Water, water, overal, en elke druppel was om te drinken. Haar keel verschrompelde droog in haar hals, scheen te willen gillen, en ze werd zich bewust dat ze werkelijk water aanraakte – een kleine plas van een lekke pijp onder de wasbak, een pijp waar de loodgieter nooit aan scheen toe te komen, hoe vaak het hem ook was gevraagd. Hijgend trok Jessie zich over de plas heen, liet haar hoofd zakken en begon het linoleum te likken. De smaak van water was onbeschrijflijk, het zijden gevoel ervan op haar lippen en tong was veel meer dan alle dromen over zoete zinnelijkheid.

Het enige probleem was dat dit niet genoeg water was. De betoverend vochtige, betoverend *groene* geur was overal om haar heen, maar de plas onder de wasbak was verdwenen en haar dorst was niet gelest, maar slechts gewekt. Die geur, de geur van overschaduwde bronnen en oude verborgen waterputten, deed wat zelfs de stem van Hartje niet was gelukt: het bracht Jessie weer op haar benen.

Ze gebruikte de rand van de wasbak om zichzelf aan op te trekken. Ze ving even een glimp op van een achthonderd jaar oude vrouw die vanuit de spiegel naar haar keek en draaide toen de kraan van de wasbak met een к erop open. Koud water – alle water ter wereld – kwam naar buiten gespoeld. Ze probeerde die triomfantelijke kreet weer uit te brengen, maar ditmaal lukte haar niets meer dan een schor, murmelend gefluister. Ze boog zich over de wasbak heen, terwijl ze haar mond open en dicht bewoog als een vissebek, en ze dook in het parfum van die mossige bron. Ook was het de laffe geur van mineralen die haar door de jaren heen had achtervolgd sinds haar vader haar tijdens de zonsverduistering had misbruikt, maar nu was het goed. Nu was het niet de geur van angst en schaamte, maar van leven. Jessie inhaleerde de geur, hoestte hem toen vreugdevol weer uit terwijl ze haar open mond in het water bracht dat uit de kraan spoot. Ze dronk tot een enorme maar pijnloze kramp haar het allemaal weer deed uitbraken. Het kwam nog steeds koel van het korte bezoek aan haar maag naar buiten en besproeide de spiegel met roze druppels. Toen haalde ze een paar keer snakkend adem en probeerde het weer.

De tweede keer bleef het water binnen.

33

Het water bracht haar op een verrukkelijke manier weer bij haar positieven, en toen ze ten slotte de kraan dichtdraaide en weer naar zichzelf keek in de spiegel, voelde zij zich een redelijke reproduktie van een menselijk wezen – zwak, met overal pijn en wankel op de benen... maar toch levend en bewust. Ze dacht niet dat ze ooit nog zoiets intens bevredigends zou ervaren als die eerste paar teugen koud water uit de stromende kraan, en van al haar vroegere ervaringen kwam alleen haar eerste orgasme in de buurt om met dit moment te wedijveren. In beide gevallen had ze zich voor een paar momenten volledig laten leiden door de cellen en weefsels van haar fysieke wezen, waren bewuste gedachten (maar niet bewustzijn zelf) weggevaagd, en was het resultaat extase geweest. *Ik zal het nooit vergeten*, dacht ze, terwijl ze wist dat ze het al vergeten was, net zoals ze de verrukkelijke honingzoete steek van dat eerste orgasme al was vergeten toen de zenuwen niet langer in vuur en vlam stonden. Het leek alsof het lichaam de herinnering minachte... of weigerde de verantwoordelijkheid ervoor te nemen.

Laat allemaal zitten, Jessie – je moet je haasten!

Kun je niet eens ophouden met dat gekef? antwoordde ze, wetend dat Hartje natuurlijk gelijk had. Het bloed gutste niet langer uit haar gewonde pols, maar druppelen deed het ook nog lang niet, en het bed dat ze gereflecteerd in de badkamerspiegel zag, was een verschrikking – het matras was doorweekt van het bloed en het hoofdeind was ermee geschilderd. Ze had gelezen dat mensen een heleboel bloed konden verliezen en toch blijven functioneren, maar dat wanneer zij begonnen in te zakken, alles ineens gebeurde. En ze had al aan het verbinden moeten zijn.

Ze opende het medicijnkastje, keek naar de doos pleisters en liet een schor krassend gelach horen. Proberen dit, wat ze zichzelf had aangedaan, te repareren met een pleister, zou zoiets zijn als proberen de scheve toren van Pisa rechtop te krijgen met een autokrik. Haar oog viel

toevallig op een kleine doos maxi-maandverband, discreet weggezet achter de parfums, eau de toilettes en aftershaves. Ze stootte een paar flesjes omver toen ze de doos eruit trok en de lucht vulde zich met een kokhalzende combinatie van geuren. Ze scheurde het papier van een van de maandverbanden en wikkelde dat om haar pols als een dikke witte armband. Bijna direct bloeiden klaprozen op.
Wie zou er gedacht hebben dat de vrouw van een advocaat zoveel bloed had? mijmerde ze en liet weer een schor krassend gelach horen. Er lag een rolletje leukoplast op de bovenste plank van het medicijnkastje. Ze pakte het met haar linkerhand. Haar rechter scheen nu alleen nog maar te kunnen bloeden en te huilen van de pijn. Toch voelde zij er een diepe liefde voor, en waarom niet? Toen ze hem nodig had, toen er absoluut niets anders was geweest, had hij de resterende sleutel gepakt, hem in het slot gestoken en omgedraaid. Nee, ze had helemaal niets tegen Vrouwtje Rechts.
Jij was het, Jessie, zei Hartje. *Ik bedoel... we zijn allemaal jij. Dat weet je toch, hè?*
Ja. Ze wist dat heel goed en bad dat ze het nooit zou vergeten, als ze echt levend uit deze rotzooi kwam.
Ze duwde het kapje van de leukoplast en hield de rol onhandig vast met haar rechterhand, terwijl ze haar linkerduim gebruikte om het eind van het plakband los te maken. Ze hevelde de rol terug naar haar linkerhand, drukte het eind van de leukoplast op haar geïmproviseerde verband en draaide de rol een aantal keren om haar rechterpols, terwijl ze het al vochtige maandverband zo strak mogelijk tegen de diepe keep aan de onderkant van haar pols bond. Met haar tanden scheurde ze de leukoplast los van de rol, aarzelde, en draaide toen een armband van leukoplast net onder haar rechterelleboog. Jessie had geen idee of zo'n geïmproviseerde tourniquet veel zou kunnen helpen, maar ze dacht niet dat het kwaad kon.
Ze scheurde de leukoplast weer af en toen ze de veel kleiner geworden rol liet terug vallen op de plank, zag ze een groen flesje aspirines op de middelste plank van de medicijnkast staan. Er zat geen veiligheidssluiting op – god zij dank. Ze pakte het met haar linkerhand en gebruikte haar tanden om de witte plastic dop eraf te trekken. De geur van de aspirines was bijtend, scherp, en flauw azijnig.
Ik denk dat dat helemaal geen goed idee is, zei Moedertje Burlingame nerveus. *Aspirines zijn bloedverdunnend en vertragen het stollen.*
Dat was waarschijnlijk waar, maar de blote zenuwen op de rug van haar rechterhand gilden nu als een brandweersirene, en als ze niets deed om dat een beetje te dempen, zou ze snel op de vloer liggen rollen en blaffen tegen de reflecties op het plafond, dacht ze. Ze schudde twee tabletten

in haar mond, aarzelde, schudde er nog twee uit. Ze draaide de kraan weer open en slikte ze door, keek toen schuldig naar het geïmproviseerde verband om haar pols. Het rood kwam nog steeds door de lagen papier heen; snel zou ze het verband eraf kunnen halen en het bloed eruit wringen als warm rood water. Een vreselijk beeld.... en toen dat eenmaal in haar hoofd zat, scheen het er niet meer uit te willen gaan.

Als jij dat erger hebt gemaakt... begon Moedertje somber.

O, laat me even met rust, antwoordde de Ruth-stem. Hij sprak kortaf, maar niet onaardig. *Als ik nu sterf door bloedverlies, moet ik dat dan wijten aan vier aspirines die ik heb ingenomen nadat ik in de eerste plaats al mijn verrekte rechterhand heb gevild om van dat bed te komen? Dat is surreëel!*

Ja inderdaad. *Alles* scheen nu surreëel. Behalve dat het niet precies het juiste woord was. Het juiste woord was...

'*Hyper*reëel,' zei ze met een zachte, mijmerende stem.

Ja, dat was het. Beslist waar. Jessie draaide zich om zodat ze weer uit de badkamerdeur keek, hijgde toen van schrik. Dat deel van haar hoofd dat evenwicht regelde, rapporteerde dat ze nog steeds draaide. Een ogenblik zag ze tientallen Jessies voor zich, in een overlappende reeks die de beweging van haar draai registreerde als beeldjes van een speelfilm. Haar schrik werd heviger toen ze opmerkte dat de gouden banen licht die schuin naar binnen vielen door het raam op het westen een echt weefpatroon hadden aangenomen – ze zagen eruit als een staalboek met weefsels van heldergele slangehuid. De stofdeeltjes die er doorheen draaiden, waren sluiers van diamantgruis geworden. Ze hoorde de snelle lichte klop van haar hart, rook de gecombineerde geuren van bloed en bronwater. Alsof ze aan een oude koperen buis rook.

Ik sta op het punt flauw te vallen.

Nee, Jessie. Dat doe je niet. Je kunt het je niet permitteren om flauw te vallen.

Dat was waarschijnlijk waar, maar ze was er behoorlijk zeker van dat het toch zou gebeuren. En ze kon er niets aan doen.

Jawel. En je weet wat.

Ze keek naar beneden naar haar gevilde hand, bracht die toen omhoog. Ze hoefde niet werkelijk iets te *doen*, alleen maar de spieren van haar rechterhand te ontspannen. Zwaartekracht zou voor de rest zorgen. Als de pijn van haar gepelde hand tegen de rand van de wasbak niet voldoende zou zijn om haar uit deze verschrikkelijke, heldere plek waarin ze zich plotseling bevond, weg te halen, dan deed niets het. Ze hield de hand lange tijd naast haar met bloed besmeurde linkerborst, terwijl ze probeerde zich voldoende op te peppen om het te doen. Ten slotte liet ze

hem weer naast haar zij zakken. Ze kon het niet – ze kon het gewoon niet. Een *pijn* te veel.
Kom dan in beweging voordat je flauwvalt.
Dat kan ik ook niet, antwoordde ze. Ze voelde zich meer dan moe; ze voelde zich alsof ze zojuist helemaal in haar eentje een hele waterpijp vol absoluut eersteklas Rode Cambodjaanse had gerookt. Het enige wat ze nog wilde, was hier staan kijken naar de deeltjes diamantstof die in langzame cirkels ronddraaiden in de zonnestralen die door het raam op het westen kwamen. En misschien nog een slok van dat donkergroene, naar mos smakende water.
'O, jemig,' zei ze met een heel afwezige, angstige stem. 'Jemig de pemig.'
Je moet uit die badkamer weg, Jessie – je moet. Richt je daar voorlopig op. Ik denk dat je deze keer beter over het bed kunt kruipen. Ik weet niet zeker of je het onderdoor haalt.
Maar... maar er ligt gebroken glas op het bed.
En als ik me snij?
Dat bracht Ruth Neary weer te voorschijn en zij was razend.
De meeste huid van je rechterhand heb je er al afgehaald – denk je dat nog een paar sneeën enig verschil uitmaakt? Jezus Christus, schatje. En als je nou eens in deze badkamer sterft met een kutluier om je pols en een grote stompzinnige grijns op je gezicht? Wat vind je van zo'n enals? Kom in beweging, kreng!
Twee voorzichtige stappen brachten haar terug bij de deuropening van de badkamer. Jessie bleef daar een ogenblik staan, zwaaiend en knipperend met haar ogen tegen de verblinding van de zon, als iemand die de hele middag in een bioscoop heeft gezeten. De volgende stap bracht haar bij het bed. Toen haar dijen het bloedbevlekte matras raakten, bracht ze voorzichtig haar linkerknie omhoog, greep een van de planken van het voeteneinde om haar evenwicht te bewaren en klom toen op het bed. Ze was niet voorbereid op de gevoelens van angst en walging die over haar heen spoelden. Ze kon zich net zomin voorstellen ooit nog in dit bed te slapen als in haar eigen doodskist. Alleen al het knielen erop, gaf haar het gevoel te willen schreeuwen.
Je hoeft er geen diepe betekenisvolle relatie mee te hebben, Jessie – kruip over dat kloteding heen.
Op de een of andere manier lukte het haar, terwijl ze de plank, en de scherven en splinters van het gebroken waterglas vermeed door aan het voeteneinde van de matras over te steken. Elke keer dat haar ogen de handboeien opvingen die aan de stijlen van het hoofdeinde bungelden, de een opengesprongen en de ander een gesloten stalen cirkel overdekt met bloed – *haar* bloed – ontsnapte haar een geluidje van walging en

wanhoop. Voor haar leken de handboeien geen zielloze dingen. Ze leken levend. En nog steeds hongerig.

Ze bereikte het andere eind van het bed, greep de voetstijl met haar goede rechterhand, draaide zichzelf om op haar knieën met alle behoedzaamheid van een herstellende in het ziekenhuis, ging toen op haar buik liggen en liet haar voeten naar de vloer zakken. Ze maakte een slecht moment door toen ze dacht dat ze niet meer de kracht had rechtop te staan, dat ze gewoon daar zou blijven liggen tot ze bewusteloos raakte en van het bed gleed. Toen haalde ze diep adem en gebruikte haar linkerhand om te schuiven. Een ogenblik later stond ze op haar voeten. Het zwaaien was nu erger – ze zag eruit als een zeeman die de zondagochtend van een weekendje brassen binnenwaggelt – maar ze stond, bij god. Een volgende golf zwaarhoofdigheid zeilde door haar geest als een piratengaljoen met enorme zwarte zeilen. Of een zonsverduistering.

Blind, heen en weer zwaaiend op haar voeten, dacht ze: *Alsjeblieft, God, laat me niet flauwvallen. Alsjeblieft God? Alsjeblieft.*

Ten slotte begon het licht terug te keren in de dag. Toen Jessie dacht dat de dingen net zo helder waren geworden als maar mogelijk was, liep ze langzaam de kamer door naar de telefoontafel, terwijl ze haar linkerarm een paar centimeter van haar lichaam afhield om haar evenwicht te bewaren. Ze pikte de hoorn op, die evenveel scheen te wegen als een deel van de *Oxford English Dictionary* en bracht hem naar haar oor. Er kwam helemaal geen geluid, de lijn was vlak en dood. Op de een of andere manier verraste dit haar niet, maar het wierp een vraag op: had Gerald de telefoon uit de muur gehaald, zoals hij soms deed als ze hier waren of had haar nachtelijke bezoeker ergens buiten de draden doorgesneden?

'Gerald was het niet,' kraste ze. 'Ik zou het gezien hebben.'

Toen besefte ze dat dat niet noodzakelijkerwijze zo was – zij was direct naar de badkamer gegaan toen ze in het huis aankwamen. Hij kon het toen hebben gedaan. Ze bukte zich, greep het platte witte snoer dat van de achterkant van de telefoon naar de stekkerdoos op de plint achter de stoel liep en trok. Ze dacht dat ze hem eerst een beetje voelde meegeven, en daarna niets. Zelfs dat eerste meegeven kon haar verbeelding zijn geweest. Ze wist heel goed dat haar zintuigen niet langer erg te vertrouwen waren. De stekker kan gewoon om de stoel gewonden zitten, maar...

Nee, zei Moedertje. *Het komt niet doordat hij nog steeds ingeplugd zit – Gerald heeft hem er nooit uitgetrokken. De telefoon werkt niet omdat dat wezen dat hier gisteravond bij jou binnen was, de draad heeft doorgesneden.*

Luister niet naar haar. Onder die luide stem van haar is zij nog bang voor haar eigen schaduw, zei Ruth. *De stekker zit vast aan een van de*

achterpoten van de stoel – ik kan het je praktisch garanderen. Bovendien is het eenvoudig genoeg te controleren, niet?
Natuurlijk was dat zo. Het enige wat ze hoefde te doen was de stoel naar voren trekken en erachter kijken. En als de stekker eruit lag, hem er weer in steken.
En als je dat allemaal doet en de telefoon werkt nog steeds *niet?* vroeg Moedertje. *Dan weet je wel beter, hè?*
Ruth zei: *Aarzel niet langer – je hebt hulp nodig en je hebt die snel nodig.*
Het was waar, maar de gedachte de stoel naar voren te trekken, vulde haar met een vermoeide somberheid. Waarschijnlijk lukte het haar – de stoel was groot, maar hij kon niet meer wegen dan een vijfde van wat het bed had gewogen, en het was haar gelukt *dat* door de hele kamer te schuiven – maar de *gedachte* was zwaar. En de stoel naar voren trekken zou slechts het begin zijn. Als hij eenmaal verschoven was, zou ze op haar knieën moeten... de vage, stoffige hoek erachter moeten binnenkruipen om de stekkerdoos te zoeken...
Jezus, schatje, riep Ruth. Ze klonk verontrust. *Je hebt geen enkele* keus! *Ik dacht dat we het uiteindelijk ten minste nog over één ding met elkaar eens waren: dat je hulp nodig hebt en je hebt het snel n...*
Jessie sloeg plosteling de deur voor Ruths stem dicht en sloeg hem hard dicht. In plaats van de stoel te verschuiven, boog ze zich erover heen, pakte de broekrok op en trok hem voorzichtig langs haar benen omhoog. Druppels bloed van het doorweekte verband om haar pols bespatten direct de voorkant ervan, maar ze zag het nauwelijks. Ze had het te druk met het negeren van de kijvende, kwade, onthutste stemmen en ze vroeg zich af wie ooit al die vreemde mensen in haar hoofd had toegelaten. Het was net als wakker worden op een ochtend en merken dat je huis van de ene nacht op de andere in een hotel is veranderd. Alle stemmen drukten verschrikt ongeloof uit over wat ze van plan was, maar Jessie ontdekte plotseling dat het haar nauwelijks ene reet kon schelen. Dit was haar leven. *Haar* leven.
Ze pakte de bloes op en stak haar hoofd erdoor. Voor haar verwarde, geschokte geest scheen het feit dat het gisteren warm genoeg was geweest om dit gemakkelijke, mouwloze bovenstukje aan te trekken, het sluitend bewijs te vormen dat God bestond. Ze dacht niet dat ze het had kunnen verdragen haar ontvelde rechterhand door een lange mouw te steken.
Laat maar, dacht ze, *dit is maf, en ik heb die nepstemmen niet nodig om me dat te vertellen. Ik denk hier weg te rijden – het in ieder geval te proberen – terwijl ik alleen maar die stoel hoef te verschuiven en de telefoon weer in te pluggen. Het moet het bloedverlies zijn – het heeft me*

tijdelijk krankzinnig gemaakt. Dit is een maf idee. Jezus. Die stoel weegt nog geen vijfentwintig kilo... Ik ben bijna hoog en droog thuis!
Ja, behalve dat het niet om de stoel ging, en ook niet om het idee dat de gasten van de Rescue Services haar in hetzelfde vertrek zouden vinden als het naakte, aangevreten lijk van haar echtgenoot. Jessie had behoorlijk goed in de gaten dat ze zich, ook al werkte de telefoon perfect en had ze de politie, de ambulance en de drumband van Deering High School gebeld, toch zou opmaken om met de Mercedes te vertrekken. Omdat de telefoon niet het belangrijkste was – helemaal niet. Het belangrijkste was... nou...

Het belangrijkste is dat ik hier als de sodemieter direct vandaan ga, dacht ze, en plotseling huiverde ze. Haar naakte armen schoten vol kippevel. *Omdat dat wezen terug zal komen.*
Precies in de roos. Het probleem was niet Gerald, of de stoel, of wat de gasten van de Rescue Services zouden denken als ze hier naar toe kwamen en de situatie zagen. Het was zelfs niet de kwestie van de telefoon. Het probleem was de space cowboy, haar oude vriend Dr. Doem. *Daarom* trok ze haar kleren aan en spetterde ze nog wat bloed in het rond in plaats van een poging te doen de communicatie met de buitenwereld te herstellen. De vreemdeling zat ergens dichtbij, daar twijfelde ze geen moment aan. Hij zat alleen op de duisternis te wachten, en de duisternis was nu dichtbij. Als ze flauwviel terwijl ze probeerde de stoel weg te duwen van de muur, of terwijl ze lustig rondkroop in het stof en de spinnewebben erachter, was ze hier misschien nog steeds, helemaal alleen, als het wezen met de tas vol botten arriveerde. Erger nog, ze leefde misschien nog.
Bovendien, haar bezoeker *had* de lijn doorgesneden. Ze kon dit op geen enkele manier weten... maar in haar hart wist ze het toch. Als ze door al die rompslomp ging van het verplaatsen van de stoel en het inpluggen van de stekker, zou de telefoon dood blijven, net als die in de keuken en die in de gang voor.

En wat is er allemaal eigenlijk zo erg aan? zei ze tegen haar stemmen. *Ik ben van plan naar de hoofdweg te rijden, dat is alles. Vergeleken bij het uitvoeren van een onvoorbereide operatie met een waterglas en het door de kamer duwen van een bed van honderdveertig kilo, terwijl ik een halve liter bloed verlies, wordt dat een fluitje van een cent. De Mercedes is een goede auto en ik hoef alleen maar de oprit af te rijden. Ik sukkel door naar Route 117 met vijftien kilometer per uur en als ik me te zwak voel om het hele eind naar Dakin's Store te rijden als ik eenmaal op de grote weg ben, stop ik aan de kant, zet de waarschuwingsknipperlichten aan en ga op de claxon liggen als ik iemand aan zie komen. Geen enkele reden waarom dat niet zou werken met de weg die naar weerskanten* zo'n twee kilometer vlak en open is. Het goeie van die auto zijn de sloten. Als ik er eenmaal in zit, kan ik de portieren op slot doen. Het zal er niet in kunnen.

Het, probeerde Ruth snerend te zeggen, maar Jessie dacht dat ze bang klonk – ja, zelfs zij.

Precies, antwoordde ze. *Jij was degene die me vroeger altijd vertelde dat ik mijn hoofd wat vaker op pauze moest zetten en mijn hart moest volgen, weet je nog? Reken maar dat jij het was. En weet je wat mijn hart nu zegt, Ruth? Het zegt dat de Mercedes de enige kans is die ik heb. En als je daarom moet lachen, ga je gang... maar ik heb mijn beslissing genomen.*

Ruth wilde klaarblijkelijk niet lachen. Ruth was stilgevallen.

Gerald gaf mij de autosleutels net voor hij uit de auto stapte, zodat hij zijn hand naar de achterbank kon uitsteken om zijn aktentas te pakken. Dat deed hij, toch? Alsjeblieft, God, laat mijn herinnering daarover juist zijn.

Jessie stak haar hand in de linkerzak van haar rok en vond alleen maar een paar kleenex. Ze stak haar rechterhand naar beneden en drukte die voorzichtig tegen de buitenkant van die zak en liet een zucht van opluchting ontsnappen toen ze de vertrouwde bobbel van de autosleutel en de grote ronde bal voelde die Gerald haar voor haar laatste verjaardag had gegeven. De woorden die op de bal stonden, waren JIJ SEXY DING. Jessie besloot dat ze zich nooit minder sexy en meer een ding had gevoeld in haar hele leven dan nu, maar dat was goed. Ze kon ermee leven. De sleutel zat in haar zak, dat was het belangrijke. De sleutel was haar kaartje van deze vreselijke plek vandaan.

Haar tennisschoenen stonden naast elkaar onder de telefoontafel, maar Jessie besloot dat ze alle kleding aan had die ze nodig achtte. Ze begon langzaam naar de gangdeur te lopen met kleine, kreupele stapjes. Terwijl ze ermee bezig was, herinnerde ze zich eraan de telefoon in de gang te proberen voor ze vertrok – dat kon geen kwaad.

Ze was nauwelijks voorbij het hoofdeind van het bed toen het licht weer uit de dag begon weg te sluipen. Het leek alsof de vette, heldere zonnestralen die schuin naar binnen vielen door het raam in het westen waren verbonden met een dimmerkast en iemand de schuif naar beneden trok. Terwijl ze minder werden, verdwenen de diamanten stofdeeltjes die erin ronddraaiden.

O nee, niet nu, smeekte ze, *alsjeblieft, je* maakt *een grapje.* Maar het licht bleef minder worden en Jessie besefte plotseling dat ze weer wankelde, en haar bovenlichaam steeds wijder wordende cirkels beschreef in de lucht. Ze klauwde naar de bedstijl, maar greep in plaats daarvan de bloederige handboei waaruit ze kortgeleden was ontsnapt.

20 juli 1963, dacht ze onsamenhangend. *5.39 pm. Totale zonsverduistering. Wil iemand dat even noteren?*
De gecombineerde geur van zweet, zaad en haar vaders reukwater vulde haar neus. Ze wilde kokhalzen, maar was plotseling te zwak. Het lukte haar nog net twee wankelende stappen te doen, viel toen voorover op het bloedbevlekte matras. Haar ogen stonden open en knipperden zo nu en dan, maar voor de rest lag zij slap en onbeweeglijk als een verdronken vrouw die op het een of andere verlaten strand was aangespoeld.

34

De eerste gedachte die ze weer kreeg, was dat de duisternis betekende dat zij dood was.
Haar tweede was, dat als zij dood was haar rechterhand niet zou aanvoelen alsof die eerst met napalm was bewerkt en daarna gevild met scheermesjes. Haar derde was het wanhopige besef dat als het donker was en haar ogen open waren – wat ze leken te zijn – dat de zon dan was ondergegaan. Dat deed haar haastig opschieten vanuit het niemandsland waar ze had gelegen, niet helemaal bewusteloos maar diep in een soort van post-shock. Eerst kon ze zich niet herinneren waarom het idee van zonsondergang zo beangstigend was en toen
(space cowboy – monster of love)
kwam het allemaal zo snel en zo sterk bij haar terug dat het wel een elektrische schok leek. De smalle, lijkbleke wangen, het hoge voorhoofd, de verzonken ogen.
De wind was weer sterk teruggekomen toen zij half-bewusteloos op het bed lag, en de achterdeur sloeg weer. Een ogenblik waren de deur en de wind de enige geluiden en toen steeg een lang, onzeker gehuil de lucht in. Voor Jessie was dat het vreselijkste geluid dat ze ooit had gehoord, een geluid waarvan ze zich voorstelde dat het gemaakt kon worden door iemand die, als slachtoffer van een voortijdige begrafenis, na de teraardebestelling levend maar krankzinnig uit de kist werd gehaald.
Het geluid dreef weg in de onrustige nacht (en het *was* nacht, daar was geen twijfel over mogelijk), maar even later kwam het terug: een onmenselijke falsetto, vol idiote verschrikking. Het spoelde over haar heen als een levend ding, deed haar hulpeloos huiveren op het bed en naar haar oren tasten. Ze bedekte ze, maar ze kon die vreselijke roep niet buitensluiten toen die voor een derde keer kwam.
'O, nee,' kreunde ze. Ze had zich nog nooit zo koud gevoeld, zo koud, zo koud. 'O, nee... nee.'
Het gehuil werd opgeslorpt door de stormachtige nacht en kwam niet

onmiddellijk terug. Jessie kreeg een ogenblik om op adem te komen en te beseffen dat het uiteindelijk maar een hond was – waarschijnlijk *de* hond, en feitelijk die welke van haar echtgenoot zijn eigen persoonlijke McDonald's Drive-in had gemaakt. Toen *kwam* de kreet terug, en het was onmogelijk te geloven dat enig wezen uit de natuurlijke wereld zo'n geluid kon maken; het was beslist een bansjee, of een vampier die lag te kronkelen met een staak in zijn hart. Toen het gehuil opsteeg tot zijn kristallijnen hoogte, begreep Jessie plotseling waarom het beest dat geluid maakte.

Het was teruggekomen, net zoals ze had gevreesd dat zou gebeuren. Ergens wist de hond het, voelde het.

Ze rilde over haar hele lichaam. Haar ogen verkenden koortsachtig de hoek waar ze haar bezoeker gisternacht had zien staan – de hoek waar het de paarlen oorbel en de enkele voetafdruk had achtergelaten. Het was veel te donker om welk van de twee dingen ook te zien (nog steeds uitgaande dat die er überhaupt waren), maar even dacht Jessie het wezen zelf te zien, en ze voelde een kreet opwellen in haar keel. Ze kneep haar ogen stijf dicht, deed ze weer open, en zag niets anders dan de door de wind voortgestuwde schaduwen van bomen buiten het raam op het westen. Verder die kant op, voorbij de kronkelende vormen van de dennen, kon ze een verdwijnende band van goud zien op de lijn van de horizon.

Misschien is het zeven uur, maar als ik nog steeds het laatste deel van de zonsondergang kan zien, is het waarschijnlijk zelfs nog niet zo laat. Wat betekent dat ik maar een uur weg was, op zijn hoogst anderhalf uur. Misschien is het nog niet te laat om hier weg te komen. Misschien...

Deze keer scheen de hond zelfs te *gillen*. Het geluid gaf Jessie het gevoel terug te willen gillen. Ze greep een van de planken van het voeteneinde beet omdat ze weer op haar benen was gaan zwaaien, en plotseling besefte ze dat ze zich in de eerste plaats niet kon herinneren van het bed te zijn gekomen. Zo erg had de hond haar uit haar bol doen gaan.

Verman je, meisje. Haal diep adem en verman je.

Ze *haalde* diep adem, en de geur die ze met de lucht binnenhaalde was er een die ze kende. Het was als die laffe geur van mineralen die haar al die jaren had achtervolgd – de geur die voor haar seks betekende, water en vader – maar niet *precies* zo. Ook nog een andere geur, of geuren, scheen gemixed met deze versie ervan – oude knoflook... oude uien... vuil... ongewassen voeten misschien. De geur deed Jessie terugtuimelen in een put van jaren en vulde haar met de hulpeloze, onuitspreekbare angst die kinderen voelen als zij het een of andere wezen, zonder gezicht en zonder naam, voelen – een of ander Het – dat geduldig onder het bed ligt te wachten tot zij een voet uitsteken... of een hand laten bungelen...

De wind joeg. De deur sloeg. En ergens dichterbij kraakte een plank heel licht, zoals planken kraken als iemand, die probeert stil te zijn, er licht op stapt.
Het komt terug, fluisterde haar geest. Het waren nu alle stemmen, ze hadden zich met elkaar verstrengeld. *Dat ruikt de hond, dat ruik jij, Jessie, dat deed de plank kraken. Het wezen dat hier gisternacht was, is teruggekomen voor jou.*
O, God, alsjeblieft, nee,' kreunde ze. 'O, God nee. O God nee. O lieve God, laat dat niet waar zijn.'
Ze probeerde zich te bewegen, maar haar voeten zaten vastgevroren aan de vloer en haar linkerhand zat vastgespijkerd tegen de bedstijl. Haar angst had haar net zo onbeweeglijk gemaakt als naderende koplampen kunnen doen met een hert of een konijn midden op de weg. Ze zou hier blijven staan, zacht kreunend en proberend te bidden, tot het bij haar kwam, *voor* haar kwam – de space cowboy, de zeis van de liefde, gewoon een huis-aan-huis verkoper van de dood, zijn monsterkoffer vol met botten en ringen, in plaats van Jordan-tandenborstels.
De huilerige kreet van de hond steeg op in de lucht, steeg op in haar *hoofd*, tot ze zeker wist dat hij haar krankzinnig zou maken.
Ik droom, dacht ze. *Daarom kon ik me niet herinneren te zijn opgestaan; dromen zijn de geestversies van Reader's Digest Ingekorte Romans en als je er een hebt, kun je je nooit onbelangrijke dingen herinneren. Ik ben flauwgevallen, ja* – dat *is er gebeurd, maar in plaats van in coma te raken, kwam ik in een natuurlijke slaap terecht. Ik neem aan dat het betekent dat het bloeden is opgehouden, omdat ik niet denk dat mensen die doodbloeden nachtmerries hebben als zij naar beneden gaan om geteld te worden. Ik slaap, dat is alles. Ik slaap en ik heb de aartsvader van alle nachtmerries.*
Een fantastisch vertroostend idee, en er was maar een ding mis mee: het was niet waar. De dansende boomschaduwen op de muur bij de ladenkast waren echt. Net als die vreemde geur die door het huis dreef. Ze was wakker en ze moest hier zien weg te komen.
Ik kan me niet bewegen! klaagde ze.
Ja, dat kan je wel, zei Ruth grimmig tegen haar. *Je bent niet uit die klotehandboeien gekomen om van angst dood te gaan, schatje. Schiet op. Nu. Ik hoef je toch niet te vertellen hoe dat moet, wel?*
'Nee,' fluisterde Jessie en gaf een tik met de rug van haar rechterhand tegen de bedstijl. Het resultaat kwam direct met een enorme pijnscheut. De bankschroef van paniek die haar had vastgehouden, versplinterde als glas en toen de hond weer zo'n verstijvend gehuil liet opklinken, hoorde Jessie het nauwelijks – haar hand was veel dichterbij en die huilde heel wat harder.

En je weet wat je nu moet doen, schatje – toch?
Ja – Het was tijd geworden hier weg te komen, zoals een hockeyspeler moet zorgen dat zijn puck wegkomt, en zoals een bibliotheek zijn boeken. Even kwam de gedachte aan Geralds geweer boven en toen liet ze hem vallen. Ze had niet het flauwste idee waar het geweer was, of dat het zelfs maar hier was.

Jessie liep langzaam en voorzichtig op haar trillende benen door de kamer, terwijl ze weer haar linkerhand van zich af hield om haar evenwicht stabieler te maken. De gang achter de slaapkamerdeur was een draaimolen van bewegende schaduwen met de openstaande deur van de logeerkamer rechts en de open deur van de kleine kamer, die ze over hadden en die Gerald gebruikte als werkkamer, links. Verderop links was de boog die toegang gaf tot de keuken en de woonkamer. Rechts was de onafgesloten achterdeur... de Mercedes... en misschien vrijheid.

Vijftig stappen, dacht ze. *Kunnen er niet meer zijn, en waarschijnlijk zijn het er minder. Dus we gaan. Oké?*

Maar eerst lukte het haar gewoon niet. Het zou ongetwijfeld bizar lijken voor iemand die niet had doorgemaakt wat zij de afgelopen achtentwintig uur of zo had doorgemaakt, maar de slaapkamer vertegenwoordigde voor haar een soort van sombere veiligheid. En de gang... alles kon daar op de loer liggen. *Alles*. Toen plofte er iets tegen de westelijke kant van het huis, wat klonk als een steen die werd gegooid, net buiten het raam. Jessie uitte een kleine jammerkreet van angst voordat ze zich realiseerde dat het gewoon de tak van de oude blauwspar was, daar bij de veranda.

Verman jezelf, zei Hartje streng. *Verman jezelf en maak dat je wegkomt.*

Dapper wankelde ze verder, de linkerarm nog steeds naar buiten, terwijl ze onder het lopen fluisterend de stappen telde. Bij twaalf kwam ze langs de logeerkamer. Bij vijftien bereikte ze Geralds werkkamer en toen begon ze een laag, toonloos gesis te horen, als stoom die ontsnapt aan een heel oude radiator. Eerst associeerde Jessie het geluid niet met de werkkamer, ze dacht dat ze het zelf maakte. Toen, terwijl ze haar rechtervoet optilde om de zestiende stap te maken, werd het geluid sterker. Deze keer registreerde ze het duidelijker, en Jessie besefte dat zij het niet gemaakt *kon* hebben, omdat zij haar adem inhield.

Langzaam, heel langzaam, draaide ze haar hoofd om naar de werkkamer, waar haar echtgenoot nooit meer zou werken aan de juridische conclusies van een eis terwijl hij achter elkaar Marlboro's rookte en zachtjes oude Beach Boy-hits neuriede. Het huis kreunde nu om haar heen als een oud schip dat door een middelmatig zware zee ploegde, krakend in al zijn spanten terwijl de wind er koud tegenaan duwde. Nu

hoorde ze een klappend luik, net als de slaande deur, maar die geluiden waren op de een of andere manier anders, en in een andere wereld waar vrouwen niet waren geboeid en mannen niet weigerden te luisteren en nachtwezens niet rondspookten. Ze kon de spieren en pezen in haar nek horen kraken als oude beddeveren toen ze haar hoofd draaide. Haar ogen bonsden in hun kassen als brokken hete kool.
Ik wil niet kijken, gilde haar geest. *Ik wil niet kijken. Ik wil het niet zien.*
Maar ze was niet bij machte niet te kijken. Het leek alsof sterke, onzichtbare handen haar hoofd draaiden, terwijl de wind voortjoeg en de achterdeur sloeg en het luik klapperde en de hond weer eens zijn desolate, botverkillende huilen spiralend de zwarte oktoberlucht in joeg. Haar hoofd draaide tot ze in de werkkamer van haar dode echtgenoot keek en ja, zeer zeker, daar was het, een lange gedaante die naast Geralds Eames stoel stond, net voor de glazen schuifdeur. Zijn smalle witte gezicht hing in de duisternis als een uitgerekt doodshoofd. De donkere vierkante schaduw van zijn souvenirtas hurkend tussen zijn voeten.
Ze haalde adem om ermee te schreeuwen, maar wat naar buiten kwam was een geluid van een theeketel met een gebarsten fluit. '*Huuuu-haaahhhhhh.*'
Alleen maar dat, niets meer.
Ergens in die andere wereld liep warme urine langs haar benen. In de recordtijd van een dag had ze voor een tweede keer in haar broek gepiest. In die andere wereld joeg de wind, en die deed het huis tot op zijn botten trillen. De blauwspar sloeg weer met zijn tak tegen de westmuur. Geralds werkkamer was een lagune van dansende schaduwen en weer was het erg moeilijk te zeggen wat ze zag... en of ze feitelijk ook werkelijk iets zag.
De hond verhief weer zijn scherpe, doodsbange kreet en Jessie dacht: *O, jij ziet het wel degelijk. Misschien niet zo goed als de hond daarbuiten het ruikt, maar je ziet het.*
Als om elk sprankje twijfel dat ze op dit punt misschien nog had te verwijderen, stak haar bezoeker zijn hoofd naar voren in een soort van parodie op nieuwsgierigheid, en gunde Jessie een duidelijke, genadiglijk korte, blik op hem. Het gezicht was dat van een buitenaards wezen dat zonder veel succes had geprobeerd menselijke trekken aan te nemen. Om te beginnen was het te smal – smaller dan welk gezicht ook dat Jessie ooit had gezien in haar leven. De neus scheen niet meer dikte te hebben dan een botermes. Het hoge voorhoofd was opgezwollen als een groteske bloembol. De ogen van het wezen waren simpele zwarte cirkels onder de dunne omgekeerde v's van zijn wenkbrauwen; zijn vlezige, leverkleurige lippen schenen tegelijkertijd pruilend en sentimenteel.

Nee, niet sentimenteel, dacht ze met de heldere smalle luciditeit die er soms is – als de gloeidraad in een lamp – binnen een sfeer van totale verschrikking. *Niet sentimenteel*, glimlachend. *Het probeert naar me te glimlachen.*

Toen bukte hij zich om zijn tas te pakken en zijn smalle, onsamenhangende gezicht werd genadiglijk weer aan het gezicht onttrokken. Jessie wankelde een stap achteruit, probeerde weer te gillen en kon alleen maar een volgende losse, glasachtige fluistering voortbrengen. De wind die langs de dakspanen kreunde werd luider.

Haar bezoeker kwam weer overeind, terwijl hij de tas met één hand vasthield en met de andere openmaakte. Jessie realiseerde zich twee dingen, niet omdat ze dat wilde maar omdat de vaardigheid van haar geest om keuzes te maken uit wat het wilde ervaren, volledig was verwoest. Het eerste had te maken met de geur die ze eerder had opgemerkt. Het was geen knoflook of uien of zweet of vuil. Het was rottend vlees. Het tweede had te maken met de armen van het wezen. Nu ze dichterbij was en het beter kon zien (ze wenste dat het niet zo was, maar het was wel zo), maakten ze een krachtiger indruk op haar – monsterlijke, verlengde dingen die in de door de wind voortgedreven schaduwen schenen te zwabberen als tentakels. Ze presenteerden haar de tas als om haar goedkeuring en nu zag Jessie dat het geen vertegenwoordigerstas was, maar een gevlochten doos die eruit zag als een overgrote visbun.

Ik heb zo'n doos eerder gezien, dacht ze. *Ik weet niet of het op de een of andere oude tv-show was of in het echte leven, maar ik heb hem gezien. Toen ik nog maar een klein meisje was. Het kwam uit een lange zwarte auto met een deur achterin.*

Een zachte en kwaadaardige UFO stem sprak plotseling binnen in haar. *Eens, Jessie, toen president Kennedy nog leefde en alle kleine meisjes Hartje heetten en de plastic lijkenzak nog niet was uitgevonden – lang geleden, laten we zeggen in de tijd van de zonsverduistering – waren dat soort dozen gewoon. Je had ze in allerlei maten, van Extra Grote Mannen tot zesde-maands Abortussen. Jouw vriend bewaart zijn souvenirs in de ouderwetse lijkmand van een begrafenisondernemer, Jessie.*

Toen ze dit besefte, besefte ze ook iets anders. Het was perfect voor de hand liggend als je er eenmaal over nadacht. De reden dat haar bezoeker zo slecht rook was omdat hij dood was. Het wezen in Geralds werkkamer was een wandelend lijk.

Nee... nee, dat kan niet waar...

Maar het was wel zo. Ze had precies hetzelfde nog geen drie uur geleden bij Gerald geroken. Had het *in* Gerald geroken, sudderend in zijn vlees als de een of andere exotische ziekte die alleen maar opgelopen kan worden door de doden.

Nu opende haar bezoeker weer de doos en hield hem naar haar op, en weer zag ze de gouden glinsteringen en diamanten flonkeringen tussen hopen botten. Weer keek ze terwijl de smalle handen van de dode man erin tastten en in de inhoud van de gevlochten lijkmand begonnen te roeren – een mand die misschien eens de lijken van peuters of heel kleine kinderen had bevat. Weer hoorde ze het duistere, klikkende geritsel van botten, een geluid als van met vuil overdekte castagnetten.

Jessie staarde, gehypnotiseerd en bijna extatisch van schrik. Haar geestelijke gezondheid begon af te brokkelen, ze kon deze voelen verbrokkelen, het bijna *horen*, en er was niets op Gods groene wereld wat ze eraan kon doen.

Jawel! Je kunt rennen! Je moet *rennen en je moet het nu doen!*

Het was Hartje en ze schreeuwde... maar ze was ook heel ver weg, verloren in de een of andere diepe, stenen kloof in Jessies hoofd. Er waren een *boel* kloven daarbinnen, ontdekte ze, en een boel donkere, draaiende canyons en grotten die nooit het licht van de zon hadden gezien – plaatsen waar de eclips nooit eindigde, zou je kunnen zeggen. Het was interessant. Interessant te merken dat iemands geest niets anders was dan een begraafplaats die was gebouwd boven een zwart, hol gat waar monsterlijke reptielen, zoals deze, over de bodem kropen. Interessant.

Buiten huilde de hond weer en eindelijk hervond Jessie haar stem. Ze huilde met hem mee, een hondachtig geluid waaruit het meeste van haar geestelijke gezondheid was onttrokken. Ze kon zich voorstellen dat zijzelf dat soort geluiden maakte in het een of andere gekkenhuis. Die maakte voor de rest van haar leven. Ze merkte dat ze zich dat heel makkelijk kon voorstellen.

Jessie, nee! Hou vast! Bewaar je verstand en ren! Ren weg!

Haar bezoeker grijnsde tegen haar, zijn lippen weggerimpeld van zijn tandvlees, terwijl het weer een keer die glinsteringen van goud achter in zijn mond onthulde, glinsteringen die haar aan Gerald deden denken. Gouden tanden. Het had gouden tanden en dat betekende dat het...

Het betekent dat het echt is, ja, maar dat hebben we toch al vastgesteld? De enige vraag die blijft, is wat ga je eraan doen? Heb je nog ideeën, Jessie? Als dat zo is, dan kun je er beter mee voor de dag komen, omdat de tijd ontzettend begint te dringen.

De verschijning stapte naar voren, terwijl het nog steeds zijn tas openhield alsof het van haar verwachtte dat ze de inhoud bewonderde. Het droeg een halsketting, zag ze – een vreemd soort halsketting. De zware, weeë geur werd sterker. Net als dat overduidelijke gevoel van kwaadaardigheid. Om de stap van de bezoeker naar voren te compenseren, probeerde Jessie een stap naar achteren te doen, en ze merkte dat ze

haar voeten niet kon bewegen. Het leek alsof die aan de vloer zaten vastgelijmd.
Het is van plan je te doden, schatje, zei Ruth, en Jessie begreep dat dit waar was. *Laat je dat gebeuren?* Er klonk nu geen kwaadheid of sarcasme in Ruths stem door, alleen maar nieuwsgierigheid. *Na alles wat er met je is gebeurd, laat je dat werkelijk gebeuren?*
De hond huilde. De hand roerde. De botten fluisterden. De diamanten en robijnen flitsten in hun vage nachtvuur.
Nauwelijks bewust van wat ze deed, laat staan waarom ze het deed, greep Jessie haar eigen ringen, die ze aan de ringvinger van haar linkerhand droeg, met de woest trillende duim en wijsvinger van haar rechter. De pijn op de rug van die hand toen ze kneep, was vaag en ver weg. Ze had die ringen bijna altijd gedragen in de dagen en jaren van haar huwelijk, en de laatste keer dat ze die afgedaan had, had ze haar vinger ingezeept. Niet deze keer. Deze keer gleden ze makkelijk af.
Ze hield haar bloederige rechterhand uit naar het wezen, die nu het hele eind naar de boekenkast naast de deur van de werkkamer had overbrugd. De ringen lagen op haar handpalm in een mystieke acht net onder het geïmproviseerde verband. Het wezen bleef staan. De glimlach op zijn vlezige, misvormde mond wankelde in de een of andere nieuwe uitdrukking die of kwaadheid of alleen maar verwarring kon zijn.
'Hier,' zei Jessie met een schorre, krassende grom. 'Hier, neem ze. Neem ze en laat me met rust.'
Voor het wezen in beweging kon komen, wierp ze de ringen naar de open tas zoals ze eens munten had gegooid in de GEPAST GELD-bakken op de tolweg van New Hampshire. Er was nu minder dan anderhalve meter tussen hen in, de opening van de tas was groot en beide ringen gingen erin. Ze hoorde duidelijk de dubbele klik toen haar huwelijks- en verlovingsring tegen de botten van de vreemdeling vielen.
Weer rimpelden de lippen van het wezen terug van de tanden en weer liet het dat slissende, zachte gesis horen. Hij deed nog een stap naar voren en iets – iets dat verdoofd en ongelovig op de vloer van haar geest had gelegen – werd wakker.
'*Nee!*' gilde ze. Ze draaide zich om en ging slingerend door de gang terwijl de wind joeg en de deur sloeg en het luik klapte en de hond jankte en *het was direct achter haar*, dat was het, ze kon dat sissende geluid horen, en elk moment kon hij zijn hand naar haar uitsteken, een smalle witte hand, drijvend aan het eind van een fantastische arm, lang als een tentakel, ze zou die rottende witte vingers voelen sluiten rond haar keel...
Toen was ze bij de achterdeur, ze maakte hem open, ze kwam naar buiten op de veranda en struikelde over haar eigen rechtervoet. Ze viel en

ergens herinnerde ze zich terwijl ze neerging haar lichaam zo te draaien dat ze zou landen op haar linkerzij. Dat deed ze, maar ze kwam toch nog hard genoeg neer om sterren te zien. Ze rolde om op haar rug, tilde haar hoofd op en staarde naar de deur, waarbij ze verwachtte het smalle, witte gezicht van de space cowboy te zien opdoemen achter de hordeur. Het gebeurde niet en ook kon ze niet langer het sissende geluid horen. Niet dat die dingen veel betekenden, het kon elk moment in het gezicht komen denderen, haar grijpen en haar keel openrijten.

Jessie worstelde zich overeind, slaagde erin een stap te doen en toen verrieden haar benen haar, trillend met een combinatie van shock en bloedverlies. Ze viel met haar rug op de planken naast de met gaas afgezette container waarin het afval zat. Ze kreunde en keek op naar de hemel, waar wolken, als filigrein door de driekwart volle maan, met een krankzinnige snelheid van west naar oost joegen. Schaduwen rolden over haar gezicht als absurd bewegende tatoeages. Toen huilde de hond weer, nu veel dichterbij, nu ze buiten was en dat verschafte dat kleine beetje extra aansporing dat ze nodig had. Ze stak haar linkerhand op naar de lage hellende bovenkant van de afvalbak, tastte rond naar de greep en gebruikte die om zichzelf overeind te slepen. Toen ze eenmaal stond, hield ze de greep stevig vast tot de wereld ophield met zwaaien. Toen liet ze los en liep langzaam naar de Mercedes toe, terwijl ze nu beide armen van haar lichaam hield voor evenwicht.

Wat ziet het huis er in het maanlicht toch uit als een doodshoofd! dacht ze verbaasd, terwijl ze haar eerste verwonderde, uitzinnige blik achterom volgde. *Helemaal een doodshoofd. De deur is zijn mond, de ramen zijn zijn ogen, de schaduwen van de bomen zijn zijn haren...*

Toen kwam er een andere gedachte in haar op en die moet amusant zijn geweest, want ze stuurde een schreeuwende lach de winderige nacht in.

En de hersenen – vergeet de hersenen niet. Gerald is het brein, natuurlijk. Het dode en rottende brein van het huis.

Ze lachte weer toen ze de auto bereikte, luider dan ooit en de hond huilde als antwoord. *Mijn hond heeft vlooien, en die bijten hem in zijn klooien,* dacht ze. Haar eigen knieën begaven het en ze greep de portierkruk om niet neer te vallen op de oprit, en al die tijd bleef ze maar lachen. Het precieze *waarom* van haar lachen ontging haar. Misschien dat ze het ooit zou begrijpen als die delen van haar geest, die uit zelfverdediging waren uitgeschakeld, weer ingeschakeld werden, maar dat zou pas gebeuren als ze hier weg was. Als ze ooit wegkwam.

'Ik denk dat ik uiteindelijk ook een transfusie nodig heb,' zei ze en dat veroorzaakte weer een lachsalvo. Onhandig stak ze haar linkerhand in haar rechterzak, nog steeds lachend. Ze tastte naar de sleutel toen ze

zich realiseerde dat de geur terug was en dat het wezen met de rieten mand recht achter haar stond.
Jessie draaide haar hoofd om, de lach nog steeds in haar keel en een grijns nog steeds trillend op haar lippen, en een moment *zag* ze die smalle wangen en verzonken bodemloze ogen. Maar ze zag die alleen maar omdat
(de eclips)
ze zo bang was, niet omdat daar *echt* iets was, de achterveranda lag nog steeds verlaten, de hordeur was een rechthoek van duisternis.
Maar je kunt maar beter opschieten, zei Moedertje Burlingame. *Ja, je kunt beter doen als die ijshockeyspeler, zolang je nog kunt, vind je niet?*
'Doen als een amoebe en splijten,' stemde Jessie in en lachte weer terwijl ze de sleutel uit haar zak trok. Hij glipte bijna door haar vingers, maar ze kreeg hem te pakken door de overgrote plastic bal. 'Jij sexy ding,' zei Jessie en lachte hilarisch toen de achterdeur sloeg en het dode cowboy-spookbeeld van de liefde uit het huis kwam draven in een smerige witte wolk van beenderstof, maar toen ze zich omdraaide (en bijna weer de sleutel liet vallen ondanks de overgrote bal) was daar niets. Het was slechts de wind die de deur had doen slaan – alleen maar dat en verder niets.
Ze maakte het bestuurdersportier open, gleed achter het stuur van de Mercedes en slaagde erin haar trillende benen achter haar naar binnen te trekken. Ze sloeg het portier dicht en, terwijl ze het hoofdslot indrukte dat alle andere portieren sloot (inclusief het kofferdeksel natuurlijk, er was echt niets in de wereld dat zich kon meten met Duitse efficiëntie) spoelde een niet uit te drukken gevoel van opluchting door haar heen. Opluchting en iets anders. Dat iets anders voelde als de terugkeer van haar verstandelijke vermogens, en ze dacht niet dat ze ooit in haar leven iets had gevoeld wat kon wedijveren met die zoete en perfecte terugkeer... behalve dan die eerste dronk water uit de kraan natuurlijk. Jessie had het idee dat dat uiteindelijk de kampioen aller kampioenen zou worden.
Hoe dicht zat ik bij krankzinnigheid daarbinnen? Hoe dichtbij eigenlijk?
Dat is misschien niet iets wat je ooit echt zal willen weten, schatje, antwoordde Ruth ernstig.
Nee, misschien niet. Jessie stak de sleutel in het contact en draaide hem om. Er gebeurde niets.
Het laatste lachen droogde op, maar ze raakte niet in paniek. Ze voelde zich nog steeds bij zinnen en relatief gezond. *Denk na, Jessie.* Ze deed het en het antwoord kwam bijna onmiddellijk. De Mercedes begon wat te tanen (ze was er niet zeker van of ze ooit zoiets plats hadden gehad als

oud) en de versnelling begon de laatste tijd wat vervelende toeren uit te halen, Duitse efficiëntie of geen Duitse efficiëntie. Een ervan was het soms niet willen starten, tenzij de chauffeur de versnellingspook die opstak van de console tussen de twee kuipstoelen in, een harde duw gaf. Het contactsleuteltje omdraaien en tegelijkertijd tegen de versnellingspook duwen, was een operatie waar je twee handen voor nodig had, en haar rechter klopte als een bezetene. De gedachte die te moeten gebruiken om de versnellingshendel een duw te geven, deed haar ineenkrimpen, en niet alleen vanwege de pijn. Ze wist heel zeker dat daardoor de diepe inkeping in de binnenkant van haar pols weer open zou barsten.
'Alsjeblieft, God, ik heb hier wat hulp nodig,' fluisterde Jessie en draaide het contactsleuteltje weer om. Nog steeds niets. Zelfs geen klik. Er kwam een nieuwe gedachte haar hoofd binnengeslopen als een inbreker met een slecht humeur: dat haar auto weigerde te starten had niets te maken met de kleine storing die zich in de transmissie had ontwikkeld. Dit was meer het werk van haar bezoeker. Hij had de telefoonlijnen doorgesneden, hij had ook de motorkap van de Mercedes lang genoeg omhoog gehad om de verdeelkap eraf te rukken en in het bos te gooien. De deur sloeg. Ze blikte nerveus in die richting, en wist heel zeker dat ze net, een ogenblik, zijn witte, grijnzende gezicht had gezien in de duisternis van de deuropening. Nog even en hij zou naar buiten komen. Het zou een kei grijpen en het autoraam ingooien, dan een van de dikke scherven veiligheidsglas pakken en...
Jessie reikte met haar linkerhand voor haar middel langs en gaf de knop van de versnellingspook zo hard ze kon een duw (hoewel hij, om eerlijk te zijn, niet in het minst scheen te bewegen). Toen tastte ze onhandig met haar rechterhand door de onderste boog van het stuurwiel, greep de contactsleutel en draaide hem weer om.
Weer niets. Buiten het stille, puffende lachen van het monster dat naar haar stond te kijken. Dat kon ze heel duidelijk horen, al was het alleen maar in haar geest.
'Alsjeblieft, God, kan ik dan niet een klote kans krijgen?' gilde ze. De versnellingspook wiebelde een beetje onder haar handpalm en toen Jessie de sleutel ditmaal in startpositie draaide, brulde de motor tot leven – *Ja, mein Führer!* Ze snikte van opluchting en zette de koplampen aan. Een stel opschitterende, oranjegele ogen keek haar dreigend aan vanaf de oprit. Ze schreeuwde, en voelde hoe haar hart zich probeerde los te rukken van zijn fundamenten, om zich in haar keel te proppen en haar te wurgen. Het was de hond natuurlijk – de zwerver die, bij wijze van spreken, Geralds laatste cliënt was geweest.
De voormalige Prins stond stokstijf, tijdelijk verblind door het schijnsel van de koplampen. Als Jessie de versnelling in zijn vooruit had ge-

zet, zou ze hem waarschijnlijk hebben kunnen doden. De gedachte kwam zelfs bij haar op, maar op een afstandelijke, bijna academische manier. Haar haat en angst voor de hond waren verdwenen. Ze zag hoe broodmager hij was, en hoe de klissen in zijn geklitte vacht staken – een vacht die te dun was om veel bescherming te bieden tegen de komende winter. Het meest van alles zag ze de manier waarop hij ineenkromp voor de koplampen, zijn oren naar beneden en zijn achterlijf tegen de oprit gedrukt.

Ik dacht niet dat het mogelijk was, dacht ze. *Maar ik ben iets tegengekomen dat zelfs nog banger is dan ik.*

Met de muis van haar linkerhand raakte ze de ring van de claxon van de Mercedes aan. Hij liet een enkele korte toon horen, meer boer dan toet, maar het was voldoende om de hond in beweging te krijgen. Hij draaide zich om en verdween in het bos zonder zelfs maar een blik achterom te werpen.

Volg zijn voorbeeld, Jess. Maak dat je hier wegkomt, zolang je nog kunt.

Goed idee. Feitelijk was het het *enige* idee. Ze reikte weer met haar linkerhand voor haar lichaam langs, nu om de versnellingspook in zijn vooruit te zetten. Hij pakte met zijn gebruikelijke geruststellende kleine hik en begon langzaam over de verharde oprit te rijden. De door de wind opgejaagde bomen slingerden abnormaal als schaduwdansers aan weerskanten van de auto en zonden de eerste wervelwinden van bladeren omhoog de nachtelijke lucht in. *Ik doe het*, dacht Jessie verbaasd. *Ik doe het echt, krijg werkelijk de puck voor het doel weg.*

Ze rolde over de oprit, reed in de richting van het wielspoor zonder naam dat haar naar Bay Lane zou leiden, dat op zijn beurt haar naar Route 117 en de beschaving zou brengen. Terwijl ze naar het huis keek (het zag er meer dan ooit uit als een enorme doodskop in het winderige maanlicht van oktober) dat kleiner werd in de achteruitkijkspiegel, dacht ze: *Waarom laat hij me gaan? En doet hij dat? Doet hij het echt?* Een deel van haar wezen – het door angst gek gemaakte deel dat nooit helemaal zou ontsnappen aan de handboeien en de grote slaapkamer van het huis aan de bovenbaai van Kashwakamak Lake – verzekerde haar dat hij het niet deed. Het wezen met de gevlochten mand speelde alleen maar met haar, zoals een kat speelt met een gewonde muis. Voor ze veel verder kwam, zeker voor ze aan het eind van de oprit was, zou hij achter haar aan komen rennen, gebruikmakend van zijn lange stripverhaalbenen om de afstand tussen hen te sluiten, terwijl hij zijn lange stripverhaalarmen uitstrekte om de achterbumper te grijpen en de auto tot stilstand te brengen. Duitse efficiëntie was prima, maar als je te maken had met iets wat was teruggekomen uit de dood... nou...

Maar het huis bleef kleiner worden in de achteruitkijkspiegel en er kwam niets uit de achterdeur. Jessie bereikte het eind van de oprit, draaide naar rechts en begon haar grootlicht te volgen over de smalle wielsporen in de richting van Bay Lane, terwijl ze met haar linkerhand de auto bestuurde. Elke tweede of derde augustus kapte een ploeg vrijwilligers, voornamelijk draaiend op bier en roddel, het onderhout weg en trimde de overhangende takken langs het pad naar Bay Lane, maar dit jaar was het niet gebeurd, en de weg was veel te smal naar Jessies zin. Elke keer dat een door de wind bewogen tak tegen het dak of de zijkanten van de auto tikte, kromp Jessie een beetje ineen.

Toch *ontsnapte* ze. Een voor een verschenen in het licht van de koplampen de landmerken die ze door de jaren heen was gaan kennen en verdwenen dan weer achter haar: de enorme rots met de gespleten bovenkant, de overgroeide poort met het vaag geworden bord RIDEOUT'S HIDEOUT' er tegenaan gespijkerd, de ontwortelde spar die te midden van een groep kleinere sparren leunde als een grote dronkelap die naar huis wordt gedragen door zijn kleinere, levendigere vrienden. De dronken spar was op slechts vijfhonderd meter van Bay Lane en daar vandaan was het nog maar drie kilometer naar de snelweg.

'Het lukt me wel als ik rustig aan doe,' zei ze, en met haar rechterduim drukte ze de AAN-knop van de radio in, deed het heel voorzichtig. Bach, aangenaam, statig en bovenal *rationeel* – vulde de auto vanuit vier richtingen. '*Take it easy*,' herhaalde ze nu wat luider. '*Go greasy.*' Zelfs de laatste schok – de woeste oranjegele ogen van de zwerfhond – verdween nu een beetje, hoewel ze voelde dat ze begon te trillen. 'Geen problemen wat dan ook, als ik het maar kalm an doe.'

Dat deed ze – misschien een beetje *te* kalm in feite. De naald van de snelheidsmeter raakte amper de vijftien kilometer per uur. Veilig opgesloten zitten in de vertrouwde omgeving van je eigen auto was een heerlijk oppeppend middel – nu al begon ze zich af te vragen of ze niet al die tijd van schaduwen was geschrokken – maar dit zou een heel slecht moment zijn om een begin te maken met dingen voor waar aan te nemen. Als er iemand in het huis *was* geweest, zou hij (*het*, hield de een of andere diepere stem – de UFO aller UFO's – vol) een van de andere deuren kunnen hebben gebruikt om het huis te *verlaten*. Hij kon haar nu aan het volgen zijn. Het was zelfs mogelijk, omdat ze bleef voorthobbelen met amper vijftien kilometer per uur, dat een vastbesloten achtervolger haar zou kunnen inhalen.

Jessie liet haar ogen naar de achteruitkijkspiegel schieten, omdat ze zichzelf wilde geruststellen dat dit idee alleen maar paranoia was, het gevolg van shock en uitputting, en voelde haar hart dood in haar borst neervallen. Haar linkerhand viel van het stuur en bonsde in haar schoot

261

boven op de rechter. Dat had pijn als de ziekte moeten doen, maar er was geen pijn – absoluut helemaal niets.

De vreemdeling zat op de achterbank met zijn angstaanjagende lange handen tegen de zijkanten van zijn hoofd gedrukt, als het aapje dat niet wil horen. Zijn zwarte ogen staarden haar aan met een ongelooflijk lege belangstelling.

Jij ziet... mij ziet... wij zien... alleen maar schaduwen! gilde Hartje, maar deze gil kwam van verder dan ver weg. Hij scheen afkomstig van een andere kant van het universum.

En het was niet waar. Het waren niet alleen maar schaduwen die ze zag in de spiegel. Het wezen dat daar achterin zat, was *verward* in schaduwen, ja, maar er niet van *gemaakt*. Ze zag zijn gezicht: uitbollend voorhoofd, ronde, zwarte ogen, mesdunne neus, plompe, vervormde lippen. 'Jessie!' fluisterde de space cowboy opgetogen. 'Nora! Ruth! Hemeltje lief! Hartje dief!'

Haar ogen, vastgenageld aan de spiegel, zagen haar passagier langzaam naar voren leunen, zagen zijn opgezwollen voorhoofd naar haar rechteroor knikken alsof het wezen van plan was haar een geheim te vertellen. Ze zag zijn vlezige lippen wegglijden van zijn vooruitstekende, verkleurde tanden in een grimassende, geestloze glimlach. En het was op dit punt dat Jessie Burlingames geest uiteindelijk begon te breken.

Nee! schreeuwde haar geest met een stem zo dun als de stem van een vocalist op een gekraste oude 78-toeren plaat. *Nee, alsjeblieft niet! Het is niet eerlijk!*

'Jessie!' Zijn stinkende adem even scherp als een rasp en even koud als de lucht in een koelruimte. 'Nora! Jessie! Ruth! Hartje! Moedertje! Jessie! Mammie!'

Haar uitpuilende ogen noteerden dat het lange witte gezicht nu half verscholen ging in haar haar en zijn grijnzende mond kuste bijna haar oor terwijl het wezen zijn heerlijke geheim steeds maar weer fluisterde: *'Jessie! Nora! Moedertje! Hartje! Jessie! Jessie! Jessie!'*

Er volgde een witte explosie binnen in haar ogen en wat er achterbleef, was een groot donker gat. Toen Jessie erin dook, had ze een laatste samenhangende gedachte: *Ik had er niet naar moeten kijken – het heeft toch mijn ogen verbrand.*

Toen viel ze slap naar voren naar het stuur. Toen de Mercedes een van de grote dennen raakte die op dit gedeelte langs de weg stonden, schoot de veiligheidsgordel vast en rukte haar weer naar achteren. De aanrijding zou waarschijnlijk de luchtzak hebben opgeblazen, als de Mercedes van een model was geweest dat recent genoeg was om met zo'n systeem uitgerust te zijn. De aanrijding was niet hard genoeg om de motor te beschadigen of zelfs maar te stoppen; de goede oude Duitse efficiëntie had weer eens gezegevierd. De bumper en grille waren ingedeukt en het embleem op de moterkap stond scheef, maar de motor draaide tevreden verder.

Na ongeveer vijf minuten voelde een microchip, verborgen in het dashboard, dat de motor nu warm genoeg was om de verwarming aan te zetten. Blowers onder het dashboard begonnen zachtjes te zoeven. Jessie was opzij gezakt tegen het bestuurdersportier, en ze lag met haar wang tegen het raam gedrukt. Ze zag eruit als een vermoeid kind dat het ten slotte heeft opgegeven en was gaan slapen met het huis van grootmoeder net achter de volgende heuvel. Boven haar reflecteerde de achteruitkijkspiegel de lege achterbank en de lege maanverlichte weg erachter.

35

Het had de hele ochtend gesneeuwd – somber weer, maar goed weer om brieven te schrijven – en toen een baan zonlicht over het toetsenbord van de MacIntosh viel, keek Jessie verrast op, opgeschrikt uit haar gedachten. Wat ze uit het raam zag, charmeerde haar niet alleen, het vulde haar met een emotie die ze lange tijd niet had gevoeld en waarvan ze ook niet had verwacht die ooit weer te voelen. Het was vreugde – een diepe, gecompliceerde vreugde die ze nooit zou hebben kunnen uitleggen.

Het sneeuwde nog steeds – in ieder geval een beetje – maar een heldere februarizon was door de wolken heengebroken en veranderde zowel de verse vijftien centimeter op de grond als de sneeuw die nog steeds naar beneden dwarrelde in een schitterend diamantkleurig wit. Het raam bood een overweldigend uitzicht over Portland's Eastern Promenade en het was een uitzicht dat Jessie in alle weer en alle seizoenen had gekalmeerd, en gefascineerd, maar ze had nooit iets gezien wat hier ook maar enigszins op leek: de combinatie van sneeuw en zon had de grijze lucht boven Casco Bay veranderd in een fantastische juwelenkist van in elkaar grijpende regenbogen.

Als er echte mensen bestonden in die sneeuwwerelden waar je elke keer dat je maar wilt een sneeuwstorm kunt opschudden, zouden ze dit weer altijd zien, dacht ze en lachte. Het geluid was net zo overweldigend vreemd voor haar oren, als het gevoel van vreugde voor haar hart was, en ze hoefde maar even na te denken om te beseffen waarom: sinds afgelopen oktober had ze helemaal niet meer gelachen. Die uren, de laatste die ze ooit nog zou doorbrengen aan Kashwakamak Lake (of welk ander meer ook, wat dat betreft) noemde ze simpel 'mijn moeilijke periode'. Ze had het gevoel dat die tekst precies vertelde waar het om ging, en niks meer. En zo wilde ze het hebben.

Helemaal geen lach meer sinds toen? Noppes? Zero? Weet je het zeker? Niet *absoluut* zeker, nee. Ze nam aan dat ze misschien in dromen had gelachen – God wist dat ze in genoeg dromen had gehuild – maar wat haar wakende uren betrof, was het tot nu uitgebleven. Ze herinnerde zich de laatste keer heel duidelijk: terwijl ze met haar linkerhand voor haar lichaam langs reikte om de sleutels uit de rechterzak van haar broekrok te pakken, en ze de winderige duisternis vertelde dat ze ging doen als een amoebe en splitsen. Dat was, voor zover ze wist, tot nu toe de laatste lach geweest.

'Alleen die keer maar,' mompelde Jessie. Ze haalde een pakje sigaretten uit de zak van haar rok en stak er een op. God, hoe die woorden alles terugbrachten – ze had ontdekt dat het enige andere wat de macht had het zo snel en volledig te doen, dat vreselijke liedje van Marvin Gaye was. Ze had het een keer op de radio gehoord toen ze terugreed van een van die ogenschijnlijk eindeloze doktersafspraken waaruit haar leven afgelopen winter had bestaan, Marvin jammerend 'Everybody knows... especially you girls...' met die zachte, insinuerende stem van hem. Ze had ogenblikkelijk de radio uitgezet, maar ze trilde zo hevig dat ze niet meer kon rijden. Ze had de auto geparkeerd en gewacht tot het ergste trillen voorbij was. Uiteindelijk was het zo ver, maar als ze 's nachts niet wakker werd, terwijl ze de frase uit 'The Raven' steeds maar weer in haar met zweet doorweekte kussen prevelde, hoorde ze zichzelf wel 'Witness, witness' zingen. En wat Jessie betrof, lag de verhouding van zes van de een op een half miljoen van de ander.

Ze nam een diepe haal van haar sigaret, blies drie volmaakte kringen uit en keek ernaar terwijl ze langzaam opstegen boven de zoemende MacIntosh.

Als mensen zo stom of zo smakeloos waren om haar te vragen naar haar beproeving (en ze had ontdekt dat ze heel wat meer stompzinnige, smakeloze mensen kende dan ze ooit zou hebben geraden), vertelde ze hun dat ze zich niet veel kon herinneren van wat er was gebeurd. Na de eerste twee of drie politieverhoren begon ze de smerissen en alle collega's van Gerald, op een na, hetzelfde te vertellen. De enige uitzondering was Brandon Milheron geweest. Aan hem had ze de waarheid verteld, deels omdat ze zijn hulp nodig had, maar voornamelijk omdat Brandon de enige was geweest die ook maar iets van begrip had getoond voor wat zij had doorgemaakt... en nog steeds doormaakte. Hij had haar tijd niet verspild met medelijden, en wat was dat een opluchting geweest. Jessie had ook ontdekt dat medelijden makkelijk in het kielzog van tragedie werd meegenomen en dat al het medelijden van de hele wereld nog geen scheet waard was.

Hoe dan ook, de smerissen en de journalisten hadden haar geheugenverlies – en de rest van haar verhaal – zonder meer geaccepteerd, dat was het belangrijkste, en waarom zouden ze ook niet? Mensen die ernstige fysieke en mentale trauma's opliepen, werkten vaak de herinneringen aan wat er was gebeurd weg. De politie wist dat zelfs beter dan de advocaten, en Jessie wist het beter dan zij allemaal. Sinds vorige oktober had ze heel veel opgestoken over fysieke en mentale trauma's. De boeken en artikelen hadden haar geholpen plausibele redenen te vinden om niet te praten waar ze niet over wilde praten, maar verder hadden ze weinig geholpen. Of misschien was ze gewoon nog niet de juiste ziektegeschiedenissen tegengekomen – die welke gingen over geboeide vrouwen die gedwongen waren toe te kijken hoe hun echtgenoten in Purina Hondevoer veranderden.

Tot Jessies verbazing lachte ze weer – nu een goede harde lach. Was *dat* leuk? Kennelijk wel, maar dit was ook een van die grappige dingen die je nooit aan iemand anders zou kunnen vertellen. Net zoals hoe je paps ooit eens zo opgewonden raakte door een zonsverduistering dat hij zijn kwak over de hele achterkant van je onderboek stortte, bijvoorbeeld. Of hoe – dit is een *echte* bah – je echt dacht dat een beetje sperma op je slipje je zwanger kon maken.

In ieder geval, de meeste ziektegeschiedenissen suggereerden dat de menselijke geest vaak op extreme trauma's reageerde zoals een pijlinktvis op gevaar – door het hele landschap te verduisteren in een wolk inkt. Je wist dat er *iets* was gebeurd en dat het geen dagje uit was geweest, maar dat was alles. Al het andere was verdwenen, verborgen door die verduisterende inkt. Een heleboel van die mensen met een ziektegeschiedenis zeiden dat – mensen die verkracht waren, mensen die in auto-ongelukken hadden gezeten, mensen die in branden hadden gezeten en in kasten waren gekropen om te sterven, zelfs een dame die aan vrije val deed, van wie de parachute niet was opengegaan en die ze hadden teruggevonden – heel ernstig gewond maar wonderlijk genoeg levend – in het grote zachte moeras waarin ze was neergekomen.

Hoe was dat naar beneden komen? hadden ze de vrije-val dame gevraagd. *Waar dacht u aan toen u besefte dat uw parachute niet openging, niet open zou gaan?* En de vrije-val dame had geantwoord, *Ik kan het me niet herinneren. Ik herinner me de starter die me op mijn rug klopte en ik denk dat ik me nog herinner hoe ik naar buiten sprong, maar het volgende dat ik me herinner is dat ik op een brancard lig en een van de mannen die me achter in de ambulance schuift, vraag hoe erg ik gewond ben. Alles ertussenin is gewoon een waas. Ik neem aan dat ik bad, maar zelfs dat kan ik me niet meer met zekerheid herinneren.*

Of misschien herinnerde je je echt alles, mijn vrije-val vriendin, dacht Jessie, *en loog je erover, net als ik. Misschien zelfs om dezelfde redenen. Voor zover ik weet, waren al die mensen uit al die verrekte ziektegeschiedenissen in al die verrekte boeken die ik heb gelezen, aan het liegen.*

Kan zijn. Of ze het wel of niet deden, het feit bleef dat zij zich wel alle uren herinnerde dat ze geboeid op het bed had gelegen – vanaf de klik van de sleutel in het tweede slot helemaal tot aan dat laatste verstarrende moment dat ze in de achteruitkijkspiegel had gekeken en had gezien dat het wezen uit het huis het wezen op de achterbank was geworden. Ze herinnerde het zich allemaal. Die momenten herinnerde ze zich overdag, en ze beleefde ze weer 's nachts in verschrikkelijke dromen waarin het waterglas op het hellende vlak van de plank voorbij gleed en kapot viel op de vloer, waar de zwerfhond het koude buffet op de vloer voorbij liep ten gunste van het warme buffet op het bed, waar de afschuwelijke nachtbezoeker in de hoek vroeg *hou je van me, Hartje* met de stem van haar vader en maden als zaad uit de eikel van zijn opgerichte penis naar buiten kropen.

Maar het *herinneren* van iets en *herbeleven* van iets, schonk niet de verplichting dat iets te *vertellen*, zelfs niet als de herinneringen je deden zweten en de nachtmerries je deden gillen. Sinds oktober was ze tien pond kwijtgeraakt (nou, daarmee deed ze de waarheid wat geweld aan, om eerlijk te zijn was het eerder zoiets als zeventien pond), ze was weer gaan roken (anderhalf pakje per dag, plus een joint ter grootte van een Davidov voordat ze ging slapen), haar teint was naar de bliksem en helemaal ineens was al het haar op haar hoofd grijs geworden, en niet alleen bij de slapen. Aan dat laatste viel iets te doen – had ze dat al niet vijf jaar of meer gedaan? – maar tot dusver was het haar niet gelukt om voldoende energie bij elkaar te rapen om Oh Pretty Woman in Westbrook te bellen en een afspraak te maken. Bovendien, voor wie moest ze er goed uitzien? Was ze misschien van plan om een paar vrijgezellenbars te bezoeken, en het plaatselijke talent uit te proberen?

Goed idee, dacht ze. *De een of andere gast zal vragen of ik iets van hem wil drinken, ik zeg ja en dan, terwijl we wachten tot de barkeeper het brengt, zal ik hem vertellen – gewoon achteloos – dat ik steeds maar die droom krijg waarin mijn vader maden ejaculeert in plaats van zaad. Ik weet zeker dat hij me, met zo'n interessant gespreksonderwerp, meteen meevraagt naar zijn appartement. Hij zal niet eens een artsenverklaring willen zien waarin staat dat ik* HIV*-negatief ben.*

Midden november, nadat ze was gaan geloven dat de politie haar werkelijk met rust zou laten en het seksgedeelte van het verhaal uit de kranten zou blijven (ze was dit heel langzaam gaan geloven, omdat de publiciteit datgene was, wat ze het meest had gevreesd), besloot ze weer in therapie te gaan bij Nora Callighan. Misschien wilde ze dit broedsel niet binnenin laten rotten, terwijl het nog dertig of veertig jaar zijn giftige gassen uitwalmde. Zou haar leven misschien heel anders zijn verlopen als het haar toen was gelukt Nora te vertellen wat er was gebeurd op de dag van

de zonsverduistering? En wat dat aangaat, zou het veel verschil hebben uitgemaakt als dat meisje niet de keuken was binnengekomen toen ze die avond daar in de pastorie van Neuworth was? Misschien geen... maar misschien veel.
Misschien afschuwelijk veel.
Dus ze draaide New Today, New Tomorrow, het collectief van geestelijke raadslieden waar Nora mee gelieerd was geweest, en was tot zwijgen toe geschokt toen de receptioniste haar vertelde dat Nora het jaar ervoor aan leukemie was gestorven – de een of andere vreemde, slinkse variant die zich met succes verborgen had gehouden in de achterafstraten van haar lymfatische systeem tot het te laat was er nog ene verrekte moer aan te doen. Zou Jessie misschien een afspraak willen maken met Laurel Stevenson? vroeg de receptioniste, maar Jessie herinnerde zich Laurel – een lange, donkerharige, donkerogige schoonheid die hoge hakken droeg met hielbandjes en die eruitzag alsof ze seks pas ten volste zou genieten als zij bovenop lag. Ze zei tegen de receptioniste dat ze er nog eens over na wilde denken. En dat was dat geweest wat betreft de raadsvrouwe.
In de drie maanden nadat Jessie van Nora's dood hoorde, had ze goede dagen gehad (wanneer ze alleen maar bang was) en slechte dagen (dat ze te doodsbang was om zelfs maar deze kamer te verlaten, laat staan het huis), maar alleen Brandon Milheron had iets gehoord wat in de buurt kwam van het volledige verhaal van Jessie Mahouts moeilijke tijd bij het meer... en Brandon had de krankzinnigere aspecten van dat verhaal niet geloofd. Had meegevoeld, ja, maar niet geloofd. In ieder geval niet in het begin.
'Geen paarlen oorbel,' meldde hij de dag nadat ze hem voor het eerst had verteld over de vreemdeling met het lange, witte gezicht. 'En ook geen modderige voetafdruk. Tenminste niet in de geschreven rapporten.'
Jessie haalde haar schouders op en zei niets. Ze had dingen *kunnen* zeggen, maar het leek haar veiliger van niet. Ze had heel erg een vriend nodig gehad in de weken die volgden op haar ontsnapping uit het zomerhuis en Brandon had op een bewonderenswaardige manier aan alle eisen voldaan. Ze wilde geen afstand met hem creëren of hem helemaal wegjagen met een heleboel krankzinnige praat. Dus ze vertelde hem geen dingen waarvoor hij slim genoeg was ze zelf te bedenken: dat de paarlen oorbel in iemands zak kon zijn verdwenen en een enkele modderige voetafdruk bij de ladenkast over het hoofd kon zijn gezien. De slaapkamer was, hoe dan ook, behandeld als de plaats van een ongeluk, niet van een misdaad.
En er was ook nog iets anders, iets simpels en directs: misschien had

Brandon gelijk. Misschien was haar bezoeker toch een schimmetje maanlicht geweest.

Beetje bij beetje was het haar gelukt zichzelf ervan te overtuigen, tenminste tijdens haar wakkere uren, dat dit de waarheid was. Haar space cowboy was een soort van Rorschach-vlek geweest, maar dan niet van inkt op papier, maar van door de wind voortgedreven schaduwen op haar verbeelding. Maar ze nam zich dit alles niet kwalijk, juist het tegenovergestelde. Zonder haar verbeelding zou ze nooit hebben gezien hoe ze het waterglas zou kunnen pakken... en zelfs al *had* ze het wel te pakken gekregen, dan zou ze er nooit aan hebben gedacht een antwoordkaart van een tijdschrift als rietje te gebruiken. Nee, haar verbeelding had het meer dan verdiend wat hallucinatoire kuren te hebben, dacht ze, maar voor haar bleef het belangrijk te blijven denken dat ze die nacht alleen was geweest. Als herstel ergens begon, geloofde ze toen, begon het met het vermogen om realiteit en fantasie van elkaar te scheiden. Ze had er met Brandon over gepraat. Hij had geglimlacht, haar omhelsd, haar slaap gekust en haar verteld dat het met haar op alle fronten al beter ging.

Toen viel afgelopen vrijdag haar oog toevallig op het hoofdartikel van het Regionale Nieuws van de *Press-Herald*. Alles wat ze tot dan had aangenomen, begon te veranderen, en bleef veranderen naarmate het verhaal van Raymond Andrew Joubert aan zijn gestage opmars begon van bladvulling tussen de Gemeenschapskalender en het Drumkorps van de Politie naar koppen over de hele voorpagina. Dan gisteren... zeven dagen nadat Jouberts naam voor het eerst op de pagina van het regionale nieuws was verschenen...

Er klonk een klop op de deur, en Jessies eerste gevoel, zoals altijd, was instinctief ineenkrimpen van angst. Het was bijna alweer verdwenen voor ze het besefte. Bijna... maar niet helemaal.

'Meggie? Ben jij dat?'

'Niemand anders, mevrouw.'

'Kom binnen.'

Meggie Landis, de huishoudster die Jessie in december had aangenomen (dat was toen haar eerste vette verzekeringscheque per aangetekende post was aangekomen), kwam binnen met een glas melk op een dienblad. Een kleine pil, grijs en roze, lag naast het glas. Toen Jessie het glas zag, begon haar rechterpols waanzinnig te jeuken. Dit gebeurde niet altijd, maar het was ook niet bepaald een onbekende reactie. De trekkingen en dat vreemde mijn-huid-kruipt-recht-van-mijn-botten-af gevoel waren tenminste voor het grootste deel gestopt. Een tijdlang, dat was voor Kerstmis, had Jessie echt geloofd dat ze de rest van haar leven alleen nog maar uit een plastic bekertje zou drinken.

'Hoe is je poot vandaag?' vroeg Meggie alsof ze door de een of andere soort zintuigelijke telepathie Jessies jeuk had opgevangen. Ook vond Jessie dit geen belachelijk idee. Soms vond ze Meggies vragen – en de intuïtie waar die uit voortkwamen – een beetje eng, maar nooit belachelijk.

De hand in kwestie lag in de zonnestraal die haar had weggerukt van wat ze op de MacIntosh aan het schrijven was. Hij stak in een zwarte handschoen die was gevoerd met niet-knellend, ultra-modern polymeer. Jessie nam aan dat de brandwondenhandschoen – want dat was het – was geperfectioneerd in de een of andere smerige oorlog. Niet dat ze ooit om die reden zou hebben geweigerd hem te dragen en niet dat ze niet dankbaar was. Ze was echt heel erg dankbaar. Na een derde huidtransplantatie leerde je wel dat een houding van dankbaarheid een van de weinige, betrouwbare barrières tegen krankzinnigheid was in het leven.

'Gaat wel, Meggie.'

Meggies linker wenkbrauw ging omhoog en stopte net onder een ik-geloof-je-niet hoogte. 'Ja? Als je de volle drie uren die je hier zit op het toetsenbord bezig bent geweest, wed ik dat hij het Ave Maria aan het zingen is.'

'Ben ik hier werkelijk al...?' Ze blikte op haar horloge en zag dat het zo was. Ze keek naar de kopij-informatie bovenaan het VDT-scherm en zag dat ze bezig was met pagina vijf van het document, dat ze net na het ontbijt was begonnen. Het was nu bijna lunchtijd, en het meest verrassende was dat ze niet al te ver van de waarheid was afgeweken zoals Meggies opgetrokken wenkbrauw suggereerde: het ging echt niet zo slecht met haar hand. Als het moest zou ze nog een uur hebben kunnen wachten met de pil.

Toch nam ze hem in en spoelde hem weg met de melk. Bij de laatste slok dwaalden haar ogen terug naar de VDT en lazen de woorden op het scherm.

Niemand vond me die nacht; ik werd de volgende ochtend uit mezelf wakker toen de zon opkwam. De motor was uiteindelijk afgeslagen, maar het was nog warm in de auto. Ik hoorde vogels zingen in het bos en door de bomen kon ik het meer zien liggen, vlak als een spiegel, met kleine slierten nevel die ervan opstegen. Het zag er erg prachtig uit, en tegelijkertijd haatte ik de aanblik ervan, zoals ik sinds die tijd de gedachte eraan alleen al heb gehad. Kun je dat begrijpen, Ruth? Ik mag doodvallen als *ik* het begrijp.

Mijn hand deed pijn als de klere – de aspirines waren al lang uitgewerkt – maar ondanks de pijn had ik het meest ongelooflijke gevoel

van rust en welbehagen. Maar er knaagde iets aan me. Iets wat ik vergeten was. Eerst kon ik het me niet herinneren wat het was. Ik denk dat mijn hersenen niet *wilden* dat ik het me herinnerde. Toen, plotseling, wist ik het weer. Hij had op de achterbank gezeten en was naar voren geleund om de namen van al mijn stemmen in mijn oor te fluisteren.
Ik keek in de spiegel en zag dat de achterbank leeg was. Dat kalmeerde mijn geest een beetje, maar toen ik

Daar hielden de woorden op, en de kleine cursor flikkerde net achter het eind van de laatste onafgemaakte zin. Hij scheen haar te smeken, te dwingen door te gaan, en plotseling herinnerde Jessie zich een gedicht uit een prachtig boekje van Kenneth Patchen. Het boekje heette *But Even So*, en het gedicht ging ongeveer als volgt: 'Als we je pijn wilden doen, schat/Zouden we dan op je wachten/Hier in het diepste/Donkerste deel van het woud?'
Goeie vraag, dacht Jessie en liet haar ogen van het VDT-scherm naar het gezicht van Meggie Landis dwalen. Jessie mocht de energieke Ierse, mocht haar erg graag – verrek, had veel aan haar te *danken* – maar als ze de kleine huishoudster had betrapt dat ze naar de woorden op het scherm van de MacIntosh keek, zou Meggie, met haar laatste loon in haar zak, verdwijnen over Forest Avenue, voor je kon zeggen *Beste Ruth. Ik neem aan dat je na al die jaren verrast bent van me te horen.*
Maar Megan keek niet naar het scherm van de pc, ze keek naar het verre uitzicht over Eastern Prom en Casco Bay erachter. De zon scheen nog steeds en de sneeuw viel nog steeds, hoewel hij nu duidelijk naar beneden cirkelde.
'De duivel slaat zijn wijf,' merkte Meggie op.
'Pardon?' zei Jessie glimlachend.
'Dat zei mijn moeder altijd als de zon ging schijnen voordat het ophield met sneeuwen.' Meggie leek een beetje in verlegenheid gebracht toen ze haar hand uitstak voor het lege glas. 'Ik zou niet kunnen zeggen wat het betekent.'
Jessie knikte. De verlegenheid op het gezicht van Meggie Landis had zich veranderd in iets anders – en voor Jessie leek het onbehagen. Een ogenblik had ze geen idee wat Meggie zo deed kijken, en toen begreep ze het – het was zo voor de hand liggend, dat je er gemakkelijk overheen keek. Het was de glimlach. Meggie was niet gewend Jessie te zien glimlachen. Jessie wilde haar geruststellen, dat het niets ernstigs was, dat de glimlach niet betekende dat ze van haar stoel zou opspringen en zou proberen Meggie naar de strot te vliegen.
In plaats daarvan zei ze tegen haar: 'Mijn eigen moeder zei altijd, "De

zon schijnt niet elke dag op de reet van dezelfde hond." Ik heb ook nooit geweten wat dat betekende.'

Nu keek de huishoudster wel in de richting van de MacIntosh, maar uitsluitend met een blik van: *Tijd om je speelgoed weg te leggen, mevrouw.* 'Die pil maakt je slaperig als je er niet wat eten overheen gooit. Ik heb een sandwich voor je klaargemaakt en er staat soep warm te worden op het fornuis.'

Soep en sandwich – kindereten, de lunch die ze kreeg als ze een hele ochtend had gesleed omdat de school dicht was door een felle noordooster, eten dat je at terwijl de kou nog steeds de wangen rood kleurde als vreugdevuren. Het klonk absoluut fantastisch, maar...

'Ik pas, Meg.'

Meggies voorhoofd rimpelde en de hoeken van haar mond trokken naar beneden. Dit was een uitdrukking die Jessie in de eerste dagen van Meggies aanstelling vaak had gezien, toen ze soms het gevoel had gehad dat ze een extra pijnstiller zo erg nodig had dat ze had gehuild. Maar Megan was nooit overstag gegaan voor haar tranen. Jessie nam aan dat dat de reden was dat ze de kleine Ierse had aangenomen – vanaf het eerste moment had ze geraden dat Meggie geen toegeeflijk type was. Ze was eigenlijk een keiharde, als het moest... maar deze keer zou Meggie niet haar zin krijgen.

'Je moet eten, Jess. Je bent niet veel meer dan een vogelverschrikker.' En nu was het de overbeladen asbak die de zure zweepslag van haar blik te verduren kreeg. 'En je moet met *die* rotzooi ook ophouden.'

Ik zal ervoor zorgen dat je ermee ophoudt, trotse schoonheid van me, zei Gerald in haar geest en Jessie huiverde.

'Jessie? Ben je in orde? Tocht het hier?'

'Nee. Er piest een hondje op mijn graf, da's alles.' Ze glimlachte zwakjes. 'We zijn een mooi stelletje met die oude gezegdes vandaag, hè?'

'Je bent keer op keer gewaarschuwd niet te hard van stapel...'

Jessie stak haar zwart gehandschoende rechterhand uit en raakte aarzelend Meggies linkerhand aan. 'Mijn hand wordt echt steeds beter, hè?'

'Ja. Als je hem op die machine kon gebruiken voor maar een deel van de drie uur of meer zonder om die pil te gillen, op het moment dat ik hier mijn gezicht binnen liet zien, dan geloof ik dat je zelfs sneller beter wordt dan dokter Magliore verwachtte. Maar toch...'

'Maar toch wordt hij beter en dat is goed... niet?'

'Natuurlijk is het goed.' De huishoudster keek naar Jessie alsof ze kwaad was.

'Nou, nu probeer ik de rest van mezelf beter te krijgen. Stap één is het schrijven van een brief aan een oude vriendin van me. Ik heb mezelf – afgelopen oktober, tijdens mijn moeilijke periode – de belofte gedaan

dat te doen zodra ik uit de rotzooi was waar ik in zat. Maar ik bleef het maar uitstellen. Nu ben ik het eindelijk aan het proberen en ik durf niet te stoppen. Misschien verlies ik mijn moed als ik het doe.'
'Maar de pil...'
'Ik denk dat ik net voldoende tijd heb dit af te maken en de uitdraai in een envelop te doen, voordat ik te slaperig word om te werken. Dan kan ik een lange tuk doen en als ik wakker word, eet ik mijn avondeten wat eerder.' Ze raakte Meggies linkerhand weer aan met haar rechter, een gebaar van geruststelling dat zowel onhandig als tamelijk lief was. 'Een heel bord vol.'
Meggies frons bleef. 'Het is niet goed om maaltijden over te slaan, Jessie, en dat weet je.'
Heel vriendelijk zei Jessie: 'Sommige dingen zijn belangrijker dan maaltijden. Dat weet jij toch net zo goed als ik?'
Meggie keek weer even naar de VDT, zuchtte toen en knikte. Toen ze sprak, was het op de toon van een vrouw die haar hoofd buigt voor het een of ander traditionele standpunt waar ze zelf niet echt in gelooft. 'Ik denk het. En zelfs al doe ik het niet, jij bent de baas.'
Jessie knikte, terwijl ze voor het eerst besefte dat dit nu echter was dan het leugentje dat ze met hun tweeën alleen maar voor het gemak in stand hielden. 'Wat dat aangaat wel, denk ik.'
Meggies wenkbrauw was weer tot halfmast geklommen. 'Als ik de sandwich nu eens hier bracht en hem achterliet op de hoek van je bureau?'
Jessie grinnikte. 'Verkocht.'
Deze keer beantwoordde Meggie de glimlach. Toen ze drie minuten later de sandwich kwam brengen, zat Jessie weer voor het oplichtende scherm, haar huid door de reflectie een onnatuurlijke kleur stripboekgroen, verzonken in wat dan ook dat ze langzaam aan het toetsenbord ontlokte. De kleine Ierse huishoudster deed geen poging stil te zijn – zij was het soort vrouw dat waarschijnlijk ook niet in staat zou zijn op haar tenen te lopen als haar leven ervan afhing – maar toch hoorde Jessie haar niet komen of gaan. Ze had een stapel kranteknipsels uit de bovenste la van haar bureau gehaald en hield op met typen om er doorheen te bladeren. De meeste met foto's, foto's van een man met een vreemd, smal gezicht dat bij de kin terugweek en uitbolde bij het voorhoofd. Zijn diepliggende ogen waren donker, rond en volstrekt uitdrukkingsloos; ogen die Jessie op hetzelfde moment deden denken aan Dondi, het weeskind uit het stripverhaal en Charles Manson. Vlezige lippen, dik als gesneden plakken fruit, staken naar voren onder een messcherpe neus.
Meggie bleef een ogenblik naast Jessies schouder staan, wachtend op een bedankje, uitte toen een zacht 'hmmpff!' en verliet de kamer. Zo'n drie kwartier later blikte Jessie naar links en zag de geroosterde kaasbo-

terham. Hij was nu koud, de kaas klonterig gestold, maar desondanks verslond ze hem in vijf snelle happen. Toen wendde ze zich weer tot de MacIntosh. De cursor begon weer vooruit te dansen, terwijl hij haar gestaag dieper het woud in leidde.

36

Dat stelde me wat gerust, maar toen dacht ik: 'Hij zou daar ineengedoken kunnen zitten zodat hij niet in de spiegel te zien is.' Dus het lukte me me om te draaien, hoewel ik nauwelijks kon geloven dat ik zo zwak was. Zelfs het geringste stootje gaf mijn hand het gevoel alsof iemand er met een gloeiendhete pook in aan het porren was. Natuurlijk zat daar niemand, en ik probeerde mezelf te vertellen dat hij, de laatste keer dat ik hem zag, echt alleen maar uit schaduwen had *bestaan*... schaduwen en mijn geest die overuren maakte.

Maar ik kon het niet echt geloven, Ruth – zelfs niet met de zon die opkwam, ik uit de handboeien, weg uit het huis en opgesloten in mijn eigen auto. Ik kreeg het idee dat hij, als hij niet op de achterbank zat, in de kofferbak zat, en was hij niet in de kofferbak, dan zat hij ineengedoken achter de auto. Met andere woorden, ik kreeg het idee dat hij nog steeds bij me was, en sindsdien is hij altijd bij me gebleven. Dat is wat ik je zo nodig moet laten begrijpen – jij of iemand anders – dat is wat ik echt nodig moet zeggen. *Hij is sinds die tijd bij me gebleven.* Zelfs toen mijn rationele geest besloot dat hij waarschijnlijk niets anders was geweest dan schaduwen en maanlicht *elke* keer dat ik hem had gezien, was hij nog bij me. Of misschien zou ik moeten zeggen, was *het* bij me. Als de zon op is, is mijn bezoeker 'de man met het witte gezicht', begrijp je, maar hij is 'het wezen met het witte gezicht' als de zon onder is. Hoe dan ook, hem of het, uiteindelijk lukte het mijn rationele geest hem op te geven, maar ik heb gemerkt dat dat bij lange na niet genoeg is. Omdat elke keer als er 's nachts in het huis een plank kraakt, weet ik dat het is teruggekomen, en elke keer dat een rare schaduw op de muur speelt, weet ik dat het is teruggekomen, elke keer dat ik een onbekende stap op het voetpad hoor naderbijkomen, weet ik dat het is teruggekomen – het is teruggekomen om zijn werk af te maken. Toen ik die ochtend in de Mercedes wakker werd, was het daar en het is bijna elke nacht hier in mijn huis op East Prom geweest, misschien zich verstoppend achter de gordijnen, of misschien staat het in de kast met zijn rieten mand tussen zijn voeten. Er bestaan geen magische staken om door het hart van echte monsters te drijven en, o, Ruth, het maakt me zo *moe*.

Jessie pauzeerde lang genoeg om de overvolle asbak leeg te gooien en een nieuwe sigaret op te steken. Ze deed dit langzaam en nauwgezet. Haar handen hadden een kleine maar waarneembare trilling gekregen en ze wilde zichzelf niet branden. Toen de sigaret brandde, nam ze een diepe haal, stalde hem in de asbak en keerde terug naar de MacIntosh.

Ik weet niet wat ik gedaan zou hebben als de accu van de auto leeg was – ik denk, dat ik daar was blijven zitten tot iemand langs kwam, zelfs als dat betekende dat ik daar de hele dag zou zitten – maar dat was niet zo, en de motor startte bij de eerste poging. Ik reed achteruit weg van de boom die ik had geraakt en het lukte me de auto weer met de neus op de weg te krijgen. Ik wilde steeds maar in de achteruitkijkspiegel kijken, maar ik was bang dat te doen. Ik was bang dat ik hem zou zien. Niet omdat hij daar was, begrijp je – ik wist dat hij er niet was – maar omdat mijn geest ervoor zou *zorgen*, dat ik hem zag.
Uiteindelijk, net toen ik Bay Lane bereikte, keek ik *wel*. Ik kon er niets aan doen. In de spiegel zag ik natuurlijk niets anders dan de achterbank, en dat maakte de rest van de reis wat gemakkelijker. Ik reed verder naar de 117 en vandaar verder naar Dakin's Country Store – het is een van die plekken waar de mensen uit de buurt rondhangen als ze te blut zijn om naar Rangeley te gaan of naar een van de bars in Motton. Ze zitten meestal aan de bar, terwijl ze donuts eten en leugens uitwisselen over wat ze op zaterdagavond hebben gedaan. Ik parkeerde de auto achter de benzinepompen en bleef daar vijf minuten of zo zitten, terwijl ik keek naar de houthakkers en de toezichthouders en de mannen van het energiebedrijf die naar binnen gingen en weer naar buiten kwamen. Ik kon niet geloven dat ze echt waren – vind je dat geen giller? Ik bleef maar denken dat ze geesten waren, dat mijn ogen zich behoorlijk gauw aan het daglicht zouden aanpassen en dat ik dan dwars door ze heen zou kunnen kijken. Ik had weer dorst en elke keer dat er iemand naar buiten kwam met een van die piepschuimen bekertjes koffie, kreeg ik meer dorst, maar nog steeds kon ik mezelf er niet helemaal toe brengen uit de wagen te stappen... om me onder de geesten te mengen, zou je kunnen zeggen.
Ik neem aan dat ik het op een goed moment wel gedaan zou hebben, maar voordat ik voldoende moed bij elkaar had kunnen rapen meer te doen dan alleen maar het slot omhoog te trekken, parkeerde Jimmy

Eggart naast me. Jimmy is een gepensioneerde accountant uit Boston die sinds het overlijden van zijn vrouw in 1987 of '88, het hele jaar aan het meer woont. Hij stapte uit zijn Bronco, keek naar me, herkende me en begon te glimlachen. Toen veranderde de uitdrukking in zijn gezicht, eerst in een van bezorgdheid en toen in een van afschuw. Hij kwam naar de Mercedes toe en bukte zich om door het raampje te kijken, en hij was zo verrast dat alle rimpels uit zijn gezicht verdwenen. Wat deed de verrassing Jimmy Eggard er jong uitzien.

Ik zag zijn mond de woorden 'Jessie, gaat het wel met je?' vormen. Ik wilde het portier opendoen, maar ineens durfde ik het niet meer. Ik kreeg die krankzinnige gedachte. Dat het wezen, dat ik de space cowboy was gaan noemen, ook in Jimmy's huis was geweest, alleen had Jimmy niet zoveel geluk gehad als ik. Het had hem gedood en zijn gezicht eraf gesneden, en toen opgezet als een Halloween-masker. Ik *wist* dat het een krankzinnige gedachte was, maar dat hielp niet veel, omdat ik die gedachte niet kon stoppen. En ik kon me er zelfs ook niet toe brengen dat rotportier open te maken.

Ik weet niet hoe slecht ik er die ochtend uitzag en ik *wil* het niet weten, maar het moet slecht zijn geweest. Want al gauw zag Jimmy Eggart er niet meer verrast uit. Hij keek angstig, alsof hij weg wilde vluchten, en misselijk, alsof hij wilde kotsen. Hij deed geen van beide, God zegene hem. Wat hij wel deed, was het portier openmaken en me vragen wat er gebeurd was, of het een ongeluk was geweest of dat iemand me kwaad had gedaan.

Ik hoefde maar even naar beneden te kijken, om te weten wat bij hem op de zoemer had gedrukt. Ergens onderweg moest de wond in mijn pols weer open zijn gegaan, want het maandverband dat ik eromheen had geplakt was helemaal doorweekt. Ook de voorkant van mijn jurk was doorweekt, alsof ik de ergste ongesteldheid van de wereld had. Ik zat in bloed, er zat bloed op het stuur, bloed op de console, bloed op de versnellingspook... er zaten zelfs bloedspetters op de voorruit. Het meeste was opgedroogd in die vreselijke, kastanjebruine kleur die bloed dan krijgt – voor mij lijkt het op chocolademelk – maar iets ervan was nog steeds rood en nat. Tot je zoiets ziet, Ruth, heb je gewoon geen idee hoeveel bloed er werkelijk in een mens zit. Het is geen wonder dat Jimmy uit zijn bol ging.

Ik probeerde uit te stappen – ik denk dat ik hem wilde laten zien dat ik het uit eigen macht kon, en dat zou hem geruststellen – maar ik stootte met mijn rechterhand tegen het stuurwiel en alles werd wit en grijs. Ik ging niet helemaal onderuit, maar het leek alsof de laatste verbindingslijnen tussen mijn hoofd en lichaam waren doorgesneden. Ik voelde mezelf naar voren vallen en ik herinner me dat ik dacht dat ik mijn avonturen zou beëindigen met al mijn tanden uit mijn mond te knallen tegen het asfalt... en dat na afgelopen jaar een fortuin te hebben gespendeerd om de bovenste allemaal van jackets te voorzien. Jimmy ving me op... recht bij mijn tieten, om eerlijk te zijn. Ik hoorde hem naar de drugstore gillen – 'Hé! Hé! Ik heb hier hulp nodig' – met de hoge, gierende stem van een oude man waardoor ik het gevoel kreeg te moeten lachen... alleen was ik te moe om te lachen. Ik legde de zijkant van mijn hoofd tegen zijn hemd en haalde hijgend adem. Ik voelde mijn hart snel gaan, maar het scheen überhaupt nauwelijks te kloppen, alsof het niets had om *voor* te kloppen. Maar er begon wat licht en kleur terug te komen in de dag, en ik zag een stuk of zes mannen naar buiten komen om te zien wat er aan de hand was. Lonnie Dakin was een van hen. Hij was een muffin aan het eten en droeg een roze T-shirt waarop stond WE HEBBEN HIER GEEN ECHTE STADSDRONKAARD, WE DOEN HET GEWOON ALLEMAAL OM BEURTEN. Grappig wat je je allemaal herinnert als je denkt dat je op het punt staat dood te gaan, vind je niet? 'Wie heeft je dit aangedaan, Jessie?' vroeg Jimmy. Ik probeerde hem antwoord te geven, maar kon geen woorden uitbrengen. Wat waarschijnlijk eigenlijk wel zo goed is, als je weet wat ik probeerde te zeggen. 'Mijn vader' geloof ik.

Jessie drukte haar sigaret uit, keek toen neer op de bovenste krantefoto. Het smalle, monsterlijke gezicht van Raymond Andrew Joubert staarde bezeten terug... net zoals hij die eerste nacht vanuit de hoek van de slaapkamer naar haar had gestaard. Met die stille overpeinzing gingen bijna vijf minuten voorbij. Toen, met het air van iemand die net wakker is uit een korte doezeling, stak Jessie een nieuwe sigaret op en wendde zich weer tot haar brief. De kopij-informatie meldde nu dat zij met pagina zeven bezig was. Ze rekte zich uit, luisterde naar de minieme, krakende geluiden van haar ruggegraat, begon toen weer de toetsen te beroeren. De cursor hervatte zijn dans.

Twintig minuten later – twintig minuten waarin ik ontdekte hoe lief en bezorgd en komisch mallotig mannen kunnen zijn (Lonnie Dakin vroeg me of ik soms wat Midol wilde hebben) – lag ik in een ambulance van Rescue Service, en was ik op weg naar het Northern Cumberland Ziekenhuis, met zwaailichten en jammerende sirene. Een uur daarna lag ik in een opdraaibaar bed te kijken naar bloed dat uit een fles in mijn arm liep en te luisteren naar de een of andere country music-boerenlul die zong over hoe zwaar zijn leven was geworden sinds zijn vrouw hem had verlaten en zijn vrachtwagentje de geest gaf.
Dat is zo'n beetje het eind van Deel Een van mijn verhaal, Ruth – noem

het Kleine Nel op het IJs, of, Hoe Ik Ontsnapte aan de Handboeien en Mijn Weg Vond naar Veiligheid. Er zijn twee andere delen, die ik voor me zie: De Nasleep en De Pointe. Ik denk dat ik De Nasleep wat ga afraffelen, voor een deel omdat dat pas echt interessant is als je geïnteresseerd bent in plastische chirurgie en pijn, maar vooral omdat ik bij De Pointe wil zijn, voordat ik te moe word en te maf van de computer om het zo te vertellen als ik het moet vertellen. En nu ik eraan denk, zoals jij het verdient te horen. Ik kom er net op, maar het is rete waar, zoals we altijd zeiden. Per slot van rekening zou ik je zonder De Pointe waarschijnlijk helemaal niet geschreven hebben.

Voor ik er aan toe kom, moet ik je iets meer over Brandon Milheron vertellen, die voor mij werkelijk de optelsom is van mijn Nasleep-periode. Brandon verscheen in de beginperiode van mijn herstel, de echt lelijke periode, en hij adopteerde me min of meer. Ik zou hem graag een lieve man noemen, want in een van de meest helse tijden van mijn leven was hij er voor me, maar lief is niet echt wat Brandon is – dingen doorzien, dat is Brandon, en alle gezichtslijnen vrijhouden, en ervoor zorgen dat alle goede zaken op een rijtje komen. En dat is ook niet juist – hij is meer dan dat en hij is beter dan dat – maar de tijd loopt door en dit moet voldoende zijn. Dit volstaat voor de man wiens taak het was de belangen te behartigen van een conservatief advocatenbureau tijdens de nasleep van een potentieel linke situatie waar een van de oudere partners bij betrokken was. Brandon heeft een heleboel handje vastgehouden en een heleboel opgebeurd. En ook gaf hij me nooit op mijn flikker als ik weer eens op de revers van zijn chique driedelige pakken huilde. Als dat alles was, zou ik waarschijnlijk niet over hem doorgaan, maar er is ook nog iets anders. Iets wat hij pas gisteren voor me deed. Heb vertrouwen, meid – we komen er wel.

In de laatste veertien maanden van Geralds leven, werkten Brandon en Gerald veel samen – een rechtszaak waarbij een van de grootste supermarktketens hier betrokken was. Ze wonnen zo'n beetje alles wat ze moesten winnen en, wat belangrijker is voor ondergetekende, zij kregen een heel goed rapport. Ik heb het idee dat als de oude zakken die de firma leiden ertoe komen Geralds naam van het briefhoofd te halen, Brandon zijn plaats in zal nemen. Intussen was hij de perfecte persoon voor deze opdracht, die Brandon zelf tijdens zijn eerste onderhoud met mij in het ziekenhuis beschreef als schadebeheersing.

Hij heeft een soort van liefheid over zich – ja, echt – en vanaf het begin was hij eerlijk tegen me, maar natuurlijk had hij vanaf het begin ook zijn eigen lijst van prioriteiten. Geloof me als ik je zeg dat ik wat *dat* betreft mijn ogen wijd open heb, schat. Ik ben immers twee decennia getrouwd geweest met een advocaat en ik weet hoe heftig zij de verschillende aspecten van hun levens en persoonlijkheden in vakjes verdelen. Dat staat ze toe te overleven zonder al te veel breakdowns, neem ik aan, maar het is ook iets wat velen van hen zo uiterst walgelijk maakt.

Brandon was nooit walgelijk, maar hij was een man met een opdracht: hou een deksel op elke slechte publiciteit die aan de firma geplakt kon worden. Dat betekende, hou een deksel op elke slechte publiciteit over of Gerald of mij natuurlijk. Dit is het soort werk waarbij de persoon die het op zich neemt volledig naar de klote kan gaan door stomme pech, maar Brandon zag het toch als een uitdaging... en om hem nog meer krediet te geven, hij heeft nooit geprobeerd me ook maar een keer te vertellen dat hij de baan had aangenomen uit respect voor en herinnering aan Gerald. Hij nam hem aan omdat het een, wat Gerald zelf altijd noemde, carrière-bereider was – het soort werk dat, als het goed blijkt te gaan, een kortere route kan openen naar het volgende echelon. Het blijkt goed te gaan voor Brandon en daar ben ik blij om. Hij behandelde me met heel veel vriendelijkheid en meegevoel, wat al reden genoeg is om blij voor hem te zijn, denk ik, maar er zijn ook nog twee andere redenen. Hij werd nooit hysterisch als ik hem vertelde dat iemand van de pers had gebeld of was langsgekomen, en hij deed nooit alsof ik gewoon maar een klus was – alleen maar dat en niets meer. Wil je weten wat ik echt denk, Ruth? Hoewel ik zeven jaar ouder ben dan de man over wie ik je vertel en ik me nog steeds opgevouwen, gekramd en verminkt voel, denk ik, dat Brandon Milheron misschien een beetje verliefd op me is geworden... of op de heldhaftige Kleine Nellie die hij voor zijn geestesoog ziet als hij naar me kijkt. Ik denk niet dat het voor hem met seks heeft te maken (nog niet, in ieder geval; met mijn achtenveertigeneenhalve kilo zie ik er nog steeds ongeveer uit als een geplukte kip in de vitrine van een slager), en dat is prima wat mij betreft. Als ik nooit meer met een andere man naar bed ga, zal ik absoluut verrukt zijn. Toch, ik zou liegen als ik zei dat ik die bepaalde blik in zijn ogen niet leuk zou vinden, die blik die zegt dat ik nu deel uitmaak van zijn lijst prioriteiten – ik, Jessie Angela Mahout Burlingame, dit in tegenstelling tot die levenloze klomp die zijn bazen waarschijnlijk alleen maar zien als Die Ongelukkige Burlingame Zaak. Ik weet niet of ik op Brandons lijst boven de firma sta, of eronder of er direct naast, en het kan me niet schelen. Het is voldoende om te weten dat ik er *op* sta en dat ik iets meer ben dan een

Hier pauzeerde Jessie, tikte met haar linker wijsvinger tegen haar tand en dacht diep na. Ze nam een forse trek van haar huidige sigaret en ging verder.

dan een menslievend neveneffect.

Brandon was met zijn kleine bandrecorder altijd bij me bij alle politieverhoren. Beleefd, maar niet aflatend, benadrukte hij aan iedereen die aanwezig was bij elk onderhoud – inclusief stenografen en verplegend personeel – dat iedereen die algemeen aanvaarde sensationele details naar buiten liet lekken, met alle smerige repressailles te maken zou krijgen die een groot advocatenkantoor in New England met een uitzonderlijk uithoudingsvermogen maar kon bedenken. Brandon moet op hen net zo overtuigend zijn overgekomen als hij op mij deed, want niemand die wat wist heeft ooit tegen de pers gepraat.

De ergste verhoren kwamen tijdens de drie dagen die ik doorbracht in 'bewaakte condities' van het Northern Cumberland – voornamelijk bloed innemend, water en electrolyten door plastic slangetjes. De politierapporten die voortkwamen uit die sessies waren zo vreemd dat zij pas geloofwaardig werden toen ze in de kranten verschenen, zoals die vreemde man-bijt-hond verhalen die ze van tijd tot tijd hebben. Alleen was dit echt een hond-bijt-man verhaal... en in deze versie, ook een vrouw. Wil je horen wat er in de officiële boeken komt? Oké, hier is het: We besloten de dag door te brengen in ons zomerhuis in westelijk Maine. Na een seksueel intermezzo dat uit twee delen worstelen en een deel seks bestond, gingen we samen douchen. Gerald stapte onder de douche vandaan, terwijl ik mijn haar waste. Hij klaagde over ingewandspijnen, waarschijnlijk kwam het door dat enorme stuk stokbrood dat we op de heenweg van Portland hebben gegeten en hij vroeg of er nog Rolaids of Tums in huis waren. Ik zei dat ik het niet wist, maar dat ze, als ze er waren, op de ladenkast moesten liggen of op de plank boven het bed. Een minuut of drie, vier later, terwijl ik mijn haar spoelde, hoorde ik Gerald gillen. De gil gaf kennelijk het begin aan van een zware hartaanval. Hij werd gevolgd door een zware dreun – het geluid van een lichaam dat de vloer raakt. Ik sprong onder de douche vandaan, en toen ik de slaapkamer kwam binnengerend, gleed ik uit. Bij het onderuitgaan, raakte ik met mijn hoofd de zijkant van de ladenkast en ik ging knock out.

Volgens deze versie, die was opgesteld door meneer Milheron en mevrouw Burlingame – en enthousiast bekrachtigd door de politie, mag ik er wel aan toevoegen – kwam ik een paar keer weer half bij bewustzijn, maar elke keer dat het gebeurde, zakte ik weer weg. Toen ik de laatste keer bijkwam, had de hond genoeg gekregen van Gerald en was in mij aan het happen. Ik kroop op het bed (volgens ons verhaal troffen Gerald en ik het daar aan – waarschijnlijk was het verschoven door de mannen die binnen waren geweest om de vloer in de was te zetten – en we waren toen zo geil als boter dat we niet de moeite namen het terug te schuiven naar zijn eigenlijke plek) en verjoeg de hond door Geralds waterglas en de asbak van de studentenvereniging naar hem toe te gooien. Toen raakte ik weer bewusteloos en bracht de volgende paar uur bewusteloos en bloedend op het bed door. Later werd ik weer wakker, ging naar de auto en reed uiteindelijk naar huis... na een laatste korte periode van bewusteloosheid. Dat was toen ik tegen de boom naast de weg reed.

Ik heb maar een keer gevraagd hoe Brandon de politie zo gek kreeg om mee te gaan in dit onzinverhaal. Hij zei: 'Nu is het een onderzoek van de staatspolitie, Jessie, en wij – waarmee ik de firma bedoel – hebben een heleboel vrienden bij de staatspolitie. Ik roep elke gunst in die ik nodig heb, maar om eerlijk te zijn hoefde ik er niet zoveel in te roepen. Smerissen zijn ook mensen, weet je. Die gasten hadden een behoorlijk goed idee wat er werkelijk was gebeurd toen ze de boeien aan de bedstijlen zagen hangen. Geloof me, het is niet de eerste keer dat zij handboeien zien nadat iemand zijn kaarsje heeft uitgeblazen. En er was geen enkele smeris – staats of lokaal die jou en je echtgenoot graag tot een soort van smerige grap wilden zien verworden voor iets wat echt niets anders was dan een grotesk ongeval.'

In het begin zei ik niets, zelfs tegen Brandon niet, over de man die ik dacht gezien te hebben, of de voetafdruk of de paarlen oorbel, of iets anders. Ik wachtte, weet je – zoekend naar strohalmen, neem ik aan.

Jessie keek naar dat laatste, schudde haar hoofd en begon weer te typen.

Nee, dat is gelul. Ik zat te wachten tot de een of andere smeris binnenkwam, me een kleine bewijszak gaf en me vroeg de ringen die erin zaten te identificeren. 'We zijn er behoorlijk zeker van dat die van u zijn,' zou hij zeggen, omdat de initialen van u en van uw man erin staan gegraveerd, en ook omdat we ze vonden op de vloer van de werkkamer van uw echtgenoot.'

Ik bleef daarop wachten, omdat als ze me mijn ringen hadden laten zien, ik dan zeker zou hebben geweten dat Kleine Nellies Nachtelijke Bezoeker gewoon een verzinsel van de verbeelding van Kleine Nellie zou zijn geweest. Ik wachtte en wachtte, maar het gebeurde niet. Uiteindelijk, net voor de eerste operatie aan mijn hand, vertelde ik Brandon dat ik het idee had gehad dat ik misschien niet alleen was geweest in dat huis, in ieder geval niet de hele tijd. Ik vertelde hem dat het gewoon mijn verbeelding zou kunnen zijn, dat was zeker een mogelijkheid, maar destijds had het heel erg echt geleken. Ik zei niets over mijn eigen verdwenen ringen, maar ik praatte een hoop over de voetafdruk en de paarlen oorbel. Over de oorbel denk ik dat het eerlijk zou zijn te zeggen dat ik *kakelde* en ik denk dat ik weet waarom. Ik moest alles maar dulden, waar ik niet over durfde te praten, zelfs niet tegen Brandon. Begrijp je? En al de tijd dat ik er hem over vertelde, bleef ik dingen zeggen als 'toen *meende* ik te zien' en 'ik voelde *bijna zeker* dat'. Ik moest het hem vertellen, moest het iemand vertellen, omdat de angst me van binnenuit opvrat als zuur, maar ik probeerde hem in elk opzicht te laten zien dat ik niet subjectieve gevoelens verwarde met objectieve realiteit. Vooral wilde ik hem niet laten merken hoe bang ik *nog steeds* was. Omdat ik niet wilde dat hij dacht dat ik krankzinnig was. Het kon me niet schelen als hij dacht dat ik een beetje hysterisch was, dat was een prijs die ik bereid was te betalen om niet weer opgezadeld te worden met zo'n smerig geheim zoals dat over wat mijn vader met me deed op de dag van de zonsverduistering, maar ik wilde wanhopig dat hij niet dacht dat ik krankzinnig was. Ik wilde zelfs niet dat hij maar *dacht* aan die mogelijkheid.

Brandon pakte mijn hand, gaf er een klopje op en zei tegen me dat hij zo'n gedachte kon begrijpen. Hij zei dat het gezien de omstandigheden waarschijnlijk ongevaarlijk was. Toen voegde hij eraan toe dat het belangrijkste om in gedachten te houden was dat het niet echter was dan de douche die Gerald en ik namen na ons atletisch gerampetamp op het bed. De politie had het huis doorzocht en als er iemand anders in was geweest, dan zouden ze daar bijna zeker bewijs voor hebben gevonden. Het feit dat het huis niet lang ervoor een grote zomerschoonmaak had gehad, maakte het zelfs nog waarschijnlijker.

'Misschien *hebben* ze bewijs van hem gevonden,' zei ik. 'Misschien stak een van die smerissen de oorbel wel in zijn eigen zak.'

'Ik moet toegeven dat er zat smerissen met lange vingers op de wereld zijn,' zei hij, 'maar ik kan het me nauwelijks voorstellen dat zelfs een stompzinnige smeris zijn carrière zou riskeren voor een enkele oorbel. Ik zou makkelijker kunnen voorstellen dat die vent die jij dacht in het huis te zien, later terugkwam om haar zelf te pakken.

'Ja,' zei ik. 'Dat is mogelijk, hè?'

Hij wilde zijn hoofd schudden, maar in plaats daarvan haalde hij zijn schouders op. 'Alles is mogelijk, ook hebzucht of een menselijke fout aan de kant van de onderzoeksagenten, maar...' Hij zweeg even, pakte toen mijn linkerhand en schonk me een blik die ik later ben gaan herkennen als de Blik van Ome Brandon. 'Een heleboel van jouw denken is gebaseerd op het idee dat die onderzoeksagenten het huis oppervlakkig hebben bekeken en het toen in orde verklaarden. Dat was niet het geval. Als er een derde partij in was geweest, is het hoogst waarschijnlijk dat de politie bewijs van hem gevonden zou hebben. En als zij bewijs van een derde partij hadden gevonden, zou ik het weten.'

'Waarom?' vroeg ik.
'Omdat zoiets jou in een heel vervelende situatie zou kunnen brengen – een soort van situatie waarin de politie niet langer aardige jongen speelt, maar begint je je rechten voor te lezen.'
'Ik begrijp niet waar je het over hebt,' zei ik, maar ik begon het te begrijpen, Ruth. Ja, zeker weten. Gerald was een soort van verzekeringsfreak en ik was door agenten van drie verschillende verzekeringsmaatschappijen geïnformeerd dat ik mijn periode van officiële rouw – en behoorlijk wat jaren erna – in comfortabele omstandigheden zou doorbrengen.
'John Harrelson uit Augusta deed een heel grondige, heel nauwgezette autopsie op je echtgenoot,' zei Brandon. 'Volgens zijn rapport stierf Gerald wat lijkschouwers "een zuivere hartstilstand" noemen, wat inhoudt dat het er een is die niet is gecompliceerd door voedselvergiftiging, overmatige inspanning of grof fysiek letsel.' Hij wilde duidelijk door gaan – hij zat nu in zijn, wat ik ben gaan zien als, Brandons Onderwijs Methode – maar hij zag iets op mijn gezicht wat hem tegenhield.
'Jessie, wat is er aan de hand?'
'Niets,' zei ik.
'Ja wel – je ziet er vreselijk uit. Is het een kramp?'
Het lukte me uiteindelijk hem ervan te overtuigen dat ik in orde was, en dat was ik toen ook bijna. Ik neem aan dat je weet waar ik aan dacht, Ruth, aangezien ik het eerder in deze brief heb genoemd: de dubbele schop die ik Gerald gaf toen hij niet het juiste deed en me niet overeind wilde laten komen. Een trap in zijn buik, en een andere tegen zijn familiejuwelen. Ik dacht eraan dat ik mazzel had, dat ik had gezegd dat onze seks nogal hardhandig was geweest – dat verklaarde de blauwe plekken. Ik heb het idee dat de plekken in ieder geval niet zo donker waren, omdat hij direct na de trappen zijn hartaanval kreeg en de hartaanval stopte het proces van blauwe plekken al bijna direct.
Dat leidt natuurlijk tot een andere vraag – veroorzaakte ik met die schoppen de hartaanval? Geen van de medische boeken die ik erop heb nagekeken, beantwoordt die vraag beslissend. Maar laten we reëel zijn: ik gaf hem waarschijnlijk wel een zetje. Toch weiger ik de volledige schuld op me te nemen. Godverdomme. Hij was te zwaar, hij dronk te veel en hij rookte als een godvergeten schoorsteen. De hartaanval zat eraan te komen. Was het niet die dag geweest, dan zou het de volgende week wel zijn geweest of de volgende maand. De duivel haalt je wanneer hij wil, Ruth. Ik geloof dat. Als jij het niet doet, dan nodig ik je van harte uit dit heel klein op te vouwen en ergens daar weg te stoppen waar de zon niet schijnt. Ik denk toevallig dat ik het verdiend heb te geloven, wat ik wil geloven, in ieder geval in deze zaak. *Vooral* in deze zaak.

'Als ik eruitzie alsof ik een deurkruk heb ingeslikt,' zei ik tegen Brandon, 'komt het doordat ik probeer te wennen aan het idee dat er iemand denkt dat ik Gerald vermoordde om zijn levensverzekering te innen.'
Hij schudde zijn hoofd wat langer, terwijl hij me al de tijd ernstig bleef aankijken.
'Ze denken dat helemaal niet. Harrelson zegt dat Geralds hartaanval versneld kan zijn door seksuele opwinding, en de staatspolitie accepteert dat omdat John Harrelson zo ongeveer de beste in zijn vak is. Op zijn hoogst zijn er misschien een paar cynici die denken dat jij Salome speelde en hem opzettelijk verleidde.'
'En jij?' vroeg ik.
Ik dacht dat ik hem misschien schokte met zo'n directe benadering, en voor een deel was ik nieuwsgierig naar hoe een geschokte Brandon Milheron eruit kon zien, maar ik zou beter hebben moeten weten. Hij glimlachte alleen maar. 'Denk ik dat jij genoeg fantasie hebt om een kans te grijpen Geralds kaars uit te blazen, maar niet genoeg om te begrijpen dat jij zelf als gevolg hiervan misschien dood eindigt in handboeien? Nee. Als het wat uitmaakt, Jess, het gebeurde precies zoals jij me hebt verteld. Kan ik eerlijk zijn?'
Nu was het mijn beurt om te glimlachen. 'Ik zou niet willen dat je iets anders was.'
'Goed. Ik heb met Gerald gewerkt en ik kon het met hem vinden, maar er waren zat mensen in de firma die het niet deden. Hij was de grootste controlefreak ter wereld. Het verbaast me niks dat het idee om seks te hebben met een vrouw die geboeid op bed ligt, zijn hele instrumentenpaneel deed oplichten.'
Ik keek even naar hem toe hij dat zei. Het was avond, slechts het licht van het hoofdeinde van mijn bed was aan en hij zat vanaf zijn schouders naar boven in de schaduwen, maar ik ben er behoorlijk zeker van dat Brandon Milheron, Young Legal Shark About Town, bloosde.
'Als ik je beledigd heb, spijt het me,' zei hij, en hij klonk onverwacht verlegen.
Ik lachte bijna. Het zou onaardig zijn geweest, maar juist toen klonk hij ongeveer als achttien en net van school. 'Je hebt me niet beledigd, Brandon,' zei ik.
'Goed. Dat is een zorg minder. Maar het is nog steeds de taak van de politie om op z'n minst de mogelijkheden van vuil spel te overwegen – het idee te overwegen dat jij misschien een stap verder was gegaan dan alleen maar hopen dat je echtgenoot een wat in de handel bekend staat als "een geile, hartstilstand" zou krijgen.'
'Ik had niet het geringste idee dat hij een hartproblemen had,' zei ik.
'En kennelijk hadden de verzekeringsmaatschappijen dat ook niet. Als

ze het hadden geweten, dan zouden ze toch nooit die polissen hebben uitgeschreven?'

'Verzekeringsmaatschappijen verzekeren iedereen, als ze maar genoeg dokken,' zei hij, 'en Geralds verzekeringsagent zag hem niet kettingroken en drank achterover keilen. Jij wel. Buiten alle protesten om moet je hebben geweten dat hij een hartaanval was, die zocht naar een plek om het te laten gebeuren. De smerissen weten het ook. Dus ze zeggen: "Veronderstel, zij nodigde een vriend uit op het meerhuis en vertelde haar echtgenoot er niets van. En veronderstel, die vriend sprong toevallig uit de kast en riep booga-booga op precies het juiste moment voor haar en precies het verkeerde voor haar man?" Als de smerissen enig bewijs hadden dat zoiets mocht zijn gebeurd, zat je diep in de puree, Jessie. Omdat onder bepaalde speciale omstandigheden een hartgrondige kreet van booga-booga gezien kan worden als een daad van moord met voorbedachte rade. Het feit dat jij meer dan een dag in handboeien doorbracht en je jezelf half moest villen om eruit te komen, pleit sterk tegen het idee van een medeplichtige, maar op een andere manier maakt juist het feit van de handboeien een medeplichtige plausibel voor... nou, laten we zeggen, voor een zeker type politiegeest.'

Ik staarde hem gefascineerd aan. Ik voelde me als een vrouw die aan de rand van een afgrond had staan dansen. Tot op dat moment, terwijl ik keek naar de beschaduwde vlakken en rondingen van Brandons gezicht net buiten de lichtkring van mijn beddelamp, was het idee dat de politie dacht dat ik misschien Gerald had vermoord, slechts een paar keer in mijn gedachten geweest, als een soort van griezelige grap. God zij dank heb ik er nooit met de smerissen grappen over gemaakt, Ruth.

Brandon zei: 'Begrijp je waarom het misschien verstandiger is dit idee van een binnendringer in het huis niet te noemen?'

'Ja,' zei ik. 'We kunnen slapende honden maar beter niet wakker maken, niet?'

Zodra ik het zei, had ik een beeld van die godvergeten vuilnisbak die Gerald aan zijn bovenarm over de vloer sleepte – ik zag de lap huid die de hond had losgetrokken over zijn snuit hangen. Tussen haakjes, ze hebben dat arme, verrekte beest een paar dagen later aangereden – het had een klein hol voor zichzelf gemaakt onder het botenhuis van Laglan, ongeveer achthonderd meter verderop langs de oever. Het had een behoorlijk groot stuk van Gerald daarheen gesleept, dus hij moet minstens een keer zijn teruggekomen nadat ik hem had verjaagd met de lichten en de claxon van de Mercedes. Ze hebben hem afgeschoten. Hij droeg een bronzen plaatje – geen gewone hondepenning, zodat de dierenbond jammer genoeg niet de eigenaar kon traceren om hem op zijn flikker te geven – met de naam Prins erop. Prins, kun je je dat voorstellen? Toen agent Harrington me kwam vertellen dat ze hem hadden doodgeschoten, was ik blij. Ik nam het hem niet kwalijk wat hij had gedaan – hij was er niet veel beter aan toe dan ik, Ruth – maar toen was ik blij, en ik ben nog steeds blij.

Maar dit heeft niets met het onderwerp te maken – ik was je aan het vertellen over het gesprek dat ik met Brandon had nadat ik hem had verteld dat er misschien een vreemdeling in het huis had gezeten. Hij stemde ermee in – en heel nadrukkelijk – dat het beter was slapende honden niet wakker te maken. Ik nam aan dat ik ermee zou kunnen leven – het was een grote opluchting het gewoon aan iemand te hebben verteld – maar toch was ik er niet helemaal aan toe om het te laten varen.

'Wat me overtuigde was de telefoon,' zei ik tegen hem. 'Toen ik uit de boeien was en probeerde op te bellen, was hij zo dood als Abraham Lincoln. Toen ik dat besefte, wist ik zeker dat ik gelijk had – er *was* een vent geweest, en ergens had hij de telefoonlijn die van de weg het huis binnenkomt, doorgesneden. Daardoor ging ik als de sodemieter het huis uit en stapte in de Mercedes. Je weet pas wat doodsangst is, Brandon, als je je plotseling realiseert dat je misschien midden in het bos zit met een ongenode huisgast.'

Hij glimlachte, maar ik ben bang dat het toen een minder overtuigende glimlach was. Het was zo'n glimlach die mannen altijd op hun gezichten schijnen te krijgen als zij bedenken hoe onnozel vrouwen eigenlijk zijn en dat het verboden zou moeten worden ze zonder toezicht op straat te laten gaan. 'Je kwam tot de conclusie dat de lijn was doorgesneden nadat je de telefoon – die in de slaapkamer – controleerde en merkte dat die dood was. Juist?'

Dat was niet precies wat er was gebeurd en het was niet precies wat ik had gedacht, maar ik knikte – voor een deel omdat het makkelijker leek, maar vooral omdat het weinig helpt om tegen een man te praten als hij die speciale uitdrukking op zijn gezicht krijgt. Het is er een die zegt: 'Vrouwen! Kan er niet mee leven, kan ze niet afschieten!' Tenzij je volledig bent veranderd, Ruth, weet ik zeker dat je die uitdrukking kent, en ik weet zeker dat je het zal begrijpen als ik je zeg dat het enige wat ik op dat moment echt wilde, was dat het hele gesprek voorbij was.

'De stekker was eruit, dat was alles,' zei Brandon. Op dat moment klonk hij als mevrouw Rogers die uitlegt dat het soms *lijkt* alsof er een monster onder het bed zit, maar het echt niet zo is. 'Gerald trok de stekker uit de muur. Hij wilde waarschijnlijk niet dat zijn vrije middag – om maar te zwijgen van zijn kleine bondage-fantasie – werd gestoord door telefoontjes van kantoor. Hij had ook de stekker in de gang eruit-

getrokken, maar die in de keuken zat er nog in en werkte prima. Ik heb dit alles uit de politierapporten.'
Toen daagde het licht, Ruth. Plotseling begreep ik dat zij allemaal – alle mannen die bezig waren met een onderzoek naar wat er bij het meer was gebeurd – zekere vermoedens hadden over hoe ik de situatie had afgehandeld en waarom ik de dingen had gedaan die ik had gedaan. De meeste werkten in mijn voordeel en dat vereenvoudigde de dingen beslist wel, maar er bleef iets om woest van te worden en iets griezeligs zitten in het besef dat zij de meeste conclusies trokken, niet uit wat ik had gezegd of uit welk bewijs ook dat zij in het huis vonden, maar alleen uit het feit dat ik een vrouw ben, en van vrouwen verwacht kan worden dat zij op een zekere voorspelbare manier zullen reageren.
Als je het op die manier bekijkt, zit er helemaal geen verschil tussen Brandon Milheran in zijn chique driedelige pak en oude agent Harrington in zijn spijkerbroek met zitstuk en rode bretels. Mannen denken nog steeds hetzelfde over ons als ze altijd hebben gedaan, Ruth – daar ben ik zeker van. Een heleboel van hen hebben geleerd de juiste dingen op het juiste moment te zeggen, maar zoals mijn moeder altijd zei: 'Zelfs een kannibaal kan leren het Apostolisch Credo op te zeggen.'
En weet je wat? Brandon Milheron *bewondert* me, en hij bewondert de manier waarop ik met mezelf omga sinds Gerald dood neerviel. Ja, dat doet hij. Ik heb het keer op keer op zijn gezicht gezien, en als hij vanavond langskomt, wat hij gewoonlijk doet, weet ik zeker dat ik het weer zal zien. Brandon denkt dat ik verrekt goed werk heb geleverd, verrekt *dapper* werk ook... voor een vrouw. Ik denk, feitelijk, dat toen we ons eerste gesprek over mijn hypothetische bezoeker hadden, hij min of meer had besloten dat ik me had gedragen zoals hij zou hebben gedaan in een soortgelijke situatie... dat wil zeggen, als hij, op het moment dat al het andere aan de gang was, ook nog eens had af te rekenen met een hoge koorts. Ik heb het idee dat de meeste mannen geloven dat de meeste vrouwen denken als advocaten met malaria. Het zou zeker een boel van hun gedrag verklaren, denk je niet?
Ik heb het over neerbuigendheid – een man-versus-vrouw ding – maar ik heb het ook over iets wat een verrekte boel groter en een verrekte boel beangstigender is. Hij begreep het niet, zie je, en dat heeft niets te maken met welk verschil ook tussen de seksen, dat is de vloek van het mens-zijn, en het zekerste bewijs dat wij allemaal echt alleen zijn. Vreselijke dingen gebeurden in dat huis, Ruth. Ik wist later pas hoe verschrikkelijk, *en hij begreep dat niet.* Ik vertelde hem de dingen met de bedoeling dat die verschrikking me niet levend zou opvreten, en hij knikte en glimlachte en hij voelde mee en ik denk dat het me ten slotte

wel goed deed. Maar hij was de beste van hen allemaal en hij kwam op nog geen kilometers afstand van de waarheid... Over dat de verschrikking gewoon scheen te blijven groeien tot het dit grote zwarte spookhuis werd binnen in mijn hoofd. Het is er nog steeds ook, staat er met zijn deuren open, nodigt me uit binnen te komen wanneer ik maar wil, en ik *wil* nooit terug, maar soms zie ik mezelf toch teruggaan en op het moment dat ik binnenstap slaat de deur achter mij dicht en valt in het slot.

Nou, laat maar. Ik neem aan dat de wetenschap dat mijn intuïtie over de telefoonlijn me opgelucht had moeten doen voelen, maar dat deed het niet. Omdat een deel van mijn geest geloofde – en dat nog steeds doet – dat de telefoon in de slaapkamer ook niet gewerkt zou hebben als ik achter die stoel *was* gekropen en de stekker erin had gestoken, dat misschien de telefoon in de keuken later werkte, maar toen zo zeker als wat niet, dat er niets anders opzat dan als de sodemieter uit het huis weg komen, in de Mercedes stappen, of sterven door de handen van dat wezen.

Brandon leunde naar voren tot het licht aan het hoofdeinde van het bed vol op zijn gezicht viel en hij zei: 'Er was geen man in het huis, Jessie, en het beste wat je met die gedachte kunt doen, is hem laten vallen.'

Bijna vertelde ik hem toen over mijn verloren ringen, maar ik was moe, had veel pijn en uiteindelijk deed ik het niet. Ik lag lange tijd wakker toen hij was vertrokken – zelfs geen pijnpil zou me die nacht in slaap brengen. Ik dacht na over de huidtransplantatie die me de volgende dag te wachten stond, maar waarschijnlijk niet zoveel als je misschien denkt. Voornamelijk dacht ik na over mijn ringen, en de voetafdruk die niemand had gezien behalve ik, en of hij – *het* – wel of niet terug zou komen om de zaken recht te zetten. En het besluit dat ik nam, net voor ik eindelijk wegzakte, was dat er nooit een voetafdruk of een paarlen oorbel was geweest. Dat de een of andere smeris mijn ringen op de vloer van de studeerkamer naast de boekenkast had zien liggen en ze gewoon had meegenomen. *Ze liggen waarschijnlijk in het raam van de een of andere lommerd in Lewiston,* dacht ik. Misschien zou het idee me kwaad hebben moeten maken, maar dat deed het niet. Het gaf me hetzelfde gevoel als ik had toen ik die ochtend wakker werd achter het stuur van de Mercedes – een gevoel van ongelooflijke rust en welbehagen. Geen vreemdeling, geen vreemdeling, geen vreemdeling waar dan ook. Gewoon een smeris met lange vingers die snel even over zijn schouder keek om zich ervan te vergewissen dat de kust vrij was en dan woep zoep in de zak. Wat de ringen zelf aangaat, het kon me toen niet schelen wat ermee gebeurde, en nu ook niet. Deze laatste paar maanden ben ik steeds meer gaan geloven dat de enige reden dat een man een ring aan je vinger steekt, is dat de wet hem niet langer toestaat er een door je neus te doen. Maar, laat maar, de ochtend is middag geworden, de middag beweegt zich kwiek voort en dit is niet de tijd om vrouwenkwesties te bespreken. Het is nu tijd om het over Raymond Andrew Joubert te hebben.

Jessie ging rechtop zitten in haar stoel en stak een volgende sigaret op. Afwezig was ze zich bewust dat het puntje van haar tong prikte door al de tabak, dat haar hoofd pijn deed en dat haar nieren protesteerden tegen deze marathonsessie achter de MacIntosh. *Heftig* protesteerden. Het huis was doodstil – zo'n stilte die alleen maar kon betekenen dat de stoere, kleine Megan Landis naar de supermarkt en de stomerij was gegaan. Jessie was verbaasd dat Meggie was vertrokken zonder minstens nog één poging te wagen om haar van het computerscherm weg te halen. Ze gokte dat de huishoudster geweten moet hebben dat het verpilde moeite was. *Het is maar het beste dat ze alles, wat het ook is, uit haar systeem werkt*, zou Meggie hebben gedacht. Bovendien was het voor haar alleen maar een baan. Deze laatste gedachte zond een kleine steek door Jessies hart.

Boven kraakte een plank. Jessies sigaret stopte twee centimeter van haar lippen. *Hij is terug!* schreeuwde de stem van Moedertje. *O, Jezus, hij is terug!*

Maar het was niet zo. Haar ogen dreven naar het smalle gezicht dat uit het knipsel naar haar opkeek van de verzameling stipjes van het fotoraster en dacht: *Ik weet precies waar je zit, jij hoerekop. Of niet?*

Dat was zo, maar voor een deel bleef haar geest volhouden dat hij het toch was – nee, niet hij, *het*, de space cowboy, het spook van de liefde, hij was weer terug voor een vervolgafspraak. Het had alleen gewacht tot het huis leeg was, en als ze de telefoon oppakte op een hoek van het bureau zou ze hem net zo dood als een pier vinden als alle telefoons in het huis bij het meer die nacht.

Je vriend Brandon kan glimlachen wat hij wil, maar wij weten wel beter, hè, Jessie?

Plotseling liet ze haar goede hand uitschieten, greep de hoorn van de haak en bracht hem naar haar oor. Ze hoorde de geruststellende zoem van de kiestoom. Ze legde hem terug. Een vreemde, zonloze glimlach speelde om haar mondhoeken.

Ja, ik weet precies waar je zit, klootzak. Wat Moedertje of de rest van de stemmen ook mogen denken, Hartje en ik weten dat jij een oranje overall draagt en in een cel in een districtsgevangenis zit – die aan het verre eind van een oude vleugel, zei Brandon, zodat de andere gevangenen je niet te grazen kunnen nemen, voordat de staat je voor een jury

van gelijken sleept... alsof een wezen als jij gelijken heeft. We zijn nu dan misschien nog niet helemaal van jou verlost, maar het zal gebeuren. Dat beloof ik, dat gebeurt.
Haar ogen dreven terug naar het VDT-scherm, en hoewel de vage slaperigheid voortgebracht door de combinatie van de pillen en de sandwich al lang geleden was verdwenen, voelde ze een vermoeidheid tot in haar botten en een volledig ontbreken van geloof in eigen kunnen om wat ze was begonnen, af te maken.
Het is nu tijd om het over Raymond Andrew Joubert te hebben, had ze geschreven, maar was dat zo? Kon ze het? Ze was zo *moe.* Natuurlijk was ze dat, ze had bijna de hele dag die godvergeten cursor op het VDT-scherm zitten voortjagen. Pushing the envelope, noemden ze het, en als je de enveloppe lang genoeg en hard genoeg duwde, scheurde je hem wijdopen. Misschien was het het beste om naar boven te gaan en wat te gaan slapen. Beter laat dan nooit, en al dat gelul. Ze kon dit opslaan en morgenochtend weer oproepen, dan weer aan het werk gaan en dan...
Hartjes stem stopte haar. Deze stem kwam nu alleen nog maar bij vlagen en Jessie luisterde als altijd heel aandachtig.
Als jij besluit nu te stoppen, Jessie, neem dan niet de moeite het document op te slaan. Wis het uit. We weten allebei dat je nooit de moed zal hebben Joubert weer onder ogen te komen – niet op de manier zoals iemand een ding onder ogen moet komen waar hij over schrijft. Soms is er moed voor nodig om over een ding te schrijven, hè? Om dat ding uit die kamer, ver achter in je geest, te laten komen en het daar op het scherm te zetten.
'Ja,' mompelde ze, 'een metertje moed, misschien meer.'
Ze trok aan haar sigaret, drukte hem toen half opgerookt uit. Ze bladerde een laatste keer door de knipsels en keek uit het raam naar de helling van Eastern Prom. Het was al lang geleden opgehouden met sneeuwen en de zon scheen helder, hoewel niet zo lang meer. Februaridagen in Maine zijn ondankbare, ellendige dingen.
'Wat vind je ervan, Hartje?' vroeg Jessie de lege kamer. Ze sprak in die hooghartige Elizabeth Taylor-stem die ze als kind altijd gebruikte, en die haar moeder altijd compleet maf maakte. 'Zullen we dan maar doorgaan, m'n beste?'
Er kwam geen antwoord, maar Jessie had er geen nodig. Ze leunde naar voren in haar stoel en zette de cursor weer eens in beweging. Ze stopte lange tijd niet meer, zelfs niet om een sigaret op te steken.

37

Het is tijd om het over Raymond Andrew Joubert te hebben. Het zal niet makkelijk zijn, maar ik zal mijn best doen. Dus schenk jezelf nog een kop koffie in, en als je een fles brandy bij de hand hebt, kun je het misschien een beetje oppeppen. Hier komt Deel Drie.
Ik heb alle kranteknipsels naast me op het bureau liggen, en als ik voldoende lef opbreng deze brief echt te versturen (ik begin te denken dat ik het misschien doe), zal ik er kopieën van bijsluiten. Maar de artikelen en nieuwsberichten vertellen niet alles wat ik weet, laat staan wat er *valt* te weten – ik betwijfel het of iemand ook maar het geringste idee heeft van alle dingen die Joubert heeft gedaan (inclusief Joubert zelf, stel ik me zo voor), en dat is waarschijnlijk een zegen. Het spul waar de kranten slechts op konden zinspelen en het spul waar ze het niet mee konden, is echt nachtmerrievoer, en ik zou niet alles willen *weten*. Het meeste spul dat niet in de kranten staat, heb ik de afgelopen week gekregen van een vreemd stille, vreemd gematigde Brandon Milheron. Ik had hem gevraagd te komen toen de connectie tussen Jouberts verhaal en dat van mij te overduidelijk werd om te negeren.
'Jij denkt dat dit de man was, hè?' zei hij. 'Die bij jou in het huis was?'
'Brandon,' zei ik, 'ik *weet* dat het de man is.'
Hij zuchtte, keek een minuut naar zijn handen, keek toen weer naar me op – we waren in deze zelfde kamer, het was negen uur in de ochtend, en op dat moment waren er geen schaduwen om zijn gezicht te verbergen. 'Ik ben je een excuus verschuldigd,' zei hij. 'Ik geloofde je toen niet...'
'Weet ik,' zei ik zo vriendelijk mogelijk.
'... maar nu wel. Lieve God. Hoeveel wil je weten, Jess?'
Ik haalde diep adem en zei: 'Alles wat je te weten kunt komen.'
Hij wilde weten waarom. 'Ik bedoel, als jij zegt dat het jouw zaak is en ik me er buiten moet houden, zal ik dat moeten accepteren, denk ik. Maar jij vraagt me een zaak te heropenen die de firma als gesloten be-

schouwt. Als iemand die weet dat ik de afgelopen herfst op je paste, merkt dat ik deze winter rond Joubert aan het snuffelen ben, is het niet onmogelijk dat...'
'Dat je in de problemen komt,' zei ik. Het was iets waar ik niet aan gedacht had.
'Ja,' zei hij, 'maar daar maak ik me niet zo vreselijk veel zorgen om – ik ben een grote jongen en ik kan voor mezelf zorgen... in ieder geval, ik denk het. Ik maak me heel wat meer zorgen om jou, Jess. Jij kunt weer eindigen op de voorpagina, na al ons werk je er zo snel en pijnloos mogelijk vanaf te krijgen. Zelfs dat is niet het belangrijkste. Dit is de smerigste criminele zaak die noordelijk New England in rep en roer brengt sinds de Tweede Wereldoorlog. Ik bedoel, een deel van dit spul is zo gruwelijk dat het radioactief is, en je moet je niet in de fallout-zone begeven zonder een verrekt goede reden.' Hij lachte een beetje nerveus. 'Verrek, *ik* zou er niet in moeten stappen zonder een verrekt goede reden.'
Ik kwam overeind, liep naar hem toe en pakte een van zijn handen met mijn linkerhand. 'Ik zou in geen miljoen jaren kunnen uitleggen waarom,' zei ik, 'maar ik denk dat ik je kan vertellen *wat* – is dat genoeg, tenminste om mee te beginnen?'
Hij vouwde zijn hand vriendelijk over die van mij en knikte.
'Er zijn drie dingen,' zei ik. 'Ten eerste moet ik weten hoe hij echt is. Ten tweede moet ik weten of de dingen die hij heeft gedaan, echt zijn. Ten derde moet ik weten dat ik nooit meer wakker wordt terwijl hij in mijn slaapkamer staat.'
Dat bracht het allemaal terug, Ruth, en ik begon te huilen. Er zat niets vals of berekenends aan die tranen, ze kwamen gewoon. Ik had niets kunnen doen om ze tegen te houden.
'Alsjeblieft, help me, Brandon,' zei ik. 'Elke keer dat ik het licht uitdoe staat hij aan de overkant van de kamer in het donker, en ik ben bang dat het, tenzij ik een spot op hem kan zetten, voor eeuwig zal doorgaan. Er is niemand anders die ik het kan vragen, en ik moet het weten. Alsjeblieft, help me.'
Hij liet mijn hand los, haalde een zakdoek te voorschijn vanuit het schreeuwend keurige advocatenpak van die dag, en veegde mijn gezicht ermee droog. Hij deed het even vriendelijk als mamma vroeger als ik, brullend als een speenvarken, de keuken binnenkwam, omdat ik mijn knie had geschaafd – dat was toen in die vroege jaren, voordat ik het piepende wiel van de familie werd, begrijp je.
'Goed,' zei hij ten slotte. 'Ik zal alles uitvinden wat ik kan uitvinden en ik geef het allemaal aan jou door... dat wil zeggen, tenzij en totdat jij me zegt te stoppen. Maar ik heb het gevoel dat je beter je veiligheidsriemen kunt vastmaken.'

Hij vond heel wat uit, en nu geef ik het door aan jou, Ruth, maar een eerlijke waarschuwing: hij had gelijk met de veiligheidsriemen. Als jij besluit een paar van de volgende bladzijden over te slaan, begrijp ik het. Ik wou dat ik het schrijven ervan kon overslaan, maar ik heb het idee dat het ook een deel van de therapie is. Het laatste deel, hoop ik.

Dit gedeelte van het verhaal – dat ik, neem ik aan, Brandons verhaal zou kunnen noemen – begint ergens in 1984 of 1985. Dat was toen die gevallen van grafschending hun kop begonnen op te steken in het Lake District van westelijk Maine. In een stuk of zes kleine stadjes over de staatsgrens en in New Hampshire waren soortgelijke gevallen gerapporteerd. Zaken als het omgooien van grafstenen, graffiti-spuitwerk en het stelen van herdenkingsvlaggen is betrekkelijk gewoon spul daar in het achterland en natuurlijk heb je altijd een zootje mafkezen die op 1 november uit hun bol gaan op het plaatselijke knekelveld, maar deze misdaden gingen heel wat verder dan kwajongensstreken of kleine diefstal. *Schennis* was het woord dat Brandon gebruikte toen hij me eind vorige week zijn eerste verslag bracht, en dat woord begon sinds 1988 in de meeste politieverslagen op te duiken.

De misdaden zelf schenen abnormaal voor de mensen die ze ontdekten en voor hen die ze onderzochten, maar de *modus operandi* was voldoende normaal. Hij was nauwgezet, georganiseerd en doelgericht. Iemand – misschien twee of drie iemanden, maar waarschijnlijker één enkele persoon – brak de crypten en mausoleums van kleinsteedse begraafplaatsen open met de efficiëntie van een goede inbreker die een huis of een winkel binnengaat. Hij kwam kennelijk goed uitgerust aan op deze klussen, met boren, een betonschaar, zware ijzerzagen en waarschijnlijk een lier – volgens Brandon zijn een heleboel van die voertuigen met vierwielaandrijving daar tegenwoordig mee uitgerust.

De inbraken waren altijd gericht op de cryptes en mausoleums, nooit op individuele graven, en bijna allemaal kwamen ze in de winter, als de grond te hard is om te graven en de lichamen opgeslagen moeten worden tot de harde vorst voorbij is. Was de indringer eenmaal binnen, dan gebruikte hij de betonschaar en een pneumatische boor om de kisten open te breken. Systematisch ontdeed hij de lijken van alle sieraden die ze eventueel droegen toen ze ter aarde werden besteld, hij gebruikte tangen om gouden kiezen en gouden vullingen te trekken.

Die daden zijn verachtelijk, maar ze zijn tenminste te begrijpen. Maar roof was slechts een begin voor die gast. Hij stak ogen uit, rukte oren af, sneed dode halsen door. In februari 1989 werden op de begraafplaats van Chilton Remembrance twee lijken gevonden zonder neuzen – hij sloeg ze klaarblijkelijk af met een hamer en beitel. De agent die dit geval kreeg, vertelde Brandon: 'Het zal niet zo moeilijk zijn geweest –

het was daar binnen net een diepvriezer en ze braken waarschijnlijk af als ijslollies. De vraag is, wat doet een man met twee bevroren neuzen als hij die eenmaal heeft? Hangt hij ze aan zijn sleutelketting? Doet hij er misschien wat geraspte kaas over en stopt hij ze in de magnetron? Wat?

Bijna alle ontheiligde lijken werden zonder voeten en handen gevonden, soms ook zonder armen en benen, en in een aantal gevallen nam de man die het deed ook hoofden en geslachtsorganen mee. Gerechtelijk bewijs suggereert dat hij een bijl en een slagersmes gebruikte voor het groffe werk en een verscheidenheid aan scalpels voor het fijnere spul. Hij was ook niet slecht. 'Een getalenteerde amateur,' zei een van de hulp-sheriffs van Chamberlain County tegen Brandon. 'Ik zou hem niet graag aan mijn galblaas laten werken, maar ik denk dat ik hem wel toevertrouw om een moedervlek van mijn arm te halen... dat wil zeggen, als hij vol kalmeringsmiddelen zat.'

In een paar gevallen opende hij de lichamen en/of schedels en vulde die met dierlijke excrementen. Wat de politie vaker zag, waren gevallen van seksuele schennis. Hij was een om-het-even gast waar het het stelen van gouden tanden, sieraden en ledematen betrof, maar waar het de seksuele uitrusting betrof – en het hebben van seks met de doden – beperkte hij zich strikt tot de heren.

Dit kan voor mij een geluk zijn geweest.

In de maanden na mijn ontsnapping uit het huis aan het meer, leerde ik heel veel over de manier van werken van plattelands politiedepartementen, maar dat is niets vergeleken bij wat ik de afgelopen dagen heb geleerd. Een van de meest verrassende dingen is hoe discreet en tactvol de politie van kleine stadjes kan zijn. Ik denk dat als je iedereen in de buurt waar je patrouilleert bij de voornaam kent en met een heleboel van hen verwant bent, discretie bijna even natuurlijk wordt als ademhalen.

De manier waarop ze mijn geval behandelden, is een voorbeeld van deze vreemde, moderne discretie; de manier waarop zij dat van Joubert behandelde, is er ook een. Het onderzoek liep al zeven jaar, weet je nog, en een heleboel mensen werkten eraan voor het afgelopen was – twee staatspolitiedepartementen, vier districts-sheriffs, eenendertig hulp-sheriffs en god weet hoeveel plaatselijke smerissen en politiefunctionarissen. Het stond allemaal voorop hun open dossiers, en tegen 1989 hadden ze zelfs een naam voor hem – Rudolph, als bij Valentino. Ze spraken over Rudolph als zij in het districtsgerechtsgebouw zaten te wachten om te getuigen in andere zaken, ze vergeleken aantekeningen over Rudolph op congressen over wetshandhaving in Augusta en Derry en Waterville, ze bespraken hem tijdens hun lunchpauzes. 'En we namen hem mee naar huis,' zei een van de agenten tegen Brandon – feitelijk dezelfde gast die hem over de neuzen vertelde. 'Reken maar dat we het deden. Mensen als wij nemen altijd mensen als Rudolph mee naar huis. Je houdt je op de hoogte van de laatste bijzonderheden tijdens een barbecue in de achtertuin, terwijl je het een beetje om en om bekijkt met een maat van een ander departement en je naar je kinderen staat te kijken die honkbal spelen. Omdat je nooit weet wanneer je iets op een nieuwe manier samenvoegt en de jackpot wint.'

Maar hier komt het werkelijk verbazingwekkende deel (en waarschijnlijk ben je me ver vooruit... dat wil zeggen, als je niet in de badkamer staat te kotsen): al die jaren wisten al die smerissen dat zij een echt levend monster hadden – een lijkeneter in feite – rondlopen in het westelijk deel van de staat, *en het verhaal verscheen nooit in de pers, tot Joubert werd gegrepen!* Ergens vind ik dat vreemd en een beetje griezelig, maar in een veel groter verband vind ik het prachtig. Ik neem aan dat het gevecht om wetshandhaving in de grote steden niet zo best gaat, maar wat ze hier in Nergenshuizen ook doen, het schijnt allemaal prima te werken.

Natuurlijk zou je kunnen aanvoeren dat er zat ruimte is voor verbetering, als het zeven jaar duurt om een mafketel als Joubert te pakken te krijgen, maar Brandon maakte me dat al snel duidelijk. Hij legde uit dat de pleger (ze gebruiken dat woord echt) uitsluitend opereerde in gehuchten waar een tekort aan gelden de smerissen dwingt zich alleen met de ernstigste en meest directe problemen bezig te houden... wat betekent, misdaden tegen de levenden gaan voor op die tegen de doden. De smerissen zeggen dat hier, in de westelijke helft van de staat, minstens twee syndicaten voor autojatwerk zitten en vier illegale assemblagebedrijven. Dan zijn er nog de moordenaars, de vrouwenmeppers, de rovers, de snelheidsmaniakken en de dronkelappen. En daar bij komt nog dat ouwe dope-gedoe. Het wordt gekocht, het wordt verkocht, het wordt geteeld en mensen blijven elkaar ervoor pijn doen en vermoorden. Volgens Brandon wil de politiecommissaris in Norway nooit meer het woord *cocaïne* gebruiken – hij noemt het Gepoederde Klerezooi en in zijn geschreven rapporten noemt hij het Gepoederde K*******i. Ik begreep wat hij wilde zeggen. Als jij smeris in een klein stadje bent en je probeert de hele monstershow in de gaten te houden in een veertien jaar oude Plymouth patrouillewagen die je het gevoel geeft alsof hij, elke keer dat je hem over de honderd jaagt, uit elkaar zal vallen, krijgt je baan snel voorrang, en komt een gast die met dode mensen wil spelen op de top van de lijst niet voor.

Ik luisterde aandachtig naar dit alles, en ik beaamde het, maar niet helemaal. 'Het voelt voor een deel waar aan, maar voor een deel ook een beetje als eigenbelang,' zei ik. 'Ik bedoel, dat gedoe van Joubert... nou, dat ging wel iets verder dan alleen maar spelen met dode mensen, niet? Of heb ik het verkeerd?'

'Je hebt het helemaal niet verkeerd,' zei hij.
Wat geen van ons beiden direct wilde aanroeren en zeggen, was dat deze afwijkende ziel al zeven jaar van stad naar stad trok om door de doden gepijpt te worden, en mij leek het dat dit stoppen heel wat belangrijker was dan tienermeisjes oppakken die cosmetica jatten bij de plaatstelijke drugstore of erachter zien te komen wie er marihuana teelt in het stuk bos achter de Baptisten-kerk.
Maar het belangrijkste is dat niemand hem vergat en iedereen aantekeningen bleef vergelijken. Door een pleger zoals Rudolph, voelen smerissen zich om allerlei soorten redenen ongemakkelijk, maar de belangrijkste reden is dat een gast die gek genoeg was om dit soort dingen met dode mensen te doen misschien gek genoeg was om het te proberen met mensen die nog in leven waren... niet dat je erg lang in leven bleef als Rudolph besloot je hoofd te klieven met zijn roestige bijl. De politie was ook verontrust over de ontbrekende ledematen – waar waren die voor? Volgens Brandon heeft er een ongesigneerd memo bestaan waarin stond: 'Misschien is Rudolph de Minnaar in werkelijkheid Hannibal de Kannibaal,' dat kort in het districtskantoor van de sheriff van Oxford circuleerde. Het werd vernietigd, niet omdat het idee als een sick joke werd gezien – dat was het niet – maar omdat de sheriff bang was dat het zou uitlekken naar de pers.
Steeds als een van de plaatselijke wetshandhavings-agentschappen zich de mensen en tijd kon veroorloven, zetten ze een of ander knekelveld onder surveillance. Er zijn er een heleboel in westelijk Maine en ik denk dat het bijna een soort van hobby was geworden voor sommigen van die gasten tegen de tijd dat de zaak eindelijk doorbrak. De theorie was precies als die van: als je maar lang genoeg met dobbelstenen gooit, gooi je vroeg of laat je getal wel. En dat, in wezen, is wat er uiteindelijk gebeurde.
Begin vorige week – eigenlijk ongeveer tien dagen geleden – stonden sheriff Norris Ridgewick van Castle County en een van zijn hulp-sheriffs in de deuropening van een verlaten schuur dicht bij de Homeland Begraafplaats geparkeerd. Die is op een secundaire weg die langs de achteringang leidt. Het was twee uur 's ochtends en ze stonden net op het punt het die nacht voor gezien te houden, toen hulp-sheriff John LaPointe een motor hoorde. Ze zagen de bestelwagen pas toen hij werkelijk stopte voor de ingang, omdat het die nacht sneeuwde en de koplampen van die man niet aan waren. Hulp-sheriff LaPointe wilde de man grijpen zodra zij hem uit de bestelwagen zagen komen en aan het werk zien gaan op het smeedijzeren hek van de begraafplaats met een dwarshout, maar de sheriff hield hem tegen. 'Ridgewick is een vreemde snoeshaan om te zien,' zei Brandon, 'maar hij kent de waarde van een goede arrestatie. In de hitte van het moment, verliest hij de rechtszaal

nooit uit het oog. Hij heeft het geleerd van Alan Pangborn, de man die voor hem die baan had, en dat houdt in dat hij het van de allerbeste heeft geleerd.'

Tien minuten nadat de bestelwagen door de poort naar binnen was gereden, volgden Ridgewick en LaPointe met hun wagen, hun lichten gedoofd en slechts kruipend door de sneeuw. Zij volgden de sporen van de bestelwagen tot ze er behoorlijk zeker van waren waar die gast naar toe ging – de stadscrypte in een zijkant van de heuvel. Allebei dachten ze Rudolph, maar geen van hen zei het hardop. LaPointe zei dat het hetzelfde zou zijn geweest als om een man die wijd gooit, nog te beheksen. Ridgewick zei tegen zijn hulp-sheriff de patrouillewagen voorbij de crypte om de bocht van de heuvel te stoppen – zei dat hij die gast alle touwlengte wilde geven die hij nodig had om zich op te knopen. En toen het voorbij was, bleek Rudolph voldoende touw te hebben om zich aan de maan op te knopen. Toen Ridgewick en LaPointe er eindelijk met getrokken revolvers en ontstoken lantaarns op af gingen, kregen ze Raymond Andrew Joubert te pakken terwijl hij half in en half uit een geopende kist stak. Hij had zijn bijl in een hand, zijn pik in de andere en LaPointe zei dat hij op het punt stond met allebei aan het werk te gaan. Ik gok dat ze zich allebei de klere schrokken, toen ze Joubert voor het eerst zagen in hun lampen, en ik ben niet in het minst verrast – hoewel ik mezelf vlei dat ik me beter dan de meesten kan voorstellen wat het moet zijn geweest een wezen zoals hij in een crypte op een begraafplaats om twee uur in de ochtend tegen het lijf te lopen. Buiten alle andere omstandigheden om, lijdt Joubert aan acromegalie, een gestage groei van handen, voeten en gezicht, wat gebeurt als de hypofyse op hol slaat. Daardoor was zijn voorhoofd zo opgezwollen, en staken zijn lippen zo naar voren. Hij heeft ook abnormaal lange armen, ze reiken helemaal tot aan zijn knieën.

Ongeveer een jaar geleden was er een grote brand in Castle Rock – het grootste deel van de binnenstad werd verwoest – en tegenwoordig stopt de sheriff de ernstigste misdadigers in Chamberlain of Norway achter de tralies, maar noch sheriff Ridgewick of hulp-sheriff LaPointe wilden de rit over besneeuwde wegen maken om drie uur in de ochtend, dus ze namen hem mee terug naar de gerenoveerde schuur die ze tegenwoordig als politiebureau gebruiken.

'Zij *beweerden* dat het het late uur was en de ondergesneeuwde wegen,' zei Brandon, 'maar ik heb het idee dat er iets meer aan vastzat. Ik denk niet dat sheriff Ridgewick de *piñata* aan iemand anders wilde geven voordat hij er op z'n minst zelf een goede poging aan had gewaagd. In ieder geval, Joubert was geen probleem – hij zat achter in de patrouillewagen, duidelijk gelukkig als een mossel bij hoog water, terwijl hij eruitzag als iets dat was ontsnapt uit een aflevering van *Tales from the Crypt* en – allebei zweren ze dat dit waar is – hij 'Happy Together' zong, die oude deun van de Turtles.

Ridgewick radiotelegrafeerde vooruit voor een stel tijdelijke politiehulpkrachten. Hij vergewiste zich ervan dat Joubert stevig werd opgesloten en de hulp-sheriffs werden uitgerust met shotguns en voldoende verse koffie voor hij en LaPointe weer vertrokken. Ze reden terug naar Homeland voor de bestelwagen. Ridgewick trok handschoenen aan, ging zitten op een van die groene plastic Hefty zakken die de smerissen graag 'bewijsdekens' noemen als ze die op een zaak gebruiken, en reed het voertuig terug naar de stad. Hij reed met alle ramen open en zei dat de bestelwagen stonk als een slagerij na een stroomstoring van zes dagen.'

Ridgewick kreeg zijn eerste goede blik in de achterkant van de wagen toen hij hem onder de booglampen van de stadsgarage had. Er lagen verscheidene rottende ledematen in de opbergruimtes die aan de zijkanten zaten. Er was ook een rieten mand, veel kleiner dan die ik had gezien, en een Craftsman gereedschapskist vol inbrekersgereedschap. Toen Ridgewick de rieten mand opende, vond hij zes penissen die aan een eind jute touw waren geregen. Hij zei dat hij direct wist wat het was: een halsketting. Joubert gaf later toe dat hij hem vaak droeg als hij erop uit ging voor zijn grafexpedities, en beweerde dat hij geloofde dat, als hij hem op zijn laatste rit zou hebben gedragen, nooit zou zijn gegrepen. 'Het bracht een macht aan geluk,' zei hij en gezien hoelang het had geduurd om hem te pakken te krijgen, Ruth, denk ik dat je zou moeten zeggen dat hij daar iets zinnigs zei.

Het ergste echter was de sandwich op de plaats naast de bestuurder. Het ding dat uitstak uit de twee sneden Wonder Bread was heel duidelijk een menselijke tong. Hij was dik besmeerd met die heldergele mosterd waar kinderen zo van houden.

'Het lukte Ridgewick uit de bestelwagen te komen, voor hij overgaf,' zei Brandon. 'Goed ding – de staatspolitie zou hem emotioneel gestoord hebben genoemd als hij over het bewijs heen had gekotst. Aan de andere kant, ik zou gewild hebben dat hij uit zijn functie werd ontheven als hij *niet* had overgegeven.

Kort na zonsopkomst brachten ze Joubert over naar Chamberlain. Terwijl Ridgewick omgedraaid op de voorbank van de patrouillewagen Joubert zijn rechten zat voor te lezen door de maas heen (het was de tweede of derde keer dat hij het had gedaan – als Ridgewick iets is, dan is hij wel methodisch), onderbrak Joubert hem om te zeggen dat hij 'pappie-mammie misschien iets slechts had gedaan, vreselijk spijt'. Op dat moment hadden ze vastgesteld aan de hand van documenten in

Jouberts portefeuille dat hij in Motton woonde, een boerenstadje aan de andere kant van de rivier vanuit Chamberlain, en zodra Joubert veilig was opgesloten in zijn nieuwe verblijfplaats, stelde Ridgewick de agenten van zowel Chamberlain als Motton op de hoogte van wat Joubert hun had verteld.

Op de weg terug naar Castle Rock vroeg LaPointe aan Ridgewick wat hij dacht dat de agenten die op weg waren naar het huis van Joubert zouden kunnen vinden. Ridgewick zei: 'Ik weet het niet, maar ik hoop dat ze eraan denken hun gasmaskers mee te nemen.'

Een versie van wat zij vonden en de conclusies die ze trokken verschenen de dagen erna in de kranten, steeds overdrevener natuurlijk, maar tegen de tijd dat de zon onderging op Jouberts eerste dag achter de tralies, hadden de staatpolitie en het ministerie van Justitie een behoorlijk goed beeld van wat er zich had afgespeeld op de boerderij op Kingston Road. Het koppel dat Joubert zijn 'Pappie-Mammie' noemde – in werkelijkheid zijn stiefmoeder en haar zogenaamde echtgenoot – waren inderdaad dood. Ze waren al maanden dood, hoewel Joubert bleef spreken alsof het 'iets slechts' pas dagen of uren ervoor was gebeurd. Hij had ze allebei gescalpeerd en had het grootste deel van 'pappie' opgegeten.

Overal in huis lagen lichaamsdelen in het rond gestrooid, sommige rottend en vol maden ondanks het koude weer, andere nauwgezet behandeld en geprepareerd. De meeste geprepareerde stukken waren mannelijke geslachtsorganen. Op een plank bij de keldertrap vond de politie ongeveer vijftig Ball-potten die ogen, lippen, vingers, tenen en testikels bevatten. Joubert was beslist de thuiswecker. Het huis was ook gevuld – en ik bedoel echt gevuld – met gestolen goed, voornamelijk afkomstig uit campings en zomerhuisjes, en genoeg lingerie om een Victoria's Secret boutique mee te beginnen. Hij vond het kennelijk leuk erin te lopen.

De poltie is nog steeds bezig met het sorteren van die lichaamsdelen die van Jouberts grafroofexpedities kwamen en die afkomstig waren van zijn andere activiteiten. Ze geloven dat hij de afgelopen vijf jaar wel zo'n twaalf mensen gedood kan hebben, allemaal liftende zwervers die hij met zijn bestelbus oppikte. Het totaal kan hoger liggen, zegt Brandon, maar het gerechtelijke werk is heel langzaam. Joubert zelf is geen hulp, niet omdat hij niet wil praten maar omdat hij te veel praat. Volgens Brandon heeft hij al meer dan driehonderd misdaden bekend, inclusief de moord op George Bush. Hij schijnt te geloven dat Bush in werkelijkheid Dana Carvey is, de man die de Kerk Dame speelt in *Saturday Night Live*.

Hij heeft in allerlei krankzinnigengestichten gezeten sinds zijn vijftiende, toen hij werd gearresteerd voor onwettig seksueel verkeer met zijn neef. De neef in kwestie was toen twee. Hij was natuurlijk zelf een slachtoffer van kinderverkrachting – zijn vader, zijn stiefvader, en zijn stiefmoeder hebben hem duidelijk allemaal een keer te pakken genomen. Wat zeggen ze nou altijd? Een spelende familie is geen vervelende familie?

Hij werd naar Gage Point gestuurd – een soort gecombineerde inrichting voor afkick, reclassering en geestelijke stoornissen, voor adolescenten in Hancock County – op een beschuldiging van grof seksueel misbruik, en vier jaar later, op de leeftijd van negentien, genezen verklaard en losgelaten. Dat was in 1973. Hij bracht de tweede helft van 1975 en het grootste deel van 1976 door in AMHI in Augusta. Dit was een gevolg van Jouberts Lol met Dieren Periode. Ik weet dat ik waarschijnlijk geen grappen hoor te maken over deze dingen, Ruth – je zal me verschrikkelijk vinden – maar om eerlijk te zijn, weet ik niet wat ik anders moet doen. Soms heb ik het gevoel dat ik, als ik geen grappen maak, zal gaan huilen en als ik ga huilen zal ik niet meer in staat zijn op te houden. Hij stopte katten in vuiltonnen en blies ze dan op met die grote voetzoekers, die ze 'strijkers' noemen, dat deed hij... en zo nu en dan, waarschijnlijk als hij een pauze wilde inlassen in zijn oude gewoonte, spijkerde hij een klein hondje tegen een boom.

In 1979 werd hij naar Juniper Hill gestuurd voor het verkrachten en blind maken van een jongetje van zes. Deze keer zou het voorgoed zijn, maar als het aankomt op politiek en instellingen die door de staat worden gerund – vooral de door de staat geleide instellingen voor *geestelijk gehandicapten* – geloof ik dat je eerlijk kunt stellen dat niets voor altijd is. Hij werd in 1984 ontslagen uit Juniper Hill, weer met dat predikaat 'genezen'. Brandon heeft het gevoel – en ik ook – dat deze tweede genezing meer te maken had met het snoeien in het budget van de psychiatrische gezondheidszorg, dan met enig wonder van moderne wetenschap of psychiatrie. In ieder geval, Joubert keerde terug naar Maine, naar Motton, om bij zijn stiefmoeder en haar onwettige man te gaan wonen, en de staat vergat hem verder... dat wil zeggen, behalve om hem een rijbewijs uit te reiken. Hij deed een rijtest en kreeg een prima wettig rijbewijs – in feite vind ik dit nog het meest verbazingwekkende van alles – en op een bepaald moment, eind 1984 of begin 1985, begon hij die te gebruiken om de lokale begraafplaatsen af te rijden.

Hij was een druk baasje. In de winter had hij zijn crypten en zijn mausoleums, in de herfst en lente brak hij door heel westelijk Maine in in seizoenkampen en huizen, waarbij hij alles pakte wat maar tot zijn verbeelding sprak – 'mijn spulletjes', weet je wel. Hij had duidelijk een grote voorliefde voor ingelijste foto's. Ze vonden vier koffers hiermee op de zolder van het huis op Kingston Road. Brandon zegt dat ze nog steeds aan het tellen zijn, maar dat het totale aantal waarschijnlijk boven de zevenhonderd zal liggen.

Het is onmogelijk te zeggen in hoeverre 'pappie-mammie' meededen in wat hij zo naarstig aan het doen was voordat Joubert ze beiden van kant maakte. Het moet heel ver zijn geweest, omdat Joubert niet de geringste poging had ondernomen om wat hij aan het doen was verborgen te houden. Wat de buren aangaat, hun motto schijnt te zijn: 'Zij betaalden hun rekeningen en bemoeiden zich met hun eigen. Ging ons niks an.' Het heeft een gruwelijk soort van perfectie op zichzelf, vind je niet? New England-gotiek, via The Journal of Aberrant Psychiatry.

Ze vonden een andere, grotere rieten mand in de kelder. Brandon kreeg kopieën van de politiefoto's die deze bijzondere vondst documenteerden, maar eerst aarzelde hij ze aan mij te laten zien. Nou, dat is eigenlijk een beetje te zacht uitgedrukt. Het was de ideale situatie om toe te kunnen geven aan de verleiding waar alle mannen gevoelig voor schijnen te zijn – je weet wat ik bedoel: om John Wayne te kunnen spelen. 'Kom op, vrouwtje, gewoon wachten tot we voorbij al die dooie Indianen zijn en blijf naar de woestijn kijken. Ik vertel je wel wanneer we er voorbij zijn.'

'Ik ben bereid te accepteren dat Joubert waarschijnlijk bij je in het huis was,' zei hij. 'Ik zou een godvergeten struisvogel zijn met mijn kop in het zand om niet op zijn minst het idee in overweging te nemen. Alles klopt. Maar geef me hier eens antwoord op: waarom ga je ermee door, Jess? Wat denk je ermee te bereiken?'

Ik wist niet hoe ik daar antwoord op moest geven, Ruth, maar ik weet één ding: ik kon niets doen om de zaken nog erger te maken dan ze al waren. Dus ik stribbelde tegen, totdat Brandon besefte dat het vrouwtje niet eerder in die postkoets zou stappen voor ze een goede blik op de dooie Indianen had kunnen werpen. Dus ik zag de foto's. Die waar ik het langst naar keek, had een merkje in de hoek waarop stond STAATSPOLITIE BEWIJSSTUK 217. Daar naar kijken was als het kijken naar een videoband die iemand op de een of andere manier van je ergste nachtmerrie heeft gemaakt. De foto liet een vierkante rieten mand zien, die openstond zodat de fotograaf de inhoud kon fotograferen. En toevallig bestond die inhoud uit stapels botten met een woeste collectie sieraden er doorheen gemengd, sommige prullerig, sommige waardevol, sommige gestolen uit zomerhuizen en sommige ongetwijfeld gehaald van de koude handen van lijken die werden bewaard in de vriesopslag van de kleine stadjes.

Ik keek naar de foto, zo schitterend en op een of andere manier naakt, zoals bewijsfoto's van de politie altijd zijn, en ik was weer terug in het huis aan het meer – het gebeurde meteen, zonder enige overgang. Niet herinnerend, begrijp je? Ik lig daar, geboeid en hulpeloos, terwijl ik kijk naar de schaduwen die langs zijn grijnzende gezicht vliegen, en mezelf tegen hem hoor zeggen dat hij me bang maakt. En dan bukt hij zich om de mand te pakken, terwijl die koortsige ogen nooit mijn gezicht verlaten en ik zie hem – ik zie *het* – er zijn verdraaide, misvormde hand in steken. Ik zie die hand beginnen te roeren in de botten en sieraden en ik hoor het geluid dat ze maken als vuile castagnetten.

En weet je wat mij nog het meest van alles achtervolgt? Ik dacht dat het mijn vader was, dat mijn *pappa* was teruggekomen van de doden om te doen wat hij eerder had willen doen. 'Ga je gang,' zei ik tegen hem. 'Ga je gang, maar beloof me dat je me erna losmaakt en me weg laat gaan. Beloof me dat gewoon.'

Ik denk dat ik hetzelfde gezegd zou hebben als ik had geweten wie hij werkelijk was, Ruth. Denk ik? *Ik weet* dat ik hetzelfde gezegd zou hebben. Begrijp je dat? Ik zou hem zijn pik – de pik die hij in de rottende kelen van dode mannen stak – in me laten steken, als hij me alleen maar had beloofd dat ik niet de hondse dood hoefde te sterven van spierkramp en stuiptrekkingen, die me lag te wachten. Als hij alleen maar had beloofd ME LOS TE MAKEN.

Jessie stopte een ogenblik, terwijl ze zo hard en snel ademde dat ze bijna hijgde. Ze keek naar de woorden op het scherm – de ongelooflijke, onuitsprekelijke bekentenis op het scherm – en voelde een plotselinge sterke aandrang ze uit te wissen. Niet omdat ze beschaamd was dat Ruth ze zou lezen, dat was ze wel, maar dàt was het niet. Wat ze niet wilde, was ermee *te maken* hebben en ze veronderstelde dat als ze ze niet uitwiste, ze dat juist wel zou doen. Woorden hadden een manier om hun eigen bevelen te hebben.

Maar pas als je ze uit handen geeft, pas dan, dacht Jessie en ze stak de in het zwart gehulde wijsvinger van haar rechterhand uit. Ze raakte de DEL toets aan – beroerde hem feitelijk – en trok toen terug. Het *was* de waarheid, toch?

'Ja,' zei ze met dezelfde mompelende stem die ze zo vaak had gebruikt in de uren van haar gevangenschap – alleen was het nu Moedertje niet of de geest-Ruth die sprak. Ze was bij zichzelf teruggekeerd zonder helemaal om te lopen naar de schuur van Robin Hood om zover te komen. Misschien was dat toch een soort van vooruitgang. 'Ja, het is echt de waarheid.'

En geen ge-maar, zo helpe haar God. Ze zou de DELETE-toets niet gebruiken op de waarheid, hoe gemeen sommige mensen – inclusief zijzelf eigenlijk – die waarheid zouden kunnen vinden. Ze zou het laten staan.

Ze kon uiteindelijk altijd nog besluiten de brief niet te sturen (wist niet of het eerlijk was om hem te versturen, een vrouw die ze in geen jaren had gezien te belasten met deze hoeveelheid pijn en krankzinnigheid), maar ze zou het niet uitwissen. Wat inhield dat het maar het beste zou zijn het nu in een adem af te maken, voor haar laatste moed haar verliet en haar laatste kracht verbruikt was.
Jessie leunde naar voren en begon weer te typen.

Brandon zei: 'Er is een ding dat je in gedachten zal moeten houden, Jessie – er is geen empirisch bewijs. Ja, ik weet dat je ringen zijn verdwenen, maar daar zou je de eerste keer gelijk in kunnen hebben gehad – het is mogelijk dat de een of andere smeris met lange vingers ze heeft.'
'En hoe zit het met Bewijsstuk 217?' vroeg ik. 'De rieten mand?'
Hij haalde zijn schouders op en plotseling kreeg ik een van die enorme uitbarstingen van inzicht, die dichters epifanie noemen. Hij hield zich vast aan de mogelijkheid dat de rieten mand gewoon een toevalligheid was geweest. Dat was niet makkelijk, maar het was makkelijker dan de hele rest te accepteren – vooral het feit dat zo'n monster als Joubert werkelijk het leven van iemand die hij kende en aardig vond, zou kunnen beroeren. Wat ik die dag in Brandon Milherons gezicht zag, was uiterst simpel: hij zou een hele stapel indirect bewijs negeren en zich concentreren op het gebrek aan empirisch bewijs. Hij was van plan te geloven dat de hele toestand niets anders was dan mijn verbeelding, die het geval Joubert aangreep om een bijzonder levendige hallucinatie te verklaren die ik had terwijl ik geboeid op het bed lag.
En dat inzicht werd gevolgd door een tweede, een nog duidelijker: dat ik dat ook zou kunnen. Ik zou ook kunnen gaan geloven dat ik het mis had gehad... maar als me dat lukte, zou mijn leven verruïneerd zijn. De stemmen zouden weer terugkomen – niet alleen die van jou of van Schatje of van Nora Callighan, maar ook die van mijn moeder, mijn zuster en mijn broer, en van kinderen met wie ik bevriend was op de middelbare school en van mensen die ik tien minuten had gezien in de wachtkamers van dokters en god alleen weet van hoeveel anderen. Ik denk dat het vooral die enge UFO-stemmen zouden zijn.
Dat kon ik niet verdragen, Ruth, omdat ik, in de twee maanden na mijn moeilijke periode in het huis bij het meer, me een heleboel dingen herinnerde die ik een heleboel jaren had weggedrukt. Ik denk dat de belangrijkste van die herinneringen aan de oppervlakte kwam tussen de eerste operatie aan mijn hand en de tweede, toen ik bijna de hele tijd 'onder de pillen' zat (dit is de technische ziekenhuisbenaming voor 'zo stoned als een jandoedel'). De herinnering was deze: in de twee jaar of

zo tussen de de dag van de eclips en de dag van het verjaarspartijtje van mijn broer Will – toen hij zijn vinger in mijn kont stak tijdens het croquetspel – *hoorde ik al die stemmen bijna voortdurend.* Misschien dat Wills prik in mijn kont werkte als een soort van ruwe, toevallige therapie. Ik neem aan dat het mogelijk is. Zeggen ze niet dat onze voorouders het koken uitvonden nadat ze aten van wat er na een bosbrand achterbleef? Hoewel, als die dag een of andere therapie plaatsvond met de eigenschap om waardevolle dingen bloot te leggen, dan heb ik het idee dat ze niet begon te werken door die vinger in mijn reet, maar doordat ik uithaalde en Will op zijn mond sloeg om wat hij gedaan had... en op dit punt doet dit alles er niets toe. Wat er wel toe doet, is dat ik in die twee jaar die volgden op de dag op de veranda, in mijn hoofd ruimte moest delen met een soort van fluisterend koor, tientallen stemmen die een oordeel uitspraken over elk woord en elke daad. Sommige waren aardig en steunden me, maar de meeste waren de stemmen van mensen die bang waren, mensen die in de war waren, mensen die dachten dat Jessie een waardeloos stukje ballast was dat al het slechts dat haar overkwam, verdiende en die twee keer moest betalen voor al het goede. Twee jaar lang hoorde ik die stemmen, Ruth, en toen ze ophielden, vergat ik ze. Ze verdwenen niet stuk voor stuk, maar allemaal tegelijk.

Hoe kon zoiets gebeuren? Ik weet het niet, en op een heel bepaalde manier, maakt het me niks uit. Misschien wel, veronderstel ik, als door de verandering de dingen erger waren geworden, maar dat was niet zo – ze waren onmeetbaar beter geworden. Die twee jaar tussen de zonsverduistering en het verjaarspartijtje bracht ik door in een soort van tijdelijke schemertoestand, waar mijn bewuste geest versplinterd was tot een heleboel krakelende fragmenten, en de werkelijke epifanie was deze: als ik lieve, aardige Brandon zijn zin gaf, zou ik precies daar eindigen waar ik was begonnen – terug richting Gekkenhuis Straat via Schizofrenie Boulevard. En deze keer is er geen kleine broer in de buurt om een groffe shocktherapie toe te passen; deze keer zal ik het zelf moeten doen, net zoals ik zelf uit die verdomde handboeien van Gerald moest komen.

Brandon keek naar me, probeerde het resultaat te meten van wat hij had gezegd. Het moet hem niet zijn gelukt, want hij zei het weer, deze keer op een ietwat andere manier. 'Je moet in gedachten blijven houden dat je het, hoe het er ook uitziet, mis kan hebben. En ik denk dat je je neer te leggen hebt bij het feit dat je het nooit zeker zult weten, op welke manier dan ook.'

'Nee, dat doe ik niet.'

Hij trok een wenkbrauw op.

'Er bestaat nog altijd een gerede kans dat ik erachter kom. En jij gaat me helpen, Brandon.'
Hij begon de minder-dan-aangename glimlach weer te glimlachen, die waarvan hij niet weet dat hij hem in zijn repertoire heeft, wed ik, degene die zegt je kunt niet met ze leven en je kunt ze niet doodschieten. 'O? En hoe ga ik dat dan doen?'
'Door mij mee te nemen naar Joubert,' zei ik.
'O, nee,' zei hij. 'Dat is iets wat ik absoluut niet wil – *niet kan* – doen, Jessie.'
Ik zal je het uur gehakketak dat volgde, besparen, een gesprek dat op een gegeven moment degenereerde tot het soort intellectueel diepgaande redeneringen als 'Jij bent gek, Jess' en 'Hou ermee op mijn leven te bestieren, Brandon'. Ik overwoog de dreiging van de pers voor zijn neus te houden – het was het enige waarvan ik bijna zeker wist dat het hem zou doen toegeven – maar uiteindelijk hoefde het niet. Het enige wat ik hoefde te doen, was huilen. Aan één kant voel ik me ongelooflijk armoedig dat ik je dit schrijf, maar aan de andere kant herken ik het juist als weer zo'n symptoom van wat er mis is tussen de gozers en de meiden in deze bijzondere square-dance. Hij geloofde niet helemaal dat ik het ernstig meende tot ik begon te huilen, begrijp je.
Om een lang verhaal in ieder geval iets korter te maken, ging hij aan de telefoon zitten, pleegde vier of vijf snelle telefoontjes en kwam toen terug met het nieuws dat Joubert de volgende dag in staat van beschuldiging zou worden gesteld in Cumberland County District Court op een aantal ondergeschikte aanklachten – voornamelijk diefstal. Hij zei dat als ik het werkelijk serieus meende – en als ik een hoed met een voile had – hij me mee zou nemen. Ik stemde direct toe en hoewel Brandons gezicht zei dat hij geloofde dat ik een van de grootste vergissingen van mijn leven maakte, hield hij zich aan zijn woord.

Jessie pauzeerde weer en toen ze weer begon te typen, deed ze het langzaam, terwijl ze door het scherm naar gisteren terugkeek, toen de vijftien centimeter sneeuw van vannacht nog maar een gladde witte bedreiging in de lucht was geweest. Ze zag blauwe zwaailichten op de weg voor hen, voelde Brandons blauwe Beamer langzamer rijden.

We kwamen te laat op die zitting omdat er een gekantelde truck op de I-295 lag – dat is de rondweg van de stad. Brandon zei het niet, maar ik weet dat hij hoopte dat we daar veel te laat zouden komen, zodat Joubert al weer was weggevoerd naar zijn cel achter in de gang met maximum veiligheid in de Districtsgevangenis, maar de bewaker bij de deur van het gerechtsgebouw zei dat de zitting nog steeds aan de gang was, hoewel op het punt van afronden. Toen Brandon de deur voor me open hield, boog hij zich dicht naar mijn oor en mompelde: 'Doe de voile naar beneden, Jessie, en houd hem daar.' Ik liet hem zakken en Brandon legde een hand om mijn middel en leidde me naar binnen. De rechtszaal...

Jessie stopte, keek uit het raam in de donker wordende namiddag met ogen die wijd en grijs en leeg waren.
Herinnerend.

38

De rechtszaal is verlicht met van die hangende glazen wereldbollen die Jessie doen denken aan de bazaars uit haar jeugd en het is er net zo slaperig als op de middelbare school aan het einde van een winterdag. Als ze naar voren loopt door het gangpad is ze zich bewust van twee sensaties – Brandons hand nog steeds op de binnenwaartse ronding van haar heup en de voile die tegen haar wangen tikt als spinnewebben. Deze twee sensaties samen maken dat ze zich op een vreemde manier bruid voelt.
Twee advocaten staan voor de rechterstoel. De rechter leunt naar voren en kijkt neer op hun opgeheven gezichten, en de drie mannen zijn gewikkeld in de een of andere gemompelde, technische conversatie. Voor Jessie zien zij eruit als een uit het leven gegrepen herschepping van een Boz-sketch uit de een of andere roman van Charles Dickens. De gerechtsdienaar staat links, naast de Amerikaanse vlag. Naast hem leest de gerechtsstenografe *The Kitchen God's Wife* terwijl ze wacht tot de juridische discussie, waarvan zij duidelijk is buitengesloten, voorbij is. En, zittend aan een lange tafel aan het andere eind van de balustrade die het vertrek opdeelt in een gedeelte dat is gereserveerd voor de toeschouwers en een gedeelte bestemd voor de strijdende partijen, zit een magere, onmogelijk lange figuur in een oranjegele gevangenisoverall. Naast hem een man in een pak, ongetwijfeld ook een advocaat. De man in de oranje overall zit gebogen over een geel blocnote, en hij schrijft kennelijk.
Van een miljoen kilometer ver weg voelt Jessie Brandon Milherons hand nog aanhoudender drukken tegen haar middel. 'Zo is het dichtbij genoeg,' mompelt hij.
Ze beweegt van hem af. Hij heeft het mis, zo is het *niet* dichtbij genoeg. Brandon heeft niet de geringste notie van wat ze denkt of voelt, maar dat is goed. Ze weet het. Voorlopig zijn al haar stemmen één stem geworden, ze koestert zich in hun onverwachte unanimiteit, en wat ze

weet is dit: als ze nu niet dichter bij hem komt, als ze niet gewoon zo dicht bij hem komt als maar mogelijk is, zal hij nooit ver weg genoeg zijn. Hij zal altijd in de kast zitten, of net buiten het raam, of zich 's nachts verstoppen onder het bed, terwijl hij zijn vaalbleke, gerimpelde grijns grijnst – die welke diep in zijn mond die glinstering van goud laat zien.

Ze stapt snel door het gangpad naar de balustrade terwijl de gazen stof van de voile haar wangen beroert als kleine, bezorgde vingers. Ze hoort Brandon ongelukkig grommen, maar het geluid komt van minstens tien lichtjaren ver weg. Dichterbij (maar nog steeds op het andere continent) mompelt een van de advocaten die voor de rechterstoel staat, '... voel dat de Staat in dit opzicht compromisloos is geweest, edelachtbare, en als u zou willen kijken naar onze dagvaardingen – en meer in het bijzonder naar *Castonguay* vs *Hollis*...'

Nog dichterbij, en nu kijkt de gerechtsdienaar even naar haar op, een ogenblik wantrouwend, maar dan ontspant hij zich als Jessie haar voile optilt en naar hem glimlacht. Terwijl de gerechtsdienaar haar blik blijft vasthouden, wijst hij met zijn duim naar Joubert en schudt heel even zijn hoofd, een gebaar dat zij in haar verhoogde emotionele en waarnemende staat even makkelijk kan lezen als een krantekop: *Blijf uit de buurt van de tijger, dame. Kom niet binnen bereik van zijn klauwen.*

Dan ontspant hij zich nog meer als hij ziet dat Brandon zich bij haar voegt, de meest perfecte nobele ridder die je je maar kunt voorstellen, maar hij hoort duidelijk Brandons zachte grom niet. 'Doe de voile naar beneden, Jessie, anders doe ik het, godverdomme!'

Niet alleen weigert ze te doen wat hij zegt, ze weigert zelfs zijn kant op te kijken. Ze weet dat zijn dreigement loos is – hij zal geen scène schoppen in deze gewijde omgeving, en zal er bijna alles voor over hebben om te vermijden er in een betrokken te raken – maar het zou ook niets uitmaken als dat niet het geval was. Ze mag Brandon, ze mag hem oprecht, maar haar dagen van dingen gewoon doen omdat een man het zegt, zijn voorbij. Ze is zich slechts marginaal bewust dat Brandon tegen haar sist, dat de rechter nog steeds aan het confereren is met de verdediger en de aanklager, dat de gerechtsdienaar is teruggezakt in zijn half-coma, dat de stenografe langzaam een bladzijde omslaat met een dromerig en afwezig gezicht. Jessies eigen gezicht is verstard in de aangename glimlach die de gerechtsdienaar ontwapende, maar haar hart bonst woest in haar borst. Ze is nu op minder dan twee stappen van de balustrade gekomen – twee *kleine* stappen – en ziet dat ze het mis had over wat Joubert aan het doen is. Hij is toch niet aan het schrijven. Hij is aan het tekenen. Zijn tekening toont een man met een opstaande penis, ongeveer ter grootte van een honkbalknuppel. De man in de tekening heeft zijn

hoofd naar beneden en is zichzelf aan het afzuigen. Ze kan de tekening heel goed zien, maar van de kunstenaar ziet ze alleen maar een klein bleek stukje wang en de vochtige haarstrengen die ertegenaan slierten.
'Jessie, je kan niet...' begint Brandon, terwijl hij haar arm grijpt.
Ze rukt die los zonder achterom te kijken, heel haar aandacht is nu gericht op Joubert. 'Hé!' fluistert ze luid tegen hem. 'Hé, jij!'
Niets, in ieder geval nog niet. Ze wordt overspoeld door een gevoel van onwerkelijkheid. Is zij het wel, die het doet? Is dat echt zo? En wat dat betreft, *doet* ze het wel? Niemand schijnt haar op te merken, helemaal niemand.
'Hé! Lullebak!' Luider nu, kwaad – nog steeds fluisterend, maar al bijna niet meer. '*Pssst! Pssst!* Hé, ik heb het tegen jou!'
Nu kijkt de rechter fronsend op, dus nu schijnt ze *iemand* te bereiken. Brandon laat een kreunend, wanhopend geluid horen en klemt een hand op haar schouder. Ze zou zich van hem losgerukt hebben als hij had geprobeerd haar door het gangpad naar achteren te trekken, zelfs als het betekende dat de bovenste helft van haar jurk dan zou scheuren, en misschien weet Brandon dit, want hij dwingt haar alleen maar te gaan zitten op de lege bank net achter de tafel van de verdediger (alle banken zijn leeg; formeel gezien is dit een zitting achter gesloten deuren) en op dat moment draait Raymond Andrew Joubert zich eindelijk om.
Zijn groteske asteroïdegezicht, met zijn gezwollen, vooruitstekende lippen, zijn messcherpe neus en zijn opbollende bult van een voorhoofd, is totaal leeg, totaal geen nieuwsgierigheid... maar het *is* zijn gezicht, ze weet het meteen, en het machtige gevoel waarmee ze vervuld raakt, is voornamelijk geen horror. Het is voornamelijk opluchting.
Dan licht het hele gezicht van Joubert op. Kleur vlekt zijn smalle wangen als uitslag en de rood omrande ogen krijgen een kwaadaardige vonking die ze eerder heeft gezien. Ze staren nu naar haar zoals ze naar haar staarden in het huis op Kashwakamak Lake, met de opgetogen verrukking van de ongeneeslijk krankzinnige, en zij wordt erdoor vastgehouden, gehypnotiseerd door die vreselijke groei van herkenning die ze in zijn ogen ziet.
'Meneer Milheron?' vraagt de rechter scherp vanuit een totaal ander universum. 'Meneer Milheron, zou u me kunnen vertellen wat u hier doet en wie die vrouw is?'
Raymond Andrew Joubert is verdwenen, dit is space cowboy, het spook van liefde. Zijn overgrote lippen rimpelen nogmaals naar achteren, ontbloten zijn tanden – de gevlekte, akelige, en volledig dienstbare tanden van een wild dier. Ze ziet de glinstering van goud als woeste ogen heel diep achter in een grot. En langzaam, o, zo langzaam, komt de nachtmerrie tot leven en begint te bewegen; langzaam begint de nachtmerrie zijn monsterachtig lange, oranje armen op te heffen.

'Meneer Milheron, ik zou graag willen dat u en uw ongenode gast naar voren kwamen, en wel onmiddellijk!'
De gerechtsdienaar, gewaarschuwd door de scherpe zweepslag in die toon, schiet op uit zijn doezeling. De stenografe sluit haar roman zonder eraan te denken haar plek te markeren en kijkt om zich heen. Jessie denkt dat Brandon haar arm pakt, met de bedoeling zich te schikken naar het bevel van de rechter, maar ze kan het niet met zekerheid zeggen en in ieder geval doet het er niet toe, want ze kan zich niet bewegen; voor hetzelfde geld zat ze tot aan haar middel in een vat cement. Het is weer de zonsverduistering, natuurlijk, de totale, uiteindelijke zonsverduistering. Na al die jaren schijnen de sterren weer overdag. Ze schijnen in haar hoofd.
Zij zit daar en kijkt, terwijl het grijnzende wezen in de oranje overall zijn misvormde armen omhoog brengt, en haar blijft vasthouden met zijn troebele, roodomrande blik. Hij brengt zijn armen omhoog tot zijn lange, smalle handen in de lucht op ongeveer dertig centimeter van zijn bleke oren hangen. De nabootsing is verschrikkelijk effectief: bijna ziet ze de bedstijlen, als het wezen in de oranje overall eerst die gespreide, langvingerige handen draait... en dan heen en weer schudt, alsof zij worden tegengehouden door een beperking die alleen hij en de vrouw met de opgeslagen voile kunnen zien. De stem die uit zijn grijnzende mond komt is in bizar contrast met de groffe overontwikkeling van het gezicht dat hem voortbrengt. Het is een schrille, jammerende stem, de stem van een krankzinnig kind.
'Ik denk niet dat jij *iemand* bent,' piept Raymond Andrew Joubert met die kinderlijke, trillende stem. Hij snijdt door de verschaalde, oververwarmde lucht van de rechtszaal heen als een glinsterend lemmet. 'Jij bent alleen maar maanlicht!'
En dan begint hij te lachen. Hij schudt zijn gruwelijke handen heen en weer in ketenen die alleen zij tweeën kunnen zien, en hij lacht... lacht... lacht...

39

Jessie greep naar haar sigaretten, maar ze slaagde er alleen maar in ze allemaal over de vloer te gooien. Ze wendde zich weer tot het toetsenbord en VDT-scherm, zonder enige poging te ondernemen ze op te rapen.

Ik voelde mezelf krankzinnig worden, Ruth – en ik bedoel, ik voelde het werkelijk gebeuren. Toen hoorde ik de een of andere stem in me. Hartje, denk ik. Hartje, die me in de eerste plaats toonde hoe ik uit de handboeien moest komen en die me in beweging zette toen Moedertje probeerde tussenbeide te komen – Moedertje met haar naargeestige, gehuichelde logica. Hartje. God zegene haar.
'Laat het niet gebeuren, Jessie!' zei ze. 'En laat Brandon je niet wegtrekken tot je doet wat je moet doen!'
Hij probeerde het ook. Hij had beide handen op mijn schouders en hij trok aan me alsof ik een touw van een touwtrekwedstrijd was en de rechter sloeg er op los met zijn hamer en de gerechtsdienaar kwam eraan gerend en ik wist dat ik alleen die ene laatste seconde had om iets te doen wat er toe deed, iets wat wel zou uitmaken, iets wat me zou laten zien dat geen een zonsverduistering eeuwig duurt, dus ik...
Dus had ze zich voorovergebogen en hem in het gezicht gespuugd.

40

En nu leunde ze plotseling achterover in haar bureaustoel, legde haar handen voor haar ogen en begon te snikken. Ze snikte ongeveer tien minuten - grote luidruchtige, trillende snikken in een verlaten huis - en toen begon ze weer te typen. Ze stopte veelvuldig om met haar arm langs haar stromende ogen te vegen, in een poging haar vertroebelde blik weer helder te krijgen. Na een tijdje liet ze de tranen achter zich.

...dus ik boog me naar voren en spoog hem in zijn gezicht, alleen was het niet zomaar spuug: ik raakte hem met een echt mooie fluim. Hij heeft het zelfs niet gemerkt, denk ik, maar dat is oké. Ik deed het niet voor hem, wel?
Ik zal een boete moeten betalen voor het privilege en volgens Brandon wordt het een forse, maar Brandon zelf kwam er onderuit met slechts een reprimande en dat is voor mij heel wat belangrijker dan welke boete ook die ik moet betalen, aangezien ik hem min of meer met zijn armen op de rug gedraaid naar de zitting heb gemarcheerd.
En ik denk dat dit het is. Eindelijk. Ik denk dat ik dit echt op de post zal doen, Ruth, en dan ga ik de volgende paar weken zenuwachtig op je antwoord zitten wachten. Ik heb je al die afgelopen jaren nogal slordig behandeld en hoewel het niet alleen maar mijn fout was - pas sinds kort ben ik gaan beseffen hoe vaak en hoe zeer we door anderen worden gestuurd, ook al beroepen we onszelf op onze zelfbeheersing en onafhankelijkheid - wil ik toch zeggen dat het me spijt. En ik wil je nog iets zeggen, iets wat ik werkelijk ben gaan geloven: het komt wel goed met me. Niet vandaag, niet morgen en niet volgende week, maar uiteindelijk. In ieder geval zo goed als het ons, stervelingen, vergund is. Het is goed dat te weten - goed te weten dat overleven nog steeds een mogelijkheid is, en dat het soms zelfs goed voelt. Dat het soms eigenlijk voelt als victorie.
Ik hou van je, lieve Ruth. Jij en je stoere praat hebben afgelopen okto-

ber voor een groot deel mede mijn leven gered, ook al wist je het zelf niet. Ik hou zoveel van je.

Je oude vriendin,
Jessie

P.S.: Schrijf me alsjeblieft. Beter nog, bel me... alsjeblieft?

Tien minuten later legde ze haar geprinte brief in een gesloten manilla envelop (hij bleek te omvangrijk voor een gewone kantoorenvelop) op de tafel in de gang. Ze had Ruths adres gekregen van Carol Rittenhouse – *een* adres, in ieder geval – en ze had dat zo goed mogelijk met haar linkerhand in nauwgezette, onregelmatige letters op de envelop geschreven. Ernaast legde ze een briefje dat in dezelfde onregelmatige letters was geschreven.
Meggie: Alsjeblieft doe dit op de post. Mocht ik naar beneden bellen en je vragen het niet te doen, stem dan alsjeblieft toe... en doe hem dan toch op de post.
Ze liep naar het raam in de salon en, voor ze naar boven ging, bleef ze daar een tijdje staan en keek uit over de baai. Het begon donker te worden. Voor het eerst sinds lange tijd vervulde dit simpele besef haar niet met doodsangst.
'O, krijg de klere,' zei ze tegen het lege huis. 'Kom maar op, nacht.'
Toen draaide ze zich om en beklom langzaam de trap naar de eerste verdieping.
Toen Megan Landis een uur later terugkeerde van het boodschappen doen en de brief op de tafel in de gang zag, was Jessie diep in slaap onder twee donsen dekbedden in de logeerkamer boven... die ze nu *haar* kamer noemde. Voor de eerste keer in maanden waren haar dromen niet onplezierig en een kleine katteglimlach krulde de hoeken van haar mond. Toen een koude februariwind onder de dakspanen blies en kreunde in de schoorsteen, begroef ze zich dieper onder de dekbedden... maar die kleine, wijze glimlach verdween niet.

16 november 1991
Bangor, Maine

Stephen King

DE BEPROEVING
(De volledige, onverkorte editie)

Eerst kwam de Grote Plaag.
De gehele beschaving vernietigd door een geheimzinnige ziekte. Sterftecijfer 99,9 procent. Steden bezaaid met rottende lijken. De lucht bezwangerd met een oorverdovende stilte.
De ontredderde overlevenden verzamelen zich en beginnen aan de langzame, moeizame taak van de wederopbouw van een nieuwe wereld...

In 1978 verscheen *De beproeving*, het boek dat nu als een van Stephen Kings beste romans wordt beschouwd. Deze uitgave was echter niet compleet aangezien er ruim 150.000 woorden uit het manuscript werden geschrapt.
Nu is *De beproeving* door Stephen King hersteld èn herschreven. Het boek heeft een nieuw begin en een nieuw einde. De honderdduizenden lezers van de oorspronkelijke versie vroegen zich af hoe het nu verder zou gaan. Zij kunnen deze nieuwe uitgave beschouwen als het antwoord van Stephen King op deze en vele andere vragen.
Zij die *De beproeving* voor de eerste keer lezen, zullen ontdekken dat het een griezelig geloofwaardig verhaal is van Stephen Kings apocalyptische visie op een wereld die door de Grote Plaag wordt geteisterd.

Stephen King

DE NOODZAAK

Met een demonische mengeling van kwaadaardigheid èn genegenheid neemt Stephen King afscheid van het stadje dat hij op de landkaart heeft gezet: Castle Rock, Maine.
De fans van King denken elke uithoek, elk geheim ervan te kennen omdat ze er al zo vaak zijn geweest.

Leland Gaunt is een vreemdeling – zijn nieuwe winkel noemt hij 'De NoodZaak'. De elfjarige Brian Rusk is zijn eerste klant, en Brian vindt er precies wat hij al zijn leven lang wilde hebben: een kauwgumplaatje van z'n favoriete baseballspeler uit 1956.

Het loopt storm in 'De NoodZaak'. Iedereen vindt er wel iets van zijn gading. En iedereen betaalt natuurlijk een prijs. Bij 'De NoodZaak' blijkt die prijs echter erg hoog te zijn...

Stephen King

SCHEMERWERELD

Schemerwereld, het gebied dat zich uitstrekt tussen werkelijkheid en fantasie. Waar dingen gebeuren die de grenzen van de realiteit overschrijden. Alleen Stephen King is in staat ons de weg te wijzen in dat huiveringwekkende niemandsland.

De man met het litteken speelt zich af tegen het decor van het plaatsje Junction City, Iowa, een onwaarschijnlijke schuilplaats voor het kwaad. Maar voor de kleine zakenman Sam Peebles, die bang is om zijn verstand te verliezen, houdt er zich nog een vijand verborgen: de waarheid. Als hij die op tijd kan vinden, heeft hij misschien nog een kans.

In *Spookfoto's* wordt een gewone polaroidfoto voor de vijftienjarige Kevin Delevan een uitdaging om het bovennatuurlijke te verkennen. Maar iedere keer dat Kevin een nieuwe foto neemt komt een vraatzuchtig monster dichterbij... en dichterbij...

Stephen King

DE DONKERE TOREN-cyclus

Stephen Kings weergaloze fantasy-cyclus over een zoektocht met vele, vele obstakels door een geheimzinnige wereld die zoveel op die van ons lijkt...

Deel 1: De Scherpschutter

Deel 2: Het teken van drie

Deel 3: Het verloren rijk